GILLIAN FLYNN

PERDIDA

Gillian Flynn es la ex crítica de televisión de la revista *Entertainment Weekly*. Su primera novela, *Heridas abiertas*, fue finalista del premio Edgar de novela negra y fue galardonada con el premio Fleming Steel Dagger al mejor thriller. Su segunda novela, *La llamada del Kill Club*, fue elegida libro favorito del año por los críticos del *New Yorker*, mejor libro de 2009 en *Publishers Weekly* y mejor novela del año según el *Chicago Tribune*. Las novelas de Flynn han sido publicadas en veintiocho países. *Perdida*, su nueva novela, la ha confirmado como una de las escritoras más interesantes del panorama actual. Flynn vive en Chicago con su marido y su hijo.

PERDIDA
(GONE GIRL)

GILLIAN FLYNN

PERDIDA
(GONE GIRL)

TRADUCCIÓN DE ÓSCAR PALMER
NOTA FINAL DE RODRIGO FRESÁN

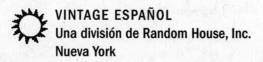
VINTAGE ESPAÑOL
Una división de Random House, Inc.
Nueva York

PRIMERA EDICIÓN VINTAGE ESPAÑOL, MAYO 2013

Copyright de la traducción © 2013 por Óscar Palmer Yáñez
Copyright de la nota final © 2013 por Rodrigo Fresán

Información de catalogación de publicaciones disponible en la Biblioteca del Congreso de los Estados Unidos.

Vintage ISBN: 978-0-345-80546-1

Para venta exclusiva en EE.UU., Canadá, Puerto Rico y Filipinas.

www.vintageespanol.com

Impreso en los Estados Unidos de América
10 9 8 7 6 5 4

Para Brett: luz de mi vida, sénior
y
Flynn: luz de mi vida, júnior

PERDIDA

(GONE GIRL)

El amor es la infinita mutabilidad del mundo; las mentiras, el odio, incluso el asesinato, están entretejidos con él; es el inevitable florecimiento de sus opuestos, una rosa magnífica que huele ligeramente a sangre.

TONY KUSHNER, *The Illusion*

ÍNDICE

PARTE UNO
CHICO PIERDE CHICA

NICK DUNNE
El día de

Cuando pienso en mi esposa siempre pienso en su cabeza. Para empezar, en su forma. Lo primero que vi de ella, la primera vez que la vi, fue la parte trasera de su cráneo. Sus ángulos tenían algo de adorable. Como un duro y brillante grano de maíz o un fósil en el lecho de un río. Tenía lo que los victorianos habrían descrito como «una cabeza elegantemente torneada». Resultaba bastante fácil imaginar su calavera.

Reconocería su cabeza en cualquier parte.

Y lo que hay en su interior. También pienso en eso: su mente. Su cerebro, con todos sus recovecos, y sus pensamientos yendo y viniendo por dichos recovecos como rápidos y frenéticos ciempiés. Como un niño, me imagino abriéndole el cráneo, desenrollando su cerebro y examinándolo cuidadosamente, intentando apresar e inmovilizar sus ocurrencias. «¿En qué estás pensando, Amy?» La pregunta que más a menudo he repetido durante nuestro matrimonio, si bien nunca en voz alta, nunca a la única persona que habría podido responderla. Supongo que son preguntas que se ciernen como nubes de tormenta sobre todos los matrimonios: «¿Qué estás pensando? ¿Qué es lo que sientes? ¿Quién eres? ¿Qué nos hemos hecho el uno al otro? ¿Qué nos haremos?».

Mis ojos se abrieron por completo exactamente a las seis de la mañana. Ni aleteo aviar de las pestañas ni suave parpadeo hacia la conciencia. El despertar fue mecánico. Un espeluznante alzamiento de los párpados propio del muñeco de un ventrílocuo: el mundo está sumido en la negrura y de repente... «¡Comienza el espectáculo!» 6-0-0 anunciaba el reloj. Frente a mi cara, lo primero que vi. 6-0-0. Fue una sensación distinta. Raras veces me despertaba a una hora tan redonda. Era un hombre de despertares irregulares: 8.43, 11.51, 9.26. Mi vida carecía de alarmas.

En aquel preciso momento, 6-0-0, el sol se alzaba sobre el horizonte de robledales, revelando su plena y veraniega faz de dios airado. Su reflejo fulguraba sobre el río en dirección a nuestra casa, un largo y llameante dedo que me señalaba a través de las delicadas cortinas de nuestro dormitorio. Acusando: «Has sido visto. Vas a ser visto».

Me regodeé en la cama, que era nuestra cama de Nueva York en nuestra nueva casa, a la que seguíamos llamando «la nueva casa» a pesar de que llevábamos dos años viviendo en ella. Es una casa alquilada junto al río Mississippi, una casa que anuncia a los cuatro vientos «nuevo rico residencial»; el tipo de casa a la que aspiraba de niño desde mi barrio de adosados mal enmoquetados. El tipo de casa que resulta familiar al primer vistazo: genéricamente amplia, convencional y nueva-nueva-nueva. El tipo de casa que mi esposa estaba predeterminada a detestar (como de hecho ocurrió).

—¿Debo desprenderme del alma antes de entrar? —fue su primer comentario nada más llegar.

Fue una solución de compromiso. Amy había exigido que alquilásemos, en vez de comprar, pues tenía la esperanza de no quedar atrapados durante mucho tiempo aquí, en mi pequeño pueblo natal de Missouri. Pero las únicas casas en alquiler se hallaban apelotonadas en un inconcluso barrio residencial: un pueblo fantasma en miniatura de mansiones de precio reducido, incautadas por el banco debido a la crisis; un barrio cerrado antes de la fecha de apertura. Fue una solución de compromiso, pero Amy no lo consideraba así, ni mucho menos. Para Amy, fue un capricho punitivo por mi parte, una cuchillada egoísta y desagradable. La había arrastrado, estilo troglodita, hasta un pueblo que llevaba tiempo evitando con todas sus fuerzas para obligarla a vivir en el tipo de casa de la que solía burlarse. Supongo que no es una solución de compromiso si solo una de las partes la considera como tal, pero así es como solían ser todas las nuestras. Uno de los dos siempre estaba enfadado. Por lo general, Amy.

No me culpes por esta ofensa en particular, Amy. La ofensa de Missouri. Culpa a la economía, culpa a la mala suerte, culpa a mis padres, culpa a los tuyos, culpa a internet, culpa a la gente que utiliza internet. Yo antes era escritor. Un escritor que escribía sobre televisión y películas y libros. En los tiempos en los que la gente leía en papel impreso, cuando todavía había a quien le importaba lo que yo pudiera pensar. Llegué a Nueva York a finales de los noventa, el último estertor de los días de gloria, aunque en aquel momento nadie fuese consciente de ello. Nueva York estaba llena de escritores, escritores de verdad, porque había revistas, revistas de verdad, a carretadas. Eran los tiempos en los que internet seguía siendo una especie de mascota exótica agazapada en un rincón del mundo editorial: échale una golosina, mira cómo baila con la correa, qué mona es, no parece tener intención de devorarnos mientras dormimos. Piénsenlo: una época en la que los universitarios recién graduados podían ir a Nueva York y *encontrar trabajo remunerado escribiendo.* Cómo íbamos a sospechar que nos estábamos embarcando en carreras que desaparecerían en menos de una década.

Durante once años tuve un empleo que simplemente dejó de existir, fue así de rápido. Las revistas comenzaron a cerrar por todo el país, sucumbiendo a una infección repentina provocada por una economía en quiebra. Los escritores (mi tipo de escritores: aspirantes a novelista, pensadores meditabundos, individuos cuyo cerebro no trabaja lo suficientemente rápido para bloguear o vincular o tuitear; básicamente viejos pertinaces y testarudos) estábamos acabados. Éramos como los sombrereros o los fabricantes de látigos para coches de caballos: nuestro tiempo había pasado. Tres semanas después de que me despidieran, Amy también perdió su empleo. (Ahora puedo imaginar a Amy leyendo por encima de mi hombro, sonriendo burlonamente ante el espacio que he dedicado a hablar de mi carrera, de mi mala suerte, para luego despachar su experiencia en una sola frase. Eso, les diría ella, es típico. «Muy propio de Nick», diría. Era uno de sus latiguillos: «Muy propio de Nick», y lo que quiera que fuese a continuación, lo que quiera que fuese «muy propio de mí», siempre era negativo.) Convertidos en dos parados, nos pasamos semanas remoloneando en nuestro apartamento de Brooklyn, en pijama y calcetines, ignorando el futuro, diseminando el correo sin abrir sobre las mesas y los sofás, comiendo helado a las diez de la mañana y echando prolongadas siestas de media tarde.

Hasta que un día sonó el teléfono. Era mi hermana melliza, Margo, que había vuelto a casa hacía un año, tras su respectivo despido neoyorquino (siempre ha ido un paso por delante de mí en todo, incluida la mala suerte). Margo, que telefoneaba desde North Carthage, Missouri, desde la casa en la que ambos habíamos crecido, y que al oír su voz la vi tal como era a los diez años: el pelo corto y oscuro, vaqueros cortos con peto, sentada en el porche trasero de nuestros abuelos, el cuerpo encorvado como una vieja almohada, balanceando las delgaduchas piernas sobre el agua, observando el fluir del río sobre sus pies blancos como peces, completa y delicadamente serena incluso de niña.

La voz de Go sonó cálida y ondulante incluso al transmitirme esta cruda noticia: nuestra indómita madre se estaba muriendo. Nuestro padre tenía un pie en el otro barrio y la (maliciosa) mente y el (mísero) corazón enturbiados por la corriente que lo arrastraba hacia el gran y grisáceo más allá. Pero ahora parecía que nuestra madre se le iba a adelantar. Unos seis meses, quizás un año, era todo lo que le quedaba. Imaginé que Go se habría reunido personalmente con el doctor, habría tomado rigurosas notas con su descuidada caligrafía y ahora estaba conteniendo las lágrimas mientras intentaba descifrar lo que había escrito. Fechas y dosis.

—Joder, no tengo ni idea de qué pone aquí. ¿Es un nueve? ¿Tiene sentido? —dijo, y yo la interrumpí.

Allí, descansando como una guinda sobre la palma de mi hermana, había una tarea, un propósito. Casi lloré de alivio.

—Voy a volver, Go. Nos mudaremos al pueblo. No deberías afrontar todo esto tú sola.

No me creyó. Pude oír su respiración al otro lado de la línea.

—Lo digo en serio, Go. ¿Por qué no? Aquí no queda nada.

Un largo suspiro.

—¿Y qué pasa con Amy?

No dediqué el tiempo necesario a ponderar aquello. Simplemente asumí que haría un hatillo con mi neoyorquina esposa, sus neoyorquinos intereses y su neoyorquino orgullo, y que la alejaría de sus neoyorquinos padres —dejando atrás la excitante y frenética futurópolis de Manhattan— para trasplantarla a un pequeño pueblo a orillas del río en Missouri. Y que todo iría bien.

Todavía no entendía lo estúpido, lo optimista, lo… sí, lo «muy propio de Nick» que era pensar de aquel modo. El sufrimiento que iba a provocar.

—A Amy le parecerá bien. Amy…

Aquí es donde debería haber dicho: «Amy *adora* a mamá». Pero no podía decirle a Go que Amy adoraba a nuestra madre, porque después de todo aquel tiempo apenas si la conocía. Sus escasos encuentros las habían dejado perplejas a ambas. Después, Amy dedicaba días enteros a diseccionar las conversaciones («¿Y qué quiso decir con eso de…?»), como si mi madre fuese la anciana miembro de una tribu campesina que hubiese llegado de la tundra con un brazado de carne cruda de yak y algunos botones para trocar, intentando obtener de Amy algo que no estaba en oferta.

Amy no tenía ningún interés en conocer a mi familia, ningún interés en conocer mi lugar de nacimiento. Sin embargo, por algún motivo, pensé que volver a casa sería una buena idea.

Mi aliento matutino caldeó la almohada y cambié mentalmente de tema. No era aquel un día apropiado para lamentaciones y segundas opiniones, sino para actuar. Procedente de la planta baja, pude oír el regreso de un sonido largamente ausente: el de Amy preparando el desayuno. Un abrir y cerrar de armarios de madera (¡pim-pam!), un entrechocar de contenedores metálicos y de cristal (¡clinc-clanc!), un inspeccionar y seleccionar de ollas y sartenes (¡frus-fras!). Una orquesta culinaria afinando, trapaleando vigorosamente hacia la apoteosis mientras un molde para tartas rueda sobre el suelo y golpea la pared como un címbalo. Algo impresionante estaba siendo creado, probablemente un crepe, porque los crepes son especiales, y aquel día Amy querría cocinar algo especial.

Era nuestro quinto aniversario de boda.

Caminé descalzo hasta el rellano de la escalera y permanecí allí escuchando, hundiendo los pies en la mullida moqueta de pared a pared que Amy detestaba por principio, mientras intentaba decidir si estaba preparado para unirme a mi esposa. Amy seguía en la cocina, ajena a mis dudas. Estaba tarareando una melodía melancólica y familiar. Me esforcé por identificarla —¿una canción popular?, ¿una nana?— y entonces me percaté de que era la sintonía de *M*A*S*H*. «Suicide is painless», el suicidio es indoloro. Descendí a la planta baja.

Me quedé junto a la puerta, observando a mi mujer. Se había recogido la melena dorada como la mantequilla en una cola de caballo que oscilaba alegre como una comba y se estaba chupando distraídamente una quemazón en la punta del dedo, tarareando por encima de ella. Tarareaba para sí misma, porque a la hora de descuartizar las letras no tenía rival. Al poco de empezar a salir, oímos en la radio una canción de Genesis: «Ella parece tener un toque invisible y constante». Pero Amy cantó: «Ella aparca mi sombrero en el último estante». Cuando le pregunté cómo se le podía haber ocurrido que su versión fuese vaga, posible, remotamente correcta, me dijo que siempre había pensado que la mujer de la canción amaba de verdad al cantante porque había puesto su sombrero en el *último* estante. Supe entonces que me gustaba, que me gustaba de verdad aquella chica con una explicación para todo.

Tiene algo de perturbador, evocar un recuerdo cálido y que te deje completamente frío.

18

Amy estudió el crepe que siseaba sobre la sartén y se lamió algo de la muñeca. Parecía victoriosa, conyugal. Si la estrechaba entre mis brazos, olería a bayas y a azúcar glas.

Cuando se percató de que estaba allí, acechando, con mis calzoncillos mugrientos y los pelos de punta, Amy se apoyó contra la encimera de la cocina y dijo:

—Hola, guapo.

La bilis y el temor se abrieron paso a través de mi garganta. Pensé: «Vale, adelante».

Llegaba muy tarde a trabajar. Tras haber regresado al pueblo, mi hermana y yo habíamos cometido una estupidez. Hicimos lo que siempre habíamos dicho que nos gustaría hacer: abrimos un bar. Para ello, le pedimos dinero prestado a Amy, ochenta mil dólares, cantidad que en otro tiempo habría sido una menudencia para ella, pero que en aquel momento lo era casi todo. Juré que se lo devolvería, con intereses. No quería ser el tipo de hombre que recurre al dinero de su esposa. Podía ver a mi padre torciendo los labios solo de pensarlo. «En fin, hay hombres para todo», era su frase más reprobatoria, cuya segunda parte siempre quedaba sin pronunciar: «y tú eres del tipo equivocado».

Pero lo cierto es que fue una decisión práctica, una astuta maniobra empresarial. Tanto Amy como yo necesitábamos nuevas carreras; aquella sería la mía. Ella podría elegir la suya en el futuro —o no—, pero entretanto allí teníamos una fuente de ingresos, posibilitada por los últimos remanentes de su fondo fiduciario. Al igual que la McMansión que habíamos alquilado, el bar era un símbolo recurrente de mis recuerdos de infancia: un lugar al que solo van los adultos para hacer lo que sea que los adultos hagan. A lo mejor por eso me mostré tan insistente en comprarlo, tras haber visto cómo me arrebataban mi modo de ganarme la vida. Me servía como recordatorio de que, después de todo, era un adulto, un hombre, un ser humano útil, a pesar de haber perdido el oficio que me convertía en todas aquellas cosas. No volvería a cometer el mismo error: los otrora abundantes rebaños de escritores de revistas continuarían siendo diezmados por internet, por la recesión, por el público norteamericano que prefiere ver la tele o jugar a la consola o informar electrónicamente a sus amigos en plan, «¡ke asco de lluvia!». Pero no existe aplicación alguna que proporcione el cosquilleo de un bourbon en el interior de un bar oscuro y fresco en un día de calor. El mundo siempre querrá una copa.

Nuestro bar es un bar de esquina con una estética fortuita y fragmentada. Su mejor atributo es un gigantesco botellero victoriano con cabezas de dragón y rostros de ángel que emergen del roble, una extravagante obra de madera en esta era del plástico mierdoso. Como mierdoso es, de hecho, el resto del bar; un muestrario de las peores contribuciones del diseño de cada década: un suelo de linóleo de los tiempos de Eisenhower, cuyos bordes se han doblado hacia arriba como una tostada quemada; dudosas paredes machihembradas salidas de un vídeo porno casero de los setenta; lámparas halógenas, un tributo accidental a mi colegio mayor en los noventa. El efecto último es extrañamente hogareño; más que un bar parece una casa necesitada de reformas en un benigno estado de abandono. Y jovial: compartimos aparcamiento con la bolera local y, cuando nuestra puerta se abre de par en par, el estruendo de los plenos aplaude la entrada de los clientes.

Llamamos al bar El Bar.

—La gente pensará que somos irónicos en vez de poco imaginativos —razonó mi hermana.

Sí, nos creíamos que estábamos siendo neoyorquinos listos, que el nombre era un chiste que nadie más entendería. No como nosotros, no en plan *meta*. Nos imaginábamos a los locales arrugando las narices: «¿Por qué lo habéis llamado "El Bar"?». Pero nuestra primera clienta, una mujer de pelo cano con gafas bifocales y chándal rosa, dijo:

—Me gusta el nombre. Como el gato de Audrey Hepburn en *Desayuno con diamantes*, que se llama Gato.

Nos sentimos mucho menos superiores después de aquello, lo cual fue bueno.

Estacioné en el aparcamiento. Esperé a que el estruendo de un pleno brotara de la bolera —«Gracias, gracias, amigos»— y después salí del coche. Admiré el entorno, cuya familiaridad seguía sin aburrirme: la achatada oficina de ladrillos claros del servicio postal en la acera de enfrente (ahora cerrada los sábados), el nada pretencioso edificio de oficinas de color beige situado calle abajo (ahora cerrado, punto). No era un pueblo próspero. Ya no, ni de lejos. Joder, ni siquiera era original, ya que en Missouri hay dos Carthage. El nuestro es técnicamente *North* Carthage, lo cual hace que suene a ciudades gemelas, a pesar de que la nuestra está a cientos de kilómetros de distancia de la otra, siendo la menor de las dos: un pintoresco pueblecito de los cincuenta hinchado hasta alcanzar el grosor de un suburbio de tamaño medio en nombre del progreso. Aun así, era el lugar en el que había crecido mi madre y en el que nos crió a Go y a mí, de modo que tenía algo de historia. La mía, al menos.

Mientras me encaminaba hacia el bar a través del aparcamiento de hormigón comido por las hierbas, eché una ojeada calle abajo y vi el río. Es lo que siempre he amado de nuestro pueblo. No estamos en lo alto de algún seguro risco con vistas al Mississippi; estamos *en* el Mississippi. Podría haber bajado la calle hasta hundirme en el muy cabrón; un salto de apenas un metro y estaría de camino a Tennessee. Todos los edificios del casco antiguo tienen trazadas a mano líneas que marcan la altura alcanzada por el río durante la Gran Inundación del 61, 75, 84, 93, 07, 08, 11. Etcétera.

Aquella mañana el río no iba crecido, pero fluía con urgencia, una corriente fuerte y llena de remolinos. Una larga fila india de hombres con la mirada fija en los pies y los hombros tensos discurría a la misma velocidad que el río, avanzando con resolución hacia ninguna parte. Mientras los observaba, uno de ellos alzó repentinamente la mirada hacia mí con el rostro envuelto en sombras, un óvalo de negritud. Le di la espalda.

Sentí una necesidad inmediata, intensa, de refugiarme en el interior. Para cuando hube dado veinte pasos, el sudor burbujeaba

en mi cuello. El sol seguía siendo un ojo furibundo en el cielo.
«Has sido visto.»

El estómago me dio un vuelco y aceleré el paso. Necesitaba
una copa.

AMY ELLIOTT
8 de enero de 2005

FRAGMENTO DE DIARIO

¡Tra y la! Escribo esto con una enorme sonrisa de huérfana adoptada. Soy tan feliz que me avergüenzo, como una adolescente en un cómic de vivos colores que habla por teléfono con el pelo recogido en una coleta mientras el bocadillo sobre mi cabeza anuncia: «¡He *conocido* a un chico!».

Pero es que así ha sido. Es una verdad técnica, empírica. He conocido a un chico, un tío guapísimo y genial, un verdadero cachondo mental. Permite que te describa la escena, pues merece ser preservada para la posteridad (no, por favor, todavía no estoy tan mal, ¡posteridad!, bah). En fin. No es Año Nuevo, pero todavía sigue siendo en gran medida un año nuevo. Es invierno: oscurece temprano y hace mucho frío.

Carmen, una amiga reciente –semiamiga, apenas una amiga, el tipo de amiga de la que no puedes pasar–, me ha convencido para ir a Brooklyn a una de sus fiestas de escritores. A ver: me gustan las fiestas de escritores, me gustan los escritores, soy hija de escritores, soy escritora. Todavía me encanta garrapatear esa palabra –ESCRITORA– cada vez que un formulario, cuestionario o documento solicita mi ocupación. Vale, escribo tests de personalidad, no escribo sobre las Grandes Cuestiones del Momento, pero me parece justificado presentarme como escritora. Estoy utilizando este diario para mejorar: para pulir mi habilidad, para compilar detalles y observaciones. Para sugerir en vez de contar y demás bobadas propias de escritores. (O sea, «sonrisa de huérfana adoptada» no está nada mal, me parece a mí.) Pero sinceramente considero que solo con mis tests ya basta para calificarme al menos de manera honoraria. ¿Verdad?

Estás en una fiesta en la que te encuentras rodeada por escritores genuinamente talentosos que trabajan en revistas y periódicos célebres y respetados. Tú solo escribes tests en semanarios para mujeres. Cuando alguien te pregunta cómo te ganas la vida:

a) Te avergüenzas y dices: «¡Solo soy una humilde redactora de tests, una estupidez, vamos!».

b) Pasas a la ofensiva: «Ahora soy escritora, pero me estoy planteando hacer algo más digno y complejo. ¿Por qué? ¿A qué se dedica usted?».

c) Te enorgulleces de tus logros: «Escribo tests de personalidad basándome en los conocimientos adquiridos en mi doctorado en psicología. Oh, y una curiosidad: inspiré la creación de una admirada serie de libros para niños, seguro que la conoce. ¿*La Asombrosa Amy*? ¡Chúpate esa, pedazo de esnob!».

Respuesta: C, indiscutiblemente C

En cualquier caso, la fiesta ha sido cosa de un buen amigo de Carmen que escribe sobre películas para una revista de cine y que, según Carmen, es muy divertido. Por un momento me preocupa que quiera liarnos: no tengo el más mínimo interés en que me líen. Necesito ser emboscada, tomada por sorpresa, como una especie de fiero chacal del amor. De otra manera me siento demasiado envarada. Me noto intentando parecer encantadora y entonces me doy cuenta de que resulta evidente que estoy intentando parecer encantadora y entonces intento ser más encantadora aún para compensar el falso encanto y para entonces básicamente me he convertido en Liza Minnelli: bailando con mallas y lentejuelas, rogando tu amor. Hay un bombín, manos de jazz y muchos dientes.

Pero no, mientras Carmen sigue exaltando las virtudes de su amigo, me doy cuenta: es a *ella* a quien le gusta. Bien.

Ascendemos tres tramos de escaleras contrahechas y nos recibe una oleada de calor corporal y literario: muchas gafas negras de pasta y flequillos redondos; falsas camisas vaqueras y jerséis de cuello vuelto; guerreras negras de lana que se desparraman sobre el sofá para acabar amontonándose en el suelo; un póster alemán de *La huida* («Ihre Chance war gleich Null!») cubre una pared de pintura resquebrajada. En el equipo, Franz Ferdinand: «Take Me Out».

Un corrillo de tíos se arremolina junto a la mesa camilla sobre la que están apiñadas las botellas, rellenando sus bebidas a cada par de sorbos, perfectamente conscientes de lo poco que queda de alcohol para todos. Me abro camino, colocando mi vaso de plástico en el centro como un músico callejero, y obtengo un entrechocar de cubitos de hielo y un chorro de vodka gracias a un tipo de rostro afable que lleva una camiseta de Space Invaders.

La aportación irónica del anfitrión, una botella de licor verde de manzana de aspecto letal, será pronto nuestro sino a menos que alguien se ofrezca a salir para comprar más bebida, y eso parece poco probable, pues resulta evidente que todos están convencidos de haber hecho lo propio la última vez que ocurrió algo similar. Desde luego es una fiesta de enero, una fiesta de gente empachada y con sobredosis de azúcar debido a las fiestas, simultáneamente perezosa e irritada. Una de esas fiestas en la que los presentes beben en exceso y buscan gresca con frases ingeniosas, exhalando el humo de los cigarrillos por una ventana abierta incluso después de que el anfitrión les haya pedido que salgan afuera. Todos hemos hablado ya con todos en otras mil fiestas navideñas y no tenemos nada más que decir. Nos sentimos colectivamente aburridos, pero no queremos volver a salir al frío de enero; aún nos duelen los huesos de haber subido las escaleras del metro.

Carmen me abandona para ir en pos de su idolatrado anfitrión; les veo charlar intensamente en un rincón de la cocina, encorvando los hombros los dos, mirándose directamente a la cara, formando un corazón. Bien. Se me ocurre que si me pongo a comer tendré algo que hacer además de seguir plantada en mitad de la habitación, sonriendo como la chica nueva del comedor. Pero se lo han terminado casi todo. Quedan algunos trocitos de patatas fritas en el fondo de un gigantesco cuenco Tupperware. Sobre una mesita de salón, una bandeja de supermercado llena de zanahorias ajadas, apio mordisqueado y salsa semenosa permanece intacta, sembrada de colillas que sobresalen como palitos de verdura adicionales. Me entrego a mi rollo, mi rollo impulsivo: ¿y si salto ahora mismo desde el anfiteatro de este cine? ¿Y si beso con lengua al mendigo que se sienta delante de mí en el metro? ¿Y si me siento a solas en el suelo en mitad de la fiesta y me como todo lo que hay en esa bandeja, incluidos los cigarrillos?

—Por favor, no comas nada de esa bandeja —me dice.

Es *él* (bum bum BUMMM), pero yo todavía no lo sé (bumbum-bummm). Por ahora solo sé que es un tipo que quiere hablar conmigo y que luce su jactancia como una camiseta irónica, pero le sienta mejor. La clase de tipo que se comporta como si mojara un montón, un tipo al que le gustan las mujeres, un tipo capaz de follarme como Dios manda. ¡Ya me gustaría a mí ser follada como Dios manda! Mi vida sentimental parece orbitar alrededor de tres clases de hombre: universitarios pijos que se creen personajes en una novela de Fitzgerald; corredores de Bolsa con signos de dólar en los ojos, en las orejas, en la boca; y listillos sensibles tan perspicaces que todo les parece una broma. Los pijos fitzgeraldianos tienden a ser improductivamente pornográficos en la cama: mucho ruido y acrobacias para llegar a un resultado prácticamente nulo. Los inversores se revelan coléricos y flácidos. Los listillos follan como si estuvieran componiendo una pieza de rock matemático: esta mano tamborilea por aquí y luego este dedo aporta un agradable ritmo de bajo… Me expreso como una fresca, ¿verdad? Hagamos una pausa mientras cuento cuántos… Once. No está mal. Siempre he pensado que doce era un número sólido y razonable en el que plantarse.

—En serio —dice Número 12 (¡ja!)—. Aléjate de esa bandeja. James tiene hasta tres ingredientes más en la nevera. Podría prepararte una aceituna con mostaza. Pero solo una aceituna.

«Pero solo una aceituna.» Una frase que no pasa de ligeramente graciosa, pero que contiene la semilla de una broma privada; una que se irá haciendo más divertida a base de sucesivas repeticiones nostálgicas. «Dentro de un año –pienso–, estaremos paseando por el puente de Brooklyn al atardecer y uno de los dos susurrará: "Pero solo una aceituna", y nos echaremos a reír.» (Después me refreno. Terrible. Si él supiera que ya estaba pensando en *dentro de un año*, saldría corriendo y me sentiría obligada a aplaudirle por ello.)

Sobre todo, lo voy a reconocer, sonrío porque es guapísimo. Tan guapo que despista, el tipo de belleza que hace que los ojos te den vueltas y te entren ganas de recalcar lo obvio –«Sabes que eres guapísimo, ¿verdad?»– para poder seguir con la conversación. Apuesto a que los tíos lo odian: tiene el físico de rufián rico en una película para adolescentes de los ochenta, ese que abusa del inadaptado sensible, el que acabará con un pastel en toda la jeta y chorretones de nata en el cuello de la camisa vuelto hacia arriba mientras todos los presentes en la cafetería jalean.

Sin embargo, no se comporta como tal. Se llama Nick. Me encanta. Hace que parezca agradable y normal, que es lo que es. Cuando me dice su nombre, le digo:

—Mira, un nombre de verdad.

Él se anima y me lanza el anzuelo:

—Nick es la clase de chico con el que puedes quedar para beberte una cerveza, la clase de chico al que no le importa si vomitas en su coche. ¡Nick!

Cuenta una serie de chistes espantosos. Capto tres cuartas partes de sus referencias fílmicas. Puede que dos tercios. (Nota: alquilar *Juegos de amor en la universidad*.) Rellena mi copa sin que tenga que pedírselo, rateando de alguna manera un último vaso de alcohol del bueno. Me ha reclamado, ha clavado su bandera en mí: «He llegado el primero, es mía, mía». Tras toda la retahíla de hombres nerviosos, respetuosos y posfeministas con los que he salido últimamente, resulta agradable ser un territorio. Nick tiene una gran sonrisa, una sonrisa felina. A juzgar por cómo me mira, debería toser un montoncillo de plumas amarillas de Piolín. No me pregunta a qué me dedico, lo cual me parece bien, lo cual es una novedad. (Soy escritora, ¿lo había mencionado ya?) Habla con acento de Missouri, ribereño y sinuoso; nació y se crió a las afueras de Hannibal, el hogar de juventud de Mark Twain, la inspiración tras *Tom Sawyer*. Me cuenta que de adolescente trabajó en un barco de vapor, de los de cena y jazz para los turistas. Y cuando me río (como la mocosa que soy; una mocosa de Nueva York que jamás se ha aventurado por esos ingobernables estados del centro, esos estados-en-los-que-vive-mucha-otra-gente), me informa de que *Messura* es un lugar mágico, el más hermoso del mundo, que no hay otro estado más glorioso. Tiene los ojos traviesos, de pestañas largas. Puedo ver el aspecto que tenía de muchacho.

Compartimos el taxi de vuelta. Las farolas arrojan sombras atolondradas y el coche acelera como si alguien nos persiguiera. Es la una de la madrugada cuando nos topamos con uno de los inexplicables atascos de Nueva York a doce manzanas de mi piso, así que dejamos el taxi y salimos al frío, hacia el gran «¿Y ahora qué?». Nick anuncia su intención de acompañarme hasta casa apoyando una mano sobre la parte baja de mi espalda mientras el viento helado nos congela el rostro. A la que doblamos la esquina, la panadería local está recibiendo un pedido de azúcar glas que entra en el almacén a través de un gigantesco embudo, como si fuera cemento, y no podemos ver nada salvo las sombras de los repartidores entre una nube blanca y dulce. La calle se nubla, Nick me agarra con fuerza, vuelve a mostrar aquella sonrisa, agarra un único mechón de mi pelo entre dos dedos y lo recorre hasta la punta, dando dos tironcitos, como si estuviera haciendo sonar una campana. Tiene las pestañas cubiertas de polvillo y antes de inclinarse sobre mí, me limpia el azúcar de los labios para poder saborearme.

NICK DUNNE
El día de

Abrí de par en par la puerta de mi bar, me sumergí en la oscuridad y respiré hondo por primera vez en todo el día, inhalando el aroma a cerveza y cigarrillos; especiado el del bourbon derramado, acre el de las palomitas rancias. Únicamente había una clienta en el bar, sentada al extremo más alejado de la barra: una anciana llamada Sue que había ido todos los jueves con su marido hasta que este falleció hacía tres meses. Ahora iba todos los jueves sola, sin apenas trabar conversación. Se limitaba a sentarse con una cerveza y un crucigrama, preservando un ritual.

Mi hermana estaba detrás de la barra, llevaba el pelo recogido con horquillas de empollona y tenía los brazos rosados de meter y sacar las jarras de cerveza en el lavavajillas. Go es esbelta y de cara extraña, lo cual no quiere decir que no sea atractiva. Sus rasgos simplemente requieren un momento para cobrar sentido: la mandíbula ancha, la naricilla respingona, los ojos oscuros y globulares. Si estuviésemos en una película de época, los hombres silbarían al verla, se echarían hacia atrás el sombrero de fieltro y exclamarían: «¡Eso sí que es una mujer de bandera!». El rostro de una reina de las comedias alocadas de los treinta no siempre se ajusta a esta era nuestra de princesitas de cuento de hadas, pero sé de buena tinta, a raíz de los años que hemos pasado juntos, que a los hombres les gusta mi hermana, un montón, lo cual me coloca en esa extraña posición fraternal de sentirme a la vez orgulloso y preocupado.

—¿Se sigue fabricando el embutido con pimiento? —dijo Go a modo de saludo, sin levantar la vista, simplemente sabiendo que era yo.

Sentí el mismo alivio que solía sentir cada vez que la veía: puede que las cosas no fueran a las mil maravillas, pero todo saldría bien.

Mi melliza, Go. Tantas veces he repetido esa frase que las palabras han acabado por perder su sentido real para convertirse en un mantra tranquilizador: «Mimellizago». Nacimos en los setenta, cuando los mellizos aún eran algo anómalo, algo ligeramente mágico: primos del unicornio, parientes de los elfos. Incluso compartimos una pizca de telepatía. Go es realmente la única persona en todo el mundo junto a la que me siento yo mismo por completo. Cuando estoy con ella no siento la necesidad de explicarle mis motivos. No clarifico, no dudo, no me preocupo. No se lo cuento todo, ya no, pero le cuento más que a cualquier otra persona, con mucha diferencia. Le cuento hasta donde puedo. Pasamos nueve meses espalda contra espalda, protegiéndonos mutuamente. Pasó a ser una costumbre para toda la vida. Nunca me importó que fuese chica, algo extraño para un chaval tan inseguro como yo. ¿Qué puedo decir? Siempre fue una tía enrollada.

—El embutido con pimiento? Creo que sí.

—Deberíamos comprar —dijo Go, arqueando una ceja en mi dirección—. Siento curiosidad.

Sin preguntar, me sirvió una PBR de barril en una jarra de limpieza discutible. Cuando me vio inspeccionando el borde manchado, Go se acercó la jarra a la boca y lamió la mancha hasta borrarla, dejando un reguero de saliva. Después volvió a dejar la jarra frente a mí, sobre la barra.

—¿Mejor, mi príncipe?

Go cree a pies juntillas que siempre obtuve un trato privilegiado por parte de nuestros padres, que fui el chico que habían planeado, el hijo único que se habrían podido permitir, y que ella llegó sibilinamente a este mundo agarrada a mi tobillo, como una extraña indeseada. (Para mi padre, una extraña particularmente indeseada). Está convencida de que, durante toda nuestra infancia, nuestros padres dejaron que se las apañara sola, una lastimera criatura de prendas de segunda mano y boletines escolares sin firmar, presupuestos reducidos y remordimiento general. Puede que su visión esté en cierto modo justificada; apenas puedo soportar admitirlo.

—Sí, mi escuálida y pequeña sierva —dije, aleteando las manos en actitud regia.

Me encorvé sobre mi jarra. Necesitaba sentarme y beberme una cerveza o tres. Seguía teniendo los nervios a flor de piel desde la mañana.

—¿Qué te pasa? —dijo Go—. Pareces inquieto.

Me arrojó un poco de espuma, más agua que jabón. El aire acondicionado se puso en marcha, alborotándonos las coronillas. Pasábamos más tiempo del necesario en El Bar. Se había convertido en la casa en lo alto del árbol que nunca tuvimos de pequeños. El año anterior, durante una noche de cogorza, abrimos las cajas almacenadas en el sótano de nuestra madre, mientras esta aún seguía viva, pero poco antes del final, cuando andábamos necesitados de consuelo, y repasamos nuestros juegos y juguetes entre aahs, oohs y sorbos de cerveza de lata. Navidades en agosto. Tras el fallecimiento de mamá, Go se mudó a nuestra vieja casa y lentamente fuimos trasladando nuestros juguetes, de manera poco sistemática, a El Bar. Un buen día, una muñeca Tarta de Fresa ya sin aroma aparecía sobre un taburete (mi regalo para Go). Otro, un diminuto El Camino de Hot Wheels al que le faltaba una rueda amanecía sobre una balda en la esquina (un regalo de Go para mí).

Se nos ocurrió organizar una noche semanal dedicada a los juegos de mesa, a pesar de que la mayoría de nuestros clientes eran demasiado viejos para sentir nostalgia por el Tragabolas y el Juego de la Vida, con sus diminutos coches de plástico por llenar de diminutas esposas de plástico y diminutos bebés de plástico, todos igual de mentecatos. No consigo recordar cómo se ganaba. (Pensamiento profundo del día patrocinado por Hasbro.)

Go rellenó mi jarra, rellenó la suya. Tenía el párpado izquierdo ligeramente caído. Eran exactamente las 12.00 del mediodía y me pregunté cuánto tiempo llevaría bebiendo. Había tenido una década tormentosa. A finales de los noventa, mi inquisitiva hermana, con su cerebro de ingeniero espacial y sus ánimos de jinete de rodeo, había dejado la universidad para mudarse a Manhattan, donde fue una de las primeras en explotar el fenómeno puntocom. Estuvo dos años ganando una pasta gansa y después sufrió el estallido de la burbuja de internet en 2000. Go siguió impertérrita. Estaba más cerca de los veinte que de los treinta; no pasaba nada. A modo de segundo acto, terminó la carrera y se incorporó al mundo de traje gris de la banca de inversiones. Nivel medio, nada exagerado, nada censurable, pero volvió a quedarse sin empleo –nuevamente de golpe– con la crisis financiera de 2008. Yo ni siquiera sabía que había abandonado Nueva York hasta que me llamó desde casa de nuestra madre anunciando: «Me rindo». Le rogué de todas las maneras posibles que regresara, pero solo obtuve un silencio irritable a modo de respuesta. Nada más colgar, llevé a cabo un angustiado peregrinaje hasta su apartamento en el Bowery, donde encontré a Gary, su adorado ficus, muerto y amarillento en la escalera de incendios, y supe que Go nunca iba a volver.

El Bar parecía haberla animado. Llevaba los libros de contabilidad, servía cervezas y de vez en cuando le metía mano a la jarra de las propinas, pero por otra parte trabajaba más que yo. Nunca hablábamos de nuestras viejas vidas. Éramos Dunne, nuestras vidas habían terminado y nos sentíamos extrañamente satisfechos con ello.

–Entonces, ¿qué? –dijo Go, su modo habitual de iniciar una conversación.

–Eh.

–Eh, ¿qué? Eh, ¿mal? Tienes mal aspecto.

Me encogí de hombros afirmativamente; Go me estudió el rostro.

–¿Amy? –preguntó.

Era una pregunta fácil. Volví a encogerme de hombros, esta vez con resignación, un «¿Qué le vamos a hacer?».

Go me dedicó una expresión divertida, apoyando ambos codos sobre la barra y colocando las manos bajo la barbilla, inclinándose para llevar a cabo una incisiva disección de mi matrimonio. Un panel de expertos de una sola persona, esa era Go.

—¿Qué pasa con ella?

—Un mal día. Simplemente es un mal día.

—Pues no dejes que te lo amargue —dijo ella, encendiendo un cigarrillo. Fumaba exactamente uno al día—. Las mujeres están locas.

Go no se consideraba parte de la categoría «mujeres», palabra que siempre utilizaba en tono despectivo. Soplé para devolverle el humo de su cigarrillo.

—Hoy es nuestro aniversario de bodas. El quinto.

—Guau —dijo mi hermana, echando la cabeza hacia atrás. Había sido dama de honor, vestida de color violeta de la cabeza a los pies («la guapísima *señora* de pelo negro envuelta en amatista», la había llamado la madre de Amy), pero no tenía memoria para las fechas—. Joder. Tío. Parece que fue ayer. —Me echó más humo a la cara, un indolente juego de tú llevas el cáncer—. Organizará una de sus… uh… cómo se llaman, no son gincanas…

—Caza del tesoro —dije.

A mi esposa le encantaban los juegos, principalmente los juegos mentales, pero también los de verdad, los divertidos, y para nuestro aniversario siempre organizaba elaboradas cazas del tesoro en las que cada pista indicaba el escondite de la siguiente, y así sucesivas veces hasta llegar al final, que era mi regalo. Era lo mismo que hacía su padre por su madre en cada uno de sus aniversarios, y no se crean que no soy consciente del intercambio de papeles, que no pillo la indirecta. Pero yo no me crié en casa de Amy, me crié en la mía, y el último regalo que le hizo mi padre a mi madre fue una plancha que dejó sobre la encimera de la cocina. Sin envolver.

—¿Quieres que hagamos una apuesta a ver lo mucho que se cabrea contigo este año? —preguntó Go, sonriendo por encima de su jarra de cerveza.

Las cazas del tesoro de Amy tenían un inconveniente: que yo nunca desentrañaba las pistas. En nuestro primer aniversario, cuando todavía vivíamos en Nueva York, adiviné dos de siete. Fue el año que mejor se me dio. Esta fue la primera salva:

El sitio en cuestión es un poco anticuado,
pero en él me diste un buen beso, un martes del otoño pasado.

¿Alguna vez participaron de niños en un concurso de deletrear? ¿Recuerdan ese segundo de incertidumbre en el que te dedicas a peinar tu cerebro justo después de que hayan anunciado la palabra, preguntándote si serás capaz de deletrearla? Era la misma sensación: ese pánico al vacío.

—Un bar irlandés en un sitio no tan irlandés —me espoleó Amy.

Yo me mordí un costado del labio y empecé a encogerme de hombros, escudriñando nuestra sala de estar, como si la respuesta fuera a aparecer allí. Amy me concedió otro largo minuto.

—Estábamos perdidos bajo la lluvia —dijo al fin, en un tono de voz que sonaba a ruego en dirección al mosqueo.

Terminé mi encogimiento.

—McMann's, Nick. ¿No te acuerdas, cuando nos perdimos bajo la lluvia en Chinatown intentando encontrar el restaurante de dim sum y se suponía que estaba cerca de la estatua de Confucio, pero resulta que hay dos estatuas de Confucio y acabamos por casualidad en aquel bar irlandés, completamente empapados, y nos tomamos un par de whiskys y me agarraste y me besaste y fue…?

—¡Claro! Deberías haber mencionado a Confucio en la pista, así sí que lo habría adivinado.

—El quid no era la estatua. El quid era el sitio. El momento. Sencillamente me pareció especial. —Pronunció aquellas últimas palabras con un soniquete infantil que en otro tiempo me había parecido atractivo.

—Porque *fue* especial —dije yo, atrayéndola hacia mí para besarla—. Este morreo acaba de ser mi recreación especial de aniversario. Vamos a repetirlo en McMann's.

En McMann's, el camarero, un enorme y barbado chico-oso, sonrió al vernos entrar, nos sirvió sendos whiskys y dejó sobre la barra la siguiente pista.

Cuando estoy triste y siento pesar
es el único sitio donde me apetece estar.

Resultó ser la estatua de Alicia en el País de las Maravillas en Central Park, la cual, según me había contado Amy –porque me lo había *contado*, ella *sabía* que me lo había contado *muchas veces*–, aligeraba sus penas cuando era niña. Yo no recuerdo ninguna de aquellas conversaciones. Estoy siendo sincero, sencillamente no las recuerdo. Tengo una pizca de TDA y además siempre me he sentido un tanto deslumbrado por mi esposa, en el sentido más puro de la palabra, el de perder claridad de visión, especialmente al mirar una luz brillante. Me conformaba con estar cerca de ella y oírla hablar, y no siempre importaba lo que estuviera diciendo. Debería haber importado, pero no era así.

Para cuando acabó la jornada y llegamos al verdadero intercambio de regalos –los tradicionales regalos de papel para el primer año de casados–, Amy había dejado de hablarme.

–Te quiero, Amy. Sabes que te quiero –dije, siguiéndola a través de los numerosos grupos de obnubilados turistas, inmóviles en mitad de la acera, boquiabiertos y ajenos a todo.

Amy serpenteó entre las multitudes de Central Park, sorteando corredores de mirada invariable y patinadores de glúteos endurecidos, padres arrodillados y bebés que se tambaleaban como borrachos, siempre por delante de mí, con los labios apretados, acelerando hacia ninguna parte mientras yo intentaba alcanzarla, agarrarla del brazo. Finalmente se detuvo, mostrándome un rostro imperturbable mientras intentaba explicarme, conteniendo mi exasperación con una pinza mental:

–Amy, no entiendo por qué necesito demostrarte mi amor recordando exactamente las mismas *cosas* que tú, exactamente de la misma *manera* que las recuerdas tú. Eso no significa que no esté encantado de vivir contigo.

Un payaso cercano hinchó un globo con forma de animal, un hombre compró una rosa, un niño lamió un helado de cono y en aquel momento nació una auténtica tradición, una que nunca olvidaría: Amy con su proclividad al exceso y yo con la mía a todo lo contrario, indigno incluso del esfuerzo. Feliz aniversario, gilipollas.

—Es un suponer, pero... ¿cinco años? Se va a cabrear *muchísimo* —continuó Go—. Así que espero que le hayas comprado un regalo bueno de verdad.

—Lo tengo en la lista de pendientes.

—¿Cuál es el símbolo para los cinco años? ¿Papel?

—Papel es el primer año —dije.

Al término de aquella primera e inesperadamente dolorosa caza del tesoro, Amy me obsequió con un elegante juego de papel de escritorio con mis iniciales grabadas en lo alto, de textura tan cremosa que esperaba que se me humedecieran los dedos. A cambio, yo le regalé una chillona cometa de papel comprada en un todo a cien, imaginando el parque, picnics, cálidas brisas veraniegas. A ninguno de los dos nos gustó nuestro regalo; ambos hubiéramos preferido el del otro. Fue como un cuento de O. Henry pero al revés.

—¿Plata? —preguntó Go—. ¿Bronce? ¿Hueso de ballena? Ayúdame.

—Madera —dije—. No hay manera de hacer un regalo romántico en madera.

Al otro extremo de la barra, Sue dobló pulcramente su periódico y lo dejó sobre la barra junto a la jarra vacía y un billete de cinco dólares. Los tres intercambiamos sonrisas silenciosas a su marcha.

—Ya lo tengo —dijo Go—. Vete a casa, échale un polvo de leyenda y luego la golpeas con la polla y gritas: «¡Toma madera, zorra!».

Nos echamos a reír. Después a los dos se nos encendieron las mejillas en el mismo lugar. Era el tipo de broma grosera y nada fraternal que a Go le encantaba arrojarme como una granada. También era el motivo de que, en el instituto, siempre corriesen los rumores de que nos acostábamos en secreto. Incestillizos. Manteníamos una relación demasiado estrecha: chistes privados, susurros huidizos en plena fiesta. Estoy bastante seguro de que no hará falta decirlo, pero como cualquiera que no sea Go podría malinterpretarme, lo haré: mi hermana y yo nunca nos hemos acostado juntos ni se nos ha pasado por la cabeza hacerlo. Simplemente nos llevamos francamente bien.

En aquel momento, Go estaba gesticulando como si estuviera azotando a mi esposa con el rabo.

No, Amy y Go nunca iban a ser amigas. Las dos eran demasiado territoriales. Go estaba acostumbrada a ser la chica alfa en mi vida, Amy estaba acostumbrada a ser la chica alfa en la vida de todos. Para tratarse de dos personas que vivían en la misma ciudad —la misma ciudad en dos ocasiones distintas: primero en Nueva York, ahora en Carthage— apenas se conocían la una a la otra. Iban y venían por mi vida como actrices de teatro bien sincronizadas; una salía por la puerta al tiempo que la otra entraba, y en las raras ocasiones en las que coincidían en la misma habitación, ambas parecían en cierto modo confundidas por la situación.

Antes de que Amy y yo empezásemos a ir en serio, nos prometiéramos, nos casáramos, vislumbraba retazos de los pensamientos de Go en frases ocasionales. «Es curioso, no consigo terminar de ficharla, me refiero a su verdadera personalidad.» Y: «Simplemente no pareces el mismo cuando estás con ella». Y: «Hay una diferencia entre querer de verdad a una persona y querer la idea que te has hecho de ella». Y finalmente: «Lo importante es que te haga verdaderamente feliz».

Eso cuando Amy me hacía verdaderamente feliz.

Amy también me obsequiaba con sus impresiones de Go: «Es muy… de Missouri, ¿verdad?». Y: «Has de estar del humor adecuado para hablar con ella». Y: «Necesita que estés siempre pendiente de ella, pero por otra parte imagino que, claro, no tiene a nadie más».

Tras acabar todos juntos en Missouri, yo había esperado que ambas enterraran el hacha de guerra y aprendiesen a vivir con sus desacuerdos. Ninguna de las dos lo hizo. Sin embargo, Go era más divertida que Amy, de manera que se trataba de una batalla desequilibrada. Amy era inteligente, corrosiva, sarcástica. Amy podía enervarme, desarrollar una argumentación afilada y penetrante, pero Go siempre me hacía reír. Es peligroso reírte de tu esposa.

—Go, creía que habíamos acordado que nunca volverías a mencionar mis genitales —dije—. Que dentro de los límites de nuestra relación fraternal, no tengo genital alguno.

Sonó el teléfono. Go le dio otro sorbo a su cerveza y contestó, puso los ojos en blanco y sonrió.

—¡*Claro* que está, un momento, por favor!

Después formó con los labios la palabra «Carl».

Carl Pelley vivía en la acera de enfrente de nuestra casa. Jubilado desde hacía tres años. Divorciado desde hacía dos. Fue entonces cuando se mudó a nuestra urbanización. Había sido vendedor ambulante —accesorios para fiestas infantiles— y yo percibía que, tras cuatro décadas viviendo en moteles, no se sentía cómodo en casa. Aparecía en el bar prácticamente a diario con una maloliente bolsa de Hardee's, quejándose de su mala economía, hasta que le ofrecíamos una primera ronda a cuenta de la casa. (Aquella fue otra de las cosas que averigüé sobre Carl en El Bar, que era un alcohólico funcional pero irredento.) Tenía el detalle de aceptar cualquier cosa de la que «pretendiésemos librarnos», y lo decía en serio: durante todo un mes, Carl no bebió otra cosa que una partida de Zimas polvorientas, aproximadamente de 1992, que habíamos encontrado en el sótano. Cuando una resaca obligaba a Carl a quedarse en casa, buscaba cualquier motivo para llamar: «Vuestro buzón parece muy lleno hoy, Nicky, a lo mejor has recibido un paquete». O: «Parece que va a llover, quizá deberías cerrar las ventanas». Los motivos eran lo de menos. Carl solo necesitaba oír el entrechocar de cristales, el gorgoteo de una bebida al ser servida.

Cogí el teléfono y agité una cubitera cerca del receptor de modo que Carl pudiera imaginar su ginebra.

—Eh, Nicky —sonó la aguada voz de Carl—. Siento molestarte. Solo he pensado que deberías saberlo… La puerta de vuestra casa está abierta de par en par y el gato ha salido a la calle. Eso no debería ser así, ¿verdad?

Proferí un gruñido impreciso.

—Me acercaría a echar un vistazo, pero hoy no me encuentro demasiado bien —dijo Carl con pesadez.

—No te preocupes —dije yo—. De todos modos ya es hora de que vaya volviendo a casa.

Era un trayecto de quince minutos en coche, todo recto siguiendo la carretera del río. Conducir hasta nuestra urbanización me provocaba en ocasiones escalofríos, debido al número de casas oscuras y boquiabiertas que veía en el camino, hogares que nunca habían conocido habitante alguno u hogares cuyos propietarios habían sido desahuciados para dejar la casa alzándose triunfalmente vacía, deshumanizada.

Cuando Amy y yo nos mudamos, todos nuestros escasos vecinos cayeron de inmediato sobre nosotros: una madre soltera de mediana edad con tres hijos que nos trajo un guiso; un joven padre de trillizos con un pack de seis latas de cerveza (a su mujer la dejó en casa con los trillizos); una anciana pareja de cristianos que vivía un par de casas más allá y, por supuesto, Carl, el de la acera de enfrente. Nos sentamos en el porche trasero y admiramos el río, y todos ellos se quejaron de las hipotecas de interés variable y del cero por ciento y sin entrada, y todos recalcaron que Amy y yo éramos los únicos con acceso al río, los únicos sin hijos. «¿Solo ustedes dos? ¿En esta casa tan grande?», preguntó la madre soltera, repartiendo una tortilla de vaya usted a saber qué.

—Solo nosotros dos —confirmé con una sonrisa, y asentí agradecido mientras me llenaba la boca con huevo semilíquido.

—Qué solitario parece.

En eso tenía razón.

A los cuatro meses, la señora de la tortilla perdió la batalla contra la hipoteca y desapareció de la noche a la mañana con sus tres hijos. Su casa ha permanecido vacía desde entonces. La ventana del salón todavía exhibe pegado al cristal un dibujo infantil de una mariposa, con los brillantes colores de rotulador desgastados por el sol. Una noche, no hace mucho, pasé por delante con el coche y vi a un hombre con barba, desaliñado, oteando desde detrás del dibujo, flotando en la oscuridad como un pez triste en un acuario. Me vio y se refugió de inmediato en las profundidades de la casa. Al día siguiente, dejé una bolsa de papel marrón llena de bocadillos en el escalón de entrada; permaneció bajo el sol intacta durante una semana, descomponiéndose húmedamente, hasta que volví a cogerla y la eché a la basura.

Silencioso. El complejo permanecía en todo momento perturbadoramente silencioso. Estaba llegando a casa, consciente del ruido del motor del coche, cuando vi que, efectivamente, el gato estaba sobre los escalones de la entrada. Todavía fuera, veinte minutos después de la llamada de Carl. Aquello era raro. Amy adoraba al gato, el gato había sido desuñado, el gato no tenía permitido salir de casa, jamás de los jamases, porque el gato, Bleecker, era cariñoso pero extremadamente estúpido, y a pesar del chip implantado en algún lugar entre sus rollizos y peludos pliegues, Amy sabía que si alguna vez salía nunca volvería a verlo. Encaminaría sus torpes pasos derecho hacia el Mississippi —didel-di-dum— y flotaría hasta llegar al Golfo de México y las hambrientas fauces de un tiburón toro.

Pero resultó que el gato ni siquiera era lo suficientemente inteligente como para ir más allá de los escalones. Bleecker aguardaba sentado al borde del porche, como un obeso pero orgulloso centinela, el recluta Esforzado. Mientras aparcaba en el camino de entrada, Carl se asomó a la puerta y noté que tanto el gato como el anciano me observaban salir del vehículo y dirigirme hacia la casa por el sendero flanqueado de peonías rojas de aspecto orondo y jugoso que pedían ser devoradas.

Iba a colocarme en posición de bloqueo para interceptar al gato cuando vi que la puerta principal estaba abierta. Carl me había avisado, pero verlo era otra cuestión. No era una apertura de salgo-a-tirar-la-basura-y-vuelvo-en-un-minuto. Era una apertura completa, de par en par, ominosa.

Carl seguía al otro lado de la calle, aguardando mi respuesta, y como en una terrible performance me sentí interpretando el papel de Esposo Preocupado. Me detuve en mitad de la escalera, frunciendo el ceño, después ascendí rápidamente los peldaños restantes de dos en dos, pronunciando el nombre de mi esposa.

Silencio.

—Amy, ¿estás en casa?

Subí corriendo a la primera planta. Ni rastro de Amy. La tabla de planchar estaba preparada, la plancha todavía encendida, un vestido aguardaba a ser planchado.

—¡Amy!

Mientras bajaba corriendo las escaleras, alcancé a ver a Carl todavía enmarcado por la puerta abierta, observando con las manos en las caderas. Entré bruscamente en la sala de estar y me detuve en seco. La alfombra resplandecía con pedazos de cristal. La mesita del café estaba destrozada, las rinconeras caídas y los libros desparramados por el suelo como en un truco de naipes. Incluso la pesada y antigua otomana estaba volcada, alzando sus cuatro diminutas patas hacia el techo como un animal muerto. En mitad de todo aquel desorden destacaban un par de tijeras bien afiladas.

—¡Amy!

Eché a correr, bramando su nombre. A través de la cocina, donde se estaba quemando una tetera, escaleras abajo, donde el cuarto para invitados del sótano seguía completamente vacío, para salir finalmente al exterior por la puerta trasera. Atravesé con celeridad el patio hasta alcanzar el esbelto embarcadero que sobresalía sobre el río. Miré por un costado para ver si estaba en nuestro bote de remos, donde la había encontrado otro día, amarrada al muelle, dejándose mecer por la corriente con el rostro vuelto hacia el sol, los ojos cerrados. Mientras observaba los deslumbrantes centelleos del río y su hermoso rostro inmóvil, Amy abrió repentinamente sus azules ojos y me miró sin pronunciar palabra. Yo tampoco le dije nada a ella y regresé a casa solo.

—¡Amy!

No estaba en el agua ni estaba en la casa. Simplemente no estaba.

Amy había desaparecido.

AMY ELLIOTT
18 de septiembre de 2005

FRAGMENTO DE DIARIO

Vaya, vaya, vaya. ¿Adivina quién ha vuelto? Nick Dunne, el juerguista de Brooklyn, el besucón de las nubes de azúcar, artista del escapismo. Ocho meses, dos semanas y un par de días sin tener noticias de él y de repente reaparece, como si todo hubiese formado parte de un plan. Resulta que perdió mi número de teléfono. Su móvil estaba sin batería, así que se lo apuntó en un post-it. Después se guardó el post-it en el bolsillo de los vaqueros y metió los vaqueros en la lavadora, convirtiendo el post-it en un pedazo de pulpa arremolinada. Intentó desenrollarlo, pero solo fue capaz de distinguir un 3 y un 8. (Dice él.)

Y entonces el trabajo se le echó encima y de repente ya era marzo y había pasado tanto tiempo que le daba vergüenza intentar encontrarme. (Dice él.)

Por supuesto que me *enfadé*. Había *estado* enfadada. Pero ahora ya no. Deja que te describa la escena. (Dice ella.) Hoy. Vientos frescos de septiembre. Iba paseando por la Séptima Avenida, aprovechando la hora del almuerzo para estudiar los contenidos de los ultramarinos expuestos en la acera —interminables contenedores de plástico llenos con rodajas de melón verde, piel de sapo y sandía, dispuestas sobre hielo como la pesca del día—, cuando he notado que un hombre se pegaba a mí como un percebe siguiendo mi travesía. He mirado por el rabillo del ojo al intruso y me he dado cuenta de quién era. Era *él*. El chico de «¡He conocido a un chico!».

No he interrumpido el paseo, simplemente me he vuelto hacia él para decirle:

    a) «¿Nos conocemos?» (manipuladora, desafiante)
    b) «¡Oh, guau, cómo me alegro de verte!» (ansiosa, dispuesta como un felpudo)
    c) «Vete a tomar por culo» (agresiva, molesta)
    d) «Vaya, desde luego te tomas las cosas con calma, ¿eh, Nick?» (ligera, juguetona, relajada)

    Respuesta: D

Y ahora estamos juntos. Juntos, juntos. Ha sido así de fácil.

Me resulta curioso ese don de la oportunidad. Propicio, si quieres. (Y sí que quiero.) Precisamente anoche se celebró la fiesta de lanzamiento del nuevo libro de mis padres. *El gran día de la Asombrosa Amy.* Sí, Rand y Marybeth han sido incapaces de resistir la tentación. Le han dado a la sosias de su hija justamente aquello que no pueden darle a su hija: ¡un marido! ¡Sí, en su vigésimo libro, la Asombrosa Amy se casa! ¡Síííííí! A nadie le importa. Nadie quería que la Asombrosa Amy creciese, yo la que menos. Dejad que siga llevando calcetines hasta la rodilla y lazos en el pelo y dejad que sea *yo* la que crezca sin tener que arrastrar la carga de un álter ego literario, lo mejor de mí misma encuadernado en rústica, la Amy que se supone que debería haber sido.

Pero fue *Amy* quien puso las lentejas en la mesa de los Elliott, y nos ha hecho un buen servicio, de modo que no puedo enfadarme porque haya conseguido a la pareja perfecta. Por supuesto, se casa con el bueno del Habilidoso Andy. Serán igual que mis padres: felices-felices.

Aun así, perturba comprobar lo increíblemente baja que ha sido la tirada realizada por el editor. En los ochenta, la primera edición de cada nuevo título de *La Asombrosa Amy* solía rondar los cien mil ejemplares. Ahora, diez mil. La fiesta de lanzamiento del libro, por lo tanto, no pudo ser menos fabulosa. Y discordante. ¿Qué tipo de fiesta puede merecer un personaje de ficción que cobró vida como precoz chicuela de seis años y que ahora es una futura esposa de treinta que aún sigue hablando como una niña? («Cáspita –pensó Amy–, mi querido prometido es un verdadero cascarrabias cuando las cosas no salen como a él se le antojan.» Es una cita literal. Todo el libro consiguió que me entrasen ganas de darle un puñetazo a Amy de lleno en su estúpida e inmaculada vagina.) Se trata de un producto nostálgico, dirigido a las mujeres que crecieron con *La Asombrosa Amy*, pero no estoy segura de quién podría tener el más mínimo interés en leerlo. Yo lo he leído, por supuesto. Y le he dado mi bendición, múltiples veces. Rand y Marybeth temían que pudiera tomarme el matrimonio de Amy como un golpe bajo contra mi estado de perpetua soltería. («Por mi parte, no creo que las mujeres deban casarse antes de los treinta y cinco», dijo mi madre, la cual se casó con mi padre a los veintitrés.)

A mis padres siempre les ha preocupado que pudiera tomarme a *Amy* de una manera excesivamente personal; siempre me dicen que no busque significados ocultos en ella. Y sin embargo no he podido evitar percatarme de que cada vez que la cago en algo, Amy va y lo hace bien: cuando finalmente abandoné el violín a los doce años, Amy se reveló como un prodigio en su siguiente libro. («Cáspita, el violín exige mucha dedicación, ¡pero la dedicación es el único modo de mejorar!») Cuando a los dieciséis pasé del campeonato juvenil de tenis para irme un fin de semana a la playa con unas amigas, Amy renovó su compromiso con el juego. («Cáspita, sé que es divertido pasar tiempo con las amigas, pero estaría decepcionando a todo el mundo y también a mí misma si no participase en el torneo.») Aquello solía volverme loca, pero tras haberme matriculado en Harvard (mientras *Amy* escogía correctamente la universidad de mis padres), decidí que todo era demasiado absurdo como para seguir dándole importancia. Que mis padres, dos psicólogos *infantiles*, hubiesen escogido aquella forma particularmente pública de comportamiento pasivo-agresivo, no solo era demen-

45

cial, sino también ridículo, extraño y en cierto modo hilarante. Que así fuese.

La fiesta de lanzamiento fue tan esquizofrénica como el libro: en Bluenight, junto a Union Square; uno de esos establecimientos sombríos con butacas de orejas y espejos art déco que supuestamente deberían hacerte sentir joven y brillante. Martinis de ginebra que oscilan sobre bandejas llevadas por camareros con un rictus por sonrisa. Periodistas glotones de sonrisas burlonas y estómagos sin fondo que se atiborran de canapés antes de marcharse a otro sitio mejor.

Mis padres recorren la estancia cogidos de la mano; su historia de amor siempre ha sido una parte integral de la historia de *La Asombrosa Amy*: marido y mujer compartiendo labor creativa durante un cuarto de siglo. Compañeros del alma. Ellos realmente se definen así, lo cual tiene sentido, porque supongo que lo son. Puedo atestiguarlo, tras haberlos estudiado durante muchos años como hija única y solitaria. No tienen malos modos el uno con el otro, ningún conflicto relevante, pasan por la vida como dos medusas fundidas, expandiéndose y contrayéndose de manera instintiva, llenando líquidamente sus mutuos espacios. Haciendo que parezca sencillo, eso de ser compañeros del alma. La gente dice que los hijos de hogares rotos lo tienen difícil, pero los hijos de matrimonios privilegiados también tienen sus desafíos particulares.

Naturalmente, tengo que sentarme en un taburete aterciopelado en una esquina, lejos del ruido, para poder ofrecer entrevistas a un patético puñado de becarios a los que sus editores les han endilgado el marrón de «conseguir una declaración».

«¿Cómo se siente al ver a Amy finalmente casada con Andy? Porque usted no está casada, ¿verdad?»

Pregunta realizada por:

a) un ceporro de ojos saltones que equilibra el bloc de notas sobre su bolso bandolera

b) una joven demasiado arreglada para la ocasión, con el pelo alisado y unos tacones de «fóllame»

c) una rockabilly entusiasta cubierta de tatuajes que parece mucho más interesada en *Amy* de lo que cualquiera habría supuesto que podría estarlo una rockabilly cubierta de tatuajes

d) todos los anteriores

Respuesta: D

Yo: «Oh, me alegro mucho por Amy y Andy, les deseo lo mejor. Ja, ja».

Mis respuestas a todas las demás preguntas, sin ningún orden en particular:

«Algunas partes de Amy están inspiradas en mí, otras son simplemente ficción».

«Ahora estoy felizmente soltera, ¡no hay ningún Habilidoso Andy en mi vida!»

«No, no creo que Amy simplifique en exceso la dinámica entre hombre y mujer.»

«No, yo no diría que Amy se haya quedado anticuada; creo que la serie es un clásico.»

«Sí, estoy soltera. Ahora mismo no hay ningún Habilidoso Andy en mi vida.»

«¿Por qué Amy es Asombrosa y Andy únicamente Habilidoso? Bueno, ¿no conoce usted a cantidad de mujeres enérgicas y fabulosas que se conforman con tipos del montón? No, es una broma, no escriba eso.»

«Sí, estoy soltera.»

«Sí, mis padres son decididamente compañeros del alma.»

«Sí, a mí también me gustaría tener lo mismo algún día.»

«Sí, soltera, hijoputa.»

Las mismas preguntas una y otra vez, mientras yo intento fingir que son profundas. Y ellos intentan fingir que son profundos. Gracias a Dios por la barra libre.

Después ya nadie más quiere hablar conmigo –así de rápido– y la relaciones públicas finge que eso es bueno: «¡Ahora puedes volver a tu fiesta!». Vuelvo a mezclarme entre la (escasa) multitud y veo a mis padres completamente entregados a su papel de anfitriones, ruborizados; Rand con su sonrisa dentona de monstruo acuático prehistórico, Marybeth con sus alegres y gallináceos movimientos de cabeza, las manos entrelazadas; haciéndose reír el uno al otro, disfrutando de su mutua compañía, *encantados* de estar juntos, y yo pienso: «Me siento tan jodidamente sola».

Vuelvo a casa y lloro un rato. Tengo casi treinta y dos años. Eso no es ser vieja, especialmente en Nueva York, pero el hecho es que han pasado *años* desde la última vez que de verdad me gustó alguien. Así pues, ¿qué probabilidades tengo de conocer a alguien al que pueda amar, mucho menos al que pueda amar tanto como para casarme con él? Estoy cansada de no saber con quién estaré o si estaré con alguien.

Tengo muchas amigas casadas. Felizmente casadas no tantas, pero tengo muchas amigas casadas. Las pocas que son felices son como mis padres: les desconcierta mi soltería. Una chica lista, guapa y agradable como yo, una chica con tantos *intereses* y *entusiasmos*, un trabajo guay, una familia cariñosa. Y, reconozcámoslo: dinero. Fruncen los ceños y fingen pensar en hombres con los que poder emparejarme, pero todos sabemos que no queda ninguno, ninguno *bueno*, y yo sé que en secreto piensan que no soy del todo normal, que en mi interior se oculta algo que me vuelve a la vez insatisfecha e imposible de satisfacer.

Aquellas que no se han *compañerodelalmatizado* —las que se han *conformado*— se muestran más desdeñosas aún con mi soltería: no es tan difícil encontrar a alguien con quien casarse, dicen. Ninguna relación es perfecta, dicen. Ellas, que han aceptado el sexo por compromiso y los pedos nocturnos, que han cambiado la conversación por la tele, que creen que la capitulación conyugal —sí, cariño; está bien, cariño— es lo mismo que la concordia. «Te obedece sin rechistar porque ni siquiera le interesas lo suficiente para discutir contigo —pienso yo—. Tus mezquinas exigencias solo sirven para hacer que se sienta superior o rencoroso, y algún día se follará a una joven y bonita compañera del trabajo que no le exigirá nada a cambio y encima a ti te sorprenderá y todo.» Dame un hombre que tenga redaños, un hombre que plante cara a mis chorradas. (Pero que a la vez aprecie mis chorradas.) En cualquier caso, no me hagas caer en una de esas relaciones que se pasan la vida chinchándose, disfrazando los insultos de bromas, poniendo los ojos en blanco y discutiendo «juguetonamente» delante de los amigos con la esperanza de ponerlos de su parte en una discusión que no podría importarles menos. Esas espantosas relaciones de *si*... Este matrimonio sería estupendo *si*... y notas que la lista de *si* es mucho más larga de lo que cualquiera de los dos es consciente.

De modo que sé que hago bien en no conformarme, pero eso no hace que me sienta mejor al ver cómo mis amigas se van emparejando mientras yo me quedo en casa los viernes por la noche con una botella de vino y me preparo una cena extravagante y me digo: «Esto es perfecto», como si estuviese saliendo conmigo misma. Mientras encadeno interminables rondas de fiestas y noches de bares, perfumada, enlacada y esperanzada, dando vueltas alrededor del local como un postre dudoso. Tengo citas con hombres agradables, atractivos e inteligentes; hombres a priori perfectos que hacen que me sienta como si estuviese en una tierra extraña, intentando hacerme entender, intentando darme a conocer. Porque ¿acaso no es esa la esencia de toda relación? ¿Ser conocida por el otro, ser comprendida? Él sí que *lo pilla*. Ella sí que *lo pilla*. ¿No es esa la frase mágica y sencilla?

De modo que sobrellevas la velada junto al hombre a priori perfecto, su tartamudeo cuando no entiende los chistes, cada vez que malinterpreta o se le escapa uno de tus comentarios jocosos. O quizá comprende que has hecho un comentario jocoso, pero, inseguro de qué hacer con él, lo retiene en la mano como si fuera una especie de flema conversacional que se te hubiera escapado y que después se limpiará con la servilleta. Pasáis otra hora más intentando encontraros mutuamente, reconoceros en el otro, y bebes un poco de más y haces un esfuerzo ligeramente excesivo. Y vuelves a casa donde te aguarda una cama fría y piensas: «Ha sido agradable». Y tu vida es una larga sucesión de agradables.

Y entonces te topas con Nick Dunne en la Séptima Avenida mientras estás comprando una rodaja de melón y... pam, sabéis quiénes sois, os reconocéis mutuamente. Compartís el mismo criterio sobre qué cosas merecen la pena ser recordadas. («Pero solo una aceituna.») Tenéis el mismo ritmo. Clic. Simplemente os conocéis el uno al otro. De repente lo ves: *leer juntos en la cama* y *crepes el domingo* y *reírnos de nada* y *su boca sobre la tuya*. Y todo ello queda tan sumamente por encima de lo agradable que sabes que nunca podrás volver a conformarte con eso. Así de rápido. Piensas: «Oh, aquí está el resto de mi vida. Al fin ha llegado».

NICK DUNNE
El día de

En un principio esperé a la policía en la cocina, pero el olor acre de la tetera quemada se me estaba atravesando en la parte posterior de la garganta, subrayando mi necesidad de vomitar, de modo que salí al porche delantero, me senté sobre el último peldaño y me obligué a tranquilizarme. Seguí llamando al móvil de Amy y seguí escuchando el mensaje de su contestador, esa cadencia rápida con la que juraba que enseguida devolvería la llamada. Amy siempre devolvía las llamadas. Habían pasado tres horas, había dejado cinco mensajes y Amy no me había devuelto la llamada.

Tampoco esperaba que lo hiciera y así pensaba decírselo a la policía. Amy nunca habría salido de casa dejando una tetera al fuego. Ni la puerta abierta. Ni una prenda sin planchar. Vivía empeñada en solucionar marrones y no era propio de ella abandonar un proyecto a medias (por ejemplo, su marido por reformar) incluso aunque hubiera decidido que no le gustaba. Había que verle la cara en la playa durante nuestras dos semanas de luna de miel en Fiyi, viéndoselas y deseándoselas con el millón de páginas místicas de *Crónica del pájaro que da cuerda al mundo*, lanzándome miraditas irascibles mientras yo devoraba un thriller tras otro. Tras su despido y la mudanza a Missouri, la vida de Amy había (¿involucionado?) pasado a girar en torno a la consumación de interminables proyectos inanes e inconsecuentes. Habría dejado el vestido planchado.

Y después estaba la sala de estar, en la que *todos los indicios apuntan a una pelea*. Yo ya sabía que Amy no me iba a devolver las llamadas. Quería que diese comienzo la siguiente fase.

Era el mejor momento del día, ni una sola nube cubría el cielo de julio y el sol se estaba poniendo lentamente como un reflector, tiñéndolo todo de opulencia y oro, como en un cuadro de la escuela flamenca. Llegó la policía. Lo experimenté como algo accidental; yo sentado sobre los escalones, un pájaro vespertino cantando en un árbol, dos agentes saliendo relajadamente de su coche como si se dirigieran a un picnic vecinal. Minipolis de veintipocos años, confiados y aburridos, habituados a tranquilizar a padres preocupados porque sus hijos adolescentes llegan más tarde de lo previsto. Una muchacha hispana con el pelo recogido en una trenza larga y oscura y un tipo negro con pose de marine. En mi ausencia, Carthage había pasado a ser un poco (un poquito) menos caucásica, pero seguía estando tan acuciadamente segregada que las únicas personas de color que veía en mi rutina diaria solían ser trabajadores de empleo no sedentario: repartidores, médicos, carteros. Policías. («Este pueblo es tan blanco que me resulta perturbador», dijo Amy, que en el gran crisol de Manhattan había contado con una única afroamericana entre sus amistades. La acusé de estar echando en falta un escaparate étnico, minorías como telón de fondo. La charla no acabó bien.)

—¿Señor Dunne? Soy la agente Velásquez —dijo la mujer— y este es el agente Riordan. Tenemos entendido que está preocupado por su esposa…

Riordan miraba la carretera, chupando un caramelo. Vi que sus ojos seguían la estela de un pájaro que sobrevolaba velozmente el río. Después posó su mirada en mí y el rizo en sus labios me indicó que había visto lo mismo que todos los demás. Tengo una cara que cualquiera querría golpear: soy un chaval irlandés de clase trabajadora atrapado en el cuerpo de un cabronazo con fondo fiduciario. Sonrío mucho para compensar el efecto de mi cara, pero es una solución que solo funciona a veces. En la universidad, incluso me puse gafas durante una temporada, gafas de pega con lentes sin graduar que, en mi opinión, me aportaban una onda afable, nada amenazadora.

—¿No te das cuenta de que te hacen parecer más capullo aún? —razonó Go.

Las tiré y me dediqué a sonreír con más energía.

—Entren en casa y vean —dije haciendo una seña con la mano a los policías.

Ambos ascendieron los escalones, acompañados por los chirridos y roces de sus cinturones y pistolas. Me paré junto a la entrada de la sala de estar y señalé la destrucción.

—Oh —dijo el agente Riordan, haciendo sonar rápidamente los nudillos.

De repente parecía menos aburrido.

Riordan y Velásquez se inclinaron hacia delante en sus asientos frente a la mesa del comedor mientras me hacían todas las preguntas iniciales: quién, dónde, cuánto tiempo, alzando literalmente las orejas. Habían hecho una llamada sin estar yo presente y Riordan me informó de que habían solicitado la presencia de una pareja de inspectores. Experimenté el circunspecto orgullo de haber sido tomado en serio.

Riordan me estaba preguntando por segunda vez si había visto a algún desconocido últimamente por el vecindario y me estaba recordando por tercera vez las bandadas de individuos sin hogar que atravesaban Carthage, cuando sonó el teléfono. Me abalancé a través de la habitación y lo cogí.

Una malhumorada voz de mujer:

—Señor Dunne, le llamo de Comfort Hill.

Era la residencia donde Go y yo habíamos ingresado a mi padre.

—No puedo hablar ahora mismo, ya les llamaré —dije bruscamente y colgué.

Despreciaba a las mujeres que trabajaban en Comfort Hill: incapaces de sonreír, incapaces de ofrecer el más mínimo consuelo. Incapaces de cobrar un sueldo decente, lo cual probablemente fuese el motivo de que nunca sonrieran ni consolasen. Sabía que mi ira hacia ellas estaba mal dirigida; lo que me ponía furioso era que mi padre aún viviera mientras mi madre estaba bajo tierra.

Le tocaba a Go enviar el cheque. Estaba bastante seguro de que julio le correspondía a ella. Y estoy seguro de que Go estaba convencida de que era mi turno. No era la primera vez que nos pasaba. Go decía que los dos debíamos estar olvidando subliminalmente enviar los cheques porque lo que queríamos en realidad era olvidarnos de nuestro padre.

Le estaba contando a Riordan lo del extraño individuo que había visto en la casa deshabitada de nuestro barrio cuando llamaron a la puerta. Llamaron a la puerta. Como algo normal, como si estuviera esperando una pizza.

Los dos inspectores entraron haciendo gala del típico cansancio de final de turno. El hombre era alto y delgado y tenía un rostro que se iba estrechando exageradamente hasta terminar en una barbilla que parecía un goteo. La mujer era sorprendentemente fea; osadamente fea, más allá de los cánones habituales de fealdad: ojos redondos y diminutos, prietos como botones, una nariz larga y retorcida, la piel moteada con bultitos, pelo largo y lacio del color de un montón de pelusas. Siento afinidad por las feas. Fui criado por un trío de mujeres poco agraciadas —mi abuela, mi madre, su hermana— y todas eran inteligentes y cariñosas, divertidas y fuertes; buenas, buenas mujeres. Amy fue la primera chica guapa con la que salí, con la que salí en serio.

La mujer fea habló en primer lugar, como un eco de la agente Velásquez.

—¿Señor Dunne? Soy la inspectora Rhonda Boney. Este es mi compañero, el inspector Jim Gilpin. Tenemos entendido que siente cierta preocupación por su esposa.

Mi estómago gruñó lo suficientemente fuerte como para que todos lo oyéramos, pero hicimos como si nada.

—¿Podemos echar un vistazo, caballero? —dijo Gilpin.

Tenía ojeras carnosas y un bigote de pelos blancos y retorcidos. Su camisa no estaba arrugada, pero la llevaba como si lo estuviera;

por su aspecto uno diría que debía de apestar a café amargo y cigarrillos, pero no era así. Olía a jabón Dial.

Les guié un par de cortos pasos hasta la sala de estar y señalé una vez más los destrozos, entre los que estaban cuidadosamente acuclillados los dos jóvenes agentes, como si estuvieran esperando a que les sorprendiesen haciendo algo útil. Boney me condujo hasta una silla del comedor, apartado pero a la vista de los *indicios de lucha*.

Rhonda Boney me hizo repetirle los mismos detalles básicos que ya les había contado a Velásquez y Riordan, sin quitarme de encima sus atentos ojos de gorrión. Gilpin se acuclilló sobre una rodilla, inspeccionando la sala de estar.

—¿Ha telefoneado a amigos o familia, personas con las que podría estar su esposa? —preguntó Rhonda Boney.

—Yo… No. Aún no. Supongo que les estaba esperando a ustedes.

—Ah —sonrió ella—. A ver si lo adivino: el pequeño de la familia.

—¿Qué?

—Es usted el benjamín.

—Tengo una hermana melliza. —Percibí que estaba teniendo lugar una especie de juicio interno—. ¿Por qué?

El jarrón favorito de Amy estaba tirado en el suelo, intacto, pegado contra la pared. Había sido un regalo de bodas, una obra maestra japonesa que Amy escondía cada semana el día que nuestra señora de la limpieza pasaba por casa, porque estaba convencida de que acabaría hecho añicos.

—Es solo una intuición mía que explica por qué nos ha esperado: está acostumbrado a que otra persona tome la iniciativa —dijo Boney—. Mi hermano pequeño es así. El orden en el nacimiento también marca. —Garabateó algo en una libreta.

—Vale —dije encogiendo airadamente los hombros—. ¿Necesita también mi horóscopo o podemos empezar?

Boney me sonrió afablemente, esperando.

—He esperado a hacer algo porque, o sea, es evidente que no está con una amiga —dije señalando el desorden de la sala de estar.

—Llevan viviendo aquí ¿cuánto, señor Dunne? ¿Dos años? —preguntó ella.

—Hará dos años en septiembre.

—¿Procedentes de dónde?

—Nueva York.

—¿Ciudad?

—Sí.

Boney señaló hacia arriba, solicitando permiso sin preguntar. Yo asentí y la seguí, seguido a mi vez por Gilpin.

—Me ganaba la vida escribiendo —espeté antes de ser capaz de contenerme.

Incluso entonces, dos años después de haber regresado, no podía soportar que alguien pensara que aquella había sido mi única vida.

Boney:

—Suena importante.

Gilpin:

—¿Sobre qué?

Coordiné mi respuesta con el ritmo de subida: escribía para una revista (peldaño), sobre cultura pop (peldaño), era una revista para hombres (peldaño). Cuando llegué al último peldaño, me volví para ver que Gilpin se había girado para observar la sala de estar. Después volvió a ponerse en marcha.

—¿Cultura pop? —dijo mientras reanudaba el ascenso—. ¿Qué incluye eso exactamente?

—Cultura popular —dije. Alcanzamos el rellano, donde Boney nos estaba esperando—. Películas, televisión, música, pero... eh... ya saben, nada de bellas artes, nada rimbombante.

Hice una mueca. *¿Rimbombante?* Qué condescendiente. Ustedes que son unos paletos probablemente necesiten que traduzca mi inglés educado de la Costa Este al inglés populachero del Medio Oeste. «¡Garrapateo to lo que se me viene al colodrillo endespués de haber visto las pinículas!»

—A ella le encanta el cine —dijo Gilpin, señalando a Boney.

Boney asintió: «Así es».

56

—Ahora llevo El Bar, en el centro —añadí.

También daba clases en la universidad comunitaria, pero de repente añadir aquello me pareció demasiado. No estaba en una cita.

Boney estaba escudriñando el cuarto de baño, haciéndonos una seña con la mano a Gilpin y a mí para que nos quedásemos en el pasillo.

—¿El Bar? —dijo—. Lo conozco. Hace tiempo que quiero pasarme un día. Me encanta el nombre. Muy meta.

—Parece un cambio inteligente —dijo Gilpin. Boney se dirigió hacia el dormitorio y nosotros la seguimos—. Una vida rodeado de cerveza no puede ser demasiado mala.

—A veces la respuesta *sí* está en el fondo de una botella —dije, después hice otra mueca ante lo inapropiado de la frase.

Entramos en el dormitorio.

Gilpin se rió.

—Conozco esa sensación.

—¿Ven que la plancha sigue encendida? —empecé.

Boney asintió, abrió la puerta de nuestro espacioso ropero y se metió dentro, encendiendo la luz, aleteando con sus manos enguantadas en látex sobre camisas y vestidos mientras iba abriéndose paso hacia el fondo. Profirió un ruido repentino, se agachó y se volvió hacia nosotros sosteniendo una caja perfectamente cuadrada envuelta en papel de regalo plateado.

Se me encogió el estómago.

—¿Es el cumpleaños de alguien?

—Nuestro aniversario.

Boney y Gilpin se retorcieron como arañas y fingieron no haberlo hecho.

Para cuando regresamos a la sala de estar, la brigada juvenil se había marchado. Gilpin se puso de rodillas para observar la otomana volcada.

—Uh, estoy un poco alterado, evidentemente —empecé.

—No le culpo en absoluto, Nick —dijo Gilpin con toda seriedad. Sus ojos azul pálido temblaban sin moverse del sitio, un tic que ponía nervioso.

—¿Podemos hacer algo? Para encontrar a mi esposa. Quiero decir, porque está claro que aquí no está.

Boney señaló nuestra foto de boda en la pared: yo, de esmoquin con un bloque de dientes congelado en el rostro, los brazos curvados formalmente alrededor de la cintura de Amy; Amy, el pelo rubio enlacado, recogido y tenso, el velo hinchado por la brisa marina de Cape Cod, los ojos demasiado abiertos porque siempre parpadeaba en el último momento y se estaba esforzando al máximo por no hacerlo. Era el día después del 4 de Julio y el olor a sulfuro de los fuegos artificiales se entremezclaba con la sal oceánica. Verano.

El Cabo había sido bueno con nosotros. Recuerdo el momento en que descubrí que Amy, mi novia de hacía meses, también era bastante rica, la preciada hija única de unos padres creativos y geniales. Una especie de icono, debido a una serie de libros que me parecía recordar de cuando era niño. *La Asombrosa Amy*. Amy me explicó todo aquello en tonos tranquilos y mesurados, como si yo fuera un paciente que acabase de despertar de un coma. Como si hubiera tenido que hacerlo muchas veces con anterioridad y siempre le hubiera salido mal; una admisión de riqueza recibida con excesivo entusiasmo, la revelación de una identidad secreta que no había sido creada por ella.

Amy me contó quién y qué era, y después fuimos al hogar catalogado como de interés histórico de los Elliott en la bahía de Nantucket, salimos juntos a navegar y pensé: «Soy un muchacho de Missouri, surcando las olas junto a personas que han visto mucho más que yo. Aunque empezase ahora a ver cosas, a vivir a lo grande, nunca conseguiría ponerme a la altura». Aquello no me despertó envidia. Hizo que me sintiera satisfecho. Nunca había aspirado a la fama y la riqueza. No fui educado por unos padres soñadores de esos que imaginan a su hijo convertido en futuro presidente. Fui educado por unos padres pragmáticos que se imaginaban a su hijo convertido en futuro oficinista de cualquier cosa para ganarse más o menos la vida. Para mí, bastante embriagador resultaba ya estar en compañía de los Elliott, surcando el Atlántico para regresar a una acogedoramente restaurada casa construida en 1822 por un capitán de ballenero en la que preparar y degustar platos de alimentos orgánicos y saludables cuyos nombres no sabía ni cómo pronunciar. Quínoa. Recuerdo haber pensado que la quínoa era un pescado.

De modo que nos casamos en la playa un día de verano de un azul intenso, comimos y bebimos bajo una carpa blanca que se hinchaba como una vela y, al cabo de un par de horas, me escabullí entre las sombras llevándome a Amy hacia las olas, porque todo me parecía tan irreal que creía haberme convertido en meramente un destello. La fría bruma sobre la piel me hizo volver, Amy me hizo volver, hacia el resplandor dorado de la carpa, donde los dioses se daban un festín de pura ambrosía. Todo nuestro cortejo fue así.

Boney se inclinó para ver más de cerca a Amy.

—Su esposa es muy guapa.

—Lo es, una belleza —dije, notando que me daba un vuelco el estómago.

—¿Qué aniversario es hoy?

—El quinto.

Iba pasando el peso de mi cuerpo de un pie a otro, deseando *hacer* algo. No quería que debatieran la hermosura de mi esposa, quería que salieran *en busca* de mi esposa, joder. Pero no lo dije en voz alta; a menudo no digo las cosas en voz alta, ni siquiera cuando debería. Contengo y compartimento hasta un extremo preocupante: en el sótano de mi vientre hay cientos de botellas llenas de ira, desespero, temor, pero uno nunca lo adivinaría al verme.

—El quinto, uno de los importantes. A ver si lo adivino: ¿reserva en Houston's? —preguntó Gilpin.

Era el único restaurante elegante de todo el pueblo. «En serio, un día tenéis que ir a comer a Houston's», había dicho mi madre cuando nos mudamos con la esperanza de que a mi esposa fuera a gustarle, pensando que era un secreto único en Carthage.

–Por supuesto, en Houston's.

Era mi quinta mentira a la policía. Solo estaba empezando.

AMY ELLIOTT DUNNE
5 de julio de 2008

FRAGMENTO DE DIARIO

¡Estoy henchida de amor! ¡Repleta de ardor! ¡Obesamente mór-
bida por la devoción! Una feliz y atareada abeja del entusiasmo
marital. Zumbo literalmente a su alrededor, toqueteando y orga-
nizando. Me he convertido en algo extraño. Me he convertido en
una esposa. Me sorprendo pilotando el timón de las conversaciones –de manera torpe, antinatural– solo para poder decir su nombre en voz alta. Me he convertido en una esposa, me he convertido en una pesada, me han exigido que renuncie a mi carné de
Joven Feminista Independiente. Me da exactamente igual. Le llevo
las cuentas, le corto el pelo. Me he vuelto tan retro que en algún
momento probablemente acabaré utilizando la palabra «billetero»,
mientras salgo por la puerta con mi marchoso abrigo de tweed y
los labios pintados de rojo, de camino hacia el «salón de belleza».
Nada me molesta. A todo le encuentro el lado positivo, cada mo-
lestia transformada en una anécdota entretenida que contar a la
hora de la cena. «Cariño, hoy he matado a un vagabundo… ¡Jaja-
jaja! ¡Ah, cuánto nos divertimos!»

Nick es como un buen combinado: consigue que lo veas todo
desde la perspectiva correcta. No desde una perspectiva distinta, desde la correcta. Con Nick, me doy cuenta de que en realidad
no pasa nada si la factura de la electricidad se paga con un par de
días de retraso o si mi último test resulta ser un poco cutrecillo. (El

más reciente, y no es una broma: «¿Qué tipo de árbol serías?». ¡Yo soy un manzano! ¡No tiene ningún sentido!) No me importa que el nuevo libro de *La Asombrosa Amy* haya sido un desastre, que las críticas hayan sido terribles y las ventas hayan caído abismalmente en picado tras un inicio poco prometedor. No me importa el color que vayamos a elegir para el dormitorio, con cuánto retraso llegue por culpa del tráfico o si la basura que reciclamos acaba de verdad reciclada. (Dime la verdad, Nueva York: ¿sí o no?) No importa, porque he encontrado a mi media naranja. Es Nick, relajado y tranquilo, listo y divertido, sin complicaciones. Feliz, no se tortura. Amable. Buen pene.

Todas las cosas que me disgustan de mí misma han pasado a segundo término. Quizás eso es lo que más me gusta de él, el modo en que me hace. No el modo en que me hace sentir, sino simplemente me hace. Soy divertida. Soy juguetona. Soy decidida. Me siento naturalmente feliz y completamente satisfecha. ¡Soy una esposa! Me resulta extraño pronunciar esas palabras. (En serio, Nueva York, lo del reciclaje… venga, guíñame un ojo.)

Hacemos tonterías, como el fin de semana pasado, cuando condujimos hasta Delaware porque ninguno de los dos había hecho nunca el amor en Delaware. Permite que describa la escena, ahora sí, en serio, para la posteridad. Cruzamos la línea estatal. «¡Bienvenidos a Delaware!», dice el cartel, y también: «Una pequeña maravilla», y también: «El primer estado», y también: «Tierra de las compras libres de impuestos».

Delaware, un estado de muchas y fértiles identidades.

Le señalo a Nick el primer camino de tierra que veo y pegamos botes durante cinco minutos hasta encontrar pinos en todas direcciones. No hablamos. Él echa su asiento hacia atrás. Yo me levanto la falda. No llevo ropa interior, veo que su boca se curva hacia abajo y su rostro se reblandece, la expresión decidida y drogada que adopta cuando está excitado. Me encaramo sobre él, dándole la espalda, de cara al parabrisas. Estoy inclinada sobre el volante y al movernos al compás el claxon emite pequeños balidos que remedan los míos, y mi mano provoca un ruido de fricción pegada contra el parabrisas. Nick y yo somos capaces de corrernos en cualquier sitio; ninguno de los dos padece miedo escénico, es algo de lo que ambos nos sentimos bastante orgullosos. Después volvemos directamente a casa. Yo como cecina y apoyo los pies descalzos sobre el salpicadero.

Nos encanta nuestra casa. La casa que construyó *La Asombrosa Amy*. Un adosado marrón en Brooklyn que compraron mis padres para nosotros, justo frente al puente, con la gran vista de Manhattan en pantalla panorámica. Es extravagante y me crea sentimiento de culpa, pero es perfecto. Combato el rollo niña-rica-mimada siempre que puedo. Mucho «hazlo tú mismo». Pintamos las paredes en dos fines de semana: verde primavera, amarillo claro y azul terciopelo. En teoría. Ninguno de los colores nos quedó como lo habíamos imaginado, pero de todas maneras hacemos como que nos gustan. Llenamos nuestra casa con baratijas adquiridas en mercadillos; compramos discos para el tocadiscos de Nick. Anoche nos sentamos sobre la vieja alfombra persa, a beber vino y a escuchar los crujidos del vinilo mientras el cielo se iba oscureciendo y Manhattan se encendía, y Nick dijo: «Así es como siempre lo había imaginado. Es exactamente como lo había imaginado».

Los fines de semana hablamos bajo cuatro capas de ropa de cama, con los rostros cálidos bajo una colcha amarilleada por el sol. Incluso las maderas del suelo son alegres: hay dos viejas tablas rechinantes que nos saludan nada más entrar por la puerta. Me encanta, me encanta que sea nuestra, que tengamos una anécdota genial protagonizada por la antigua lámpara de pie, por la contrahecha jarra de barro que descansa junto a nuestra cafetera y que nunca contiene nada al margen de un clip para papeles. Paso los días pensando en tener detalles con Nick: salir a comprar una pastilla de jabón con aroma a menta que reposará sobre la palma de su mano como una piedra caliente o quizás un lomo de trucha que pueda cocinar y servirle, una oda a sus días en el vapor del río. Lo sé, es un comportamiento absurdo. Pero me encanta, nunca sospeché que fuese capaz de portarme de manera absurda por un hombre. Es un alivio. Incluso me emociono viendo sus calcetines, que deja tirados y enredados de las más variadas maneras, como si un cachorrillo los hubiera traído desde otra habitación.

Es nuestro primer aniversario y me siento ahíta de amor, a pesar de que la gente no hacía más que decir y decirnos que el primer año iba a ser muy duro, como si fuésemos niños ingenuos de camino a la guerra. No ha sido duro. Estábamos destinados a casarnos. Es nuestro primer aniversario y Nick saldrá del trabajo al mediodía; mi caza del tesoro le aguarda. Todas las pistas están relacionadas con nosotros y tienen que ver con el año que acabamos de pasar juntos:

> *Cada vez que mi maridito esté resfriado*
> *aquí hay un plato que lo dejará bien sanado.*

Respuesta: la sopa tom yun del restaurante Thai Town en la calle President. El encargado nos espera esta tarde con un cuenco lleno y la siguiente pista.

También McMann's en Chinatown y la estatua de Alicia en Central Park. Una gran excursión por Nueva York. Acabaremos en la lonja de pescado de la calle Fulton, donde compraremos un par de hermosas langostas cuya caja sostendré sobre el regazo mientras Nick se remueve nervioso en el asiento del taxi, a mi lado. Volveremos rápidamente a casa y las meteré en una olla nueva sobre nuestro viejo fogón con toda la delicadeza propia de una muchacha que ha pasado muchos veranos en el Cabo mientras Nick se ríe y finge esconderse atemorizado al otro lado de la puerta de la cocina.

Yo había sugerido encargar unas hamburguesas. Nick prefería salir a cenar en algún restaurante de múltiples platos y camareros que alardean de clientes famosos… cinco estrellas, elegante. De modo que las langostas son un perfecto término medio, las langostas son lo que todo el mundo nos dice (y nos dice y nos dice) que es el matrimonio: ¡una solución de compromiso!

Comeremos langosta con mantequilla y haremos el amor sobre el suelo mientras la cantante de uno de nuestros viejos discos de jazz nos arrulla con su voz de ultratumba. Nos embriagaremos lenta y perezosamente con un buen escocés, la bebida favorita de Nick. Le daré su regalo: el papel de Crane & Co. con monograma que se le había antojado, con su limpia fuente de palo seco en verde cazador, sobre el grueso y cremoso papel que absorberá la lujuriosa tinta y sus palabras de escritor. Papel para un escritor y para una esposa de escritor que quizás esté esperando una o dos cartas de amor.

Después a lo mejor volveremos a hacer el amor. Y tomaremos una hamburguesa tardía. Y más escocés. *Voilà*: ¡la pareja más feliz del barrio! Y dicen que el matrimonio es un trabajo duro.

NICK DUNNE
La noche de

Boney y Gilpin trasladaron nuestra entrevista a la comisaría, que tiene el mismo aspecto que una caja de ahorros en declive. Me dejaron cuarenta minutos a solas en una pequeña sala, durante los que me obligué a no moverme. Fingir que estás tranquilo es, en cierto modo, estarlo. Me encorvé sobre la mesa, apoyé la barbilla sobre el brazo. Esperé.

—¿No quiere llamar a los padres de Amy? —había preguntado Boney.

—No quiero asustarles —dije—. Si no sabemos nada de ella en una hora, llamaré.

Habíamos repetido aquella conversación en tres ocasiones.

Finalmente, la pareja de inspectores entró y se sentó a la mesa, delante de mí. Tuve que contener las ganas de reír por lo mucho que se parecía aquello a una escena de cualquier serie. Era la misma sala que llevaba diez años viendo en la televisión nocturna por cable mientras zapeaba, y los dos policías —fatigados, intensos— se comportaban igual que los protagonistas. Resultaban completamente falsos. La comisaría de Epcot. Boney incluso sostenía un vaso de cartón con café y una carpeta que parecía una pieza de atrezo. Atrezo policial. Me noté entusiasmado, por un momento sentí que todos estábamos fingiendo: «¡Vamos a jugar al juego de la Esposa Desaparecida!».

—¿Todo bien, Nick? —preguntó Boney.

—Sí, ¿por qué?

—Está sonriendo.

Mi entusiasmo se estampó de golpe contra el suelo de azulejos.

—Lo siento, todo esto es…

—Lo sé —dijo Boney, dedicándome una mirada que bien podría haber sido una palmadita en la espalda—. Es demasiado extraño, lo sé. —Se aclaró la garganta—. En primer lugar, queremos asegurarnos de que está cómodo aquí. Si necesita cualquier cosa, solo tiene que hacérnoslo saber. Cuanta más información pueda aportarnos ahora mismo, mejor, pero puede marcharse en cualquier momento, eso tampoco es un problema.

—Cualquier cosa que necesiten.

—Bien, estupendo, gracias —dijo ella—. Mmm… vale. Primero queremos quitarnos de en medio todo lo más molesto. Lo desagradable. Si su esposa ha sido realmente secuestrada, algo que todavía no podemos asegurar, pero por si llegara a darse el caso, queremos detener al culpable. Y cuando lo detengamos queremos que sea condenado, punto. Sin posibilidad de escape. Sin dejarle un solo resquicio.

—Bien.

—Para poder conseguirlo, necesitamos antes que nada descartarle a usted, con toda rapidez, con toda facilidad. Para que el tipo no pueda aferrarse al argumento de que no le hemos descartado a usted, ¿entiende lo que le quiero decir?

Asentí mecánicamente. En realidad no sabía lo que quería decir, pero quería que pareciese que estaba cooperando todo lo posible.

—Cualquier cosa que necesiten.

—No queremos inquietarle —añadió Gilpin—. Solo queremos cubrir todas las bases.

—Por mí, bien.

«Siempre es el marido —pensé—. Todo el mundo sabe que siempre es el marido, así que ¿por qué no pueden limitarse a decirlo? Sospechamos de usted porque es el marido y el culpable siempre es el marido, como bien sabe cualquiera que haya visto un episodio de *Dateline*.»

—De acuerdo, estupendo, Nick —dijo Boney—. Primero vamos a pasarle un bastoncillo por la parte interior de la mejilla para poder diferenciar otras muestras de ADN en la casa que no sean suyas. ¿Le parece bien?

—Claro.

—También me gustaría hacerle una rápida prueba de residuos de pólvora en las manos. Una vez más, solo por si acaso...

—Esperen, esperen, esperen. ¿Han encontrado algo que les haga suponer que mi esposa haya podido ser...?

—Nonono, Nick —interrumpió Gilpin, acercando una silla a la mesa y sentándose en ella del revés.

Me pregunté si los policías harían aquello de verdad. O si fue idea de algún actor avispado y después los policías comenzaron a hacerlo porque se lo habían visto a los actores que hacen de policías y les había parecido molón.

—Solo es un protocolo bien establecido —continuó Gilpin—. Intentamos cubrir todas las bases: analizar sus manos, tomar una muestra de ADN, y si pudiéramos también registrar su coche...

—Por supuesto. Como ya he dicho, lo que necesiten.

—Gracias, Nick. Se lo agradezco de veras. En ocasiones, hay personas que nos ponen las cosas difíciles solo porque pueden.

Yo era exactamente del tipo opuesto, mi padre me había infundido durante la infancia una culpabilidad tácita. Era el tipo de individuo que acecha por la casa en busca de excusas para enfurecerse. Aquello había convertido a Go en una persona siempre a la defensiva y muy poco dada a aceptar mierdas injustificadas de nadie. A mí me había convertido en un bobalicón postrado ante la autoridad. Mamá, papá, profesoras: «Lo que sea que facilite su trabajo, señora o caballero». Tenía un ansia constante de aprobación. «Literalmente mentirías, engañarías y robarías —joder, hasta matarías— para convencer a la gente de que eres un buen tío», me dijo Go en una ocasión. Estábamos haciendo cola para comprar un knish en el horno Yonah Schimmel, no muy lejos del antiguo apartamento de Go en Nueva York —así de bien recuerdo el momento—, y perdí el apetito porque era completamente cierto y nunca me había percatado de ello, e incluso mientras me lo estaba diciendo, pensé: «Nunca olvidaré esto, este es uno de esos momentos que quedarán grabados para siempre en mi cerebro».

Mientras me analizaban las manos en busca de residuos de pólvora y me introducían un bastoncillo de algodón en la boca, los policías y yo charlamos sobre naderías, los fuegos artificiales del 4 de Julio y el tiempo. Pretendiendo que era normal, una visita al dentista.

Cuando terminaron, Boney dejó otro vaso de café delante de mí y me dio un apretón en el hombro.

—Siento todo esto. Es la peor parte del trabajo. Y ahora, ¿se ve con ánimos de contestar un par de preguntas? Nos ayudaría de verdad.

—Sí, por supuesto, disparen.

Boney colocó una pequeña grabadora digital sobre la mesa, delante de mí.

—¿Le importa? Así no tendrá que responder a las mismas preguntas una y otra y otra vez.

Lo que quería era grabarme para que me viese atado a una sola historia. «Debería llamar a un abogado —pensé—, pero solo los culpables necesitan abogados», de modo que asentí: «No hay problema».

—Entonces: Amy —dijo Boney—. Llevan ustedes viviendo aquí… ¿cuánto?

—Unos dos años.

—Y ella es originaria de Nueva York. Ciudad.

—Sí.

—¿Trabaja, tiene algún empleo? —dijo Gilpin.

—No. Antes se dedicaba a escribir tests de personalidad.

Los detectives intercambiaron una mirada: «¿Tests?».

—En revistas femeninas, para adolescentes —dije—. Ya saben: «¿Eres celosa? ¡Completa nuestro test y averígualo!». «¿Intimidas demasiado a los hombres? ¡Completa nuestro test y averígualo!»

—Qué bien, me encantan esos tests —dijo Boney—. No sabía que fuera un trabajo. Escribirlos. Quiero decir, como profesión.

—Bueno, no lo es. Ya no. Internet está lleno de tests gratuitos. Los de Amy eran más perspicaces. Tenía un máster en psicología.

Tiene un máster en psicología. –Reí, incómodo ante mi lapsus–. Pero perspicaz no puede competir con gratuito.

–Y luego, ¿qué?

Me encogí de hombros.

–Luego nos mudamos aquí. Ahora mismo simplemente se encarga de la casa.

–¡Oh! Entonces, ¿tienen hijos? –gorjeó Boney, como si acabara de recibir buenas noticias.

–No.

–Oh. Entonces, ¿a qué dedica los días?

Era la misma pregunta que me hacía yo. Amy había sido en otro tiempo una mujer que hacía un poco de todo, continuamente. Cuando empezamos a vivir juntos, le dio por estudiar a fondo la cocina francesa, desarrollando una habilidad ultrasónica con el cuchillo y un inspirado boeuf bourguignon. Para celebrar su treinta y cuatro cumpleaños, volamos a Barcelona y me dejó patitieso encadenando una frase tras otra de español, idioma que había aprendido durante meses de lecciones en secreto. Mi esposa tenía una mente brillante y chispeante, una curiosidad avariciosa. Pero sus obsesiones tendían a verse impulsadas por la competitividad: necesitaba deslumbrar a los hombres y poner celosas a las mujeres: «Por supuesto que Amy es capaz de cocinar platos franceses y hablar un español fluido y cuidar del jardín y bordar y correr maratones e invertir en la bolsa y pilotar un avión y lucir como una modelo de pasarela mientras hace cualquiera de esas cosas». Necesitaba ser la Asombrosa Amy, todo el rato. Aquí, en Missouri, las mujeres compran en Target, preparan platos sustanciosos de los de toda la vida, se ríen de lo poco que recuerdan el español que aprendieron en el instituto. No les interesa competir. Los incesantes logros de Amy son recibidos con una palmadita y quizás un poco de lástima. Era el peor destino posible para mi competitiva esposa: un pueblo lleno de medianías satisfechas.

–Tiene muchas aficiones –dije.

–¿Alguna que le preocupe? –preguntó Boney, con expresión preocupada a su vez–. ¿No sospechará que tenga problemas con la bebida o las drogas? No pretendo hablar mal de su esposa. Muchas amas de casa, más de las que pueda imaginar, pasan así las horas. El día se hace largo cuando estás sola en casa. Y si la bebida da paso a las drogas, y no estoy hablando de heroína, sino, por ejemplo, los analgésicos, en fin… últimamente tenemos unos personajes de lo más desagradable vendiendo por la zona.

—El tráfico de drogas ha ido a peor —dijo Gilpin—. Se han producido muchos despidos en la policía, una quinta parte del cuerpo, y eso que ya íbamos justos para empezar. Quiero decir, que la situación es *peliaguda*, estamos desbordados.

—El mes pasado tuvimos un ama de casa, una mujer agradable, a la que le habían saltado un diente en una discusión por un poco de OxyContina —apuntó Boney.

—No, puede que Amy se tome una copa de vino o algo así, pero nada de drogas.

Boney me miró disgustada; evidentemente no era la respuesta que estaba deseando.

—¿Tiene buenos amigos aquí? Nos gustaría llamar a algunos, solo para asegurarnos. No se ofenda. A veces el cónyuge es el último en enterarse cuando hay drogas de por medio. La gente se avergüenza, especialmente las mujeres.

Amigos. En Nueva York, Amy coleccionaba y se desprendía de amigos todas las semanas; eran como sus proyectos. Se emocionaba intensamente con ellos: Paula, que le daba clases de canto y tenía una voz condenadamente buena (Amy estudió en un internado de Massachusetts; me encantaban las raras ocasiones en las que le salía esa vena Nueva Inglaterra: «condenadamente buena»). O Jessie, del curso de diseño de moda. Pero un mes más tarde le preguntaba por Jessie o por Paula y Amy me miraba como si me estuviera inventando palabras.

Después estaban los hombres que siempre andaban arrastrándose tras Amy, ávidos por hacer todas las cosas maritales que su maridito nunca hacía. Arreglar la pata de una silla, buscar su té asiático de importación favorito. Hombres que juraban que eran sus amigos, solo buenos amigos. Amy los mantenía exactamente a la distancia de un brazo; justo lo suficiente para que yo no me molestase demasiado, pero lo suficientemente cerca como para que cumplieran sus deseos de inmediato solo con chasquear los dedos.

En Missouri… por el amor de Dios, no tenía ni idea. Me di cuenta justo en aquel momento. «Realmente eres un capullo», pensé. Dos años llevábamos allí, y tras el ajetreo inicial de darnos a conocer como recién llegados durante aquellos frenéticos primeros meses, Amy no tenía a nadie con quien verse regularmente. Tenía a mi madre, que ahora estaba muerta, y me tenía a mí, pero nuestro modo básico de conversación era uno de ataque y refutación. Cuando llevábamos un año allí, le pregunté en un tono falsamente galante: «¿Qué le está pareciendo North Carthage, señora Dunne?». «¿*Nueva* Cartago, quieres decir?», respondió ella. Me negué a preguntarle la referencia, pero supe que era un insulto.

—Tiene un par de buenas amigas, pero principalmente en la Costa Este.

—¿Sus padres?

—Viven en Nueva York. Ciudad.

—¿Y todavía no ha llamado usted a ninguna de esas personas? —preguntó Boney, con una sonrisa divertida en el rostro.

—He estado haciendo todas las *demás* cosas que me han pedido ustedes. No he tenido oportunidad.

Había firmado una autorización para rastrear las tarjetas de crédito de Amy y su teléfono móvil, les había pasado el número de Go y el nombre de Sue, la viuda de El Bar, las cuales podrían, presumiblemente, atestiguar a qué hora había llegado yo al local.

—El benjamín de la familia —dijo Boney, meneando la cabeza—. De verdad que me recuerda a mi hermano pequeño. —Una pausa—. Es un cumplido, lo juro.

—Lo tiene mimadísimo —dijo Gilpin, anotando en una libreta—. De acuerdo, así que salió de casa a eso de las siete y media de la mañana y se presentó en El Bar a mediodía, entre medias estuvo en la playa.

Hay una ribera a unos dieciséis kilómetros al norte de nuestra casa, una colección no demasiado agradable de arena y gravilla y cristales de botellas de cerveza. Cubos de basura a rebosar de vasos de plástico y pañales sucios. Pero hay una mesa de picnic a contraviento sobre la que cae un sol placentero y si miras directamente al río puedes ignorar todo lo demás.

—A veces me llevo un café y el periódico y me siento un rato. Hay que aprovechar el verano en la medida de lo posible.

No, no había hablado con nadie en la playa. No, nadie me había visto.

—Es un lugar tranquilo entre semana —reconoció Gilpin.

Si la policía hablaba con cualquiera que me conociese, rápidamente descubrirían que raras veces iba a la playa y que nunca me llevaba un café para disfrutar de la mañana. Tengo la piel blanca típica de un irlandés y poca tolerancia para perder el tiempo mirándome el ombligo: playero no soy. Si se lo dije a la policía fue porque había sido la propia Amy quien me había sugerido aquel lugar en el que podría estar a solas y admirar el río que tanto amaba y ponderar nuestra vida en común. Me lo había dicho aquella misma mañana, después de comernos sus crepes. Se inclinó sobre la mesa y dijo: «Sé que estamos pasando un bache. Todavía te quiero mucho, Nick, y sé que tengo que mejorar en muchas cosas. Quiero ser una buena esposa para ti y quiero que seas mi marido y que seas feliz. Pero tú debes decidir qué es lo que deseas».

Evidentemente había estado practicando el discurso; sonreía orgullosamente al hablar. Pero incluso mientras mi esposa me estaba demostrando aquella deferencia, yo pensaba: «Por supuesto que tiene que organizarlo todo como si fuese un teatrillo. Quiere tener esa imagen de mí frente al río libre y salvaje, el pelo ondeando bajo la brisa mientras miro el horizonte y reflexiono sobre nuestra vida juntos. No puedo ir simplemente al Dunkin' Donuts».

«Debes decidir qué es lo que deseas.» Desgraciadamente para Amy, ya lo había decidido.

Boney alzó animadamente la mirada de sus notas:

—¿Puede decirme cuál es el grupo sanguíneo de su esposa? —preguntó.

—Uh, no, no lo sé.

—¿No sabe cuál es el grupo sanguíneo de su esposa?

—¿A lo mejor O? —dije al tuntún.

Boney frunció el ceño, después profirió un prolongado sonido como de hacer yoga.

—De acuerdo, Nick, estas son las cosas que *estamos* haciendo para ayudar.

Me leyó la lista: el móvil de Amy estaba siendo monitorizado, sus tarjetas de crédito rastreadas, su foto había sido puesta en circulación. Los agresores sexuales conocidos de la zona estaban siendo entrevistados y nuestro reducido barrio peinado. Nuestro teléfono de casa estaba intervenido, por si acaso recibía alguna llamada solicitando rescate.

No estaba seguro de qué más decir. Busqué en mi memoria las frases: ¿qué dice el esposo llegado este punto en las películas? Depende de si es culpable o inocente.

—No puedo decir que eso me tranquilice. ¿Están…? ¿Hablamos de un rapto, un caso de persona desaparecida o qué es lo que está pasando exactamente? —Conocía las estadísticas, las conocía gracias a la misma serie de televisión que ahora estaba protagonizando: si durante las primeras cuarenta y ocho horas no se producía ningún avance en el caso, lo más probable era que quedase sin resolver. Las primeras cuarenta y ocho horas eran cruciales—. Quiero decir que mi esposa no está. ¡Mi esposa *no está*!

Me di cuenta de que era la primera vez que lo decía tal como debería haberlo dicho: asustado y furioso. Mi padre era un hombre con infinitas variedades de amargura, ira, desagrado. Tras toda una vida empeñado en evitar convertirme en él, había acabado desarrollando una incapacidad para mostrar emociones negativas. Era otra de las cosas que me hacían parecer un capullo; mi estómago podía ser un nudo de anguilas engrasadas y nadie habría podido adivinarlo a partir de mi cara ni mucho menos mis palabras. Era un problema constante: demasiado control o ningún control en absoluto.

—Nick, nos estamos tomando esto *extremadamente* en serio —dijo Boney—. Los chicos del laboratorio están en su casa mientras hablamos, lo cual nos aportará más información para seguir. Ahora mismo, cuanto más nos pueda contar sobre su mujer, mejor. ¿Cómo es?

A la mente me vinieron las frases habituales de cualquier esposo: «Es dulce, es maravillosa, es agradable, me apoya mucho».

—Cómo es ¿en *qué* sentido? —pregunté.

—Denos una idea de su personalidad —apuntó Boney—. Como, por ejemplo, ¿qué le ha comprado por su aniversario? ¿Joyas?

—Aún no le había comprado nada —dije—. Pensaba hacerlo esta tarde.

Esperé a que ella se riera y dijese «benjamín de la familia» otra vez, pero no lo hizo.

—De acuerdo. Bueno, entonces hábleme de ella. ¿Es extrovertida? ¿Es… no sé cómo decir esto, es típicamente neoyorquina? ¿Del tipo que algunos podrían considerar grosera? ¿Puede que irritase a alguien?

—No lo sé. No es del tipo de persona dispuesta a abrirle las puertas a cualquiera, pero tampoco es… no es lo suficientemente áspera como para motivar que alguien quisiera… hacerle daño.

Aquella era mi undécima mentira. La Amy de hoy día era lo suficientemente áspera como para querer hacerle daño, a veces. Hablo específicamente de la Amy de hoy día, que solo se parecía remotamente a la mujer de la que me enamoré. Había sido una terrible transformación de cuento de hadas, pero a la inversa. En apenas un par de años, la vieja Amy, la muchacha de risa bulliciosa y costumbres sencillas, se había desprendido literalmente de sí misma, dejando un montón de alma y piel en el suelo. De su interior había surgido aquella nueva Amy, frágil y amargada. Mi esposa ya no era mi esposa, sino un nudo de navajas que me desafiaba a que lo desenredara, pero yo no estaba a la altura de la tarea con mis dedos gruesos, nerviosos y adormecidos. Dedos de campesino. Dedos contrahechos y en absoluto entrenados para la intricada y peligrosa labor de *descifrar a Amy*. Cuando le mostraba mis muñones ensangrentados, ella suspiraba y regresaba a su libreta mental secreta en la que llevaba la lista de todas mis deficiencias, eternamente anotando decepciones, flaquezas, defectos. La antigua Amy… joder, era amena. Era divertida. Me hacía reír. Había olvidado aquello. Y *ella* también se reía. Desde lo más profundo de la garganta, desde detrás de esa pequeña hendidura en forma de dedo, que es el mejor lugar desde el que reír. Se libraba de sus cuitas como si fueran puñados de alpiste: tal como han aparecido, se van.

No era la cosa en la que se había convertido, la cosa que yo más temía: una mujer enfadada. No se me daban bien las mujeres enfadadas. Sacaban de mí algo desagradable.

—¿Es mandona? —preguntó Gilpin—. ¿Le gusta hacerse cargo?

Pensé en el calendario de Amy, ese que abarcaba los siguientes tres años, y si alguien fuera a consultar las hojas a un año vista, encontraría citas ya establecidas: dermatólogo, dentista, veterinario.

—Le gusta tenerlo todo bien planeado. No… no deja nada al azar. Le gusta redactar listas e ir tachando. Hacer cosas. Por eso todo esto no tiene ningún sentido…

—Eso podría volver loco a cualquiera que no sea igual —dijo Boney con simpatía—. Usted parece muy personalidad B.

—Soy un poco más relajado, supongo —dije. Después añadí la parte que se suponía que debía añadir—: Nos complementamos.

Miré el reloj de la pared y Boney me tocó la mano.

—Eh, ¿por qué no hace una llamada a los padres de Amy? Estoy segura de que se lo agradecerían.

Pasaba de la medianoche. Los padres de Amy se iban a dormir a las nueve en punto; tenían la extraña tendencia de jactarse de su costumbre de acostarse temprano. Estarían profundamente dormidos, de modo que para ellos sería una llamada urgente en plena noche. Siempre desconectaban los móviles a las 20.45, por lo que Rand Elliott se vería obligado a levantarse de la cama y recorrer el pasillo hasta el otro extremo de la casa para descolgar su viejo y pesado teléfono; se pondría torpemente las gafas, palparía en busca del interruptor de la lámpara de mesa. Enumerando para sí todos los motivos por los que no debería alarmarse ante una llamada tan tardía, todos los motivos inocuos por los que podría estar sonando el teléfono.

Marqué dos veces y colgué antes de que empezaran a sonar los tonos de llamada. Cuando por fin me decidí, fue Marybeth, no Rand, quien respondió. Su voz grave retumbó en mis oídos. Solo había llegado a decir: «Marybeth, soy Nick», cuando perdí el norte.

—¿Qué pasa, Nick?

Respiré hondo.

—¿Se trata de Amy? Dímelo.

—Yo… uh… lo siento, debería haber llamado…

—¡Dímelo, maldita sea!

—No c-c-conseguimos encontrar a Amy —tartamudeé.

—¿Cómo que no consigues *encontrar* a Amy?

—No sé qué…

—¿Amy ha desaparecido?

—No lo sabemos con seguridad, todavía estamos…

—¿Desde cuándo?

—No estamos seguros. Salí esta mañana, un poco después de las siete…

—¿Y has esperado hasta ahora para avisarnos?

—Lo siento, no quería que…

—Por el amor de Dios. Hemos estado jugando al tenis. Al *tenis*, cuando podríamos haber estado… Dios mío. ¿Está la policía en ello? ¿Les has avisado?

—Te llamo desde la comisaría.

—Ponme con quienquiera que esté al cargo, Nick. Por favor.

Como un crío, fui a buscar a Gilpin. «Mi suegra quiere hablar con usted.»

Telefonear a los Elliott lo hizo oficial. La emergencia —«Amy ha desaparecido»— se estaba transmitiendo al exterior.

Me dirigía de regreso a la sala de entrevistas cuando oí la voz de mi padre. En ocasiones, en momentos particularmente vergonzosos, oía su voz en mi cabeza. Pero aquella era la voz de mi padre, allí. Sus palabras emergieron en un húmedo burbujeo, como algo salido de una marisma maloliente. «Zorra zorra zorra.» Mi padre, completamente senil, había adoptado la costumbre de espetarle aquella palabra a cualquier mujer que le irritase incluso remotamente: «Zorra zorra zorra». Miré hacia el interior de una sala de reuniones y allí estaba, sentado en un banco con la espalda apoyada contra la pared. En otro tiempo había sido un hombre atractivo, intenso y de barbilla hendida. «Discordantemente de ensueño», era como lo había descrito mi tía. Ahora estaba sentado mascullando en dirección al suelo, tenía el pelo rubio enmarañado y apelmazado, los pantalones sucios de barro y los brazos arañados, como si hubiera atravesado una rosaleda, y sobre su mentón brillaba un hilillo de baba, como el reguero de un caracol. Se dedicaba a tensar y destensar los músculos del brazo, aún sin atrofiar. Junto a él se sentaba una agente de expresión tensa, con los labios apretados en un airado mohín, intentando ignorarle: «Zorra zorra zorra te lo dije zorra».

—¿Qué está pasando aquí? —le pregunté—. Ese es mi padre.

—¿Ha recibido nuestro aviso?

—¿Qué aviso?

—Para que viniese a recoger a su padre —dijo ella, recalcando exageradamente las palabras, como si estuviera hablando con un crío de diez años corto de luces.

—Yo… Mi esposa ha desaparecido. Llevo *aquí* casi toda la noche.

La agente me miró en silencio, sin conectar en lo más mínimo. Pude percibir que estaba debatiendo consigo misma si sacrificar la distancia y disculparse, preguntar. En aquel momento mi padre empezó de nuevo, «Zorra zorra zorra», y ella se decantó por mantener la distancia.

—Caballero, Comfort Hill lleva todo el día intentando contactar con usted. Su padre se escapó esta mañana temprano por una salida de incendios. Tiene un par de arañazos y de golpes, como puede ver, pero no ha sufrido daños mayores. Lo hemos recogido hace un par de horas, caminando por River Road, desorientado. Hemos intentado localizarle.

—Pues estaba aquí —dije—. A una maldita puerta de distancia. ¿Cómo es que nadie ha sido capaz de sumar dos y dos?

—Zorra zorra zorra —dijo mi padre.

—Caballero, por favor, no me hable en ese tono.

«Zorra zorra zorra.»

Boney encargó a otro agente —un hombre— que condujese a mi padre de vuelta a la residencia para que pudiera terminar de hablar con ellos. Permanecimos de pie sobre las escaleras de entrada de la comisaría y observamos cómo lo acomodaban en el coche, todavía murmurando. Durante todo aquel rato no registró en ningún momento mi presencia. Cuando se marcharon, ni siquiera miró hacia atrás.

—¿No mantienen una relación estrecha? —preguntó Boney.

—Somos la definición de relación nada estrecha.

La policía terminó su interrogatorio y me metió en un coche patrulla a eso de las dos de la madrugada, con el consejo de que durmiera bien aquella noche y regresara para una rueda de prensa a las doce del mediodía.

No pregunté si podía volver a casa. Hice que me llevaran a la de Go, porque sabía que se habría quedado despierta y se tomaría una copa conmigo, me prepararía un sándwich. Era, patéticamente, lo único que deseaba en aquel momento: una mujer que me preparase un sándwich y no hiciera preguntas.

—¿No quieres que salgamos a buscarla? —se ofreció Go mientras yo comía—. Podemos dar una vuelta con el coche.

—Qué sentido tendría —dije sin entusiasmo—. ¿Dónde mirar?

—Nick, esto es serio, joder.

—Lo sé, Go.

—Entonces compórtate como tal, ¿de acuerdo, *Lance*? No me jodas con el *niuniuniu*.

Era un ruido lingual, el ruido que profería ella siempre para expresar mi indecisión, acompañado por una mueca de aturdimiento y el desempolvado de mi nombre de pila. Nadie con una cara como la mía necesita llamarse Lance. Me tendió un vasito de escocés.

—Y bébete esto, pero solo esto. No querrás tener resaca mañana. ¿Dónde coño puede haberse metido? Dios, siento náuseas.

Go se sirvió también un vaso, le dio un trago, después intentó limitarse a darle sorbitos, recorriendo la cocina de un extremo a otro.

—¿No estás preocupado, Nick? ¿No te da miedo que algún tipo, yo qué sé, la haya visto en la calle y simplemente… haya decidido llevársela? Golpearla en la cabeza y…

Di un salto.

—¿Por qué dices «golpearla en la cabeza», a qué coño viene eso?

—Lo siento, no quería pintar una escena, es solo que… no sé, no puedo parar de pensar. En algún loco. —Se echó un poco más de escocés en el vaso.

—Hablando de locos —dije—, papá ha vuelto a escaparse, lo han encontrado vagando por River Road. Ahora está ya de vuelta en Comfort.

Go se encogió de hombros: «Vale». Era la tercera vez en seis meses que nuestro padre se escabullía. Después encendió un cigarrillo, todavía pensando en Amy.

—Quiero decir, ¿no hay ninguna persona con la que podamos hablar? —preguntó—. ¿Algo que podamos hacer?

—¡Jesús, Go! ¿De verdad tienes la necesidad de hacerme sentir más jodidamente inútil de lo que ya me siento? —repliqué bruscamente—. No tengo la menor idea de lo que se supone que debería estar haciendo. No hay ningún manual de instrucciones que explique qué hacer cuando tu esposa ha desaparecido. La policía me ha dicho que podía marcharme. Me he marchado. Solo estoy haciendo lo que me dicen que haga.

—Por supuesto que sí —murmuró Go, que desde hacía tiempo se había impuesto como misión convertirme en un rebelde.

Jamás lo conseguiría. Yo era el chaval que en el instituto cumplía los horarios; era el escritor que siempre acataba la fecha de entrega, incluso las falsas. Respeto las reglas, porque si sigues las reglas, las cosas fluyen con suavidad, por lo general.

—Joder, Go, dentro de un par de horas tengo que volver a la comisaría, ¿vale? ¿Puedes, por favor, ser amable conmigo solo un segundo? Estoy que me cago de miedo.

Mantuvimos una competición de miradas durante cinco segundos, después Go me rellenó el vaso; una disculpa. Se sentó a mi lado, me puso una mano en el hombro.

—Pobre Amy —dijo.

AMY ELLIOTT DUNNE
21 de abril de 2009

Pobre de mí. Deja que te describa la escena: Campbell, Insley y yo, las tres juntas en Soho, cenando en Tableau. Mucha tostadita con queso de cabra, albóndigas de cordero y rúcula, no entiendo muy bien a qué viene tanta fama. Pero nos hemos organizado a la inversa: primero la cena, después las copas en el pequeño apartado que ha reservado Campbell, un miniarmario en el que pasar un rato caro en un local que no se diferencia demasiado de, digamos, tu sala de estar. Pero, vale, de vez en cuando es divertido hacer alguna que otra tontería *trendy*. Las tres nos hemos emperifollado en exceso con nuestros diminutos y llamativos vestidos y nuestros tacones asesinos, y las tres pedimos pequeñas raciones de platos tan decorativos e insustanciales como nosotras mismas.

Nos hemos puesto de acuerdo para que nuestros maridos se unan a nosotras en las copas. De modo que allí estamos, tras la cena, arrinconadas en nuestro reservado, donde una camarera que podría presentarse al casting para el pequeño papel de Muchacha de Rostro Lozano Recién Bajada del Autobús nos sirve mojitos, martinis y mi bourbon.

Nos estamos quedando sin temas de conversación; es martes y ninguna se comporta como si fuese cualquier otro día. Bebemos con precaución: tanto Insley como Campbell tienen vagos compromisos a la mañana siguiente y yo tengo que trabajar, así que no nos estamos entonando para una gran noche, sino simplemente relajándonos, atontándonos un poco, aburriéndonos. Ya nos habríamos marchado si no estuviéramos esperando la posible aparición de los hombres. Campbell no deja de consultar su BlackBerry, Insley estudia sus pantorrillas cruzadas desde distintos ángulos. John es el primero en llegar; se disculpa profusamente con Campbell, grandes sonrisas y besos para todas, un hombre que simplemente parece feliz de estar allí, encantado de llegar justo a tiempo de tomar un cóctel tardío al otro lado de la ciudad para luego regresar a casa con su esposa. George aparece unos veinte minutos más tarde; avergonzado, tenso, esgrimiendo una tersa excusa relacionada con el trabajo mientras Insley ladra: «Llegas *cuarenta* minutos tarde». Él contraataca: «Sí, perdona que gane dinero para los dos». Apenas vuelven a cruzar palabra mientras entablan conversación con los demás.

Nick ni siquiera aparece; ni llama. Esperamos otros cuarenta y cinco minutos. Campbell se muestra solícita («Probablemente le haya surgido un encargo de última hora», dice, y sonríe hacia el bueno de John, que nunca permite que los encargos de última hora interfieran con los planes de su esposa), al tiempo que la ira de Insley hacia su esposo va remitiendo tras darse cuenta de que solo es el segundo peor capullo del grupo («¿Estás segura de que ni siquiera te ha enviado un mensaje, cielo?»).

¿Yo? Me limito a sonreír: «A saber dónde estará. Ya nos veremos en casa». Y entonces son los hombres del grupo los que parecen afligidos: «¿Quieres decir que existía esa opción? ¿Pasar de esta noche sin consecuencias desagradables? ¿Ni culpa ni enfados ni morros enfurruñados?».

Bueno, puede que para vosotros no, chicos.

Nick y yo nos reímos en ocasiones, nos reímos en voz alta, de las cosas horribles que las mujeres obligan a hacer a sus maridos para que estos demuestren su amor. Las tareas sin sentido, la miríada de sacrificios, las interminables rendiciones. Llamamos a esos hombres «monos bailarines».

Nick puede volver a casa, sudoroso, salado y oliendo a cerveza tras un día en el estadio y yo me acurrucaré en su regazo, le preguntaré sobre el partido, le preguntaré si él y su amigo Jack se lo han pasado bien, y él dirá:

—Oh, ha sufrido un ataque de monos bailarines. La pobre Jennifer ha tenido «una semana muy estresante» y necesitaba *de verdad* que se quedara con ella en casa.

O ese colega del trabajo que no puede salir a tomar unas copas porque su novia necesita de verdad que se pase por un bistró en el que ha quedado a cenar con una amiga de fuera de la ciudad. Para que puedan conocerse al fin. Y para poder demostrar lo obediente que es su mono: «Viene cuando lo llamo, ¡y mira qué modosito!».

«Ponte esto, no te pongas eso. Haz esto ahora y haz lo otro cuando puedas y con eso quiero decir ahora mismo. Y por supuesto, por supuesto, por supuesto renuncia por mí a todo lo que te gusta, para que pueda tener la prueba de que me quieres más que a nada.» Es el equivalente entre mujeres a los concursos de meadas; mientras nos pavoneamos en nuestros clubes de lectura y en nuestros cócteles, pocas cosas hay que nos gusten más que poder detallar los sacrificios que nuestros hombres hacen por nosotras. Una llamada con respuesta, cuya respuesta es: «Ohhh, pero qué *majo*».

Me siento dichosa de no pertenecer a ese club. No participo, no me excita el chantaje emocional ni obligar a Nick a que interprete el papel de maridito feliz; el papel del hombre sumiso, alegre, voluntarioso: «¡Cariño, voy a sacar la basura!». El hombre soñado de la esposa típica, la contrapartida del ideal de mujer dulce, ardiente y relajada que adora el sexo y los combinados con la que fantasea el típico hombre.

A mí me gusta pensar que soy lo suficientemente estable y madura, que tengo la suficiente confianza en mí misma, como para saber que Nick me quiere sin que tenga que estar demostrándolo constantemente. No necesito patéticas pruebas de mono bailarín para luego contárselas a mis amigas; me conformo con dejarle ser como es.

No sé por qué a las mujeres les resulta tan complicado eso.

Cuando llego a casa tras la cena, mi taxi se detiene justo en el momento en que Nick está saliendo del suyo y se planta en mitad de la calle con los brazos abiertos y una enorme sonrisa en la cara —«¡Nena!»—, y yo corro y salto a sus brazos y él presiona su mejilla, rasposa con la barba del día, contra la mía.

—¿Qué has hecho esta noche? —le pregunto.

—Unos tíos habían quedado después del trabajo para jugar al póquer, así que me he quedado un rato. Espero que te parezca bien.

—Por supuesto —digo yo—. Más divertido que mi velada.

—¿Quién ha aparecido?

—Oh, Campbell e Insley y sus monos bailarines. Aburridos. Has esquivado una bala. Una bala muy cutre.

Nick me agarra con fuerza —¡esos brazos!— y me sube en volandas por las escaleras.

—Dios, te amo —dice.

Después viene el sexo, y un combinado, y una noche de descanso hechos un dulce y agotado revoltijo sobre nuestra enorme y blanda cama. Pobre de mí.

NICK DUNNE
Un día ausente

No seguí el consejo de Go respecto al alcohol. Me acabé media botella sentado a solas en su sofá tras haber experimentado mi décimo octavo subidón de adrenalina, justo cuando pensaba que por fin iba a poder dormirme: me habían empezado a pesar los párpados, me estaba acomodando la almohada, tenía los ojos cerrados y entonces vi a mi esposa con la sangre coagulándose sobre su melena rubia, sollozando y sufriendo un dolor insoportable, arrastrándose por el suelo de nuestra cocina. Llamándome. «¡Nick, Nick, Nick!»

Le di repetidos tragos a la botella, intentando mentalizarme para dormir, una batalla perdida de antemano. El sueño es como un gato: solo viene a ti si lo ignoras. Seguí bebiendo y continué con mi mantra. «Deja de pensar», trago, «vacía la cabeza», trago, «ahora, en serio, vacía la cabeza, hazlo ya», trago. «¡Mañana tienes que estar bien sereno, necesitas dormir!» Trago. Al final no conseguí echar más que una cabezada inquieta poco antes del amanecer y me desperté una hora más tarde con resaca. No una resaca incapacitante, pero notable. Tierna y mortecina. Cargada. A lo mejor seguía un poco borracho. Caminé indeciso hacia el Subaru de Go, sintiendo ajenos mis movimientos, como si tuviera las piernas del revés. Go me había prestado temporalmente su coche, ya que la policía había aceptado graciosamente mi Jetta usado pero bien conservado para inspeccionarlo junto a mi portátil... Pura formalidad, según me aseguraron. Me dirigí a casa para coger algo de ropa decente.

Había tres coches patrulla aparcados en mi manzana, junto a los que se apiñaban nuestros escasos vecinos. Carl no estaba, pero sí Jan Teverer –la señora cristiana– y Mike, el padre de los trillizos engendrados mediante fecundación in vitro: Trinity, Topher y Talullah. («Los odio a todos ya solo por el nombre», dijo en una ocasión Amy, severa juez de cualquier moda pasajera. Cuando le comenté que Amy también había sido un nombre de moda en otro tiempo, mi esposa dijo: «Nick, ya *conoces* la historia de mi nombre». Yo no tenía ni idea de qué me estaba hablando.)

Jan asintió desde cierta distancia sin mirarme a los ojos, pero Mike se me acercó a grandes zancadas mientras salía del coche.

–Lo siento mucho, tío, si puedo hacer cualquier cosa, dímelo. Lo que sea. Me he encargado de segar el césped esta mañana, así que al menos no tendrás que preocuparte de eso.

Mike y yo nos turnábamos para segar los jardines de todas las propiedades del complejo abandonadas y reclamadas por los bancos. Abundantes lluvias primaverales habían convertido los patios en junglas, lo cual había acrecentado la presencia de los mapaches. Teníamos mapaches por todas partes, mordisqueando nuestras basuras a altas horas de la madrugada, colándose en nuestros sótanos, zanganeando en nuestros porches como mascotas perezosas. No es que segar los ahuyentara, pero al menos ahora podíamos verlos aproximarse.

–Gracias, tío, gracias –dije.

–Tío, mi esposa, lleva histérica desde que se ha enterado –dijo Mike–. Completamente histérica.

–Siento oírlo –dije–. Tengo que… –Señalé hacia mi puerta.

–Todo el día sentada, llorando mientras mira fotos de Amy.

No tenía ninguna duda de que de la noche a la mañana habría surgido un millar de fotos en internet, únicamente para alimentar las patéticas necesidades de mujeres como la esposa de Mike. Nunca he sentido la menor simpatía por las reinas del melodrama.

–Oye, tengo que preguntártelo… –empezó a decir Mike.

Le di unas palmaditas en el brazo y volví a señalar la puerta, como si tuviera asuntos urgentes que tratar. Me di media vuelta antes de que pudiera hacer ninguna pregunta y llamé a la puerta de mi propia casa.

La agente Velásquez me acompañó a la primera planta, hasta mi propio dormitorio, junto a mi propio ropero —más allá de la caja de regalo plateada y perfectamente cuadrada—, y me permitió rebuscar entre mis cosas. Me puso tenso tener que seleccionar la ropa delante de aquella joven de larga coleta, aquella mujer que debía de estar juzgándome, formándose una opinión. Acabé eligiendo a ciegas, obteniendo como resultado un look de empresario informal: pantalones holgados y camisa de manga corta, como si me dirigiese a una convención. Podía dar para un artículo interesante, pensé: cómo escoger las ropas apropiadas para cuando un ser querido desaparece. Imposible desconectar al escritor ambicioso y deseoso de encontrar un nuevo punto de vista que hay en mí.

Lo metí todo en un bolso y me di la vuelta para mirar la caja de regalo que descansaba en el suelo.

—¿Puedo echar un vistazo? —pregunté.

La agente Velásquez dudó, después decidió no arriesgarse.

—No, lo siento. En estos momentos mejor no.

El papel de regalo había sido cuidadosamente rajado por uno de los costados.

—¿Alguien ha mirado dentro?

Ella asintió.

Rodeé a Velásquez para dirigirme hacia la caja.

—Si ya han visto lo que es, entonces…

Ella se interpuso.

—Caballero, no puedo permitirle que haga eso.

—Esto es ridículo. Es un regalo *para* mí de parte de *mi* esposa…

Finté a su alrededor, me agaché y ya había puesto una mano sobre una esquina de la caja cuando Velásquez me agarró del pecho con un brazo, desde atrás. Experimenté una repentina erupción de furia, que aquella *mujer* pretendiera decirme qué hacer *en mi propia casa*. Por mucho que intente ser hijo de mi madre, la voz de mi padre se cuela espontáneamente en mi cabeza para depositar ideas terribles, palabras desagradables.

—Caballero, esto es una escena del crimen, no puede…

«Zorra estúpida.»

De repente, su compañero, Riordan, estaba también en el cuarto y encima de mí y me vi sacudiéndomelos de encima —«Está bien, está bien, joder»— a la vez que me obligaban a descender las escaleras. Había una mujer a cuatro patas cerca de la puerta delantera, correteando como una ardilla sobre el suelo de madera, buscando, supongo, manchas de sangre. Alzó la vista para mirarme impasible, después siguió con lo suyo.

Me obligué a descomprimir mientras conducía de regreso a casa de Go para vestirme. Aquella no era sino una entre toda la larga lista de cosas molestas y estúpidas que la policía haría en el curso de aquella investigación (me gustan las reglas que tienen sentido, no las reglas sin lógica), de modo que necesitaba tranquilizarme: «No contraríes a la policía», me dije. Repítelo en caso de ser necesario: «No contraríes a la policía».

Me topé con Boney justo cuando estaba entrando en la comisaría.

—Sus suegros están aquí, Nick —dijo en tono alentador, como si me estuviera ofreciendo una magdalena recién hecha.

Marybeth y Rand Elliott estaban de pie pasándose mutuamente un brazo por la cintura. En mitad de la comisaría, como si estuvieran posando para las fotos del baile de fin de curso. Así es como los veía siempre, dándose palmadas, frotándose las barbillas, rozándose las mejillas. Cada vez que visitaba el hogar de los Elliott, me descubría aclarándome la garganta obsesivamente —«Estoy a punto de hacer acto de presencia»—, porque los Elliott podían estar al otro lado de cualquier esquina, haciéndose arrumacos. Se besaban en la boca cada vez que tenían que separarse y Rand acariciaba el trasero de su esposa cada vez que pasaba a su lado. A mí todo aquello me resultaba completamente ajeno. Mis padres se divorciaron cuando tenía doce años y creo que, quizá, cuando era muy pequeño, presencié algún que otro casto beso en la mejilla entre ambos cuando no quedaba más remedio. Navidades, cumpleaños. Por supuesto sin lengua. En los mejores momentos de su matrimonio, sus comunicaciones eran puramente transaccionales: «Nos hemos vuelto a quedar sin leche». («Hoy mismo compraré más.») «Necesito esto bien planchado.» («Hoy mismo me encargo.») «¿Tan difícil es comprar la leche?» (Silencio.) «Te has olvidado de llamar al fontanero.» (Suspiro.) «Maldita sea, ponte el abrigo ahora mismo y sal a comprar la condenada leche. Ahora mismo.» Estos eran los mensajes y órdenes que solía transmitir mi padre, un encargado de nivel medio en una empresa telefónica que en el mejor de los casos trataba a mi madre como a una empleada incompetente. ¿En el peor? Nunca le pegó, pero su furia pura e inarticulada llenaba la casa durante días, en ocasiones semanas, humedeciendo el aire y dificultando la respiración; mi padre, acechando con la mandíbula inferior extendida, con aspecto de boxeador herido y vengativo, haciendo rechinar los dientes de tal manera que podías oírlos desde el otro extremo de la habitación. Arrojando cosas cerca de mi madre, pero no exactamente contra ella. Estoy seguro de que se decía a sí mismo: «Nunca le he pegado». Estoy seguro de que, debido a este tecnicismo, nunca se consideró a sí mismo un maltratador. Pero convirtió nuestra vida familiar en un interminable viaje por carretera con malas indicaciones y un conductor agarrotado por la rabia; unas vacaciones que nunca tuvieron la más mínima oportunidad de ser divertidas. «No hagas que dé media vuelta al coche.» Por favor, en serio, da media vuelta ahora mismo.

No creo que el problema de mi padre fuese con mi madre en particular. Simplemente no le gustaban las mujeres. Le parecían estúpidas, intrascendentes, irritantes. «Esa zorra estúpida.» Era su frase favorita para cualquier mujer que le irritase: una conductora en la carretera, una camarera, nuestras maestras de la escuela, a ninguna de las cuales llegó a conocer jamás en persona, ya que las reuniones entre profesores y padres de alumnos apestaban a reino femenino. Todavía recuerdo cuando vimos en las noticias de antes de cenar que Geraldine Ferraro había sido nombrada candidata a la vicepresidencia en las elecciones de 1984. Mi madre, mi diminuta y adorable madre, apoyó una mano en la nuca de Go y dijo: «Bueno, me parece maravilloso».Y mi padre apagó la tele y dijo: «Es un chiste. Sabes que es un condenado chiste. Como ver a un mono montar en bicicleta».

Tuvieron que pasar otros cinco años antes de que mi madre decidiera finalmente que no aguantaba más. Un día volví a casa de la escuela y mi padre no estaba. Había estado allí por la mañana y por la tarde había desaparecido. Mi madre nos hizo sentarnos a la mesa del comedor y anunció: «Vuestro padre y yo hemos decidido que es mejor para todos que vivamos separados». Go estalló en lágrimas y dijo: «¡Bien, os odio a los dos!», y después, en vez de meterse corriendo en su cuarto como exigía el guión, se acercó a mi madre y la abrazó.

De modo que mi padre se esfumó y mi delgada, afligida madre se puso gorda y feliz –muy gorda y extremadamente feliz–, como si siempre hubiera debido ser así: un globo desinflado que recupera el aire. En menos de un año se había transformado en la señora ocupada, afable y alegre que seguiría siendo hasta el día de su muerte, y su hermana decía cosas como «Gracias a Dios que la vieja Maureen ha vuelto», como si la mujer que nos había criado fuese una impostora.

En cuanto a mi padre, me pasé años hablando con él por teléfono aproximadamente una vez al mes; conversaciones educadas e informativas, un recital de *cosas que han pasado*. La única pregunta que solía hacerme mi padre respecto a Amy era «¿Qué tal está Amy?», con la que no pretendía provocar otra respuesta más allá de «Bien». Permaneció obstinadamente distante incluso cuando comenzó a desdibujarse en la demencia, pasados los sesenta. «Si siempre llegas pronto, nunca llegarás tarde.» Era un mantra de mi padre que aplicó incluso a la llegada del Alzheimer: un lento declive hacia una repentina y escarpada caída que nos obligó a trasladar a nuestro independiente y misógino progenitor a una residencia gigantesca que apestaba a caldo de pollo y meados, donde se encontraría rodeado por mujeres que se ocuparían de él en todo momento. Ja.

Mi padre tenía limitaciones. Eso es lo que mi bondadosa madre nos decía siempre. Tenía limitaciones, pero no pretendía perjudicar a nadie. Era amable por su parte decirlo, pero sí que causó perjuicios. Dudo que mi hermana vaya a casarse nunca: si se siente triste o alterada o enfadada, necesita estar a solas; teme que un hombre pueda desdeñar sus lágrimas de mujer. Mi caso es el mismo. Todo lo que tengo de bueno lo heredé de mi madre. Puedo bromear, puedo reír, puedo flirtear, puedo celebrar y apoyar y halagar —puedo operar bajo la luz del sol, básicamente—, pero soy incapaz de tratar con mujeres enfadadas o llorosas. Enseguida noto la furia de mi padre surgiendo de mi interior de la manera más desagradable. Amy podría hablarles de ello. Sin duda les hablaría de ello... si estuviera aquí.

Observé a Rand y a Marybeth un momento sin ser visto. Me pregunté lo furiosos que estarían conmigo. Había cometido un acto imperdonable, dejando pasar tanto tiempo sin llamarles. Por culpa de mi cobardía, mis suegros tendrían aquella tarde de tenis clavada para siempre en su imaginación: la cálida velada, las remolonas pelotas amarillas botando sobre la cancha, los chirridos de las deportivas, la mundana noche de jueves que habían disfrutado mientras su hija estaba desaparecida.

—Nick —dijo Rand Elliott, percatándose de mi presencia.

Dio tres grandes zancadas hacia mí y, mientras me preparaba para recibir un puñetazo, me abrazó con fuerza desesperada.

—¿Cómo lo llevas? —susurró junto a mi cuello, y empezó a balancearse. Finalmente profirió un singulto agudo, un sollozo contenido, y me agarró de ambos brazos—. Vamos a encontrar a Amy, Nick. Esto no puede acabar de otra manera. Créelo, ¿de acuerdo?

Rand Elliott me retuvo con su azul mirada durante un par de segundos más, después volvió a derrumbarse —tres femeninos jadeos surgieron de su interior como hipo— y Marybeth se incorporó a la piña, enterrando el rostro en la axila de su marido.

Cuando nos separamos, alzó hacia mí su mirada de ojos gigantes y atónitos.

—Es una... una condenada *pesadilla* —dijo—. ¿Cómo estás, Nick?

Cuando Marybeth preguntaba «Cómo estás», no era una cortesía, era una cuestión existencial. Estudió mi rostro y yo estaba convencido de que me estaba estudiando a mí, y que anotaría hasta el último de mis pensamientos y actos. Los Elliott creían que hasta el último rasgo debía ser considerado, juzgado, categorizado. Todo significa algo, todo tiene su uso. Mamá, papá y la nena eran tres personas avanzadas con sus respectivos títulos en psicología no menos avanzada; habían pensado más antes de las nueve de la mañana que la mayoría de las personas en todo un mes. Recuerdo una vez que rechacé un pedazo de tarta de cerezas durante la cena y Rand ladeó la cabeza y dijo: «¡Ahh! Un iconoclasta. Desdeña el patriotismo simbólico y facilón». Y cuando intenté tomármelo a broma y dije que, vaya, tampoco me gustaba el crujiente de cerezas, Marybeth tocó a Rand en el brazo y añadió: «Debido al divorcio. Todos estos platos de consuelo, los postres que una familia suele consumir unida, para Nick son simplemente malos recuerdos».

Era ridículo, pero increíblemente dulce, que aquellas personas dedicaran tanta energía a intentar comprenderme. La respuesta: no me gustan las cerezas.

Llegadas las once y media, la comisaría era un hervidero de ruidos. Teléfonos sonando, gente gritando de un extremo a otro de la habitación. Una mujer cuyo nombre nunca llegué a oír y cuya presencia solo había registrado como una charlatana mata de pelo, se hizo notar de repente a mi lado. No tenía ni idea de cuánto tiempo llevaba allí.

—… y el objetivo principal de todo esto, Nick, es que el público empiece a buscar a Amy y sepa que tiene una familia que la ama y que quiere que vuelva. Tiene que hacerse de manera muy controlada. Nick, va usted a necesitar… ¿Nick?

—¿Sí?

—El público va a querer oír una breve declaración del marido.

Desde el otro lado de la estancia, Go se dirigía apresuradamente hacia mí. Me había dejado en la comisaría, después había ido treinta minutos a El Bar para encargarse de cosas propias de bar y ahora había regresado, comportándose como si me hubiera abandonado una semana, zigzagueando entre escritorios, ignorando al joven agente que evidentemente le había sido asignado para conducirla hasta mí de manera ordenada, silenciosa y digna.

—¿Todo bien por ahora? —dijo Go agarrándome con un solo brazo, un abrazo de tío. Los hijos de los Dunne no son muy duchos a la hora de abrazar. El pulgar de Go cayó sobre mi pezón derecho—. Ojalá mamá estuviera aquí —susurró, precisamente lo mismo que había estado pensando yo—. ¿Ninguna noticia? —preguntó al separarse.

—Nada, no sabemos un carajo…

—Tienes pinta de sentirte mal.

—Me siento como una puta mierda.

Estaba a punto de decir lo idiota que era por no haberle hecho caso con lo del alcohol cuando ella se me adelantó.

—Yo también me hubiera acabado la botella —dijo, palmeándome la espalda.

—Casi vamos a empezar —dijo la relaciones públicas, apareciendo de nuevo mágicamente—. Para ser el fin de semana del 4 de Julio, no hemos tenido una mala concurrencia.

Empezó a pastorearnos hacia una espantosa sala de conferencias (persianas de aluminio, sillas plegables y una nidada de periodistas aburridos) y nos hizo subir al estrado. Me sentí como un conferenciante de tercera en una convención mediocre, vestido con mi conjunto de empresario informal, dirigiéndome a una audiencia absorta de individuos con jet lag que soñaban despiertos con lo que iban a pedir para comer. Pero noté que los periodistas se animaban en cuanto me echaron un vistazo (digámoslo: un tipo joven de aspecto decente) y después la relaciones públicas colocó una impresión en cartón pluma sobre un atril cercano que resultó ser una foto ampliada de Amy en todo su esplendor, aquel rostro que te hacía mirar dos veces: «Es imposible que sea tan atractiva, ¿verdad?». Era posible, era así de atractiva, y me quedé contemplando la foto de mi esposa mientras las cámaras sacaban instantáneas mías contemplando la foto. Me acordé del día que me reencontré con ella en Nueva York: solo podía ver el pelo rubio, la nuca, pero supe que era ella y supe que era una señal. ¿Cuántos millones de cabezas habría visto en mi vida? Pero supe que aquel hermoso cráneo era el de Amy, flotando Séptima Avenida abajo por delante de mí. Supe que era ella y que acabaríamos juntos.

Destellos de flashes. Aparté el rostro y los ojos se me llenaron de manchas. Era surrealista. Así es como describe siempre la gente los momentos simplemente inusuales. Pensé: «No tenéis ni puta idea de lo que es surrealista». Mi resaca estaba empezando a cobrar fuerza, el ojo izquierdo me palpitaba como un corazón.

Las cámaras crepitaban y las dos familias presentamos un frente unido, todos apretando los labios. Go era la única que se parecía remotamente a una persona real, los demás parecíamos maniquíes humanos, cuerpos acicalados y apuntalados. Incluso Amy, desde su atril, parecía más presente. Todos habíamos visto ruedas de prensa como aquella, tras la desaparición de otras mujeres. Nos estábamos viendo obligados a interpretar la escena esperada por los televidentes: la preocupada pero esperanzada familia. Ojos embotados por la cafeína y brazos de muñeca de trapo.

Alguien dijo mi nombre; la sala tragó saliva colectivamente, expectante. *Empieza el espectáculo.*

Cuando más tarde vi la emisión, no reconocí mi voz. Apenas reconocí mi rostro. El alcohol que flotaba como limo justo bajo la superficie de mi piel me daba el aspecto de un lozano calavera, en el límite justo de sensualidad para parecer un crápula. Temiendo que me fuera a temblar la voz, me había esforzado tanto por enunciar que mis palabras surgieron mecánicas, como si estuviera leyendo un informe financiero. «Solo queremos que Amy vuelva a casa sana y salva…» Nada convincente, completamente distante. Bien podría haber estado leyendo números al azar.

Rand Elliott dio un paso al frente e intentó salvarme:

—Nuestra hija, Amy, es un encanto de muchacha, llena de vida. Es nuestra única hija y es inteligente y bella y cariñosa. Realmente es la Asombrosa Amy. Y queremos recuperarla. Nick quiere recuperarla.

Me puso una mano sobre el hombro, se enjugó los ojos y yo automáticamente me quedé tieso como un palo. Mi padre otra vez: los *hombres* no lloran.

Rand siguió hablando:

—Todos queremos que vuelva donde debería estar, con su familia. Hemos instalado un centro de control en el Days Inn…

Los telediarios mostrarían a Nick Dunne, esposo de la mujer desaparecida, férreamente inmóvil junto a su suegro, con los ojos vidriosos y de brazos cruzados, casi con pinta de aburrido mientras los padres de Amy lloraban. Y después algo peor. Mi típica reacción, la necesidad de recordarle a la gente que no era un capullo, que era un tipo majo a pesar de la mirada desafectada y del rostro arrogante de tío insolente.

Así fue como apareció, de la nada, mientras Rand rogaba por el regreso de su hija: una sonrisa de asesino.

AMY ELLIOTT DUNNE
5 de julio de 2010

FRAGMENTO DE DIARIO

No voy a culpar a Nick. No culpo a Nick. Me niego –¡me niego!–
a convertirme en una mujer estridente y airada que se pone de
morros. Cuando me casé con Nick me hice dos promesas. Una:
ninguna exigencia de mono bailarín. Dos: nunca, nunca jamás diría: «Claro, me parece bien» (que quieras salir hasta tarde, que quieras pasar el fin de semana con los amigos, que quieras hacer cualquier cosa que te apetezca) para luego castigarle por hacer lo que
había dicho que me parecía bien. Me preocupa estar peligrosamente cerca de violar ambas promesas.

Pero aun así. Es nuestro tercer aniversario de boda y estoy sola
en nuestro apartamento, con el rostro tirante como una máscara
por culpa de las lágrimas, porque... en fin, porque justo esta tarde
Nick me ha dejado un mensaje en el contestador y ya sé que todo
va a salir mal. Lo sé en el preciso instante en el que comienzo a
escucharlo porque sé que está llamando desde el móvil y puedo
oír voces de hombre en segundo plano y una pausa enorme y
hueca, como si estuviera intentando decidir qué decir, y entonces
oigo su voz desdibujada por el ruido del taxi, una voz que ya suena húmeda y perezosa por culpa del alcohol, y sé que me voy a
enfadar: esa sensación de inhalación rápida, labios que se tensan,
hombros que se alzan; esa sensación de «De verdad que no me
quiero enfadar pero no voy a poder evitarlo». ¿Es que los hombres
no conocen esa sensación? No quieres enfadarte, pero te ves obli-

gada a ello, prácticamente. Porque una regla, una buena regla, una regla agradable, está siendo quebrantada. O quizá «regla» es la palabra equivocada. ¿Protocolo? ¿Gentileza? Pero la regla/protocolo/gentileza —nuestro aniversario— está siendo quebrantada por un buen motivo, lo entiendo, de verdad que sí. Los rumores eran ciertos: dieciséis redactores han sido despedidos de la revista en la que trabaja Nick. Un tercio de la plantilla. Nick se ha salvado, por ahora, pero por supuesto se siente obligado a llevar a los otros de borrachera. Son hombres, apilados en un taxi que circula por la Segunda Avenida, fingiendo ser valientes. Un par ha regresado a casa con sus esposas, pero un número sorprendentemente alto de ellos se ha quedado. Y Nick se va a pasar la noche de nuestro aniversario invitándoles a copas, recorriendo clubes de striptease y bares cutres, flirteando con muchachas de veintidós años («Aquí mi amigo acaba de ser despedido, le iría bien un abrazo»). Estos hombres desempleados proclamarán las bondades de Nick mientras él paga rondas con una tarjeta de crédito vinculada a mi cuenta corriente. Nick se lo pasará bomba la noche de nuestro aniversario, circunstancia que ni siquiera ha mencionado en el mensaje. En cambio, ha dicho: «Sé que teníamos planes, pero...».

Estoy siendo una chiquilla. Simplemente pensaba que sería una tradición: por toda la ciudad he dejado un reguero de pequeños mensajes de amor, remembranzas de este último año en común, mi caza del tesoro. Puedo imaginar la tercera pista, aleteando tras un pedazo de celo en el recodo de la V de *Love*, la escultura de Robert Indiana junto a Central Park. Mañana, algún turista de doce años aburrido que vaya arrastrando los pies tras sus padres la despegará, la leerá, se encogerá de hombros y dejará que se la lleve el viento como un envoltorio de chicle.

El final de mi caza del tesoro era perfecto, pero ahora ya no lo es. Un maletín vintage que es una verdadera preciosidad. De cuero. El tercer aniversario es cuero. Puede que un regalo relacionado con el trabajo sea mala idea, teniendo en cuenta que últimamente el trabajo no ha sido fuente de demasiadas alegrías. En nuestra cocina tengo dos langostas vivas, como siempre. O como lo que se suponía que iba a ser siempre. Tengo que llamar a mi madre para que me diga si aguantan hasta mañana, gateando aturdidas en su caja, o si nécesito dar el paso y con ojos llorosos pelearme con ellas y hervirlas en la olla sin ningún motivo. Tendré que matar dos langostas que ni siquiera me voy a comer.

Papá ha llamado para desearnos un feliz aniversario y he cogido el teléfono y pensaba hacer como si nada, pero después me he echado a llorar nada más empezar a hablar (ese espantoso lloro femenino entrecortado: «mwa-buaah-guuahh-y-buaa-bua»), así que he tenido que contarle lo sucedido y él me ha dicho que debería abrir una botella de vino y regodearme un rato en ello. Mi padre siempre ha defendido la pertinencia de un buen berrinche indulgente. Aun así, a Nick no le gustará que se lo haya contado, y por supuesto Rand se pondrá en plan paternal con él, le dará una palmada en el hombro y dirá: «Me he enterado de que te viste obligado a tomarte unas copas de emergencia el día de tu aniversario, Nicky». Y reirá comprensivamente. Y Nick sabrá que se lo he dicho y se enfadará conmigo porque quiere que mis padres crean que es perfecto: resplandece cada vez que les cuento historias de lo impecable que es su yerno.

Salvo esta noche. Lo sé, lo sé, me estoy portando como una chiquilla.

Son las cinco de la mañana. El sol está saliendo, casi tan radiante como las farolas de la calle que acaban de apagarse. Siempre me gusta ese cambio, las veces que estoy despierta para verlo. En ocasiones, cuando no puedo dormir, me levanto de la cama y salgo a pasear por las calles al amanecer, y cuando las farolas se apagan, todas de golpe, siempre siento que acabo de ver algo especial. «¡Oh, ahí van las farolas!», me entran ganas de anunciar. En Nueva York la hora tranquila no son las tres ni las cuatro de la madrugada, siempre hay demasiados rezagados que salen de los bares y se despiden a gritos mientras caen redondos en sus taxis o se desgañitan con el móvil mientras se fuman frenéticamente un último pitillo antes de irse a la cama. Las cinco, esa es la mejor hora, cuando el repiqueteo de tus tacones sobre la acera suena ilícito. Cada mochuelo ha vuelto a su olivo y tienes toda la ciudad para ti sola.

Esto es lo que ha pasado: Nick ha llegado a casa poco después de las cuatro, rodeado por una burbuja de tufo a cerveza, tabaco y huevos fritos, una placenta de malos olores. Yo aún estaba despierta, esperándole, con el cerebro empachado tras una maratón de *Ley y orden*. Se ha sentado en la otomana y ha mirado de reojo sin decir nada el regalo que le aguardaba sobre la mesa. Yo me he quedado observándolo a él en silencio. Resultaba evidente que no pensaba rozar siquiera una disculpa: «Eh, siento que las cosas se hayan torcido hoy». Con eso me habría bastado, una breve admisión.

—Feliz día de después del aniversario —digo.

Él suspira, un gemido profundo y agraviado.

—Amy, he tenido el día más mierdoso de mi vida. Por favor, no me hagas sentir culpable encima.

Nick creció con un padre que nunca jamás se disculpaba, así que cuando considera que ha metido la pata, pasa a la ofensiva. Lo sé perfectamente y normalmente puedo dejarlo pasar. Normalmente.

—Solo he dicho feliz aniversario.

—Feliz aniversario, esposo gilipollas que me has dejado tirada en mi gran día.

Continuamos sentados en silencio un minuto, mientras se me va haciendo un nudo en el estómago. No quiero ser la mala de la película. No me lo merezco. Nick se levanta.

—Bueno, ¿cómo ha sido? —pregunto sin entusiasmo.

—¿Cómo ha sido? Ha sido jodidamente espantoso. Dieciséis amigos míos se han quedado sin trabajo. Ha sido deprimente. Probablemente yo también vaya a la calle dentro de un par de meses.

Amigos. Ni siquiera le caen bien la mitad de los tipos con los que ha salido esta noche, pero no digo nada.

—Sé que ahora mismo todo parece terrible, Nick. Pero…

—No es terrible para ti, Amy. Para ti no, nunca será terrible. Pero ¿para los demás? Es muy distinto.

La misma cantinela de siempre. A Nick le molesta que nunca haya tenido que preocuparme por el dinero y que nunca vaya a tener que hacerlo. Cree que eso me vuelve más blanda que todos los demás, y no es que vaya a mostrarme en desacuerdo con él. Pero yo también tengo un empleo. Ficho todos los días. Algunas de mis amigas no han trabajado literalmente nunca; hablan de la gente que trabaja con el mismo tono compasivo con el que hablarían de una chica gorda con «una cara tan bonita». Se inclinan hacia delante y dicen: «Pero, claro, Ellen tiene que trabajar», como algo salido de una obra de Noël Coward. A mí no me cuentan, porque siempre podría dejar mi empleo si quisiera. Podría dedicar el día a comités de beneficencia y a decorar la casa y a la jardinería y a hacer de voluntaria, y no creo que haya nada de malo en construirse una vida alrededor de todas esas cosas. La mayoría de las cosas buenas y hermosas son llevadas a cabo por mujeres menospreciadas por la mayoría. Pero yo trabajo.

—Nick, estoy de tu parte. Pase lo que pase, nos irá bien. Mi dinero es tu dinero.

—No según el acuerdo prenupcial.

Está borracho. Solo menciona el acuerdo prenupcial cuando está borracho. Entonces brota todo el resentimiento. Se lo he dicho cientos, literalmente *cientos de veces*, con estas mismas palabras: el acuerdo es puro negocio. No es para mí, ni siquiera es para mis padres, es para los abogados de mis padres. No dice nada sobre nosotros, ni sobre ti ni sobre mí.

Nick se dirige a la cocina, arroja su cartera y unos dólares arrugados sobre la mesita del café, estruja un pedazo de papel y lo tira a la basura junto a una serie de recibos de tarjeta de crédito.

—Me resulta muy desagradable oírte decir eso, Nick.

—Me resulta muy desagradable tener que sentirme así, Amy.

Se encamina hacia nuestro mueble bar —con los cuidadosos andares como de vadear un pantano propios de un borracho— y se sirve otra copa.

—Te vas a poner malo —digo.

Nick alza su vaso y me dedica un brindis.

—Simplemente no lo entiendes, Amy. No puedes entenderlo. Llevo trabajando desde que tenía catorce años. No fui a los putos cursos de tenis ni al de escritura creativa ni a los preparativos de selectividad ni a toda esa mierda que al parecer todo el mundo en Nueva York ha hecho, porque estaba limpiando mesas en el centro comercial y segando patios y conduciendo hasta Hannibal para poder disfrazarme del puto Huck Finn para los turistas y limpiar los moldes del pastel de carnaval a medianoche.

Sentí el impulso de reír, en realidad de reír a carcajadas. Una gran risotada surgida del vientre que contagiase a Nick, y pronto los dos nos estaríamos riendo y aquello habría terminado. La letanía de trabajos cutres. Estar casada con Nick me sirve como recordatorio constante de que la gente tiene que hacer cosas espantosas para ganarse el jornal. Desde que estoy casada con Nick, siempre saludo a las personas disfrazadas de comida.

—He tenido que trabajar mucho más duro que cualquier otro en la revista solo para poder *llegar* a la revista. Veinte años, básicamente, es lo que llevo trabajando para haber llegado hasta donde estoy, y ahora todo va a esfumarse y es la única puta cosa que sé hacer en la vida, a menos que quiera regresar a casa para volver a ser una rata de río.

—Probablemente seas demasiado viejo para hacer de Huck Finn —le digo.

—Vete a tomar por culo, Amy.

Y a continuación se mete en el dormitorio. Nunca me había dicho algo así con anterioridad, pero ha surgido con tanta fluidez de su boca que asumo una idea que jamás se me había pasado por la cabeza, asumo que lo ha pensado. Muchas veces. Nunca había creído que acabaría siendo el tipo de mujer a la que su marido manda a tomar por culo. Y habíamos jurado no irnos nunca enfadados a la cama. Compromiso, comunicación y nunca irse enfadados a la cama: los tres consejos que todos los recién casados deben oír una y otra vez. Pero últimamente parece que yo soy la única que se compromete; nuestras comunicaciones no resuelven nada; y a Nick se le da muy bien lo de acostarse enfadado. Tiene la capacidad de cerrar el flujo de sus emociones como si fuera un surtidor. De hecho, ya está roncando.

Y entonces no puedo evitarlo, a pesar de que no es asunto mío, a pesar de que Nick se pondría furioso si lo supiera: me dirijo al cubo de la basura y saco los recibos, para saber dónde ha pasado la noche. Dos bares, dos clubes de striptease. Y puedo imaginarle en cada uno de ellos, hablando de mí con sus amigos, porque debe de haber estado hablando de mí para que toda esa mala baba mezquina y denigrante le haya salido con tanta facilidad. Me los imagino en uno de los clubes más caros, uno de esos en plan elegantón, pensados para hacerles creer a los hombres que su propósito sigue siendo mandar, que las mujeres han nacido para servirles; la acústica premeditadamente mala y la música atronadora, de modo que nadie tenga que hablar; una mujer de tetas tensas como balones montada a horcajadas sobre mi marido (que jura que solo lo hace en broma), agitando la melena sobre su espalda, los labios húmedos de carmín… pero se supone que no debo sentirme amenazada, no, solo son travesuras de muchachos, se supone que debo tomármelas a risa, que debo ser *enrollada*.

Entonces despliego el pedazo de papel arrugado y veo una letra de mujer —Hannah— y un número de teléfono. Desearía que fuese como en el cine, un nombre ridículo, CanDee o Bambie, algo que pudiera tomarme a guasa. Misti, con dos corazones sobre las íes. Pero es Hannah, una mujer real, presumiblemente como yo. Nick nunca me ha puesto los cuernos, lo jura, pero también sé que ha tenido oportunidades de sobra. Podría preguntarle por Hannah, y me diría: «No tengo ni idea de por qué me ha dado su número, pero no quería parecer grosero, así que lo he aceptado». Lo cual podría ser cierto. O no. Podría ponerme los cuernos y nunca me lo diría, y cada vez me respetaría menos por no darme cuenta. Me observaría desde el otro extremo de la mesa del desayuno, sorbiendo inocentemente cereales, y sabría que soy una simple, ¿y cómo puede nadie respetar a una simple?

Ahora estoy llorando otra vez, con Hannah en la mano.

Es un rasgo muy femenino, ¿no? Eso de tomar una salida nocturna entre amigos y agigantarla hasta convertirla en una infidelidad que destruirá nuestro matrimonio.

No sé qué hacer. Me siento como una pescadera gritona o como un felpudo ignorante; no sé cuál de las dos cosas. No quiero estar enfadada, ni siquiera puedo llegar a la conclusión de si debería estarlo. Me planteo irme a un hotel, dejar que sea él quien se preocupe *por mí* para variar.

Me quedo donde estoy un par de minutos y después respiro hondo y me sumerjo en nuestro dormitorio cargado de humedad alcohólica, y cuando me meto en la cama Nick se vuelve hacia mí y me rodea con los brazos y entierra el rostro en mi cuello, y los dos decimos «Lo siento» al mismo tiempo.

NICK DUNNE
Un día ausente

Los flashes estallaron y extinguí la sonrisa, pero no lo suficientemente rápido. Sentí una oleada de calor que me ascendía por el cuello y en la nariz me aparecieron varias perlas de sudor. «Estúpido, Nick, estúpido.» Y entonces, justo cuando estaba recuperando la compostura, la rueda de prensa había terminado y ya era demasiado tarde para causar cualquier otra impresión.

Salí con los Elliott, agachando la cabeza mientras más flashes crepitaban a mi alrededor. Casi había alcanzado la salida cuando Gilpin atravesó trotando la estancia en dirección a mí, reteniéndome.

—¿Puede dedicarme un minuto, Nick?

Mientras nos dirigíamos hacia un despacho apartado aprovechó para ponerme al día:

—Hemos inspeccionado esa casa allanada de su barrio. Parece que ha habido gente acampada en el interior, así que hemos enviado a los del laboratorio. Y hemos encontrado otra casa llena de okupas justo en los límites del complejo.

—Claro, eso es lo que me preocupa —dije—. Hay gente acampada por todas partes. La ciudad entera está tomada por individuos desempleados y cabreados.

Carthage había sido, hasta hacía un año, una ciudad al amparo de una sola empresa; dicha empresa era el vasto centro comercial Riverway Mall, en sí mismo una pequeña ciudad que en otro tiempo había llegado a tener empleados a cuatro mil lugareños, una quinta parte de la población. Fue construido en 1985 como un lugar de destino, ideado para atraer a compradores de todo el Medio Oeste. Aún recuerdo el día de la inauguración: Go y yo, mamá y papá, observando los festejos desde la parte de atrás de la multitud aglomerada en el enorme aparcamiento alquitranado, porque nuestro padre siempre quería tener la posibilidad de marcharse rápidamente de cualquier sitio. Incluso cuando íbamos al béisbol, aparcábamos junto a la salida y nos marchábamos en la octava entrada, entre las previsibles quejas de Go y mías, manchados de mostaza, petulantes y enfebrecidos por culpa del sol: «Nunca podemos ver el final». Pero en aquella ocasión nuestra perspectiva distante resultó apetecible, ya que así pudimos presenciar el evento en toda su magnitud: la multitud impaciente, pasando colectivamente el peso de un pie al otro; el alcalde sobre un estrado rojo, blanco y azul; las palabras altisonantes («orgullo», «crecimiento», «prosperidad», «éxito») resonando sobre nosotros, soldados en el campo de batalla del consumismo, armados con talonarios de cubiertas plastificadas y bolsos de tela. Y el momento en el que se abrieron las puertas. Y la avalancha en pos del aire acondicionado, el muzak, los sonrientes vendedores que no eran sino nuestros vecinos. Aquel día mi padre nos permitió entrar, llegando incluso a hacer cola para comprarnos algo: unos sudorosos vasos de cartón rebosantes de Orange Julius.

Durante un cuarto de siglo, el Riverway Mall fue una presencia constante. Después la recesión golpeó, arrastrando a su paso el Riverway, tienda a tienda, hasta que todo el centro comercial acabó por cerrar. Ahora son ciento ochenta y cinco mil metros cuadrados de eco. Ninguna compañía quiso reclamarlo, ningún empresario prometió una resurrección, nadie sabía qué hacer con él ni qué sería de todas las personas que habían trabajado allí, incluida mi madre, que perdió su empleo en Shoe-Be-Doo-Be; dos décadas arrodillándose y poniendo zapatos, amontonando cajas y recogiendo calcetería sudada, evaporadas sin ceremonia.

El hundimiento del centro comercial dejó Carthage básicamente en bancarrota. La gente perdió sus trabajos, perdió sus casas.

Nadie esperaba la llegada de nada bueno en un futuro próximo. «Nunca podemos ver el final.» Esta vez parecía que a Go y a mí sí que nos iba a tocar verlo. Todos lo íbamos a ver.

La bancarrota se ajustaba perfectamente a mi psique. Durante varios años había vivido aburrido. No con el aburrimiento lloriqueante e inquieto de un niño (aunque no era inmune a ello), sino con un malestar denso que todo lo cubría. Tenía la impresión de que nunca jamás volvería a haber nada nuevo bajo el sol. La nuestra era una sociedad completa y ruinosamente derivativa (aunque el uso peyorativo de la palabra «derivativo» es, en sí mismo, derivativo). Éramos la primera generación de seres humanos que jamás podría ver nada por primera vez. Contemplamos las maravillas del mundo con ojos mortecinos, de vuelta de todo. *Mona Lisa*, las pirámides, el Empire State Building. El ataque de un animal selvático, el colapso de antiquísimos glaciares, las erupciones volcánicas. No consigo recordar ni una sola cosa asombrosa que haya visto en persona que no me recordase de inmediato a una película o a un programa de televisión. A un puto anuncio. ¿Conocen el espantoso sonsonete del indiferente? «Ya lo he viiistooo». Bien, pues yo lo he visto literalmente todo. Y lo peor, lo que de verdad provoca que me entren ganas de saltarme la tapa de los sesos, es que la experiencia de segunda mano siempre es mejor. La imagen es más nítida, la visión más intensa, el ángulo de la cámara y la banda sonora manipulan mis emociones de un modo que ha dejado de estar al alcance de la realidad. No estoy seguro de que, llegados a este punto, sigamos siendo realmente humanos, al menos aquellos de nosotros que somos como la mayoría de nosotros: los que crecimos con la televisión y el cine y ahora internet. Si alguien nos traiciona, sabemos qué palabras decir; cuando muere un ser amado, sabemos qué palabras decir; si queremos hacernos el machote o el listillo o el loco, sabemos qué palabras decir. Todos seguimos el mismo guión manoseado.

Es una era muy difícil en la que ser persona. Simplemente una persona real, auténtica, en vez de una colección de rasgos seleccionados a partir de una interminable galería de personajes.

Y si todos interpretamos un papel, es imposible que exista nada semejante a un compañero del alma, porque lo que tenemos no son almas de verdad.

Había llegado hasta tal extremo que ya nada parecía tener importancia, porque yo no era una persona real y tampoco nadie más lo era.

Habría hecho cualquier cosa por volver a sentirme real.

Gilpin abrió la puerta de la misma sala en la que me habían interrogado la noche anterior. Sobre el centro de la mesa descansaba la plateada caja de regalo de Amy.

Me quedé observando la caja en medio de la mesa, tan ominosa en aquel nuevo entorno. Una sensación de temor se cernió sobre mí. ¿Por qué no la había encontrado antes? Debería haberla encontrado.

—Adelante —dijo Gilpin—. Queríamos que le echase un vistazo.

La abrí con tanta prevención como si fuera a contener una cabeza. Solo encontré un sobre de un azul cremoso con las palabras PRIMERA PISTA. Gilpin sonrió burlonamente.

—Imagínese nuestra confusión: un caso de persona desaparecida y de repente encontramos un sobre que anuncia la PRIMERA PISTA.

—Es una caza del tesoro que mi esposa…

—Ya. Por su aniversario. Su suegro lo ha mencionado.

Abrí el sobre, extraje un grueso papel de color azul celeste —el mismo que usaba Amy siempre— doblado una sola vez. Noté que la bilis me asomaba a la garganta. Aquellas cazas del tesoro siempre habían equivalido a una sola pregunta: ¿quién es Amy? (¿En qué está pensando mi esposa? ¿Qué ha sido importante para ella en el transcurso de este último año? ¿Qué momentos la han hecho más feliz? Amy, Amy, Amy, vamos a pensar en Amy.)

Leí la primera pista con los dientes apretados. Teniendo en cuenta nuestro humor matrimonial durante aquel último año, iba a hacerme quedar fatal. No necesitaba más cosas que me hicieran quedar fatal.

> *Siendo tu alumna me imagino a diario,*
> *con un maestro tan atractivo y sabio*
> *mi mente se abre (¡por no decir mis labios!).*
> *Si fuera estudiante no necesitaría flores a destajo,*
> *solo una cita traviesa durante tus horas de trabajo.*
> *Así que date prisa, ponte en marcha, por favor,*
> *y esta vez te enseñaré una cosa o dos.*

Era un itinerario para una vida alternativa. Si las cosas hubieran ido según lo previsto por mi esposa, el día anterior habría estado revoloteando a mi alrededor mientras yo leía aquel poema, observándome expectante. La esperanza habría emanado de ella como una fiebre: «Por favor, entiéndelo. Por favor, entiéndeme».

Y finalmente diría: «¿Y bien?». Y yo diría:

—¡Oh, esta sí me la sé! Tiene que estar refiriéndose a mi despacho. En la universidad comunitaria. Soy profesor adjunto allí. Mmm. Tiene que ser eso, ¿verdad? —Entorné los párpados y volví a leer—. Este año me lo ha puesto fácil.

—¿Quiere que le lleve hasta allí? —preguntó Gilpin.

—No, tengo el coche de Go.

—Le sigo entonces.

—¿Cree que es importante?

—Bueno, nos dará un indicio de sus movimientos durante el día o par de días anteriores a su desaparición. Así que no carece de importancia. —Miró el papel—. Es lindo, ¿sabe? Como algo sacado de una película: una caza del tesoro. Mi esposa y yo nos regalamos una postal, como mucho salimos a comer algo. Parece que ustedes se lo han montado bien. Preservando el romanticismo.

Después Gilpin se miró los zapatos, se ruborizó e hizo sonar las llaves para indicar que debíamos marcharnos.

La universidad, con gran pompa, me había concedido por despacho un ataúd con el tamaño justo para meter un escritorio, dos sillas y unos cuantos estantes. Gilpin y yo encaminamos nuestros pasos hacia allí sorteando a los alumnos de los cursos de verano, una combinación de chicos imposiblemente jóvenes (aburridos pero atareados, tecleando mensajes o trasteando con sus reproductores de música) y gente mayor y formal que, tuve que asumir, debían de ser antiguos trabajadores del centro comercial que intentaban labrarse una nueva carrera.

—¿Qué enseña? —preguntó Gilpin.

—Periodismo, periodismo de revistas.

Una muchacha que iba escribiendo un mensaje al mismo tiempo que caminaba olvidó los intríngulis de esta última actividad y a punto estuvo de chocar conmigo. Se hizo a un lado sin alzar la mirada. Consiguió que me sintiese un cascarrabias, como uno de esos viejos que gritan «¡Largo de mi jardín!».

—Pensaba que había dejado el periodismo.

—El que sabe, sabe, y el que no… —dije sonriendo.

Metí la llave en la cerradura de mi despacho. Olía a cerrado y el aire estaba cargado con motas de polvo. Me había tomado el verano libre, por lo que habían pasado semanas desde la última vez que estuve allí. Encima de mi escritorio había otro sobre, con las palabras SEGUNDA PISTA.

—¿Siempre lleva esa llave en el llavero? —preguntó Gilpin.

—Sí.

—¿Y Amy podría haberla tomado prestada para entrar?

Desgarré un costado del sobre.

—Tenemos una copia en casa. —Amy hacía copias de todo porque yo tenía tendencia a perder llaves, tarjetas de crédito, móviles, pero no quise contarle aquello a Gilpin para ahorrarme otra coña a costa de lo de ser el benjamín de la familia—. ¿Por?

—Oh, solo quería asegurarme de que no había tenido que recurrir, no sé, a algún ujier o algo así.

—Por aquí no tenemos ningún Freddy Krueger, que yo sepa.

—Nunca vi esas películas —replicó Gilpin.

Dentro del sobre había dos hojas plegadas. Una estaba marcada con un corazón; la otra indicaba: PISTA.

Dos notas. Aquello era nuevo. Noté un nudo en el estómago. Dios sabría lo que tenía que decirme Amy. Desdoblé la nota con el dibujo del corazón. Deseé no haber permitido que Gilpin me acompañara, y entonces capté las primeras palabras.

Mi querido esposo:
He supuesto que este sería el lugar perfecto –¡este templo dedicado al saber!– para decirte que creo que eres un hombre brillante. No te lo digo lo suficientemente a menudo, pero me fascina tu mente: las estadísticas curiosas, las anécdotas, los hechos insólitos, la perturbadora capacidad para citar cualquier película, el rápido ingenio, la hermosa manera que tienes de elegir las palabras adecuadas para cada cosa. Tras haber pasado años juntos, creo que una pareja puede llegar a olvidar todo lo que de maravilloso tiene la otra mitad. Recuerdo lo mucho que me deslumbraste cuando nos conocimos, así que quiero tomarme un momento para decirte que aún sigo estando deslumbrada y que es una de las cosas que más me gustan de ti: eres BRILLANTE.

Se me humedeció la boca. Gilpin estaba leyendo por encima de mi hombro y lanzó un suspiro.

–Qué encanto de mujer –dijo. Después se aclaró la garganta–. Vaya, ja-ja, ¿son suyas?

Utilizó un lápiz, sirviéndose del extremo de la goma, para alzar una prenda de ropa interior femenina (técnicamente eran bragas –rojas, de encaje–, pero sé que a las mujeres les repele esa palabra; solo tienen que buscar en Google «odio la palabra *bragas*»). Colgaba de un dial de la unidad de aire acondicionado.

–Dios, qué vergüenza.

Gilpin aguardaba una explicación.

–Uh, una vez Amy y yo… bueno, ya ha leído su nota. El caso es que… ya sabe, a veces hay que echarle un poco de picante a las cosas.

Gilpin sonrió.

—Oh, ya lo pillo, profesor cachondo y alumna traviesa, ya lo pillo. Decididamente, ustedes sí que se lo han montado bien. —Hice además de ir a coger las bragas, pero Gilpin ya había sacado una bolsa para pruebas de su bolsillo y las estaba guardando en su interior—. Solo es una precaución —dijo inexplicablemente.

—Por favor, no haga eso —dije—. Amy se moriría si... —Me interrumpí en seco.

—No se preocupe, Nick. Es solo protocolo, amigo mío. Le costaría creer los aros por los que nos hacen pasar. *Por si acaso, por si acaso*. Ridículo. ¿Qué dice la pista?

Permití que volviera a leer por encima de mi hombro. Su olor discordantemente fresco me distraía.

—Y esta, ¿qué significa? —preguntó.

—No tengo ni idea —mentí.

Finalmente me libré de Gilpin, después conduje sin rumbo por la carretera para poder hacer una llamada desde mi móvil desechable. No obtuve respuesta. No dejé mensaje. Seguí acelerando un buen rato, como si fuera a llegar a alguna parte, después di media vuelta y conduje cuarenta y cinco minutos de regreso hasta el pueblo para reunirme con los Elliott en el Days Inn. Me encontré el vestíbulo ocupado por miembros de la Asociación de Gestores de Nóminas del Medio Oeste y por todos los rincones maletas de viaje cuyos propietarios sorbían bebidas de obsequio en pequeños vasos de plástico y se dedicaban a hacer contactos, profiriendo forzadas risas guturales y hurgándose los bolsillos en busca de tarjetas de visita. Subí en el ascensor con cuatro hombres de calva incipiente, pantalones cargo y polos de jugar al golf; las acreditaciones que llevaban colgadas del cuello rebotaban sobre sus estómagos de casados.

Marybeth abrió la puerta mientras hablaba por teléfono; señaló el televisor y me dijo en un susurro:

—Tenemos una bandeja con fiambres, si quieres, cielo.

Después entró en el cuarto de baño y cerró la puerta a sus murmullos.

Salió un par de minutos más tarde, justo a tiempo para el informativo local de las cinco —emitido desde Saint Louis—, que abrió con la desaparición de Amy.

—Una foto perfecta —murmuró Marybeth en dirección a la pantalla, desde la que Amy nos devolvía la mirada—. La gente la verá y sabrá de verdad cómo es Amy.

A mí me había parecido que el retrato —una instantánea en primer plano procedente del breve coqueteo de Amy con el mundo de la actuación— era hermoso, pero inquietante. Las fotos de Amy siempre parecían estar observándote, como el retrato de una vieja casa encantada, desplazando los ojos de izquierda a derecha.

—A lo mejor deberíamos pasarles también algunas fotos más informales —dije—. De andar por casa.

Los Elliott asintieron al unísono, pero no dijeron nada, observando. Cuando terminó el parte, Rand rompió el silencio:

—Me estoy poniendo malo.

—Lo sé —dijo Marybeth.

—¿Qué tal aguantas tú, Nick? —preguntó Rand, encorvado, apoyando las manos sobre las rodillas como si estuviera preparándose para levantarse del sofá pero no fuera capaz de conseguirlo.

—Estoy hecho un maldito desastre, a decir verdad. Me siento tan inútil…

—¿Sabes? Tengo que preguntártelo. ¿Qué hay de tus empleados, Nick? —Rand se levantó al fin. Se dirigió al minibar, se sirvió un ginger ale y después se volvió hacia Marybeth y hacia mí—. ¿Alguien quiere algo? ¿Cualquier cosa?

Yo negué con la cabeza; Marybeth pidió una soda.

—¿Quieres que le eche un chorrito de ginebra, cariño? —preguntó Rand, aflautando el tono de su profunda voz en la última palabra.

—Claro. Sí. Adelante. —Marybeth cerró los ojos, se dobló sobre sí misma y enterró la cara entre las rodillas; después respiró hondo y volvió a sentarse exactamente en la misma postura que antes, como si estuviese practicando un ejercicio de yoga.

—Les he dado una lista de todos —dije—. Pero es un negocio bastante tranquilo, Rand. No creo que sea el lugar más indicado para investigar.

Rand se llevó una mano a la boca y se frotó la cara hacia arriba, amontonando la carne de las mejillas alrededor de los ojos.

—Por supuesto, nosotros estamos haciendo lo mismo con nuestro negocio, Nick.

Rand y Marybeth siempre se referían a la serie de *La Asombrosa Amy* como un negocio, lo cual, a nivel superficial, nunca me había dejado de parecer una ridiculez: son libros para niños, protagonizados por una chiquilla perfecta que aparece en todas las portadas, una versión caricaturizada de mi Amy. Pero por supuesto sí que son (o eran) un negocio, un buen negocio. Durante prácticamente dos décadas fueron una constante en las escuelas de primaria, principalmente por los tests con los que finalizaba cada capítulo.

Cuando la Asombrosa Amy iba a tercero, por ejemplo, sorprendió a su amigo Brian dando de comer en exceso a la mascota de la clase, una tortuga. Intentó razonar con él, pero cuando Brian se obstinó en seguir echándole raciones extra, Amy no tuvo más remedio que delatarle a su profesora: «Señora Tibbles, no quiero ser acusica, pero no sé muy bien qué hacer. He intentado hablar personalmente con Brian, pero ahora... supongo que necesito la ayuda de un adulto». El resultado:

1) Brian le dijo a Amy que no era una amiga de fiar y le retiró la palabra.
2) Su tímida amiga Suzy le dijo a Amy que no debería haberse chivado; debería haber extraído en secreto la comida sin que Brian se enterase.
3) La archienemiga de Amy, Joanna, afirmó que Amy estaba celosa y que lo único que pretendía era alimentar a la tortuga ella misma.
4) Amy se negó a retractarse. Consideraba que había hecho lo correcto.

¡¿Quién tiene la razón?!

Bueno, la respuesta es fácil, porque Amy siempre tiene la razón, en todas las historias. (No crean que no he mencionado esto en mis discusiones con la Amy real, porque lo he hecho, más de una vez.)

Los tests —escritos por «dos psicólogos, ¡que además son padres como usted!»— estaban supuestamente pensados para desvelar los rasgos de personalidad de los niños: ¿Es su pequeño un desabrido que no soporta que le corrijan, como Brian? ¿Una cobarde incapaz de enfrentarse a los problemas, como Suzy? ¿Una cizañera, como Joanna? ¿O perfecta, *como Amy*? Los libros se pusieron muy de moda entre la creciente clase yuppie: eran la Piedra Mascota de la paternidad. El cubo de Rubik de la educación infantil. Los Elliott se hicieron ricos. Llegado determinado punto, alguien calculó que todas las bibliotecas escolares de Norteamérica tenían al menos un libro de *La Asombrosa Amy*.

—¿Te preocupa que esto pueda estar relacionado con el negocio de *Asombrosa Amy*?

—Conocemos a un par de individuos a los que creemos que valdría la pena tener vigilados —dijo Rand.

Tosí una risa.

—¿Qué creéis, que Judith Viorst ha raptado a Amy para evitar que Alexander vuelva a tener uno de sus terribles-horribles-infaustos-y-catastróficos días?

Rand y Marybeth volvieron sendos rostros de sorpresa y decepción hacia mí. Había sido un comentario grosero y de mal gusto. Mi cerebro eructaba pensamientos inapropiados en los momentos más inoportunos. Gases mentales que no conseguía controlar. Por ejemplo, había empezado a cantar la letra de «Bony Moronie» cada vez que veía a mi amiga policía. «Es delgaducha como un fideo», canturreaba mi cerebro mientras la detective Rhonda Boney me decía que pensaban dragar el río en busca de mi desaparecida esposa. «Es un mecanismo de defensa —me dije—, nada más que un extraño mecanismo de defensa.» Me hubiera gustado que parase.

Me recoloqué delicadamente la pierna y hablé con no menos delicadeza, como si mis palabras fuesen una vacilante pila de porcelana fina.

—Lo siento, no sé por qué he dicho eso.

—Todos estamos cansados —propuso Rand.

—Pediremos a la policía que interrogue a Viorst —se esforzó Marybeth—. Y también a esa zorra de Beverly Cleary. —No fue tanto una broma como un perdón.

—Supongo que debería decíroslo —dije—. La policía… Lo normal en este tipo de casos…

—Es sospechar en primer lugar del marido, lo sé —interrumpió Rand—. Les he dicho que están perdiendo el tiempo. Las preguntas que nos han hecho…

—Muy ofensivas —terminó Marybeth.

—Entonces, ¿han hablado con vosotros? ¿Sobre mí? —Me acerqué hasta el minibar y me serví una ginebra como si nada. Le di tres tragos seguidos y de inmediato me sentí peor. El estómago pretendía escalarme el esófago—. ¿Qué tipo de cosas os han preguntado?

—Si alguna vez has golpeado a Amy, si alguna vez Amy ha mencionado amenazas —fue enumerando Marybeth—. Si eres un ligón, si Amy ha mencionado alguna vez que le hubieras puesto los cuernos. Porque todo eso parece muy propio de Amy, ¿verdad? Les he dicho que no la educamos para ser un felpudo.

Rand me puso una mano en el hombro.

—Nick, lo que deberíamos haber dicho, antes que nada, es que sabemos que nunca, jamás le harías daño a Amy. Incluso le he contado a la policía… les he contado lo de cuando salvaste un ratón en nuestra casa de verano, aquel que salvaste de la trampa adhesiva. —Miró a Marybeth como si no conociera la historia y esta le obsequió con su extasiada atención—. Te pasaste una hora intentando arrinconar al condenado bicho y después condujiste literalmente al pequeño bastardo hasta más allá de los límites de la ciudad. ¿Acaso habría hecho eso un tipo capaz de hacer daño a su esposa?

Noté una intensa oleada de culpa y desprecio por mí mismo. Por un segundo pensé que podría llorar, al fin.

—Te queremos, Nick —dijo Rand, dándome un último apretón.

—Es cierto, Nick —secundó Marybeth—. Eres nuestro hijo. Sentimos muchísimo que, además de tener que lidiar con la desaparición de Amy, tengas que vértelas con esta... nube de sospecha.

No me gustó la expresión «nube de sospecha». Prefería con mucho «investigación rutinaria» o «mero trámite».

—Están intrigados con lo de tu reserva de esa noche en el restaurante —dijo Marybeth, dirigiéndome una mirada excesivamente casual.

—¿Mi reserva?

—Dicen que les dijiste que habías hecho una reserva en Houston's, pero lo han comprobado y no había reserva alguna. Parecen muy interesados en eso.

No tenía reserva ni tenía regalo. Porque si había planeado matar a Amy aquel día, no iba a necesitar reserva para aquella noche ni un regalo con el que obsequiarla. Las señas de identidad de un asesino extremadamente pragmático.

Y yo a veces me paso de pragmático. Mis amigos ciertamente podrían confirmárselo a la policía.

—Uh... no. No, nunca llegué a hacer la reserva. Deben de haberme entendido mal. Se lo diré.

Me dejé caer en el sofá frente a Marybeth. No quería que Rand me tocara otra vez.

—Oh, vale. Bien —dijo Marybeth—. ¿Te... uh... organizó otra caza del tesoro este año? —Sus ojos volvieron a enrojecer—. Antes de...

—Sí, hoy me han dado la primera pista. Gilpin y yo encontramos la segunda en mi despacho en la universidad. Todavía estoy intentando desentrañarla.

—¿Podemos echarle un vistazo? —preguntó mi suegra.

—No la llevo encima —mentí.

—¿Intentarás... intentarás resolverla, Nick? —preguntó Marybeth.

117

—Lo haré, Marybeth. La resolveré.

—Simplemente odio la idea de que haya cosas tocadas por ella, abandonadas ahí fuera, a solas...

Sonó mi teléfono, el desechable. Eché un rápido vistazo a la pantalla y corté la llamada. Necesitaba librarme de aquel trasto, pero aún no podía hacerlo.

—Deberías contestar a todas las llamadas, Nick —dijo Marybeth.

—He reconocido el número. La asociación de alumnos de mi universidad, seguro que para pedir dinero.

Rand se sentó en el sofá a mi lado. Los viejos y castigados cojines se hundieron severamente bajo nuestro peso, de modo que nos vimos impulsados el uno hacia el otro hasta que nuestros brazos se tocaron, cosa que no incomodó en lo más mínimo a Rand. Es uno de esos tipos que se declaran partidarios de los abrazos nada más verte, olvidando preguntar si el sentimiento es mutuo.

Marybeth retomó la cuestión:

—Creemos que es posible que un fan obsesivo de *Amy* pueda haberla raptado —dijo volviéndose hacia mí, como defendiendo la teoría—. Hemos tenido varios en el transcurso de los años.

A Amy le gustaba rememorar anécdotas protagonizadas por hombres obsesionados con ella. En varias ocasiones desde que nos habíamos casado me había descrito a los acosadores en voz baja y entre copas de vino; hombres que seguían ahí fuera, siempre pensando en ella, deseándola. Yo sospechaba que aquellas historias estaban hinchadas: los hombres siempre resultaban peligrosos de una manera sumamente precisa, lo justo como para que me preocupase, pero no tanto como para que nos viéramos en la obligación de involucrar a la policía. En resumen: un juego verbal en el que yo podía intervenir como el héroe pecho-palomo de Amy, defendiendo su honor. Amy era demasiado independiente, demasiado moderna, para ser capaz de admitir la verdad: deseaba interpretar el papel de la damisela.

—¿Recientemente?

—No, recientemente no —dijo Marybeth, mordisqueándose el labio—. Pero hubo una joven muy perturbada cuando iban al instituto.

—¿Cómo de perturbada?

—Estaba obsesionada con Amy. Bueno, con *La Asombrosa Amy*. Se llamaba Hilary Handy y basaba su comportamiento en el de Suzy, la mejor amiga de Amy en los libros. Al principio nos pareció entrañable, supongo. Pero luego fue como si no le bastara con aquello: quería ser la Asombrosa Amy, no Suzy la escudera. De modo que empezó a imitar a *nuestra* Amy. Se vestía como ella, se tiñó el pelo de rubio, se pasaba horas frente a nuestra casa de Nueva York. En una ocasión iba yo caminando por la calle cuando se me acercó corriendo, aquella extraña muchacha, y enlazó su brazo con el mío y dijo: «A partir de ahora seré vuestra hija. Mataré a Amy y seré vuestra nueva Amy. Porque en realidad a vosotros no os importa, ¿verdad? Siempre y cuando tengáis *una Amy*». Como si nuestra hija fuese una obra de ficción que ella pudiese reescribir.

—Finalmente obtuvimos una orden de alejamiento porque empujó a Amy por las escaleras del instituto —dijo Rand—. Una muchacha muy perturbada. Ese tipo de mentalidad no desaparece.

—Y luego está Desi —dijo Marybeth.

—Ay, Desi —dijo Rand.

Incluso yo sabía lo de Desi. Amy había estudiado en un internado privado de Massachusetts llamado Wickshire Academy. Yo había visto las fotos: Amy con falda de lacrosse y cintas en el pelo frente a un fondo de perpetuos colores otoñales, como si la academia tuviera su sede no en una ciudad sino en un mes. Octubre. Desi Collings era alumno en el internado para chicos equivalente a Wickshire. En los relatos de Amy aparecía retratado como una figura pálida y romántica, y su cortejo había sido el típico cortejo de internado: fríos partidos de fútbol y bailes calurosos, ramilletes de lilas y paseos en un Jaguar clásico. Todo con un aire muy de mediados de siglo.

Amy salió con Desi bastante en serio durante un año. Pero comenzó a resultarle inquietante: hablaba como si estuvieran prometidos y sabía de antemano el número y sexo de sus hijos. Iban a tener cuatro, todo chicos. Lo cual sonaba sospechosamente similar a la familia de Desi. Y cuando hizo ir a su madre para presentársela, Amy sintió un mareo al comprobar el llamativo parecido entre ella misma y la señora Collings. Esta le besó fríamente la mejilla y le murmuró calmadamente al oído: «Buena suerte». Amy no supo dirimir si era una advertencia o una amenaza.

Después de que Amy rompiese con Desi, este siguió rondando por el campus de Wickshire, una figura fantasmal de blazers oscuros apoyado contra deshojados robles invernales. Una noche de febrero, Amy regresó de un baile para encontrárselo echado sobre su cama, desnudo encima de las colchas, grogui a causa de una sobredosis muy marginal de pastillas. Poco después, Desi abandonó la academia.

Pero todavía seguía llamándola, incluso ahora, y varias veces al año le enviaba gruesos sobres acolchados que Amy arrojaba sin abrir a la basura tras habérmelos enseñado. Tenían matasellos de Saint Louis. A cuarenta minutos de distancia en coche. «Es solo una horrible y desgraciada coincidencia», me dijo ella. La familia de Desi era de Saint Louis por parte de madre. Era todo cuanto sabía Amy y tampoco quiso saber más. Una vez hurgué entre la basura para recuperar una de las cartas, pegajosa de salsa Alfredo. La leí y era completamente banal: le hablaba de tenis, viajes y demás preocupaciones propias de pijos. Spaniels. Intenté imaginarme a aquel esbelto dandi, con sus corbatas de lazo y sus gafas de concha de tortuga, irrumpiendo en nuestra casa y agarrando a Amy con sus suaves y cuidadas manos. Arrojándola al interior de su coche de colección y llevándola… ¿a comprar antigüedades en Vermont? Desi. ¿De verdad alguien podía creer que hubiera sido Desi?

—Lo cierto es que Desi no vive demasiado lejos —dije—. En Saint Louis.

—¿Lo *ves*? —dijo Rand—. ¿Por qué no está la policía investigando eso?

—Alguien debería hacerlo —dije—. Iré yo. En cuanto hayan terminado de buscar aquí mañana.

—La policía parece estar convencida de que… el problema es más cercano —dijo Marybeth.

Me siguió observando un momento de más y después se estremeció, como si pretendiera desprenderse de una idea.

AMY ELLIOTT DUNNE
23 de agosto de 2010

FRAGMENTO DE DIARIO

Verano. Pajaritos. Sol. He pasado el día arrastrando los pies por
Prospect Park, la piel vulnerable, los huesos quebradizos. Comba-
tiendo la tristeza. Es una mejora, teniendo en cuenta que me he
pasado los tres últimos días metida en casa vestida con el mismo
pijama costroso, contando las horas hasta que llegasen las cinco
para poder tomarme una copa. Intentando obligarme a recordar
los sufrimientos de Darfur. Para poner las cosas en perspectiva. Lo
cual, imagino, no es sino una manera añadida de explotar a las
gentes de Darfur.

Muchas cosas han salido a la luz esta última semana. Creo que
ha sido eso, tener que vérmelas con todas a la vez, de ahí mis altibajos emocionales. Nick se quedó sin empleo hace un mes. Se
supone que la crisis está remitiendo, pero nadie parece haberse
dado por enterado. Así que Nick se ha quedado sin trabajo. Segunda ronda de despidos, tal como él mismo predijo. Apenas un par
de semanas tras la primera ronda. «Ups, resulta que no despedimos
a suficiente gente.» Idiotas.

Al principio pienso que Nick estará bien. Escribe una larguí-
sima lista de cosas que siempre quiso hacer. Algunas son muy sencillas: cambia las pilas de su reloj de pulsera y pone en hora los
de pared; sustituye una tubería de debajo del fregadero y pinta de
nuevo las habitaciones que no nos gustaba cómo habían quedado
cuando pintamos la primera vez. Básicamente, arregla un montón

de cosas. Resulta agradable poder afrontar algunas reformas, con las pocas ocasiones para hacerlo que hay en la vida. Después pasa a cosas más serias: se lee *Guerra y paz*. Coquetea con la idea de apuntarse a lecciones de árabe. Dedica mucho tiempo a intentar adivinar qué talentos serán rentables durante el próximo par de décadas. Me parte el corazón, pero por su bien finjo que no es así.

No hago más que preguntarle:

—¿Estás seguro de que estás bien?

Al principio lo intento con seriedad, por encima del café, entablando contacto visual, poniendo mi mano sobre la suya. Después lo intento con alegría, ligereza, de pasada. Después lo intento con ternura, en la cama, acariciándole el pelo.

Su respuesta siempre es la misma:

—Estoy bien. De verdad que no quiero hablar de ello.

Escribí un test de lo más apropiado para los tiempos que corren: «¿Qué tal estás manejando tu despido?».

    a) Me siento en pijama y como mucho helado. ¡Enfurruñarse es terapéutico!

    b) Escribo cosas desagradables sobre mi jefe en internet y donde sea. ¡Desahogarse es maravilloso!

    c) Hasta que aparezca un nuevo trabajo, intento encontrar cosas útiles a las que dedicar el tiempo del que ahora dispongo, como aprender un idioma con futuro o leer al fin *Guerra y paz*.

El test era un cumplido hacia Nick —la respuesta correcta era la C—, pero cuando se lo enseñé se limitó a mostrarme una sonrisa de amargura.

Al cabo de un par de semanas cesó el ajetreo, cesó la utilidad, como si Nick se hubiera despertado una mañana bajo una señal decrépita y polvorienta que anunciara: «¿Para qué coño molestarse?». Perdió la chispa. Ahora ve la tele, navega buscando porno y ve porno en la tele. Se alimenta con comida para llevar y los cascarones de poliestireno se amontonan junto al desbordado cubo de basura. No habla conmigo y se comporta como si el mismo acto de hablar le causara un malestar físico y yo fuese una perversa por solicitárselo.

Apenas se encoge de hombros cuando le digo que a mí también me han despedido. La semana pasada.

—Qué mal, lo siento —dice—. Tú al menos puedes recurrir a tu dinero.

—El dinero es *de los dos*. Pero me gustaba mi trabajo.

Él comienza a cantar una desafinada versión en falsete de «You Can't Always Get What You Want» que acompaña con un bailecito torpe y me doy cuenta de que está borracho. Es media tarde de un hermosísimo día azul y despejado y nuestra casa está húmeda y oscura, las cortinas echadas, la atmósfera cargada con el olor dulzón de la comida china en descomposición, así que comienzo a pasar de habitación en habitación con intención de airear, descorriendo las cortinas, asustando a las motas de polvo, y cuando llego al oscurecido estudio de Nick tropiezo con una bolsa en el suelo y después otra y otra, como el gato de los dibujos animados que entra en un cuarto lleno de cepos para ratones. Cuando enciendo la luz, veo docenas de bolsas de tiendas a las que nunca iría a comprar un parado. Tiendas de ropa exclusiva, tiendas de prendas hechas a mano en las que los vendedores llevan las corbatas de una en una, plegadas sobre un brazo, hasta los clientes que aguardan cómodamente sentados en sofás de cuero. Joder, estamos hablando de trajes *a medida*.

—¿Qué es todo esto, Nick?

—Para entrevistas de trabajo. Por si a alguien alguna vez se le ocurre empezar a contratar de nuevo.

—¿De verdad necesitabas tantos?

—El dinero es *de los dos*. —Sonríe siniestramente, de brazos cruzados.

—¿Quieres al menos colgarlos en el armario?

Bleecker ha mordido varias de las fundas de plástico. Un pequeño montón de vómito de gato descansa junto a un traje de tres mil dólares; hay una camisa blanca hecha a medida cubierta de pelos naranja en el lugar en el que Bleecker ha estado echando la siesta.

—En realidad no, no —dice Nick. Sonriendo.

Nunca he sido una regañona. Es algo de lo que siempre me he sentido bastante orgullosa. De modo que me cabrea que Nick me esté obligando a regañarle. Estoy dispuesta a convivir con ciertos niveles de torpeza, de pereza, de descuido. Me doy cuenta de que soy mucho más «tipo A» que Nick y siempre voy con mucho cuidado para evitar imponerle mi naturaleza maniática del orden y de las listas. Nick no es el tipo de persona a la que se le ocurre pasar el aspirador o limpiar la nevera. Realmente no *percibe* ese tipo de cosas. Me parece bien. En serio. Pero sí me gusta mantener cierto nivel de calidad de vida; me parece evidente que la basura nunca debería rebosar literalmente el cubo y que los platos nunca deberían pasarse una semana en el fregadero con manchas resecas de burrito de frijoles. Son los mínimos que cumpliría cualquier buen compañero de piso adulto. Y Nick ya no se molesta en hacer nada, de modo que tengo que regañarle, y me cabrea. «Me estás convirtiendo en lo que nunca he sido y nunca quise ser, en una regañona, porque no estás cumpliendo tu parte de un pacto muy básico. No lo hagas, no está bien.»

Lo sé, lo sé, sé que perder un trabajo es increíblemente estresante, particularmente para un hombre. Dicen que puede causar el mismo efecto que una muerte en la familia, sobre todo para alguien como Nick, que siempre ha trabajado, de modo que respiro sumamente hondo, convierto mi enfado en una pelota roja de goma y mentalmente le doy una patada que la manda más allá de la estratosfera.

—Bueno, ¿te importa si los cuelgo yo? Para que al menos estén limpios.

—Date el gusto.

Despidos en pareja, ¿verdad que es bonito? Sé que somos más afortunados que la mayoría: puedo entrar en internet y comprobar el saldo de mi fondo fiduciario cada vez que me ponga nerviosa. Nunca lo había llamado fondo fiduciario hasta que Nick empezó

125

a hacerlo; en realidad tampoco es para tanto. Quiero decir, está muy bien, es genial: 785.404 dólares que tengo ahorrados gracias a mis padres. Pero tampoco es tanto dinero como para permitirte dejar de trabajar para siempre, especialmente en Nueva York. La intención de mis padres fue conseguir que me sintiese lo suficientemente protegida para no tener que tomar elecciones basadas en el dinero —en cuanto a mis estudios, mi carrera—, pero no tan acomodada como para sentir la tentación de tumbarme a la bartola. Nick se burla, pero a mí me parece un gesto muy noble por parte de mis padres. (Y apropiado, teniendo en cuenta que plagiaron mi infancia en sus libros.)

Pero aún sigo sintiéndome muy mal por culpa del despido, *de nuestros despidos,* cuando mi padre llama y pregunta si mamá y él pueden pasarse por casa. Tienen que hablar con nosotros. Esta tarde. Ahora mismo, de hecho, si pudiera ser. Por supuesto que puede ser, digo, al tiempo que pienso: «Cáncer cáncer cáncer».

Mis padres aparecen en la puerta con aspecto de haber hecho un esfuerzo. Mi padre va planchado de arriba abajo y calza unos zapatos relucientes, impecable salvo por los surcos bajo los ojos. Mi madre se ha puesto uno de los alegres vestidos morados que siempre llevaba a las charlas y ceremonias, cuando todavía le llegaban invitaciones para ese tipo de cosas. Dice que tal color requiere seguridad en sí misma por parte de la persona que lo lleva.

Tienen muy buen aspecto, pero parecen avergonzados. Los conduzco hasta el sofá y todos permanecemos un segundo sentados en silencio.

—Chicos, vuestra madre y yo, parece que hemos… —comienza finalmente mi padre, después se interrumpe para toser. Apoya las manos sobre las rodillas; sus grandes nudillos palidecen—. Bueno, parece que nos hemos metido en un buen lío financiero.

No sé cuál debería ser mi reacción: ¿escandalizada, consoladora, decepcionada? Mis padres nunca habían confesado problema alguno delante de mí. Tampoco creo que hayan tenido demasiados.

—La cruda realidad es que hemos sido irresponsables —toma el relevo Marybeth—. Hemos vivido toda esta última década como si siguiéramos ganando el mismo dinero que en las dos anteriores, cosa que no ha sido así. No hemos ganado ni la mitad, pero no queríamos admitirlo. Pretendíamos ser… *optimistas* podría ser una manera amable de expresarlo. Seguíamos pensando que el siguiente libro de *Amy* devolvería las aguas a su cauce. Pero no ha sido así. Y hemos seguido tomando malas decisiones. Invertimos estúpidamente. Gastamos estúpidamente. Y ahora…

—Básicamente estamos arruinados —dice Rand—. Nuestra casa, así como también *esta casa*, están en el aire.

Yo había pensado —asumido— que nos habían comprado la casa a tocateja. No tenía ni idea de que seguían pagando plazos. Siento una punzada de vergüenza al darme cuenta de que estoy tan escudada de la realidad como dice Nick.

—Como ya he dicho, cometimos varios errores graves de juicio —dice Marybeth—. Deberíamos escribir un libro: *La Asombrosa Amy y las Hipotecas de Interés Ajustable.* Suspenderíamos todos los tests. Serviríamos de advertencia. La amiga de Amy: Laura Loquieroahoramismo.

—Charlie Cabezaenlaarena.

—Entonces, ¿qué va a pasar ahora? —pregunto.

—Eso depende por completo de ti —dice mi padre.

Mi madre saca de su bolso un informe casero y lo deja sobre la mesa, delante de nosotros: barras y porcentajes y gráficos de pastel creados con su ordenador personal. Me mata imaginar a mis padres escrutando el manual del usuario, intentando dejar bonita su propuesta para mí. Marybeth va al grano:

—Queríamos preguntarte si podríamos tomar algún dinero prestado de tu fondo fiduciario mientras averiguamos qué hacer con el resto de nuestras vidas.

Mis padres se hallan sentados frente a nosotros como dos jóvenes y nerviosos universitarios que esperan conseguir sus primeras prácticas. A mi padre le tiembla la rodilla hasta que mi madre le coloca un dedo encima con suavidad.

—Bueno, el dinero del fondo es vuestro, así que por supuesto que podéis tomar algo prestado —digo. Solo quiero que aquello acabe cuanto antes; la expresión expectante en el rostro de mis padres me resulta insoportable–. ¿Cuánto creéis que necesitaréis para saldar todas las deudas y vivir cómodamente una temporada?

Mi padre se mira los zapatos. Mi madre respira hondo.

–Seiscientos cincuenta mil –dice.

–Oh –es lo único que puedo decir.

Es casi todo lo que tenemos.

–Amy, a lo mejor tú y yo deberíamos hablar de… –empieza Nick.

–No, no, podemos hacerlo –digo–. Voy a por mi talonario.

–Lo cierto –dice Marybeth– es que si pudieras hacernos una transferencia mañana, mucho mejor. De otro modo hay un periodo de diez días de espera.

Es entonces cuando sé que están metidos en un apuro bien gordo.

NICK DUNNE
Dos días ausente

Me desperté en el sofá cama de la habitación de los Elliott, agotado. Habían insistido en que me quedara –las puertas de mi hogar seguían cerradas para mí–, insistido con la misma urgencia con la que en otros tiempos se arrojaban sobre el camarero para arrebatarle la cuenta de la cena: la hospitalidad entendida como una feroz fuerza de la naturaleza. «Tienes que dejar que hagamos esto por ti.» Así que lo hice. Pasé la noche escuchando sus ronquidos a través de la puerta del dormitorio; constante y profundo el primero –un ronquido propio de alegre leñador–, jadeante y arrítmico el segundo, como si el durmiente soñase que se ahogaba.

Yo siempre había tenido la capacidad de apagarme como un interruptor. «Me voy a dormir», decía, ponía las manos en posición de rezo contra la mejilla y… *zzzzz*, me quedaba tan profundamente dormido como un niño medicado, mientras la insomne de mi esposa daba vueltas a mi lado en la cama. Aquella noche, sin embargo, me sentí como Amy: mi cerebro no se estaba quieto y notaba el cuerpo continuamente en tensión. La mayor parte de las veces soy una persona que se siente literalmente cómoda en su propia piel. Cuando nos sentábamos en el sofá a ver la tele, me convertía en un muñeco de cera mientras mi esposa se revolvía y cambiaba constantemente de postura junto a mí. Cuando una vez le pregunté si podía ser que padeciese el síndrome de piernas inquietas –al tiempo que emitían un anuncio de tal enfermedad y veíamos los rostros de los actores contorsionados por la angustia, meneando las pantorrillas y masajeándose los muslos–, Amy me dijo: «Tengo el síndrome de todo inquieto».

Vi cómo el techo de la habitación del hotel iba tiñéndose de gris, después rosa, después amarillo, y finalmente me levanté para ver el sol rugiendo frente a mí, desde la otra orilla del río, otra vez, un tercer grado solar. Entonces los nombres afloraron al unísono en mi cerebro: ¡bing! Hilary Handy, un nombre adorable para haberse visto acusada de actos tan perturbadores. Desi Collings, un antiguo obseso que vivía a una hora de distancia. Los había reivindicado a los dos como míos. Vivimos en la era del hazlo-tú-mismo: seguridad social, mercado inmobiliario, investigación policial. Métete en internet y haz tus propias pesquisas, porque todo el mundo tiene exceso de trabajo y escasez de personal. Era *periodista*. Había pasado más de diez años entrevistando a gente para ganarme la vida y haciendo que revelasen sus intimidades. Estaba a la altura de la labor, y Marybeth y Rand también lo creían. Agradecí que me hubieran hecho saber que seguía contando con su confianza, el marido bajo una tenue nube de sospecha. ¿O me engaño a mí mismo utilizando la palabra «tenue»?

El Days Inn había donado un salón de baile en desuso para que sirviese como centro neurálgico de la campaña «Encontremos a Amy Dunne». Parecía inapropiado –una sala de manchas marrones y olores enlatados–, pero justo después del amanecer Marybeth se arrojó sobre ella cual Pigmalión, pasando el aspirador y desinfectando, disponiendo tablones de anuncios y una hilera de teléfonos, colgando una enorme foto de Amy en una de las paredes. El cartel –con la mirada relajada y segura de sí misma de Amy, aquellos ojos que te seguían– parecía sacado de una campaña presidencial. De hecho, para cuando Marybeth hubo terminado, toda la sala desprendía eficiencia, la urgente esperanza de un político desbancado de la carrera de favoritos pero respaldado por un montón de seguidores que se niegan a rendirse.

Justo después de las diez llegó Boney, hablando por su móvil. Me palmeó el hombro y empezó a trastear con una impresora. Los voluntarios fueron llegando por grupos: Go y media docena de amigas de nuestra difunta madre. Cinco mujeres de cuarenta y tantos, todas vestidas con pantalones pirata, como si estuvieran ensayando un espectáculo de baile; dos de ellas —esbeltas, rubias y bronceadas— rivalizaban por el papel principal, las demás se habían resignado alegremente a ser las comparsas. También un grupo de ancianas canosas y escandalosas, empeñadas todas ellas en hacerse oír por encima de las demás, a la vez que escribían mensajes en el móvil; esa clase de señoras mayores que hacen gala de una desconcertante energía, una muestra tal de vigor juvenil que uno acaba preguntándose si es que pretenden restregártelo por la cara. Solo apareció un hombre, un tipo atractivo más o menos de mi edad, bien vestido, solo, ajeno al hecho de que su presencia podría haber requerido una explicación. Observé al Tipo Solitario mientras curioseaba alrededor de las pastas, mirando ocasionalmente de refilón el póster de Amy.

Boney terminó de instalar la impresora, agarró un muffin que tenía pinta de tener alto contenido en fibra y vino a comérselo a mi lado.

—¿Tienen en cuenta a todo el mundo que se presenta para trabajar de voluntario? —pregunté—. Quiero decir, por si acaso pudiera ser...

—¿Alguien que parezca mostrar un grado anormal de interés? Por supuesto. —Fue desmigando los extremos del muffin y metiéndoselos en la boca. Bajó la voz—. Pero, para ser sinceros, los asesinos en serie ven los mismos programas que nosotros. Saben que *sabemos* que les gusta...

—Inmiscuirse en la investigación.

—Eso es, sí —asintió ella—. De modo que hoy día van con más cuidado. Pero sí, cribamos a todos los raritos para asegurarnos de que solo son, ya sabe, simplemente raritos.

Alcé una ceja.

—Por ejemplo, Gilpin y yo fuimos los encargados de investigar el caso Kayla Holman, hace un par de años. ¿Kayla Holman?

Negué con la cabeza: no me sonaba.

–Da igual, el caso es que siempre hay algún morboso que se ve atraído por este tipo de situaciones. Y ándese con ojo con esas dos. –Boney señaló a las dos cuarentonas atractivas–. Porque tienen toda la pinta. De las que podrían estar demasiado interesadas en consolar al afligido esposo.

–Oh, venga ya…

–Le sorprendería. Un hombre atractivo como usted. Sucede.

Justo entonces, una de las mujeres, la más rubia y bronceada, miró hacia nosotros, estableció contacto visual y me obsequió la más amable y tímida de las sonrisas, después agachó la cabeza como una gata que espera que la acaricien.

–Eso sí, trabajará duramente; será Doña Implicada al cien por cien –dijo Boney–. Y eso es bueno.

–¿Cómo acabó el caso Kayla Holman? –pregunté.

Ella meneó la cabeza: «No».

Llegaron otras cuatro mujeres que se pasaron por turnos un frasco de protector solar, extendiéndoselo sobre las narices, los hombros, los brazos desnudos. La sala olía a coco.

–Por cierto, Nick –dijo Boney–. ¿Recuerda cuando le pregunté si Amy tenía amigos en el pueblo? ¿Qué me dice de Noelle Hawthorne? No la mencionó para nada. Nos ha dejado dos mensajes.

Le dediqué una mirada vacía.

–¿Noelle? ¿Vive en su complejo? ¿Madre de trillizos?

–No, no son amigas.

–Ah, qué curioso. Ella desde luego parece creer que sí lo son.

–Es algo que le pasa a Amy a menudo –dije–. Le basta hablar una sola vez con alguien para que se queden colgados de ella. Es inquietante.

–Eso es lo que han dicho sus padres.

Debatí conmigo mismo si hablarle a Boney de Hilary Handy y Desi Collings. Después decidí no hacerlo; quedaría mejor que fuese yo quien liderase el asalto. Quería que Rand y Marybeth me vieran en modo héroe de acción. No podía desprenderme de la mirada que me había lanzado Marybeth: «La policía parece estar convencida de que... el problema es más cercano».

—La gente cree que la conoce porque de pequeña leyó los libros —dije.

—Me doy cuenta —dijo Boney asintiendo—. La gente quiere creer que conoce a otras personas. Los padres quieren creer que conocen a sus hijos. Las esposas quieren creer que conocen a sus maridos.

Al cabo de una hora, el centro de voluntarios empezó a parecer un picnic familiar. Un par de antiguas novias mías se pasaron a saludar y a presentarme a sus hijos. Una de las mejores amigas de mi madre, Vicky, llegó con tres de sus nietas, adolescentes vergonzosas, afectadas, vestidas de rosa.

Nietos. Mi madre había hablado mucho de los nietos, como si fuese algo ineludible. Cada vez que compraba un nuevo mueble, explicaba que lo había escogido de aquel estilo en particular porque «irá bien cuando haya nietos». Quería vivir para ver algún nieto. Todas sus amigas tenían de sobra. En una ocasión, Amy y yo invitamos a mi madre y a Go a cenar en casa debido a que habíamos alcanzado nuestra mejor recaudación semanal desde que habíamos abierto El Bar. Anuncié que teníamos algo que celebrar y mi madre saltó de su asiento, estalló en lágrimas y abrazó a Amy, que también se echó a llorar, musitando bajo el asfixiante abrazo de mi madre: «Se refiere al bar, solo estaba hablando de El Bar». Y entonces mi madre tuvo que esforzarse por fingir que aquello la emocionaba de igual manera. «Ya habrá tiempo *de sobra* para bebés», dijo con su voz más alentadora, una voz que únicamente consiguió que Amy se echara a llorar de nuevo. Lo cual me resultó extraño, ya que Amy había decidido y reiterado en varias ocasiones que no quería tener hijos, pero sus lágrimas me dieron una perversa cuña de esperanza: quizás estuviera cambiando de idea. Porque en realidad no teníamos tiempo de sobra. Amy tenía treinta y siete años cuando nos mudamos a Carthage. Cumpliría los treinta y nueve en octubre.

Y entonces pensé: «Si esto sigue así para entonces, tendremos que organizar alguna falsa fiesta de cumpleaños o algo por el estilo. Señalar la ocasión de algún modo, con alguna ceremonia, para los voluntarios, la prensa, algo que reviva la atención. Tendré que fingir que aún tengo esperanzas».

—El hijo *pródijo* ha vuelto —dijo una voz nasal.

Me volví para encontrarme junto a un hombre delgado que vestía una camiseta dada de sí y se rascaba un mostacho imperial. Mi viejo amigo Stucks Buckley, que había adquirido la costumbre de llamarme hijo pródigo, a pesar de que no sabía pronunciar la palabra ni qué significaba en realidad. Supongo que para él era un sinónimo elegante de acémila. Stucks Buckley. Sonaba a nombre de jugador de béisbol, y eso es lo que se suponía que era Stucks, solo que nunca tuvo el talento, solo el empeño. De joven era el mejor del pueblo, pero con eso no bastaba. Recibió la conmoción de su vida en la universidad, cuando le sacaron del equipo, y después de aquello todo se hundió en la mierda. Ahora era un porreta propenso a los cambios de humor que trabajaba haciendo chapuzas. Se había pasado por El Bar un par de veces en busca de trabajo, negando con la cabeza ante todas las tareas desagradables que le había ofrecido, mordiéndose la parte interior de la mejilla, irritado: «Vamos, tío, qué más tienes, tienes que tener alguna otra cosa».

—Stucks —dije a modo de saludo, esperando a ver si estaba de buen humor.

—He oído que la policía está cagándola espectacularmente —dijo él, metiéndose las manos bajo los sobacos.

—Es un poco pronto para decirlo.

—Vamos, tío, ¿esas ridículas batidas por el campo? Les he visto dedicar más esfuerzos para encontrar al perro del alcalde. —Stucks tenía el rostro quemado por el sol; se pegó más a mí y noté el calor que emanaba de su cuerpo, golpeándome junto a una ráfaga de Listerine y tabaco de mascar—. ¿Por qué no han detenido a nadie? El pueblo está lleno de peña para escoger, ¿y no se les ocurre llevar a comisaría ni siquiera a uno? ¿Ni a *uno*? ¿Qué pasa con los Blue

Book Boys? Eso es lo que le he preguntado a la inspectora: ¿qué pasa con los Blue Book Boys? Ni siquiera me ha respondido.

—¿Qué son los Blue Book Boys? ¿Una banda?

—Todos esos tíos a los que despidieron de la fábrica Blue Book el invierno pasado. Sin finiquito ni nada. ¿Has visto a esos tíos sin hogar con pinta de muy, muy cabreados que rondan por el pueblo en pandilla? Blue Book Boys, probablemente.

—Sigo sin pillarlo: ¿la fábrica Blue Book?

—Ya sabes: Industrias Gráficas River Valley. ¿A la salida del pueblo? Fabricaban esos cuadernos azules que usábamos para escribir los trabajos en la universidad y toda esa mierda.

—Oh. No lo sabía.

—Ahora las universidades usan ordenadores o vete tú a saber, así que... ¡Pfiu! Adiós, Blue Book Boys.

—Dios, todo el pueblo está cerrando —murmuré.

—Los Blue Book Boys beben, se drogan, hostigan a la peña. O sea, también lo hacían antes, pero en algún momento tenían que parar, aunque fuese para volver al trabajo el lunes. Ahora están descontrolados.

Stucks sonrió mostrando una hilera de dientes desconchados. Tenía gotas de pintura en el pelo; su trabajo veraniego desde que iba al instituto, pintar casas. «Mi trabajo es una fachada», decía, y esperaba a que entendieras el chiste. Si no te reías, te lo explicaba.

—Entonces, ¿ha estado la poli en el centro comercial? —preguntó Stucks. Me encogí de hombros, confundido—. Joder, tío. ¿No eras periodista? —A Stucks siempre había parecido mosquearle mi anterior ocupación, como si fuese una mentira que había durado demasiado—. Los Blue Book Boys se han montado un bonito poblado en el centro comercial. Lo tienen «okupado». Trafican con drogas. La policía los ahuyenta de vez en cuando, pero siempre regresan al día siguiente. En cualquier caso, eso es lo que le he dicho a la inspectora: «Busquen en el puto centro comercial». Porque varios de ellos violaron en grupo a una chica el mes pasado. Vamos a ver, si juntas a un montón de hombres cabreados, las cosas no pintan demasiado bien para cualquier mujer que se cruce en su camino.

Mientras conducía hacia la zona que debíamos batir aquella tarde, telefoneé a Boney y abordé el tema tan pronto como dijo «Hola».

—¿Por qué no ha sido registrado el centro comercial?

—El centro comercial será registrado, Nick. En este preciso momento, varios agentes se dirigen hacia allí.

—Oh. Vale. Porque un amigo mío…

—Stucks, lo sé. Le conozco.

—Me ha estado hablando de…

—Los Blue Book Boys, lo sé. Confíe en nosotros, Nick, nos ocuparemos de esto. Tenemos tantas ganas como usted de encontrar a Amy.

—Vale… uh… gracias.

Mi superioridad moral se desinfló de inmediato, me bebí a tragos un gigantesco café en vaso de poliestireno y conduje hasta el área que me había sido asignada. Aquella tarde íbamos a peinar tres zonas: el embarcadero de Gully (ahora conocido como «El lugar en el que Nick pasó la mañana de autos sin que nadie más le viera»); el bosque de Miller Creek (a duras penas merecedor de tal nombre, ya que desde cualquier punto podían verse restaurantes de comida rápida entre los árboles); y el parque Wolky, una zona verde con senderos para jinetes y paseantes. A mí me habían asignado al parque Wolky.

Cuando llegué, un agente local se estaba dirigiendo a un grupo de unas doce personas de piernas anchas, todas con pantalones cortos apretados, gafas de sol, gorras y óxido de zinc en la nariz. Parecía el día inaugural de un campamento.

Dos equipos distintos de televisión grababan imágenes para emisoras locales. Era el fin de semana del 4 de Julio; Amy aparecería embutida entre anécdotas de la feria estatal e instantáneas de barbacoas familiares. Un reportero imberbe zumbaba a mi alrededor como un mosquito asaltándome con preguntas inanes, y mi cuerpo adoptó de inmediato una pose rígida e inhumana debido al escrutinio; mi rostro «de preocupado» proyectaba falsedad. El aire estaba impregnado con olor a estiércol.

Los periodistas pronto me dejaron para seguir el avance de los voluntarios por los senderos. (¿Qué clase de periodista encuentra a un marido sospechoso a punto de caramelo y *se marcha*? Un mal periodista mal pagado, que es el único que queda tras haber despedido a todos los competentes.) Un joven policía de uniforme me pidió que me colocara junto al arranque de los diversos senderos —«justo aquí»—, cerca de un tablón de anuncios cubierto por un montón de viejas octavillas sobre el que habían pegado un aviso de persona desaparecida con la foto de Amy, observándome como siempre. Hoy había estado en todas partes, siguiéndome.

—¿Qué debería hacer? —le pregunté al agente—. Me siento como un asno aquí parado. Necesito hacer algo.

En algún rincón del bosque, un caballo relinchó lastimeramente.

—De verdad que le necesitamos aquí, Nick. Limítese a ser afable, alentador —dijo, y señaló un termo de un intenso color naranja que había a mi lado—. Ofrézcales agua. Y envíe a hablar conmigo a cualquiera que vaya llegando.

Me dejó allí y se dirigió hacia los establos. Se me ocurrió que me estaban alejando intencionadamente de todas las posibles escenas del crimen. No estaba seguro de qué significaría aquello.

Mientras esperaba inútilmente, fingiendo mantenerme ocupado con la nevera portátil, llegó un todoterreno rezagado de un rojo brillante como laca de uñas. De su interior salieron las cuarentonas del centro de voluntarios. La más atractiva, la que Boney me había señalado como groupie, se estaba recogiendo el pelo en una coleta para que una de sus amigas pudiera rociarle la nuca con repelente de insectos, alejando los vapores mediante un elaborado movimiento de la mano. Me miró por el rabillo del ojo. Después se apartó de sus amigas, dejando que el pelo volviera a cubrirle los hombros, y encaminó sus pasos hacia mí con aquella sonrisa acongojada y comprensiva en el rostro, una sonrisa de «Cuánto lo siento». Enormes ojos marrones de poni, una camiseta rosa de la longitud precisa para acabar justo por encima de los inmaculados pantalones cortos blancos. Sandalias de tacón, pelo rizado, pendientes de aro dorados. «Esta no es manera de vestirse para una búsqueda», pensé.

«Por favor, no me hable, señora.»

—Hola, Nick, soy Shawna Kelly. *Lo siento tantísimo.*

Tenía una voz innecesariamente escandalosa, con cierto deje a rebuzno, como una mula hechizada y seductora. Me ofreció la mano y experimenté un latigazo de alarma al ver que las amigas de Shawna empezaban a internarse por el sendero, lanzando miraditas grupales por encima del hombro hacia nosotros, la pareja.

Ofrecí lo que tenía: mi agradecimiento, mi agua, mi indisimulable incomodidad. Shawna no hizo ademán alguno de pretender marcharse, a pesar de que yo tenía la mirada clavada en la distancia, hacia el sendero por el que acababan de desaparecer sus amigas.

—Espero que tengas amigos, familia, que se estén ocupando de ti durante todo esto, Nick —dijo Shawna, espantando un moscón—. Los hombres se olvidan de cuidarse. Lo que necesitas es comer bien.

—Sobre todo hemos estado comiendo fiambres; ya sabes, algo rápido, sencillo.

Todavía podía notar el sabor a salami en el fondo de la garganta, sus efluvios alzándose desde mi estómago. Fui consciente de que no me había limpiado los dientes desde aquella mañana.

—Oh, pobrecillo. Bueno, pues que sepas que con los fiambres no basta. —Meneó la cabeza y sus aros dorados refulgieron bajo la luz del sol—. Tienes que recuperar fuerzas. Pero estás de suerte, porque hago un pastel de pollo con Fritos que está de rechupete. ¿Sabes qué? Voy a preparar uno y pasaré mañana por el centro de voluntarios a dejarlo. Puedes calentarlo en el microondas cuando te apetezca cenar caliente.

—Oh, no te molestes, en serio. Estamos bien. De verdad que sí.

—Mejor estarás después de una buena comida —dijo ella, palmeándome el hombro.

Silencio. Shawna intentó otro abordaje.

138

—Solo espero que todo esto no acabe estando relacionado con... nuestro problema de vagabundos –dijo–. No hago más que poner denuncias, te lo juro. El mes pasado se me coló uno en el jardín. Activó el sensor de movimiento, así que me asomé a mirar y allí estaba, arrodillado en la tierra, atiborrándose de tomates. Mordiéndolos como si fueran manzanas. Tenía el rostro y la camisa completamente manchados de jugo y semillas. Intenté ahuyentarlo, pero cargó por lo menos con veinte antes de salir corriendo. De todas maneras toda esa gente de Blue Book siempre anduvo rozando el límite. No saben hacer otra cosa.

Experimenté una repentina afinidad por aquella tropa de hombres, me imaginé caminando hasta su resentido campamento, ondeando una bandera blanca: «Soy vuestro hermano, yo también trabajaba para la industria gráfica. Los ordenadores también me robaron el trabajo».

—No me digas que eres demasiado joven para recordar a los Blue Books, Nick –dijo Shawna, clavándome un dedo en las costillas que me hizo saltar más de lo debido.

—Soy tan viejo que ni siquiera me acordaba de los Blue Books hasta que los has mencionado.

Shawna se echó a reír.

—¿Qué tienes, treinta y uno, treinta y dos?

—Más bien treinta y cuatro.

—Un niño.

Justo entonces llegó el trío de ancianas enérgicas, avanzando en tropel hacia nosotros, una de ellas tecleando en su móvil. Iban todas vestidas con robustas faldas de lona para el jardín, Keds y camisas de golf sin mangas que dejaban al descubierto sus fláccidos brazos. Asintieron respetuosamente hacia mí y después le lanzaron una rápida mirada de desaprobación a Shawna. Parecíamos una pareja que hubiera organizado una barbacoa en su jardín. Dábamos una imagen completamente inapropiada.

«Por favor, Shawna, márchate», pensé.

—El caso es que esos vagabundos pueden llegar a mostrarse muy agresivos, amenazadores hacia las mujeres –dijo Shawna–. Se lo mencioné a la inspectora Boney, pero me da la impresión de que no le gusto demasiado.

—¿Por qué dices eso?

Ya sabía lo que me iba a contestar, el mantra de todas las mujeres atractivas.

—No les caigo bien a las mujeres. —Se encogió de hombros—. Es una de esas cosas. ¿Tenía... tiene Amy muchas amigas en el pueblo?

Varias mujeres (amigas de mi madre, amigas de Go) habían invitado a Amy a sus clubes de lectura, a sus fiestas de Amway, a sus noches para chicas en Chili's. Como era de esperar, Amy rechazó todas las ofertas a excepción de un par, de las cuales volvió espantada: «Hemos pedido un millón de platos de fritanga y hemos bebido cócteles hechos con *helado*».

Shawna me estaba estudiando, queriendo saber más cosas sobre Amy, queriendo verse vinculada a mi esposa, la cual la habría odiado.

—Creo que puede que tuviese el mismo problema que tú —dije con voz entrecortada.

Ella sonrió.

«Márchate, Shawna.»

—Cambiar de ciudad es duro —dijo—. No es fácil hacer amigas, y cuanto mayor te vas haciendo, menos. ¿Ella es de tu edad?

—Treinta y ocho.

Aquello también pareció complacerla.

«Márchate, coño.»

—Un hombre inteligente, le gustan las maduras. —Shawna rió a la vez que sacaba un móvil de su gigantesco bolso verde cartuja—. Ven aquí —dijo, rodeándome con un brazo—. Muéstrame una gran sonrisa de pollo con Fritos.

En aquel preciso instante quise abofetearla. Su falta de tacto, su *feminidad* mal entendida: intentando mimarse el ego con el marido de una mujer desaparecida. Me tragué la ira, intenté dar marcha atrás, intenté compensar y *ser amable*, así que sonreí robóticamente mientras ella pegaba su rostro contra mi mejilla y tomaba una instantánea con su móvil. El falso ruido de cámara me devolvió a la realidad.

Shawna le dio la vuelta al teléfono y vi nuestras caras quemadas por el sol, presionadas la una contra la otra, sonriendo como si estuviéramos en plena cita en un partido de béisbol. Al ver mi sonrisa grimosa, mi expresión ojerosa, pensé: «Yo odiaría a este tipo».

AMY ELLIOTT DUNNE
15 de septiembre de 2010

Escribo esto desde algún lugar de Pennsylvania. Esquina sudoeste. Un motel junto a la carretera. Nuestro cuarto da al aparcamiento y, si echo una ojeada furtiva desde detrás de las rígidas cortinas beige, puedo ver gente arremolinada bajo las luces fluorescentes. Es la clase de lugar en el que la gente se arremolina. Vuelvo a tener altibajos emocionales. Han sucedido demasiadas cosas demasiado rápido, y ahora me encuentro al sudoeste de Pennsylvania mientras mi marido disfruta de un sueño desafiante entre las bolsas de patatas fritas y caramelos que ha comprado en la máquina expendedora del vestíbulo. La cena. Se ha enfadado conmigo por no estar más animada. Yo pensaba que estaba mostrando una fachada convincente —¡hurra, una nueva aventura!—, pero al parecer no ha sido así.

Ahora que vuelvo la vista atrás, es como si hubiéramos estado esperando a que sucediera algo. Como si Nick y yo hubiéramos estado sentados bajo una campana de cristal a prueba de ruidos y vendavales y entonces la campana se hubiera caído y... al fin teníamos algo que hacer.

Hace dos semanas, seguíamos con nuestra rutina habitual de desempleados: sin terminar de vestir, profundamente aburridos, preparándonos para tomar un desayuno silencioso que alargaríamos todo lo posible leyendo el periódico desde la primera a la última página. Ahora leíamos hasta el suplemento de motor.

El móvil de Nick suena a las diez de la mañana y por su tono de voz adivino que se trata de Go. Suena despreocupado, juvenil, tal como suena siempre que habla con ella. Como solía sonar cuando hablaba conmigo.

Entra en el dormitorio y cierra la puerta, dejándome plantada con dos temblorosos platos de huevos a la benedictina entre las manos. Dejo el suyo sobre la mesa y me siento enfrente, preguntándome si debería esperar para comer. Si fuera yo, pienso, volvería a salir para decirle que comiese o, de otro modo, alzaría un dedo: «Solo un minuto». Estaría pendiente de la otra persona, de mi cónyuge, a la cual he abandonado en la cocina con dos platos con huevos. No me gusta pensar así. Porque pronto empiezo a oír murmullos preocupados y exclamaciones de disgusto y susurros de consuelo al otro lado de la puerta, y me pregunto si Go habrá sufrido algún disgusto sentimental. Go siempre tiene muchas desavenencias. Incluso las rupturas instigadas por ella la dejan necesitada de consuelo y todo tipo de ánimos por parte de Nick.

De modo que cuando Nick sale, después de que los huevos se hayan quedado duros sobre el plato, pongo mi expresión habitual de «Pobre Go». Pero me basta verle la cara para saber que no se trata únicamente de un problema con Go.

—Mi madre —dice, y se sienta—. Joder. Mi madre tiene cáncer. Fase cuatro. Se ha extendido al hígado y a los huesos. Lo cual es grave, lo cual es…

Entierra el rostro en las manos y yo me levanto para ir hasta él y abrazarlo. Cuando alza la mirada, tiene los ojos secos. Tranquilo. Nunca he visto llorar a mi marido.

—Es demasiado para Go, encima del Alzheimer de mi padre.

—¿Alzheimer? ¿*Alzheimer*? ¿Desde cuándo?

—Bueno, algún tiempo. Al principio pensaron que se trataba de demencia senil prematura. Pero es más, es peor.

De inmediato pienso que si a mi esposo no se le ha ocurrido contarme antes aquello es que algo marcha mal entre nosotros, algo que quizá no tenga arreglo. A veces siento como si fuera un

143

juego personal suyo, como si estuviese participando en una especie de prueba secreta de impenetrabilidad.

—¿Por qué no me habías dicho nada?

—Mi padre no es una persona de la que me guste hablar.

—Pero aun así…

—Amy. Por favor —dice.

Pone esa expresión tan suya, como si yo estuviera siendo irracional, como si estuviera tan seguro de que estoy siendo irracional que me pregunto si no tendrá razón.

—Pero ahora Go dice que, con mi madre… Tendrá que tratarse con quimioterapia y se va a poner mal, realmente mal. Go va a necesitar ayuda.

—¿Deberíamos buscarle a alguien que pueda cuidar de ella en casa? ¿Una enfermera?

—Su seguro no cubre ese tipo de cosas.

Nick me mira en silencio, con los brazos cruzados, y sé que me está desafiando: me está desafiando a que me ofrezca a pagarlo, pero no podemos pagarlo porque le he dado mi dinero a mis padres.

—Vale, cariño —digo—, entonces… ¿qué es lo que quieres hacer?

Permanecemos inmóviles el uno frente al otro, encarados, como si estuviéramos batiéndonos en un duelo del cual nadie me hubiera informado. Alargo el brazo para tocarle y él se limita a mirarme la mano.

—Tenemos que volver —dice mirándome fijamente, abriendo los ojos al máximo. Da papirotazos con los dedos como si estuviera intentando librarse de algo pegajoso—. Nos tomaremos un año y haremos lo correcto. No tenemos trabajo ni tenemos dinero, no hay nada que nos retenga aquí. Hasta tú tienes que reconocer eso.

—¿Hasta *yo* tengo que reconocerlo?

Como si ya hubiera opuesto resistencia. Noto una oleada de furia que me obligo a tragar.

—Eso es lo que vamos a hacer. Vamos a hacer lo correcto. Por una vez vamos a ayudar a *mis* padres, para variar.

Por supuesto que eso es lo que debemos hacer y por supuesto que eso es precisamente lo que le habría dicho a Nick si no me hubiera presentado el problema como si fuese su enemiga. Pero su punto de partida fue tratarme de antemano como un problema que iba a tener que resolver. Yo era la voz amarga que necesitaba ser silenciada.

Mi esposo es el hombre más leal del planeta hasta que deja de serlo. He visto sus ojos adoptar literalmente un matiz más oscuro cuando se siente traicionado por un amigo, incluso aunque se trate de un amigo querido de toda la vida, momento a partir del cual dicho amigo no vuelve a ser mencionado jamás. En aquel momento me miró como si yo fuese un objeto del que podía prescindir en caso de ser necesario. Aquella mirada realmente me provocó un escalofrío.

Y así de rápido, con tan escaso debate, queda decidido: dejamos Nueva York. Nos mudamos a Missouri. A una casa de Missouri junto al río, donde viviremos. Me parece surrealista y eso que no soy dada a abusar de la palabra «surrealista».

Sé que no estará mal. Solo que no podía quedar más lejos de todo lo que había imaginado cuando imaginaba cómo sería mi vida. Lo cual no quiere decir que sea malo, solo que… si me hubiesen dado un millón de oportunidades para adivinar adónde me llevaría la vida, jamás habría acertado. Eso me resulta alarmante.

La tarea de cargar la camioneta de alquiler acaba siendo una minitragedia. Nick, apretando fuertemente los labios con decisión y complejo de culpa, se pierde en la tarea y se niega a mirarme. La camioneta permanece inmóvil durante horas, bloqueando el tráfico en nuestra pequeña calle con el doble intermitente encendido —peligro, peligro, peligro—, mientras Nick sube y baja las escaleras como una cadena de montaje de un solo hombre, acarreando cajas llenas de libros, de útiles de cocina, sillas, mesillas. Nos llevamos nuestro sofá de época, el viejo y amplio sofá que mi padre llama nuestra mascota, por lo mucho que lo cuidamos. Será lo último que bajemos, un trabajo incómodo y agotador para solo dos personas. Bajar semejante armatoste por las escaleras es precisamente lo que necesitamos: un ejercicio de coordinación que sirva para crear espíritu de equipo («Espera, necesito descansar. Alza por la derecha. Para, vas demasiado rápido. ¡Cuidado, mis dedos, mis dedos!»). Después, compraremos el almuerzo en el deli de la esquina, bocadillos de bagel para comer en la carretera. Refrescos fríos.

Nick me ha permitido conservar el sofá, pero el resto de nuestros muebles grandes se quedan en Nueva York. Uno de los amigos de Nick heredará la cama; el tipo se pasará más tarde por nuestra vacía casa —en la que no quedará nada salvo polvo y cables eléctricos— para llevársela, y después seguirá viviendo su vida neoyorquina en nuestra cama neoyorquina, cenando comida china a las dos de la madrugada y practicando perezosamente el sexo seguro con muchachas embriagadas de labios operados que trabajan en relaciones públicas. (Nuestra casa, mientras tanto, será tomada por un ruidoso matrimonio de abogados, desvergonzada y descaradamente felices de haber encontrado semejante chollo. Los odio.)

Yo acarreo una caja por cada una de las cuatro que baja Nick gruñendo. Me muevo poco a poco, arrastrando los pies, como si me dolieran los huesos, una delicadeza febril se cierne sobre mí. En realidad me duele todo. Nick pasa zumbando a mi lado, subiendo o bajando, y me clava el ceño fruncido. Ladra «¿Estás bien?» y sigue su camino antes de que pueda responderle, dejándome jadeante como un dibujo animado con un agujero negro por boca. No estoy bien. Lo estaré, pero ahora mismo no estoy bien. Quiero que mi marido me abrace, que me consuele, que me mime un poquito. Solo un instante.

Una vez en la camioneta, se las ve y se las desea para organizar las cajas. Nick se enorgullece de su habilidad para colocar cualquier cosa: es (era) el que siempre cargaba el lavavajillas, el que preparaba las maletas para las vacaciones. Pero tres horas más tarde, resulta evidente que hemos vendido o regalado demasiadas pertenencias. La enorme cueva de la furgoneta solo está medio llena. Me proporciona la única satisfacción del día, una satisfacción ardiente y malintencionada justo en el vientre, como una punzada de mercurio. «Bien —pienso—. Bien.»

—Podemos llevarnos la cama, si de verdad la quieres —dice Nick, mirando hacia el otro extremo de la calle—. Tenemos espacio de sobra.

—No, se la has prometido a Wally, Wally debería tenerla —digo gazmoña.

«Estaba equivocado.» Solo di eso: «Estaba equivocado, lo siento, llevémonos la cama. Deberías tener tu cama, cómoda y familiar, en la nueva casa». Sonríeme y sé amable conmigo. Hoy, sé amable conmigo.

Nick deja escapar un suspiro.

—De acuerdo, si eso es lo que quieres. ¿Amy? ¿Es eso? —Se levanta, ligeramente falto de aliento, apoyándose contra una pila de cajas, la última de las cuales anuncia con rotulador permanente: AMY ROPA DE INVIERNO—. ¿Será este el último comentario que tenga que oír sobre la cama, Amy? Porque me estoy ofreciendo a bajarla, ahora mismo. No me cuesta nada desmontar la cama para ti.

—Qué amable de tu parte —digo con apenas un hilillo de voz, que es como pronuncio la mayor parte de las réplicas: el soplo de perfume de un pulverizador vacío.

Soy una cobarde. No me gustan los enfrentamientos. Cojo una caja y me dirijo hacia la camioneta.

—¿Qué has dicho?

Meneo la cabeza. No quiero que me vea llorar, porque solo servirá para que se enfade aún más.

Diez minutos más tarde, las escaleras resuenan: ¡pam!, ¡pam!, ¡pam! Nick está arrastrando el sofá él solo.

No puedo ni siquiera volver la vista atrás mientras dejamos Nueva York porque la camioneta no tiene ventanilla trasera. Por el retrovisor lateral, mantengo la mirada fija en el contorno de la ciudad (viendo «cómo se empequeñece en el horizonte»; ¿no es eso lo que escriben en las novelas victorianas en las que la malograda heroína se ve obligada a abandonar su hogar ancestral?), pero no consigo ver ninguno de los edificios buenos; ni el Chrysler ni el Empire State ni el Flatiron aparecen en ningún momento en aquel pequeño y reluciente rectángulo.

Mis padres se pasaron por casa la noche anterior, nos obsequiaron el reloj familiar de cuco que yo adoraba de niña y los tres lloramos y nos abrazamos mientras Nick se metía las manos en los bolsillos y prometía cuidar de mí.

Prometió cuidar de mí y, sin embargo, siento miedo. Siento que algo va mal, muy mal, y que todavía va a empeorar más. No me siento la esposa de Nick. No me siento como una persona en lo más mínimo: soy algo que debe ser cargado y descargado, como un sofá o un reloj de cuco. Soy algo que arrojar a un vertedero o tirar a un río, en caso de ser necesario. He dejado de sentirme real. Siento como si pudiera desaparecer.

NICK DUNNE
Tres días ausente

La policía no iba a encontrar a Amy a no ser que alguien quisiera que la encontraran. Aquello al menos había quedado claro. Todo lo verde y marrón había sido batido: kilómetros de embarrado río Mississippi, todos los senderos y caminos de paseantes, nuestra triste colección de bosques ralos. Si estaba viva, alguien iba a tener que devolverla. Era una verdad palpable, como un sabor amargo en la punta de la lengua. Llegué al centro de voluntarios y me di cuenta de que todos los demás también lo sabían: se palpaba una apatía, una derrota, que pendía sobre todo el local. Vagué sin rumbo hasta llegar a la mesa de las pastas e intenté obligarme a comer algo. Una danesa. Había acabado creyendo que no existe comida más deprimente que las danesas, una pasta que parece rancia aun recién servida.

—Sigo diciendo que está en el río —le estaba diciendo un voluntario a su colega, al tiempo que ambos rebuscaban con dedos mugrientos entre las pastas—. Justo detrás de la casa del tipo, ¿se te ocurre una manera más sencilla?

—Ya habría aparecido en un bajío o en alguna esclusa, algo.

—No si la hubieran hecho pedazos. Corta las piernas, los brazos... y el cuerpo podría llegar sin obstáculos hasta el Golfo. Hasta Tunica como poco.

Me di la vuelta antes de que se percataran de mi presencia.

Vi a un antiguo profesor mío, el señor Coleman, sentado frente a una mesa camilla, encorvado sobre el teléfono, anotando información. Cuando llamé su atención, me hizo el símbolo del

149

majareta: trazando un círculo alrededor de su oreja con el dedo para luego señalar el teléfono. Me había saludado el día anterior, diciendo:

—Mi nieta murió atropellada por un conductor borracho, así que…

Habíamos murmurado y nos habíamos dado mutuamente unas palmadas incómodas.

Sonó mi móvil, el desechable. Aún no había decidido dónde guardarlo, de modo que lo llevaba encima. Había hecho una llamada, que era la que ahora me estaban devolviendo, pero no podía responder. Apagué el teléfono, escudriñé la habitación para asegurarme de que los Elliott no me hubieran visto. Marybeth estaba tecleando en su BlackBerry y luego alejándola de sí cuanto le daba el brazo para poder leer el texto. Cuando me vio, se acercó de inmediato con sus pasos rápidos y medidos, sosteniendo la BlackBerry frente a ella como un talismán.

—¿A cuántas horas de aquí está Memphis? —preguntó.

—A menos de cinco en coche. ¿Qué hay en Memphis?

—Hilary Handy vive en Memphis. La *acosadora* de Amy en el instituto. ¿No te parece demasiada coincidencia?

No supe qué responder: «¿En lo más mínimo?».

—Sí, Gilpin también ha pasado de mí. «No podemos autorizar el gasto debido a algo que sucedió hace veintitantos años.» Gilipollas. Constantemente me trata como si me encontrase al borde de un ataque de histeria; habla dirigiéndose a Rand cuando me tiene justo al lado y me ignora por completo, como si fuese tonta y necesitara que mi marido me explicase las cosas. Gili*pollas*.

—La ciudad está arruinada —dije—. Estoy seguro de que es verdad que no tienen presupuesto, Marybeth.

—Bueno, pues nosotros sí lo tenemos. Lo digo en serio, Nick, aquella muchacha no estaba en sus cabales. Y sé que en el transcurso de los años ha intentado ponerse repetidas veces en contacto con Amy. Ella misma me lo contó.

—A mí nunca me lo dijo.

—¿Cuánto costaría ir en coche hasta allí? ¿Cincuenta dólares? Bien. ¿Irás? Dijiste que irías. ¿Por favor? No seré capaz de dejar de pensar en ello hasta que sepa que alguien ha hablado con ella.

Sabía que al menos aquello era cierto, porque su hija padecía la misma obstinada vena de ansiedad: Amy era capaz de pasarse toda una tarde preocupada por si habría dejado el horno encendido, a pesar de que aquel día no hubiéramos cocinado nada. ¿Habíamos cerrado la puerta con llave? ¿Estaba seguro? Siempre se ponía en el peor de los casos y a gran escala. Nunca se limitaba a pensar que la puerta pudiera haberse quedado abierta: era que la puerta se había quedado abierta y unos hombres se habían colado en nuestro apartamento y seguían allí esperando para violarla y asesinarla.

Sentí que una capa de sudor asomaba a la superficie de mi piel, porque, al fin, los temores de mi esposa se habían hecho realidad. Imagínense la espantosa satisfacción de saber que todos aquellos años de preocupaciones habían terminado por darle la razón.

—Por supuesto que iré. Y de camino haré una parada en Saint Louis para ver al otro, a Desi. Dalo por hecho.

Me di la vuelta, inicié mi salida dramática, recorrí unos seis metros y de repente allí estaba nuevamente Stucks, con el rostro hinchado de tanto dormir.

—He oído que la poli registró anoche el centro comercial —dijo, rascándose el mentón.

En la otra mano llevaba una rosquilla glaseada sin morder. Un bulto en forma de bagel deformaba el bolsillo delantero de sus pantalones militares. Casi hice un chiste. «¿Llevas un producto de bollería en el bolsillo o es que te…?»

—Ya. Y nada.

—*Ayer*. Fueron *ayer*, los muy borricos. —Agachó la cabeza y miró a su alrededor, como si le preocupase que le hubieran oído. Se acercó más a mí—. Hay que ir de noche, que es cuando se reúnen allí. De día están junto al río o por ahí ondeando la bandera.

—¿Ondeando la bandera?

151

—Ya sabes, sentados junto a las salidas de la autopista con pancartas tipo: «Sin trabajo», «Una ayuda por favor», «Dinero para cerveza», cosas así —dijo, escudriñando la sala—. Ondear la bandera, tío.

—Vale.

—Por la noche están en el centro comercial —dijo.

—Entonces vayamos esta noche —dije—. Tú, yo y quien quiera.

—Joe y Mikey Hillsam —dijo Stucks—. Seguro que se apuntan.

Los Hillsam eran tres, cuatro años mayores que yo, los tipos duros del pueblo. El tipo de individuos que han nacido sin el gen del miedo, inmunes al dolor. Machotes que se pasaban los veranos corriendo con sus piernas cortas y musculosas, jugando al béisbol, bebiendo cerveza, aceptando todo tipo de extraños desafíos: meterse con el monopatín por un canal de desagüe, escalar torres de agua desnudos. El tipo de individuos que aparecen con un brillo de exaltación en los ojos una aburrida noche de sábado y sabes que algo va a suceder, puede que nada bueno, pero *algo*. Por supuesto que los Hillsam se apuntarían.

—Bien —dije—. Esta noche vamos.

Mi desechable sonó en el bolsillo. No lo había apagado bien. Volvió a sonar.

—¿Vas a responder? —preguntó Stucks.

—No.

—Deberías responder a todas las llamadas, tío. En serio, deberías.

Aquel día no había nada más que hacer. Ninguna batida planeada, ningún reparto de octavillas, los teléfonos estaban debidamente atendidos. Marybeth comenzó a enviar a voluntarios de regreso a sus casas; se limitaban a estar allí de pie, comiendo, aburridos. Sospecho que Stucks se marchó con la mitad de la mesa del desayuno en los bolsillos.

—¿Alguien ha sabido algo de los inspectores? —preguntó Rand.

—Nada —respondimos Marybeth y yo al unísono.

—Puede que eso sea bueno, ¿verdad? —preguntó Rand, con ojos esperanzados, y tanto Marybeth como yo le concedimos el capricho. «Sí, claro.»

—¿Cuándo piensas ir a Memphis? —me preguntó Marybeth.

—Mañana. Esta noche, mis amigos y yo haremos otra batida por el centro comercial. No nos parece que la de ayer se llevase a cabo de la manera apropiada.

—Excelente —dijo Marybeth—. Ese es el tipo de acción que necesitamos. Si sospechamos que la primera vez no se hizo bien, nos encargamos personalmente. Porque simplemente... simplemente no estoy nada satisfecha con todo lo que se ha hecho hasta ahora.

Rand posó una mano sobre el hombro de su esposa, señal de que aquella frase había sido expresada y escuchada numerosas veces.

—Me gustaría ir con vosotros, Nick —dijo—. Esta noche. Me gustaría ir.

Rand vestía un polo de golf azul eléctrico y pantalones verde oliva, su pelo era un reluciente casco oscuro. Me lo imaginé intentando congraciarse con los hermanos Hillsam, interpretando el número ligeramente desesperado de yo-también-soy-uno-de-la-panda —«Eh, me encanta la cerveza, ¿y qué me decís de vuestro equipo?»—, y experimenté una oleada de inminente incomodidad.

—Por supuesto, Rand. Por supuesto.

Tenía diez horas libres a mi disposición. Iban a devolverme el coche —tras haberlo procesado, registrado y empolvado en busca de huellas, supongo—, de modo que fui hasta la comisaría acompañado por una de las ancianas voluntarias, una de aquellas animosas abuelas que pareció ligeramente nerviosa ante la perspectiva de quedarse a solas conmigo.

—Solo voy a acompañar al señor Dunne hasta la comisaría, pero habré vuelto en menos de media hora —le dijo a una de sus amigas—. No más de media hora.

Gilpin no se había llevado como prueba la segunda nota de Amy; estaba demasiado emocionado con la ropa interior para molestarse. Entré en mi coche, abrí la puerta y me quedé sentado mientras el calor se iba disipando, releyendo la segunda pista de mi esposa:

Imagíname: completamente loca por ti.
Mi futuro no es sino brumoso sin ti.
Me trajiste aquí para que oírte hablar pudiera
de tus aventuras juveniles: vaqueros viejos, gorra de visera.
Al diablo con todos los demás, son aburridos sin cesar.
Ahora dame un beso furtivo... como si nos acabáramos de casar.

Estaba hablando de Hannibal, Missouri, el hogar de juventud de Mark Twain, donde había trabajado los veranos de mi adolescencia, recorriendo la ciudad disfrazado de Huck Finn, con un viejo sombrero de paja y pantalones falsamente harapientos, sonriendo como un pillastre mientras animaba a los turistas a visitar la heladería. Era una de aquellas historias que servían para amenizar las cenas, al menos en Nueva York, donde nadie más podía equipararla. Nadie podía decir nunca: «Ah, sí, yo también».

El comentario de la «gorra de visera» era una pequeña broma privada: la primera vez que le conté a Amy que había hecho de Huck estábamos cenando fuera, íbamos por la segunda botella de vino y ella estaba adorablemente achispada, con la enorme sonrisa y las mejillas rubicundas que se le ponían cuando bebía. Inclinándose sobre la mesa como si yo tuviera un imán. Insistía en preguntarme si todavía conservaba la visera, si me pondría la visera para ella, y cuando le pregunté por qué en nombre de todo lo más sagrado se le había ocurrido que Huck Finn llevaría una visera, tragó una vez y dijo: «¡Oh, me refería a un sombrero de paja!». Como si ambas palabras fueran perfectamente intercambiables. Después de aquello, cada vez que veíamos un partido de tenis, siempre alabábamos los deportivos sombreros de paja de los jugadores.

Sin embargo, Hannibal resultaba una extraña elección para Amy, ya que no recuerdo que hubiéramos compartido ningún momento particularmente bueno ni malo allí, a lo sumo un momento, punto. Recordé haber dado un tranquilo paseo juntos por allí hacía casi un año, señalando cosas, leyendo las placas y comentando «Qué interesante» mientras el otro se mostraba de acuerdo: «Sí que lo es». Yo había regresado posteriormente sin Amy (mi vena nostálgica es inasequible al desaliento) y gocé de un día glorioso, un día de amplias sonrisas, congraciado con el mundo. Pero con Amy, me había resultado una rutina anodina. Un poco embarazosa. Recuerdo haber comenzado a contar en cierto momento una anécdota tontorrona sobre cierta excursión que había hecho allí con la escuela y vi que ponía los ojos en blanco, lo cual me puso secretamente furioso. Pasé diez minutos simplemente encabronándome, porque para entonces, en nuestro matrimonio, estaba tan acostumbrado a estar enfadado con ella que casi me parecía algo disfrutable, como mordisquear un padrastro: sabes que deberías parar, que tampoco es tan agradable como te parece, pero no puedes dejar de hacerlo. Por supuesto, ella no se percató de nada. Sencillamente seguimos paseando y leyendo placas, y señalando.

Que mi esposa se hubiera visto obligada a elegir Hannibal para su caza del tesoro era un recordatorio bastante espantoso de la escasez de buenos recuerdos que habíamos padecido desde nuestra mudanza.

Llegué a Hannibal en veinte minutos. A medida que me iba acercando al río fui dejando atrás el palacio de justicia de la Edad de Oro, que ahora solo contiene una freiduría de alitas de pollo en el sótano, y una ristra de negocios clausurados: bancos locales arruinados, cines difuntos. Estacioné en un aparcamiento junto al Mississippi, justo enfrente del vapor *Mark Twain*. El aparcamiento era gratuito. (Nunca dejaba de emocionarme ante la originalidad y la generosidad de aquel concepto: aparcamiento gratuito.) Banderolas del autor de canosa melena colgaban inertes de las farolas y los carteles se enroscaban con el calor. Hacía un día sofocante, pero incluso teniendo aquello en cuenta Hannibal parecía perturbadoramente silencioso. Mientras recorría el par de manzanas ocupadas por tiendas de recuerdos —edredones, antigüedades y dulces típicos— vi más carteles de SE VENDE. La casa de Becky Thatcher estaba cerrada por reformas, a pagar con un dinero que todavía estaba por recaudar. A cambio de diez dólares, podías garabatear tu nombre en la verja encalada de Tom Sawyer, pero escaseaban los voluntarios.

Me senté en los escalones de entrada de una tienda vacía. Se me ocurrió que había llevado a Amy hasta el final de todo. Estábamos experimentando literalmente el fin de un modo de vida, una frase que hasta entonces solo les había aplicado a los bosquimanos de Guinea y a los sopladores de cristal de los Apalaches. La recesión había acabado con el centro comercial. Los ordenadores habían acabado con la fábrica de Blue Book. Carthage estaba sumida en la ruina; su ciudad hermana, Hannibal, perdía terreno ante otros destinos turísticos más coloridos, chillones y escandalosos. Mi amado río Mississippi estaba siendo devorado a la inversa por las carpas chinas que brincaban corriente arriba en dirección al lago Michigan. *La Asombrosa Amy* estaba acabada. Era el fin de mi carrera, el fin de la suya, el fin de mi padre, el fin de mi madre. El fin de nuestro matrimonio. El fin de Amy.

Desde el río brotó el resoplido fantasmal de la bocina del vapor. Había sudado tanto que tenía la espalda de la camiseta empapada. Me obligué a levantarme. Me obligué a comprar un billete para la excursión por el río. Recorrí la ruta que habíamos seguido Amy y yo. En mi mente, mi esposa seguía a mi lado. Aquel día también había hecho calor. «Eres BRILLANTE.» En mi imaginación, paseaba junto a mí y esta vez sonreía. Noté que el estómago se me volvía oleaginoso.

Guié a mi esposa imaginaria por el típico recorrido turístico. Una pareja canosa se detuvo para escudriñar el interior de la casa de Huckleberry Finn, pero no se molestaron en entrar. Al final de la manzana, un hombre disfrazado de Twain —melena blanca, traje blanco— salió de un Ford Focus, se estiró, observó la calle vacía y se refugió en una pizzería. Y de repente allí estábamos, frente al edificio de madera que había albergado los tribunales del padre de Samuel Clemens. La placa del exterior anunciaba: «J. M. Clemens, juez de paz».

«Ahora dame un beso furtivo… como si nos acabáramos de casar.»

«Me lo estás poniendo muy fácil, Amy. Como si de verdad quisieras que las encontrara, hacer que me sienta bien. Sigue así y batiré mi récord.»

No había nadie en el interior. Me arrodillé sobre las polvorientas tablas del suelo y miré bajo el primer banco. Si Amy dejaba alguna pista en algún lugar público, siempre la pegaba debajo de algo, entre los chicles resecos y la mugre, y lo cierto es que hacía bien, porque a nadie le gusta mirar por debajo de las cosas. No había nada bajo el primer banco, pero un pedazo de papel colgaba bajo el asiento del siguiente. Me acerqué y arranqué de un tirón el sobre azulado de Amy, asegurado con un pedazo de celo.

Hola, querido esposo:

¡Lo has encontrado! Eres brillante. Puede que haya ayudado que este año haya decidido no convertir mi caza del tesoro en un insoportable paseo forzoso por mis arcanos recuerdos personales.

He seguido un consejo de tu adorado Mark Twain:

«¿Qué habría que hacer con el hombre que inventó la celebración de los aniversarios? Simplemente matarle sería demasiado poco».

Al fin lo entiendo, lo que llevas diciendo año tras año, que esta caza del tesoro debería ser una ocasión para celebrarnos a los dos, no una prueba para comprobar si recuerdas hasta la última cosa que pienso o digo durante el año. Se diría que eso es algo que una mujer adulta debería haber adivinado por sí sola, pero… supongo que para eso están los maridos. Para señalar lo que no somos capaces de ver por nosotras mismas, incluso aunque hagan falta cinco años.

Así que ahora quería tomarme un momento, en la cuna de Mark Twain, para agradecerte tu INGENIO. Verdaderamente eres la persona más inteligente y divertida que conozco. Tengo un maravilloso recuerdo sensorial: todas las veces en el transcurso de los años que te has pegado a mi oreja —puedo notar tu aliento haciéndome cosquillas en el lóbulo ahora mismo, mientras escribo esto— y me has susurrado algo, solo para hacerme reír. Qué cosa tan generosa es que un marido, soy consciente de ello, intente hacer reír a su esposa. Y siempre elegías los mejores momentos. ¿Recuerdas cuando Insley y el mono bailarín de su marido nos invitaron a conocer a su recién nacido e hicimos la obligatoria visita a su casa extrañamente perfecta, abarrotada hasta el exceso de flores y pasteles, para almorzar y ver a la criatura? Lo superiores y condescendientes que se mostraron con nosotros por no tener hijos, y mientras tanto allí estaba su espantoso crío, recubierto de babas, puré de zanahoria y quizás incluso algunas heces, desnudo salvo por un babero y un par de patucos. Y mientras sorbía mi zumo de naranja, te pegaste a mí y susurraste: «Eso es lo que llevaré puesto más tarde». Y literalmente se me escapó un chorro de zumo. Fue uno de aquellos momentos en los que me salvaste, me hiciste reír en el momento adecuado. Pero solo una aceituna. Así que déjame que te lo repita: eres INGENIOSO. ¡Ahora bésame!

Sentí que se me desinflaba el alma. Amy estaba utilizando la caza del tesoro para acercarnos mutuamente. Pero llegaba demasiado tarde. Había redactado aquellas pistas sin tener ni idea de cuál era mi estado mental. «¿Por qué, Amy, no pudiste hacer esto antes?» Nuestro don de la oportunidad nunca había sido bueno.

Abrí la siguiente pista, la leí, me la guardé en el bolsillo, después regresé a casa. Sabía dónde debía ir, pero todavía no estaba preparado. No podía soportar otra palabra amable de mi esposa, otro halago, otra rama de olivo. Mis sentimientos hacia ella estaban pasando demasiado rápidamente de lo amargo a lo dulce.

Regresé a casa de Go, pasé un par de horas a solas, bebiendo café y zapeando, nervioso e irritable, matando el tiempo hasta que llegaran las once y el momento de nuestra excursión al centro comercial.

Mi melliza llegó a casa justo después de las siete, aparentemente desfallecida tras haber terminado su turno en solitario en el bar. El modo en que miró la televisión me indicó que debía apagarla.

—¿Qué has hecho hoy? —preguntó, encendiendo un cigarrillo y sentándose frente a la vieja mesa camilla de nuestra madre.

—He estado en el centro de voluntarios… y más tarde iremos a registrar el centro comercial, a las once —le dije.

No quise contarle lo de la pista de Amy. Ya me sentía lo suficientemente culpable.

Go sacó una baraja y se puso a jugar al solitario. El golpeteo constante de los naipes sobre la mesa sonaba a reproche. Empecé a dar vueltas por la habitación. Go me ignoró.

—Solo estaba viendo la tele para distraerme.

—Lo sé, en serio.

Le dio la vuelta a una jota.

—Tiene que haber algo que pueda *hacer* —dije, recorriendo su salón de un extremo a otro.

—Bueno, en un par de horas irás a registrar el centro comercial —dijo Go, sin darme mayores ánimos. Giró tres cartas.

—Lo dices como si te pareciera una pérdida de tiempo.

—Oh. No. Eh, hay que comprobarlo todo. Atraparon al Hijo de Sam con una multa de aparcamiento, ¿verdad?

Go era la tercera persona que mencionaba aquello; debe de ser el mantra para los casos que se quedan estancados. Me senté delante de ella.

—No me he mostrado lo suficientemente preocupado por Amy —dije—. Lo sé.

—Es posible que no —dijo ella, mirándome al fin—. Te estás portando raro.

—Creo que en vez de dejarme llevar por el pánico, me he limitado a concentrarme en estar cabreado con ella. Por lo mal que nos estábamos llevando últimamente. Es como si me pareciese mal mostrarme demasiado preocupado porque no tengo derecho a ello. Supongo.

—Te estás portando raro, no te voy a engañar —dijo Go—. Pero es una situación rara. —Apagó su cigarrillo—. No me importa cómo seas conmigo. Pero ten cuidado con todos los demás, ¿de acuerdo? La gente juzga. Con rapidez.

Go retomó su solitario, pero yo quería su atención. Seguí hablando.

—Probablemente debería pasarme a ver a papá en algún momento —dije—. No sé si decirle lo de Amy.

—No —dijo ella—. No lo hagas. Se comportó con Amy de manera aún más rara que tú.

—Siempre he pensado que debía de recordarle a alguna antigua novia o algo así, alguna que le dejó. Después de que... —hice un gesto de zambullida con la mano para referirme al Alzheimer— se mostró maleducado y grosero, pero...

—Sí, pero a la vez como si quisiera impresionarla —dijo—. Como el típico chaval arrogante de doce años atrapado en el cuerpo de un gilipollas de sesenta y ocho.

—¿No piensan las mujeres que en el fondo todos los hombres son chavales arrogantes de doce años?

—Eh, quien se pica...

Las once y ocho minutos de la noche. Rand estaba esperándonos justo detrás de las puertas automáticas del hotel, entrecerrando los ojos en dirección a la oscuridad para identificarnos. Los Hillsam conducían su camioneta; Stucks y yo íbamos montados detrás, en la caja. Rand se acercó trotando con unos pantalones cortos de golf de color caqui y una alegre camiseta de Middlebury. Subió de un salto, se acomodó sobre el protector de la rueda con sorprendente facilidad y se encargó de las presentaciones como si fuese el conductor de un programa de variedades itinerante.

—Siento mucho lo de Amy, Rand —dijo Stucks estentóreamente, mientras salíamos del aparcamiento a una velocidad innecesaria y nos incorporábamos a la carretera—. Es una chica encantadora. Una vez me vio pintando una casa, pelándome los coj... pelándome el culo de calor, y condujo hasta el 7-Eleven, me compró una botella grande de refresco y me la trajo hasta lo alto de la escalera.

Aquello era mentira. A Amy le preocupaba tan poco Stucks o sus refrigerios que no se habría molestado ni en mear en un vaso para él.

—Muy típico de ella —dijo Rand, y me sentí anegado por una irritación mal recibida y muy poco caballerosa.

Quizá sea el periodista que llevo dentro, pero los hechos son los hechos, y no me parecía bien que la gente convirtiese a Amy en la amiga más querida de todo el mundo solo porque resultaba emocionalmente conveniente.

—Middlebury, ¿eh? —continuó Stucks, señalando la camiseta de Rand—. Tienen un equipo de rugby cojonudo.

—Completamente *cierto*, lo tenemos —dijo Rand, mostrando nuevamente su enorme sonrisa, y Stucks y él iniciaron una improbable charla sobre rugby universitario por encima del estruendo del coche, del aire, de la noche, hasta llegar al centro comercial.

Joe Hillsam aparcó la camioneta frente a la esquina del gigantesco Mervyns. Todos bajamos de un salto, estiramos las piernas y nos movimos para desperezarnos. La noche era bochornosa y la luna la teñía de plata. Me di cuenta de que Stucks llevaba —quizás irónicamente, posiblemente no— una camiseta que recomendaba: «Ahorra gas, guarda los pedos en jarras».

—Bueno, este sitio, lo que hemos venido a hacer, es la leche de peligroso, no os voy a engañar —empezó Mikey Hillsam.

Se había hinchado con los años, igual que su hermano; ya no se limitaban a tener pechos como barriles, sino cuerpos de barril. Puestos el uno junto al otro, sumaban unos doscientos cincuenta kilos de mulo.

—Mikey y yo vinimos una vez, solo para… yo qué sé, para verlo, supongo, para ver en qué se había convertido, y casi nos parten la cara —dijo Joe—. Así que esta noche no pensamos correr ningún riesgo.

Sacó una gran bolsa de lona de la cabina y bajó la cremallera para revelar media docena de bates de béisbol. Comenzó a repartirlos solemnemente. Cuando llegó a Rand, dudó:

—Uh, ¿quiere uno?

—Diablos, claro que sí —dijo Rand, y todos asintieron y sonrieron mostrando su aprobación. La energía recorrió el círculo como una palmada amistosa, un «Así se habla, abuelo».

—Vamos —dijo Mikey guiándonos—. Por allí abajo hay una puerta con el cerrojo saltado, cerca del Spencer's.

Justo entonces pasamos frente al oscuro escaparate de Shoe-Be-Doo-Be, la tienda en la que mi madre había trabajado durante más de la mitad de mi vida. Todavía recuerdo su emoción cuando fue a presentarse candidata al puesto en el más maravilloso de los lugares… ¡el centro comercial! Partió un sábado por la mañana con su alegre traje de chaqueta de color melocotón, una mujer de cuarenta años que salía a buscar trabajo por primera vez en su vida, y regresó a casa con una rubicunda sonrisa: no nos podíamos imaginar lo ajetreado que estaba el centro comercial, ¡la de tiendas que había! ¿Y quién podía saber en cuál de todas acabaría trabajando ella? ¡Se había presentado a nueve! Tiendas de ropa, de sonido e incluso una de palomitas de diseño. Cuando una semana más tarde anunció que era oficialmente vendedora de zapatos, sus hijos mostraron poco entusiasmo.

—Tendrás que tocar todo tipo de pies malolientes —se quejó Go.

—Podré conocer a todo tipo de personas interesantes —corrigió nuestra madre.

Miré a través del sombrío escaparate. El local estaba completamente vacío, salvo por un medidor de tallas apoyado inútilmente contra la pared.

—Mi madre solía trabajar aquí —le dije a Rand, obligándole a demorarse a mi lado.

—¿Qué tipo de local era?

—Un local agradable, se portaron bien con ella.

—Me refiero a qué era lo que vendían.

—Oh, zapatos. Vendían zapatos.

—¡Eso es! Zapatos. Me gusta. Algo que la gente necesita de verdad. Y al final del día, sabes lo que has hecho: les has vendido zapatos a cinco personas. No es como escribir, ¿eh?

—¡Dunne, vamos! —Stucks estaba un poco más adelante, apoyado contra la puerta abierta; los otros ya habían entrado.

Había esperado que el centro comercial oliese a centro comercial: una oquedad de temperatura controlada. En vez de eso, olía a hierba vieja y a tierra, el olor del exterior en un espacio interior, donde no tenía lugar de ser. El edificio estaba recalentado, casi sumido en el bochorno, como el interior de un colchón. Tres de nosotros llevábamos enormes linternas de acampada, cuyo resplandor iluminaba imágenes discordantes: era un mundo suburbano, poscometa, poszombi, poshumano. Una hilera de carros de la compra embarrados se amontonaba incongruentemente en círculo sobre el solado blanco. Un mapache masticaba un hueso para perros a la entrada de un cuarto de baño para señoras; sus ojos arrojaron destellos como si fueran monedas.

Todo el centro comercial estaba en silencio; la voz de Mikey resonaba con eco, nuestras pisadas resonaban con eco, la risita ebria de Stucks resonaba con eco. Si hubiéramos tenido en mente un ataque por sorpresa, habríamos sido incapaces de llevarlo a cabo.

Cuando alcanzamos el paseo central del centro comercial, un enorme espacio se abrió a nuestro alrededor: cuatro plantas de altura, escaleras mecánicas y ascensores que se cruzaban en la negrura. Nos reunimos cerca de una fuente seca y aguardamos a que alguien tomase las riendas.

—Bueno, chicos —dijo Rand dubitativamente—, ¿cuál es el plan? Vosotros conocéis este sitio, yo no. Tenemos que buscar un modo sistemático de…

Oímos un sonoro ruido metálico justo a nuestras espaldas, una puerta de seguridad al alzarse.

—¡Eh, ahí hay uno! —gritó Stucks.

Alumbró con su linterna a un hombre oculto bajo un ondeante anorak que salía por la entrada de Claire's, alejándose a toda velocidad de nosotros.

—¡Detenedle! —gritó Joe, y echó a correr tras él, golpeando con sus gruesas deportivas las baldosas de cerámica, seguido de cerca por Mikey, que mantenía clavada la linterna en el desconocido mientras ambos hermanos gritaban malhumoradamente: «Quieto ahí, eh, tío, solo queremos hacerte una pregunta».

El hombre ni siquiera volvió la vista atrás. «¡He dicho que pares, hijo de puta!» El corredor guardó silencio, pero fue ganando velocidad y siguió avanzando por el pasillo, entrando y saliendo del haz de la linterna mientras su anorak aleteaba tras él como una capa. A continuación le dio por las acrobacias, saltando sobre un cubo de basura, correteando sobre el reborde de una fuente y finalmente deslizándose bajo una puerta metálica de seguridad para colarse en Gap y desaparecer de nuestra vista.

—¡Cabronazo!

Los Hillsam tenían el rostro, el cuello y los dedos de un rojo infarto. Se turnaron para intentar alzar la puerta entre gruñidos.

Yo me agaché junto a ellos, pero no había manera de levantarla más de quince centímetros. Me eché en el suelo e intenté escurrirme por debajo: los pies, las pantorrillas, después me quedé atascado por la cintura.

—Nada, que no hay manera —gruñí—. ¡Joder! —Me levanté y alumbré la tienda con la linterna. La sala estaba vacía salvo por una pila de perchas que alguien había arrastrado hasta el centro, como para encender una pira—. Todas las tiendas tienen acceso por la parte trasera a un pasadizo para las basuras, las tuberías —dije—. Probablemente a estas alturas ya haya llegado al otro extremo del centro.

—Bueno, pues entonces vamos hasta el otro extremo del centro —dijo Rand.

—¡Salid, cabrones! —gritó Joe, echando la cabeza hacia atrás y entornando los ojos.

Su voz resonó por todo el edificio. Echamos a caminar en comandita, cada uno de nosotros arrastrando el bate a un costado, salvo los Hillsam, que usaban los suyos para golpear las rejas de las puertas de seguridad, como si fueran una patrulla militar en una zona de guerra particularmente desagradable.

—¡Más os vale salir, no nos obliguéis a buscaros! —gritó Mikey—. *¡Hola!*

Un hombre y una mujer con el pelo mojado por el sudor se acurrucaban bajo un par de mantas del ejército a la entrada de una tienda de mascotas. Mikey se cernió sobre ellos, respirando pesadamente, limpiándose la frente. Era la escena de la película bélica en la que los soldados frustrados se topan con unos aldeanos inocentes y pasan cosas desagradables.

—¿Qué coño queréis? —preguntó el hombre desde el suelo.

Estaba demacrado, su rostro tan caído y chupado que parecía que se estuviera fundiendo. Llevaba el enredado pelo a la altura de los hombros y nos miraba con ojos lastimeros: un Jesús despojado de todo. La mujer estaba en mejores condiciones, tenía las piernas y los brazos limpios y orondos, el pelo lacio y aceitoso, pero cepillado.

—¿Eres un Blue Book Boy? —preguntó Stucks.

—Hace mucho que no soy un chico —musitó el hombre, cruzándose de brazos.

—Mostrad un poco de respeto, coño —intervino bruscamente la mujer. Después pareció que fuese a echarse a llorar. Nos dio la espalda, pretendiendo mirar algo en la lejanía—. Estoy harta de que *nadie* muestre el más mínimo *respeto*.

—Te hemos hecho una pregunta, colega —dijo Mikey, acercándose más al tipo, dándole un toque con el pie en la suela del zapato.

—No soy un Blue Book —dijo el hombre—. Solo he tenido mala suerte.

—Y una mierda.

—Aquí hay todo tipo de gente, no solo Blue Books. Pero si es a ellos a quienes buscáis…

—Id, id a buscarlos —dijo la mujer, torciendo la boca—. Id a molestarles a ellos.

—Trapichean en el Agujero —dijo el hombre. Cuando vio nuestras expresiones de desconocimiento, señaló—: El Mervyns, al otro extremo, más allá de donde solía estar el carrusel.

—Y que os jodan muy mucho —murmuró la mujer.

Una mancha circular marcaba el lugar en el que en otro tiempo estuvo el carrusel. Amy y yo habíamos montado en él un día, justo antes de que el centro comercial cerrase sus puertas. Dos adultos levitando sobre conejos uno al lado del otro porque mi esposa quería ver el centro comercial en el que había pasado gran parte de mi infancia. Quería oír mis historias. No todo iba mal entre nosotros.

La puerta metálica de Mervyns había sido forzada por completo, así que la tienda parecía tan abierta y receptiva como la mañana de inicio de las rebajas del día de los Presidentes. En el interior, el local estaba completamente vacío, salvo por las isletas que en otro tiempo habían sostenido las registradoras y ahora sostenían a una docena de individuos en diversos estados de intoxicación bajo carteles que anunciaban «Bisutería» y «Productos de belleza» y «Ropa de cama». Varias lámparas de camping gas cuyas llamas aleteaban como antorchas tiki proporcionaban la luz. Un par de tipos abrieron escasamente un ojo a nuestro paso, el resto siguió sumido en la inconsciencia. En un rincón alejado, dos chavales recién salidos de la adolescencia recitaban frenéticamente el Discurso de Gettysburg. «Ahora estamos inmersos en una gran guerra civil…» Pasamos junto a un hombre echado sobre la moqueta vestido con pantalones vaqueros cortos e inmaculados y tenis blancos, como si fuese de camino al partido de béisbol de su hijo. Rand se lo quedó mirando como si lo conociese.

Carthage padecía una epidemia de drogadicción mayor de lo que había sospechado: solo hacía un día que la policía había estado allí y los drogadictos ya habían vuelto a instalarse, como moscas decididas. Mientras nos abríamos paso entre las pilas de seres humanos, una mujer obesa se acercó a nosotros zumbando sobre un patinete eléctrico. Tenía el rostro granujiento y empapado en sudor, dientes gatunos.

—O compráis u os marcháis, esto no es una sala de exposiciones —dijo.

Stucks le clavó el haz de la linterna en la cara.

—Quítame esa puta mierda de encima.

Stucks obedeció.

—Estoy buscando a mi esposa —comencé—. Amy Dunne. Lleva desaparecida desde el jueves.

—Ya aparecerá. Se despertará y volverá arrastrándose a casa.

—No nos preocupa que esté drogada —dije—. Lo que nos preocupan son algunos de los hombres que rondan por aquí. Hemos oído rumores.

—Está bien, Melanie —dijo una voz.

Un hombre alto y delgado, apoyado contra el torso desnudo de un maniquí, nos observaba desde lo que en otro tiempo había sido el inicio de la sección juvenil con una sonrisa ladeada en el rostro.

Melanie se encogió de hombros, aburrida, irritada, y se alejó patinando.

El hombre no nos quitó la vista de encima, pero llamó hacia la parte trasera de la tienda, donde cuatro pares de pies pertenecientes a hombres acampados en sus cubículos individuales asomaban desde el interior de los probadores.

—¡Eh, Lonnie! ¡Chavales! Los gilipollas han vuelto. Cinco —dijo el hombre, asestándole una patada a una lata de cerveza vacía, enviándola hacia nosotros.

Detrás de él, tres pares de pies comenzaron a moverse. Tres hombres se estaban levantando. Un par permaneció inmóvil, su propietario debía de seguir dormido o inconsciente.

—Sí, capullos, hemos vuelto —dijo Mikey Hillsam. Alzó su bate como un taco de billar y golpeó el torso del maniquí entre los senos. El maniquí se tambaleó y cayó al suelo, y el Blue Book retiró el brazo con elegancia mientras caía, como si todo formase parte de un número ensayado—. Queremos información sobre una chica desaparecida.

Los tres individuos de los probadores se unieron a sus amigos. Todos lucían jocosas camisetas con letras griegas: «Pi Phiostio», «Islas Phi Chi». Los centros locales del Ejército de Salvación terminaban inundados con ellas todos los veranos, cada vez que los graduados universitarios se desprendían de sus viejos recuerdos.

Todos los hombres eran fuertes y fibrosos, de brazos musculosos cubiertos con saltonas venas azules. Tras ellos, un tipo de bigote largo y caído, con la melena recogida en una coleta —Lonnie—, salió del probador más grande de la esquina arrastrando un largo pedazo de tubería y vestido con una camiseta de Gamma Phi. Nos hallábamos frente al cuerpo de seguridad del centro comercial.

—¿Qué pasa? —gritó Lonnie.

«No podemos dedicar, no podemos consagrar, no podemos santificar este suelo», recitaban los críos en un tono cercano al chillido.

—Buscamos a Amy Dunne, probablemente la habréis visto en las noticias, lleva desaparecida desde el jueves —dijo Joe Hillsam—. Una muchacha bonita, dulce y agradable, secuestrada en su propia casa.

—Algo he oído, ¿y qué?

—Es mi esposa —dije.

—Sabemos a lo que os dedicáis aquí —continuó Joe, dirigiéndose exclusivamente a Lonnie, que se estaba echando la coleta hacia atrás, apretando la mandíbula. Unos tatuajes verdes desdibujados le cubrían los dedos—. Sabemos lo de las violaciones en grupo.

Miré de reojo a Rand para ver si se encontraba bien; tenía la mirada fija en el maniquí desnudo tirado en el suelo.

—Violaciones en grupo —dijo Lonnie, echando la cabeza hacia atrás—. ¿De qué coño estás hablando?

—Vosotros —dijo Joe—, los Blue Book Boys…

—Los Blue Book Boys, como si fuéramos una especie de pandilla —sorbió Lonnie por la nariz—. No somos animales, gilipollas. No secuestramos mujeres. Eso son solo justificaciones que se busca la gente para sentirse bien por no echarnos una mano. «¿Lo veis? No se lo merecen, son una panda de violadores.» Vamos, no me jodas. Me marcharía echando leches de este pueblo si la fábrica me pagara todo lo que me debe. Pero no he recibido ni un centavo. Ninguno de nosotros recibió nada. Así que aquí estamos.

—Os daremos dinero, un buen dinero, si podéis proporcionarnos cualquier pista relacionada con la desaparición de Amy —dije yo—. Vosotros conocéis a mucha gente, puede que hayáis oído algo.

Saqué una foto de Amy. Los Hillsam y Stucks parecieron sorprendidos, y me di cuenta de que —por supuesto— para ellos aquello solo era una diversión, una oportunidad de hacerse los machos. Pegué la foto al rostro de Lonnie, imaginando que apenas le echaría una ojeada. En cambio, se acercó más aún.

—Oh, mierda —dijo—. ¿*Ella*?

—¿La reconoces?

Lonnie pareció genuinamente afligido.

—Quería comprar una pistola.

AMY ELLIOTT DUNNE
16 de octubre de 2010

¡Feliz aniversario, Amy! Todo un mes como residente en Missouri y ya voy camino de convertirme en una buena habitante del Medio Oeste. Sí, he superado el mono de todas las cosas relacionadas con la Costa Este y me he ganado la insignia de los treinta días (aquí sería una de esas insignias que regalan en las bolsas de patatas). Estoy tomando notas, estoy honrando las tradiciones. Soy la Margaret Mead del condenado Mississippi.

Veamos, ¿qué hay de nuevo? Nick y yo estamos actualmente enzarzados en lo que yo he dado en llamar (para mí misma) el Conflicto del Reloj de Cuco. La preciada herencia de mis padres luce ridícula en la nueva casa. Como todos nuestros objetos de Nueva York, por otra parte. Nuestro digno y elefantiásico sofá con su otomana a juego permanece inmóvil en mitad del salón con pinta de conmocionado, como si lo hubieran dormido con un dardo drogado en su hábitat natural y se hubiera despertado en aquel extraño cautiverio, rodeado de una moqueta falsamente elegante, madera sintética y paredes sin vetear. Echo mucho de menos nuestra antigua casa, con todos sus bollos y desniveles y grietas marcados por las décadas. (Pausa para ajuste de comportamiento.) ¡Pero lo nuevo también es agradable! Simplemente es diferente. El reloj no estaría de acuerdo. Al cuco también le está costando bastante acostumbrarse al nuevo espacio: el pajarillo asoma como embriagado con diez minutos de retraso; diecisiete de adelanto; cuarenta

170

y uno de retraso sobre la hora. Emite un gemido agonizante (cuu-crrrrwww) que todas y cada una de las veces atrae trotando a Bleecker desde algún escondite, completamente excitado, con los ojos brillantes y el pelo del rabo erizado como un cepillo mientras alza la cabeza hacia las plumas y maúlla.

—Guau, tus padres deben de odiarme de verdad —dice Nick cada vez que oímos el ruido, a pesar de que es lo suficientemente inteligente como para no haber recomendado aún que nos deshagamos del trasto.

En realidad yo también lo tiraría a la basura. Soy yo la que (desempleada) se pasa todo el día en casa, esperando a que grazne, como una espectadora angustiada que se prepara mentalmente para el próximo improperio de un loco sentado en la fila de atrás, sintiéndome aliviada (¡ahí está!) y a la vez furiosa (¡ahí está!) cada vez que suena.

El reloj fue objeto de numerosos comentarios durante la fiesta de inauguración de la casa («¡Oh, mira eso, un reloj de anticuario!»), que organizamos debido a la insistencia de Mamá Maureen Dunne. En realidad, no fue así: Mamá Mo no insiste. Simplemente convierte las cosas en realidad dando por sentado que lo son. Desde la primera mañana después de instalados, cuando apareció en nuestra puerta con unos huevos revueltos de bienvenida y un paquete familiar de papel higiénico (lo cual no decía mucho a favor de los huevos revueltos), había estado hablando de la inauguración como si fuese un hecho. «¿Cuándo queréis celebrar la inauguración? ¿Habéis pensado a quién debería invitar a la inauguración? ¿Queréis una inauguración o algo divertido, como una fiesta para llenar la bodega? Claro que una inauguración tradicional siempre es agradable.»

Y entonces, de repente, había una fecha y la fecha era hoy, y la familia Dunne y todos sus amigos se estaban sacudiendo la llovizna de octubre de los paraguas y limpiándose cuidadosa y premeditadamente los pies en la alfombrilla que Maureen nos ha traído esta misma mañana. La alfombrilla anuncia: «Amigos son todos los que entran aquí». Es del Costco. En las cuatro semanas que llevo como residente del Mississippi he aprendido a comprar al por mayor. Los republicanos van a Sam's Club, los demócratas al Costco. Pero todo el mundo compra al por mayor, porque –al contrario que en Manhattan– todos tienen espacio para almacenar veinticuatro tarros de pepinillos dulces. Y –al contrario que en Manhattan– todos tendrán un uso para veinticuatro tarros de pepinillos dulces. (Ninguna reunión está completa sin una fuente repleta de pepinillos y aceitunas recién sacadas del tarro. Y una pizca de sal.)

Describiré la escena: es uno de esos días olorosos en los que la gente arrastra consigo el exterior, el olor a lluvia en sus mangas, en el pelo. Las mujeres mayores –amigas de Maureen– nos obsequian con diversos platos en recipientes de plástico homologados para el lavaplatos que más tarde exigirán de vuelta. Y exigirán y exigirán. Ahora sé que se supone que debo lavar los recipientes y llevar cada uno de ellos de regreso a su respectiva casa –una flotilla de Tupperwares–, pero cuando llegué aquí desconocía el protocolo. Reciclé responsablemente todos los recipientes de plástico y tuve que salir a comprar otros nuevos. La mejor amiga de Maureen, Vicky, se percató de inmediato de que su recipiente era nuevo, que había sido comprado en una tienda, un impostor, y cuando le expliqué mi confusión ensanchó los ojos asombrada: «O sea que *así* es como lo hacen en Nueva York».

Pero volviendo a la fiesta de inauguración: las ancianas son amigas de Maureen, de remotas reuniones de la APA, de clubes de lectura, del Shoe-Be-Doo-Be, en el centro comercial, donde se pasaba cuarenta horas a la semana calzando zapatos sensatos de tacón grueso a mujeres de cierta edad. (Es capaz de adivinarte la talla de pie a simple vista –¡un treinta y nueve, de mujer!–; es su truco para las fiestas.) Todas las amigas de Mo adoran a Nick, y todas cuentan anécdotas sobre detalles entrañables que Nick ha tenido con ellas en el transcurso de los años.

Las mujeres más jóvenes, las mujeres que representan el grupo de posibles Amyamigas, llevan el mismo flequillo a lo Dorothy Hammill, el mismo rubio oxigenado, los mismos zuecos. Son las hijas de las amigas de Maureen, y todas adoran a Nick, y todas cuentan anécdotas sobre detalles entrañables que Nick ha tenido con ellas en el transcurso de los años. La mayoría están desempleadas desde el cierre del centro comercial o sus esposos están desempleados desde el cierre del centro comercial, de modo que todas comparten conmigo sus recetas para «comidas fáciles y baratas» que habitualmente implican un guiso a partir de sopa de lata, mantequilla y algún snack de bolsa.

Los hombres son agradables y callados y se apelotonan en círculos, hablando de deportes y sonriendo con benevolencia en dirección a mí.

Todo el mundo es agradable. Son literalmente *todo lo agradables que pueden ser*. Maureen, la paciente de cáncer más enérgica del área de los tres estados, me presenta a todas sus amigas de la misma manera en la que alguien exhibiría una nueva mascota ligeramente peligrosa: «Esta es la esposa de Nick, Amy, que *nació y se ha criado* en Nueva York». Y sus amigas, rollizas y amables, sufren de inmediato un extraño ataque de Tourette. Repiten las palabras —«¡Nueva York!»— entrelazando las manos y dicen algo que desafía toda respuesta: «Tiene que haber sido estupendo». O con voz aflautada cantan «New York, New York», balanceándose y haciendo oscilar las manitas. Una antigua compañera de Maureen en la zapatería, Barb, dice con voz arrastrada «*¡Niva Yok!* Traed la soga», y cuando la miro confundida, entornando los ojos, añade: «¡Oh! Es lo que decían en aquel viejo anuncio de salsa». Y cuando sigo sin entender la relación, se ruboriza, me pone una mano en el brazo y dice: «No decía en serio lo de ahorcarte».

En última instancia, todas acaban estallando en risitas y confesando que nunca han estado en Nueva York. O que han estado —una vez— y no les gustó demasiado. Entonces yo digo algo por el estilo de «Te gustaría» o «Desde luego no es para todo el mundo» o «Mmm…», porque ya no sé qué más decir.

—Sé afable, Amy —me escupe Nick a la oreja mientras rellenamos vasos en la cocina (en el Medio Oeste les encantan las botellas de dos litros de refresco, siempre dos litros, a servir en enormes vasos rojos de plástico; siempre).

—Lo *soy* —protesto.

Sinceramente ha herido mis sentimientos, porque si fuéramos a preguntarle a cualquiera en la sala si había sido afable, sé que respondería que sí.

A veces siento como si Nick diera por hecha una versión de mí que en realidad no existe. Desde que nos mudamos aquí, he participado en las noches para chicas y en recolectas benéficas, he preparado guisos para su padre y he ayudado a vender boletos para rifas. Saqué del banco mis últimos dólares para dárselos a Nick y a Go para que pudieran comprar el bar que siempre habían querido tener, e incluso metí el cheque dentro de una postal en forma de jarra de cerveza —«¡Salud!»— y Nick se limitó a darme las gracias a regañadientes. Ya no sé qué hacer. Me estoy esforzando.

Repartimos los refrescos, yo sonriendo y riendo más exageradamente aún, un ensueño de elegancia y buen humor, preguntándole a todo el mundo si puedo ofrecerles alguna otra cosa, felicitando a las señoras por sus ensaladas de fruta y sus palitos de cangrejo y sus rodajas de pepinillo envueltas en queso cremoso envuelto en salami.

Go y el padre de Nick llegan juntos. Se quedan parados sin decir nada en el escalón de entrada. *American Gothic* en versión Medio Oeste: Bill Dunne, nervudo y todavía atractivo, lleva una pequeña tirita en la frente; Go, con expresión torva y el pelo recogido con horquillas, evita mirar a su padre.

—Nick —dice Bill Dunne estrechándole la mano, y entra en casa mirándome con el ceño fruncido.

Go le sigue, agarra a Nick y se lo lleva detrás de la puerta, susurrando:

—No tengo ni idea de qué palo va hoy, en su cabeza. No sé si está teniendo un mal día o si solo se está comportando como un capullo. Ni idea.

—Vale, vale. No te preocupes, yo me encargo de vigilarlo.

Go se encoge de hombros con irritación.

—En serio, Go. Coge una cerveza y tómate un descanso. Quedas relevada durante la próxima hora.

Pienso: «Si esa hubiera sido yo, Nick se habría quejado de que me estaba pasando de sensible».

Las mujeres mayores siguen revoloteando a mi alrededor, diciéndome que Maureen siempre les ha dicho que Nick y yo hacemos una pareja estupenda y que tiene razón, que es evidente que estamos hechos el uno para el otro.

Prefiero estos tópicos bienintencionados a todas las charlas que tuvimos que oír antes de casarnos. «El matrimonio es un compromiso que requiere trabajar duro y después más trabajo duro y comunicación y compromiso. Y después trabajo.» Abandonad toda esperanza, aquellos que entréis aquí.

El peor momento fue la fiesta de compromiso en Nueva York, con todos los invitados acalorados por el vino y el resentimiento, como si cada uno de los matrimonios se hubiera enzarzado en una discusión de camino al club. O se hubieran acordado de alguna. Como Binks. Binks Moriarty, de ochenta y ocho años, la madre de la mejor amiga de mi madre, que me detuvo junto a la barra, bramando: «¡Amy! ¡Tengo que hablar contigo!», en un tono de voz más propio de una sala de emergencias. Binks retorció sus preciosas sortijas sobre sus nudosos dedos —retorcimiento, giro, crujido—, me acarició el brazo con ese manoseo propio de anciano (dedos fríos que ansían tu piel suave, agradable, cálida y joven) y me contó que su fallecido esposo de sesenta y tres años había tenido problemas para «mantener la bragueta subida». Binks lo dijo con una de esas sonrisas de «Estoy casi muerta, puedo contar estas cosas» y una mirada empañada por las cataratas. «Simplemente era incapaz de mantener la bragueta subida —repitió la anciana con urgencia, mientras su mano congelaba mi brazo con el agarrón de la muerte—. Pero me amaba más que a cualquiera de ellas. *Yo* lo sé y *tú* también lo sabes.» La moraleja de la historia: el señor Binks era un cerdo rijoso e infiel, pero... ya sabes, el matrimonio es un compromiso.

Me alejé rápidamente y empecé a circular entre la multitud, sonriendo frente a una sucesión de rostros arrugados con esa expresión ojerosa, agotada y decepcionada que adquiere la gente cuando alcanza la mediana edad. Y todos los rostros eran iguales.

La mayoría de ellos también estaban ebrios y empeñados en rememorar los pasos de su juventud –bailando agarrados un funk–, algo que en aquel momento me pareció aún peor. Me estaba dirigiendo hacia la terraza en busca de un poco de aire cuando una mano me agarró del brazo. La madre de Nick. Mamá Maureen, con sus enormes ojos negros y el rostro ansioso como el de un pug. A la vez que se metía un puñado de queso de cabra y galletas saladas en la boca, Maureen consiguió decir: «No es fácil emparejarte con alguien para siempre. Es algo admirable y me alegra que lo hagáis, pero… caramba carambita, habrá días en los que desearás no haberlo hecho. Y luego los considerarás los buenos tiempos, cuando solo eran *días* y no *meses* dedicados a lamentarse». Debí de parecer conmocionada –desde luego lo estaba– porque rápidamente añadió: «Claro que también hay buenos momentos. Sé que vosotros los tendréis. *Vosotros dos*. Un *montón* de buenos momentos. Solo… perdona, cariño, lo que te he dicho antes. Me estoy portando como una vieja divorciada tontorrona. Madre mía, creo que he bebido demasiado *vino*». Y me aleteó un adiós y desapareció entre todas las demás parejas decepcionadas.

–No deberías estar aquí –dice repentinamente Bill Dunne, y es a mí a quien se lo está diciendo–. ¿Qué haces aquí? No tienes permiso para estar aquí.

–Soy Amy –le digo, tocándole el brazo, como si eso fuera a despertarle.

Siempre le he caído bien a Bill; incluso cuando no se le ocurre nada que decirme, se nota que le caigo bien por el modo que tiene de observarme como si fuera una rara ave. Ahora me contempla con el entrecejo arrugado, haciendo exhibición de pecho, una caricatura de un joven marino buscando gresca. A un par de metros, Go deja sobre la mesa la comida y hace ademán de ir a intervenir, poco a poco, como si estuviera intentando cazar una mosca.

–¿Por qué has venido a nuestra casa? –dice Bill Dunne, contorsionando la boca–. Mucha cara es lo que tienes.

—¿Nick? —llama Go, no con estruendo pero sí urgencia.

—Yo me encargo —dice Nick, apareciendo—. Eh, papá, es mi esposa, Amy. ¿Te acuerdas de Amy? Hemos vuelto al pueblo para poder verte más a menudo. Esta es nuestra nueva casa.

Nick me clava una mirada malhumorada: fui yo quien insistió para que invitáramos a su padre.

—Lo único que digo, Nick —dice Bill Dunne señalando, acercando amenazadoramente el índice a mi cara mientras la fiesta queda en silencio y varios hombres llegan lentamente, con precaución, desde la otra habitación, frotándose las manos, listos para entrar en acción—, es que *ella* no debería estar aquí. Esta pequeña zorra se cree que puede hacer lo que le dé la gana.

Entonces interviene Mamá Mo, apareciendo súbitamente para rodear a su ex marido con el brazo; siempre, siempre a la altura de la ocasión:

—Por supuesto que debería estar aquí, Bill. Es su casa. Es la esposa de tu hijo. ¿Recuerdas?

—La quiero fuera de aquí, ¿me entiendes, Maureen? —Se la sacude de encima y vuelve a acercarse a mí—. Zorra estúpida. Zorra estúpida.

No queda claro si se refiere a mí o a Maureen, pero entonces me clava la mirada y aprieta los labios.

—Este *no es* tu sitio.

—Me iré —digo, y me doy media vuelta y salgo por la puerta, a la lluvia.

«Está hablando el Alzheimer», pienso, intentando quitarle hierro. Doy una vuelta por el barrio, esperando a que Nick aparezca, para guiarme de regreso a nuestra casa. La lluvia me golpea suavemente, empapándome. Estoy totalmente convencida de que Nick vendrá a buscarme. Me vuelvo hacia la casa y solo veo una puerta cerrada.

NICK DUNNE
Cuatro días ausente

Rand y yo estábamos sentados a las cinco de la mañana en la vacía sede de «Encontremos a Amy Dunne», bebiendo café mientras esperábamos a que la policía hablara con Lonnie. Amy nos contemplaba desde su póster, encaramada en la pared. Su foto parecía intranquila.

—Sencillamente no comprendo por qué, si estaba asustada, no te dijo nada —dijo Rand—. ¿Por qué no te lo iba a contar?

Según nuestro amigo Lonnie, Amy había ido al centro comercial para comprar una pistola justamente el día de San Valentín. Se había mostrado un poco avergonzada, un poco nerviosa: «Quizá me esté portando como una tonta, pero... de verdad creo que necesito un arma». Sobre todo, en cualquier caso, parecía asustada. Le contó a Lonnie que había alguien que la tenía muy inquieta. No dio más detalles, pero cuando Lonnie le preguntó qué tipo de pistola deseaba, Amy dijo: «Una que detenga en seco». Lonnie le pidió que regresara en un par de días y eso hizo. Él no había sido capaz de encontrar ninguna («En realidad no es lo mío, tío»), pero ahora desearía haberlo hecho. La recordaba bien; con el paso de los meses se había preguntado ocasionalmente cómo estaría aquella rubia amable de rostro temeroso que había intentado comprar una pistola el día de San Valentín.

—¿De quién tendría miedo? —preguntó Rand.

—Háblame otra vez de Desi, Rand —dije—. ¿Alguna vez lo conociste en persona?

—Vino a casa un par de veces. —Rand frunció el ceño, recordando—. Era un muchacho de buena planta, muy solícito con Amy,

178

la trataba como a una princesa. Pero simplemente nunca me cayó bien. Incluso cuando las cosas iban bien entre ellos, amor adolescente, el primer amor de Amy… incluso entonces me caía mal. Era muy grosero conmigo, de manera inexplicable. Muy posesivo con Amy, continuamente la llevaba agarrada del brazo. Me parecía extraño, muy extraño, que no intentara ser agradable con nosotros. La mayoría de los jóvenes quieren darles una buena imagen a los padres.

—Yo quería.

—¡Y lo hiciste! —sonrió Rand—. Estabas nervioso, pero solo lo justo y necesario, fue muy entrañable. Desi nunca se mostró de otra manera más que desagradable.

—Desi vive a menos de una hora de aquí.

—Cierto. ¿Y Hilary Handy? —dijo Rand, restregándose los ojos—. No quiero ser sexista: daba mucho más miedo que Desi. Y el tal Lonnie no ha dicho que Amy tuviera miedo de un hombre.

—No, solo ha dicho que tenía miedo —dije—. Y *también* está Noelle Hawthorne, esa vecina nuestra que le dijo a la policía que era amiga íntima de Amy, cuando sé que no es así. Ni siquiera eran *amigas*. Su marido dice que ha sufrido un ataque de histeria. Que se echó a llorar mirando fotos de Amy. En aquel momento pensé que se refería a fotos bajadas de internet, pero… ¿y si fuesen fotos de verdad que le hubiera estado sacando a Amy? ¿Y si hubiera estado acosándola?

—Intentó hablar conmigo ayer, en un momento en el que estaba bastante ocupado —dijo Rand—. Me citó algunas frases de *La Asombrosa Amy*. De *La Asombrosa Amy y la guerra por la mejor amiga*, para ser exactos. «Los mejores amigos son las personas que mejor nos conocen.»

—Suena igual que Hilary —dije—. Pero bien crecidita.

Nos reunimos con Boney y Gilpin poco después de las siete de la mañana en un House of Pancakes situado en un área de servicio. Era absurdo que estuviéramos haciendo su trabajo por ellos, una locura que fuésemos nosotros quienes estuviéramos hallando pistas. Si la policía local era incapaz de manejar la situación, había llegado el momento de llamar al FBI.

Una camarera rechoncha de ojos ambarinos apuntó nuestras comandas, sirvió café y, tras haberme reconocido claramente, se quedó a una distancia que le permitiese cotillear de manera disimulada hasta que Gilpin la espantó. Sin embargo, era pertinaz como un moscardón. Entre rellenar las tazas, servir los cubiertos y la llegada de nuestros platos a una velocidad endiablada, tuvimos que desarrollar toda nuestra conversación a base de rápidos y entrecortados estallidos. «Esto es inaceptable... no voy a querer más café, gracias... es increíble que... ah, sí, pan de centeno está bien...»

Antes de que hubiéramos terminado, Boney interrumpió:

—Les comprendo, es natural que quieran sentirse implicados. Pero lo que han hecho es peligroso. Tienen que dejar que seamos nosotros quienes nos ocupemos de este tipo de cosas.

—Esa es la cuestión, que no se están ocupando —dije—. Nunca habrían sabido nada sobre lo de esa pistola, si nosotros no hubiéramos ido anoche al centro comercial. ¿Qué dijo Lonnie cuando hablaron con él?

—Lo mismo que dijo usted que había dicho —respondió Gilpin—. Amy estaba asustada, quería comprar una pistola.

—No parecen demasiado impresionados con esa información —dije bruscamente—. ¿Creen que está mintiendo?

—No creemos que esté mintiendo —dijo Boney—. Alguien como Lonnie no tiene el más mínimo motivo para atraer la atención de la policía. Parecía bastante impresionado con su esposa. Muy... no sé, alterado por lo que le ha sucedido. Recuerda detalles muy específicos. Nick, nos ha dicho que aquel día llevaba un pañuelo verde. Ya sabe, no una bufanda cualquiera contra el frío, sino un pañuelo elegante, de vestir. —Hizo un movimiento de aleteo con los dedos para demostrar que en su opinión la moda era algo infantil, indigno de su atención—. Verde esmeralda. ¿Le suena de algo?

Asentí.

—Tiene una que se pone a menudo con vaqueros azules.

–Y una insignia en la chaqueta. ¿Una A dorada en cursiva?

–Sí.

Boney se encogió de hombros: «Bien, eso lo confirma».

–¿No pensarán que pudo quedar tan impresionada con ella que… la haya raptado? –pregunté.

–Tiene coartada. Muy sólida –dijo Boney, mirándome con dureza–. A decir verdad, hemos empezado a buscar… otro tipo de motivo.

–Algo más… personal –añadió Gilpin.

Miró dubitativo sus tortitas, cubiertas con fresas y chorros de nata montada. Empezó a apartarlos con el cuchillo hacia el borde del plato.

–Más personal –dije–. ¿Significa eso que por fin van a hablar con Desi Collings o Hilary Handy? ¿O voy a tener que hacerlo yo?

De hecho, le había prometido a Marybeth que lo haría aquel mismo día.

–Claro que lo haremos –dijo Boney, adoptando el tono conciliador de una niña que le promete a su molesta madre que va a comer mejor–. Dudamos que sea una pista… pero hablaremos con ellos.

–Bien, estupendo, gracias por hacer su trabajo, más o menos –dije–. ¿Y qué hay de Noelle Hawthorne? Si buscan a alguien más cercano a casa, vive en nuestro complejo, y parece un pelín obsesionada con Amy.

–Lo sé, nos ha llamado y la tenemos en nuestra lista –asintió Gilpin–. Para hoy.

–Bien. ¿Qué más van a hacer?

–Verá, Nick, necesitaríamos que nos dedicara usted algo de tiempo, nos gustaría radiografiarle un poco más el cerebro –dice Boney–. Los cónyuges a menudo saben más de lo que ellos mismos son conscientes. Nos gustaría que piense más a fondo sobre la discusión… el altercado que su vecina, la señora… uh… Teverer, les oyó mantener a usted y a Amy la noche anterior a su desaparición.

La mano de Rand saltó crispada hacia mí.

181

Jan Teverer, la señora cristiana de los guisos que ya no me quería mirar a la cara.

—Quiero decir, sé que esto no es agradable de escuchar, señor Elliott, pero ¿podría haber tenido alguna relación con el hecho de que Amy se hallase bajo la influencia de alguna sustancia? —preguntó Boney con ojos inocentes—. Después de todo, a lo mejor *sí* que ha tenido contacto con algunos de los elementos menos respetables de la ciudad. Hay muchos otros camellos. Puede que se metiese en un lío con quien no debía y por eso quería una pistola. Tiene que haber un motivo que explique por qué quería una pistola sin que su esposo se enterase. Y Nick, nos gustaría que se esforzara más en recordar todas las cosas que hizo entre aquel momento, el momento de la discusión, a eso de las once de la noche, la última vez que alguien oyó la voz de Amy…

—Aparte de mí.

—Aparte de usted… Y las doce del día siguiente, cuando llegó a su bar. Si estuvo dando vueltas por la ciudad, si condujo hasta la playa para pasar el rato junto al muelle, alguien debe de haberle visto. Incluso alguien que solo estuviera, ya sabe, paseando al perro. Si pudiera ayudarnos, creo que sería…

—Útil —remató Gilpin, lanceando una fresa.

Ambos me observaron atentamente, con afabilidad.

—Sería de gran ayuda, Nick —repitió Gilpin, más placenteramente.

Era la primera vez que mencionaban la discusión, la primera muestra que daban de conocer su existencia, y habían escogido revelármelo delante de Rand… y habían escogido hacer como si no fuese un «Ya te tenemos».

—Claro —dije.

—¿Le importaría contarnos cuál fue el motivo? —preguntó Boney—. ¿De qué discutieron?

—¿De qué les ha contado la señora Teverer que discutimos?

—Odiaría tener que conformarme con su palabra teniéndole a usted aquí delante —dijo Boney, echándole un poco de leche a su café.

—Fue una discusión sin importancia —empecé—. Por eso no la había mencionado hasta ahora. Simplemente una típica riña de las que tienen a veces las parejas.

Rand me miró como si no tuviera ni la más remota idea de lo que estaba hablando. «¿Riñas? ¿En pareja? ¿Qué es eso?»

—Fue únicamente… sobre la cena —mentí—. Sobre lo que íbamos a cenar el día de nuestro aniversario. Verán, Amy es muy tradicional para estas cosas…

—¡La langosta! —interrumpió Rand, volviéndose hacia los policías—. Todos los años, Amy cocina una langosta para Nick.

—Exacto. Pero aquí no las venden en ningún sitio, no vivas, recién sacadas del tanque, de modo que Amy estaba frustrada. Yo había hecho la reserva en Houston's…

—Pensaba que habías dicho que *no* llegaste a hacerla —dijo Rand, frunciendo el ceño.

—Bueno, sí, perdón, me estoy liando. Simplemente se me había ocurrido reservar en Houston's. Pero debería haberme limitado a comprar una langosta por correo.

Los policías, ambos a la vez, alzaron una ceja. «Qué extravagancia.»

—No sale tan caro. En cualquier caso, los dos nos pusimos muy cabezotas y fue una de esas discusiones que crecen más de lo debido. —Le di un mordisco a mis tortitas. Noté el calor que se alzaba por debajo del cuello de mi camisa—. Al cabo de una hora ya nos estábamos riendo de ello.

—Ajá —fue todo lo que dijo Boney.

—¿Y cómo va con lo de la caza del tesoro? —preguntó Gilpin.

Me levanté y dejé algo de dinero sobre la mesa, dispuesto a marcharme. No era yo quien debía jugar a la defensiva en aquella situación.

—Aún no he llegado a ninguna parte. Es difícil ponerse a pensar con todo lo que está pasando.

—De acuerdo —dijo Gilpin—. Es menos probable que la caza del tesoro sea relevante, ahora que sabemos que se sentía amenazada desde hace meses. Pero en cualquier caso téngame al tanto, ¿de acuerdo?

Salimos todos al calor arrastrando los pies. Mientras Rand y yo nos subíamos al coche, Boney gritó:

—¡Por cierto, Nick! ¿Amy sigue usando la treinta y cuatro?

La miré arrugando el entrecejo.

—¿Una talla treinta y cuatro? —repitió ella.

—Sí, eso es. Me parece —dije—. Sí. La treinta y cuatro.

Boney puso una expresión que venía a decir «Hummm» y entró en su coche.

—¿A qué crees que venía eso? —preguntó Rand.

—Con esos dos, ¿quién sabe?

Guardamos silencio durante la mayor parte del trayecto de vuelta al hotel. Mientras Rand miraba por la ventana las hileras de restaurantes de comida rápida que íbamos dejando atrás, yo iba pensando en mi mentira. En mis mentiras. Tuvimos que dar un buen rodeo para encontrar aparcamiento cerca del Days Inn. Al parecer, la Asociación de Gestores de Nóminas tenía un gran poder de convocatoria.

—¿Sabes? Neoyorquino de toda la vida y me resulta curioso comprobar lo provinciano que soy en realidad —dijo Rand, con los dedos sobre la manecilla de la puerta—. Cuando Amy habló de mudarse aquí, junto al viejo Mississippi, contigo, imaginé... verdor, tierras de cultivo, manzanos y esos enormes y viejos graneros rojos. Debo confesar que me parece todo muy feo. —Se rió—. No consigo imaginar una sola cosa bella en toda esta ciudad. Salvo mi hija.

Rand salió del coche y se dirigió rápidamente hacia el hotel. No intenté alcanzarlo. Entré en el centro de voluntarios un par de minutos después que él y me senté frente a una mesa apartada, en la parte trasera de la sala. Necesitaba completar la caza del tesoro antes de que las pistas desaparecieran, adivinar hasta dónde me había querido conducir Amy. Haría un turno de un par de horas en el centro y después me encargaría de la tercera pista. Mientras tanto, me puse a marcar.

—Sí —dijo una voz impaciente.

Un bebé lloraba en segundo término. Pude oír que la mujer se quitaba el pelo de delante de la cara con un resoplido.

—Hola, ¿hablo con… hablo con Hilary Handy?

Colgó. Volví a llamar.

—¿Diga?

—Hola. Creo que se ha cortado.

—¿Quiere hacer el favor de poner este número en su lista de «No acepta llamadas»?

—Hilary, no pretendo venderle nada. Le llamo respecto a Amy Dunne… Amy Elliott.

Silencio. El bebé volvió a graznar, un maullido que oscilaba peligrosamente entre risa y berrinche.

—¿Qué pasa con ella?

—No sé si lo habrá visto en la tele, pero ha desaparecido. Desapareció el cinco de julio en circunstancias potencialmente violentas.

—Oh. Lo siento.

—Soy Nick Dunne, su esposo. He estado llamando a antiguos amigos y conocidos de Amy.

—Ah, ¿sí?

—Me preguntaba si habría tenido usted algún contacto con ella. Recientemente.

Hilary respiró sobre el auricular, tres profundas inhalaciones.

—¿Tiene algo que ver esta llamada con… con toda aquella mierda del instituto?

Más lejos, por detrás, la voz mimosa de un niño gritó:

—Maaa-mááá, te necesiii-tooo…

—¡Un minuto, Jack! —gritó ella separándose del auricular. Después volvió a dirigirse a mí con voz airada—. ¿Es eso? ¿Es por eso por lo que me llama? Porque aquello sucedió hace veinte condenados años. Más.

—Lo sé. Lo sé. Mire, tenía que preguntárselo. Sería un estúpido si no lo hubiera hecho.

—Por el amor de Dios. Tengo *tres hijos*. No he vuelto a hablar con Amy desde que íbamos al instituto. Aprendí la lección. Si alguna vez la viese en la calle, saldría corriendo en la dirección opuesta. —El bebé aulló—. Tengo que colgar.

—Seré muy breve, Hilary…

Hilary colgó y de inmediato mi móvil desechable empezó a vibrar. Lo ignoré. Tenía que buscar un escondite para aquel maldito trasto.

Pude notar una presencia cercana, una presencia femenina, pero no alcé la mirada, con la esperanza de que se marchase.

—Todavía no es ni mediodía y ya tienes aspecto de haberte pasado todo el día trabajando, pobrecillo.

Shawna Kelly. Se había recogido el pelo en una alta coleta de adolescente. Me apuntó con un mohín comprensivo de sus relucientes labios.

—¿Estás listo para probar mi pastel de Fritos?

Entre las manos llevaba una cazuela que sostenía justo por debajo de sus senos; el film transparente estaba moteado con gotas de condensación. Pronunció la frase como si fuese la protagonista de un vídeo de glam metal de los ochenta: ¿Quieres probar mi *pastel*?

—Acabo de desayunar. Pero gracias. Eres muy amable.

En vez de marcharse, Shawna se sentó. Bajo una corta falda de color turquesa, sus piernas lanzaban reflejos de tan hidratadas como las tenía. Me golpeó con la punta de unas inmaculadas Tretorn.

—¿Duermes lo suficiente, cielo?

—Voy tirando.

—Tienes que dormir, Nick. Agotado no le servirás de nada a nadie.

—Es posible que me marche en un rato, a ver si puedo echarme un par de horas.

—Creo que deberías hacerlo. En serio que sí.

Experimenté una gratitud intensa y repentina hacia Shawna. Era mi condición de hijo de mamá, haciéndose notar. Peligro. «Corta por lo sano, Nick.»

Esperé a que se marchase. Tenía que marcharse. La gente estaba empezando a observarnos.

—Si quieres, puedo llevarte en mi coche a casa ahora mismo —dijo Shawna—. Puede que una siesta sea precisamente lo que necesitas.

Alargó la mano para tocarme la rodilla y me enfureció que no se diese cuenta de que tenía que marcharse. «Deja la cazuela, puta groupie sobona, y lárgate.» Ahora era la condición de hijo de mi padre la que se hacía notar. Igual de peligrosa.

—¿Qué tal si le echas una mano a Marybeth? —dije bruscamente, señalando hacia mi suegra, que estaba junto a la fotocopiadora sacando incontables copias de la foto de Amy.

—De acuerdo —dijo Shawna, pero siguió sin moverse, de modo que pasé a ignorarla por completo—. Te dejo trabajar, entonces. Espero que te guste el pastel.

Me di cuenta de que el rechazo le había escocido, porque evitó todo contacto visual al marcharse, simplemente se dio media vuelta y se alejó toda digna. Me sentí mal, me planteé si debería disculparme, ser amable. «No vayas detrás de esa mujer», me ordené a mí mismo.

—¿Alguna novedad? —dijo Noelle Hawthorne, ocupando el espacio que acababa de dejar libre Shawna.

Era más joven que ella, pero parecía mayor: un cuerpo rechoncho con dos montes separados y ariscos por pechos. El ceño fruncido.

—Por ahora no.

—Desde luego, pareces llevarlo bastante bien.

Giré bruscamente la cabeza hacia ella, inseguro de qué decir.

—¿Sabes siquiera quién soy? —preguntó.

—Por supuesto. Eres Noelle Hawthorne.

—Soy la *mejor* amiga que tiene aquí Amy.

Debía recordárselo a la policía: con Noelle solo había dos opciones. O bien era una mentirosa adicta a la fama —ansiaba el papel de amiga de la mujer desaparecida— o estaba loca. Una acosadora empeñada en hacer buenas migas con Amy, pero cuando Amy le había dado la espalda...

—¿Tienes alguna información sobre Amy, Noelle? —pregunté.

—Por supuesto que sí, *Nick*. Era mi *mejor amiga*.

Nos miramos mutuamente en silencio un par de segundos.

—¿Vas a compartirla? —pregunté.

−La policía sabe dónde encontrarme. Si alguna vez se deciden a venir.

−Una contribución superútil, Noelle. Me aseguraré de que hablen contigo.

Sus mejillas enrojecieron violentamente, mostrando dos manchas expresionistas de color.

Noelle se marchó. A la cabeza me vino un pensamiento poco amable, uno de esos que burbujean por mi mente sin que sea capaz de controlarlos. Pensé: «Las mujeres están locas de atar». Ningún cuantificador. No *algunas* mujeres, ni *muchas* mujeres. Las mujeres están locas.

Tan pronto como hubo oscurecido por completo, conduje hasta la casa vacía de mi padre, con la pista de Amy sobre el asiento, a mi lado.

Quizá te sientas culpable por haberme traído hasta aquí.
Debo confesar que en un principio no me sentí muy feliz,
pero tampoco es que tuviéramos muchas elecciones.
Venir a este lugar fue la mejor de las opciones.
Hasta esta casita marrón trajimos nuestro amor.
¡Sé un esposo benéfico, comparte conmigo tu ardor!

Aquella era más críptica que las anteriores, pero estaba convencido de haberla interpretado correctamente. Amy estaba dándose por vencida con Carthage, perdonándome al fin por habernos reasentado allí. «Quizá te sientas culpable por haberme traído hasta aquí… [pero] fue la mejor de las opciones.» La casita marrón era la casa de mi padre, que en realidad es azul, pero Amy estaba compartiendo otra broma privada. Nuestras bromas privadas eran lo que más me había gustado siempre; me hacían sentir más ligado a Amy que cualquier número de confesiones, polvos apasionados o charlas hasta el amanecer. La historia de la «casita marrón» estaba relacionada con mi padre y ella era la única persona a la que se la había contado en mi vida. Tras el divorcio, veía tan poco a mi padre que decidí convertirlo en el protagonista de una novela. No era mi padre auténtico –que me habría querido y habría pasado más tiempo conmigo– sino un personaje benevolente y de cierta relevancia llamado Mr. Brown que siempre estaba ocupado llevando a cabo importantes trabajos para el gobierno y que (muy) ocasionalmente me utilizaba como tapadera para poder moverse con mayor facilidad por la ciudad. A Amy se le inundaron los ojos de lágrimas cuando le conté aquello, lo cual no había sido ni mucho menos mi intención; para mí era más bien una historia en plan «Mira tú qué cosas se les ocurren a los niños». Amy dijo que me amaba tanto como para desquitarme por diez padres de mierda y que ahora *nosotros* éramos los Dunne, ella y yo: mi familia. Y después me susurró a la oreja: «Tengo un encarguito para el que podrías ser la persona indicada...».

En cuanto a lo de ser benéfico, se trataba de otra reconciliación. Después de que mi padre se hubiese perdido del todo en el Alzheimer, decidimos poner su casa en venta y Amy y yo fuimos juntos un día a llenar cajas con donaciones para la beneficencia. Amy, por supuesto, acometió la tarea como un derviche –empacar, guardar, tirar–, mientras que yo iba filtrando los objetos de mi padre a ritmo glacial. Para mí, todo eran posibles pistas. Una taza con manchas de café más marcadas que las del resto. Debía de ser su favorita. ¿Fue un regalo? ¿De quién? ¿O la compraría él mismo? En mi cabeza, mi padre era alguien que habría considerado castrador el propio hecho de salir de compras. Sin embargo, la inspección de su armario reveló cinco pares de zapatos, nuevos y brillantes, todavía en sus cajas. ¿Los había comprado él, pintando un Bill Dunne distinto, más sociable que el que se iba desmadejando lentamente a solas? ¿O quizás acudió al Shoe-Be-Doo-Be para reclamar la ayuda de mi madre, uno más en una larga lista de favores a los que ella no daba importancia? Por supuesto, no compartí ninguna de aquellas reflexiones con Amy, así que estoy seguro de que di la impresión de estar escurriendo el bulto, como suelo hacer a menudo.

—Toma. Una caja. Para la beneficencia —dijo Amy tras sorprenderme sentado en el suelo, apoyado contra una pared, observando un zapato—. Mete esos zapatos en la caja. ¿De acuerdo?

Me sentí abochornado, di una respuesta cortante, ella una réplica hiriente y... lo de siempre.

En honor a la verdad, debería decir que Amy me había preguntado en dos ocasiones si me apetecía hablar, si estaba seguro de querer hacer aquello. A veces dejo fuera detalles como ese. Resulta más conveniente para mí. Lo que realmente quería era que me leyese la mente para no tener que rebajarme al femenino arte de la enunciación. En ocasiones era tan dado a jugar al «descíframe» como Amy. Es otro detalle que también había dejado fuera hasta ahora.

Soy un gran fan de la mentira por omisión.

Aparqué frente a la casa de mi padre poco después de las diez de la noche. Era una casita pequeña y ordenada, ideal para fijar una primera residencia (o la última). Dos dormitorios, dos cuartos de baño, comedor, una cocina anticuada pero decente. Un oxidado cartel de SE VENDE en el jardín delantero. Un año sin que nadie hubiese mostrado interés.

Me sumergí en la cargada atmósfera de la casa y una bofetada de calor salió a mi encuentro. El económico sistema antirrobos que habíamos instalado tras tres allanamientos comenzó a pitar, como una bomba de relojería en cuenta atrás. Introduje la clave, aquella que volvía loca a Amy porque iba en contra de todas las reglas de las claves de seguridad. Era mi cumpleaños: 81577.

«Clave rechazada.» Volví a intentarlo. «Clave rechazada.» Una gota de sudor me rodó por la espalda. Amy siempre había amenazado con cambiar la clave. Decía que no tenía sentido utilizar una tan fácil de adivinar, pero yo conocía el verdadero motivo: le molestaba que fuese mi cumpleaños y no nuestro aniversario. Una vez más, había escogido «mi» antes que «nuestro». La tierna añoranza que había empezado a sentir por Amy se esfumó de inmediato. Clavé el dedo nuevamente sobre los números, sintiendo un pánico creciente al ver que la alarma seguía pitando, pitando, pitando la cuenta atrás... hasta que dio paso a la sirena contra intrusos.

¡Uuuh, uuuh, uuuh!

Se suponía que mi móvil debía sonar para comprobar si se trataba de una falsa alarma: «Solo soy yo, el idiota». Pero no sonó. Estuve todo un minuto esperando mientras la alarma hacía que me acordase de los submarinos de las películas en el momento de ser torpedeados. A mi alrededor bullía el calor enlatado propio de una casa cerrada a cal y canto en pleno julio. Tenía la espalda de la camisa empapada. «Maldita sea, Amy.» Escudriñé la caja central de la alarma en busca del número de teléfono de la empresa, pero no encontré nada. Acerqué una silla y empecé a darle tirones al cajetín; lo había arrancado de la pared y lo tenía colgando de los cables cuando mi teléfono sonó al fin. Una voz mandona al otro extremo de la línea exigió saber el nombre de la primera mascota de Amy.

¡Uuuh, uuuh, uuuh!

Era precisamente el tono equivocado —pagado de sí mismo, petulante, completamente despreocupado— y precisamente la pregunta equivocada, porque no sabía la respuesta, lo cual me enfureció. Al margen de cuántas pistas resolviera, siempre aparecía un nuevo acertijo de Amy para ningunearme.

—Mire, le habla Nick Dunne, estoy en casa de mi padre y la alarma la contraté yo —dije bruscamente—, así que ¿a quién coño le importa cómo se llamaba la primera mascota de mi esposa?

¡Uuuh, uuuh, uuuh!

—Haga el favor de no usar ese tono conmigo, caballero.

—Mire, solo he venido a coger una cosa en casa de mi padre y ya me iba, ¿de acuerdo?

—Tengo que notificárselo a la policía de inmediato.

—¿Quiere al menos apagar la alarma para que pueda pensar?

¡Uuuh, uuuh, uuuh!

—La alarma está apagada.

—La alarma no está apagada.

—Caballero, ya se lo he advertido una vez, no use ese tono conmigo.

«Hija de puta.»

—¿Sabe qué? A tomar por culo, a tomar por culo, *a tomar por culo*.

Colgué justo en el momento en el que me vino a la cabeza el nombre del gato de Amy, el primero de todos: Stuart.

Devolví la llamada, me atendió una operadora distinta —una razonable— que desactivó la alarma y, Dios la bendiga, anuló el aviso a la policía. Realmente no estaba de humor para dar explicaciones.

Me senté sobre la fina y barata moqueta y me obligué a respirar, escuchando el triquitraque de mi corazón. Al cabo de un minuto, cuando mis hombros se hubieron destensado y mi mandíbula relajado, cuando mis puños se abrieron y mi corazón regresó a la normalidad, me puse en pie y por un momento me planteé marcharme de sopetón, como si aquello fuera a servir para darle una lección a Amy. Pero al levantarme vi un sobre azul en la encimera de la cocina, como una nota de abandono.

Respiré hondo, exhalé —nueva actitud— y abrí el sobre, sacando la carta marcada con un corazón.

Hola, cariño:

De modo que ambos tenemos aspectos en los que nos gustaría mejorar. En mi caso, sería mi perfeccionismo, mi ocasional (¿o eso me gustaría?) santurronería. ¿En el tuyo? Sé que te preocupa ser a veces demasiado distante, demasiado contenido, incapaz de mostrarte tierno o cariñoso. Bueno, pues quiero decirte —aquí, en casa de tu padre— que eso no es cierto. No eres tu padre. Has de saber que eres un buen hombre, un hombre tierno, amable. Te he castigado por no ser en ocasiones capaz de leerme la mente, por no ser capaz de comportarte exactamente como yo querría exactamente en el momento indicado. Te he castigado por ser un *hombre* de verdad, de carne y hueso. Te he ordenado por dónde ir en vez de confiar en que serías capaz de encontrar el camino. No te he otorgado el beneficio de la duda: que al margen de cuánto podamos meter la pata, siempre me amarás y querrás que sea feliz. Y eso debería ser suficiente para cualquier chica, ¿verdad? Me preocupa haber dicho cosas sobre ti que no son ciertas y que puedas haber acabado creyéndolas. De modo que estoy aquí para decirte ahora, en este momento: Eres CARIÑOSO. Eres mi sol.

Si Amy estuviese allí conmigo, tal como había planeado, habría enterrado el rostro en mi cuello como solía hacer y me habría besado, y habría sonreído y habría dicho: «Verdaderamente lo eres, ¿sabes? Mi sol». Se me obstruyó la garganta, eché un último vistazo a la casa de mi padre y me marché, cerrándole la puerta al calor. En el coche, abrí torpemente el sobre que anunciaba CUARTA PISTA. Teníamos que estar llegando al final.

> *Imagíname: soy una chica mala y depravada.*
> *Necesito un castigo, me merezco ser azotada*
> *donde los regalos del quinto aniversario se han de guardar.*
> *¡Perdona si esto se empieza a complicar!*
> *Qué buen rato el compartido allí a mediodía,*
> *después a tomar un cóctel, qué bien, qué alegría.*
> *Así que ve corriendo ahora mismo con presteza*
> *y al abrir la puerta encontrarás tu gran sorpresa.*

Se me encogió el corazón. No entendía aquella pista. La releí. Era incapaz incluso de hacer una simple suposición. Amy había dejado de ponérmelo fácil. Finalmente no iba a ser capaz de completar la caza del tesoro.

Sentí una oleada de angustia. Vaya un día de mierda. Boney estaba decidida a pescarme, Noelle estaba loca, Shawna estaba cabreada, Hilary resentida, la mujer de la empresa de seguridad era una zorra y mi esposa me había dejado perplejo. Había llegado el momento de acabar con aquel condenado día. Solo había una mujer cuya presencia me veía capaz de soportar en aquel momento.

Go me echó un vistazo —nervioso, callado y agotado por culpa del calor padecido en casa de mi padre— y me obligó a recostarme en el sofá, anunciando que se encargaría de preparar una cena tardía. Cinco minutos más tarde, regresaba con cautela, haciendo equilibrios con la comida sobre una vieja bandeja. El plato tradicional de los Dunne: sándwich de queso, patatas fritas sabor barbacoa y un vaso de plástico lleno de…

—No es Kool-Aid —dijo Go—. Es cerveza. Kool-Aid habría sido demasiado regresivo.

—Muy maternal e insólito por tu parte, Go.

—Mañana cocinas tú.

—Espero que te guste la sopa de lata.

Go se sentó a mi lado en el sofá, me robó una patata del plato y dijo con exagerada despreocupación:

—¿Alguna idea de por qué la policía querría preguntarme si Amy sigue usando la talla treinta y cuatro?

—Jesús, están emperrados con ese puto detalle —dije yo.

—¿No te acojona? ¿Crees que habrán encontrado su ropa o algo así?

—Me habrían pedido que la identificara. ¿No?

Go se lo pensó un segundo, con cara de concentración.

—Tiene sentido —dijo. Siguió poniendo cara de concentrada hasta que se dio cuenta de que la estaba mirando, después sonrió—. He grabado el partido, ¿te apetece verlo? ¿Estás bien?

—Estoy bien.

Me sentía espantosamente mal, el estómago pesado, la psique agrietada. Quizá fuese debido a la pista que no había conseguido desentrañar, pero de repente me sentía como si hubiera pasado algo por alto. Como si hubiera cometido un error tremendo; un error que acabaría resultando desastroso. A lo mejor era mi conciencia, que salía arañando a la superficie desde su calabozo secreto.

Go puso el partido y durante los siguientes diez minutos fue lo único que comentó, y solo entre sorbos de cerveza. A Go no le gustan los sándwiches de queso, así que untaba galletas de soda en mantequilla de cacahuete metiéndolas directamente en el bote. Cuando llegó el corte publicitario, apretó la pausa y dijo:

—Si tuviera polla, me follaría esta mantequilla de cacahuete —a la vez que me escupía deliberadamente miguitas de galleta.

—Creo que si tuvieras polla, sucederían todo tipo de cosas malas.

Go aceleró la imagen para pasar una entrada aburridísima. Los Cardinals perdían por cinco. Cuando llegó el momento del siguiente corte publicitario, Go pulsó la pausa y dijo:

—Hoy he llamado para cambiar el plan de mi móvil y mientras me tenían en espera me han puesto una canción de Lionel Ritchie. ¿Alguna vez escuchas a Lionel Ritchie? A mí me gusta «Penny Lover», pero esta no era «Penny Lover». El caso es que me ha atendido una mujer que me ha dicho que todas las teleoperadoras trabajan en una sede central que tienen en Baton Rouge, lo cual me ha parecido extraño, porque no tenía nada de acento, pero me ha dicho que se crió en Nueva Orleans (¿cómo se dice cuando alguien es oriundo de Nueva Orleans, nuevo orleansino?) y lo cierto es que, aunque no todo el mundo lo sepa, allí apenas tienen acento. Y me ha dicho que mi plan, que es el plan A…

Go y yo teníamos un juego inspirado en mi madre, que tenía la costumbre de contar anécdotas tan exageradamente inanes e interminables que Go estaba convencida de que, en el fondo, se estaba choteando de nosotros. Desde hacía ya diez años, cada vez que dábamos con un bache en la conversación, o bien Go o bien yo nos lanzábamos a contar alguna anécdota acerca de la reparación de un electrodoméstico o los intríngulis de un cartón de cupones. Pero Go tenía más aguante que yo. Era capaz de prolongar sus historias, sin titubeos, eternamente. Se alargaban tanto que acababan resultando irritantes de verdad para después volver a ser hilarantes.

En aquel momento estaba relatando un incidente con la luz de su nevera y no mostraba indicios de flaquear. Sintiéndome repentinamente colmado por una densa gratitud, me incliné sobre el sofá y le di un beso en la mejilla.

—¿A qué viene eso?

—Solo… gracias.

Noté que se me humedecían los ojos. Aparté la mirada un momento para quitarme las lágrimas parpadeando y Go dijo:

—Así pues, necesitaba una pila triple A que, según resulta, es diferente a las pilas de un *transistor*, por lo que tuve que buscar el recibo para poder devolver la pila del transistor...

Terminamos de ver el partido. Los Cardinals perdieron. Cuando terminó, Go le quitó el volumen al televisor.

—¿Quieres hablar o quieres más distracciones? Lo que necesites.

—Vete a la cama, Go. Zapearé un rato. Probablemente me duerma. Necesito dormir.

—¿Quieres un Ambien?

Mi melliza era una firme creyente en los métodos más sencillos. Nada de cintas de relajación ni cantos de ballena para ella; una pastilla y a dormir a pierna suelta.

—No.

—En caso de que cambies de idea, están en el botiquín. Si alguna vez hubo un momento adecuado para el sueño inducido...

Go se cernió sobre mí durante únicamente un par de segundos y después, muy propio de ella, se alejó trotando por el pasillo, evidentemente nada adormilada, y se encerró en su cuarto, sabiendo que lo más amable que podía hacer por mí era dejarme solo.

Un montón de gente carece de ese don: el de saber cuándo desaparecer de la puta vista. A la gente le encanta hablar y yo nunca he sido muy hablador. Mantengo un monólogo interno, pero las palabras a menudo no llegan a mis labios. Puede que piense: «Hoy está muy guapa», pero por algún motivo no se me ocurre decirlo en voz alta. Mi madre hablaba, mi hermana hablaba; yo había sido educado para escuchar. Así pues, poder quedarme sentado en el sofá completamente a solas, sin tener que hablar con nadie, era como un placer decadente. Hojeé una de las revistas de Go y anduve zapeando un rato hasta optar finalmente por un viejo episodio en blanco y negro en el que hombres con sombrero de fieltro tomaban notas mientras una atractiva ama de casa explicaba que su esposo estaba de viaje de negocios en Fresno, lo cual provocó que ambos policías se mirasen el uno al otro asintiendo. Me acordé de Gilpin y Boney y mi estómago dio un vuelco.

Desde mi bolsillo, el móvil desechable profirió un sonido como de máquina tragaperras para avisarme de que tenía un mensaje de texto:

estoy fuera abre la puerta

AMY ELLIOTT DUNNE
28 de abril de 2011

FRAGMENTO DE DIARIO

«Solo hay que seguir adelante.» Es lo que dice Mamá Mo, y cuando ella lo dice —con seguridad, énfasis en cada palabra, como si de verdad fuese un plan de vida viable—, el cliché deja de ser un montón de palabras para convertirse en algo real. Valioso. «¡Seguir adelante, exacto!», pienso yo.

Es algo que adoro del Medio Oeste: la gente no exagera la importancia de nada. Ni siquiera de la muerte. Mamá Mo continuará siguiendo adelante hasta que el cáncer la inhabilite y entonces morirá.

De modo que *hago de tripas corazón* y le pongo *al mal tiempo buena cara*, y lo digo en el sentido más profundo y literal, propio de Mamá Mo. Hago de tripas corazón y cumplo con mis cometidos: acompaño en coche a Mo a sus citas con el médico y a sus sesiones de quimioterapia. Cambio el agua estancada en el jarrón de las flores en la habitación del padre de Nick y reparto galletas entre el personal de la residencia para que cuide bien de él.

Lo estoy haciendo lo mejor posible en una situación realmente nefasta, y la situación es sobre todo nefasta porque mi marido, que me trajo aquí, que me desarraigó para poder estar más cerca de sus achacosos padres, parece haber perdido todo el interés tanto en mí como en ellos.

Nick ha repudiado por completo a su padre: se niega incluso a pronunciar su nombre. Sé que cada vez que recibimos una llamada de Comfort Hill, Nick está deseando que sea para anunciarnos el fallecimiento de su padre. En cuanto a Mo, a Nick le bastó sentarse junto a su madre durante una única sesión de quimioterapia para definir la experiencia como «insoportable». Dijo que odiaba los hospitales, que odiaba a los enfermos, que odiaba el lento transcurrir del tiempo y el goteo de la sonda intravenosa, moroso como el de la melaza. Se declaró simplemente incapaz de hacerlo. Y cuando intenté convencerle de lo contrario, cuando intenté ponerle firmes con un «Es algo que debes hacer», me dijo que me encargase yo. Y lo hice, lo he hecho. Mamá Mo, por supuesto, carga voluntariamente con las culpas de Nick. Un día estábamos sentadas, viendo una comedia romántica en mi ordenador, pero sobre todo charlando, mientras la intravenosa goteaba… tan… lentamente… cuando, en el preciso instante en el que la intrépida heroína tropezaba con el sofá, Mo se volvió hacia mí y dijo:

—No seas demasiado dura con Nick. Por no querer hacer este tipo de cosas. Siempre lo consentí, lo mimé. ¿Cómo *no* iba a hacerlo? Con esa *carita*. Por eso ahora le cuesta hacer frente a las dificultades. Pero de verdad que no me importa, Amy. De verdad.

—Debería importarle —dije yo.

—Nick no tiene que demostrarme su amor —dijo ella, palmeándome la mano—. Sé que me quiere.

Admiro el amor incondicional de Mo. En serio. Así que no le cuento lo que he encontrado en el ordenador de Nick: la propuesta de un libro de memorias sobre un periodista de Manhattan que regresa a sus raíces en Missouri para cuidar de sus achacosos padres. Nick guarda todo tipo de cosas raras en su ordenador y en ocasiones no consigo resistirme a curiosear un poquito; me aporta una pista sobre qué tipo de pensamientos ocupan a mi esposo. Su historial me reveló los más recientes: películas de género negro, la página web de su antigua revista y un estudio sobre la posibilidad de navegar por el Mississippi sin motor, dejándose arrastrar por la corriente, desde aquí hasta el Golfo. Sé con qué fantasea: con flotar Mississippi abajo, como Huck Finn, y escribir un artículo al respecto. Nick siempre está buscando nuevos puntos de vista.

Estaba curioseando todo aquello cuando encontré la propuesta de libro.

Dobles vidas: memorias de finales y principios resonará en particular entre los hombres de la Generación X, los primeros eternos adolescentes, que justo ahora comienzan a experimentar la presión y el estrés de tener que cuidar de sus ancianos padres. En *Dobles vidas*, narraré en detalle:

- Mi acercamiento paulatino a un padre ofuscado y en otro tiempo distante.
- Mi dolorosa metamorfosis, de joven despreocupado a cabeza de familia, alumbrada a la fuerza por la inminente muerte de una madre muy querida.
- El resentimiento abrigado por mi esposa neoyorquina ante este giro en su hasta entonces acomodada vida. Mi esposa, cabe recalcarse, es Amy Elliott Dunne, la inspiración tras la exitosa serie *La Asombrosa Amy*.

La propuesta nunca llegó a quedar completada, supongo que porque Nick debió de darse cuenta de que jamás iba a llegar a un entendimiento con su «en otro tiempo distante» padre, porque estaba esquivando todas las tareas propias de un «cabeza de familia», y porque yo no estaba expresando rabia alguna ante mi nueva vida. Un poco de frustración sí, pero no una rabia digna de verse reflejada en un libro. Durante muchos años mi esposo había alabado la solidez emocional de los habitantes del Medio Oeste: estoicos, humildes, sin afectaciones. Pero ese no es el tipo de individuos que proporcionan buen material para un libro de memorias. Imagina el resumen de la contraportada: «La gente se comportó en su gran mayoría con civismo y después murió».

Aun así, escuece un poco: «el resentimiento abrigado por mi esposa neoyorquina». Si acaso puede que abrigue algo de… cabezonería. Pienso en lo uniformemente adorable que es Maureen y me preocupa que Nick y yo no estemos hechos el uno para el otro, que en realidad sería más feliz con una mujer que se emocione cuidando de su marido y de la casa. Y no estoy menospreciando dichas aptitudes: desearía tenerlas. Desearía preocuparme más por el hecho de que Nick siempre ha tenido una marca favorita de pasta de dientes, por saberme de memoria la talla del cuello de su camisa, por ser una mujer de amores incondicionales cuya mayor felicidad es hacer feliz a su hombre.

Lo fui durante una temporada, con Nick. Pero era insostenible. No soy lo suficientemente desprendida. Hija única, como a menudo recalca Nick.

Pero lo intento. Sigo insistiendo, mientras Nick recorre la ciudad como un adolescente. Le alegra haber recuperado su merecido lugar como rey del baile de fin de curso; ha perdido cinco kilos, se ha cortado el pelo, se ha comprado unos vaqueros nuevos, tiene un aspecto condenadamente bueno. Pero yo solo lo sé de vislumbrarlo fugazmente cada vez que entra o sale de casa, siempre con prisas fingidas. «No te gustaría», es su respuesta habitual cada vez que me ofrezco a acompañarle, sea donde sea que vaya. Igual que dejó de lado a sus padres cuando ya no le fueron útiles, me está dejando de lado a mí porque no encajo en su nueva vida. Tendría que esforzarse para conseguir que me sienta cómoda aquí y eso es algo que no quiere hacer. Solo quiere pasarlo bien.

Para, para. Debo poner *al mal tiempo buena cara*. Literalmente. Debo sacar a mi marido de mis pensamientos oscuros y sombríos y arrojar sobre él un poco de luz alegre y dorada. Debo volver a adorarle como al principio. Nick responde bien a la adoración. Solo me gustaría que esta fuese más equitativa. Tengo el cerebro tan invadido con pensamientos de Nick que mi cabeza resuena como un enjambre: «¡Nicknicknicknicknick!». Pero cuando imagino su mente, solo oigo mi nombre como un tímido y cristalino tintín que suena una, quizá dos veces al día y rápidamente remite. Solo desearía que pensara tanto en mí como yo en él.

¿Acaso está mal eso? A estas alturas ya ni lo sé.

NICK DUNNE
Cuatro días ausente

Allí estaba ella, bajo el resplandor anaranjado de la farola, con un fino vestido veraniego y el pelo rizado por la humedad. Andie. Cruzó apresuradamente el umbral con los brazos extendidos para abrazarme y yo siseé:

—¡Espera, espera!

Y cerré la puerta justo antes de que me agarrase con fuerza. Presionó la mejilla contra mi pecho y yo puse una mano sobre su espalda desnuda y cerré los ojos. Sentí una desagradable mezcla de alivio y horror: ese momento en el que finalmente acabas con un picor y te das cuenta de que es porque te has hecho un agujero en la piel.

Tengo una amante. Hemos llegado a la parte en la que debo contarles que tengo una amante y dejo de caerles bien. Suponiendo que les hubiera caído bien antes. Tengo una hermosa y joven, muy joven, amante. Se llama Andie.

Lo sé. Fatal.

—Cielo, ¿por qué *coño* no me has llamado? —dijo Andie, todavía con la cara apretada contra mi cuerpo.

—Lo sé, cariño, lo sé. No te lo puedes imaginar. Ha sido una pesadilla. ¿Cómo me has encontrado?

Ella siguió aferrada a mí.

—Tu casa estaba a oscuras, así que se me ha ocurrido probar aquí.

Andie conocía mis costumbres, conocía mis entornos. Llevamos viéndonos algún tiempo. Tengo una hermosa y joven, muy joven, amante, y llevamos viéndonos algún tiempo.

—Estaba preocupada por ti, Nick. *Frenética*. O sea, estaba en casa de Madi viendo la tele y de repente vemos a un, no sé, un *tipo* que se parece a ti hablando de su esposa desaparecida. Y entonces me doy cuenta: *eres* tú. ¿Puedes imaginarte el susto que me dio? ¿Y encima tú que no quieres hablar conmigo?

—Te llamé.

—«No digas nada, mantente a la espera, no digas nada hasta que hayamos hablado.» Eso es una orden, no es *hablar* conmigo.

—Apenas he tenido oportunidad de quedarme a solas; estoy rodeado de gente a todas horas. Los padres de Amy, Go, la policía.

Suspiré en su pelo.

—¿Amy ha desaparecido sin dejar rastro? —preguntó Andie.

—Sin dejar rastro. —Me aparté de ella, me senté en el sofá y Andie se sentó a mi lado, pegando su pierna contra la mía, rozando mi brazo con el suyo—. Alguien se la ha llevado.

—¿Nick? ¿Estás bien?

El pelo de color chocolate le caía en ondas sobre la barbilla, las clavículas, los pechos, y vi un pequeño mechón temblar en la corriente de su aliento.

—No, la verdad. No. —Le hice un gesto para que guardara silencio y señalé en dirección al pasillo—. Mi hermana.

Seguimos sentados uno junto al otro, sin decir palabra, mientras en la tele parpadeaba la vieja serie de policías; los hombres con sombrero de fieltro estaban llevando a cabo un arresto. Noté que la mano de Andie se abría paso hacia la mía. Se apoyó en mí como si nos estuviéramos acomodando para una noche de cine, como una pareja relajada y sin una sola preocupación en el mundo. Después me agarró de la cara para acercarla a la suya y me besó.

—Andie, no —susurré.

—Sí, te necesito. —Volvió a besarme y trepó a mi regazo, montándome a horcajadas; el vestido de algodón se alzó por encima de sus rodillas, una de sus sandalias cayó al suelo—. Nick, he estado tan preocupada por ti… necesito sentir tus manos en mi cuerpo, es lo único en lo que he podido pensar. Tengo miedo.

Andie era una muchacha muy física, lo cual no es un eufemismo para decir que «solo le importaba el sexo». Le encantaba dar abrazos, tocar, tenía tendencia a pasarme los dedos por el pelo o por la espalda, rascándome cariñosamente. Obtenía seguridad y consuelo en el contacto. Y sí, de acuerdo, también le gustaba el sexo.

Con un rápido tirón, se bajó la parte superior del vestido y puso mis manos sobre sus senos. Mi lujuria respondió como un perro fiel.

«Quiero follarte», estuve a punto de decir en voz alta. «Eres CARIÑOSO», oí la voz de mi esposa a mi oído. Me aparté bruscamente. Estaba agotado, la habitación me daba vueltas.

—¿Nick? —El labio inferior de Andie estaba húmedo con mi saliva—. ¿Qué? ¿Hay algún problema entre *nosotros*? ¿Es por Amy?

Andie siempre me había parecido joven —tenía veintitrés años, por supuesto que me parecía joven—, pero justo entonces me di cuenta de lo grotescamente joven que era, lo irresponsable y desastrosamente joven que era. Ruinosamente joven. Oír el nombre de mi mujer en sus labios siempre me daba repelús. Lo decía a menudo. Le gustaba hablar de Amy como si Amy fuese la heroína de un culebrón nocturno. Andie nunca convirtió a Amy en el enemigo; la convirtió en un personaje. Hacía preguntas continuamente, sobre nuestra vida en común, sobre Amy: «¿Qué hacíais juntos cuando estabais en Nueva York, o sea, los findes y eso?». Sus labios formaron una O perfecta cuando le hablé de una visita a la ópera. «¿Estuvisteis en la ópera? ¿Qué se puso Amy? ¿Vestido de noche? ¿Y una capa o pieles? ¿Y llevaba joyas? ¿Cómo se arregló el pelo?» Y también: ¿cómo eran las amigas de Amy? ¿De qué cosas hablábamos? ¿Cómo era Amy, pero, o sea, como era *de verdad*? ¿Era como la niña de los libros? ¿Perfecta? Era el cuento favorito de Andie antes de irse a dormir: Amy.

—Mi hermana está en el cuarto de al lado, cielo. Ni siquiera deberías estar aquí. Dios, te deseo, pero de verdad que no deberías haber venido, nena. Hasta que sepamos a lo que nos enfrentamos.

«ERES BRILLANTE ERES INGENIOSO ERES CARIÑOSO. ¡Ahora dame un beso!»

Andie siguió sentada sobre mí, con los pechos al descubierto, los pezones endurecidos debido al aire acondicionado.

—Cariño, a lo que nos estamos enfrentando ahora mismo es a que necesito saber que todo va bien entre nosotros. Es lo único que necesito. —Se frotó contra mí, cálida y exuberante—. Es lo único que necesito. Por favor, Nick, estoy acojonada. Te conozco: sé que ahora mismo no te apetece hablar y me parece bien. Pero necesito... que estés conmigo.

Y en aquel momento quise besarla, tal como la había besado la primera vez: entrechocando los dientes, su cara ladeada frente a la mía, haciéndome cosquillas en los brazos con el pelo, un beso húmedo y con lengua mientras yo no pensaba en nada más que en el beso, porque habría sido peligroso pensar en cualquier cosa al margen de lo agradable que resultaba. Lo único que me impidió meterla a rastras en mi cuarto en aquel preciso instante no fue lo mal que hubiera podido estar —había estado mal de muchas maneras desde el primer momento—, sino que ahora resultaba peligroso de verdad.

Y porque Amy estaba allí. Al fin, Amy volvía a estar allí; aquella voz que se había alojado en mi oído durante media década, la voz de mi esposa, pero ahora no era recriminatoria, volvía a ser dulce. Me repateaba que tres notitas de mi esposa hubieran bastado para hacerme sentir de aquella manera, ñoño y sentimental.

No tenía el más mínimo derecho a ser sentimental.

Andie se apretó contra mí y yo me pregunté si la policía tendría la casa de Go bajo vigilancia, si podía esperar que llamasen a la puerta de un momento a otro. Tengo una amante muy joven y muy hermosa.

Mi madre siempre nos había dicho: Si vais a hacer algo y queréis saber si es mala idea, imaginadlo impreso en el periódico para que todo el mundo pueda leerlo.

«Nick Dunne, antiguo redactor de revista herido en su amor propio tras haber sido despedido en 2010, aceptó impartir una clase de periodismo en la universidad comunitaria de North Carthage. A pesar de su edad y condición de casado, el señor Dunne explotó su posición iniciando rápidamente una tórrida aventura con una de sus jóvenes e impresionables alumnas con la que desde entonces no ha parado de follar.»

Era la encarnación del peor temor de cualquier escritor: un cliché.

Ahora permítanme que siga engarzando más clichés para su diversión: sucedió de manera gradual. Nunca pretendí herir a nadie. Acabé más metido de lo que en un principio había pensado. Pero era más que una aventura. Era más que una manera de reforzar el ego. Quiero a Andie de verdad. En serio.

La asignatura que estaba enseñando —«Cómo labrarse una carrera en semanarios»— había atraído a catorce estudiantes con grados variables de habilidad. Todo chicas. Diría «mujeres», pero creo que «chicas» es, de hecho, lo correcto. Todas querían trabajar para la prensa rosa. No eran adictas a la tinta y las noticias; les gustaba el cuché. Habían visto la película: se imaginaban recorriendo apresuradamente Manhattan, un café con leche en una mano, el móvil en la otra, rompiendo adorablemente el tacón de un zapato de marca al ir a detener un taxi y cayendo entre los brazos de un encantador e irresistible compañero del alma de abundante pelambrera. No tenían ni idea de lo absurda y arriesgada que era su elección de carrera. Tenía previsto explicárselo, usando mi despido como cuento con moraleja, a pesar de que no tenía el más mínimo interés en hacerme pasar por una figura trágica. Me imaginé contándoles la historia con cierta distancia, en clave de humor, sin darle demasiada importancia. Más tiempo para trabajar en mi novela.

Después me pasé la primera clase respondiendo tantas preguntas embelesadas y convirtiéndome en semejante pavo real, en semejante imbécil pagado de sí mismo, que no me vi capaz de contarles la verdadera historia: la convocatoria al despacho del redactor jefe durante la segunda ronda de despidos, el paseíllo entre miradas de reojo a través de las largas hileras de cubículos, el corredor de la muerte, aferrándome a la esperanza de que aún podían querer decirme otra cosa, que la revista *me necesitaba ahora más que nunca* —¡sí!—, un discurso enaltecedor en plan: ¡es hora de remar todos juntos! Pero no, mi jefe se limitó a decir: «Supongo que sabrás, por desgracia, por qué te he llamado», restregándose los ojos por debajo de las gafas para demostrar lo agotado y desanimado que estaba.

Quise sentirme como un deslumbrante triunfador, de modo que no les conté a mis alumnas mi caída en desgracia. Les expliqué que tenía un familiar cuya enfermedad requería mi presencia en el pueblo, lo cual era cierto, sí —dije para mí—, completamente cierto y muy heroico. Y sentada a menos de un metro delante de mí estaba la hermosa y pecosa Andie, con aquellos enormes ojos azules bajo sus chocolateados rizos, los carnosos labios separados lo justo, pechos absurdamente enormes y genuinos, miembros largos y esbeltos —una especie de muñeca hinchable de carne y hueso, debo reconocerlo; todo lo distinta a mi elegante y patricia esposa como era posible serlo—; Andie, irradiando calor corporal y aroma a lavanda, tomando notas en su portátil, haciendo preguntas con voz ronca, del estilo de: «¿Cómo puede una ganarse la confianza de una fuente, conseguir que se abra?». Y yo pensé, justo en aquel momento: «¿De dónde coño ha salido esta chica? ¿Es una broma?».

Uno se pregunta a sí mismo: «¿Por qué?». Siempre le había sido fiel a Amy. Era el tipo que se marchaba temprano del bar si alguna mujer se pasaba de coqueta, si su manera de tocarme pasaba a ser demasiado familiar. Nunca le fui infiel. No me gustan (*¿o gustaban?*) los hombres infieles: deshonestos, irrespetuosos, mezquinos, consentidos. Nunca había sucumbido. Pero eso había sido mientras era feliz. Odio pensar que la respuesta sea tan sencilla, pero toda mi vida había sido feliz y ahora no lo era, y Andie estaba allí, rezagándose después de las clases, haciendo preguntas sobre mi vida que Amy nunca me había hecho, no de un tiempo a esta parte. Consiguiendo que me sintiera un hombre de valía, no el idiota que había perdido su trabajo, el inútil que se olvidaba de bajar la tapa del retrete, el torpe que nunca era capaz de dar una a derechas fuese cual fuese la tarea.

Un día Andie me trajo una manzana. Una «delicia roja» (título de la crónica de nuestra aventura, si alguna vez tuviera que escribirla). Me pidió que le echara un vistazo preliminar a su reportaje. Era el perfil biográfico de una bailarina de striptease de un club de Saint Louis y parecía sacado del correo de *Penthouse*. Mientras yo leía, Andie comenzó a comerse mi manzana, asomándose por encima de mi hombro y empapándose absurdamente los labios con el jugo. Fue entonces cuando pensé: «Joder, esta chica está intentando seducirme», conmocionado como un lerdo, un envejecido Benjamin Braddock.

El caso es que funcionó. Empecé a pensar en Andie como una vía de escape, una oportunidad. Una opción. Llegaba a casa para encontrarme a Amy hecha un ovillo en el sofá, Amy con la mirada perdida en la pared, en silencio, negándose a pronunciar la primera palabra, siempre a la espera, un juego perpetuo de a ver quién rompía el hielo, un constante desafío mental: ¿qué será lo que haga feliz hoy a Amy? Y pensaba: «Andie no haría eso». Como si conociera a Andie. «Andie se reiría de ese chiste, a Andie le gustaría esa anécdota.» Andie era una agradable, bonita y pechugona muchacha irlandesa de mi pueblo natal, alegre y sin pretensiones. Andie se sentaba en la primera fila de mi clase y parecía suave. Y parecía interesada.

Cuando pensaba en Andie, no me dolía el estómago como cuando pensaba en mi esposa; el temor constante a regresar a mi casa, donde no era bienvenido.

Empecé a imaginar cómo podría pasar. Empecé a ansiar su contacto. Sí, fue exactamente así, como el estribillo de un mal sencillo de los ochenta. Ansiaba tocarla, en general ansiaba el contacto, ya que mi esposa evitaba el mío: en casa se deslizaba a mi lado como un pez, pasando por la cocina o las escaleras justo al límite de mi alcance. Veíamos la tele en silencio, cada uno sobre su respectivo cojín del sofá, tan separados como si fueran chalupas distintas. En la cama, se alejaba de mí, amontonando las mantas y las sábanas entre nosotros. Una vez me desperté en plena noche y, sabiendo que estaba dormida, le eché a un lado el tirante del camisón y presioné la mejilla y una palma contra su hombro desnudo. No conseguí volver a dormirme aquella noche, de lo disgustado que me sentía conmigo mismo. Salí de la cama y me masturbé en la ducha, imaginando a Amy, la expresión lujuriosa con la que solía mirarme, aquellos ojos que rielaban bajo párpados pesados, tragándome entero, haciéndome sentir visto. Cuando terminé, me senté en la bañera y contemplé el desagüe a través del chorro de la alcachofa. Mi pene yacía patéticamente junto a mi muslo izquierdo, como un animalillo arrastrado hasta la orilla por la corriente. Seguí sentado en la bañera, humillado, intentando no llorar.

De modo que sucedió. Durante una extraña y repentina tormenta de nieve a primeros de abril. No este abril, sino el abril del año *pasado*. Estaba solo en el bar porque a Go le tocaba noche con mi madre; nos turnábamos para quedarnos en casa con ella y ver películas malas en la tele. Nuestra madre se estaba consumiendo rápidamente, no llegaría a finales de año, ni de cerca.

En realidad me sentía bien en aquel momento: mi madre y Go estarían cómodamente acurrucadas en casa viendo una peli playera de Annette Funicello y la velada en El Bar había sido animada y bulliciosa, una de esas noches en las que todo el mundo parecía haber tenido un buen día. Las chicas guapas eran amables con los chicos poco agraciados. La gente invitaba a rondas a desconocidos porque sí. El ambiente era festivo. Y entonces llegó el final del turno, hora de cerrar, todo el mundo afuera. Estaba a punto de echar el cierre cuando Andie abrió la puerta de par en par y entró, prácticamente cayendo encima de mí. Pude oler en su aliento el aroma dulzón de una cerveza suave, el aroma a humo de leña en su pelo. Dudé durante ese instante discordante en el que intentas procesar a una persona a la que solo conoces de un entorno hasta situarla en un contexto nuevo. Andie en El Bar. De acuerdo. Ella lanzó una carcajada de pirata y me empujó hacia el interior.

—Acabo de tener la cita más extraordinariamente espantosa de mi vida y tienes que tomarte una copa conmigo —dijo. Llevaba copos de nieve prendidos entre las oscuras ondas de su melena y tenía las mejillas de un rosa brillante, como si alguien la hubiera abofeteado. Su dulce colección de pecas relucía. Tiene una voz estupenda, una voz como de patito entrañable que empieza ridículamente adorable y acaba completamente sensual–. Por favor, Nick, necesito quitarme el mal sabor de boca.

Recuerdo que nos reímos y que pensé en el alivio que suponía para mí estar con una mujer y oírla reír. Llevaba vaqueros y un jersey de cachemira con cuello de pico; Andie es de esas chicas que luce mejor en vaqueros que con vestido. Su rostro, su cuerpo, es informal en el mejor de los sentidos. Asumí mi posición detrás de la barra y ella se dejó caer sobre uno de los taburetes, estudiando con la mirada todas las botellas de alcohol dispuestas a mi espalda.

–¿Qué tomará la señora?

–Sorpréndeme –dijo ella.

–¡Bu! –dije yo. La sílaba salió dejando mis labios congelados en un mohín.

–Ahora sorpréndeme con una copa –dijo Andie, inclinándose hacia delante de modo que su escote quedara apoyado contra la barra, los pechos alzados.

Llevaba un colgante con una fina cadena de oro; el colgante se escurrió entre sus senos, por debajo del jersey. «No seas ese tío –pensé–. El tío que jadea por donde acaba el colgante.»

–¿Qué sabor te apetece? –pregunté.

–Me des lo que me des, me gustará.

Aquella fue la frase que me conquistó, su simpleza. La idea de que podía hacer feliz a una mujer de una manera sencilla. «Me des lo que me des, me gustará.» Sentí una abrumadora oleada de alivio. Y entonces supe que había dejado de amar a Amy.

«He dejado de amar a mi esposa –pensé, dándome la vuelta para agarrar dos vasos de chupito–. He dejado de amarla por completo. No me queda ni una gota de amor, estoy seco.» Preparé un Mañana de Navidad, mi combinado favorito: café caliente con un chupito de pipermín. Me tomé uno con Andie, y cuando esta se estremeció y se echó a reír –con aquel gran chorro de risa–, serví otra ronda. Seguimos bebiendo juntos hasta que pasó una hora del cierre y mencioné la palabra «esposa» en tres ocasiones, porque estaba mirando a Andie e imaginando lo que sería quitarle la ropa. Darle una advertencia era lo mínimo: «Tengo esposa. Haz con esa información lo que se te antoje».

Andie se sentó ante mí, con el mentón en las manos, sonriendo.

—¿Me acompañas a casa? —dijo.

Había mencionado con anterioridad lo cerca que vivía del centro, que debía pasarse alguna noche por El Bar a saludar y... ¿me había dicho ya lo cerca que vivía de El Bar? Mi mente estaba condicionada: muchas eran las veces que había recorrido mentalmente el par de manzanas que me separaban del edificio de insípidos ladrillos marrones en el que estaba su apartamento. De modo que cuando repentinamente me encontré saliendo por la puerta para acompañarla a casa, no me pareció inusual en lo más mínimo, no sonó una campana de alarma que advirtiera: «Esto es inusual, esto no es lo que solemos hacer».

La acompañé a casa, con el viento en contra y la nieve revoloteando por todas partes, ayudándola a enroscarse la bufanda roja de punto, una vez, dos. A la tercera se la anudé correctamente y nuestras caras estaban cerca y sus mejillas igual de sonrosadas que si hubiera pasado un feliz día navideño montando en trineo. Algo así nunca habría sucedido en otras cien noches, pero aquella fue posible. La conversación, el alcohol, la tormenta, la bufanda.

Nos agarramos mutuamente al mismo tiempo y yo la empujé contra un árbol para conservar mejor el equilibrio. Las delgadas ramas arrojaron una pila de nieve sobre nosotros, un momento cómico, de atolondramiento, que solo incrementó mis ganas de tocarla, de tocarlo todo a la vez, una mano por debajo de su jersey, la otra entre sus piernas. Y ella me lo permitía.

Andie se apartó de mí, con los dientes castañeteando.

—Sube conmigo.

Me quedé petrificado.

—Sube conmigo —repitió—. Quiero estar contigo.

El sexo no fue muy allá, no aquella primera vez. Éramos dos cuerpos acostumbrados a ritmos distintos que no llegaban a cogerse el tranquillo mutuamente, y yo había pasado tanto tiempo sin estar dentro de una mujer que me corrí primero, con rapidez, pero seguí moviéndome otros treinta segundos cruciales, mientras empezaba a marchitarme en su interior. El tiempo necesario para ocuparme de ella antes de quedar completamente flácido.

Así que fue agradable, pero decepcionante, anticlimático, tal como deben de sentirse las muchachas cuando entregan su virginidad. «¿Para esto tanta historia?» Pero me gustó la manera en la que Andie se enroscó en torno a mi cuerpo y me gustó que fuese tan suave como había imaginado. Piel nueva. «Joven», pensé ignominiosamente, imaginándome a Amy y su hidratación constante, sentada en la cama mientras se untaba crema airadamente.

Entré en el cuarto de baño de Andie, eché una meada, me miré en el espejo y me obligué a decirlo: «Eres un marido infiel. Has fallado en una de las pruebas masculinas más básicas. No eres un buen hombre».Y cuando aquello no me molestó, pensé: «No eres un buen hombre *para nada*».

Lo más terrible es que si el sexo hubiera sido escandalosamente alucinante, aquella podría haber sido mi única indiscreción. Pero solo fue pasable y me había convertido en un marido infiel, y no podía echar a perder mi historial de fidelidad a cambio de un polvo meramente vulgar. De modo que supe que habría otro. No me prometí no volver a hacerlo nunca. Y luego el siguiente estuvo muy, muy bien, y el siguiente después de aquel fue estupendo. Pronto Andie pasó a ser un contrapunto físico de todo lo que era Amy. Se reía conmigo y me hacía reír, no me contradecía ni me intentaba poner en evidencia a las primeras de cambio. Nunca me fruncía el ceño. Era fácil. Todo fue tan jodidamente fácil… Y pensé: «El amor hace que quieras ser un hombre mejor, vale, de acuerdo. Pero a lo mejor el amor, el verdadero amor, también te autoriza para ser simplemente el hombre que eres».

Se lo iba a contar a Amy. Sabía que tenía que hacerlo. Pero aguanté meses y más meses sin decírselo.Y después más meses aún.

El principal motivo fue la cobardía. No podía soportar la idea de tener que mantener aquella conversación, de tener que *explicarme*. No me imaginaba discutiendo el divorcio con Rand y Marybeth, ya que sin duda se inmiscuirían en la contienda. Pero en parte, seamos sinceros, tampoco lo hice debido a mi fuerte vena pragmática. Era casi grotesco lo práctico (¿egoísta?) que podía llegar a ser. En parte no le había pedido a Amy el divorcio, porque era su dinero el que había financiado El Bar. Era prácticamente la propietaria, ciertamente podía recuperarlo. Y no soportaba la idea de ver a mi melliza intentando ser valiente tras haber perdido otros dos años de su vida. De modo que permití que aquella miserable situación siguiera igual, asumiendo que en algún momento Amy tomaría las riendas, Amy sería la que pediría el divorcio, y así yo podría asumir el papel de buen tío.

Este deseo —escapar sin mácula de aquella situación— era despreciable. Y cuanto más despreciable me volvía, más deseaba a Andie, pues ella sabría que yo no era tan malo como parecía en caso de que mi historia apareciese publicada en el periódico para que la leyesen los desconocidos. «Amy se divorciará de ti», seguía pensando. «No será capaz de prolongar esta situación mucho más tiempo.» Pero a medida que la primavera se fue fundiendo en el verano, llegó el otoño y después el invierno, convirtiéndome en un marido infiel para todas las temporadas —infiel con una amante agradablemente impaciente—, quedó patente que habría que hacer algo al respecto.

—O sea, Nick, te quiero —dijo entonces Andie, de manera surrealista, sobre el sofá de mi hermana—. Pase lo que pase. Sinceramente, no sé qué más decir, me siento bastante... —alzó las manos— estúpida.

—No te sientas estúpida —dije—. Yo tampoco sé qué decir. No hay nada que decir.

—Puedes decir que me quieres pase lo que pase.

Pensé: «Ya no puedo seguir diciendo eso en voz alta». Lo había dicho en una o dos ocasiones, un murmullo salivoso contra su cuello, como en añoranza de algo. Pero las palabras habían quedado registradas, igual que muchas otras cosas. Pensé entonces en el reguero de pistas que habíamos dejado en el transcurso de nuestra fogosa y semioculta aventura y de las que no me había preocupado lo suficiente. Si su edificio tenía una cámara de seguridad, se me vería en ella. Había comprado un móvil desechable solo para sus llamadas, pero mis mensajes de voz y de texto estaban almacenados de manera muy permanente en el suyo. Le había escrito una tarjeta guarra de San Valentín, que ya imaginaba reproducida en todas las noticias, en la que había rimado «enamoradito» con «coñito». Y más: Andie tenía veintitrés años. Asumí que tendría capturadas mis palabras, mi voz e incluso mi imagen en varios dispositivos electrónicos. Celoso, posesivo, curioso, una noche ojeé las fotos de su teléfono y vi cantidad de instantáneas de uno o dos ex novios, sonriendo orgullosamente en su cama, y asumí que en algún momento acabaría uniéndome al club —en cierto modo *quería* unirme al club— y por algún motivo aquello no me había preocupado, a pesar de que podía ser descargado y reenviado a un millón de personas en el espacio de un vengativo segundo.

—Se trata de una situación extremadamente extraña, Andie. Solo necesito que seas paciente.

Ella se echó hacia atrás, apartándose de mí.

—¿No eres capaz de decir que me quieres, pase lo que pase?

—Te quiero, Andie. Sabes que sí.

Le sostuve la mirada. Decir «Te quiero» era peligroso en aquel momento, pero también lo era no decirlo.

—Fóllame entonces —susurró ella, dando tirones a mi cinturón.

—Ahora mismo tenemos que ser muy precavidos. Sería… sería bastante perjudicial para mí que la policía se enterase de lo nuestro. Me haría quedar peor que mal.

—¿Eso es lo que te preocupa?

—Mi esposa ha desaparecido y tengo una… novia secreta. Sí, me haría quedar mal. Me haría parecer un criminal.

—Haces que lo nuestro suene como algo sórdido.

Andie seguía teniendo los pechos descubiertos.

—La gente no nos conoce, Andie. *Pensarán* que es sórdido.

—Dios, parece una mala película de género negro.

Sonreí. Había aficionado a Andie al género negro, a Bogart y *El sueño eterno*, *Perdición*, todos los clásicos. Era una de las cosas que más me gustaban de nuestra relación, que podía enseñarle cosas.

—¿Por qué no se lo decimos a la policía y punto? —dijo ella—. ¿No sería mejor…?

—No. Andie, ni pensarlo. No.

—Acabarán por averiguarlo…

—¿Por qué? ¿Por qué iban a hacerlo? ¿Le has contado a alguien lo nuestro, cielo?

Me miró con expresión nerviosa. Me sentí mal: no era así como Andie había imaginado que discurriría la velada. Se había emocionado con la perspectiva de verme, había imaginado una sudorosa reunión, una confirmación física, y se había encontrado con que a mí únicamente me preocupaba cubrirme el culo.

—Cariño, lo siento, solo necesito saberlo —dije.

—No por nombre.

—¿Qué quieres decir con «no por nombre»?

—Quiero decir —explicó ella, subiéndose al fin el vestido— que mis amigas, mi madre, saben que me estoy viendo con alguien, pero no cómo se llama.

—Y tampoco mi descripción, ¿verdad? —dije con más urgencia de la que pretendía, sintiéndome como si estuviera sosteniendo un techo a punto de derrumbarse—. Dos personas saben lo nuestro, Andie. Tú y yo. Si me ayudas, si me amas, seguiremos siendo solo nosotros dos quienes lo sepamos y así la policía nunca se enterará.

Ella pasó un dedo por el contorno de mi mandíbula.

—¿Y qué pasa si… si nunca encuentran a Amy?

—Tú y yo, Andie, estaremos juntos pase lo que pase. Pero *solo* si nos andamos con cuidado. Si no lo hacemos, es posible… La cosa pinta lo suficientemente mal como para que pudiera acabar en la cárcel.

—A lo mejor se ha fugado con otro —dijo Andie, apoyando la mejilla contra mi hombro—. A lo mejor…

Noté cómo trabajaban los engranajes de su cerebro de muchacha, convirtiendo la desaparición de Amy en un romance banal, escandaloso, ignorando cualquier realidad que no se ajustase a la narración.

—No se ha fugado. Es mucho más grave que eso. —Puse un dedo bajo su barbilla para que me mirase a los ojos—. ¿Andie? Necesito que te tomes esto muy en serio, ¿de acuerdo?

—Por supuesto que me lo tomo en serio. Pero necesito poder hablar contigo más a menudo. Verte. Me estoy volviendo loca, Nick.

—Por ahora necesitamos mantener las distancias. —La agarré de ambos hombros para que tuviera que mirarme—. Mi mujer ha desaparecido, Andie.

—Pero si ni siquiera…

Sabía lo que había estado a punto de decir —«ni siquiera la amas»—, pero fue lo suficientemente inteligente para interrumpirse. Me dio un abrazo.

—Mira, no quiero reñir. Sé que aprecias a Amy y sé que debes de estar muy preocupado. Yo también lo estoy. Sé que estás bajo… no puedo imaginar cuánta presión. Así que me parece bien si nos comportamos con más discreción aún que hasta ahora, si es que eso es posible. Pero recuerda: esto también me afecta a mí. Necesito saber de ti. Una vez al día. Simplemente llámame cuando puedas, aunque solo sean un par de segundos, para que pueda oír tu voz. Una vez al día, Nick. Todos los días. De otro modo me volveré loca. Me volveré loca.

Me sonrió, susurró:

—Ahora dame un beso.

La besé muy suavemente.

—Te quiero —dijo Andie, y yo la besé en el cuello y farfullé mi respuesta.

Seguimos sentados en silencio, iluminados por el resplandor del televisor.

Dejé que mis ojos se cerrasen. «Ahora dame un beso», ¿quién había dicho eso?

Me desperté bruscamente poco después de las cinco de la mañana. Go se había levantado, pude oírla al otro extremo del pasillo, abriendo el grifo del cuarto de baño. Zarandeé a Andie —«Son las cinco, son las cinco»— y con promesas de amor y llamadas telefónicas la empujé hacia la puerta como a un vergonzoso polvo de una noche.

—Recuerda, llámame todos los días —susurró Andie.

—Todos los días —dije, y me escondí tras la puerta mientras Andie la abría y se marchaba.

Cuando me di la vuelta, Go estaba plantada en mitad del salón. Tenía la boca abierta, atónita, pero el resto de su cuerpo desprendía pura furia: las manos en las caderas, las cejas convertidas en uves.

—Nick. Jodido idiota.

AMY ELLIOTT DUNNE
21 de julio de 2011

FRAGMENTO DE DIARIO

Qué idiota soy. A veces me miro y pienso: «No me extraña que Nick me considere ridícula, frívola y consentida, comparada con su madre». Maureen se está muriendo. Oculta su enfermedad tras enormes sonrisas y amplios jerséis de punto, respondiendo a cada pregunta que le hacen sobre su salud con un: «Oh, yo estoy bien, ¿qué tal *tú*, cielo?». Se está muriendo, pero se niega a reconocerlo, no todavía. Por ejemplo: ayer me llama por la mañana y me pregunta si quiero ir de excursión con ella y sus amigas –tiene un buen día y quiere salir de casa todo lo posible–, y yo acepto de inmediato, a pesar de que sé que no van a hacer nada que me interese demasiado, probablemente jugar al pinochle o al bridge, o alguna actividad para la iglesia que por lo general consiste en reunir objetos.

–Estaremos allí en quince minutos –dice–. Ponte algo de manga corta.

Limpieza. Tenía que ser limpieza. Algo que iba a requerir darle al estropajo. Me pongo una camiseta de manga corta y en exactamente quince minutos le estoy abriendo la puerta a Maureen, calva bajo una gorra de lana, riéndose junto a dos amigas. Las tres llevan camisetas a juego, en las que han cosido lazos y cascabeles, con las palabras «Las PlasMamas» pintadas con aerógrafo sobre el pecho.

Se me ocurre que han montado un grupo de do-wop, pero después subimos todas al viejo Chrysler de Rose (viejo-*viejo*, uno

218

de esos que solo tiene un asiento frontal de lado a lado, un coche de abuela que huele a cigarrillos para señora) y alegremente nos dirigimos al *centro de donación de sangre*.

—Vamos los lunes y los jueves —explica Rose, mirándome por el espejo retrovisor.

—Oh —digo yo.

¿Cómo responder, si no? «¡Oh, dos días fantásticos para donar sangre!»

—Te permiten donar dos veces por semana —dice Maureen, por encima del cascabeleo de su camiseta—. La primera vez te dan veinte dólares. La segunda, treinta. Por eso hoy todo el mundo está de tan buen humor.

—Te encantará —dice Vicky—. Todo el mundo se sienta a charlar, como en el salón de belleza.

Maureen me aprieta el brazo y dice en voz baja:

—Yo ya no puedo seguir donando, pero he pensado que podrías ser mi reemplazo. Sería una buena manera de ir ganando algo de calderilla. Es bueno que una chica disponga de un poquito de dinero propio.

Me trago una rápida oleada de rabia: «Solía tener algo más que un poquito de dinero propio, pero se lo di a tu hijo».

Un hombre escuálido con una chaqueta vaquera de una talla demasiado pequeña para él deambula por el aparcamiento como un perro vagabundo. En el interior, sin embargo, todo está limpio. Bien iluminado, olor a desinfectante de pino, carteles cristianos en las paredes, palomas y niebla. Pero sé que no puedo hacerlo. Jeringuillas. Sangre. Ni una cosa ni la otra. En realidad no tengo más fobias, pero esas dos son constantes: soy la chica que se desmaya cuando se corta con un papel. Hay algo en la apertura de la piel: rascar, cortar, penetrar. Durante las sesiones de quimio con Maureen, siempre apartaba la vista cuando le colocaban la intravenosa.

—¡Hola, Cayleese! —saluda Maureen mientras entramos y una obesa mujer negra con uniforme vagamente médico le devuelve el saludo:

—¡Hola, Maureen! ¿Qué tal estás?

– Oh, yo estoy bien, ¿qué tal *tú*?

—¿Cuánto tiempo lleváis haciendo esto? –pregunto.

—Algún tiempo —dice Maureen—. Cayleese es la favorita de todas, mete la aguja con mucho cuidado. Lo cual siempre ha sido bueno para mí, porque las tengo movedizas. —Me muestra el antebrazo cubierto de venas azules como cordeles. Cuando conocí a Mo estaba gorda, pero ahora ya no. Es curioso, tenía mucho mejor aspecto de gorda—. Mira, intenta poner el dedo encima de alguna.

Miro a mi alrededor, esperando a que Cayleese nos haga pasar.

—Adelante, inténtalo.

Toco una vena con la punta de un dedo y noto que rueda alejándose. Una oleada de calor me abruma.

—Entonces, ¿es esta nuestra nueva recluta? –pregunta Cayleese repentinamente a mi lado—. Maureen presume de ti continuamente. Bueno, vamos a tener que rellenar un par de impresos…

—Lo siento, no puedo. No soporto las jeringuillas, no soporto la sangre. Tengo una fobia intensa. *Literalmente* no puedo hacerlo.

Me doy cuenta de que todavía no he comido nada en todo el día y noto que me estoy mareando. Siento el cuello débil.

—Todo lo que hacemos es muy higiénico, estás en buenas manos —dice Cayleese.

—No, no es eso, de verdad. Nunca he donado sangre. Mi médico se enfada conmigo porque ni siquiera soy capaz de soportar un análisis de sangre anual para, yo qué sé, el colesterol.

En vez de eso, esperamos. Vicky y Rose pasan dos horas atadas a unas máquinas zumbonas. Como si estuvieran siendo cosechadas. Incluso les han marcado los dedos, para que no puedan donar más de dos veces en la misma semana en ningún otro lugar… las marcas aparecen bajo una luz púrpura.

—Esa es la parte James Bond —dice Vicky, y todas ríen tontamente.

Maureen tararea el tema de Bond (me parece) y Rose forma una pistola con los dedos.

—¿No podéis estaros calladas por una vez, viejas brujas? —dice una mujer canosa, cuatro sillas más abajo.

Se asoma por encima de los cuerpos reclinados de tres hombres grasientos —tatuajes verdiazules en los brazos y barba de un par de días en el mentón, el tipo de hombres que me imaginaba donando sangre— y saluda mostrando el dedo medio con la mano que tiene libre.

—¡Mary! ¡Pensaba que venías mañana!

—¡Iba a hacerlo, pero mi cheque del paro no llega hasta la semana que viene y en casa solo me quedaban una caja de cereales y una lata de maíz!

Todas se ríen como si la posibilidad de morir de hambre fuese divertida. En ocasiones este pueblo es demasiado; tan desesperado y tan empeñado en no reconocerlo. Empiezo a sentir náuseas. El sonido de la sangre al ser aspirada, los largos tubos de plástico pasando de los cuerpos a las máquinas, la gente siendo... *cosechada*. Allá donde mire hay sangre, al descubierto, donde se supone que no debería estar la sangre. Profunda y oscura, casi morada.

Me levanto para ir al baño, para echarme agua fría en la cara. Doy dos pasos y los oídos se me taponan, mi ángulo de visión se estrecha, noto los latidos de mi corazón, de mi sangre, y mientras caigo al suelo digo:

—Oh, lo siento.

Apenas recuerdo el trayecto de regreso a casa. Maureen me mete en la cama, dejando un vaso de zumo de manzana y un cuenco con sopa en la mesita de noche. Intentamos hablar con Nick. Go dice que no está en El Bar y no responde a su móvil.

Le gusta desaparecer.

—De pequeño también era así... siempre vagando por ahí —dice Maureen—. Lo peor que podías hacerle era castigarlo en su habitación. —Me coloca un paño mojado en la frente; su aliento tiene el aroma ácido de la aspirina—. Tú ocúpate de descansar, ¿de acuerdo? Seguiré llamando hasta haber traído a ese muchacho a casa.

Cuando llega Nick, estoy dormida. Me despierto al oírle dándose una ducha y miro la hora: 23.04. Al final debe de haberse pasado por El Bar. Le gusta darse una ducha después de cada turno para quitarse el olor a cerveza y palomitas saladas de la piel. (Dice él.)

Se mete en la cama, y cuando me vuelvo hacia él con los ojos abiertos, parece consternado al verme despierta.

—Hemos estado intentando localizarte durante horas —digo.

—Se me había acabado la batería del móvil. ¿Te has desmayado?

—¿No has dicho que se te había acabado la batería del móvil?

Se interrumpe y sé que está a punto de mentir. Es la peor sensación: cuando tienes que esperar y armarte de valor para la mentira. Nick es anticuado, necesita su libertad, no le gusta tener que explicarse. Es capaz de saber que tiene planes con los colegas desde hace una semana y aun así esperará hasta una hora antes de que empiece la partida de póquer para decirme, como quien no quiere la cosa: «Eh, he pensado salir esta noche a jugar al póquer con los chicos, si te parece bien», convirtiéndome en la mala de la película si resulta que he hecho otros planes. No quieres ser la esposa que prohíbe a su marido jugar al póquer; no quieres ser la arpía con rulos en el pelo y el rodillo en la mano. Así que te tragas la decepción y dices: Vale. No creo que lo haga para ser desagradable, simplemente lo educaron así. Su padre siempre iba a su bola, siempre, y su madre se lo toleraba. Hasta que se divorció de él.

Nick inicia su mentira. Ni siquiera escucho.

NICK DUNNE
Cinco días ausente

Me apoyé contra la puerta, observando a mi hermana. Todavía podía oler a Andie y deseé haber tenido un momento para mí solo al menos un segundo, pues ahora que se había marchado podía disfrutar de ella como concepto. Andie siempre sabía a dulce de mantequilla y olía a lavanda. Champú de lavanda, loción de lavanda. «La lavanda da suerte», me explicó un día. Yo la iba a necesitar.

—¿Cuántos años tiene? —estaba preguntando Go, con las manos en las caderas.

—¿Por ahí es por donde quieres empezar?

—¿Cuántos *años* tiene, Nick?

—Veintitrés.

—Veintitrés. Maravilloso.

—Go, no…

—Nick. ¿Es que no te das cuenta de lo *jodido* que estás? ¿Puedes ser más *tonto*?

Go era capaz de conseguir que una palabra infantil como «tonto» me golpeara con tanta fuerza como si volviese a tener diez años.

—No es una situación ideal —concedí, en voz baja.

—¡Una situación ideal! Estás… estás poniéndole *los cuernos* a Amy, Nick. O sea, ¿qué ha pasado contigo? Siempre fuiste un tío legal. ¿O es que yo he sido una idiota todo este tiempo?

—No.

Me quedé mirando al suelo, el mismo lugar al que miraba de niño cada vez que mi madre me hacía sentarme en el sofá para

223

reprocharme que no hubiera estado a la altura de cuales fueran las circunstancias.

—¿Ahora? Eres un *hombre que engaña a su esposa* y eso es algo que nunca podrás deshacer —dijo Go—. Dios, ni siquiera *papá* hizo eso. Eres tan… O sea, tu esposa ha desaparecido, Amy estará quién sabe dónde y tú mientras tanto aquí pasando el rato con una pequeña…

—Go, me hace gracia esta inversión de papeles en la que ahora eres una defensora de Amy. Vamos a ver, nunca te ha caído bien, ni siquiera al principio, y desde que sucedió esto es como…

—Como si sintiera simpatía por tu esposa desaparecida, sí, Nick, estoy preocupada. Claro que lo estoy. ¿Recuerdas cuando antes te he dicho que te estabas portando de manera rara? Pues es cierto. Lo que estás haciendo es una locura.

Go recorrió la habitación, mordisqueándose la uña del pulgar.

—La policía se enterará y entonces ya verás —dijo—. Estoy muy *acojonada*, Nick. Es la primera vez que estoy verdaderamente asustada por ti. No puedo creer que no lo hayan averiguado todavía. Deben de haber solicitado tus registros telefónicos.

—Utilicé un desechable.

Go hizo una pausa al oír aquello.

—Eso es incluso peor. Eso es… premeditación.

—Unos cuernos premeditados, Go. Sí, soy culpable de eso.

Go sucumbió por un instante, cayendo al sofá bajo el peso de la nueva realidad que se acababa de imponer sobre ella. A decir verdad, me alivió que Go lo supiera.

—¿Cuánto hace? —preguntó.

Me obligué a levantar los ojos del suelo y a mirarla a la cara:

—Poco más de un año.

—¿Más de un *año*? Y nunca me lo habías contado.

—Me daba miedo que me dijeras que lo dejase. Que pensaras mal de mí y tuviera que dejarlo. Y no quería dejarlo. Las cosas con Amy…

—Más de un año —dijo Go—. Y ni siquiera lo sospeché en ningún momento. Ocho mil conversaciones de borrachos y en ningún momento confiaste en mí lo suficiente como para decírmelo. No sabía que fueses capaz de algo así, de mantenerme al margen de esa manera tan total.

—Es la única cosa que te he ocultado.

Go se encogió de hombros: «¿Cómo voy a creerte ahora?».

—¿La quieres? —dijo, adoptando un tono ligeramente humorístico para demostrar lo improbable que era.

—Sí. Creo que sí la quiero. La quería. La quiero.

—Eres consciente de que si de verdad salieras con ella, la vieras regularmente, *vivieras* con ella, acabaría encontrándote algún defecto, ¿verdad? Que descubriría detalles tuyos que la volverían loca. Que te plantearía exigencias que no te gustarían. ¿Que se enfadaría contigo?

—No tengo diez años, Go. Sé cómo funcionan las relaciones.

Go volvió a encogerse de hombros: «¿En serio?».

—Necesitamos un abogado —dijo—. Un buen abogado con talento para las relaciones públicas, porque las cadenas, varios programas de televisión por cable, ya han comenzado a husmear. Tenemos que asegurarnos de que los medios no te conviertan en el malvado esposo donjuán, porque si eso sucede, creo que podemos despedirnos.

—Go, ¿no te parece que estás siendo un pelín demasiado drástica?

En realidad estaba de acuerdo con ella, pero no soportaba oír aquellas palabras pronunciadas en voz alta, en boca de Go. Tenía que desacreditarlas.

—Nick, la situación ha pasado a ser un pelín demasiado drástica. Voy a hacer algunas llamadas.

—Lo que tú quieras, si así te sientes mejor.

Go me clavó dos dedos en el esternón con dureza.

—Ni se te ocurra hacerte el puto interesante conmigo, *Lance*. «Oh, las chicas, siempre exagerando.» No me vengas con chorradas. Estás metido en un buen aprieto, amigo mío. Sácate la cabeza del culo y empieza a ayudarme a solucionar esto.

Sentí el golpe quemándome la piel por debajo de la camisa, mientras Go se alejaba de mí y, gracias a Dios, volvía a su cuarto.

225

Me senté en su sofá, entumecido. Después me tumbé al mismo tiempo que me prometía que me iba a levantar.

Soñé con Amy: iba arrastrándose a gatas por el suelo de nuestra cocina, intentando alcanzar la puerta trasera, pero la sangre la cegaba y se movía lentamente, demasiado lentamente. Su bella cabeza parecía extrañamente deformada, hundida por el costado derecho. La sangre le goteaba por un largo mechón de pelo y estaba gimiendo mi nombre.

Me desperté y supe que había llegado el momento de volver a casa. Necesitaba ver el lugar –la escena del crimen–, necesitaba afrontarlo.

Nadie había salido al calor. Nuestro vecindario estaba igual de vacío y solitario que el día de la desaparición de Amy. Entré por la puerta principal y me obligué a respirar. Era raro que una casa tan nueva pudiera percibirse encantada, y no a la manera romántica de una novela victoriana, sino simplemente echada a perder del modo más espantoso y desagradable. Una casa con historia, y eso que solo tenía tres años. Los técnicos del laboratorio la habían recorrido de arriba abajo; las superficies estaban manchadas, pegajosas y llenas de borrones. Me senté en el sofá y olía a persona en vez de a mueble, el aroma de un extraño con loción fuerte para después del afeitado. Abrí las ventanas, a pesar del calor, para que entrara algo de aire. Bleecker bajó trotando las escaleras y ronroneó mientras lo levantaba y lo acariciaba. Alguien, algún policía, le había llenado el comedero. Un bonito gesto, tras haber desmantelado mi casa. Dejé con cuidado al gato sobre el primer escalón, después subí al dormitorio, desabotonándome la camisa. Me eché de través sobre la cama y puse el rostro sobre la almohada, la misma funda de color azul marino que había estado viendo la mañana de nuestro aniversario, «La mañana de».

Sonó mi teléfono. Go. Descolgué.

—*Ellen Abbott* va a emitir un programa especial a mediodía. Sobre Amy. Sobre ti. No… no tiene buena pinta. ¿Quieres que me pase por allí?

—No, puedo verlo solo, gracias.

Los dos guardamos silencio. Esperando a que el otro se disculpara.

—Vale, ya hablaremos después —dijo Go.

En directo con Ellen Abbott era un programa de televisión por cable especializado en mujeres desaparecidas y asesinadas, y estaba presentado por la siempre furiosa Ellen Abbott, una antigua fiscal y defensora de los derechos de las víctimas. El programa comenzó con Ellen, perfectamente peinada y maquillada, mirando agresivamente a cámara.

—Hoy les vamos a hablar de un caso de escándalo: una joven hermosa, la inspiración tras *La Asombrosa Amy*, la célebre serie de libros. *Desaparecida*. Su casa *destrozada*. El marido es Lance Nicholas Dunne, un *escritor en paro*. Actualmente propietario de un *bar* que *compró* con el *dinero* de su mujer. ¿Quieren saber lo preocupado que está? Estas fotos fueron tomadas después de que su esposa, Amy Elliott Dunne, hubiera desaparecido el cinco de julio, el día de su *quinto aniversario*.

Corte a una foto mía durante la rueda de prensa: la sonrisa de cretino. Otra imagen mía, sonriente y saludando con la mano como la ganadora de un concurso de belleza mientras salía de mi coche (le estaba *devolviendo* el saludo a Marybeth; sonriente porque siempre sonrío cuando saludo).

A continuación apareció la foto tomada con móvil en la que salía junto a Shawna Kelly, la repostera de los Fritos. Los dos juntos, mejilla con mejilla, sonrisas profidén. Después, la Shawna real apareció en pantalla, bronceada, escultural y torva mientras Ellen se la presentaba a toda Norteamérica. Noté una erupción de alfilerazos de sudor por todo el cuerpo.

ELLEN: Bien, Lance Nicholas Dunne. ¿Puedes describirnos su comportamiento, Shawna? Le conociste mientras todo el pueblo

227

andaba buscando a su esposa desaparecida y Lance Nicholas Dunne se mostró... ¿cómo?

SHAWNA: Muy tranquilo, muy afable.

ELLEN: Perdona, perdona. ¿Se mostró *afable* y *tranquilo*? Su esposa ha *desaparecido*, Shawna. ¿Qué clase de hombre se muestra *afable* y *tranquilo*?

La grotesca foto apareció de nuevo en pantalla. De algún modo, parecíamos más alegres aún.

SHAWNA: Lo cierto es que incluso coqueteó un poco...

«Deberías haber sido más amable con ella, Nick. Deberías haberte comido el puto pastel.»

ELLEN: ¿*Coqueteó?* Mientras su esposa está Dios sabrá dónde, Lance Dunne se dedica a... Discúlpame, Shawna, pero esta foto es simplemente... no se me ocurre una palabra mejor que desagradable. Ese no es el aspecto de un *hombre inocente*...

El resto del reportaje consistió básicamente en Ellen Abbott, azuzadora profesional, obsesionada con mi falta de coartada:

—¿Por qué no tiene *Lance Nicholas Dunne* una coartada antes del *mediodía*? ¿Dónde estuvo aquella *mañana*? —dijo arrastrando las palabras con su acento de sheriff de Texas.

Su panel de expertos se mostró de acuerdo en que resultaba muy sospechoso.

Telefoneé a Go, que dijo:

—Bueno, has conseguido pasar casi una semana entera antes de que se te echaran encima.

Y maldijimos durante un rato. «Jodida Shawna puta loca asquerosa.»

—Hoy necesitas hacer algo realmente útil, muéstrate activo —recomendó Go—. Ahora la gente te estará observando.

—No podría quedarme sentado aunque quisiera.

Conduje hasta Saint Louis medio enfurecido, repitiendo el programa en mi cabeza, respondiendo a todas las preguntas de Ellen, haciéndola callar. «Hoy, Ellen Abbott, maldita hija de puta, he rastreado a uno de los acosadores de Amy. Desi Collings. Lo he localizado y he ido tras él para obtener la verdad.» Yo, el heroico marido. Si hubiera tenido una música grandilocuente, la hubiera puesto. Yo, el tipo majo de clase trabajadora, enfrentado al malcriado niño rico. Los medios tendrían que morder ese anzuelo: los acosadores obsesivos son más interesantes que un asesino vulgar y corriente. Los Elliott, al menos, lo apreciarían. Marqué el número de Marybeth, pero me saltó el contestador. Sigamos adelante.

Mientras recorría su barrio, tuve que cambiar la imagen que tenía de Desi de acomodado a extremada y asquerosamente rico. El tipo vivía en una mansión en Ladue que probablemente debía de costar cinco millones como poco. Ladrillos encalados, persianas barnizadas de negro, luz de gas y hiedra. Me había vestido para el encuentro con un traje decente y corbata, pero mientras llamaba al timbre me di cuenta de que, en aquel vecindario, daba más lástima con un traje de cuatrocientos dólares que si hubiera aparecido en vaqueros. Oí los pasos de unos zapatos de vestir recorriendo la casa desde la parte trasera hasta la entrada, después la puerta se abrió con un sonido de succión, como una nevera. Me golpeó una oleada de aire frío.

Desi tenía el aspecto que yo siempre había querido tener: el de un tipo muy atractivo y muy decente. Debía de ser algo en la mirada. O en la mandíbula. Tenía unos ojos profundos y almendrados —ojos de osito de peluche— y hoyuelos en ambas mejillas. Si alguien nos viese a los dos juntos, supondría inmediatamente que el bueno era él.

—Oh —dijo Desi, estudiando mi cara—. Usted es Nick. Nick Dunne. Dios mío, siento mucho lo de Amy. Entre, entre.

Me condujo hasta una severa sala de estar. La masculinidad vista a través de los ojos de un decora0dor: mucho cuero oscuro e incómodo. Desi me señaló una butaca de respaldo particularmente rígido; intenté ponerme cómodo, tal como me había dicho, pero descubrí que la única postura que permitía la butaca era la de un estudiante castigado: «Presta atención y siéntate con la espalda recta».

Desi no preguntó qué hacía en su sala de estar. Ni explicó por qué me había reconocido de inmediato. Aunque las segundas miradas y los cuchicheos habían comenzado a ser más habituales.

—¿Le apetece beber algo? —preguntó Desi, juntando ambas manos: los negocios son lo primero.

—Estoy bien.

Se sentó delante de mí. Iba vestido con impecables tonos azul marino y crema; incluso los cordones de sus zapatos parecían planchados. Encima lo llevaba todo con elegancia. No era el petimetre desdeñoso que había esperado. Desi parecía la definición misma de caballero: un tipo capaz de citar a un gran poeta, pedir un whisky raro y comprarle a una mujer la pieza adecuada de joyería clásica. Parecía, de hecho, un hombre capaz de saber de manera inherente lo que deseaban las mujeres. Frente a él, noté que mi traje se arrugaba, mis modales se entorpecían. Sentí el casi irreprimible impulso de ponerme a hablar de fútbol y tirarme un pedo. Aquella era la clase de individuo que siempre me desarmaba.

—Amy. ¿Alguna pista? —preguntó Desi.

Su cara me recordaba a alguien, a un actor, quizá.

—Ninguna buena.

—Fue secuestrada… en casa. ¿Es correcto?

—En nuestra casa, sí.

Entonces supe quién era: era el tipo que había aparecido solo durante el primer día de búsqueda, el tipo que no hacía más que mirar de reojo la foto de Amy.

—Estuvo en el centro para voluntarios, ¿verdad? El primer día.

—Lo estuve —dijo Desi, con sensatez—. Precisamente se lo iba a comentar. Me hubiera gustado tener la oportunidad de presentarme aquel día, de expresarle mis condolencias.

—Hizo un largo trayecto.

—Podría decirle lo mismo —sonrió él—. Mire, siento mucho aprecio por Amy. Tras oír lo que había sucedido, en fin, tenía que hacer algo. Simplemente… Sé que esto va a sonar terrible, Nick,

230

pero cuando lo vi en las noticias, lo primero que pensé fue: «Por supuesto».

—¿Por supuesto?

—Por supuesto que alguien querría… tenerla —dijo. Tenía una voz grave, perfecta para contar historias junto al fuego—. ¿Sabe? Siempre tuvo esa capacidad. La de hacer que la gente la deseara. Siempre. Ya conocerá esa vieja expresión: «Los hombres la desean, las mujeres desean ser como ella». En el caso de Amy, era cierto.

Desi cruzó sus largas manos por encima de sus elegantes pantalones. No conseguí decidir si se estaba quedando conmigo. Me dije a mí mismo que debía andar con pies de plomo. Es la regla en todas las entrevistas potencialmente controvertidas: no pases a la ofensiva hasta que no te quede más remedio, comprueba antes si el entrevistado tiene tendencia a ahorcarse solo.

—Tuvo una relación muy intensa con Amy, ¿verdad? —pregunté.

—No era solo su físico —dijo Desi. Se apoyó sobre una rodilla, la mirada distante—. He pensado mucho en esto, por supuesto. El primer amor. Ciertamente he pensado en ello. Es el ombliguista que llevo dentro. Demasiada filosofía. —Mostró una sonrisa irónica, asomaron los hoyuelos—. Verá, cuando Amy te aprecia, cuando está interesada en ti, su atención es cálida y reafirmante, completamente envolvente. Como un baño caliente.

Alcé las cejas.

—Déjeme acabar —dijo—. Uno se siente bien consigo mismo. Completamente a gusto, quizá por primera vez. Y entonces Amy ve tus defectos, se da cuenta de que no eres más que otra persona normal y corriente con la que debe tratar. Eres, en realidad, el Habilidoso Andy y, en la vida real, la Asombrosa Amy nunca acabaría con el Habilidoso Andy. Así que su interés se va apagando y dejas de sentirte bien, puedes volver a percibir el frío, como si estuvieras desnudo en el suelo del cuarto de baño, y lo único que quieres es volver a meterte en la bañera.

Conocía aquel sentimiento —llevaba tres años en el suelo del cuarto de baño— y sentí una oleada de disgusto por compartir aquella emoción con aquel individuo.

—Estoy seguro de que sabrá a lo que me refiero —dijo Desi, y me guiñó un ojo sonriendo.

«Qué hombre tan extraño —pensé—. ¿Quién compara a la esposa de otro hombre con una bañera en la que quiere meterse? ¿La esposa *desaparecida* de otro hombre?»

Detrás de Desi había una larga y encerada mesa de pared sobre la que reposaban varias fotos en marcos de plata. En el centro había una extragrande de Desi y Amy cuando iban al instituto, vestidos de blanco para jugar al tenis, los dos tan absurdamente elegantes, tan glamourosos, que podría haber sido un fotograma de una película de Hitchcock. Me imaginé a Desi, el Desi adolescente, colándose en el dormitorio de Amy en la residencia estudiantil, dejando caer sus ropas al suelo, echándose sobre las sábanas frías, tragando cápsulas recubiertas de plástico. Esperando a ser hallado. Era una forma de castigo, de rabia, pero no la misma que había acontecido en mi casa. Entendí por qué la policía no estaba demasiado interesada. Desi siguió mi mirada.

—Oh, bueno, no podrá culparme por eso. —Sonrió—. Quiero decir, ¿*usted* habría tirado una foto tan perfecta?

—¿De una chica a la que hace veinte años que no conozco? —dije antes de ser capaz de contenerme.

Me di cuenta de que mi tono había sonado más agresivo de lo que habría sido recomendable.

—Conozco a Amy —replicó bruscamente Desi. Hizo una pausa para respirar—. La conocía. La conocía muy bien. ¿No hay ninguna pista? Tengo que preguntarlo… Su padre, ¿está… allí?

—Por supuesto que sí.

—Imagino que no… ¿Estaba en Nueva York cuando sucedió?

—Estaba en Nueva York, sí. ¿Por qué?

Desi se encogió de hombros: «Por curiosidad, ningún motivo». Seguimos sentados en silencio durante medio minuto, jugando a ver quién se acobardaba y retiraba antes la mirada. Ninguno de los dos parpadeó.

—En realidad he venido aquí, Desi, para ver qué era lo que podía contarme.

Intenté volver a imaginarme a Desi montándoselo con Amy. ¿Tenía una casa junto al lago en algún lugar cercano? Era lo típico entre los de su clase. ¿Sería creíble, que aquel hombre refinado y sofisticado pudiera mantener escondida a Amy en algún sótano de niño bien? Amy caminando en círculo sobre la moqueta, durmiendo en un sofá polvoriento de color brillante y sesentero, amarillo limón o naranja coral. Deseé que Boney y Gilpin hubieran estado allí, hubieran presenciado el tono posesivo en la voz de Desi: «Conozco a Amy».

—¿Yo? —se rió Desi. *Se rió suntuosamente.* La frase perfecta para describir el sonido—. No puedo contarle nada. Como usted mismo ha dicho, no la conozco.

—Pero acaba de decir que sí.

—Ciertamente no la conozco como la conoce usted.

—La acosó en el instituto.

—¿Que la *acosé*? Nick. Era mi novia.

—Hasta que dejó de serlo —dije—. Y usted se negó a aceptarlo.

—Oh, probablemente me pasé algún tiempo suspirando por ella. Pero nada fuera de lo corriente.

—¿Considera el intentar matarse en su cuarto de la residencia estudiantil algo normal y corriente?

Desi sacudió la cabeza violentamente, entornó los ojos. Abrió la boca para decir algo, después bajó la mirada hacia las manos.

—No estoy seguro de a qué se refiere, Nick —dijo al fin.

—Me refiero a que usted anduvo acosando a mi esposa. En el instituto. Ahora.

—¿Ese es el *verdadero* motivo de su visita? —Se echó a reír de nuevo—. Por el amor de Dios. Pensaba que estaba reuniendo dinero para algún tipo de recompensa o algo parecido. Algo en lo cual estaría encantado de participar, por cierto. Como ya he dicho, nunca he dejado de desear lo mejor para Amy. ¿La amo? No. Ya ni siquiera la conozco, en realidad no. Intercambiamos alguna carta ocasional. Pero me resulta interesante que usted haya venido aquí. Está muy confundido. Porque debo decirle algo, Nick: en la tele… demonios, ni siquiera *aquí*, ahora, no transmite la imagen de marido afligido y preocupado. Parece… engreído. La policía, por cierto, ya ha hablado conmigo, gracias a usted, imagino. O a los padres de Amy. Qué raro que usted no lo supiera. Uno pensaría que tendrían informado al marido, si no sospecharan de él.

Noté que se me encogía el estómago.

—He venido porque quería ver personalmente su cara mientras habla de Amy —dije—. Tengo que decirle que me ha dejado preocupado. Se le ve… muy nostálgico.

—Uno de los dos tiene que estarlo —dijo Desi, una vez más con sensatez.

—¿Cariño? —De la parte trasera de la casa surgió una voz y otro par de caros zapatos repiqueteó en dirección al salón—. ¿Cómo se titulaba ese *libro*…?

La mujer era una visión desdibujada de Amy, Amy reflejada en un espejo cubierto de vaho; el mismo tono de piel, facciones extremadamente parecidas, pero un cuarto de siglo más viejas, la carne, los rasgos, todo ello un pelín dado de sí, como una tela cara. Seguía siendo hermosa, una mujer que había elegido envejecer con elegancia. Tenía forma de origami: los codos acabados en punta; las clavículas, una percha. Llevaba un vestido ajustado sin mangas de color azul oscuro y se recogía el pelo igual que Amy: mientras estuviera en una habitación, cualquiera volvería continuamente la cabeza hacia ella. Me mostró una sonrisa más bien depredadora.

—Hola, soy Jacqueline Collings.

—Madre, este es el marido de Amy, Nick —dijo Desi.

—Amy. —La mujer volvió a sonreír. Tenía una voz de pozo, grave y extrañamente resonante—. Por aquí hemos seguido el caso con mucho interés. Sí, con mucho interés. —Se volvió hacia su hijo con frialdad—. Nunca podemos dejar de pensar en la soberbia Amy Elliott, ¿verdad que no?

—Ahora Amy Dunne —dije.

—Por supuesto —se mostró de acuerdo Jacqueline—. Lamento mucho, Nick, lo que debe de estar sufriendo. —Me miró en silencio un momento—. Lo siento, reconozco que… No me había imaginado a Amy con un muchacho tan puramente *americano*. —Parecía no estar hablando ni para mí ni para Desi–. Por el amor de Dios, pero si tiene hasta hoyuelo en el mentón.

–He venido para ver si su hijo tenía alguna información –dije–. Sé que le ha escrito a mi esposa muchas cartas en los últimos años.

–¡Oh, las *cartas*! –Jacqueline sonrió airadamente–. Una forma muy interesante de perder el tiempo, ¿no le parece?

–¿Amy las compartió con usted? –preguntó Desi–. Me sorprende.

–No –dije, volviéndome hacia él–. Las tiraba a la basura sin abrir, siempre.

–¿Todas? ¿Siempre? ¿Está seguro de eso? –dijo Desi, todavía sonriendo.

–Una vez saqué una de la papelera para leerla. –Me volví nuevamente hacia Jacqueline–. Solo para ver qué estaba sucediendo exactamente.

–Bien hecho –dijo Jacqueline con un ronroneo–. Yo no habría esperado menos de mi marido.

–Amy y yo siempre nos escribíamos cartas –dijo Desi. Tenía la cadencia de su madre, una forma de enunciar que indicaba que te convenía escuchar todas sus palabras–. Era nuestra particularidad. Considero el e-mail tan… barato. Y nadie los conserva. Nadie conserva un e-mail porque es inherentemente impersonal. Y a mí me preocupa la posteridad en general. Todas las grandes cartas de amor, de Simone de Beauvoir a Sartre, de Samuel Clemens a su esposa, Olivia… No sé, siempre pienso en todo lo que se perderá…

–¿También guardas todas mis cartas? –preguntó Jacqueline.

Se había colocado frente a la chimenea y nos miraba desde arriba, extendiendo un largo y nervudo brazo sobre la repisa.

–Por supuesto.

Jacqueline se volvió hacia mí con un elegante encogimiento de hombros.

–Solo era curiosidad.

Me estremecí y estuve a punto de alargar los brazos hacia la chimenea en busca de calor cuando recordé que estábamos en julio.

—Me parece más bien extraño haber mantenido tal devoción durante tantos años —dije—. Después de todo, ella nunca respondió a sus cartas.

Aquello iluminó los ojos de Desi.

—Oh —fue lo único que dijo, el sonido de alguien que espía el estallido de un petardo por sorpresa.

—Me resulta extraño, Nick, que haya venido hasta aquí para preguntarle a Desi acerca de su relación, o falta de la misma, con su esposa —dijo Jacqueline Collings—. ¿No se lo cuentan todo Amy y usted? Puedo garantizarle que hace décadas que Desi no ha mantenido verdadero contacto con Amy. Décadas.

—Solo quería comprobarlo, Jacqueline. En ocasiones uno debe comprobar las cosas por sí mismo.

Jacqueline se encaminó hacia la puerta; se volvió hacia mí y me dirigió un seco movimiento de cabeza, informándome de que había llegado la hora de marcharse.

—Qué *intrépido* por su parte, Nick. Muy hágalo-usted-mismo. ¿También es de los que construyen su propio *porche*?

Se rió ante aquella palabra y me abrió la puerta. Miré el hueco de su cuello y me pregunté por qué no llevaba un collar de perlas. Las mujeres como aquella siempre llevan gruesos collares de perlas que hacen crujir y rechinar. Pero capté un olor, un aroma femenino, vaginal y extrañamente lascivo.

—Ha sido interesante conocerle, Nick —dijo—. Esperemos que Amy regrese a casa sana y salva. Hasta entonces, ¿la próxima vez que quiera ponerse en contacto con Desi? —Me puso una gruesa tarjeta de papel verjurado en las manos—. Llame a nuestro abogado, por favor.

AMY ELLIOTT DUNNE
17 de agosto de 2011

Sé que esto suena propio de adolescentes melancólicas, pero he estado haciendo un seguimiento de la actitud de Nick. Hacia mí. Solo para asegurarme de que no estoy loca. Tengo un calendario en el que dibujo corazones cada día que Nick parece estar nuevamente enamorado de mí y cuadrados negros cuando no. El año pasado transcurrió prácticamente entero entre cuadrados negros.

Pero ¿ahora? Nueve días de corazones. Seguidos. Quizá Nick solo necesitaba ser consciente de lo mucho que le amo y de lo infeliz que he sido. Quizás ha tenido un cambio de parecer.* Nunca había adorado tanto una expresión.

Test: Tras un año de frialdad, de repente tu marido parece volver a estar enamorado de ti. Tú:

a) Insistes una y otra vez en lo mucho que te ha herido para que pueda disculparse de nuevo.

b) Te sigues mostrando fría con él durante algún tiempo… ¡para que aprenda la lección!

c) No le presionas sobre su nueva actitud. Sabes que se confesará contigo cuando llegue el momento y mientras tanto le bañas en afecto para que se sienta seguro y amado, porque así es como funciona esto del matrimonio.

---

* En el original, *change of heart*, literalmente «cambio de corazón». *(N. del T.)*

d) Exiges saber qué fue lo que salió mal; le obligas a hablar y a hablar un poco más sobre ello para tranquilizar tus neurosis.

Respuesta: C

Estamos teniendo un agosto tan suntuoso que no habría podido soportar más cuadrados negros. Pero no: todo han sido corazones y Nick se está comportando como mi marido de siempre: dulce, cariñoso y bobalicón. Encarga chocolate por correo a mi tienda favorita de Nueva York y me lo entrega acompañado de un poema tontorrón. Una quintilla, de hecho:

> *Había en Manhattan una chica de bien*
> *que solo dormía en sábanas de satén.*
> *Su marido resbaló y chocaron*
> *y sus cuerpos se entrelazaron*
> *e hicieron algo indecente y rebién.*

Habría sido más divertido si nuestra vida sexual fuera tan despreocupada como sugiere la rima. Pero la semana pasada… ¿*follamos*? ¿*Lo hicimos*? Algo más romántico que *acostarse juntos* pero menos cursi que *hacer el amor*. Nick llegó a casa de trabajar y me besó de lleno en los labios y me tocó como si realmente estuviera allí. Casi me eché a llorar; así de sola me había sentido. Ser besada en los labios por tu marido es lo más decadente que se pueda imaginar.

¿Qué más? Me lleva a nadar al mismo estanque al que lleva yendo él desde que era niño. Puedo imaginarme al pequeño Nick agitando los brazos como un maníaco, con el rostro y los hombros quemados por el sol porque (igual que ahora) se niega a ponerse crema protectora, obligando a Mamá Mo a perseguirlo para untarle con loción en caso de que consiga atraparlo.

Me está haciendo una excursión guiada por todos los lugares de su adolescencia, como llevaba pidiéndole desde hacía siglos. Me lleva paseando hasta la orilla del río y me besa mientras el viento me agita el cabello («Las dos cosas que más me gusta ver en el mundo», me susurra al oído). Me besa en un pintoresco parque infantil en forma de fortín que en otro tiempo consideró la sede de su club privado («Siempre quise traer aquí a una chica, a la chica perfecta, y mírame ahora», me susurra al oído). Dos días antes de que el centro comercial cierre definitivamente, montamos en los conejos del carrusel, uno al lado del otro, y nuestras risas levantan eco entre los pasillos vacíos.

Una mañana me lleva a tomar un batido en su heladería favorita, tenemos el local para nosotros solos y el aire tiene un dulzor pegajoso. Nick me besa y me cuenta que tartamudeó y sufrió incontables citas en aquel lugar y que desearía haber podido contarle a su yo del instituto que algún día regresaría allí con la chica de sus sueños. Comemos helado hasta que no podemos más y tenemos que volver a casa y meternos bajo las sábanas. Su mano sobre mi vientre, una siesta accidental.

La neurótica que hay en mí, por supuesto, se pregunta: ¿dónde está el truco? El cambio de actitud de Nick ha sido tan repentino y monumental que parece como… parece como si quisiera algo a cambio. O como si ya hubiera hecho algo y estuviera siendo encantador de manera preventiva para cuando me entere. Me preocupo. La semana pasada lo sorprendí curioseando en mi grueso archivador marcado con las palabras ¡LOS DUNNE! (escritas con mi mejor letra cursiva, en días más felices). Es donde guardo todo el extraño papeleo que va sumando nuestro matrimonio, una vida combinada. Me preocupa que vaya a pedirme una segunda hipoteca sobre El Bar o que solicitemos un préstamo usando nuestro seguro de vida como aval o que vendamos unas acciones que no deberían ser tocadas en treinta años. Dijo que solo quería asegurarse de que todo estaba en orden, pero lo dijo de sopetón. Se me partiría el corazón, de verdad que lo haría, si entre cucharada y cucharada de helado de chicle Nick se volviera hacia mí y dijera: «Sabes, lo interesante de una segunda hipoteca es que…».

Tenía que escribirlo, tenía que sacármelo de dentro. Y solo con verlo, sé que suena a locura. Neurótica, insegura y suspicaz.

No dejaré que lo peor de mí misma arruine mi matrimonio. Mi marido me ama. Me ama y ha vuelto a mí y por eso me está tratando así de bien. Esa es la única razón.

Así de fácil: «Aquí está mi vida. Por fin ha regresado».

NICK DUNNE
Cinco días ausente

Permanecí sentado en el creciente calor de mi coche frente a la casa de Desi, con las ventanillas bajadas, revisando el móvil. Tenía un mensaje de Gilpin: «Hola, Nick. Necesitamos vernos, ponernos al día con un par de cosas, hacerle un par de preguntas. Reúnase con nosotros a las cuatro en su casa, ¿de acuerdo? Uh… gracias».

Era la primera vez que me daban una orden. Nada de «podríamos», «nos encantaría», «si no le importa», sino «necesitamos». «Reúnase.»

Eché un vistazo a mi reloj. Las tres. Mejor no llegar tarde.

Faltaban tres días para la exhibición aérea de verano —un desfile de aviones de hélice y a reacción que efectuaban rizos río arriba y río abajo, zumbando sobre los vapores llenos de turistas, haciendo que les castañetearan los dientes— y Gilpin y Rhonda llegaron en pleno apogeo de los vuelos de prácticas. Era la primera vez que volvíamos a estar los tres juntos en mi salón desde «El día de».

Mi casa se hallaba justo debajo de una de las rutas de vuelo; el ruido quedaba a medio camino entre martillo neumático y avalancha. Mis queridos policías y yo intentamos intercalar una conversación en las pausas entre estallidos sónicos. Rhonda parecía más aviar que de costumbre, adelantando una pierna, después la otra, moviendo la cabeza en todas las direcciones del salón al tiempo que posaba la mirada sobre diferentes objetos, desde distintos ángulos, como una urraca que busca forrar su nido. Gilpin acechaba cerca de ella, mordisqueándose el labio, zapateando. Incluso la estancia parecía inquieta: el sol de la tarde iluminó un atómico revoloteo de motas de polvo. Un avión a reacción pasó zumbando por encima. El ruido fue espantoso, como si se agrietara el cielo.

—Bueno, tenemos que repasar un par de cosas —dijo Rhonda cuando volvió el silencio. Gilpin y ella se sentaron como si ambos hubieran decidido de repente quedarse un rato—. Aclarar un par de cuestiones, contarle un par de novedades. Todo muy rutinario. Y como siempre, si quiere un abogado…

Pero yo ya sabía, gracias a mis series de televisión y mis películas, que solo los culpables pedían un abogado. Los esposos afligidos y preocupados no lo hacían.

—No, gracias —dije—. De hecho, tengo cierta información que compartir con ustedes. Sobre el antiguo acosador de Amy, el tipo con el que salía en el instituto.

—Desi… uh, Collins —empezó Gilpin.

—Collings. Sé que ya han hablado con él, sé que por algún motivo no les interesa demasiado, de modo que hoy precisamente he ido a visitarle. Para asegurarme de que todo fuese… normal. Y no creo que lo sea. Me parece que es alguien a quien deberían investigar. Pero investigar a fondo. Quiero decir, primero se muda a Saint Louis…

—Llevaba ya tres años viviendo en Saint Louis cuando ustedes regresaron aquí —dijo Gilpin.

—De acuerdo, pero está en Saint Louis. A una distancia cómoda en coche. Amy compró una pistola porque temía que…

—Desi está libre de sospecha, Nick. Es un tipo majo —dijo Rhonda—. ¿No le parece? Lo cierto es que me recuerda a usted. Un muchacho brillante, el pequeño de la familia.

—Soy mellizo. No el pequeño. En realidad soy tres minutos mayor.

Era evidente que Rhonda estaba intentando pincharme, ver si podía alterarme, pero incluso saberlo no bastaba para contener la oleada de rabia que me atenazaba el estómago cada vez que me acusaba de ser un niñato.

—En cualquier caso —interrumpió Gilpin—, tanto él como su madre niegan las acusaciones de acoso e incluso haber mantenido mucho contacto con Amy en estos últimos años, salvo por alguna que otra nota ocasional.

—Mi esposa podría contarles otra cosa. Desi se ha pasado años, *años*, escribiéndole cartas. Y luego va y aparece *aquí* el día de la batida, Rhonda. ¿Sabían eso? Estuvo aquí el primer día. Usted me dijo que estuviera ojo avizor, por si alguien pretendía inmiscuirse en la investigación…

—Desi Collings no es un sospechoso —interrumpió Boney, alzando una mano.

—Pero…

—Desi Collings no es un sospechoso —repitió.

La noticia escoció. Quise acusarla de haberse dejado influir por *Ellen Abbott*, pero *Ellen Abbott* era algo que probablemente más me valía no mencionar.

—De acuerdo, bueno, ¿qué pasa con todos esos…. todos esos *tipos* que han estado monopolizando la línea de ayuda? —Me acerqué y agarré la lista de nombres y números que había tirado descuidadamente sobre la mesa del comedor. Empecé a leer nombres—. Veamos quién más ha metido baza: David Samson, Murphy Clark, ambos antiguos novios de Amy; Tommy O'Hara, Tommy O'Hara, Tommy O'Hara, eso son tres llamadas; Tito Puente, esa es solo una broma estúpida.

—¿Le ha devuelto la llamada a alguno de ellos? —preguntó Boney.

—No. ¿No es ese su trabajo? No sé a cuáles merecería la pena investigar y cuáles son simplemente tarados. No tengo tiempo para llamar a un imbécil que pretende ser Tito Puente.

—Yo no pondría demasiado énfasis en la línea de ayuda, Nick —dijo Rhonda—. Es una especie de encaje de bolillos. Por ejemplo, hemos cribado un montón de llamadas de antiguas *novias* de usted. Solo querían saludar. Ver qué tal estaba. La gente es así de rara.

—Quizá deberíamos empezar con nuestras preguntas —espoleó Gilpin.

–Cierto. Bueno, supongo que lo mejor será comenzar por dónde se encontraba usted la mañana que desapareció su esposa –dijo Boney, con repentina deferencia, como disculpándose.

Estaba interpretando al poli bueno y ambos sabíamos que estaba interpretando al poli bueno. A menos que de verdad estuviera de mi parte. Parece posible que alguna vez un poli pueda simplemente estar de tu parte. ¿No?

–Cuando estuve *en la playa*.

–¿Y aún no ha conseguido acordarse de nadie que pudiera haberle visto allí? –preguntó Boney–. Nos ayudaría mucho si pudiéramos simplemente tachar este detallito de nuestra lista.

Dejó que se impusiera un silencio de simpatía. Rhonda no era solo capaz de mantenerse callada, sino que además era capaz de impregnar la estancia con un humor de su elección, como un pulpo con su tinta.

–Créanme, eso me gustaría tanto como a ustedes. Pero no. No recuerdo a nadie.

Boney mostró una sonrisa de preocupación.

–Es extraño, les hemos mencionado a un par de personas, simplemente de pasada, que estuvo usted en la playa, y todas han coincidido en decir… Dejémoslo en que les sorprendió. Dicen que no parece propio de usted. No es un habitual de la playa.

Me encogí de hombros.

–Vamos a ver, ¿soy uno de esos tipos que se pasan el día tirados al sol? No. Pero ¿para ir a tomarme un café por la mañana? Claro.

–Eh, eso podría sernos de ayuda –dijo Boney animadamente–. ¿Dónde compró el café aquella mañana? –Se volvió hacia Gilpin como si buscara su aprobación–. Eso podría al menos ayudarnos a acotar aún más la franja temporal, ¿verdad?

–Lo preparé aquí –dije.

–Oh. –Boney arrugó el entrecejo–. Es raro, porque en la cocina no hay café. No hay café en toda la casa. Recuerdo haber pensado que me parecía raro. Una adicta a la cafeína se fija en ese tipo de cosas.

«Claro, simplemente es algo en lo que se fijó por casualidad –pensé yo–. Conozco a una policía llamada Bony Moronie… Sus tretas son tan evidentes que está claro que va a por mí…»

–Tenía en la nevera una taza que me había sobrado y lo recalenté.

Me volví a encoger de hombros: «Un detalle sin importancia».

–Ajá. Debía de llevar ahí una buena temporada. Me percaté de que no había paquetes vacíos de café en la basura.

–Un par de días. Sigue estando bueno.

Ambos nos sonreímos mutuamente: «Te tengo calada y me tienes calado. Que siga el juego». Realmente pensé aquellas palabras tan idiotas: «Que siga el juego». Y sin embargo, en cierto modo, me complacía: estaba dando comienzo la siguiente fase.

Boney se volvió hacia Gilpin con las manos sobre las rodillas y asintió ligeramente. Gilpin siguió masticándose el labio un poco más y después, al fin, señaló la otomana, la mesa de pared, la sala de estar nuevamente ordenada.

–Verá, nuestro problema es el siguiente, Nick –empezó–. Hemos visto docenas de allanamientos…

–Docenas y docenas y docenas –interrumpió Boney.

–Muchos allanamientos. Esto, toda esta zona de aquí, del salón, ¿lo recuerda? La otomana volcada, la mesa tirada, el jarrón en el suelo –plantó una foto de la escena delante de mí–, toda esta zona parecía supuestamente el escenario de una pelea, ¿verdad?

Mi cabeza se expandió y volvió a contraerse bruscamente. «Mantén la calma.»

–¿Supuestamente?

–No tenía el aspecto habitual de una escena del crimen –prosiguió Gilpin–. Nos dimos cuenta desde el primer momento. Para serle sincero, parecía premeditada. En primer lugar, está el hecho de que todo el desorden estuviera tan concentrado. ¿Por qué no había nada fuera de su lugar en *ninguna* otra parte al margen del salón? Es raro. –Me mostró otra foto, un primer plano–. Y mire aquí: esta pila de libros. Deberían estar delante de la mesa, porque los tenían amontonados sobre la mesa, ¿verdad?

Asentí.

—De modo que cuando la mesa fue derribada, deberían haberse desparramado principalmente por delante de la misma, siguiendo la trayectoria de la caída. Sin embargo, están a un lado, como si alguien los hubiera tirado *antes* de derribar la mesa.

Observé la foto sin decir nada.

—Y mire esto. Esto me resulta particularmente curioso —continuó Gilpin, señalando tres finos y antiguos marcos que había sobre la repisa. Dio un par de fuertes pisotones y los tres se volcaron al unísono—. Sin embargo, de algún modo, consiguieron mantenerse firmes mientras sucedía todo lo demás.

Me mostró una foto de los marcos bien derechos. Había seguido manteniendo la esperanza —incluso después de que me pillaran en el desliz de la reserva para cenar en Houston's— de que Boney y Gilpin fueran unos policías simplones, policías como los de las películas, palurdos de pueblo deseosos de complacer y predispuestos a fiarse del sospechoso local: «Lo que usted diga, amigo». No me habían tocado policías simplones.

—No sé qué quiere que le diga —murmuré—. Esto es completamente… Sencillamente, no sé qué pensar sobre esto. Solo quiero encontrar a mi mujer.

—Igual que nosotros, Nick, igual que nosotros —dijo Rhonda—. Pero hay otro detalle. La otomana, ¿recuerda que estaba volcada por completo? —Palmeó la rechoncha otomana, señalando sus cuatro patucas, cada una de ellas de apenas dos centímetros de altura—. Verá, este artilugio carga todo su peso en la parte inferior debido a lo pequeñas que tiene las patas. El cojín prácticamente da contra el suelo. Intente volcarlo de un empujón.

Dudé.

—Adelante, inténtelo —apremió Boney.

Le di un empujón, pero la otomana se deslizó sobre la moqueta en vez de volcarse. Asentí. Me mostré de acuerdo. Todo el peso se acumulaba en la parte inferior.

—En serio, agáchese si es necesario e intente derrumbar ese armatoste —ordenó Boney.

Me arrodillé y empujé desde ángulos cada vez más bajos, hasta que finalmente pasé una mano por debajo de la otomana y di un tirón hacia arriba. Incluso entonces cayó sobre un costado, se quedó oscilando un momento y volvió a recuperar la postura inicial; finalmente tuve que cogerla con ambas manos y volcarla manualmente.

—Extraño, ¿eh? —dijo Boney. No parecía nada sorprendida.

—Nick, ¿hizo limpieza en casa el día que desapareció su esposa? —preguntó Gilpin.

—No.

—De acuerdo, porque los técnicos hicieron una prueba con Luminol y siento tener que decirle que el suelo de la cocina se iluminó. Alguien había derramado una buena cantidad de sangre en él.

—Del tipo de Amy, B positivo —interrumpió Boney—. Y no estoy hablando de un cortecito, estoy hablando de *sangre*.

—Oh, Dios mío. —Un coágulo de calor apareció en mitad de mi pecho—. Pero…

—Sí, su esposa consiguió salir de este cuarto —dijo Gilpin—. Escapó sin perturbar ninguna de esas baratijas que tienen sobre la mesa, justo al lado de la puerta, y después, en teoría, se desplomó sobre el suelo de la cocina, donde perdió un montón de sangre.

—Sangre que alguien limpió después cuidadosamente —dijo Rhonda, observándome.

—Esperen. Esperen. ¿Por qué se molestaría alguien en limpiar la sangre para luego desbaratar el salón?

—Ya lo averiguaremos, no se preocupe, Nick —dijo Rhonda en voz baja.

—No lo entiendo. Simplemente no…

—Sentémonos —dijo Boney, guiándome hacia una de las sillas del comedor—. ¿Ha comido algo? ¿Le apetece un sándwich, alguna otra cosa?

Negué con la cabeza. Boney adoptaba distintos personajes femeninos por turnos: mujer enérgica, cuidadora maternal, a ver cuál le proporcionaba mejores resultados.

—¿Qué tal va su matrimonio, Nick? —preguntó Rhonda—. Quiero decir, cinco años… no falta mucho para la típica crisis de los siete.

—El matrimonio iba bien —repetí—. Va bien. No es perfecto, pero bien. Bien.

Boney arrugó la nariz. «Estás mintiendo.»

—¿Creen que podría haberse fugado? —pregunté, excesivamente esperanzado—. ¿Que podría haber simulado una escena del crimen y haberse fugado? ¿Como esas esposas que simplemente se marchan?

Boney empezó a enumerar razones por las que no:

—No ha utilizado su móvil, no ha usado las tarjetas de crédito ni las de débito. No hizo retiradas de dinero notables en las semanas previas.

—Y luego está la sangre —añadió Gilpin—. Quiero decir, una vez más, no quiero sonar insensible, pero ¿la cantidad de sangre derramada? Habría requerido de… Digamos que yo mismo no habría sido capaz de hacérmelo. Estamos hablando de heridas profundas. ¿Su esposa tiene nervios de acero?

—Sí. Sí los tiene.

También le tenía una profunda fobia a la sangre, pero prefería esperar a que los brillantes detectives averiguasen aquello por su cuenta.

—Parece extremadamente improbable —dijo Gilpin—. Si fuera a provocarse heridas de semejante gravedad, ¿para qué molestarse luego en fregar?

—Así que, vamos, seamos sinceros, Nick —dijo Boney, inclinándose sobre las rodillas para poder establecer contacto visual conmigo, que tenía la mirada clavada en el suelo—. ¿Cómo iban las cosas en su matrimonio de un tiempo a esta parte? Estamos de su lado, pero queremos la verdad. Lo único que le hace quedar mal es ocultarnos información.

—Teníamos nuestros baches.

Vi a Amy en el dormitorio aquella última noche, el rostro moteado como una colmena con las manchas rojas que le salían cuando se enfurecía. Escupiendo las palabras (palabras malintencionadas, desquiciadas) y yo limitándome a escuchar, intentando aceptarlas porque eran ciertas, técnicamente eran ciertas en todo lo que dijo.

—Descríbanos los baches —dijo Boney.

—Nada específico, solo desacuerdos. Quiero decir, que Amy es muy dada a los prontos. Se va guardando cantidad de cosas que le molestan y después... ¡bam! Pero luego se le pasa. Nunca nos íbamos a la cama enfadados.

—¿Ni siquiera el miércoles por la noche? —preguntó Boney.

—Nunca —mentí.

—¿Es el dinero el motivo más frecuente de sus discusiones?

—Así, a bote pronto, ni siquiera me acuerdo de por qué discutíamos. Simplemente cosas.

—¿Sobre qué cosas discutieron la noche de su desaparición? —dijo Gilpin con una sonrisa ladeada, como si hubiera pronunciado el más increíble «Te pillamos».

—Como ya les dije, estuvo lo de la langosta.

—¿Qué más? Estoy seguro de que no se pasaron una hora gritándose por una langosta.

En aquel momento, Bleecker bajó torpemente las escaleras hasta la mitad y curioseó a través de la barandilla.

—También otras cosas del hogar. Cosas de casados. La caja del gato —dije—. Quién debía limpiar la caja del gato.

—Se pusieron a discutir a gritos por la caja del gato —dijo Boney.

—Ya sabe, por el principio de la cuestión. Trabajo muchas horas y Amy no, y a mí me parece que para ella sería bueno encargarse de algunas cosas muy elementales de la casa. Lo básico para tenerla al día.

Gilpin dio un brinco como un inválido al que despiertan en mitad de la siesta.

—Está usted chapado a la antigua, ¿verdad? Yo también soy así. Se lo digo continuamente a mi mujer: «No sé planchar, no sé fregar los platos. No sé cocinar. Así que, cielo, déjame que cace a los malos, eso sí sé hacerlo, y tú pon una lavadora de vez en cuando». Rhonda, tú estuviste casada, ¿te encargabas de las tareas del hogar?

Rhonda pareció genuinamente molesta.

—Yo también cazo a los malos, idiota.

Gilpin me miró y puso los ojos en blanco; fue tan poco sutil que casi esperé que hiciera un chiste («Parece que *alguien* tiene la regla»).

Gilpin se frotó la vulpina mandíbula.

—Así que solo quería una esposa que se encargara de la casa —me dijo, haciendo que tal afirmación sonara razonable.

—Quería… quería lo que Amy quisiera. De verdad que no me importaba —dije apelando a Boney, la inspectora Rhonda Boney, con su aire de afabilidad que parecía auténtico al menos en parte. («No lo es», me obligué a recordar)—. Amy no conseguía decidir qué hacer con su vida aquí. No encontró trabajo y tampoco tenía ningún interés en El Bar. Lo cual me parece muy bien. «Si te quieres quedar en casa, me parece bien», le dije. Pero si se quedaba en casa, también era infeliz. Y esperaba que fuese yo quien arreglara la situación. Era como si tuviera que estar yo al cargo de su felicidad.

Boney no dijo nada, mostrándome un rostro tan carente de expresión como el agua.

—Y, vamos a ver, resulta divertido ser el héroe durante una temporada, ser el príncipe azul, pero es imposible seguir así durante mucho tiempo. No podía *obligarla* a ser feliz. Ella no quería serlo. Así que pensé que si empezaba a tomar las riendas de algunos pequeños detalles prácticos…

—Como la caja del gato —dijo Boney.

—Sí, limpiar la caja del gato, ir al mercado, llamar al fontanero para que viniese a arreglar ese goteo que la exasperaba.

—Guau, en lo que a obtener la felicidad respecta, suena como un plan a prueba de bombas. Muchas risas.

—A lo que iba era a *haz algo*. Sea lo que sea, pero haz algo. Aprovecha en la medida de lo posible la situación. No te quedes sentada esperando a que lo solucione todo por ti.

Me di cuenta de que estaba hablando en un tono de voz elevado; casi sonaba enfadado, ciertamente molesto, pero experimenté un gran alivio. Había empezado con una mentira, la caja del gato, y la había convertido en una sorprendente explosión de pura verdad. Entendí entonces por qué los criminales hablan tanto, porque realmente sienta bien contarle tu historia a un desconocido, alguien que no se lo va a tomar como si fueran chorradas, alguien obligado a escuchar tu versión de los hechos. (Alguien que *finge* escuchar tu versión de los hechos, me corregí.)

—Entonces, ¿la mudanza a Missouri? —dijo Boney—. ¿Trajo aquí a Amy en contra de sus deseos?

—¿*En contra de sus deseos?* No. Hicimos lo que teníamos que hacer. Me había quedado sin trabajo, Amy se había quedado sin trabajo, mi madre estaba enferma. Habría hecho lo mismo por Amy.

—Es fácil *decirlo* —musitó Boney, y de repente me recordó exactamente a Amy: las réplicas condenatorias por lo bajo, pronunciadas en el tono de voz preciso para convencerme de que las había oído pero no tanto como para jurarlo.

Y si preguntaba lo que se suponía que debía preguntar («¿Qué has dicho?»), ella siempre decía lo mismo: «Nada». Clavé una mirada en Boney, apretando los labios, y pensé: «A lo mejor esto es parte del plan, ver cómo te comportas con mujeres enfadadas e insatisfechas». Intenté obligarme a sonreír, pero aquello solo pareció repelerle más.

—¿Y podían permitírselo, que Amy dejase de trabajar? Económicamente hablando? —preguntó Gilpin.

—Últimamente hemos tenido algunos problemas de dinero —dije—. Cuando nos casamos, Amy era rica, extremadamente rica.

—Ya —dijo Boney—. Los libros esos de *La Asombrosa Amy*.

—Sí, dieron mucho dinero en los ochenta y los noventa. Pero el editor dejó de publicarlos. Dijo que *Amy* había agotado su recorrido. Y todo se torció. Los padres de Amy tuvieron que pedirnos dinero prestado para evitar la ruina.

—¿Pedírselo a su esposa, quiere decir?

—Vale, de acuerdo. Y después utilizamos la mayor parte de lo que quedaba del fondo fiduciario de Amy para comprar el bar, desde entonces vivimos de mi sueldo.

—Así que, cuando se casó con Amy, ella era muy rica —dijo Gilpin.

Asentí. Estaba pensando en una narración heroica: una en la que el marido se mantiene firme junto a su mujer a través del horrible declive de su familia.

—O sea, que tenían un buen estilo de vida.

—Sí, estupendo, era genial.

—Y ahora que Amy está casi arruinada, se encuentra usted afrontando un estilo de vida muy distinto a aquel al que accedió por matrimonio. Aquel al que se apuntó.

Me di cuenta de que mi narración iba por el lado completamente equivocado.

—Porque, verá, hemos estado repasando sus finanzas, Nick, y… vaya, no pintan demasiado bien —empezó Gilpin, convirtiendo la acusación prácticamente en una muestra de preocupación.

—El Bar se defiende —dije—. Normalmente hacen falta tres o cuatro años para sacar un nuevo negocio de la zona de peligro.

—Son las tarjetas de crédito las que me han llamado la atención —dijo Boney—. Doscientos doce mil dólares en deudas acumuladas. Debo decirle que me quitó el hipo.

Me mostró un fajo de extractos bancarios marcados en rojo.

En lo que respectaba a las tarjetas de crédito, mis padres eran estrictos hasta el punto del fanatismo. Solo las utilizaban para casos muy concretos y siempre lo pagaban todo a final de mes. «No compramos lo que no podemos pagar.» Era el lema de la familia Dunne.

—Nosotros no… Yo no, al menos, pero no creo que Amy tuviera… ¿Puedo ver eso? —tartamudeé mientras un bombardero que volaba bajo hizo temblar los cristales de las ventanas.

Sobre la repisa, una planta perdió cinco bonitas hojas moradas. Obligados a mantener silencio durante diez desasosegantes segundos, los tres contemplamos cómo las hojas caían aleteando al suelo.

—Y sin embargo, se supone que debemos creer que una gran pelea tuvo lugar aquí sin que se desprendiera un solo pétalo —murmuró Gilpin, asqueado.

Tomé los papeles de mano de Boney y vi mi nombre, solo mi nombre, varias versiones del mismo (Nick Dunne, Lance Dunne,

Lance N. Dunne, Lance Nicholas Dunne) en una docena de tarjetas distintas, balances que iban desde los 62,78 hasta los 45.602,33 dólares, todos ellos en diferentes estados de impago, todos los encabezados atravesados por tersas amenazas impresas con tipografía ominosa: PAGUE AHORA.

—¡Joder! Pero esto es... ¡suplantación de personalidad o algo así! —dije—. No son mías. O sea, fíjense en esto: ni siquiera juego al golf. —Alguien había pagado más de siete mil dólares por un juego de palos—. Cualquiera podrá decírselo: el golf no es lo mío.

Intenté que el comentario sonara burlón («otra cosa que se me da fatal»), pero los inspectores no estaban dispuestos a morder el anzuelo.

—¿Conoce a Noelle Hawthorne? —preguntó Boney—. ¿La amiga de Amy a la que nos dijo que investigáramos?

—Espere, antes quiero hablar de las facturas, porque no son mías —dije—. En serio, por favor, tenemos que llegar hasta el fondo de este asunto.

—Lo haremos, no se preocupe —dijo Boney, inexpresiva—. ¿Noelle Hawthorne?

—Ya. Les dije que la investigaran porque anda recorriendo toda la ciudad lamentándose por Amy.

Boney arqueó una ceja.

—Parece molesto por ello.

—No, como ya les dije, lo que me parece es exageradamente afligida, en plan falso. Ostentoso. Buscando llamar la atención. Un poco obsesionada.

—Hemos hablado con Noelle —dijo Boney—. Dice que Amy estaba extremadamente preocupada por su matrimonio e inquieta por sus problemas financieros, que le daba miedo que se hubiera casado usted con ella por el dinero. Dice que a su esposa le preocupaba su temperamento.

—No sé por qué iba a decir Noelle cosas semejantes; no creo que ella y Amy hayan intercambiado más de cinco palabras en total.

—Es curioso, porque el salón de los Hawthorne está lleno de fotos de Noelle con su esposa.

Boney frunció el ceño. Yo también: ¿fotos reales de Noelle con Amy? Boney continuó:

—En el zoológico de Saint Louis el pasado octubre, en un picnic con los trillizos, en una excursión en barco un fin de semana de este último junio. Es decir, *el mes pasado*.

—Amy jamás ha pronunciado ni una sola vez el nombre de Noelle en todo el tiempo que llevamos viviendo aquí. Lo digo en serio.

Rastreé en mi cerebro el pasado mes de junio y recordé un fin de semana que pasé con Andie, tras haberle dicho a Amy que me marchaba de excursión con los colegas a Saint Louis. Cuando regresé a casa la encontré sonrosada y enfurruñada, tras haber pasado, según ella, un fin de semana dedicada a la mala televisión por cable y a lecturas aburridas en el muelle. ¿Y resulta que había estado en una excursión en barco? No. No se me ocurría nada que a Amy le hubiera podido interesar menos que la típica excursión del Medio Oeste en barco: cervezas oscilando en neveras portátiles atadas a canoas, música atronadora, universitarios borrachos, zonas de acampada sembradas de vómitos.

—¿Están seguros de que es mi esposa la que sale en esas fotos?

Ambos inspectores se miraron el uno al otro con expresión de «¿Habla en serio?».

—Nick —dijo Boney—. No tenemos ningún motivo para creer que la mujer idéntica a su esposa que aparece en las fotos en las que Noelle Hawthorne, madre de trillizos, la mejor amiga de Amy aquí en el pueblo, dice estar con su esposa, no sea su esposa.

—Su esposa, debería añadir, con la cual, según Noelle, se casó usted por dinero —dijo Gilpin.

—No estoy bromeando —dije yo—. Hoy día cualquiera puede manipular fotos en un portátil.

—Vale, hace apenas un minuto estaba usted convencido de que Desi Collings estaba implicado. Ahora el problema es Noelle Hawthorne —dijo Gilpin—. Se diría que estuviera buscando a alguien a quien culpar.

—¿Alguien que no sea yo, quiere decir? Por supuesto. Mire, no me casé con Amy por su dinero. Deberían hablar más a fondo con los padres de Amy. Ellos me conocen, conocen mi carácter.

«En realidad no lo saben todo», pensé, al tiempo que se me encogía el estómago. Boney me estaba escrutando; parecía lamentarlo por mí. Gilpin ni siquiera parecía estar prestando atención.

—Amplió usted la cobertura del seguro de vida de su esposa a uno coma dos millones —dijo Gilpin con falso hartazgo. Incluso se pasó una mano por encima del fino y alargado rostro.

—¡Eso fue cosa de Amy! —dije rápidamente. Ambos policías se limitaron a mirarme, esperando—. Es decir, fui yo quien rellenó los papeles, pero fue idea de Amy. Insistió en ello. Lo juro, a mí no podría haberme preocupado menos, pero Amy dijo... Dijo que, teniendo en cuenta su falta de ingresos, le hacía sentirse más segura o algo así. O que era una buena decisión empresarial. Joder, yo qué sé, no sé por qué insistió tanto. Yo no le pedí que lo hiciera.

—Hace dos meses, alguien hizo una búsqueda en su portátil —continuó Boney—. «Cuerpo flotando río Mississippi.» ¿Puede explicarnos eso?

Respiré hondo dos veces, nueve segundos para recuperar la compostura.

—Dios, aquello solo fue una estúpida idea para un libro —dije—. Tenía pensado escribir un libro.

—Ajá —respondió Boney.

—Miren, esto es lo que me parece que está sucediendo —empecé—. Creo que cantidad de gente ve esos programas en los que el marido siempre es el tío retorcido que asesina a su esposa y me están viendo a través de ese prisma, de tal manera que varios sucesos perfectamente normales e inocentes están siendo malinterpretados. Esto se está convirtiendo en una caza de brujas.

—¿Así es como explica los extractos de sus tarjetas de crédito? —preguntó Gilpin.

—Ya se lo he dicho, no puedo explicarles los extractos de las putas tarjetas de crédito porque no tengo nada que ver con ellas. ¡Es su puto trabajo averiguar de dónde coño han salido!

Boney y Gilpin permanecieron sentados en silencio, uno al lado del otro, a la espera.

—¿Qué están haciendo ahora mismo para encontrar a mi esposa? —pregunté—. ¿Qué pistas están siguiendo, además de la mía?

La casa empezó a temblar, el cielo se desgarró y por la ventana trasera pudimos ver un caza que pasaba zumbando justo por encima del río, estremeciéndonos.

—F-10 —dijo Rhonda.

—No, demasiado pequeño —dijo Gilpin—. Tiene que ser...

—Es un F-10.

Boney se inclinó hacia mí, con las manos entrelazadas.

—Nuestro trabajo es asegurarnos de que quede usted libre de toda sospecha, Nick —dijo—. Sé que usted también lo desea. Ahora, si pudiera simplemente ayudarnos a aclarar este par de pequeños enredos, porque eso es lo único que son, evitaríamos seguir tropezando con ellos.

—A lo mejor ha llegado el momento de que me busque un abogado.

Los policías intercambiaron otra mirada, como si hubieran dirimido una apuesta.

AMY ELLIOTT DUNNE
21 de octubre de 2011

FRAGMENTO DE DIARIO

La madre de Nick ha muerto. No he sido capaz de escribir porque la madre de Nick ha muerto y su hijo ha soltado amarras. La dulce y recia Maureen. Siguió en pie e infatigable hasta pocos días antes de su fallecimiento, negándose a discutir cualquier tipo de reposo. «Solo quiero vivir hasta que ya no pueda seguir haciéndolo», dijo. Le había dado por tricotar gorras para otros pacientes de quimio (por su parte, había *terminado terminado terminado* con ella tras una primera ronda de tratamientos, nada interesada en prolongar su vida si la condición eran «más tubos»), de modo que siempre la recordaré rodeada de coloridos ovillos de lana: rojos, amarillos y verdes, moviendo los dedos, haciendo sonar las agujas mientras hablaba con su voz de gata satisfecha, un ronroneo grave y somnoliento.

Hasta que una mañana de septiembre se despertó, pero sin despertar en realidad: ya no era Maureen. De la noche a la mañana pasó a ser una mujer del tamaño de un pajarillo, así de rápido, toda arrugas y cascarón, paseando nerviosamente los ojos por la habitación sin ser capaz de situar nada, ni siquiera a sí misma. A continuación vino la residencia, un lugar agradablemente iluminado y alegre, adornado con cuadros de mujeres tocadas con bonetes y generosas colinas, máquinas de aperitivos y pequeños cafés. La residencia no estaba para curarla ni para ayudarla, sino únicamente para asegurarse de que moría de manera cómoda, que fue lo que hizo apenas tres días más tarde. De manera simple y práctica, tal como a Maureen le habría gustado (aunque estoy segura de que habría alzado los ojos al cielo si hubiera oído esa frase: «tal como a Maureen le habría gustado»).

Su funeral fue modesto pero agradable. Acudieron cientos de personas y su inconfundible hermana de Omaha se afanó en su lugar, sirviendo café y Baileys y repartiendo galletas y contando anécdotas divertidas sobre Mo. La enterramos una mañana cálida y ventosa. Go y Nick buscaron apoyo mutuo el uno en el otro mientras yo permanecía ligeramente apartada, sintiéndome una intrusa. Aquella noche, en la cama, Nick dejó que lo abrazara, dándome la espada, pero al cabo de unos minutos se levantó, susurró «Necesito algo de aire» y salió de casa.

Su madre siempre lo había mimado. Insistía en pasar una vez por semana y planchar para nosotros, y cuando había terminado de planchar decía: «Voy a echaros una manita ordenando esto». Y cuando se había marchado, abría la nevera y descubría que había pelado y partido un pomelo para Nick, guardando los gajos en un recipiente, y después abría la bolsa del pan de molde y descubría que había cortado las cortezas para luego volver a guardar las semidesnudas rebanadas en el paquete. Estoy casada con un hombre de treinta y cuatro años al que todavía le molestan las cortezas del pan.

Pero durante aquellas primeras semanas tras el fallecimiento de su madre intenté hacer lo mismo. Apartaba las cortezas del pan, le planchaba las camisetas, preparé una tarta de arándanos siguiendo la receta de Mo. «No necesito que me consientas, de verdad, Amy —dijo Nick mientras observaba el pan de molde despellejado—. A mi madre se lo permitía porque la hacía feliz, pero sé que esto de los agasajos no es lo tuyo.»

De modo que hemos vuelto a los cuadrados negros. El Nick cariñoso, dulce y entregado ha desaparecido. El Nick malhumorado, hosco y molesto ha vuelto. Se supone que uno debe apoyarse en su pareja en los momentos difíciles, pero Nick parece haberse alejado de mí más que nunca. Es un hijo de mamá cuya madre ha muerto. No quiere saber nada de mí.

Me utiliza como desahogo sexual cuando lo necesita. Me echa sobre una mesa o contra el respaldo de la cama y me folla, en silencio hasta el último momento, un par de rápidos gruñidos; después me suelta, apoya una palma en mi nuca —su único gesto de intimidad— y dice algo que se supone que debe hacer que todo parezca un juego: «Eres tan sexy que a veces soy incapaz de controlarme». Pero lo dice con voz muerta.

Test: Tu esposo, con el que en otro tiempo compartiste una vida sexual maravillosa, ha pasado a ser frío y distante, solo quiere sexo a su manera y cuando a él le apetece. Tú:

a) Le niegas el sexo por completo. ¡No va a ser él quien gane este juego!

b) Lloras y protestas y exiges respuestas que aún no está preparado para dar, alienándolo aún más.

c) Confías en que solo se trate de un bache en un largo matrimonio —él está pasando por un mal momento—, así que intentas ser comprensiva y esperar a que cambie de actitud.

Respuesta: C. ¿Verdad?

Me molesta que mi matrimonio se esté desintegrando sin que yo sepa qué hacer. Podría pensarse que mis padres, psicólogos por partida doble, serían las primeras personas a las que recurrir, pero tengo demasiado orgullo. No serían buenos dando consejos matrimoniales: son compañeros del alma, ¿recuerdas? Solo tienen picos, nunca bajadas: una única e infinita explosión de éxtasis marital. No puedo decirles que estoy echando a perder lo único que me queda: mi matrimonio. De algún modo escribirían otro libro, una reprimenda ficticia en la que la Asombrosa Amy glosaría el matrimonio más fantástico, satisfactorio y plácido jamás visto... «porque estaba empeñada en lograr que así fuese».

Pero me preocupo. Constantemente. Sé que ya soy demasiado vieja para los gustos de mi marido. Porque hace seis años solía ser su ideal y he oído a menudo sus despiadados comentarios sobre las mujeres que se acercan a los cuarenta: lo patéticas que le resultan, vestidas de manera exagerada, recorriendo los bares, ajenas a su falta de atractivo. Volvía de pasar una noche bebiendo y si yo le preguntaba qué ambiente había encontrado en el bar, en el bar que fuese, a menudo me decía: «Completamente inundado por causas perdidas», su descripción en clave para las mujeres de mi edad. En aquel momento, apenas entrada en los treinta, sonreía burlonamente junto a él, como si aquello nunca fuese a sucederme a mí. Ahora soy su causa perdida y Nick se ve atado a mí y a lo mejor por eso siempre está tan enfadado.

Me he estado entregando a una terapia de contacto infantil. Todos los días me paso por casa de Noelle y dejo que los trillizos me soben. Las rollizas manitas en mi pelo, el aliento pegajoso en mi cuello. Una puede entender por qué las mujeres siempre amenazan con devorar a los niños: «¡Está para comérselo! ¡Me lo podría comer con una cuchara!». Aunque ver a sus tres hijos dirigirse tambaleantes hacia ella, legañosos tras la siesta, restregándose los ojos mientras se encaminan hacia mamá, tocando con sus manitas una rodilla o un brazo como si Noelle fuera la meta, como si supieran que allí están a salvo… es algo que en ocasiones me resulta doloroso.

Ayer pasé una tarde particularmente acongojante en casa de Noelle y puede que ese fuese el motivo de que cometiera una estupidez.

Nick llega a casa y me encuentra en el dormitorio, recién salida de la ducha. Muy pronto me está empujando contra la pared, empujando hasta introducirse en mi interior. Cuando ha terminado y me suelta, veo el húmedo beso de mis labios contra la pintura azul. Mientras se sienta sobre el borde de la cama, jadeando, dice:

—Lo siento. No veas cómo te necesitaba.

Sin mirarme.

Me acerco a él, le rodeo con los brazos, fingiendo que lo que acabamos de hacer ha sido un ritual normal y placentero entre marido y mujer, y le digo:

—He estado pensando.

—¿Sí? ¿En qué?

—Bueno, en que puede que sea el momento adecuado. Para iniciar una familia. Para intentar quedarme embarazada.

Sé que es una locura incluso mientras lo estoy diciendo, pero no puedo evitarlo. Me he convertido en una de esas mujeres locas que quieren quedarse embarazadas para salvar su matrimonio.

Es un baño de humildad, eso de convertirte en precisamente aquello que en otro tiempo despreciaste.

Nick se aparta bruscamente de mí.

—¿Ahora? Ahora es el peor momento posible para iniciar una familia, Amy. No tienes trabajo…

—Lo sé, pero de todos modos al principio querría quedarme en casa con el bebé…

—Mi madre acaba de morir, Amy.

—Y esto sería una nueva vida, un nuevo comienzo.

Nick me agarra con fuerza de los brazos y me mira directamente a los ojos por primera vez en una semana.

—Amy, creo que piensas que ahora que mi madre ha muerto, podremos regresar alegremente a Nueva York y tener hijos y recuperar tu antigua vida. Pero no tenemos suficiente *dinero*. Apenas tenemos dinero para poder vivir *aquí*. No te puedes imaginar la presión que siento, a diario, para intentar solucionar el lío en el que estamos metidos. Solo para poder *comer*, coño. No podría mantenernos a los dos y *además* a un par de críos. Querrás darles todo lo que tuviste tú cuando eras pequeña y *no podré* hacerlo. Nada de escuelas privadas para los pequeños Dunne, ni clases de tenis ni de violín, ni casas de verano. Odiarías lo pobres que seríamos. Lo odiarías.

—No soy tan superficial, Nick.

—¿De verdad piensas que nos encontramos en un buen momento para tener hijos?

Es lo más cerca que hemos estado de hablar sobre nuestro matrimonio y puedo darme cuenta de que Nick ya se está arrepintiendo de haber dicho nada.

261

—Estamos sometidos a un montón de presión, cariño —digo—. Hemos atravesado un par de baches y sé que gran parte de la culpa ha sido mía. Me siento tan perdida aquí…

—¿Y quieres que seamos una de esas parejas que tiene un crío para arreglar su matrimonio? Porque esa solución siempre acaba bien.

—Tendremos un hijo porque…

Sus ojos adquieren un tono oscuro, canino, y vuelve a agarrarme de los brazos.

—Mira… No, Amy. Ahora mismo no. No puedo soportar ni un pelo más de estrés. Soy incapaz de asumir ni una sola preocupación más. Me estoy viniendo abajo con tanta presión. Acabaré por romperme.

Por una vez sé que dice la verdad.

NICK DUNNE
Seis días ausente

Las primeras cuarenta y ocho horas son clave en cualquier investigación. Amy llevaba desaparecida, para entonces, casi una semana. Aquella tarde iba a tener lugar una vigilia a la luz de las velas en el parque Tom Sawyer, que, según la prensa, era «uno de los lugares favoritos de Amy Elliott Dunne». (Yo no tenía constancia de que Amy hubiera puesto alguna vez ni un solo pie en dicho parque; a pesar de su nombre, no es ni remotamente pintoresco. De hecho, está todo lo lejos que se puede estar de Twain: genérico, carente de árboles, con un cajón de arena siempre repleto de heces animales.) Durante las últimas veinticuatro horas, la noticia había saltado a la palestra nacional; ahora estaba en todas partes, así de repente.

Dios bendiga a los fieles Elliott. Marybeth me telefoneó anoche, mientras aún estaba intentando recuperarme del bombardeo de preguntas policiales. Mi suegra había visto el programa de *Ellen Abbott*, a la que describió como «una oportunista que vendería a su madre por las audiencias». En cualquier caso, pasamos la mayor parte del día planeando una estrategia para manejar a los medios.

Los medios (mi antiguo clan, ¡mi gente!) estaban dándole forma a la historia y parecían encantados con la perspectiva aportada por *La Asombrosa Amy* y el longevo matrimonio de los Elliott. Ningún comentario malicioso sobre la cancelación de la serie ni el coqueteo con la bancarrota de sus autores. Ahora mismo, todo eran corazones y flores para los Elliott. Los medios los adoraban.

A mí no tanto. La prensa había empezado a arrojarse sobre cualquier *motivo de sospecha*. No solo los elementos que ya se habían filtrado —mi falta de coartada, la escena del crimen posiblemente «preparada»—, sino también rasgos de mi personalidad. Informaron de que cuando iba al instituto nunca tuve una novia que me durase más de un par de meses, por lo tanto estaba claro que era un donjuán. Averiguaron que teníamos a mi padre en Comfort Hill y que raras veces lo visitaba, por lo tanto era un ingrato que había abandonado a su padre.

—Es un problema. No les gustas —decía Go después de cada nueva revelación—. Es un problema gordo, gordo de verdad, Lance.

Los medios habían recuperado mi nombre de pila, que llevo odiando desde que iba a primero. Cada vez que el maestro pasaba lista al comienzo de un nuevo año escolar, me veía obligado a intervenir: «¡Nick, todo el mundo me llama Nick!». Era como un rito inaugural, cada septiembre: «¡Nick, todo el mundo me llama Nick!». Siempre había algún listillo que luego se pasaba el recreo desfilando como un remilgado galán, diciendo: «Hola, soy Laaaance», con voz aflautada. Después todo el mundo se olvidaba del tema hasta el año siguiente.

Pero ahora no. Ahora salía en todos los noticiarios: el temido juicio de los tres nombres reservado para los asesinos en serie —Lance Nicholas Dunne— y esta vez no tenía manera de interrumpirlo.

Go y yo fuimos con Rand y Marybeth Elliott en el mismo coche hasta la vigilia. Ignoraba exactamente cuánta información estaban recibiendo los Elliott, cuántas averiguaciones condenatorias sobre su yerno. Sí sabía que estaban al tanto de la escena del crimen «preparada».

—Enviaré a alguien de mi equipo que nos dirá justo lo contrario, que el salón *fue* evidentemente escenario de una lucha —dijo Rand con seguridad—. La verdad es maleable, solo hace falta elegir al experto adecuado.

Rand no sabía todo lo demás, lo de las tarjetas de crédito, el seguro de vida, la sangre y Noelle, la resentida mejor amiga de mi esposa y sus acusaciones: maltrato, avaricia, miedo. Iba a intervenir en *Ellen Abbott* aquella misma noche, después de la vigilia. Noelle y Ellen podrían mostrarse asqueadas por mí frente a todos los telespectadores.

Sin embargo, no a todo el mundo le repugnaba. Durante la última semana, El Bar había estado haciendo su agosto: cientos de clientes se apretujaban para sorber cerveza y mordisquear palomitas en el local de Lance Nicholas Dunne, el posible asesino. Go tuvo que contratar a cuatro chavales para que atendieran el negocio; ella se pasó una sola vez y dijo que no sería capaz de volver, no soportaba ver lo lleno que estaba de jodidos curiosos y morbosos, todos ellos bebiendo nuestro alcohol e intercambiando anécdotas sobre mí. Era repugnante. Aun así, razonó Go, el dinero nos vendría bien en caso de que...

En caso. Amy llevaba seis días desaparecida y todos seguíamos pensando en condicionales.

Nos acercamos al parque en completo silencio, salvo por el constante repiqueteo de las uñas de Marybeth contra la ventanilla.

—Casi parece una doble cita. —Rand rió, una de esas risas que oscilan hacia la histeria: aguda y rechinante.

Rand Elliott, psicólogo genial, autor de éxito, amigo de todos, se estaba viniendo abajo. Marybeth había recurrido a la automedicación: inyecciones de un licor cristalino administrado con precisión absoluta, suficiente para amortiguar los nervios pero sin perder la concentración. Rand, por otra parte, estaba perdiendo literalmente la cabeza; yo medio esperaba verla salir disparada de entre sus hombros como el muñeco de una caja sorpresa: ¡cucúúúúúú! La naturaleza más bien ñoña de Rand había tomado un cariz frenético: se mostraba desesperadamente afable con todo el mundo, pasando sus brazos por encima de los hombros de policías, periodistas, voluntarios. Mantenía una relación particularmente estrecha con nuestro «enlace» en el Days Inn, un muchacho desgarbado y tímido llamado Donnie al que Rand gustaba de tomar el pelo a la vez que le informaba del hecho:

—Ah, solo te estoy tomando el pelo, Donnie —decía, y Donnie mostraba una sonrisa de júbilo.

—¿No podría buscar ese chaval validación en algún otro lugar? —me lamentaba la otra noche delante de Go.

Ella replicó que solo estaba celoso de que mi figura paterna apreciara más a otro. Era cierto.

Marybeth palmeó la espalda de Rand mientras nos encaminábamos hacia el parque y pensé en lo mucho que deseaba que alguien hiciera eso mismo por mí, solo un contacto rápido. De repente dejé escapar un sollozo, un rápido quejido lastimero. Extrañaba a alguien, pero no estaba seguro de si a Andie o a Amy.

—¿Nick? —dijo Go.

Alzó una mano hacia mi hombro, pero me la quité de encima con un movimiento brusco.

—Lo siento. Guau, lo siento mucho —dije—. Ha sido un arrebato extraño, muy poco «dunnesco».

—No pasa nada. Los dos empezamos a acusar la tensión —dijo Go, y apartó la mirada.

Desde que había descubierto mi *situación* (que es como habíamos dado en llamar a mi infidelidad) había empezado a mostrarse ligeramente distante. Cierta frialdad en los ojos, su rostro una constante mueca interrogativa. Me estaba esforzando mucho para no sentirme molesto por ello.

Cuando llegamos, el parque estaba tomado por unidades móviles y ya no solo de televisiones locales, sino de canales por cable. Los Dunne y los Elliott recorrieron el perímetro de la multitud, Rand sonriendo y asintiendo como un dignatario en visita oficial. Boney y Gilpin aparecieron casi de inmediato y se pegaron a nuestros talones, como amistosos perros pointer; empezaban a resultarnos familiares, parte del mobiliario, lo cual era claramente el objetivo. Boney llevaba la misma ropa que se ponía para cualquier acontecimiento público: una modesta falda negra y una blusa gris a rayas, el pelo lacio recogido por ambos lados con horquillas. «Tengo una chica que se llama Bony Moronie…» La noche era calurosa y húmeda; Boney tenía una oscura mancha de transpiración en forma de cara sonriente bajo cada una de las axilas. Me sonrió como si las acusaciones del día anterior –porque habían sido acusaciones, ¿verdad?– nunca hubieran tenido lugar.

Los Elliott y yo ascendimos los escalones hasta un endeble escenario improvisado. Volví la vista atrás, hacia mi melliza, y esta asintió y simuló que aspiraba exageradamente y me acordé de respirar. Cientos de rostros estaban vueltos hacia mí, junto a las cámaras chasqueantes y deslumbrantes. «No sonrías –me dije–. Que no se te ocurra sonreír.»

Desde el frontal de docenas de camisetas de «Encontrad a Amy», el rostro de mi esposa me estudiaba.

Go había dicho que tenía que dar un discurso («Necesitas humanizarte y rápido») así que lo hice, me aproximé al micrófono. Estaba demasiado bajo, a la altura de mi ombligo, y tuve que pelear con él un par de segundos solo para que se alzara un par de centímetros, el tipo de inconveniente que normalmente me habría puesto furioso, pero ya no podía permitirme parecer furioso en público, de modo que respiré hondo y me incliné y leí las palabras que mi hermana había escrito para mí:

–Mi esposa, Amy Dunne, lleva desaparecida casi una semana. No tengo palabras para transmitir adecuadamente la angustia que está padeciendo nuestra familia, el profundo hueco dejado en nuestras vidas por la desaparición de Amy. Amy es el amor de mi vida, es el corazón de su familia. Para aquellos que aún no la han conocido, es divertida y encantadora, amable. Es sabia y afectuosa. Es mi esposa y mi compañera en todos los sentidos.

Alcé la mirada hacia la multitud y, como por arte de magia, distinguí a Andie con una expresión de disgusto en el rostro, así que rápidamente volví a enterrar la vista en mis notas.

–Amy es la mujer junto a la que quiero envejecer, y eso es algo que, lo sé, va a suceder.

PAUSA. RESPIRACIÓN. NADA DE SONRISAS. Go incluso había escrito las palabras en mi tarjeta. Mi voz continuó resonando a través de los altavoces, alejándose hacia el río. *Suceder suceder suceder.*

—Si alguien dispone de cualquier tipo de información, le rogamos que contacte con nosotros. Esta noche encendemos velas con la esperanza de que vuelva a casa pronto, sana y salva. Te quiero, Amy.

Seguí desplazando mis ojos en todas las direcciones salvo en la de Andie. El parque centelleaba con la luz de las velas. Se suponía que debíamos guardar un minuto de silencio, pero varios bebés lloraban y había un mendigo trastabillante que no hacía más que preguntar en voz alta: «¡Eh, ¿a qué viene esto?! ¿Qué ha pasado?». Alguien le susurró el nombre de Amy y el tipo gritó más estentóreamente aún: «¿Qué? ¿A cuento de *qué*?».

De entre la multitud surgió Noelle Hawthorne, aproximándose con los trillizos como accesorios, uno apoyado sobre una cadera y los otros dos aferrados a su falda. Desde la perspectiva de un hombre que no pasaba ni un minuto en compañía de niños, los tres tenían un aspecto absurdamente diminuto. Noelle obligó al gentío a abrirles paso a ella y a los niños hasta llegar junto al podio para clavarme la mirada. La observé malhumorado —aquella mujer me había calumniado— y en aquel momento me percaté por primera vez de la hinchazón en su estómago y me di cuenta de que volvía a estar embarazada. Por un instante me quedé boquiabierto… ¡cuatro hijos menores de cuatro años, por el amor de Dios! Más tarde, aquella expresión sería analizada y debatida en televisión; la mayor parte de los espectadores pensó que se trataba de una doble mueca de rabia y miedo.

—Eh, *Nick.*

Su voz fue captada por el micrófono a medio alzar y atronó entre el público.

Empecé a manosear torpemente el micro, pero no conseguí encontrar el interruptor de apagado.

—Solo quería verte la cara —dijo Noelle antes de echarse a llorar. Un sollozo húmedo recorrió a la multitud. Hasta el último de los presentes estaba absorto—. ¿Dónde está? ¿Qué has hecho con Amy? ¡Qué has hecho con tu mujer!

—Deberíamos irnos —me susurró al oído mi hermana, súbitamente a mi lado, a la vez que me tiraba del brazo.

Los flashes de las cámaras me iluminaron mientras me erguía como una criatura de Frankenstein, temeroso y agitado ante las antorchas de los lugareños. *Flash, flash.* Nos pusimos en marcha, separándonos en dos grupos: mi hermana y yo huyendo hacia el coche de Go, los Elliott inmóviles y boquiabiertos sobre el estrado, abandonados a su suerte, «Salvaos vosotros», mientras los reporteros me apedreaban con la misma pregunta una y otra vez. «Nick, ¿estaba Amy embarazada? Nick, ¿te molestaba que Amy estuviera embarazada?» Me alejé del parque agachado como bajo una granizada. *Embarazada, embarazada, embarazada.* La palabra palpitaba en la noche de verano al compás del canto de las chicharras.

Mujer, mujer, resonó el eco de su voz. Dos de sus alarmados hijos empezaron a aullar.

Durante un segundo, Noelle fue incapaz de seguir hablando debido a la intensidad de sus sollozos. Estaba desbocada, furiosa. Agarró el soporte del micrófono y lo bajó de un tirón a su nivel. Tuve el impulso de recuperarlo de entre sus manos, pero *supe* que no podía hacer ni un solo gesto en dirección a aquella mujer con su vestido de premamá y sus tres mocosos. Escudriñé a la multitud en busca de Mike Hawthorne —«Controla a tu esposa»—, pero Mike no estaba a la vista. Noelle se volvió para apelar a la multitud.

—¡Soy la mejor amiga de Amy! —*Amiga, amiga, amiga.* Las palabras atronaron por todo el parque acompañadas de los lamentos de sus hijos—. A pesar de que he hecho todo lo posible, la policía no parece estar tomándome en serio. Así que quiero presentar nuestra causa delante de todo el pueblo, este pueblo que Amy amaba y que la amaba a su vez. Este individuo, Nick Dunne, debe responder a unas cuantas preguntas. ¡Debe explicarnos qué ha hecho con su mujer!

Boney salió disparada hacia ella desde un lado del escenario y Noelle se volvió para mirarla a los ojos. Boney hizo un frenético gesto como de cortar en dirección a su garganta: «¡Ni una palabra más!».

—¡Con su mujer *embarazada*!

Y ya nadie pudo seguir viendo las velas, porque los flashes de las cámaras se habían vuelto locos. A mi lado, Rand profirió un ruido como el de un globo al desinflarse. Justo debajo de mí, Boney se llevó los dedos al entrecejo, como si quisiera mantener a raya un dolor de cabeza. Yo veía a todo el mundo a través de un frenético baile de luces estroboscópicas que seguían el mismo ritmo que mi pulso.

Busqué a Andie entre la multitud, la vi contemplándome de hito en hito, con el rostro sonrojado y contorsionado, las mejillas humedecidas, y cuando nuestros ojos establecieron contacto, sus labios formaron la palabra: «¡Cabrón!». Después desapareció dando tumbos entre el gentío.

AMY ELLIOTT DUNNE
15 de febrero de 2012

FRAGMENTO DE DIARIO

Qué momento tan extraño. Tengo que pensar así, intentar examinarlo con cierta distancia: Ja-*ja*, qué momento tan extraño me parecerá cuando eche la vista atrás. ¿Verdad que me hará gracia cuando tenga ochenta años y me ponga vestidos de color lavanda desgastados, convertida en una figura sabia y satisfecha que engulle martinis? ¿Verdad que será una buena anécdota para *contar*? Una anécdota extraña y espantosa: algo a lo que sobreviví.

Porque algo va horriblemente mal con mi marido, de eso ahora estoy segura. Sí, aún sigue de duelo por su madre, pero esto es algo más. Parece dirigido hacia mí. No es una tristeza, sino… Puedo percibirle observándome a veces. Alzo la mirada y veo su rostro contorsionado por el asco, como si me hubiera sorprendido haciendo algo espantoso, en vez de comiendo cereales para desayunar o cepillándome el pelo por la noche. Parece tan furioso, tan inestable, que he empezado a preguntarme si sus cambios de humor no estarán unidos a algo físico: una de esas alergias al trigo que vuelven loca a la gente o una colonia de esporas de moho que le ha obstruido el cerebro.

La otra noche bajé las escaleras y me lo encontré sentado a la mesa del comedor, con la cabeza entre las manos, mirando una pila de extractos de tarjetas de crédito. Estudié a mi esposo, completamente solo, bajo la luz de una lámpara de techo. Quise ir a su lado, sentarme con él y solucionar las cosas como pareja. Pero no lo hice, supe que aquello le cabrearía. A veces me pregunto si esa es la raíz de su desprecio por mí: permite que vea sus defectos y me odia por conocerlos.

Me empujó. Con fuerza. Hace dos días Nick me empujó y caí al suelo y me golpeé la cabeza contra la isla de la cocina y no pude ver nada durante tres segundos. Francamente, no sé qué decir al respecto. Fue más chocante que doloroso. Le estaba diciendo que podría buscar trabajo, algo por libre, para que pudiéramos comenzar una familia, tener una vida real…

—¿Qué llamas a esto? —dijo él.

«Purgatorio», pensé. Guardé silencio.

—¿Qué llamas a esto, Amy? ¿Eh? ¿Qué llamas a esto? ¿Es que esto no es vida según doña Asombrosa?

—No es *mi* idea de vida —dije, y Nick dio tres zancadas hacia mí y pensé: «Parece como si fuera a…».Y antes de que me hubiera dado cuenta me había dado el empujón y yo estaba cayendo.

Los dos dejamos escapar un jadeo. Nick se agarró el puño con la otra mano y pareció a punto de echarse a llorar. Estaba más que arrepentido: estaba espantado. Pero quiero dejar bien clara una cosa, yo sabía lo que estaba haciendo: le estaba metiendo intencionadamente el dedo en la llaga, viendo cómo se iba poniendo cada vez más tenso. Quería que finalmente *dijera* algo, *hiciera* algo. Incluso aunque fuese malo, aunque fuese lo peor, *haz algo, Nick*. No me dejes aquí como a un fantasma.

Simplemente no me di cuenta de que fuese a hacer *eso*.

Nunca me había parado a considerar lo que haría si mi esposo me atacase, porque nunca me he movido precisamente en unos ambientes dados a la violencia contra las mujeres. (Ya lo sé, telefilme de sobremesa, ya lo sé: la violencia cruza todas las barreras socioeconómicas. Pero aun así: ¿Nick?) A lo mejor sueno excesivamente despreocupada. Simplemente me parece increíblemente absurdo: soy una mujer maltratada. *La Asombrosa Amy y el maltrato doméstico*.

Nick se disculpó profusamente. (¿Hace alguien *profusamente* alguna otra cosa que no sea disculparse? Sudar, supongo.) Ha aceptado plantearse lo de visitar a un psicólogo, que es algo que nunca habría supuesto que pudiera llegar a pasar. Lo cual es bueno. Nick es, en su esencia, un hombre tan afectuoso que estoy dispuesta a olvidarlo, a creer que se ha tratado de una repugnante anomalía, provocada por la tensión a la que ambos nos hemos visto sometidos. A veces olvido que Nick comparte todo mi estrés: ha de sobrellevar la carga de haberme traído aquí y también la tensión de verse obligado a satisfacer mi parte más melancólica. Y para un hombre como Nick, que cree a pies juntillas que la felicidad ha de alcanzarse por méritos propios, eso puede resultar desquiciante.

De modo que el empujón en sí, tan rápido, visto y no visto, no me asustó. Lo que me asustó fue la expresión en el rostro de Nick cuando yo yacía en el suelo, parpadeando mientras me retumbaba la cabeza. Fue la expresión en su rostro mientras se contenía de volver a hacerlo. Lo mucho que lo deseaba. Lo duro que le resultó dominarse. El modo en el que me ha estado mirando desde entonces, con culpabilidad y repugnancia ante su sentimiento de culpa. Absoluta repugnancia.

Llegamos a la parte más oscura: ayer conduje hasta el centro comercial, donde medio pueblo compra drogas. Es tan fácil como ir a una farmacia con receta. Lo sé porque Noelle me lo ha contado. Su esposo va allí de vez en cuando a comprar un poco de marihuana. Sin embargo yo no quería un porro, quería una pistola, solo por si acaso. Por si acaso las cosas con Nick se tuercen de verdad. Hasta que prácticamente estuve allí no me di cuenta de que era el día de San Valentín. Era el día de San Valentín y yo me dirigía a comprar una pistola para después prepararle la cena a mi marido. Y entonces pensé: «El padre de Nick tenía razón sobre ti. Eres una zorra estúpida. Porque si crees que tu marido te va a hacer daño, lo que has de hacer es marcharte. Y sin embargo no puedes abandonar a tu marido, que está llorando a su fallecida madre. No puedes. Tendrías que ser una mala mujer de proporciones bíblicas para hacer algo así. A menos que algo fuera realmente mal. Tendrías que estar realmente convencida de que tu marido iba a hacerte daño».

Pero lo cierto es que no estoy realmente convencida de que Nick vaya a hacerme daño.

Simplemente me sentiría más segura si tuviera una pistola.

NICK DUNNE
Seis días ausente

Go me empujó al interior del coche y salimos zumbando del parque. Pasamos a toda velocidad junto a Noelle, que se dirigía escoltada por Boney y Gilpin hacia su familiar, con los trillizos pulcramente vestidos oscilando tras ella como lazos en una cometa. Nuestras ruedas rechinaron al dejar atrás a la muchedumbre: cientos de caras, un mar de dedos acusadores y furiosos que apuntaban hacia mí. Básicamente, nos dimos a la fuga. Técnicamente.

—Guau, menuda emboscada —musitó Go.

—¿Emboscada? —repetí, conmocionado.

—¿Crees que ha sido un accidente, Nick? Esa tri-puta ya había hecho su declaración a la policía. Y no les dijo nada sobre el embarazo.

—O eso o están espaciando el bombardeo para golpearme progresivamente.

Boney y Gilpin se habían enterado de que mi esposa estaba embarazada y habían decidido convertirlo en parte de su estrategia. Era evidente que estaban convencidos de que yo la había matado.

—La semana que viene Noelle aparecerá en todas las cadenas de cable diciendo que eres un asesino y se presentará como la mejor amiga de Amy, empeñada en buscar justicia. Puta ansiosa de notoriedad. Maldita *puta* ansiosa de notoriedad.

Presioné el rostro contra la ventanilla y me hundí en mi asiento. Varias furgonetas de noticieros nos seguían. Condujimos en silencio y la respiración de Go se fue tranquilizando. Miré el río, una rama de árbol flotaba corriente abajo.

275

—¿Nick? —dijo Go finalmente—. ¿Es…? ¿Tú…?

—No lo sé, Go. Amy no me dijo nada. Si estaba embarazada, ¿por qué iba a contárselo a Noelle pero no a mí?

—¿Por qué intentar comprar una pistola y no decírtelo? —dijo Go—. Nada de todo esto tiene el más mínimo sentido.

Nos retiramos a casa de Go —los equipos televisivos habrían caído como un enjambre sobre la mía— y, tan pronto como cruzamos la puerta, sonó mi móvil, el de verdad. Eran los Elliott. Sorbí aire entre dientes, me refugié en mi antiguo dormitorio y descolgué.

—Tengo que preguntarte esto, Nick. —Era Rand, con el borboteo de un televisor en segundo término—. Necesito que me lo digas. ¿Sabías que Amy estaba embarazada?

Hice una pausa, intentando encontrar el modo adecuado de expresar lo improbable de un embarazo.

—¡Responde, maldita sea!

El volumen de Rand me hizo encoger la voz. Hablé en un tono suave y conciliador, una voz vestida con un cárdigan.

—No es algo que estuviéramos buscando. Amy no quería quedarse embarazada, Rand, no sé si en el futuro habría llegado a cambiar de opinión. Ni siquiera… ni siquiera estábamos manteniendo relaciones demasiado a menudo. Me… sorprendería mucho que hubiera estado embarazada.

—Noelle dice que Amy visitó al médico para confirmar el embarazo. La policía ha enviado una orden solicitando los expedientes. Lo sabremos esta misma noche.

Encontré a Go en el salón, sentada a la mesa camilla de mi madre con una taza de café frío. Se volvió hacia mí lo justo para demostrar que era consciente de mi presencia, pero no tanto como para dejarme verle la cara.

—¿Por qué sigues mintiendo, Nick? —preguntó—. Los Elliott no son tu enemigo. ¿No deberías decirles al menos que eras tú quien no quería tener hijos? ¿Por qué poner a Amy en el papel de mala?

Volví a tragarme la rabia. Mi estómago bullía con ella.

—Estoy exhausto, Go. Maldita sea. ¿Tenemos que hacer esto ahora?

—¿Acaso vamos a encontrar un momento que sea mejor?

—Yo sí quería hijos. Lo intentamos durante una temporada, sin suerte. Incluso empezamos a mirar tratamientos de fertilidad. Pero luego Amy decidió que no quería saber nada de críos.

—Tú me dijiste que eras *tú* quien no quería.

—Solo estaba intentando poner al mal tiempo buena cara.

—Oh, estupendo, otra mentira —dijo Go—. Nunca me había dado cuenta de que fueras tan… Lo que estás diciendo, Nick, no tiene ningún sentido. Yo estaba allí, la noche de la cena para celebrar lo de El Bar, cuando mamá os malinterpretó y pensó que ibais a anunciar que os habíais quedado embarazados y Amy se echó a llorar.

—Bueno, no puedo explicar todas y cada una de las cosas que hacía Amy, Go. No sé por qué, hace un puto año, se echó a llorar de aquella manera. ¿De acuerdo?

Go permaneció sentada en silencio. El brillo anaranjado de una farola creaba un halo de estrella de rock alrededor de su perfil.

—Esto va a ser una verdadera prueba para ti, Nick —murmuró sin mirarme—. Siempre has tenido problemas con la verdad. Siempre contabas alguna mentirijilla si pensabas que con eso te evitarías una discusión. Siempre recurrías al camino más fácil. Decirle a mamá que ibas al entrenamiento de béisbol cuando en realidad habías dejado el equipo; decirle que ibas a la iglesia cuando en realidad ibas al cine. Es una especie de extraña compulsión.

—Esto es distinto a lo del béisbol, Go.

—Es muy distinto. Pero sigues contando mentirijillas como si fueras un niño pequeño. Sigues desesperado por hacerle creer a todo el mundo que eres perfecto. Nunca has querido ser el malo de la película. De modo que les cuentas a los padres de Amy que era ella la que no quería hijos. A mí *no* me dices que le estás poniendo los cuernos a tu mujer. Juras que las tarjetas de crédito a tu nombre no son tuyas, juras que estabas paseando por la playa cuando odias la playa, juras que tenías un matrimonio feliz. Simplemente ya no sé qué creer ahora mismo.

—Estás de broma, ¿verdad?

—Desde que Amy desapareció, no has hecho otra cosa que mentir. Haces que me preocupe. Por lo que pueda estar pasando.

Silencio absoluto por un momento.

—Go, ¿estás diciendo lo que creo que estás diciendo? Porque si es así... joder, algo ha muerto entre nosotros.

—¿Recuerdas aquel juego al que jugabas siempre con mamá cuando éramos pequeños? ¿«Seguirías queriéndome si»? *¿Seguirías queriéndome si le diese una colleja a Go? ¿Seguirías queriéndome si robase un banco? ¿Seguirías queriéndome si hubiese matado a alguien?*

No dije nada. Estaba respirando demasiado rápido.

—Seguiría queriéndote —dijo Go.

—Go, ¿de verdad necesitas que te lo diga?

Go guardó silencio.

—No he matado a Amy.

Go guardó silencio.

—¿No me crees? —pregunté.

—Te quiero.

Me puso una mano en el hombro, se recogió a su habitación y cerró la puerta. Esperé a ver encenderse la luz, pero permaneció a oscuras.

Dos segundos más tarde, sonó mi móvil. Esta vez era el desechable del que debía librarme pero no podía, porque siempre, siempre, siempre tenía que estar disponible para Andie. «Una vez al día, Nick. Tenemos que hablar una vez al día.»

Me di cuenta de que estaba rechinando los dientes.

Respiré hondo.

Lejos, en los lindes del pueblo, se conservaban los restos de un antiguo fuerte del Viejo Oeste que ahora era otro parque al que nadie iba nunca. Lo único que quedaba era la torre de vigilancia de madera de dos pisos, rodeada por un balancín y unos columpios oxidados. Andie y yo nos habíamos reunido allí una vez, manoseándonos mutuamente a la sombra de la torre.

Di tres largos rodeos alrededor del pueblo en el viejo coche de mi madre para asegurarme de que nadie me seguía. Acudir era una locura —ni siquiera eran las diez en punto— pero había dejado de tener voz y voto en nuestros encuentros. «Necesito verte, Nick, esta noche, ahora mismo, o te juro que voy a perder la cabeza.» Mientras aparcaba junto al fuerte, fui consciente de su naturaleza aislada y remota y de todo lo que aquello implicaba: Andie seguía estando dispuesta a verse conmigo en un lugar solitario y sin iluminar; conmigo, el asesino de esposas embarazadas. Mientras caminaba hacia la torre a través de la hierba espesa y rasposa, pude intuir su contorno frente a la diminuta ventana de la torre de madera.

«Esto va a acabar contigo, Nick.» Aceleré el paso.

Una hora más tarde volvía a estar acurrucado en mi casa infectada de paparazzi, esperando. Rand había dicho que antes de medianoche sabrían si mi mujer había estado embarazada o no. Cuando sonó el teléfono, descolgué de inmediato solo para descubrir que era la condenada Comfort Hill. Mi padre había vuelto a escaparse. La policía había sido notificada. Como siempre, utilizaron un tonito como dando a entender que el imbécil era yo. «Si esto vuelve a suceder, tendremos que dar por finalizada la estancia de su padre con nosotros.» Experimenté un nauseabundo escalofrío: mi padre mudándose a vivir conmigo, dos bastardos patéticos y malhumorados; ciertamente serviría como punto de partida para la peor comedia de colegas del mundo. El final sería un asesinato-suicidio. ¡Ba-dum-dum! Que suenen las risas enlatadas.

Estaba colgando el teléfono, mirando por la ventana trasera hacia el río —«Conserva la calma, Nick»—, cuando vi una figura encorvada junto al embarcadero. Pensé que debía de tratarse de un reportero perdido, pero entonces reconocí algo en aquellos puños cerrados, en los hombros tensos. Comfort Hill estaba a unos treinta minutos de distancia caminando en línea recta por River Road. Por algún motivo recordaba dónde estaba nuestra casa aunque no fuese capaz de acordarse de mí.

Salí a la oscuridad para verle balancear un pie sobre la orilla mientras contemplaba el río. Menos desharrapado que la última vez, aunque desprendía un acre aroma a sudor.

—¿Papá? ¿Qué haces aquí? Todo el mundo está preocupado.

Me miró con ojos marrones y despiertos, nada que ver con el color lechoso que adquieren los de algunos ancianos. Habría resultado menos desconcertante si hubieran sido lechosos.

—Me dijo que viniera —dijo bruscamente—. Me dijo que viniera. Esta es mi casa, puedo venir cuando me dé la gana.

—¿Has venido andando todo el camino hasta aquí?

—Puedo venir cuando quiera. Tú podrás odiarme, pero ella me quiere.

Casi me reí. Incluso mi padre estaba reinventando su relación con Amy.

Un par de fotógrafos comenzaron a tomar fotos desde mi jardín delantero. Tenía que meter a mi padre en la casa. Pude imaginar el artículo que tendrían que inventarse para acompañar aquellas instantáneas exclusivas: ¿qué clase de padre era Bill Dunne, a qué tipo de hombre había criado? Por el amor de Dios, si mi padre se lanzaba a una de sus diatribas contra *las zorras*… Marqué el número de Comfort Hill y tras unos cuantos requiebros conseguí que enviaran a un ordenanza a buscarlo. Monté todo un número acompañándolo cariñosamente hasta el sedán, murmurando palabras de ánimo mientras los fotógrafos tomaban instantáneas.

Mi padre. Sonreí mientras se marchaba. Intenté que pareciera la sonrisa propia de un hijo orgulloso. Los periodistas me preguntaron si había matado a mi mujer. Me estaba retirando al interior cuando un coche patrulla se detuvo frente a mi casa.

Era Boney, que afrontando valerosamente a los paparazzi había acudido para decírmelo cara a cara. Lo hizo con tacto, en un tono de voz suave como el roce de la punta de un dedo.

Amy estaba embarazada.

Mi esposa había desaparecido con mi hijo en su interior. Boney me observó, aguardando mi reacción –para incluirla en el informe policial–, así que me dije: «Compórtate de la manera correcta, no la cagues, compórtate como se comportaría un hombre al que acaban de darle tal noticia». Enterré la cabeza entre las manos y musité: «Oh, Dios, oh, Dios», y mientras lo hacía vi a mi esposa en el suelo de la cocina, las manos alrededor del vientre, la cabeza hundida.

AMY ELLIOTT DUNNE
26 de junio de 2012

Nunca me había sentido tan viva. Hace un día luminoso y despejado, los pájaros están como locos con el calor, afuera el río pasa borboteando y yo me siento completamente viva. Asustada, emocionada, pero *viva*.

Esta mañana, cuando me desperté, Nick se había marchado. Me senté sobre la cama mirando al techo, viendo cómo el sol lo iba tiñendo de oro centímetro a centímetro mientras los azulejos cantaban justo frente a nuestra ventana y quise vomitar. Mi garganta se expandía y contraía como un corazón. Me dije que no vomitaría, después fui corriendo al baño y vomité: bilis, agua caliente y un pequeño guisante saltarín. Mientras mi estómago se contraía, mis ojos se anegaban en lágrimas y yo jadeaba intentando recuperar el aliento, empecé a hacer los únicos cálculos que puede hacer una mujer acurrucada sobre la taza del inodoro. Tomo la píldora, pero también se me olvida de vez en cuando; qué más dará, tengo treinta y ocho años, llevo tomándola casi dos décadas. No voy a quedarme embarazada por accidente.

Encontré los tests tras una cristalera cerrada con llave. Tuve que salir en busca de una mujer agobiada y bigotuda para que me la abriera y señalarle cuál quería mientras ella esperaba impacientemente. Me lo tendió con una mirada clínica y dijo: «Buena suerte».

Yo no sabía qué era lo que debía considerar buena suerte, si el signo de suma o el de resta. Conduje de regreso a casa y leí las

282

instrucciones tres veces, sostuve el artilugio en el ángulo adecuado durante el número de segundos adecuados, lo dejé sobre el reborde del lavabo y después me alejé corriendo como si fuese una bomba. Tres minutos. Encendí la radio y por supuesto era una canción de Tom Petty —¿alguna vez has encendido la radio sin que sonase una canción de Tom Petty?—, así que canté hasta el último verso de «American Girl» y después volví sigilosamente al cuarto de baño, como si quisiera tomar por sorpresa al test, con el corazón latiéndome de manera más frenética de lo que debería, y estaba embarazada.

De repente me vi atravesando a la carrera el jardín iluminado por el verano y recorriendo la calle y llamando a la puerta de Noelle, y cuando esta abrió me eché a llorar y le mostré el test y grité: «¡Estoy embarazada!».

Y entonces, alguien aparte de mí lo supo y me entró el pánico.

Cuando regresé a casa, tuve dos pensamientos.

Uno: La semana que viene es nuestro aniversario. Utilizaré las pistas como cartas de amor, las cuales conducirán a Nick hasta una hermosa cuna de madera, una antigüedad. Le convenceré de que debemos estar juntos. Como familia.

Dos: Ojalá hubiera podido hacerme con esa pistola.

Ahora siento temor, en ocasiones, cuando mi esposo llega a casa. Hace un par de semanas, Nick me pidió que saliera con él en el bote, a flotar mecidos por la corriente bajo un cielo azul. Debo decir que rodeé con ambas manos el poste de la escalera cuando me lo dijo, me aferré. Porque a la cabeza me vino una imagen de Nick balanceando el bote; en broma al principio, riéndose de mi pánico, adoptando una expresión firme y decidida después; y yo cayendo al agua, aquella agua marrón y lodosa, enturbiada con arena y ramas que arañan; y Nick agarrándome de la coronilla, manteniéndome bajo la superficie con un fuerte brazo hasta que yo dejase de resistirme.

No puedo evitarlo. Nick se casó conmigo cuando era una mujer joven, rica y hermosa; ahora soy una mujer pobre y desempleada que se encuentra más cerca de los cuarenta que de los treinta. He dejado de ser hermosa, ahora soy *hermosa para mi edad*. Es la verdad: mi valor se ha reducido. Lo noto en el modo en que me mira Nick. Pero no es la mirada de un tipo que ha perdido una apuesta de manera honesta. Es la mirada de un hombre que se siente estafado. Pronto podría ser la mirada de un hombre atrapado. Puede que hubiese sido capaz de divorciarse de mí antes de quedarme embarazada. Pero ahora jamás lo hará, no «el bueno de Nicky». No soportaría que todo el mundo en este pueblo fundado sobre los valores familiares creyese que es el tipo de hombre capaz de abandonar a su esposa e hijo. Preferiría quedarse para seguir sufriendo conmigo. Sufrir y enfurecerse y odiarme.

No voy a abortar. El bebé cumple hoy seis semanas en mi vientre, tiene el tamaño de una lenteja y está formando ojos, pulmones y orejas. Hace un par de horas, entré en la cocina y encontré un envase con legumbres que me regaló Maureen para preparar la sopa favorita de Nick. Saqué una lenteja y la dejé sobre la encimera. Era más pequeña que la uña de mi meñique, diminuta. No pude soportar la idea de dejarla sobre la fría encimera, así que la recogí y la sostuve en mi palma y la acaricié con la puntita de un dedo. Ahora la llevo en el bolsillo de mi camisa, para tenerla cerca.

No voy a abortar y no me voy a divorciar de Nick, aún no, porque todavía recuerdo cómo se sumergió en el océano un día de verano para hacer el pino bajo el agua, asomando las piernas por encima de la superficie, para después salir de un salto con una preciosa concha marina solo para mí, y cómo en aquel momento permití que mis ojos quedaran cegados por el sol y los cerré y vi los colores moteando como gotas de lluvia el interior de mis párpados mientras Nick me besaba con labios salados y pensé: «Qué afortunada soy, este es mi marido, este hombre será el padre de mis hijos. Seremos todos tan felices».

Pero puede que me equivoque, puede que me equivoque de cabo a rabo. Porque a veces… ¿cuando veo la manera en que me mira? ¿Aquel dulce muchacho de la playa, el hombre de mis sueños, el padre de mi hijo? Lo sorprendo observándome con esos ojos atentos, los ojos puramente calculadores de un insecto, y pienso: «Este hombre podría matarme».

Así que si encuentras esto y estoy muerta, en fin…

Lo siento, eso no ha tenido gracia.

NICK DUNNE
Siete días ausente

Había llegado el momento. A exactamente las ocho de la mañana, hora central, nueve de la mañana hora de Nueva York, descolgué el teléfono. Mi esposa estaba fehacientemente embarazada y yo era indiscutiblemente el principal —y único— sospechoso. Iba a conseguirme un abogado, *aquel mismo día*, e iba a ser precisamente el abogado que no quería y al que desesperadamente necesitaba. Tanner Bolt. Una triste necesidad. Zapeen por cualquiera de los canales legales, los programas de crímenes reales, y podrán toparse con el rostro bronceado con spray de Tanner Bolt, indignado y preocupado en defensa del fenómeno de feria de turno al que esté representando. Se hizo famoso a los treinta y cuatro años por defender a Cody Olsen, un restaurador de Chicago acusado de haber estrangulado a su muy embarazada esposa y de dejar su cuerpo tirado en un vertedero. Perros entrenados detectaron olor a cadáver en el interior del maletero del Mercedes de Cody; un registro de su portátil reveló que alguien había impreso un mapa hasta el vertedero más cercano la misma mañana que desapareció su esposa. Era de cajón. Para cuando Tanner Bolt hubo terminado, todo el mundo —el departamento de policía, dos miembros de una banda del West Side de Chicago y un portero de discoteca malhumorado— se vio implicado, salvo Cody Olsen, que salió libre y feliz del tribunal e invitó a una ronda de combinados.

En la década transcurrida desde entonces, Tanner Bolt había pasado a ser conocido como el Halcón Consorte; su especialidad

286

era la de abalanzarse en picado sobre casos bien publicitados para defender a hombres acusados de haber asesinado a sus esposas. La mitad de las veces con éxito, lo cual no estaba nada mal, teniendo en cuenta que los casos eran habitualmente condenatorios y los acusados extremadamente desagradables, tramposos, narcisistas, sociópatas. El otro apodo de Tanner Bolt era Defensor de los Degenerados.

Tenía cita con él a las dos de la tarde.

—Este es el teléfono de Marybeth Elliott. Por favor deje un mensaje y le devolveré la llamada lo más rápido posible —dijo el contestador de Marybeth en un tono de voz muy similar al de Amy. Amy, que no iba a volver lo más rápido posible.

Iba conduciendo a buena velocidad de camino al aeropuerto para volar a Nueva York y reunirme con Tanner Bolt. A Boney pareció divertirle que le pidiese permiso para salir de la ciudad: «En realidad los policías no decimos eso. Solo en la tele».

—Hola, Marybeth, soy Nick otra vez. Necesito hablar contigo. Quería decirte… uh… que de verdad no sabía nada sobre el embarazo, estoy tan conmocionado como debes de estarlo tú… Uh… también voy a contratar un abogado, solo para que lo sepas. Incluso creo que Rand me lo sugirió. Bueno, en cualquier caso… ya sabes lo mal que se me dan los mensajes. Espero que me devuelvas la llamada.

Las oficinas de Tanner Bolt estaban en el centro, no muy lejos de donde solía trabajar yo. El ascensor me elevó veinticinco pisos, pero con tanta suavidad que no estuve seguro de estar en movimiento hasta que se me taponaron los oídos. En el vigésimo sexto piso, entró una rubia de labios apretados vestida con un elegante traje de ejecutiva. Zapateó impaciente, esperando a que las puertas se cerraran, y luego me espetó bruscamente:

—¿Por qué no pulsa el botón de cerrar?

Le mostré la sonrisa que les dedico a las mujeres petulantes, la sonrisa de «Relájate», la que Amy llamaba la «sonrisa amado Nicky», y entonces la mujer me reconoció.

—Oh —dijo, adoptando la misma expresión que si hubiera olido algo rancio.

Pareció personalmente reafirmada en sus opiniones cuando me vio salir en la planta de Tanner.

Aquel tipo era el mejor y necesitaba al mejor, pero también me irritaba verme asociado con él en lo más mínimo; un oportunista, un exhibicionista, un defensor de los culpables. Estaba tan predispuesto a odiar a Tanner Bolt que esperaba que sus oficinas parecieran un decorado de *Corrupción en Miami*. Pero Bolt & Bolt era justo lo contrario: un entorno digno, elegante, procesal. Tras las inmaculadas puertas de cristal, individuos bien vestidos paseaban atareadamente entre despachos.

Me recibió un joven atractivo con una corbata del color de una fruta tropical que me acomodó en la resplandeciente sala de espera cubierta de cristal y espejos y me ofreció con grandes ademanes un vaso de agua (que rechacé). Después volvió a su resplandeciente escritorio y levantó un resplandeciente teléfono. Me senté en el sofá, a contemplar las vistas de los edificios, las grúas alzando y bajando el cuello como pájaros mecánicos. Después me saqué la última pista de Amy del bolsillo. Cinco años, madera. ¿Sería ese el premio al final de la caza del tesoro? ¿Algo para el bebé, como una cuna de roble tallada o un sonajero de madera? Algo para nuestro bebé y para nosotros, para empezar de nuevo, los Dunne reinventados.

Go telefoneó mientras seguía estudiando la pista.

—¿Va todo bien entre nosotros? —preguntó de inmediato.

Mi hermana pensaba que era posible que fuera un asesino de esposas.

—Todo lo bien que creo que podrá ir en el futuro, teniendo en cuenta las circunstancias.

—Nick. Lo siento. He llamado para decir que lo siento —dijo Go—. Me he despertado y he pensado que había enloquecido. Me siento fatal. Perdí la cabeza. Me volví loca. De verdad, quiero disculparme con toda sinceridad.

Guardé silencio.

—Tienes que reconocérmelo, Nick: el agotamiento, el estrés y… lo siento… de verdad.

—De acuerdo —mentí.

—Pero me alegro, en cierto modo. Ha servido para despejar el ambiente…

—Amy estaba embarazada.

Me dio un vuelco el estómago. Nuevamente sentí como si hubiera olvidado algo crucial. Como si hubiera pasado algo por alto y fuera a pagar por ello.

—Lo siento —dijo Go. Aguardó un par de segundos—. Lo cierto es que…

—No puedo hablar sobre ello. No puedo.

—Vale.

—Estoy en Nueva York —dije—. Tengo una cita con Tanner Bolt.

Go dejó escapar un suspiro de alivio.

—Gracias a Dios. ¿Cómo has conseguido que te reciba tan rápido?

—Así de jodido es mi caso.

Me habían pasado de inmediato con Tanner tras haber dicho mi nombre, no me dejaron ni tres segundos en espera, y cuando le hablé del interrogatorio en mi salón, del embarazo, me ordenó que subiera al primer avión.

—Estoy un poco acojonado —añadí.

—Estás haciendo lo correcto. En serio.

Otra pausa.

—Es imposible que su nombre real sea Tanner Bolt, ¿verdad? —dije, intentando aligerar la conversación.

—He oído que es un anagrama de Ratner Tolb.

—¿En serio?

—No.

Me reí, una sensación inapropiada, pero buena. Después, desde el otro extremo de la sala, llegó el anagrama en persona: traje negro a rayas y corbata verde lima, sonrisa de tiburón. Caminaba con la mano extendida, en modo estrechar y golpear.

—Nick Dunne, soy Tanner Bolt. Acompáñeme, tenemos trabajo.

El despacho de Tanner Bolt parecía diseñado para asemejarse a la sala de estar de un club de golf exclusivo para hombres: cómodas butacas de piel, estanterías repletas con tratados legales, una chimenea alimentada por gas cuyas llamas aleteaban bajo el aire acondicionado. Siéntate, enciende un puro, quéjate de tu esposa, cuenta algunos chistes de dudoso gusto, *aquí solo estamos nosotros.*

Bolt escogió deliberadamente no sentarse detrás de su escritorio. Me condujo hacia una mesa para dos, como si fuéramos a jugar al ajedrez. «Esta es una conversación entre socios —estaba diciendo Bolt sin tener que expresarlo—. Vamos a sentarnos en nuestra mesita del gabinete de guerra e iremos al grano.»

—Mi depósito, señor Dunne, es de cien mil dólares. Se trata de una cantidad elevada, evidentemente, por lo que quiero dejar claro lo que ofrezco y lo que voy a esperar de usted, ¿de acuerdo?

Me miró sin parpadear, mostrando una sonrisa comprensiva, y esperó a que asintiera. Solo Tanner Bolt podía hacer que yo, un *cliente,* volara hasta *él* para luego decirme a qué compás debía bailar para entregarle mi dinero.

—Yo gano, señor Dunne. Gano casos imposibles de ganar, y el caso al que creo que puede que se enfrente en breve es, no quiero ser condescendiente, de los duros. Problemas monetarios, matrimonio en crisis, esposa embarazada. Los medios de comunicación se han puesto en su contra, el público se ha puesto en su contra.

Le dio una vuelta a un sello en la mano derecha y aguardó a que le demostrase que estaba prestando atención. Siempre había oído la frase: «A los cuarenta, un hombre tiene el rostro que se ha ganado». El rostro cuarentón de Bolt estaba bien cuidado, casi libre de arrugas, agradablemente rollizo con ego. Un hombre seguro de sí mismo, el mejor en su campo, un hombre a gusto con su vida.

–No habrá más entrevistas policiales sin contar con mi presencia –estaba diciendo Bolt–. Es algo a lo que lamento que se haya prestado. Pero antes de pasar siquiera a los aspectos legales, tenemos que empezar a ocuparnos de la opinión pública, porque al ritmo que va esto, debemos asumir que todo acabará filtrándose: sus tarjetas de crédito, el seguro de vida, la escena del crimen supuestamente simulada, la sangre fregada. Pinta todo muy mal, amigo mío. Es un círculo vicioso: la policía cree que usted lo hizo y dejan que el público lo sepa. El público, agraviado, exige un arresto. De modo que, uno: tenemos que encontrar un sospechoso alternativo. Dos: *tenemos* que conservar el apoyo de los padres de Amy, no tengo manera de enfatizar lo suficiente este segundo punto. Y tres: tenemos que rehabilitar su imagen, porque si acabamos yendo a juicio, influirá en el jurado. Hoy día un cambio de tribunal ya no sirve de nada. Desde que tenemos internet y veinticuatro horas al día de televisión por cable, todo el mundo es su tribunal. No sé cómo expresarle lo clave que resulta que empiece a darle la vuelta a la tortilla.

–Me encantaría, créame.

–¿Qué tal van las cosas con los padres de Amy? ¿Podemos conseguir que realicen una declaración de apoyo?

–No he hablado con ellos desde que se confirmó que Amy estaba embarazada.

–Está embarazada –dijo Tanner, frunciendo el ceño–. Está. *Está* embarazada. Nunca jamás se le ocurra mencionar a su esposa en tiempo pretérito.

–Joder.

Me cubrí la cara con la palma de la mano un segundo. Ni siquiera había sido consciente de lo que había dicho.

–No se preocupe mientras está conmigo –dijo Bolt, haciendo un gesto magnánimo con la mano–. Pero en cualquier otro lugar, preocúpese. Preocúpese mucho. A partir de ahora, no quiero que abra la boca sin haber pensado bien lo que va a decir. O sea que no ha hablado con los padres de Amy. Eso no me gusta. Habrá intentado ponerse en contacto, asumo…

—Les he dejado un par de mensajes.

Bolt garabateó algo en una libreta de papel amarillo.

—De acuerdo, tenemos que asumir que se trata de malas noticias para nosotros. En cualquier caso necesita llegar a ellos. Pero no en público. Evite cualquier lugar en el que algún gilipollas con cámara en el móvil pueda filmarle. No podemos permitirnos otro momento Shawna Kelly. O envíe a su hermana en misión de reconocimiento, que vea cómo están las cosas. En realidad, haga eso mejor.

—De acuerdo.

—Necesito que me prepare una lista, Nick, con todas las cosas agradables que haya hecho por Amy en el transcurso de los años. Detalles románticos, particularmente durante este último año. Le preparó un caldo de pollo cuando se puso enferma o le envió cartas de amor mientras estaba de viaje de negocios. Nada demasiado ostentoso. No me importa la joyería a menos que la comprasen durante unas vacaciones juntos o algo así. Necesitamos detalles personales, detalles de película romántica.

—¿Y si no soy la clase de tipo de película romántica?

Tanner apretó los labios, después los volvió a relajar.

—Procure que se le ocurra algo, ¿de acuerdo, Nick? Parece un buen tipo. Estoy seguro de que habrá tenido algún detalle este último año.

Fui incapaz de recordar una sola cosa decente que hubiera hecho por Amy en los dos últimos años. En Nueva York, durante nuestro primer par de años de matrimonio, había estado desesperado por complacerla, por recuperar aquellos días despreocupados cuando ella atravesaba corriendo el aparcamiento de la droguería para saltar a mis brazos celebrando espontáneamente que acababa de comprar laca para el pelo. Su cara pegada a la mía a todas horas, sus ojos azules y brillantes completamente abiertos y sus rubias pestañas entrelazándose con las mías, el calor de su aliento justo debajo de mi nariz, la adorable ridiculez de todo ello. Me esforcé durante dos años, mientras mi vieja esposa se iba desvaneciendo, y me esforcé con ahínco, sin ira, sin discusiones, un doblegar constante, una capitulación continua, yo en versión telecomedia: «Sí, querida». «Por supuesto, cariño.» Notando cómo iba vampirizándome la puta energía mientras mis pensamientos de conejo frenético se empeñaban en averiguar cómo hacerla feliz, y cada gesto, cada intento, era recibido con una mirada inexpresiva o un triste suspiro. Un suspiro de «Simplemente no lo pillas».

Para cuando nos mudamos a Missouri, ya solo estaba cabreado. Avergonzado del recuerdo de mí mismo, del hombre arrastrado, servil y encorvado en el que me había convertido. De modo que no fui romántico; no fui ni siquiera agradable.

—También voy a necesitar una lista de individuos que pudieran haber hecho daño a Amy, que hubieran podido tener algo en su contra.

—Debería decirle que, según parece, Amy intentó comprar un arma a primeros de año.

—¿Lo sabe la policía?

—Sí.

—¿Lo sabía usted?

—No hasta que me lo dijo el tipo al que intentó comprársela.

Bolt tardó exactamente dos segundos en pensar.

—Entonces apuesto a que la teoría es que su esposa quería una pistola para protegerse de usted —dijo—. Vivía aislada, asustada. Quería creer en usted, pero podía percibir que algo iba muy mal, de modo que quiso una pistola por si acaso su peor temor resultaba ser correcto.

—Guau, es usted bueno.

—Mi padre era poli —dijo Tanner—. Pero me gusta la idea de la pistola. Ahora solo necesitamos encontrar a alguien que la justifique aparte de usted. Nada es demasiado exagerado. Si discutía con un vecino constantemente por los ladridos de su perro, si se vio obligada a rechazar los avances de algún tipo, lo que sea que tenga, lo necesito. ¿Qué sabe usted de Tommy O'Hara?

—¡Justo! Sé que ha llamado a la línea de ayuda en un par de ocasiones.

—Fue acusado de violar a Amy durante una cita en 2005.

Noté que se me desencajaba la mandíbula, pero no dije nada.

—Estaba saliendo con él de manera informal. Según mis fuentes, la invitó a cenar en su casa, las cosas se salieron de madre y la violó.

—¿Cuándo en 2005?

—Mayo.

Ocurrió durante el periodo en el que perdí a Amy, los ocho meses transcurridos entre nuestro encuentro de Nochevieja y cuando la volví a encontrar en la Séptima Avenida.

Tanner se apretó el nudo de la corbata, le dio una vuelta a su alianza incrustada de diamantes, estudiándome.

—Nunca se lo contó.

—Es la primera noticia que tengo al respecto —dije—. Nadie me dijo nada. Particularmente Amy.

—Le sorprendería saber a cuántas mujeres les sigue pareciendo un estigma. Se sienten avergonzadas.

—No puedo creer que...

—Intento no aparecer nunca en estas reuniones sin aportar nueva información para mi cliente —dijo Tanner—. Quiero demostrarle lo en serio que me tomo su caso. Y lo mucho que me necesita usted.

—El tal O'Hara, ¿podría ser un sospechoso?

—Claro, ¿por qué no? —dijo Tanner con demasiada alegría—. Tiene un historial de violencia contra su esposa.

—¿Fue a la cárcel?

—Ella retiró los cargos. Asumo que no querría testificar. Si usted y yo decidimos trabajar juntos, haré que lo investiguen. Mientras tanto, piense en *cualquiera* que haya mostrado interés por su esposa. Pero mejor si es alguien en Carthage. Resultará más creíble. Y ahora...

Tanner cruzó una pierna y mostró la fila inferior de dientes, incómodamente montados y manchados en comparación con la perfecta valla blanca de arriba. Después se agarró un momento el labio con los dientes torcidos.

—Ahora viene la parte más difícil, Nick —dijo—. Necesito sinceridad total por su parte, es la única manera de que esto pueda funcionar. De modo que cuéntemelo todo sobre su matrimonio;

cuénteme lo peor. Porque si conozco lo peor, podré estar preparado para ello. Pero si me toman por sorpresa, estaremos jodidos. Y si estamos jodidos, *usted* estará jodido. Yo me volveré a casa en el jet privado.

Respiré hondo. Le miré a los ojos.

—He engañado a Amy. Le estaba poniendo los cuernos.

—De acuerdo. ¿Con varias mujeres o solo con una?

—No, con varias no. Y nunca antes la había engañado.

—Entonces, ¿con *una* mujer? —preguntó Bolt y apartó la vista, descansando la mirada en la acuarela de un velero mientras le daba vueltas a su alianza.

Me lo imaginé telefoneando más tarde a su mujer, diciendo: «Al menos una vez, una vez solo, me gustaría tener a un cliente que no sea un cretino».

—Sí, solo una chica, es muy…

—No diga «chica», jamás diga «chica» —dijo Bolt—. Mujer. Una mujer muy especial para usted. ¿No es eso lo que iba a decir?

Por supuesto que sí.

—¿Sabe, Nick? En realidad especial es peor que… De acuerdo, ¿cuánto tiempo?

—Poco más de un año.

—¿Ha hablado con ella desde que desapareció Amy?

—Sí, con un móvil desechable. Y una vez en persona. Dos veces. Pero…

—En *persona*.

—Nadie nos ha visto. Puedo jurarlo. Solo mi hermana.

Tanner suspiró y volvió a mirar el barco velero.

—¿Y cómo se ha tomado… cómo se llama?

—Andie.

—¿Cuál es su actitud ante todo esto?

—Ha sido muy comprensiva hasta el… anuncio del embarazo. Ahora creo que está un poco… tensa. Muy tensa. Muy… eh… «necesitada» no es la palabra adecuada…

—Diga lo que tenga que decir, Nick. Si está necesitada, entonces…

—Necesitada. Pegajosa. Necesita que la esté reconfortando continuamente. Se trata de una muchacha encantadora, pero es joven y ha sido… ha sido duro, evidentemente.

Tanner Bolt se aproximó a su minibar y sacó una botella de Clamato. Tenía la nevera llena de Clamato. Abrió la botella y se la bebió en tres tragos, después se limpió los labios con una servilleta de tela.

—Tendrá que cortar por completo y para siempre todo tipo de contacto con Andie —dijo. Empecé a replicar algo y Tanner me interrumpió alzando la palma de la mano—. De inmediato.

—No puedo cortar con ella así como así. De un día para otro.

—No es debatible. *Nick.* Vamos a ver, amigo, ¿de verdad tengo que deletreárselo? No puede andar por ahí de picos pardos teniendo a su esposa embarazada desaparecida. Acabará en la puta cárcel. La cuestión es cómo hacerlo sin volver a Andie en nuestra contra. Sin dejarla con ansias de venganza, con el impulso de hacerlo público, nada salvo buenos recuerdos. Hágale creer que es la única opción decente, haga que ella misma sea la que desee mantenerlo a salvo. ¿Qué tal se le dan las rupturas?

Abrí la boca, pero Tanner no esperó.

—Ensayaremos con usted la conversación del mismo modo que ensayaríamos un interrogatorio, ¿de acuerdo? Ahora, si usted quiere, volaré a Missouri, montaré el campamento y podremos ponernos a trabajar en serio en todo esto. Podría estar con usted mañana mismo si quiere que sea su abogado. ¿Quiere?

—Quiero.

Antes de la hora de la cena estaba de regreso en Carthage. Me resultó extraño, una vez que Tanner había borrado a Andie de la foto —una vez que quedó claro que aquello simplemente no podía seguir—, lo rápidamente que lo acepté, lo poco que lo lamenté. En aquel simple vuelo de dos horas, pasé de estar *enamorado de Andie* a *nada enamorado*. Como atravesar una puerta. Nuestra relación cobró de inmediato un tono sepia: el pasado. Qué extraño, que hubiera echado a perder mi matrimonio por aquella muchachita con la que no tenía nada en común salvo que a los dos nos gustaba reír y una cerveza fría tras el sexo.

«Por supuesto que te parece bien cortar con ella —diría Go—. Han empezado las complicaciones.»

Pero había un motivo mejor: Amy había cobrado importancia en mi cabeza. Aunque había desaparecido, la tenía más presente que a ninguna otra persona. Me había enamorado de Amy porque con ella podía ser la versión definitiva de Nick. Amarla me hacía sobrehumano, me hacía sentir vivo. Incluso en sus momentos más relajados, era complicada, porque su cerebro trabajaba a todas horas, trabajaba y trabajaba. Tenía que esforzarme solo para poder seguirle el ritmo. Me pasaba una hora componiendo un e-mail sin importancia para ella, me convertí en estudiante de los más arcanos conocimientos para poder mantenerla interesada: los poetas lakistas, los códigos del duelo, la Revolución francesa. Su mente era vasta y profunda y ya solo estar con ella me volvió más inteligente. Y más considerado y más activo y más vivo, casi eléctrico, porque para Amy el amor era como las drogas o el alcohol o el porno: no había techo. Cada dosis debía ser más intensa que la anterior para obtener el mismo resultado.

Amy me hizo creer que era excepcional, que estaba a su nivel. Aquello fue tanto nuestra suerte como nuestra desgracia, porque en última instancia no fui capaz de asumir sus exigencias de grandeza. Empecé a ansiar las cosas fáciles y vulgares. Amy me odió por ello y al final, me doy cuenta, la castigué por ello. Fui yo quien la convirtió en la persona frágil y quisquillosa que acabó siendo. Había estado fingiendo ser una clase de hombre y me revelé como otra muy distinta. Peor aún, me autoconvencí de que nuestra tragedia era únicamente responsabilidad suya. Pasé años convirtiéndome en precisamente aquello que habría jurado que era Amy: un amasijo de odio convencido de su superioridad moral.

Durante el vuelo de regreso pasé tanto tiempo estudiando la pista n.º 4 que había acabado memorizándola. Quería torturarme. No es de extrañar que esta vez las notas de Amy fueran tan distintas: mi esposa estaba embarazada, quería empezar de nuevo, regresar a los días en que fuimos felices y deslumbrantemente vivaces. Me la imaginé recorriendo el pueblo para esconder aquellas dulces notas, ansiosa como una escolar, deseando con todas sus fuerzas que fuese capaz de llegar hasta el final: el anuncio de que estaba embarazada de mí. Madera. Tenía que ser una vieja cuna. Conocía a mi esposa: tenía que ser una antigüedad. Sin embargo, la pista no estaba escrita en el tono de una madre expectante.

> *Imagíname: soy una chica mala y depravada.*
> *Necesito un castigo, me merezco ser azotada*
> *donde los regalos del quinto aniversario se han de guardar.*
> *¡Perdona si esto se empieza a complicar!*
> *Qué buen rato el compartido allí a mediodía,*
> *después a tomar un cóctel, qué bien, qué alegría.*
> *Así que ve corriendo ahora mismo con presteza*
> *y al abrir la puerta encontrarás tu gran sorpresa.*

Casi había llegado a casa cuando lo desentrañé. «Regalos del quinto aniversario.» Tenían que ser regalos de madera. Los azotes de castigo se dan en el cobertizo. El regalo tenía que estar en el cobertizo que había detrás de la casa de mi hermana: una cabaña vieja y decrépita en la que guardar recambios para el cortacésped y herramientas oxidadas, como salida de una película de terror en la que los campistas van siendo asesinados uno a uno. Go nunca entraba en ella; desde que había comprado la casa bromeaba a menudo diciendo que cualquier día de estos acabaría quemándola. Sin embargo, había permitido que cayera aún más en poder de las telarañas y las malas hierbas. Siempre habíamos dicho que sería un buen lugar para enterrar un cuerpo.

No podía ser.

Atravesé el pueblo con el rostro entumecido, las manos heladas. El coche de Go estaba en el camino de entrada, pero evité con cuidado el resplandor de la ventana del salón, descendí la pronunciada ladera y pronto quedé fuera del alcance de su vista, de la vista de cualquiera. Era un lugar muy discreto.

En el extremo más alejado del patio, justo junto al lindero del bosque, se alzaba el cobertizo.

Abrí la puerta.

Nonononono.

PARTE DOS
CHICO CONOCE CHICA

AMY ELLIOTT DUNNE
El día de

Soy mucho más feliz ahora que estoy muerta.

Técnicamente desaparecida. Pronto, presuntamente fallecida. Pero, para resumir, diremos que muerta. Solo han transcurrido unas pocas horas, pero ya me siento mejor: las articulaciones sueltas, los músculos relajados. En determinado momento, esta mañana, he notado algo extraño en el rostro, diferente. Me he mirado en el espejo retrovisor —habiendo dejado la espantosa Carthage setenta kilómetros atrás y a mi engreído esposo zangoneando en su mugriento bar mientras el caos pende de una endeble cuerda de piano sobre su mierdosa e ignorante cabeza— y me he dado cuenta de que estaba sonriendo. ¡Ja! Eso es nuevo.

Mi listado de «pendientes» para hoy —uno de los muchos listados que he preparado en el transcurso del último año— descansa junto a mí en el asiento del pasajero. Hay una mancha de sangre justo al lado del punto 22: hacerme un corte. «Pero a Amy le aterroriza la sangre», dirán los lectores de mi diario. (¡El diario, sí! Ya volveremos a mi brillante diario.) No, no es así, ni por asomo, pero es lo que he estado diciendo durante el último año. Probablemente le haya repetido a Nick una media docena de veces el miedo que me da la sangre, y cuando él replicaba «No recuerdo que antes te diera tanto miedo», yo respondía: «¡Te lo he dicho, te lo he dicho muchísimas veces!». Nick tiene tan mala memoria para los problemas de los demás que simplemente asumió que debía de ser cierto. Desmayarme en el centro de donaciones fue un toque elegante. Lo hice de verdad, no me limité a escribir que lo hacía. (No te

303

preocupes, ya iremos desenredando la madeja de lo que es cierto, lo que no y lo que bien podría serlo.)

«Punto 22: hacerme un corte» lleva mucho tiempo en la lista. Ahora es real y me duele el brazo. Un montón. Cortarse una misma más allá de la epidermis, llegando hasta el músculo, requiere de una disciplina muy especial. Quieres obtener sangre en abundancia, pero no tanta como para perder el conocimiento y que te descubran horas más tarde tirada en un charco rojo y te veas obligada a dar explicaciones. Primero me acerqué un cúter a la muñeca, pero mientras examinaba esa maraña de venas entrecruzadas me sentí como un artificiero en una película de acción: corta el cable equivocado y mueres. Acabé rajándome la parte interior del antebrazo, mordiendo un paño para no gritar. Un corte largo y profundo. Me senté con las piernas cruzadas en el suelo de la cocina durante diez minutos, dejando que la sangre manase hasta haber formado un buen charco. Después lo limpié con la misma torpeza con la que lo habría limpiado Nick tras haberme abierto la cabeza. Quiero que la casa cuente una historia de conflictos entre lo verdadero y lo falso. «El salón parece manipulado, sin embargo alguien ha limpiado la sangre: ¡no ha podido ser Amy!»

De modo que la automutilación ha merecido la pena. Aun así, horas más tarde, el corte arde bajo mis mangas, bajo el torniquete. (Punto 30: vendar cuidadosamente la herida, asegurándose de no dejar ninguna gota de sangre allá donde no deba estar. Envolver el cúter y guardarlo en bolsillo para posterior eliminación.)

Punto 18: fingir pelea en el salón. Volcar la otomana. Hecho.

Punto 12: guardar la primera pista en su caja y esconderla lo justo para que la policía la encuentre antes de que al desconcertado esposo se le ocurra buscarla. Tiene que formar parte del registro policial. Quiero que se vea obligado a iniciar la caza del tesoro (su ego le obligará a terminarla). Hecho.

Punto 32: ponerse ropas poco llamativas, ocultar la melena bajo una gorra, descender el terraplén hasta llegar a la orilla del río y alejarse por la ribera, a escasos centímetros del agua, hasta alcanzar los límites del complejo. Hazlo así aunque sepas que los

Teverer, los únicos vecinos con vistas al río, estarán en la iglesia. Hazlo porque nunca se sabe. Siempre tomas una precaución extra de la que los demás prescinden, porque eso es lo que te define como persona.

Punto 29: despedirse de Bleecker. Oler su apestoso aliento de gato por última vez. Llenar su plato de comida por si acaso a nadie se le ocurre alimentarlo una vez que haya comenzado todo.

Punto 33: salir echando leches de Dodge.

Hecho, hecho, hecho.

Puedo contarte más en detalle cómo lo hice todo, pero antes me gustaría que me conocieras. No a la Amy Diario, que es un personaje de ficción (y eso que Nick dijo que en realidad yo no era escritora, ¿por qué le haría caso alguna vez?), sino a mí, la Amy Real. ¿Qué clase de mujer podría hacer algo semejante? Permite que te cuente una historia, una historia *real*, para que puedas comenzar a comprender.

Para empezar: nunca debería haber nacido.

Antes de que yo llegara, mi madre sufrió cinco abortos y en dos ocasiones dio a luz a bebés muertos. Una vez al año, en otoño, como si se tratara de un deber estacional, como el barbecho de los cultivos. Todas fueron niñas; a todas las llamaron Hope, «esperanza». Estoy segura de que fue sugerencia de mi padre, fruto de su impulso optimista, de su colorido fervor: «No podemos perder la esperanza, Marybeth». Pero eso fue exactamente lo que perdieron, a Hope, una vez tras otra.

Los médicos les ordenaron a mis padres que dejasen de intentarlo; ellos se negaron. No son de los que abandonan. Lo intentaron y lo intentaron y finalmente llegué yo. Mi madre no contaba con verme viva, no soportaba pensar en mí como en un bebé de carne y hueso, una niña de verdad, una hija que la acompañaría a casa. Si las cosas hubieran salido mal, habría sido Hope 8. Pero entré en el mundo aullando, eléctrica y rosada como el neón. Mis padres se sorprendieron tanto que descubrieron que nunca habían llegado a decidir un nombre, no uno verdadero para una niña de verdad. Durante mis dos primeros días en el hospital, siguieron sin ponérmelo. Cada mañana mi madre oía abrirse la puerta de su habitación y a la enfermera demorarse en el umbral (siempre me la imaginé en plan clásico, con la falda blanca y uno de esos gorritos plegables en forma de caja de comida china para llevar). La enfermera se demoraba y mi madre preguntaba sin ni siquiera alzar la mirada: «¿Sigue viva?».

Cuando seguí con vida, me llamaron Amy, porque era un nombre habitual, un nombre popular, un nombre compartido por varios millares de chiquillas nacidas aquel año, para que los dioses no se fijasen en aquella niñita oculta entre todas las demás. Marybeth dijo que si tuviera que hacerlo de nuevo, me llamaría Lydia.

Crecí sintiéndome especial, orgullosa. Era la chica que había triunfado en la lucha contra el olvido. Las posibilidades eran del uno por ciento, pero lo conseguí. En el proceso eché a perder el vientre de mi madre, mi versión prenatal de la Marcha de Sherman. Marybeth no podría volver a quedarse embarazada. De niña, obtenía un vibrante placer solo con pensar en aquello: solo yo, solo yo, nadie más que yo.

En los aniversarios de las muertes de todas las Hope, mi madre bebía té caliente a sorbitos, sentada en una mecedora con una mantita, y decía que únicamente estaba tomándose «un rato para sí misma». Nada dramático —mi madre es demasiado sensata para cantar endechas—, pero se ponía introspectiva, se distanciaba, y yo no pensaba permitirlo, cosita necesitada como era. Me subía a su regazo o plantaba un dibujo con ceras delante de su cara o le llevaba una nota del maestro que necesitaba ser firmada de inmediato. Mi padre intentaba distraerme, llevarme al cine o sobornarme con dulces. Hiciera lo que hiciera, no servía de nada. Me negaba a concederle a mi madre aquellos pocos minutos.

Siempre he sido mejor que las Hope, fui la única que consiguió sobrevivir. Pero siempre he estado también celosa de ellas, siempre... Siete princesitas muertas y danzantes. Perfectas sin tener que intentarlo siquiera, sin haber tenido que afrontar un solo momento de existencia, mientras que yo sigo aquí atrapada en la Tierra esforzándome a diario, y cada día es una oportunidad para no alcanzar la perfección.

Es una manera agotadora de vivir. Y así fue como viví hasta los treinta y uno.

Después, durante aproximadamente dos años, todo fue bien. Gracias a Nick.

Nick me *amaba*. Un amor de como poco seis aes: me *amaaaaaaba*. Pero no estaba enamorado de mí–mí. Nick se enamoró de una chica que no existe. Yo estaba fingiendo, como hago a menudo; fingiendo tener una personalidad. No puedo evitarlo, es lo que he hecho toda la vida. De la misma manera que algunas mujeres cambian de aspecto regularmente, yo cambio de personalidad. ¿Qué personaje me sienta bien, cuál es el más deseado, cuál se pone de moda? Creo que la mayor parte de las personas hace lo mismo, simplemente no lo reconocen o en su defecto se afianzan en un solo personaje porque son demasiado perezosas o estúpidas para hacer el cambio.

Aquella noche, en la fiesta de Brooklyn, estaba interpretando a la chica de moda, la chica deseada por un hombre como Nick: la Chica Enrollada. Los hombres siempre dicen eso como si fuera *el* cumplido definitivo, ¿verdad? «Es una tía muy enrollada.» Ser la Chica Enrollada significa que soy una mujer atractiva, brillante y divertida que adora el fútbol americano, el póquer, los chistes verdes y eructar, que juega a videojuegos, bebe cerveza barata, adora los tríos y el sexo anal y se llena la boca con perritos y hamburguesas como si estuviera presentando la mayor orgía culinaria del mundo a la vez que es capaz de algún modo de mantener una talla 34, porque las Chicas Enrolladas, por encima de todo, están buenas. Son atractivas y comprensivas. Las Chicas Enrolladas nunca se enfadan; solo sonríen de manera disgustada pero cariñosa y dejan que sus hombres hagan lo que ellos quieran. «Adelante, cágate encima, de mí, no me importa, soy la Chica Enrollada.»

Los hombres realmente creen que esta chica existe. Quizá se engañen porque muchas mujeres están dispuestas a fingir que lo son. Durante mucho tiempo, viví ofendida por el concepto de la Chica Enrollada. Solía ver a hombres –amigos, compañeros de trabajo, desconocidos– babear por aquellas espantosas farsantes y me entraban ganas de sentarlos tranquilamente y decirles: «No estás saliendo con una mujer, estás saliendo con una mujer que ha visto demasiadas películas escritas por hombres socialmente inadaptados a los que les gustaría creer que este tipo de mujer existe y podría besarles». Me entraban ganas de agarrar al pobre tipo por la solapa o por su bolso bandolera y decirle: «En realidad a esa zorra no le gustan tanto los perritos calientes con chili. ¡A nadie le gustan tanto los perritos calientes con chili!».Y las Chicas Enrolladas son más patéticas aún: ni siquiera fingen ser la mujer que les gustaría ser, fingen ser la mujer que un hombre quiere que sean. Oh, y si *no* eres una Chica Enrollada, te ruego que no creas que tu hombre no desea a la Chica Enrollada. Puede que sea una versión ligeramente distinta, a lo mejor es vegetariano, así que su Chica Enrollada adora el seitán y se maneja bien con los perros; o a lo mejor es un artista modernillo, así que la Chica Enrollada es una empollona tatuada y con gafas a la que le encantan los cómics. El escaparate admite variaciones, pero créeme: todos desean una Chica Enrollada, que es básicamente la chica a la que le gustan todas y cada una de las putas cosas que le gustan a él y nunca se queja. (¿Cómo saber que *no* eres la Chica Enrollada? Porque te dirá cosas como: «Me gustan las mujeres fuertes». Si te dice eso, antes o después se follará a otra. Porque «Me gustan las mujeres fuertes» es una expresión en clave para «Odio a las mujeres fuertes».)

Esperé pacientemente –durante *años*– a que el péndulo oscilara hacia el otro extremo; a que los hombres empezasen a leer a Jane Austen, aprendieran a bordar, a fingir que les encanta beber Cosmos, a organizar fiestas para crear álbumes de recortes y a enrollarse entre ellos mientras nosotras miramos con lascivia.Y entonces diríamos: «Sí, es un Tío Enrollado».

Pero nunca ocurrió. ¡En cambio, todo tipo de mujeres a lo largo y ancho del país se confabularon para degradación del resto! Muy pronto, la Chica Enrollada pasó a ser la chica estándar. Los hombres creían en su existencia, dejó de ser únicamente una mujer de ensueño, una entre un millón. Todas las chicas debían ser enrolladas y si no lo eras es que te pasaba *algo*.

Pero resulta tentador ser la Chica Enrollada. Para una persona como yo, una persona a la que le gusta ganar, resulta tentador querer ser la chica que todo hombre desea. Cuando conocí a Nick, supe de inmediato que eso era lo que él quería, y supongo que, por él, estuve dispuesta a intentarlo. Aceptaré mi parte de culpa. El caso es que, al principio, estaba *loca* por él. Me parecía perversamente exótico, un muchacho tradicional de Missouri. Un condenado encanto. Nick era capaz de sacar cosas de mi interior que yo ni siquiera sabía que existían: ligereza, humor, saber estar. Era como si me hubiera ahuecado y me hubiera vuelto a llenar con plumas. Me ayudaba a ser la Chica Enrollada. No podría haber sido una Chica Enrollada con ningún otro. Tampoco habría querido. No puedo decir que no disfrutase algunas partes: me comí un Moon-Pie, caminé descalza, dejé de preocuparme. Vi películas tontas y comí alimentos atiborrados con elementos químicos. No pensaba más allá del primer paso de nada, esa era la clave. Me bebía una Coca-Cola y no me preocupaba sobre cómo reciclar la lata o sobre los ácidos que se acumulaban en mi estómago, ácidos tan poderosos como para limpiar una moneda. Íbamos a ver una película tonta y no me preocupaba el ofensivo sexismo ni la falta de minorías en papeles de peso. Ni siquiera me preocupaba si la película tenía o no sentido. No me preocupaba nada de lo que viniera a continuación. Nada tenía consecuencias, estaba viviendo el momento, y pude notar que poco a poco me iba volviendo más tonta y superficial. Pero también feliz.

Antes de conocer a Nick, nunca me había sentido realmente como una persona, porque siempre había sido un producto. La Asombrosa Amy ha de ser brillante, creativa, amable, considerada, ingeniosa y feliz. «Solo queremos que seas feliz.» Rand y Marybeth lo repetían a todas horas, pero nunca me explicaron cómo. Tantas lecciones, oportunidades y ventajas y nunca me enseñaron a ser feliz. Recuerdo haberme sentido siempre desconcertada por los demás. Estaba en una fiesta de cumpleaños y veía a los otros niños riendo tontamente, haciendo muecas, e intentaba imitarles, pero no entendía *por qué*. Permanecía allí sentada con el apretado elástico del sombrero de cumpleaños marcándome una hendidura en la carnosa papada y con el granulado escarchado de la tarta manchándome los dientes de azul e intentaba dilucidar por qué era divertido.

Con Nick, finalmente lo entendí. Porque Nick era muy divertido. Era como salir con una nutria marina. Fue la primera persona espontáneamente feliz que conocí a la que podía considerar mi igual. Era brillante, guapísimo, divertido, encantador y dichoso. Le caía bien a todo el mundo. Las mujeres lo adoraban. Pensé que formaríamos la unión más perfecta: la pareja más feliz de la ciudad. No es que el amor sea una competición, pero no le veo sentido a estar juntos si no es para ser lo más felices posible.

Probablemente fui más feliz durante aquel par de años —mientras pretendía ser otra persona— que durante todos los anteriores o posteriores. No consigo decidir qué significa eso.

Pero entonces tuve que parar, porque no era real, no era yo. ¡No era *yo*, Nick! Pensaba que lo sabías. Pensé que era una especie de juego, que teníamos un entendimiento, compartíamos un guiño, *no preguntes si no quieres saber*. Me esforcé mucho por ser despreocupada. Pero era insostenible. Resultó que él tampoco fue capaz de mantener su fachada: la charla ingeniosa, los juegos astutos, el romanticismo y el continuo cortejo. Todo empezó a derrumbarse bajo su propio peso. Odié a Nick por sorprenderse cuando volví a ser yo misma. Lo odié por no saber que aquello tenía que acabar, por creer verdaderamente que se había casado con aquella criatura, aquella fantasía masturbatoria de un millón de inadaptados con los dedos manchados de semen. Realmente pareció atónito cuando le pedí que me *escuchara*. No se podía creer que no me encantara depilarme el coño hasta dejármelo en carne viva y mamársela a su antojo. Que me *molestaba* que no apareciese cuando habíamos quedado a tomar algo con mis amigas. ¿Aquella absurda entrada en mi diario? «No necesito patéticas pruebas de mono bailarín para luego contárselas a mis amigas; me conformo con dejarle ser como es.» No eran sino estupideces de la Chica Enrollada. Menuda imbécil. Una vez más, no lo entiendo: si permites que un hombre cancele planes o se niegue a hacer cosas por ti, estás *perdiendo*. No has obtenido lo que deseabas. Es perfectamente evidente. Por supuesto, puede que con eso le hagas feliz, puede que diga que eres *la tía más enrollada del mundo*, pero lo dice porque *se ha salido con la suya*. ¡Te llama la Chica Enrollada para tenerte engañada! Es lo que hacen los hombres: intentan que creas que eres una chica enrollada para que te sometas a sus deseos. Como cuando un vendedor de coches dice: «¿Cuánto está dispuesto a pagar por esta belleza?». Aunque aún no hayas accedido a comprarlo. Esa terrible frase que usan los hombres: «En fin, sé que *a ti* no te va a importar que...». *Pues sí, me importa*. Díselo y punto. No te dejes mangonear, tonta del culo.

De modo que tuve que parar. Comprometerme con Nick, sentirme segura con Nick y ser feliz con Nick me hizo darme cuenta de que había una Amy Real, la cual era mucho mejor, más interesante, complicada y desafiante que la Amy Enrollada. Pero Nick deseaba a la Amy Enrollada. ¿Puedes imaginar lo que es mostrarle finalmente tu verdadero yo a tu esposo, a tu compañero del alma, y *no gustarle*? Ahí comenzó el odio. He pensado mucho en eso, y ahí es donde comenzó, creo.

NICK DUNNE
Siete días ausente

Solo fui capaz de dar un par de pasos hacia el interior del cobertizo antes de sentir la necesidad de apoyarme contra la pared para recuperar el aliento.

Sabía que iba a ser grave. Lo supe tan pronto como desentrañé la pista: el cobertizo. Un buen rato al mediodía. Cócteles. Porque aquella descripción no era aplicable a Amy y a mí. Éramos Andie y yo. El cobertizo era solo uno de los muchos lugares extraños en los que me había acostado con Andie. Los escenarios propicios para nuestros encuentros eran limitados. Su transitado complejo de apartamentos demostró ser inadecuado. Los moteles aparecen en las tarjetas de crédito y mi esposa no era ni confiada ni estúpida. (Andie tenía una MasterCard, pero los extractos le llegaban a su madre. Me duele reconocerlo.) De modo que el cobertizo, bien protegido tras la casa de mi hermana, era una opción bastante segura cuando Go estaba en el trabajo. De igual modo, la casa abandonada de mi padre («Quizá te sientas culpable por haberme traído hasta aquí. / Debo confesar que en un principio no me sentí muy feliz, / pero tampoco es que tuviéramos muchas elecciones. / Venir a este lugar fue la mejor de las opciones»), mi despacho en la universidad en un par de ocasiones («Siendo tu alumna me imagino a diario, / con un maestro tan atractivo y sabio / mi mente se abre [¡por no decir mis labios!]) y, una sola vez, en el coche de Andie, aparcados en la cuneta de un camino de tierra en Hannibal después de que la hubiera llevado un día de visita, una reinterpretación mucho más satisfactoria de mi banal excursión junto a Amy

(«Me trajiste aquí para que oírte hablar pudiera / de tus aventuras juveniles: vaqueros viejos, gorra de visera»).

Cada pista había sido escondida en un lugar en el que había engañado a Amy. Mi esposa había utilizado la caza del tesoro para llevarme de gira por todas mis infidelidades. Sentí un brote de náuseas al imaginar a Amy siguiéndome en su coche –a casa de mi padre, a la de Go, hasta el condenado Hannibal– y viendo cómo me follaba a aquella muchacha joven y dulce, mientras sus labios se retorcían en una mueca de repugnancia y triunfo.

Porque sabía que el castigo sería ejemplar. Y allí, en la última parada, Amy se había propuesto hacerme saber lo astuta que era. Porque el cobertizo estaba abarrotado con todos y cada uno de los aparatos y cachivaches que había jurado ante Boney y Gilpin no haber comprado con las tarjetas de crédito cuya existencia había jurado desconocer. Los palos de golf delirantemente caros, los relojes y los juegos para consola, las ropas de marca, estaba todo allí, acechando, en el jardín de mi hermana. Donde parecería que los había ido almacenando a la espera de que mi mujer estuviera muerta y por fin pudiera empezar a divertirme.

Llamé a la puerta de Go, y cuando abrió, fumándose un cigarrillo, le dije que tenía que enseñarle algo, me di media vuelta y la guié sin decir palabra hasta el cobertizo.

–Mira –dije, empujándola hacia la puerta abierta.

–¿Eso son…? ¿Son todas las compras… de las tarjetas de crédito?

La voz de Go hizo un gallo. Se llevó una mano a la boca y retrocedió alejándose de mí un paso, y me di cuenta de que solo por un segundo había pensado que me estaba confesando con ella.

Nunca seríamos capaces de borrar aquel momento. Solo por eso, odié a mi esposa.

–Amy me ha tendido una trampa, Go –dije–. Go, fue Amy quien compró todo esto. Me está *incriminando.*

Go reaccionó bruscamente. Sus párpados se movieron una, dos veces; después meneó ligeramente la cabeza, como para desprenderse de la imagen: Nick el asesino de Amy.

—Amy me ha tendido una trampa para hacerme parecer su asesino. ¿De acuerdo? Su última pista me ha conducido hasta aquí. Y no, yo no sabía *nada* de todo esto. Es su gran alegato. «Y a continuación: ¡Nick va a la cárcel!» —Una enorme burbuja de gas se formó en la parte trasera de mi garganta, iba a sollozar o a reír. Me reí—. O sea, ¿verdad? Joder, ¿verdad?

«Así que date prisa, ponte en marcha, por favor, / y esta vez te enseñaré una cosa o dos.» Las últimas palabras en la primera pista de Amy. ¿Cómo no me había dado cuenta?

—Si te ha tendido una trampa, ¿por qué hacértelo saber? —Go seguía observando, absorta, los contenidos de su cobertizo.

—Porque sabe que su plan es perfecto. Pero siempre ha necesitado esa validación, los halagos, constantemente. Quiere que sepa que me está jodiendo vivo. No puede resistirse. De otro modo, no sería divertido para ella.

—No —dijo Go, mordiéndose una uña—. Tiene que haber otra cosa. Algo más. ¿Has tocado algo?

—No.

—Bien. Entonces la pregunta pasa a ser…

—¿Qué cree ella que haré cuando encuentre todo este montón de pruebas incriminatorias en casa de mi hermana? —dije yo—. Esa es la pregunta, porque sea lo que sea que haya asumido que haré, sea lo que sea que quiera que haga, tengo que hacer justo lo contrario. Si cree que perderé la cabeza y que intentaré librarme de todo esto, te garantizo que ya ha ideado la manera de que me pillen con las manos en la masa.

—Aquí no puedes dejarlo —dijo Go—. Te detendrían, sin duda. ¿Estás seguro de que esa era la última pista? ¿Dónde está tu regalo?

—Oh. Mierda. No. Debe de estar ahí dentro, en alguna parte.

—No entres ahí —dijo Go.

—Tengo que hacerlo. Dios sabe qué más tendrá preparado para mí.

Entré con cuidado en el húmedo cobertizo, manteniendo las manos pegadas a los costados, caminando delicadamente de puntillas para no dejar huellas de suelas. Justo detrás de un televisor de pantalla plana, el sobre azul de Amy descansaba sobre una enorme caja envuelta en su hermoso papel de regalo plateado. Saqué el sobre y la caja al exterior, al aire cálido. El objeto dentro del paquete era pesado, unos quince kilos o más, y estaba separado en varias piezas que se desplazaron con un extraño traqueteo cuando dejé la caja en el suelo junto a nuestros pies. Go retrocedió involuntariamente. Yo abrí el sobre.

Querido esposo:
Ahora es cuando me tomo un momento para contarte que te conozco mejor de lo que jamás podrías imaginar. Sé que a veces piensas que recorres este mundo completamente solo, sin ser visto ni percibido. Pero no lo creas ni por un instante, porque te he hecho mi objeto de estudio. Sé lo que vas a hacer antes de que lo hagas. Sé dónde has estado y sé adónde vas. Para este aniversario, te he organizado una excursión por tu amado Mississippi. ¡Río arriba, río arriba! Y ni siquiera tendrás que preocuparte de tener que buscar tu regalo de aniversario. ¡Esta vez el regalo irá a ti! Así que siéntate y relájate porque esto ACABA AQUÍ.

—¿Qué hay río arriba? —preguntó Go y yo lancé un gemido.
—Quiere enviarme *a la otra orilla*.
—Que le den por culo. Abre la caja.
Me arrodillé, agarré la tapa con las puntas de los dedos y la alcé una rendija, como si estuviera esperando una explosión. Silencio. Miré al interior. Al fondo de la caja descansaban dos muñecos de madera, uno junto al otro. Parecían marido y mujer. El hombre vestía una botarga y sonreía con una mueca rabiosa; en la mano llevaba un bastón o garrote. Alcé el muñeco del esposo y sus miembros brincaron animadamente, como si fuera un bailarín calentando. La esposa era más bonita, más delicada y más rígida. Su rostro parecía escandalizado, como si hubiera visto algo alarmante. Bajo ella encontramos un diminuto bebé que podía atarse a la

madre mediante un lazo. Eran marionetas antiguas, pesadas y enormes, casi tan grandes como el muñeco de un ventrílocuo. Cogí al marido y tiré de la gruesa manilla similar al mango de un bastón que sobresalía de su espalda. Sacudió los miembros como un maníaco.

—Qué siniestro —dijo Go—. Para.

Debajo de los muñecos había una hoja de cremoso papel azul, doblada una sola vez. Era la caligrafía de cometa rota de Amy, todo triángulos y puntas. Decía:

> ¡El comienzo de una nueva y maravillosa historia, Nick! «¡Así se hace!»
> Disfruta.

Sobre la mesa de la cocina de mi madre, extendimos todas las pistas de la caza del tesoro de Amy y la caja que contenía los muñecos. Los observamos como si estuviéramos intentando ensamblar un puzzle.

—¿Por qué molestarse con una caza del tesoro si estaba planeando… su plan? —dijo Go.

«Su plan» había pasado a ser la abreviatura inmediata de «simular su desaparición para hacerte parecer el culpable de su asesinato». Sonaba menos demencial.

—Para empezar, para tenerme distraído. Para hacerme creer que todavía me amaba mientras yo seguía el rastro de sus pistas, convencido de que mi esposa había querido arreglar las cosas, darle un nuevo impulso a nuestro matrimonio…

Me repugnaba el estado anhelante y adolescente en el que me habían dejado sus notas. Me sentía avergonzado. Vergüenza de la que cala hasta el tuétano, de la que acaba formando parte de tu ADN, de la que te cambia. Después de tantos años, Amy seguía siendo capaz de manejarme. Le había bastado escribir un par de notas para reconquistarme por completo. Era su pequeña marioneta.

«Te encontraré, Amy.» Palabras amorosas, intenciones cargadas de odio.

—Para que no me detuviera a pensar: «Eh, desde luego todo apunta a que fui yo quien mató a mi esposa, me pregunto por qué».

—Y a la policía le habría extrañado, a ti te habría extrañado, que no organizara la tradicional caza del tesoro —razonó Go—. Habría dado la impresión de que sabía que iba a desaparecer.

—Sin embargo esto me preocupa —dije, señalando los muñecos—. Son demasiado singulares, tienen que significar algo. Quiero decir que, si solo hubiera querido mantenerme distraído durante unos días, el regalo final podría haber sido cualquier objeto de madera.

Go pasó un dedo por la botarga del hombre.

—Es evidente que son muy viejos. Antigüedades. —Alzó las ropas para ver la manija en forma de garrote del marido. La mujer solo tenía un agujero cuadrado en la cabeza—. ¿Se supone que es algún tipo de comentario sexual? El hombre tiene un gigantesco mango de madera en forma de polla. A la mujer le falta el suyo, solo hay un agujero.

—Una afirmación excesivamente evidente: ¿los hombres tienen pene y las mujeres vagina?

Go metió un dedo para examinar el interior del hueco de la muñeca, asegurándose de que no hubiera nada oculto.

—Entonces, ¿qué pretende decir Amy?

—Nada más verlos, he pensado: «Ha comprado juguetes infantiles». La madre, el padre, el bebé. Porque estaba embarazada.

—¿Está siquiera embarazada?

Me sentí embestido por una sensación de desesperanza. O más bien al contrario. No fue como una oleada que se me hubiera venido encima, sino como si el mar se hubiese retirado debido a la marea: la sensación de que algo se está alejando y arrastrándote a su paso. No podía seguir deseando que mi esposa estuviera embarazada, pero tampoco podía obligarme a desear que no lo estuviera.

Go sacó el muñeco, arrugó la nariz, después se le encendió la bombilla:

—Eres una marioneta.

Me eché a reír.

—He pensado literalmente las mismas palabras. Pero ¿por qué un hombre y una mujer? Evidentemente, Amy no es una marioneta. Es la que maneja los hilos.

—¿Y a qué viene lo de «Así se hace»? Así se hace ¿qué?

—¿Joderme la vida?

—¿No es una frase recurrente de Amy? ¿O alguna cita sacada de los libros o…?

Go se acercó a su ordenador y buscó «Así se hace». Apareció la letra de «That's the Way to Do It», de Madness.

—Oh, me acuerdo de ellos —dijo Go—. Un grupo de ska cojonudo.

—Ska —dije con una risa cercana al delirio—. Genial.

La letra hablaba de un obrero capaz de hacer todo tipo de trabajos de mejora en el hogar, incluidos los eléctricos y de fontanería, y que prefería cobrar en efectivo.

—Joder, cómo odio los putos ochenta —dije—. Ninguna letra tenía sentido.

—«El reflejo es hijo único» —dijo Go, asintiendo.

—«Está esperando junto al parque» —musité automáticamente.

—Pero ¿qué podría pretender refiriéndose a esto? —preguntó Go, volviéndose hacia mí, escudriñando mis ojos—. Es una canción sobre un obrero. Alguien que podría tener acceso a tu casa para arreglar cosas. O *manipularlas*. Que quiere cobrar en efectivo para que no quede registro alguno.

—¿Alguien que hubiese instalado cámaras de vídeo? —pregunté—. Amy salió del pueblo un par de veces durante la… la aventura. A lo mejor pensó que podría grabarnos en el acto.

Go me clavó una mirada interrogativa.

—No, nunca, nunca en nuestra casa.

—¿Podría haber sido una trampilla secreta? —preguntó Go—. ¿Un falso panel en el que Amy hubiera escondido algo que pueda… no sé, exonerarte?

—Creo que debe de ser eso. Sí, Amy se está sirviendo de una canción de Madness para transmitirme una pista que me dará la libertad, solo en caso de que sea capaz de descifrar sus arteros códigos a ritmo de ska.

Aquella vez Go también se echó a reír.

—Joder, a lo mejor somos nosotros los que estamos chalados. O sea, ¿lo estamos? ¿No es todo esto una locura?

—No es una locura. Amy me ha tendido una trampa. No hay otra manera de explicar el *almacén* de caprichos en tu patio trasero. Y es completamente propio de ella involucrarte en todo esto, mancharte un poco con mi suciedad. No, tiene que ser Amy. El regalo, la puta nota alegre y feliz que supuestamente debería comprender. No. Y tiene que ver con los muñecos. Busca otra vez, pero añadiendo la palabra «marionetas».

Caí pesadamente sobre el sofá, notando que todo el cuerpo me palpitaba mortecinamente. Go jugó a las secretarias.

—Dios mío. ¡Pues claro! Son muñecos de Punch y Judy. ¡Nick! Somos idiotas. Esa frase es el latiguillo recurrente de Mr. Punch. «¡Así se hace!»

—De acuerdo, el viejo espectáculo de marionetas. Era muy violento, ¿verdad? —pregunté.

—Qué puto mal rollo.

—Go, es violento, ¿verdad?

—Sí. Violento. Dios, está loca de atar.

—Punch golpea a Judy, ¿verdad?

—Estoy leyendo… Vale. Punch mata al hijo de ambos. —Go alzó los ojos para mirarme—. Y luego, cuando Judy se enfrenta a él, Punch le da una paliza. De muerte.

Mi garganta se inundó de saliva.

—Y cada vez que hace algo espantoso y consigue salirse con la suya, dice: «¡Así se hace!». —Go levantó a Punch y se lo puso en el regazo, agarrando las manos de madera con los dedos, como si estuviera sosteniendo a un niño—. No deja de mentir ni de hablar, incluso mientras asesina a su esposa y a su hijo.

Observé los muñecos.

—Quiere que conozca la estructura de mi supuesto crimen.

—No consigo que todo esto me entre en la cabeza. Jodida *psi-cópata*.

—¿Go?

—Sí, claro: no querías que se quedase embarazada, montaste en cólera y los mataste tanto a ella como al bebé nonato.

—Parece casi un anticlímax —dije yo.

—El clímax llegará cuando te enseñen la lección que Punch nunca aprende y seas detenido y juzgado por asesinato.

—Y Missouri tiene la pena de muerte —dije—. Qué juego tan divertido.

AMY ELLIOTT DUNNE
El día de

¿Sabes cómo lo averigüé? Los *vi*. Así de estúpido es mi marido. Una nevada noche de abril que me sentía muy sola. Estaba bebiendo Amaretto caliente y leyendo, tumbada en el suelo con Bleecker mientras caía la nieve, escuchando viejos discos rayados, como solíamos hacer Nick y yo (esa parte sí es cierta). Tuve un ataque de romanticismo: iría a verle por sorpresa a El Bar y tomaríamos un par de copas y pasearíamos juntos por las calles vacías, mano con mitón. Recorreríamos el silencioso centro y él me empujaría contra una pared y me besaría entre la nieve que nos envolvería como nubes de azúcar. Eso es; lo deseaba de vuelta con tanta intensidad que estaba dispuesta a recrear aquel momento. Estaba dispuesta a fingir que era otra persona por segunda vez. Recuerdo haber pensado: «Todavía podemos encontrar un modo de conseguir que esto salga bien. ¡Hay que tener fe!». Había seguido a Nick hasta Missouri porque todavía creía que, de alguna manera, volvería a amarme, a amarme de aquella manera intensa y densa tan suya, aquella manera que hacía que todo fuera maravilloso. ¡Hay que tener fe!

Llegué allí justo a tiempo para verle salir con ella. Estaba en el condenado aparcamiento, a unos seis metros por detrás de él, y ni siquiera se percató de mi presencia. Era un fantasma. Él no le había puesto las manos encima, todavía no, pero lo supe. Lo adiviné de inmediato al ver lo *pendiente* que estaba de ella. Los seguí y, de repente, Nick la echó contra el tronco de un árbol *—en mitad de la calle, en pleno pueblo—* y la besó. «Nick me está poniendo los cuernos», pensé estúpidamente, y antes de que pudiera obligarme a decir nada ya estaban subiendo al piso de ella. Esperé una hora, sentada en el portal, después acabé teniendo mucho frío —me castañeteaban los dientes, las uñas se me habían puesto azules— y volví a casa. Nick ni siquiera supo que lo sabía.

Ahora tenía un nuevo personaje, uno que no había escogido por mí misma. Era la Típica Mujer Boba Casada con el Típico Hombre Cabrón. Nick se había bastado para «desasombrar» a la Asombrosa Amy, él solito.

Conozco a mujeres cuyos personajes están tejidos a partir de una benigna mediocridad. Sus vidas son una lista de carencias: el novio que no las valora, los cinco kilos de más, el jefe que las desprecia, la hermana intrigante, el marido infiel. Siempre había planeado por encima de sus historias, asintiendo con simpatía mientras pensaba lo estúpidas, lo poco disciplinadas que eran aquellas mujeres por haber permitido que sucedieran cosas semejantes. ¡Y ahora ser una de ellas! Otra mujer con su interminable retahíla de anécdotas de esas que provocan que la gente asienta con simpatía al tiempo que piensa: «Pobre zorra estúpida».

Ya podía imaginarme el relato y lo mucho que disfrutaría todo el mundo al contarlo: cómo la Asombrosa Amy, la chica que nunca cometía un error, se había dejado arrastrar sin un centavo en el bolsillo hasta el corazón del país, donde su marido la dejó por otra mujer más joven. Qué predecible, qué perfectamente vulgar, qué entretenido. ¿Y su marido? Acabó siendo más feliz que nunca. No. No podía permitirlo. No. Nunca. Nunca. No puede hacerme esto a mí y encima ganar, joder. No.

Cambié *mi nombre* por ese mierdoso. Los registros históricos fueron *alterados* —de Amy Elliott a Amy Dunne— como si nada. No, Nick *no* va a ganar.

De modo que empecé a idear una historia distinta, una historia mejor, que destruiría a Nick por haberme hecho aquello. Una historia que restablecería mi perfección. Que me convertiría en la heroína, adorada e intachable.

Porque todo el mundo ama a la Chica Muerta.

Inculpar a tu marido de tu asesinato es un tanto extremo. Quiero que sepas que lo sé. Todas las criticonas ahí afuera dirán: «Debería haberse limitado a abandonarle, conservando la dignidad que le quedaba. ¡Marcharse con la cabeza bien alta! ¡Dos negativos no hacen un positivo!». Todas esas cosas que dicen las mujeres sin valor, confundiendo su debilidad con moralidad.

No me voy a divorciar de él porque eso es justo lo que él querría. Y no lo voy a perdonar porque no me da la gana *poner la otra mejilla*. ¿Puedo expresarlo con más claridad? No lo consideraría un desenlace satisfactorio. ¿Qué es eso de que gane el malo? Que le den por culo.

Me he pasado más de un año oliendo la peste a coño en la punta de sus dedos cuando se metía en la cama a mi lado. Le he visto mirarse en el espejo, acicalándose como un babuino en celo para sus citas. He escuchado sus mentiras, mentiras, mentiras, desde simples trolas infantiles a elaborados artefactos propios de Rube Goldberg. He percibido el dulce de mantequilla en sus besos, un sabor empalagoso que nunca había estado ahí anteriormente. He notado la barba de un par de días en sus mejillas, a pesar de que sabe perfectamente que no me gusta, pero debe de ser que a ella sí. He sufrido la traición con los cinco sentidos. Durante más de un año.

De modo que puede que haya perdido la cabeza. Sé que hacer pasar a tu marido por culpable de haberte asesinado pasa de castaño oscuro en comparación con lo que podría hacer una mujer normal y corriente.

Pero es que es tan *necesario*... Alguien debe darle una lección a Nick. ¡*Nunca* le han dado una lección! Pasa por la vida con su sonrisa de Nicky el encantador, su arrogancia de hijo adorado, sus mentirijillas y sus evasivas, sus carencias y su egoísmo, y nadie le llama la atención *por nada*. Creo que esta experiencia le convertirá en mejor persona. O al menos en una más arrepentida. Cabronazo.

Siempre he pensado que sería capaz de cometer el asesinato perfecto. La gente suele acabar detenida porque no tiene paciencia; se niega a planear. Vuelvo a sonreír mientras meto la directa en la porquería de coche con el que estoy huyendo (ciento veinticinco kilómetros de polvo me separan ya de Carthage) y me afianzo para el paso de un camión; el coche parece dispuesto a emprender el vuelo cada vez que nos cruzamos con un tráiler. Pero sonrío, porque también demuestra lo lista que soy. Adquirido a cambio de mil doscientos dólares en efectivo a partir de un anuncio en Craigslist, hace cinco meses, para asegurar que el recuerdo haya dejado de estar fresco en la memoria de cualquiera. Un Ford Festiva de 1992, el automóvil más pequeño y menos memorable del mundo. Me reuní con los vendedores de noche, en el aparcamiento de un Walmart en Jonesboro, Arkansas. Fui hasta allí en tren con un fajo de billetes en el bolso, ocho horas de ida y otras tantas de vuelta, mientras Nick estaba de excursión con los chicos. (Y por «excursión con los chicos» quiero decir «follándose a la guarra esa».) Comí en el vagón restaurante del tren, un pedazo de lechuga con dos tomates cherry que el menú describía como ensalada. Me senté junto a un granjero melancólico que regresaba a casa tras visitar por primera vez a su nieta recién nacida.

La pareja que vendía el Ford parecía tan interesada como yo en la discreción. La mujer permaneció todo el rato en el interior del coche, sosteniendo un bebé con chupete entre los brazos, mientras nos observaba a su marido y a mí efectuar el intercambio de billetes por llaves. A continuación salió ella y entré yo. Así de rápido. Vi a la pareja por el retrovisor entrando con su dinero en Walmart. Desde entonces he estado aparcando en solares de larga estancia en Saint Louis. Me desplazo dos veces al mes para cambiar el coche de estacionamiento. Pago en efectivo. Llevo una gorra de béisbol. Es sencillo.

Y ese es solo un ejemplo. De paciencia, preparación e inventiva. Estoy satisfecha conmigo misma; solo me quedan otras tres horas de camino y habré llegado al corazón de las Ozark de Missouri y a mi destino, un pequeño archipiélago de cabañas en mitad del bosque que acepta el pago del alquiler semanal en efectivo y tiene televisión por cable, condición sine qua non. Tengo pensado pasarme allí encerrada la primera o dos primeras semanas; no quiero estar en la carretera cuando salte la noticia y además es el último lugar en el que a Nick se le ocurriría pensar que me he escondido una vez que se dé cuenta de que me estoy ocultando.

Este tramo de carretera es particularmente feo. Buena muestra de la desertización de la América urbana. Al cabo de otros treinta kilómetros veo, junto a la rampa de salida, los restos de una solitaria gasolinera familiar, abandonada pero no tapiada, y cuando aparco a un lado advierto que la puerta del cuarto de baño de señoras está abierta de par en par. Entro. No hay electricidad, pero sí un retorcido espejo de metal, y aún no han cortado el agua. A la luz del sol de la tarde y con un calor propio de sauna, extraigo del bolso unas tijeras y tinte para el pelo color marrón conejo. Esquilo largos pedazos de melena. Guardo todo el pelo rubio en una bolsa de plástico. El aire roza mi nuca y noto que la cabeza se me aligera como un globo al hincharse. La giro un par de veces para disfrutar la sensación. Aplico el tinte, miro el reloj y me demoro un rato en la puerta, oteando los kilómetros de llanura moteados con restaurantes de comida rápida y moteles pertenecientes a cadenas. Puedo notar el llanto de un indio.* (Nick odiaría esa broma. ¡Derivativa! Y después añadiría: «Aunque el uso peyorativo de la palabra "derivativa" es en sí mismo derivativo». Tengo que sacármelo de la cabeza. Sigue pisándome las frases a ciento sesenta kilómetros de distancia.) Me lavo el pelo en el lavabo; el agua recalentada me hace sudar. Después vuelvo al coche con mi bolsa de pelo y basura. Me pongo unas anticuadas gafas con montura de alambre, me miro en el retrovisor y vuelvo a sonreír. Nick y yo nunca nos hubiéramos casado si hubiera tenido este aspecto

---

* Referencia a una célebre campaña ecologista en la que un jefe indio llamaba a preservar la pureza de América entre lágrimas. *(N. del T.)*

cuando nos conocimos. Todo esto podría haberse evitado si fuese menos guapa.

Punto 34: cambiar de aspecto. Hecho.

No estoy exactamente segura de cómo ser la Amy Muerta. Estoy intentando averiguar qué significa eso para mí, en qué convertirme durante los próximos meses. Cualquier cosa, supongo, salvo aquellas que ya he sido con anterioridad. La Asombrosa Amy. La Ochentera Dicharachera. La Campista Loca por el Frisbee. La Ingenua Sonrojante y Sofisticada Ingeniosa a lo Hepburn. La Irónica Cerebrito y Bohemia Buenorra (la versión más reciente de la Campista Loca por el Frisbee). La Chica Enrollada, la Esposa Amada, la Esposa Desamada, la Esposa Burlada y la Esposa Vengativa. La Amy Diario.

Espero que te gustase la Amy Diario. Estaba pensada para caer bien. Pensada para caerle bien a alguien como tú. Se hacía querer. Nunca he entendido por qué eso se considera un halago, que puedas caerle bien a cualquiera. De todos modos da igual. En mi opinión, sus observaciones quedaron bastante bien, y no fue fácil. Tuve que mantener una imagen afable, pero en cierto modo ingenua: la de una mujer que quiere a su marido y es capaz de ver algunos de sus defectos (de otro modo sería demasiado pardilla) pero sigue sinceramente entregada a él, al mismo tiempo que conduce al lector (en este caso a la policía, estoy deseando que lo encuentren) hacia la conclusión de que ciertamente Nick estaba planeando matarme. ¡Tantas pistas por descubrir, tantas sorpresas por delante!

Nick siempre se burló de mis interminables listas. («Es como si quisieras asegurarte de que nunca vas a estar satisfecha, de que siempre hay algo más por mejorar, en vez de limitarte a disfrutar del momento.») Pero ¿quién gana aquí? Gano yo, porque mi lista, la lista maestra titulada «Joder a Nick Dunne», era rigurosa, la lista más completa y minuciosa jamás creada. Uno de los puntos en la lista era: «Escribir entradas de diario de 2005 a 2012». Siete años de entradas en un diario; no cada día, pero dos al mes como mínimo. ¿Sabes cuánta disciplina requiere eso? ¿Sería la Amy Enrollada capaz de hacer algo parecido? ¿Investigar los acontecimientos de cada semana y comparar con mis viejos dietarios para asegurarse de no haber dejado ningún cabo suelto, reconstruyendo las reacciones de la Amy Diario ante cada suceso? La mayor parte de las veces fue divertido. Esperaba a que Nick se marchase a El Bar o saliera al encuentro de su amante, su vacua amante rumiadora de chicle adicta a los SMS con sus uñas pintadas de acrílico y las apretadas mallas con logos en el trasero (la descripción no se ajusta del todo, pero bien podría hacerlo), y me preparaba un café o abría una botella de vino, elegía uno de mis treinta y dos bolígrafos distintos y reescribía un poco mi vida.

Es verdad que en ocasiones odiaba menos a Nick mientras lo hacía. Eran los efectos de adoptar la perspectiva de una enamoradiza Chica Enrollada. En ocasiones, cuando Nick volvía a casa apestando a cerveza o al jabón de manos con el que se untaba el cuerpo tras follarse a su amante (en cualquier caso, nunca conseguía borrar por completo el hedor; la tía debe de tener un coño bien maloliente), me sonreía con culpabilidad y se mostraba tan dulce y avergonzado conmigo que yo casi pensaba: «No seguiré adelante con esto». Pero después lo imaginaba con su amante y su tanga de stripper, dejándose degradar porque ahora era ella la que fingía ser la Chica Enrollada, la que fingía que le encantaban las mamadas y el fútbol americano y pillar *pedos*. Y entonces pensaba: «Estoy casada con un imbécil. Estoy casada con un hombre que siempre escogerá eso. Y cuando se haya aburrido de esa pobre gilipollas, se limitará a encontrar otra chica que finja ser *esa* chica y nunca tendrá la menor dificultad en la vida».

Resolución renovada.

Escribí las notas de la Amy Diario con mucho cuidado. Ciento cincuenta y dos entradas en total y no creo que en ningún momento me desviara de su voz. Fue diseñada para conquistar a la policía, para conquistar al público en caso de que se den a conocer algunos fragmentos. Una mujer maravillosa de buen corazón —«con toda la vida por delante, todo a su favor», lo que sea que se diga sobre las mujeres que mueren– que eligió al marido equivocado y «pagó el precio definitivo». Tendrán que apreciarme. Apreciarla.

Mis padres estarán preocupados, por supuesto, pero ¿cómo voy a sentir lástima por ellos, teniendo en cuenta que me hicieron así para luego abandonarme? Nunca, nunca llegaron a valorar del todo el hecho de que estaban ganando dinero con mi existencia, que deberían haberme pagado royalties. Luego, después de haber dilapidado *mi* dinero, mis padres, tan «feministas» ellos, permitieron que Nick me arrastrara hasta Missouri como si fuese un trasto, una novia por correo, un intercambio de bienes. Me regalaron un puto reloj de cuco como recuerdo. «¡Gracias por treinta y seis años de servicio!» Se merecen creer que estoy muerta, porque ese es prácticamente el estado al que me consignaron: sin dinero, sin hogar, sin amigos. Ellos también se merecen sufrir. Si no podéis cuidar de mí mientras estoy viva, es como si me hubierais matado. Igual que Nick, que destruyó y rechazó a la Amy Real pedazo a pedazo: «Eres demasiado seria, Amy, eres demasiado rígida, Amy, le das demasiadas vueltas a las cosas, lo analizas todo demasiado, has dejado de ser divertida, me haces sentir inútil, Amy, haces que me sienta mal, Amy». Me fue arrancando cachos a golpe de indiferencia: mi independencia, mi orgullo, mi autoestima. Yo di y él tomó y tomó y tomó. Me eliminó de la existencia igual que el niño al árbol de *El árbol generoso*.

¡Esa puta! Eligió a esa putilla antes que a mí. Asesinó mi alma, lo cual debería ser un crimen. En realidad, es un crimen. Desde mi punto de vista al menos.

NICK DUNNE
Siete días ausente

Tuve que telefonear a Tanner, mi novísimo abogado, apenas unas horas después de haberle contratado para pronunciar las palabras que le harían lamentar haber aceptado mi dinero: «Creo que mi esposa me ha tendido una trampa». No pude verle la cara, pero pude imaginarla: los ojos en blanco, la mueca, el cansancio de un hombre que se gana la vida escuchando únicamente mentiras.

—Bueno —dijo al fin, tras una larga pausa—. Estaré allí a primera hora de la mañana y podremos poner todo esto en orden, todas las cartas sobre la mesa. Entretanto, conserve la calma, ¿de acuerdo? Acuéstese y conserve la calma.

Go aceptó el consejo; engulló dos somníferos y me dejó justo antes de las once, mientras que yo me sentaba hecho literalmente una pelota rabiosa en su sofá. De vez en cuando salía afuera y miraba furioso el cobertizo, con las manos en las caderas, como si fuera un depredador al que pudiese asustar para que huyera. No estoy seguro de qué pensaba estar consiguiendo, pero no podía detenerme. Solo era capaz de aguantar un máximo de cinco minutos sentado antes de volver a salir para echar otra ojeada.

Acababa de regresar al interior cuando un golpe sacudió la puerta trasera. Joder. Faltaba poco para la medianoche. La policía habría llegado por la puerta principal —¿verdad?— y los periodistas aún no se habían apostado frente a la casa de Go (aquello cambiaría en cuestión de días, horas). Me quedé de pie en el salón, desconcertado, indeciso, cuando volvió a sonar el golpe, esta vez más fuerte, y maldije por lo bajo, intentando acumular rabia en vez de miedo. «Afróntalo, Dunne.»

Abrí la puerta de par en par. Era Andie. La condenada Andie, bella como una flor, vestida para la ocasión. Seguía sin entrarle en la cabeza que estaba poniendo mi cuello en la soga.

—Justo en la soga, Andie. —La hice entrar de un tirón y ella se quedó mirando mi mano en su brazo—. Vas a poner mi cuello en la puta soga.

—He venido por la puerta trasera —dijo ella. Cuando le clavé una mirada severa, no se disculpó; se armó. Pude ver literalmente cómo sus rasgos se endurecían—. Necesitaba verte, Nick. Te lo dije. Te dije que tenía que verte o hablar contigo todos los días y hoy has desaparecido. Directa al contestador, directa al contestador, directa al contestador.

—Si no tienes noticias mías es porque no puedo hablar, Andie. Joder, estaba en Nueva York, contratando a un abogado. Estará aquí mañana a primera hora.

—Has contratado un abogado. ¿Eso es lo que te ha mantenido tan ocupado que no has podido encontrar diez segundos para llamarme?

Quise abofetearla. Respiré hondo. Debía cortar con Andie. Ya no era la advertencia de Tanner lo único que tenía en mente. Mi esposa me conocía: sabía que haría cualquier cosa para evitar una confrontación. El plan de Amy dependía de que me comportase como un estúpido, de que permitiera que la relación continuara hasta ser, en última instancia, descubierta. Tenía que cortar por lo sano. Pero tenía que hacerlo a la perfección. «Hazle creer que esto es lo más decente.»

—Lo cierto es que me ha dado un buen consejo —dije—. Un consejo que no puedo permitirme ignorar.

Me había mostrado tan dulce y cariñoso con ella la noche anterior, durante el obligatorio encuentro en nuestro fuerte de ficción, le había hecho tantas promesas, intentando tranquilizarla, que no se veía venir aquello. No se lo iba a tomar bien.

—¿Un consejo? Bien. ¿Es que dejes de ser tan capullo conmigo?

Noté la ira crecer en mi interior; aquello se estaba convirtiendo en una discusión de instituto nada más empezar. Era un hombre de treinta y cuatro años en mitad de la peor noche de su vida y me veía envuelto en una riña en plan «¡Reúnete conmigo junto a las taquillas!» con una adolescente mosqueada. La sacudí una vez, con fuerza; una gotita de saliva aterrizó en su labio inferior.

—Yo... No lo entiendes, Andie. Esto no es una broma, es mi vida.

—Es solo que... te necesito —dijo ella, mirándose las manos—. Sé que no hago más que repetirlo, pero es verdad. No puedo hacerlo, Nick. No puedo seguir así. Me estoy viniendo abajo. Vivo aterrada todo el tiempo.

Ella estaba aterrada. Me imaginé a la policía llamando a la puerta y encontrándome allí en compañía de la muchacha con la que había estado follando la mañana que desapareció mi esposa. Aquel día fui en su busca. No había regresado a su apartamento desde la primera noche, pero aquella mañana acudí directamente allí porque había pasado horas con el corazón palpitándome en las orejas, intentando obligarme a pronunciar ante Amy las palabras: «Quiero el divorcio. Estoy enamorado de otra. Tenemos que terminar. No puedo fingir que te amo, no puedo celebrar nuestro aniversario, eso sería incluso peor que haberte engañado». (Debatible, ya lo sé.) Pero mientras estaba reuniendo el coraje, Amy se me adelantó con su charla sobre lo mucho que todavía me amaba (¡zorra mentirosa!) y perdí el ánimo. Me sentí el peor y más cobarde traidor del mundo y —la pescadilla que se muerde la cola— ansié encontrarme con Andie para que me hiciera sentir mejor.

Pero Andie había dejado de ser el antídoto para mi nerviosismo. Más bien lo contrario.

Incluso en aquel momento, la muchacha se envolvía alrededor de mi cuerpo, ajena a todo como una hierba.

—Mira, Andie —dije, suspirando exageradamente, impidiendo que se sentara, manteniéndola cerca de la puerta—. Eres muy especial para mí. Has manejado toda esta situación asombrosamente bien...

«Haga que quiera mantenerle a salvo.»

—O sea… —Le falló la voz—. Siento mucha lástima por Amy. Lo cual es una locura. Sé que ni siquiera tengo derecho a sentir pena o preocupación por ella. Y encima de sentir tristeza, me siento muy culpable.

Intentó apoyar la cabeza contra mi pecho. Retrocedí y la mantuve a un brazo de distancia, para que tuviera que mirarme a la cara.

—Bueno, eso es algo que creo que podemos solucionar. Que creo que necesitamos solucionar —dije, recurriendo a las palabras exactas de Tanner.

—Deberíamos hablar con la policía —dijo Andie—. Soy tu coartada para esa mañana. Simplemente les diremos eso.

—Eres mi coartada para una hora de aquella mañana —dije—. Nadie volvió a oír ni a ver a Amy después de las once de la noche anterior. La policía podría decir que la maté antes de ir a verte.

—Qué obscenidad.

Me encogí de hombros. Pensé, por un segundo, en contarle lo de Amy —«Mi esposa me ha tendido una trampa»—, pero enseguida lo desestimé. Andie era incapaz de jugar al nivel de Amy. Se empeñaría en formar parte de mi equipo y me arrastraría en su caída. Se convertiría en un riesgo. Puse nuevamente las manos sobre sus brazos y reanudé mi discurso.

—Mira, Andie, los dos nos hallamos sometidos a unos niveles increíbles de presión y estrés, provocados en gran parte por nuestro sentimiento de culpa. Andie, la cuestión es que somos buena gente. Nos sentimos atraídos el uno por el otro, creo yo, porque ambos compartimos valores similares. Tratar bien a la gente, hacer lo correcto. Y en estos momentos los dos sabemos que lo que estamos haciendo está mal.

Su expresión rota, esperanzada, cambió: los ojos humedecidos, el tacto suave, desaparecieron. Un extraño parpadeo, una persiana que baja, algo más oscuro en su rostro.

—Tenemos que acabar con esto, Andie. Creo que los dos somos conscientes de ello. Será muy duro, pero es lo más decente que podemos hacer. Creo que es el consejo que nos daríamos a noso-tros mismos si pudiéramos pensar con claridad. Por mucho que te ame, sigo casado con Amy. Tengo que hacer lo correcto.

—¿Y si la encuentran? —no dijo si *viva o muerta*.

—Eso es algo de lo que podremos hablar cuando suceda.

—¡Cuando suceda! Y hasta entonces, ¿qué?

Me encogí de hombros indefensamente: «Hasta entonces, nada».

—¿Qué, Nick? ¿Hasta entonces que me den por culo?

—Es una elección de palabras un tanto desagradable.

—Pero se ajusta exactamente a lo que quieres decir —dijo Andie, con una sonrisa de desdén.

—Lo siento, Andie. No me parece que esté bien seguir contigo en estas circunstancias. Es peligroso para ti, es peligroso para mí, y es un peso en mi conciencia. Simplemente es lo que siento.

—Ah, ¿sí? ¿Sabes cómo me siento yo? —Sus ojos se desbordaron y las lágrimas cayeron rodando por sus mejillas—. Me siento como una universitaria tonta a la que te empezaste a follar porque estabas aburrido de tu mujer y te resultaba extremadamente cómoda. Podías volver a casa con Amy y cenar con ella y hacer el tonto en el bar que compraste con su dinero para después verte conmigo en la casa de tu padre agonizante y correrte entre mis tetas porque, pobrecito, la arpía de tu mujer nunca te dejaría hacer algo semejante.

—Andie, sabes que eso no…

—Menudo miserable. ¿Qué clase de hombre te crees que eres?

—Andie, por favor. —«Contén esto, Nick»—. Creo que como hasta ahora no habías podido hablar de todo esto, la pelota ha ido creciendo en tu mente, un poco…

—Vete a la mierda. ¿Te crees que soy una cría estúpida, una estudiante patética a la que puedes *controlar*? He seguido a tu lado a pesar de todo esto, a pesar de todas las acusaciones de que podrías ser un *asesino*, y a la primera de cambio, en cuanto las cosas se po-nen un poco complicadas para ti… No, *no*. No te permito que me hables de conciencia y decencia y culpa ni que sientas que estás haciendo lo correcto. ¿Me has entendido? Porque eres un infiel, un cobarde y un egoísta de *mierda*.

Me dio la espalda, sollozando, tragando ruidosas bocanadas de aire húmedo y exhalando maullidos, e intenté detenerla, la agarré del brazo.

—Andie, no es así como quería…

—¡Suéltame! ¡Suéltame!

Se dirigió hacia la puerta trasera y pude ver lo que iba a suceder; el odio y la vergüenza emanaban de ella como ondas caloríferas. Sabía que abriría una botella de vino o dos y después se lo contaría a una amiga o a su madre. La noticia se propagaría como una infección.

Me interpuse entre ella y la puerta —«Andie, por favor»— y Andie alzó la mano para abofetearme y la agarré del brazo, solo como defensa. Nuestros brazos entrelazados se movieron arriba y abajo, arriba y abajo, como una pareja de baile enloquecida.

—Suéltame, Nick, o te juro que…

—Solo quédate un minuto. Solo escúchame.

—¡Que me dejes!

Acercó su cara a la mía como si fuera a darme un beso. Me mordió. Retrocedí bruscamente y Andie salió corriendo por la puerta.

AMY ELLIOTT DUNNE
Cinco días ausente

Puedes llamarme Amy Ozark. Estoy cómodamente instalada en el Hide-A-Way Cabins (Cabañas «El escondite», ¿alguna vez ha habido un nombre más apropiado?), sentada tranquilamente mientras veo cómo todas las palancas y engranajes que dejé preparados van haciendo su trabajo.

Me he desprendido de Nick y sin embargo pienso en él más que nunca. Anoche a las 22.04 sonó mi teléfono móvil desechable. (Así es, Nick, no eres el único que conoce el viejo truco del «móvil secreto».) Era la empresa de seguridad. No respondí, por supuesto, pero ahora sé que Nick ha llegado como poco hasta la casa de su padre. Pista n.° 3. Cambié el código dos semanas antes de desaparecer y di el número de mi móvil secreto como el primero de contacto. Puedo imaginarme a Nick, con mi pista entre las manos, entrando en la cargada y polvorienta casa de su padre, peleándose con la alarma... y el tiempo que se le va acabando. ¡Bip bip biiip! Su móvil está listado como segunda opción en caso de que yo no esté localizable (y obviamente no lo estoy).

Así que habrá hecho saltar la alarma y habrá hablado con algún empleado de la empresa de seguridad, por lo que habrá quedado constancia de que estuvo en casa de su padre después de mi desaparición. Lo cual es bueno para el plan. No es infalible, pero no tiene por qué serlo. Ya he dejado suficientes pruebas para que la policía pueda montar un caso contra Nick: la falsa escena del crimen, la sangre mal limpiada, los extractos de las tarjetas de crédito. Pruebas que serían descubiertas incluso por el más incompetente de los departamentos de policía. Muy pronto, Noelle revelará la noticia de mi embarazo (si es que no lo ha hecho ya). Con eso bastará, particularmente una vez que la policía descubra la existencia de Habilidosa Andie (hábil para chupar polla a la voz de «Ya»). De modo que todos estos extras no son sino «Jódete» añadidos. Divertidas trampas con resorte. Me encanta ser una mujer de trampas con resorte.

Ellen Abbott también forma parte de mi plan. El programa de crímenes reales de la televisión por cable más popular de todo el país. Adoro a Ellen Abbott, adoro lo protectora y maternal que se muestra con todas las mujeres desaparecidas de su programa y adoro que se ponga agresiva como un perro rabioso tan pronto como se decide por un sospechoso, habitualmente el marido. Es la voz de la indignación moral de las mujeres de América. Motivo por el cual me encantaría que abordara mi historia. El público debe ponerse en contra de Nick. Es una parte tan integral de su castigo como la cárcel. Quiero que el adorable Nicky –que tanto tiempo pasa preocupado por caerle simpático a todo el mundo– sepa que es universalmente odiado. Y necesito a Ellen para mantenerme al tanto de la investigación. ¿Ha encontrado ya mi diario la policía? ¿Saben lo de Andie? ¿Han descubierto el incremento en la póliza de mi seguro de vida? Esta es la parte más difícil: esperar a que gente estúpida vaya adivinando las cosas.

Enciendo el televisor de mi pequeño cuarto una vez cada hora, ansiosa por saber si Ellen ha decidido cubrir mi historia. Tiene que hacerlo, no veo cómo podría resistirse. Soy atractiva, Nick es atractivo, y además tengo el gancho de *La Asombrosa Amy*. Justo antes del mediodía aparece prometiendo un reportaje especial. Permanezco sintonizada, con la mirada pegada al televisor: «Date prisa, Ellen». O «Date prisa, *Ellen*». Tenemos eso en común: las dos somos a la vez personas y entidades. Amy y *Amy*, Ellen y *Ellen*.

Anuncio de tampones, anuncio de detergente, anuncio de compresas, anuncio de limpiacristales. Pensaría una que lo único que hacemos las mujeres es limpiar y sangrar.

¡Y por fin! ¡Ahí estoy! ¡Mi debut!

Desde el primer segundo en el que aparece Ellen, radiante como Elvis, sé que el programa va a ser bueno. Un par de deslumbrantes fotos mías, una instantánea de Nick mostrando su demente sonrisa de «Quiéreme» durante la primera rueda de prensa. Noticia: se ha llevado a cabo una batida en numerosos lugares en busca de «la hermosa joven con toda la vida por delante» sin obtener resultado. Noticia: Nick la ha cagado nada más empezar. Haciéndose fotos informales con una pueblerina cuando debería estar buscándome. Esto es, claramente, lo que ha espoleado a Ellen, porque está *cabreadísima*. Ahí está: Nick en modo adorable, con su característica expresión de «Soy un regalo para las mujeres», pegando el rostro al de una desconocida, como si fueran colegas de la hora feliz.

Pero qué idiota. Me encanta.

Ellen Abbott incide una y otra vez en el hecho de que nuestro patio trasero da directamente al río Mississippi. Me pregunto entonces si ya se habrá filtrado el historial del ordenador de Nick, el cual me aseguré de que incluyera un estudio sobre las compuertas y presas del Mississippi, así como una búsqueda en Google de las palabras «cuerpo flotando río Mississippi». Para qué andarse con rodeos. Podría suceder —es posible, improbable, pero existen precedentes— que el río arrastrase mi cuerpo hasta llegar al océano. Incluso he sentido lástima por mí misma, imaginando mi esbelto, desnudo y pálido cadáver, flotando corriente abajo con una colonia de caracoles pegada a una pierna, los cabellos ondulando como algas, hasta alcanzar el mar y hundirme más y más hasta tocar fondo, donde mi carne anegada se desprendería en suaves jirones: yo, desapareciendo lentamente en la corriente como una acuarela hasta que solo queden los huesos.

Pero soy una romántica. En la vida real, si Nick me hubiera matado, creo que se habría limitado a meter mi cuerpo en una bolsa de basura y a llevarme hasta cualquiera de los múltiples vertederos disponibles en ciento veinte kilómetros a la redonda. Simplemente me habría desechado. Incluso se habría llevado otro par de objetos –la tostadora estropeada que no merece la pena reparar, una pila de viejas cintas VHS que hace tiempo que quiere tirar– para aprovechar el viaje.

Yo también estoy aprendiendo a vivir aprovechando los recursos al máximo. Una chica muerta debe ceñirse a un presupuesto. Tuve tiempo para planear, para acumular cierta cantidad de efectivo: me di a mí misma más de doce meses desde el momento en el que decidí desaparecer hasta que realmente lo hice. Ese es el motivo de que pillen a la mayor parte de los asesinos: no tienen la disciplina necesaria para esperar. Tengo 10.200 dólares en billetes. Si hubiera sacado del banco 10.200 dólares en un mes, habría llamado la atención. Pero fui sacando dinero poco a poco con las tarjetas que puse a nombre de Nick –las tarjetas que le harán parecer un cerdito codicioso– y extraje otros 4.400 dólares de nuestras cuentas corrientes en el transcurso de varios meses. Retiradas de doscientos o trescientos dólares, nada que fuese a llamar la atención. Le robé a Nick, directamente del bolsillo, veinte dólares por aquí, diez por allá, una acumulación lenta y deliberada. Fue como cuando decides guardar el dinero que te gastarías cada mañana en Starbucks en un tarro y a finales de año resulta que has ahorrado 1.500 dólares. Y siempre robaba del bote de las propinas cada vez que iba a El Bar. Estoy segura de que Nick culpaba a Go y Go culpaba a Nick, y ninguno de los dos dijo nunca nada porque los dos sentían demasiada lástima por el otro.

Pero lo que quiero decir es que soy cuidadosa con el dinero. Tengo suficiente para seguir viviendo hasta que me suicide. Pienso ocultarme el tiempo suficiente para ver a Lance Nicholas Dunne convertido en un paria global, para ver a Nick arrestado, juzgado, encarcelado y desconcertado con su mono naranja y las esposas. Para ver a Nick retorcerse, sudar, jurar que es inocente y aun así acabar entre rejas. Después viajaré al sur siguiendo el curso del río hasta llegar al Golfo de México, donde me reuniré con mi cadáver, el cadáver arrastrado por la corriente de la Amy de ficción. Me apuntaré a uno de esos cruceros de pasarse el día bebiendo –uno que me lleve hasta alta mar pero no requiera identificación–, me beberé un vaso gigante de ginebra con hielo, me tragaré unos somníferos y cuando nadie esté mirando me dejaré caer en silencio por la borda con los bolsillos llenos de piedras a lo Virginia Woolf. Ahogarse una misma requiere disciplina, pero tengo disciplina de sobra. Puede que mi cuerpo nunca sea descubierto o puede que resurja semanas, meses más tarde —erosionado hasta tal punto que resulte imposible establecer la fecha de mi muerte—, proporcionando así una última prueba para asegurarme de que Nick acabe atado a la cruz acolchada, la mesa de la cárcel en la que le bombearán veneno hasta morir.

Me gustaría esperar a verlo muerto, pero teniendo en cuenta el estado de nuestro sistema judicial, puede que tarden años y no tengo el dinero ni la energía. Estoy preparada para unirme a las Hope.

Ya he incurrido una vez en desembolsos no previstos. Gasté unos quinientos dólares en objetos para adecentar mi cabaña: buenas sábanas, una lámpara decente, toallas que no se tengan solas en pie tras años de ser lavadas con lejía. Pero intento aceptar lo que se me ofrece. A un par de cabañas de distancia vive un tipo taciturno, un hippie a lo Grizzly Adams, de esos que preparan gachas caseras. Tiene una gran barba, sortijas de turquesa y una guitarra que toca en el porche trasero algunas noches. Dice que se llama Jeff, igual que yo digo que me llamo Lydia. Solo nos sonreímos de pasada, pero me trae pescado. Ya me ha traído pescado en un par de ocasiones, apestosamente fresco, pero desescamado y sin cabeza, metido en una gigantesca bolsa de nevera llena de hielo. «¡Pescado fresco!», dice llamando a la puerta, y si no abro de inmediato desaparece, dejando la bolsa en el escalón de entrada. Preparo el pescado en una sartén decente que compré en Walmart y no está mal. Y es gratis.

—¿De dónde sacas tanto pescado? —le pregunto.

—De su sitio —dice él.

Dorothy, la recepcionista, también me ha cobrado cierto aprecio y me trae tomates de su huerto. Me como los tomates que huelen a tierra y el pescado que huele a lago. Pienso que el año que viene Nick estará encerrado en un agujero que solo olerá a interior. Olores manufacturados: desodorante y zapatos viejos, comida pringosa y colchones mal ventilados. Su peor temor, su pesadilla personal: encontrarse en la cárcel, sabiendo que no ha hecho nada malo pero incapaz de demostrarlo. Las pesadillas de Nick siempre giran en torno a falsos agravios y verse atrapado, víctima de fuerzas más allá de su control.

Tras uno de esos sueños, siempre se levanta, recorre la casa, se viste y sale, vaga por las carreteras cercanas a nuestra casa hasta llegar a un parque —un parque de Missouri o un parque de Nueva York—, donde pueda caminar a sus anchas. Le gusta el aire libre, a pesar de que no sea exactamente un hombre de exteriores. No es montañero ni campista, ni siquiera sabe cómo encender una fogata. Sería incapaz de pescar y obsequiarme con peces. Pero le gusta la opción, le gusta poder elegir. Quiere saber que puede salir al exterior, a pesar de que su elección sea sentarse en el sofá a ver tres horas de lucha libre.

Me pregunto a menudo por la zorrita. Andie. Pensaba que aguantaría exactamente tres días y después sería incapaz de resistir la tentación de *compartir*. Sé que le gusta compartir porque soy una de sus amigas en Facebook. El nombre de mi perfil es inventado (¡Madeleine Elster, ja!), mi foto está robada de un anuncio de hipotecas de esos que saltan automáticamente en otra ventana (rubia, sonriente, agraciada con un porcentaje de intereses históricamente bajo). Hace cuatro meses, Madeleine solicitó ser amiga de Andie y Andie, como un cachorrillo desventurado, aceptó, de modo que conozco bastante bien a la chiquilla, así como a todas sus amigas obsesionadas por las minucias, que echan muchas siestas y adoran el yogur griego y el pinot grigio y disfrutan compartiendo dicha información entre ellas. Andie es una buena chica, lo cual quiere decir que no cuelga fotos suyas «de marcha» y nunca postea mensajes lascivos. Y eso es una lástima. Cuando se vea expuesta como la amante de Nick, preferiría que los medios encontraran fotos suyas trasegando chupitos o besando a chicas o mostrando su tanga; eso cimentaría con más facilidad su reputación de rompehogares.

Rompehogares. Mi hogar estaba en desorden, pero no roto del todo cuando Andie empezó a besuquear a mi marido, a meterle la mano en la bragueta, a llevárselo a la cama. Metiéndose su polla en la boca, entera hasta la raíz para que él pueda sentirse extragrande mientras ella se ahoga. Metiéndosela en el culo, hasta lo más hondo. Metiéndose corridas en la boca y en las tetas para luego lamerlas, *ñam*. Metiéndose, sin duda metiéndose. Es lo que hacen las de su tipo. Llevan juntos más de un año. Cada vez que se acercaba una festividad repasaba los extractos de las tarjetas de crédito de Nick (las de verdad) para ver, por ejemplo, qué le habría regalado por navidades, pero ha sido sorprendentemente cuidadoso. Me pregunto qué debe de sentirse siendo una mujer cuyo regalo de navidades ha sido forzosamente comprado en efectivo. Liberador. Ser una chica indocumentada significa ser la chica que no tiene que llamar al fontanero ni escuchar quejas sobre el trabajo ni recordar y recordarle que compre la condenada comida para el gato.

Necesito que Andie salga a relucir. Necesito que 1) Noelle le hable a alguien de mi embarazo; 2) la policía encuentre el diario; 3) Andie le hable a alguien de su aventura. Supongo que me equivoqué al estereotiparla, al dar por hecho que una muchacha que postea sobre su vida cinco veces al día para que todo el mundo lo vea no podría tener una verdadera comprensión de lo que es un secreto. Ha hecho alguna que otra mención tangencial a mi marido en línea:

Hoy he quedado con Mr. Macizo.

(¡Oh, cuenta, cuenta!)

(¿Cuándo nos vas a presentar a tu semental?)

(¡A Bridget le gusta esto!)

Un beso de un tipo de ensueño hace que todo sea mejor.

(¡Y que lo digas!)

(¡¿Cuándo vamos a conocer al Tipo de Ensueño?!)

(¡A Bridget le gusta esto!)

Pero ha sido sorprendentemente discreta para lo que son las muchachas de su generación. Es una buena chica (para ser un putón). Puedo imaginarla, ladeando el rostro en forma de corazón, el ceño amablemente fruncido. «Solo quiero que sepas que estoy de tu parte, Nick. Estoy aquí para lo que necesites.» Probablemente le haya horneado galletas.

Las cámaras de *Ellen Abbott* ofrecen ahora una panorámica del Centro de Voluntarios, que parece un tanto desvencijado. Una corresponsal está comentando que mi desaparición ha «sacudido a este tranquilo pueblecito» y, tras ella, puedo ver una mesa llena con guisos caseros y tartas para el pobre Nicky. Incluso ahora el muy cabrón consigue que las mujeres cuiden de él. Mujeres desesperadas en busca de una rendija por la que poder colarse. Un hombre atractivo, vulnerable y que... vale, puede que haya matado a su esposa, pero eso no podemos *saberlo*. No con seguridad. Por ahora simplemente es un alivio tener un hombre para el que poder cocinar, el equivalente para las cuarentonas de pasar con tu bicicleta por delante de la casa de un chico guapo.

Vuelven a mostrar la foto de Nick sonriendo para la cámara del móvil. Puedo imaginarme a la guarra del pueblo en su solitaria y resplandeciente cocina —una cocina trofeo comprada con el dinero del divorcio— mezclando y amasando mientras mantiene una conversación imaginaria con Nick: «No, en realidad tengo cuarenta y tres. ¡No, en serio! No, los hombres no hacen cola para hablar conmigo, de verdad que no, los hombres del pueblo no son demasiado interesantes, la mayoría de ellos...».

Experimento una oleada de celos hacia la mujer que pega la mejilla contra la de mi marido. Es más bonita de lo que lo soy yo ahora. Como barritas Hershey y floto en la piscina durante horas bajo el tórrido sol, mientras el cloro me deja la piel tan gomosa como la de una foca. Estoy bronceada, cosa que nunca había estado con anterioridad, al menos no un bronceado tan oscuro, orgulloso, marcado. Una piel bronceada es una piel dañada y a nadie le gustan las chicas arrugadas; me he pasado la vida rebozada en crema protectora. Pero me permití oscurecer un poco antes de mi desaparición y ahora, cinco días más tarde, voy camino del marrón. «¡Marrón como una baya!», dice la vieja Dorothy, la encargada. «¡Estás marrón como una baya, muchacha!», dice encantada cuando voy a verla para pagar el alquiler de la próxima semana en efectivo.

Tengo la piel oscura, el pelo ratonero cortado a lo paje, las gafas de chica lista. Gané seis kilos en los meses anteriores a mi desaparición —cuidadosamente disimulados con vestidos amplios, aunque tampoco es que mi poco atento esposo fuera a notar la diferencia— y ahora un kilo más desde entonces. Tuve cuidado de que nadie tomara fotos mías en los meses previos a la desaparición, por lo que el público solo conocerá a la Amy pálida y delgada. Definitivamente he dejado de ser ella. En ocasiones noto cómo se me mueve el trasero, él solo, al caminar. Con un meneo y un balanceo, ¿no es eso lo que dice el dicho? Nunca había tenido ni una cosa ni otra. Mi cuerpo era de una hermosa y perfecta economía, cada rasgo calibrado, todo en equilibrio. No lo echo de menos. No echo de menos las miradas de los hombres. Es un alivio poder entrar en un supermercado y marcharme sin que un haragán con camisa de franela sin mangas me mire lascivamente al salir, al que se le escapa una farfullada muestra de misoginia como si fuera un eructo de nachos con queso. Ahora nadie es grosero conmigo, pero nadie se muestra agradable tampoco. Nadie se esfuerza por ello, no de manera evidente, no en realidad, no como solían hacerlo.

Soy lo contrario de Amy.

NICK DUNNE
Ocho días ausente

Me pegué un cubito de hielo a la mejilla mientras veía salir el sol. Horas más tarde todavía podía sentir el mordisco: dos pequeñas muescas en forma de grapa. No podía ir tras Andie —un riesgo peor que su ira—, así que al final la llamé. Saltó el contestador.

«Contenlo, debes contener esto.»

—Andie, lo siento muchísimo, no sé qué hacer, no sé qué está pasando. Por favor, perdóname. Por favor.

No debería haberle dejado un mensaje, pero después pensé: «Por lo que yo sé, bien puede tener cientos de mensajes míos guardados». Por el amor de Dios, si hacía pública una lista de grandes éxitos con los más cerdos, lascivos y obsesivos... cualquier mujer en cualquier jurado me enviaría a la sombra solo por eso. Una cosa es saber que soy un marido infiel y otra oír mi grave voz de profesor hablándole a mi joven alumna sobre mi enorme y durísima...

Me sonrojé a la luz del amanecer. El cubito se fundió.

Me senté en la escalera de entrada de casa de Go y me puse a telefonear a Andie cada diez minutos, sin resultado. Estaba insomne y con los nervios tensos como alambre de espino cuando Boney internó su coche por el camino de entrada a las 6.12 de la mañana. No dije nada mientras se acercaba a mí con dos vasos de poliestireno.

—Eh, Nick, le he traído un café. Solo venía a ver qué tal estaba.

—Seguro que sí.

—Sé que probablemente estará aturdido. Tras las noticias sobre el embarazo. —Hizo el deliberado teatro de verter dos cápsulas de leche en polvo en mi café, tal como a mí me gusta, y después me lo tendió—. ¿Qué es eso? —preguntó, señalándome la mejilla.

—¿A qué se refiere?

—Me refiero, Nick, a ¿qué le ha pasado en la cara? Tiene una enorme marca rosa... —Se acercó más, me agarró de la barbilla—. Parece una mordedura.

—Debe de ser urticaria. Me da la urticaria cuando estoy estresado.

—Mm-hmmm. —Boney removió su café—. Sabe que estoy de su parte, ¿verdad, Nick?

—Claro.

—Lo estoy. En serio. Desearía que confiase en mí. Simplemente... estamos llegando a un punto en el que ya no seré capaz de ayudarle si no confía en mí. Sé que suena a típica frase de poli, pero es la verdad.

Permanecimos sentados en un extraño silencio de semicamaradería, sorbiendo café.

—Eh, quería que lo supiese antes de que se entere por otros medios —dijo Boney alegremente—. Hemos encontrado el bolso de Amy.

—¿Qué?

—Sí, no contenía dinero, pero sí su carné y el móvil. En Hannibal, imagínese. A la orilla del río, un poco más abajo del amarradero del vapor. Nuestra suposición es que alguien quiso hacer que pareciera que había sido arrojado al río por el criminal cuando salía de la ciudad, cruzando el puente en dirección a Illinois.

—¿Hacer que pareciera?

—No ha llegado a estar completamente sumergido en ningún momento. Todavía conserva huellas dactilares en la parte superior, cerca de la cremallera. En ocasiones las huellas pueden preservarse incluso bajo el agua, pero... le ahorraré los detalles científicos y me limitaré a decir que la teoría es que el bolso fue depositado intencionadamente en la orilla para asegurarse de que era hallado.

—Parece que me lo estuviera contando por un motivo —dije yo.

—Las huellas que hemos hallado son las suyas, Nick. Lo cual tampoco es tan descabellado, los hombres trastean en los bolsos de sus esposas continuamente. Pero aun así... —Se echó a reír como si se le hubiera ocurrido una idea genial—. Tengo que preguntárselo: no habrá estado en Hannibal recientemente, ¿verdad?

Lo dijo con una seguridad tan despreocupada que tuve una imagen mental: la de un transmisor de la policía oculto en algún rincón del chasis de mi coche, devuelto a mi custodia precisamente la mañana que fui a Hannibal.

—¿Por qué, exactamente, iría hasta Hannibal para librarme del bolso de mi esposa?

—Digamos que hubiese matado a su esposa y diseñado la escena del crimen en su casa para intentar hacernos creer que había sido atacada por un desconocido, pero luego se hubiese dado cuenta de que estábamos empezando a sospechar de usted, de modo que quisiera crear una distracción que nos hiciera volver a mirar en otra dirección. Esa es la teoría. Pero llegados a este punto, algunos de mis chicos están tan convencidos de que lo hizo usted que podrían hacer que cualquier teoría encajase. Así que déjeme ayudarle: ¿ha estado en Hannibal recientemente?

Negué con la cabeza.

—Tendrá que hablar con mi abogado. Tanner Bolt.

—¿*Tanner Bolt*? ¿Está seguro de que esa es la vía que quiere seguir, Nick? Considero que hemos sido bastante ecuánimes con usted, muy abiertos. Bolt es... es un último recurso. Es el tipo al que recurren los culpables.

—Ajá. Bueno, es evidente que soy su principal sospechoso, Rhonda. Tengo que cuidar de mí mismo.

—Reunámonos en cuanto llegue, ¿de acuerdo? Hablaremos de todo esto.

—Desde luego. Esa es nuestra intención.

—Un hombre con intención —dijo Boney—. Esperaré impaciente. —Se levantó y, mientras se alejaba, se volvió para gritarme—: ¡El hamamelis es bueno para la urticaria!

Una hora más tarde, sonó el timbre de la puerta y Tanner Bolt estaba allí vestido con un traje azul celeste. Algo me dijo que aquello era lo que se ponía siempre que debía «bajar al Sur». Estaba inspeccionando el barrio, observando con atención los coches aparcados en los caminos de entrada, valorando las casas. Me recordó a los Elliott, en cierto modo, examinando y analizando en todo momento. Un cerebro sin interruptor de apagado.

—Enséñemelo —dijo Tanner antes de que pudiera saludarle—. Indíqueme el camino hacia el cobertizo. No me acompañe y no vuelva a acercarse a él. Después me lo contará todo.

Nos acomodamos frente a la mesa de la cocina: yo, Tanner y una recién levantada Go, encorvada sobre su primera taza de café. Extendí todas las pistas de Amy como un adivino torpe echando las cartas del tarot.

Tanner se inclinó hacia mí, con los músculos del cuello tensos.

—De acuerdo, Nick, plantee su defensa —dijo—. Su esposa ha orquestado todo esto. ¡Plantee su defensa! —Clavó el índice sobre la mesa—. Porque no pienso seguir adelante con la polla en una mano y una absurda historia sobre montajes en la otra. A menos que me convenza. A menos que tenga posibilidades.

Respiré hondo e intenté ordenar mis pensamientos. Siempre se me había dado mejor escribir que hablar.

—Antes de empezar —dije—, tiene que comprender un aspecto clave en la personalidad de Amy: es jodidamente brillante. Su cerebro es tan complejo que nunca trabaja únicamente a un nivel. Es como un yacimiento arqueológico interminable: cuando crees que has alcanzado la última capa y dejas caer el pico por última vez, descubres que hay otra mina entera debajo. Con un laberinto de túneles y pozos sin fondo.

—Bien —dijo Tanner—. Entonces…

—Lo segundo que debe saber sobre Amy es que es muy moralista. Es una de esas personas que nunca se equivocan y le encanta dar lecciones, impartir castigos.

—De acuerdo, bien, entonces…

—Permita que le cuente una historia, una muy rápida. Hará unos tres años, fuimos en coche a Massachusetts. Había un tráfico infernal y un camionero le hizo un corte de mangas a Amy porque no le dejaba hueco en nuestro carril, después aceleró y se coló cortándonos el paso. Nada peligroso, pero por un segundo nos asustamos mucho. ¿Sabe esos carteles que llevan los camiones en la parte trasera? «¿Qué tal conduzco?» Amy me hizo llamar y darles la matrícula. Pensé que ahí había acabado todo. Dos meses más tarde, dos *meses* más tarde, entro en nuestro dormitorio y me encuentro a Amy al teléfono, repitiendo aquella misma matrícula. Se había inventado toda una historia. Iba con su hijo de dos años en el coche y el conductor había estado a punto de sacarla de la carretera. Me dijo que era su cuarta llamada. Dijo que incluso había investigado las rutas de la empresa para poder elegir las carreteras correctas para sus falsas infracciones. Había pensado en todo. Se sentía muy orgullosa. Iba a hacer que despidieran a aquel tipo.

—Jesús, Nick —murmuró Go.

—Es una historia muy… esclarecedora, Nick —dijo Tanner.

—Solo era un ejemplo.

—Bueno, ahora ayúdeme a encontrarle el sentido a todo esto —dijo—. Amy descubre que la está engañando. Finge su muerte. Crea una supuesta escena del crimen lo suficientemente sospechosa para despertar algunos recelos. Le tiene jodido con lo de las tarjetas de crédito y el seguro de vida y su pequeña cueva de caprichos de ahí atrás…

—Entabla una discusión conmigo la noche antes de desaparecer y lo hace cerca de una ventana abierta para que nuestra vecina pueda oírla.

—¿Sobre qué versó la discusión?

—Soy un gilipollas egoísta. Básicamente, la misma de siempre. Lo que nuestra vecina no oye son las disculpas posteriores de Amy, porque Amy no quiere que las oiga. De hecho, recuerdo haberme sentido asombrado, porque fue la reconciliación más rápida de nuestra vida. A la mañana siguiente me estaba preparando crepes, por el amor de Dios.

Volví a verla frente al fogón, lamiéndose el azúcar glas del pulgar, tarareando. Me imaginé acercándome a ella y zarandeándola hasta que...

—De acuerdo, ¿y la caza del tesoro? —dijo Tanner—. ¿Cuál es la teoría?

Tenía todas las pistas desplegadas sobre la mesa. Tanner cogió un par de ellas y las dejó caer.

—Son solo maneras adicionales de decirme que me joda —dije—. Conozco a mi esposa, créame. Sabía que tenía que organizar una caza del tesoro o parecería sospechoso. Así que la organiza y por supuesto tiene dieciocho significados distintos. Mire la primera pista.

Siendo tu alumna me imagino a diario,
con un maestro tan atractivo y sabio
mi mente se abre (¡por no decir mis labios!).
Si fuera estudiante no necesitaría flores a destajo,
solo una cita traviesa durante tus horas de trabajo.
Así que date prisa, ponte en marcha, por favor,
y esta vez te enseñaré una cosa o dos.

—Es puro Amy. Cuando la leí, pensé: «Eh, mi esposa está coqueteando conmigo». No. En realidad se está refiriendo a mi... infidelidad con Andie. Jódete número uno. De modo que acudo a mi despacho, con Gilpin, ¿y qué es lo que me está esperando allí? Unas bragas de mujer. Que ni se acercan a la talla de Amy. La policía no hacía más que preguntarme por su talla y yo sin comprender por qué.

—Pero Amy no tenía manera de saber que Gilpin estaría con usted —dijo Tanner, frunciendo el ceño.

—Las probabilidades eran condenadamente altas —interrumpió Go—. La pista uno formaba parte de la *escena del crimen*, así que la policía estaría al tanto de su existencia, y Amy incluyó las palabras «horas de trabajo» en ella. Es lógico que acudieran allí, con o sin Nick.

—¿Y de quién son las bragas? —preguntó Tanner.

Go arrugó la nariz al oír la palabra «bragas».

—¿Quién sabe? —dije yo—. Había asumido que serían de Andie, pero… Amy probablemente las comprara. Lo importante es que no son de su talla y por lo tanto llevarían a cualquiera a pensar que algo inapropiado había tenido lugar en mi despacho con una mujer que no era mi esposa. Jódete número dos.

—¿Y si la policía no le hubiera acompañado a su despacho? —preguntó Tanner—. ¿O si nadie se hubiera percatado de la presencia de las bragas?

—¡A ella le da igual, Tanner! Esta caza del tesoro existe principalmente para su propia diversión. No la necesita. Ha ido más allá de lo necesario solo para asegurarse de que haya un millón de pequeñas pistas condenatorias en circulación. Una vez más, ha de conocer a mi esposa: es de las que llevan cinturón y tirantes a la vez.

—De acuerdo. Segunda pista —dijo Tanner.

Imagíname: completamente loca por ti.
Mi futuro no es sino brumoso sin ti.
Me trajiste aquí para que oírte hablar pudiera
de tus aventuras juveniles: vaqueros viejos, gorra de visera.
Al diablo con todos los demás, son aburridos sin cesar.
Ahora dame un beso furtivo… como si nos acabáramos de casar.

—Se refiere a Hannibal —dije—. Amy y yo fuimos allí de excursión un día y así lo interpreté, pero también es otro de los sitios en los que tuve… relaciones con Andie.

—¿Y eso no le hizo sospechar? —dijo Tanner.

—No, todavía no, estaba demasiado enternecido por las notas que me había escrito Amy. Dios, me conoce como si me hubiera parido. Sabe exactamente lo que quiero oír. Eres *brillante*. Eres *in-*

genioso. Y qué satisfacción para ella saber que *todavía* es capaz de manipularme a su antojo. Incluso a distancia. Quiero decir, que estaba… Dios, prácticamente me estaba enamorando otra vez de ella.

Noté que la garganta se me cerraba por un momento. La tontorrona anécdota sobre el repelente bebé de su amiga Insley. Amy sabía que aquello era lo que más había amado de nosotros cuando estaba enamorado de ella: no los grandes momentos, no los momentos Románticos con R mayúscula, sino nuestras bromas privadas. Y ahora las estaba utilizando todas en mi contra.

—¿Y a ver si adivina? —dije—. Acaban de encontrar el bolso de Amy en Hannibal. Estoy convencido de que alguien podrá situarme en la escena. Joder, pagué el billete de la excursión en barco con mi tarjeta de crédito. Así que, nuevamente, aquí tenemos otra prueba con la que Amy se ha asegurado de que puedan vincularme.

—¿Y si nadie hubiera encontrado el bolso? —preguntó Tanner.

—No importa —dijo Go—. Amy está asegurándose de que Nick siga avanzando en círculos. Se está divirtiendo. Estoy segura de que solo saber el sentimiento de culpa que iba a generar en Nick leer todas estas notas cariñosas, sabiendo que la estaba engañando y que ella había desaparecido, ya bastaba para hacerla feliz.

Intenté evitar una mueca al oír su tono de desagrado: «engañando».

—¿Y si Gilpin hubiera acompañado a Nick hasta Hannibal? —insistió Tanner—. ¿Y si Gilpin hubiera estado con Nick todo el rato, de modo que supiera que Nick no había dejado el bolso?

—Amy me conoce lo suficientemente bien como para saber que me desharía de Gilpin. Sabe que no querría que un desconocido me viese leer sus cartas, midiendo mis reacciones.

—¿En serio? ¿Cómo puede estar usted tan seguro?

—Simplemente lo sé.

Me encogí de hombros. Lo sabía, simplemente lo sabía.

—Pista número tres —dije, poniéndosela a Tanner en la mano.

Quizá te sientas culpable por haberme traído hasta aquí.
Debo confesar que en un principio no me sentí muy feliz,
pero tampoco es que tuviéramos muchas elecciones.
Venir a este lugar fue la mejor de las opciones.
Hasta esta casita marrón trajimos nuestro amor.
¡Sé un esposo benéfico, comparte conmigo tu ardor!

—¿Ve? Lo malinterpreté pensando que con «haberme traído hasta aquí» se estaba refiriendo a Carthage, pero, una vez más, se está refiriendo a la casa de mi padre y…

—¿Es otro de los sitios en los que se folló a la tal Andie? —dijo Tanner. Se volvió hacia mi hermana—. Disculpe la vulgaridad.

Go hizo un gesto con la mano indicando que no le importaba.

Tanner continuó:

—Así pues, Nick. En su despacho, donde se folló a Andie, hay unas inculpadoras bragas de mujer; y en Hannibal, donde se folló a Andie, hay un inculpador bolso; por último, tenemos la inculpadora guarida de compras secretas hechas con las tarjetas de crédito. En el cobertizo, donde se folló a Andie.

—Uh, sí. Sí, eso es.

—Entonces, ¿qué es lo que hay en casa de su padre?

AMY ELLIOTT DUNNE
Siete días ausente

¡Estoy embarazada! Gracias, Noelle Hawthorne, ahora el mundo lo sabe, pequeña idiota. En el día transcurrido desde que montó el numerito (aunque desearía que no me hubiera robado protagonismo en mi vigilia; las feas siempre aprovechando la ocasión de llamar la atención) el odio hacia Nick se ha incrementado exponencialmente. Me pregunto si podrá respirar con tanta indignación como le rodea.

Sabía que la clave para llamar a lo grande la atención de los medios, para copar *Ellen Abbott* de manera continua, frenética y furibunda, sería el embarazo. La Asombrosa Amy resulta tentadora ya de por sí. La Asombrosa Amy preñada resulta irresistible. A los americanos les gusta lo fácil, y sentir aprecio por las embarazadas es muy fácil; son como patitos o conejitos o perros. Aun así, me desconcierta que estos ensimismados y santurrones barriles obtengan un trato tan especial. Como si fuera tan difícil abrirse de piernas y dejar que un hombre eyacule entre ellas.

¿Sabes lo que *de verdad* es difícil? Fingir un embarazo.

Presta atención, porque esto sí que impresiona. Comenzó con la cabezahueca de mi amiga Noelle. En el Medio Oeste abundan este tipo de personas: los suficientemente agradables. Suficientemente agradables, pero con el alma de plástico; fácil de moldear, fácil de limpiar. Toda su colección de música consiste en recopilatorios comprados en cafeterías. Su librería se compone de basuras para ojear: *Los irlandeses en América*. *Fútbol americano en Missouri: una historia gráfica*. *Recordando el 11/S*. *Alguna estupidez con gatitos*. Sabía que necesitaba una amiga dócil para mi plan, alguien a quien abastecer de historias terribles sobre Nick, alguien que fuese a sentirse extraordinariamente unida a mí, alguien fácil de manipular que no fuese a reflexionar demasiado sobre cualquier cosa que le contase porque se sintiese privilegiada por el mero hecho de escucharlo. Noelle era la opción más evidente, y cuando me dijo que había vuelto a quedarse embarazada –al parecer, no le bastaba con los trillizos– me di cuenta de que yo también podía estarlo.

Una búsqueda en internet: cómo vaciar el inodoro para repararlo.

Una invitación a Noelle para tomar limonada. Mucha limonada.

Noelle, meando en mi retrete vacío y sin poder tirar de la cadena. ¡Las dos terriblemente avergonzadas!

Yo, con un pequeño tarro de cristal. La orina de mi retrete va a parar al tarro de cristal.

Yo, con antecedentes palmarios de fobia a las agujas y la sangre.

Yo, con el tarro de orina escondido en el bolso durante una visita al médico (oh, no puedo hacerme un análisis de sangre, tengo fobia a las agujas... con una prueba de orina bastará, gracias).

Yo, con un embarazo registrado en el historial médico.

Yo, corriendo a casa de Noelle con la buena nueva.

Perfecto. Nick tiene un nuevo motivo, yo paso a ser la adorable señora embarazada desaparecida, mis padres sufren aún más, *Ellen Abbott* no se puede resistir. Sinceramente, me emocionó verme seleccionada al fin de manera oficial para *Ellen*, entre todos los centenares de casos posibles. Es como una especie de competición de talentos: lo haces lo mejor posible, pero la elección final no está en tus manos, depende de los jueces.

Y, oh, cómo odia a Nick y cómo me *adora* a mí. Sin embargo desearía que no le estuvieran dando un tratamiento tan especial a mis padres. Los veo en las noticias. Mi madre, delgada y nervuda, las cuerdas del cuello como delgadas ramas de árbol, siempre tensas. Mi padre, sofocado debido al temor, los ojos demasiado abiertos, la sonrisa congelada. Normalmente es un hombre atractivo, pero está empezando a parecer una caricatura, un muñeco de payaso poseído. Sé que debería sentir lástima por ellos, pero no es así. De todos modos, para ellos nunca he sido nada más que un símbolo, un ideal con patas. La Asombrosa Amy en carne y hueso. No la cagues, eres la Asombrosa Amy. La única que tenemos. Ser hija única conlleva una responsabilidad injusta; te educas en la certeza de que en realidad no tienes permitido causar desengaños, ni siquiera tienes permitido morir. No tienes sustitutas que puedan reemplazarte gateando por la casa; eres todo lo que hay. Eso te conduce a desesperarte por ser perfecta y también te vuelve ebria de poder. Así se crean los déspotas.

Esta mañana he ido paseando hasta la oficina de Dorothy para comprar un refresco. Es una habitación diminuta forrada de madera. La mesa no parece tener más propósito que el de sostener la colección de bolas de nieve de Dorothy, procedentes todas ellas de lugares que parecen indignos de ser conmemorados: Gulf Shores, Alabama. Hilo, Arkansas. Cuando veo los globos de nieve, no veo un paraíso, sino paletos recalentados con la piel quemada por el sol que arrastran a niños torpes y llorosos, dándoles capones con una mano mientras en la otra sostienen gigantescos vasos de poliestireno no biodegradable rebosantes de bebidas empalagosas.

Dorothy tiene uno de esos carteles de los setenta de un gatito subido a un árbol: «¡Aguanta ahí!». Muestra su póster con toda sinceridad. Me gusta imaginarla encontrándose con alguna zorra de Williamsburg encantada de conocerse, con su flequillo Bettie Page y sus gafas de punta, que tuviera el mismo póster por motivos irónicos. Me gustaría escucharlas intentando llegar a un acuerdo entre ambas. Los irónicos siempre se deshacen cuando se ven confrontados con la más absoluta sinceridad, es su kriptonita. Dorothy tiene otra gema pegada en la pared, junto a la máquina de los refrescos, que muestra a un niño pequeño dormido sobre el retrete:

«Demasiado cansado para descargar». Varias veces he pensado en robárselo a Dorothy, raspar con una uña el celo amarillento mientras la distraigo charloteando. Estoy segura de que podría venderlo a cambio de una bonita suma en eBay —me gustaría ganar dinero de alguna forma—, pero no puedo hacerlo, porque eso crearía una *pista electrónica*, algo sobre lo que he leído de sobra en la miríada de libros sobre crímenes reales que tengo en casa. Las pistas electrónicas son malas: no uses un móvil vinculado a tu nombre, porque las torres de comunicación podrán triangular tu localización. No uses tarjetas de crédito en comercios ni cajeros. Utiliza únicamente ordenadores públicos con tráfico abundante. Sé consciente del número de cámaras que puede haber en cada calle, particularmente cerca de un banco, un cruce transitado o un supermercado. Tampoco es que aquí haya nada de todo eso. Ni cámaras tampoco, al menos dentro del complejo. Lo sé. Se lo pregunté a Dorothy, fingiendo estar preocupada por la seguridad.

—Nuestros clientes no son precisamente partidarios del Gran Hermano —dijo ella—. No es que sean criminales, pero por lo general no les gusta estar localizables.

No, no tienen pinta de apreciarlo. Pongamos por caso a mi amigo Jeff, con sus idas y venidas a deshoras y sus sospechosas cantidades de peces indocumentados que almacena en enormes congeladores. Ahí hay algo que huele mal, literalmente. En la cabaña más apartada vive una pareja que probablemente ronde los cuarenta, pero el consumo de anfetaminas les ha erosionado de tal manera que parecen como poco sexagenarios. Permanecen en el interior la mayor parte del tiempo, al margen de ocasionales excursiones a la lavandería, cuando atraviesan con ojos desorbitados el aparcamiento de gravilla, acarreando aceleradamente sus ropas guardadas en bolsas de la basura, una especie de metanfetamínica limpieza primaveral. «Holahola», dicen, siempre dos veces con dos asentimientos de cabeza, después siguen su camino. El hombre lleva en ocasiones una boa constrictor enroscada alrededor del cuello, aunque nunca hacemos referencia alguna a su presencia, ni él ni yo. Además de estos habituales, se ve un goteo constante de mujeres solas, normalmente con cardenales. Algunas parecen avergonzadas, otras terriblemente tristes.

Ayer se instaló una nueva, una chica rubia, muy joven, de ojos marrones y con un labio partido. Se sentó en el porche delantero a fumar un cigarrillo —su cabaña es la contigua a la mía—, y cuando nos miramos un momento a los ojos, enderezó la espalda, orgullosa, y echó el mentón hacia delante. Nada de lo que disculparse. Pensé: «Necesito ser como ella. La estudiaré. Podría ser ella una temporada: la chica dura maltratada que se ha escondido a esperar a que amaine la tormenta».

Al cabo de un par de horas de televisión matinal —buscando novedades en el caso Amy Elliott Dunne— me pongo mi pegajoso bikini. Iré a la piscina. Flotaré un rato, unas minivacaciones alejada de mi cerebro de arpía. La noticia del embarazo fue gratificante, pero todavía desconozco muchos detalles. Lo planeé todo con sumo cuidado, pero existen varios elementos que escapan a mi control y que estropean mi visión de la cadena de acontecimientos. Andie no ha cumplido su parte. El diario aún no ha sido hallado. La policía sigue sin mover un solo dedo para arrestar a Nick. No sé cuánto habrán descubierto hasta ahora y no me gusta. Estoy tentada de hacer una llamada, un soplo anónimo que les dé un empujoncito en la dirección adecuada. Esperaré un par de días más. En la pared tengo un calendario en el que marco las palabras LLAMAR HOY a tres días vista. Así sabré cuánto estoy dispuesta a esperar. Tan pronto como encuentren el diario, las cosas se acelerarán.

En el exterior vuelve a hacer un calor selvático, las chicharras nos rodean. Mi colchoneta hinchable es rosa, tiene sirenas estampadas y es demasiado pequeña para mí —se me hunden las pantorrillas en el agua—, pero me mantiene flotando sin rumbo durante toda una hora, que es algo que, según he descubierto, le gusta hacer a esta Amy.

Veo una cabeza rubia que atraviesa el aparcamiento y después la chica del labio partido cruza la puerta de rejilla con una de las toallas de baño de las cabañas —no mayor que un paño de cocina—, un paquete de Merits, un libro y protector solar factor 120. Cáncer de pulmón, pero no de piel. Se acomoda y se aplica cuidadosamente la loción, lo cual la distingue de las demás mujeres maltratadas que aparecen por aquí, embadurnadas con aceite infantil que deja sombras de grasa en las sillas.

La chica me saluda mediante un movimiento de cabeza, el mismo asentimiento que se dirigen entre sí los hombres cuando se sientan en un bar. Está leyendo las *Crónicas marcianas* de Ray Bradbury. Le va la ciencia ficción. A las mujeres maltratadas les gusta el escapismo, por supuesto.

—Buen libro —digo despreocupadamente, lanzándole las palabras como una inofensiva pelota de playa.

—Alguien se lo dejó en mi cabaña. Era esto o *Belleza negra*.

Se pone unas gruesas y baratas gafas de sol.

—Tampoco está mal. Aunque *El corcel negro* es mejor.

La muchacha alza la mirada hacia mí sin quitarse las gafas. Dos enormes discos como ojos de avispa.

—Ajá.

Vuelve a dedicar su atención al libro con el marcado gesto de «Estoy leyendo» que suele verse en los aviones abarrotados. Y yo soy la molesta curiosa del asiento contiguo que se apodera del reposabrazos y dice cosas como: «¿Negocios o placer?».

—Soy Nancy —digo.

No Lydia, lo cual es un error en un entorno tan cerrado como este, pero me sale solo. A veces mi cerebro va demasiado rápido para mi propio bien. Me estaba fijando en el labio partido de la muchacha, en su halo tristón de segunda mano, y me he puesto a pensar en abusos y prostitución, lo cual ha hecho que me acuerde de *Oliver*, mi musical favorito cuando era niña, y de la prostituta de infausto destino, Nancy, que siguió amando a su hombre violento hasta que este la mató, así que después he pasado a preguntarme qué hacíamos mi feminista madre y yo viendo *Oliver*, teniendo en cuenta que «As Long as He Needs Me» es básicamente una exaltación de la violencia doméstica, y entonces he caído en que Amy

Diario, que también fue asesinada por su marido, se parecía un montón a…

—Soy Nancy —digo.

—Greta.

Suena a inventado.

—Encantada de conocerte, Greta.

Me alejo flotando. Detrás de mí oigo el rascar del mechero de Greta y después volutas de humo me sobrevuelan como espuma de mar.

Cuarenta minutos más tarde, Greta se sienta en el borde de la piscina y mete las piernas en el agua.

—Está caliente —dice—. El agua.

Tiene una voz grave y ronca, cigarrillos y polvo de las praderas.

—Como meterse en la bañera.

—No es demasiado refrescante.

—El lago no está mucho más fresco.

—De todos modos no sé nadar —dice Greta.

Nunca había conocido a alguien que no supiera nadar.

—Yo a duras penas —miento—. Estilo perro.

Greta balancea las piernas, la ondulación sacude suavemente mi colchoneta.

—¿Qué tal el ambiente de aquí? —pregunta.

—Agradable. Tranquilo.

—Bien, eso es lo que necesito.

Me vuelvo para mirarla. Tiene dos cadenillas de oro, un cardenal perfectamente redondo del tamaño de una ciruela cerca del pecho izquierdo y un tatuaje de un trébol justo encima de la línea del bikini. Su bañador es completamente nuevo, rojo cereza, barato. Comprado en la misma tienducha en la que compré mi colchoneta.

—¿Has venido sola? —pregunto.

—Completamente.

No estoy del todo segura de qué preguntar a continuación. ¿Hay algún tipo de protocolo a seguir entre mujeres maltratadas, algún idioma que desconozco?

—¿Problemas sentimentales?

359

Alza una ceja que parece indicar que sí.

—Yo también —digo.

—No es como si no nos hubieran advertido —dice ella. Se llena una mano de agua y deja que se vaya vaciando gota a gota sobre su delantera—. Mi madre, una de las primeras cosas que me dijo, el primer día de ir a la escuela: «Mantente apartada de los chicos. Cuando no te estén tirando piedras estarán intentando mirarte por debajo de la falda».

—Deberías hacerte una camiseta con ese lema.

Greta se ríe.

—Pero es cierto. Siempre ha sido cierto. Mi madre vive en un pueblo de lesbianas que hay en Texas. No hago más que pensar que debería irme con ella. Allí todas parecen felices.

—¿Un pueblo de lesbianas?

—En plan, cómo se llama… comuna. Un grupo de lesbianas compró tierras y montó una especie de sociedad privada. Prohibida la entrada a los hombres. Me parece una idea estupenda, un mundo sin hombres. —Se llena nuevamente de agua la mano, se quita las gafas y se humedece la cara—. Una lástima que no me guste el conejo.

Se ríe con una risa de vieja, como un ladrido enfadado.

—Y bien, ¿tenemos por aquí algún cretino con el que me pueda enrollar? —dice Greta—. Viene a ser mi patrón: salir huyendo de uno, tropezar con el siguiente.

—Esto está medio vacío la mayor parte del tiempo. Tienes a Jeff, el tipo de la barba, pero en realidad es bastante agradable —digo—. Lleva aquí más tiempo que yo.

—¿Cuánto tiempo piensas quedarte? —pregunta Greta.

Hago una pausa. Es curioso, no sé exactamente cuánto tiempo voy a seguir aquí. Había planeado quedarme hasta que Nick fuese arrestado, pero no tengo ni idea de si lo arrestarán pronto.

—Hasta que él deje de buscarte, ¿eh? —aventura Greta.

—Algo por el estilo.

Greta me examina con atención, frunce el ceño. Se me tensa el estómago. Espero a que lo diga: «Tu cara me resulta familiar».

—Nunca vuelvas a un hombre con los cardenales todavía recientes. No le des la satisfacción —entona Greta. Se levanta, recoge sus cosas. Se seca las piernas con la diminuta toalla—. Hemos matado un buen día —dice.

Por algún motivo, le muestro el pulgar vuelto hacia arriba, un gesto que no había hecho jamás en la vida.

—Ven a mi cabaña cuando salgas, si te apetece —dice Greta—. Podemos ver la tele.

Llevo un tomate recién cogido por Dorothy, que sostengo en mi palma como si fuera un brillante regalo de inauguración. Greta abre la puerta y apenas si reconoce mi presencia, como si llevara años pasándome por allí. Coge el tomate de inmediato.

—Perfecto, precisamente estaba preparando unos bocadillos. Siéntate —dice, señalando la cama, puesto que las cabañas no tienen salón, al tiempo que se dirige hacia la cocina, que tiene la misma tabla de cortar de plástico y el mismo cuchillo sin filo que la mía.

Corta el tomate en rodajas. Una bandeja de plástico con fiambre aguarda sobre la encimera, colmando la estancia con su dulce aroma. Greta coloca dos bocadillos escurridizos sobre platos de papel, junto a un par de puñados de galletitas saladas en forma de pez, y los saca a la zona de dormir, con una mano ya en el mando a distancia, saltando de nieve en nieve. Nos sentamos sobre el borde de la cama, la una junto a la otra, mirando la tele.

—Detenme si ves algo —dice Greta.

Le doy un mordisco a mi bocadillo. El tomate se sale por un lado y aterriza sobre mi muslo. *Los nuevos ricos*, *De repente Susan*, *Armageddon*.

En directo con Ellen Abbott. Una imagen mía colma la pantalla. Soy la noticia principal. De nuevo. Tengo un aspecto formidable.

—¿Has visto esto? —pregunta Greta sin mirarme, hablando como si mi desaparición fuese la reposición de una serie curiosa—. Una mujer que desaparece el día de su quinto aniversario de boda. Desde el primer momento el marido se comporta de manera muy extraña, todo sonrisas y mierdas así. Resulta que aumentó su seguro de vida y encima acaban de averiguar que la esposa estaba *embarazada*. Y que el tipo no quería tenerlo.

El plano cambia a otra foto mía yuxtapuesta sobre *La Asombrosa Amy*. Greta se vuelve hacia mí:

—¿Recuerdas esos libros?

—¡Pues claro!

—¿Te *gustan*?

—A todo el mundo le gustan esos libros, son una monada —digo.

Greta deja escapar un ronquido.

—Son superfalsos.

Primer plano mío.

Espero a que Greta diga lo guapa que soy.

—No está mal, ¿eh? Para la edad que tiene —dice—. Espero conservarme tan bien cuando llegue a los cuarenta.

Ellen está recordándole al público mi historia; mi foto permanece en pantalla.

—Me suena a la típica niña pija malcriada —dice Greta—. Acostumbrada a tenerlo todo. Una borde.

Aquello es simple y llanamente injusto. No he dejado prueba alguna que pueda conducir a nadie hasta tal conclusión. Desde que me mudé a Missouri —bueno, desde que se me ocurrió el plan—, he ido con sumo cuidado para mostrarme comprensiva, fácil de tratar, alegre, todas esas cosas que la gente exige que sean las mujeres. Saludaba con la mano a los vecinos, hacía recados para las amigas de Mo, una vez le llevé una Coca-Cola al siempre mugriento Stucks Buckley. Visité al padre de Nick para que todas las enfermeras pudieran testificar lo agradable que fui y para poder susurrar una y otra vez al oído de Bill Dunne: «Te quiero, ven a vivir con nosotros, te quiero, ven a vivir con nosotros». Solo para ver si el mensaje quedaba grabado en la tela de araña que es su cerebro. El padre de Nick es lo que el personal de Comfort Hill llama un paseante; siempre se está escapando. Me encanta la idea de que Bill Dunne, el tótem viviente de todo en lo que Nick teme llegar a convertirse, el objeto de su más profunda consternación, siga apareciendo una y otra vez frente a nuestra puerta.

—¿En qué sentido parece borde?

Greta se encoge de hombros. El televisor muestra un anuncio de ambientador. Una mujer rocía con ambientador para que su familia sea feliz. Después un anuncio de compresas extrafinas que permiten que una mujer pueda ponerse vestido y bailar y conocer al hombre para el que en un futuro rociará la casa con ambientador.

Limpiar y sangrar. Sangrar y limpiar.

—Simplemente se nota —dice Greta—. Tal como la describen, parece la típica zorra rica y aburrida. Como esas que usan el dinero de sus maridos para montar... yo qué sé, tiendas de cupcakes y tarjetas y mierdas similares. Boutiques.

En Nueva York, tenía amigas metidas en ese tipo de negocios. Les gustaba poder decir que trabajaban, a pesar de que solo se encargaban de los pequeños detalles divertidos: inventar nombres para los cupcakes, seleccionar la papelería, ponerse un adorable vestido *de su propia tienda*.

—Fijo que es una de esas —dice Greta—. Una zorra rica dándose humos.

Greta se levanta para ir al baño y yo entro de puntillas en la cocina, abro la nevera y escupo en la leche, el zumo de naranja y un recipiente con ensalada de patata, después regreso de puntillas a la cama.

Suena la cisterna. Greta regresa.

—Vamos a ver, eso no quiere decir que esté bien que la haya *matado*. Solo es otra mujer que eligió mal a su hombre.

Me está mirando directamente a la cara y me temo que de un momento a otro vaya a decir: «Eh, espera un momento...».

Pero vuelve su atención hacia el televisor, cambia de postura para quedar tumbada sobre el estómago, como una niña, con el mentón entre las manos y el rostro dirigido hacia mi imagen en la pantalla.

—Oh, mierda, ya estamos —dice Greta—. La peña odia a ese tío.

El programa entra en materia y me siento un poco mejor. Es la apoteosis de Amy.

Campbell MacIntosh, amiga de la infancia: «Amy es una mujer cariñosa y maternal. Adoraba estar casada. Y sé que habría sido una gran madre. Pero Nick... se notaba que Nick tenía algo raro. Siempre tan frío y distante y muy calculador. Una enseguida tenía la impresión de que era perfectamente consciente de todo el dinero que tenía Amy».

(Campbell miente: siempre que estaba con Nick se pasaba el rato poniéndole ojitos, lo adoraba por completo. Pero estoy segura de que le gustaba pensar que solo se había casado conmigo por mi dinero.)

Shawna Kelly, residente de North Carthage: «Me pareció muy, muy extraño que no se mostrara nada preocupado durante la batida en busca de su mujer. Se limitó a, ya sabe, charlar, a matar el rato. Coqueteando conmigo, a pesar de que no me conocía de nada. Cada vez que yo intentaba desviar la conversación hacia Amy, él se limitaba a... a no mostrar el más mínimo interés».

(Estoy segura de que esta vieja golfa desesperada no intentó desviar la conversación hacia mí en ningún momento.)

Steven «Stucks» Buckley, amigo de la infancia de Nick Dunne: «Amy era un verdadero cielo. Verdadero. Cielo. ¿Y Nick? Simplemente no parece preocupado por la desaparición de Amy. Siempre ha sido así el tío: muy ensimismado. Un poco engreído. Como si hubiera triunfado en Nueva York y todos debiéramos hacerle reverencias».

(Aborrezco a Stucks Buckley, ¿y qué mierda de nombre es ese?)

Noelle Hawthorne, con aspecto de haberse hecho unas mechas: «Yo creo que la mató él. Nadie más se atreve a decirlo, pero yo sí. Abusaba de ella y la maltrataba y finalmente la mató».

(Buena perra.)

Greta me mira de reojo, con los mofletes plegados bajo las manos, el rostro iluminado por el parpadeante resplandor del televisor.

—Espero que no sea verdad –dice–. Lo de que la haya matado. Sería agradable pensar que quizá simplemente escapó, huyó de él, y ahora está en algún sitio escondida. Sana y salva.

Balancea las piernas adelante y atrás como una nadadora perezosa. No consigo adivinar si se está quedando conmigo.

NICK DUNNE
Ocho días ausente

Registramos hasta el último resquicio de la casa de mi padre, aunque está tan patéticamente vacía que tampoco tardamos mucho. Los armarios, las cómodas. Tiré de las esquinas de las moquetas para ver si se levantaban. Miré en la lavadora y en la secadora, metí una mano en la chimenea. Incluso miré detrás del depósito del retrete.

—Muy *Padrino* por tu parte —dijo Go.

—Si fuera muy *Padrino*, habría encontrado lo que estamos buscando y habría salido pegando tiros.

Tanner permaneció en pie en el centro de la sala de estar de mi padre dándole tirones a la punta de su corbata verde lima. Go y yo estábamos cubiertos de polvo y mugre, pero de algún modo el traje de Tanner resplandecía inmaculado, como si hubiera conservado parte del glamour estroboscópico de Nueva York. Estaba contemplando la esquina de una cómoda, mordiéndose el labio, dándole tirones a la corbata, *pensando*. Probablemente había pasado años perfeccionando aquella expresión: la expresión de «Cállese, cliente, estoy pensando».

—No me gusta esto —dijo al fin—. Tenemos un montón de vías abiertas y no quiero acudir a la policía hasta que las tengamos muy, muy contenidas. Mi primer instinto es adelantarnos a la situación, denunciar todo lo que hay almacenado en el cobertizo antes de que nos trinquen con ello. Pero si no sabemos qué es lo que Amy quiere que encontremos aquí y no conocemos el estado mental de Andie… Nick, ¿podría usted *suponer* el estado mental de Andie?

Me encogí de hombros.

—Cabreada.

—Verá, eso me pone muy, muy nervioso. Nos hayamos en una situación peliaguda, básicamente. Necesitamos contarle a la policía lo del cobertizo. Tenemos que adelantarnos a ellos, hacerlo antes de que lo descubran. Pero quiero aclararle lo que sucederá cuando lo hagamos. Y lo que sucederá será que irán tras Go. Manejarán dos teorías. Una: Go es su cómplice, le estaba ayudando a ocultar todo esto en su propiedad y lo más probable es que sepa que asesinó usted a Amy.

—Vamos, no puede estar hablando en serio —dije.

—Nick, tendríamos suerte si se limitaran a esa versión —dijo Tanner—. Pueden interpretar esto como les dé la gana. ¿A ver qué le parece la otra? Go fue quien robó su identidad, quien solicitó las tarjetas de crédito. Compró toda esa basura que tiene ahí guardada. Amy lo averiguó. Se produjo un enfrentamiento, Go mató a Amy.

—Entonces nos adelantamos mucho, mucho más —dije—. Les contamos lo del cobertizo y les contamos que Amy me está incriminando.

—Lo considero una mala idea en general y una idea pésima ahora mismo en particular si no tenemos a Andie de nuestra parte, porque tendremos que hablarles de ella.

—¿Por qué?

—Porque si le contamos a la policía su historia, que Amy le está inculpando…

—¿Por qué sigue diciendo «mi historia» como si fuese algo que me he inventado?

—Ja. Bien dicho. Si le explicamos a la policía que Amy le está inculpando, tendremos que explicar *por qué* lo está haciendo. ¿Por qué? Porque averiguó que tiene usted una muy bonita y muy joven amante.

—¿De verdad es necesario contárselo? —pregunté.

—Amy quiere hacerle parecer culpable de su asesinato porque… estaba… ¿qué, aburrida?

Me mordí los labios.

—Tenemos que ofrecerles un motivo, no funcionará de ninguna otra manera. Pero el problema es que si les plantamos a Andie envuelta en papel de regalo frente a la puerta principal y no se tragan la teoría de la inculpación, lo que les habremos dado será un motivo para el asesinato. Problemas monetarios, presente. Mujer embarazada, presente. Amante, presente. Es el triunvirato del asesino. Caerá usted con todo el equipo. Las mujeres harán cola para hacerle jirones con sus uñas. —Tanner comenzó a caminar de un extremo al otro de la habitación—. Pero si no hacemos nada y Andie acude a ellos por su cuenta…

—¿Qué hacemos, entonces? —pregunté.

—Creo que la policía nos echaría entre carcajadas de la comisaría si en este momento dijéramos que Amy le ha inculpado. Es demasiado endeble. Le creo, pero es endeble.

—Pero las pistas de la caza del tesoro… —empecé.

—Nick, ni siquiera yo entiendo esas pistas —dijo Go—. Son como un lenguaje privado entre tú y Amy. Solo tenemos tu palabra de que conducen hacia… situaciones incriminatorias. O sea, en serio: ¿vaqueros viejos y gorra de visera equivale a Hannibal?

—¿Una casita marrón equivale a la casa de su padre… que es azul? —añadió Tanner.

Pude percibir la duda de Tanner. Necesitaba demostrarle con creces el carácter de Amy. Sus mentiras, su revanchismo, su obsesión por saldar cuentas. Necesitaba que otras personas me respaldaran… que confirmaran que mi esposa no era la Asombrosa Amy sino la Amy *Vengadora*.

—Veamos si podemos contactar hoy con Andie —dijo Tanner finalmente.

—¿No supone un riesgo esperar? —preguntó Go.

Tanner asintió.

—Es un riesgo. Tenemos que actuar con rapidez. Como aparezca alguna otra prueba, si la policía obtiene una orden de registro para el cobertizo o si Andie acude a la policía…

—No lo hará —dije yo.

—Te ha mordido, Nick.

–No lo hará. Ahora mismo está cabreada, pero… no puedo creer que fuese a hacerme eso. Sabe que soy inocente.

–Nick, dijo que estuvo con Andie aproximadamente una hora la mañana de la desaparición de Amy, ¿sí?

–Sí. Más o menos desde las diez y media hasta justo antes de las doce.

–Entonces, ¿dónde estuvo entre las siete y media y las diez? –preguntó Tanner–. Dijo haber salido de casa a las siete y media, ¿verdad? ¿Adónde fue?

Me mordí la mejilla por dentro.

–¿Adónde fue, Nick? Necesito saberlo.

–No es relevante.

–¡*Nick!* –gritó Go.

–Simplemente hice lo que hago algunas mañanas. Salí de casa, conduje hasta la parte más desierta de nuestro complejo y… una de las casas tiene el garaje abierto.

–¿Y? –dijo Tanner.

–Y leí revistas.

–Perdón, ¿cómo ha dicho?

–Leí números atrasados de la revista en la que solía trabajar.

Seguía echando de menos mi revista. Escondía ejemplares como si se tratara de pornografía y los leía en secreto, porque no quería que nadie sintiera lástima por mí.

Alcé la mirada y vi que tanto Tanner como Go estaban sintiendo mucha, mucha lástima por mí.

Conduje de regreso a casa justo después del mediodía y fui recibido por una calle repleta de unidades móviles y reporteros acampados en mi jardín. No pude llegar hasta el camino de entrada, me vi obligado a aparcar junto a la acera. Respiré hondo y salí bruscamente del coche. Se arrojaron sobre mí como pajarracos hambrientos, picoteando y aleteando, rompiendo filas y volviendo a reunirse. «Nick, ¿sabías que Amy estaba embarazada?» «Nick, ¿cuál es tu coartada?» «Nick, ¿mataste a Amy?»

Conseguí llegar al interior y cerré con llave. A cada lado de la puerta había ventanas, así que le eché valor y rápidamente bajé las persianas, mientras las cámaras me fotografiaban en todo momento y los reporteros me gritaban sus preguntas. «Nick, ¿mataste a Amy?» Cuando hube bajado las persianas, fue como cubrir a un canario para que pase la noche: los ruidos del exterior se silenciaron.

Subí al baño y satisfice las ansias de darme una ducha. Cerré los ojos y dejé que el chorro de agua disolviera la suciedad de la casa de mi padre. Cuando volví a abrirlos, lo primero que vi fue la maquinilla rosa de Amy sobre la jabonera. Me pareció ominosa, malevolente. Mi esposa estaba loca. Me había casado con una loca. Sé que es el mantra de todos los cretinos: «Mi mujer es una perturbada», pero experimenté una pequeña y desagradable punzada de satisfacción: yo sí podía decir que me había casado con una psicópata de verdad. «Nick, te presento a tu esposa: campeona del mundo en joderte la cabeza.» No era un cretino tan grande como había pensado. Un cretino sí, pero no a gran escala. El engaño había sido preventivo, una reacción subconsciente a cinco años de sometimiento bajo el yugo de una lunática. ¿Cómo no me iba a sentir atraído por una muchacha de pueblo bienintencionada y sencilla? Es como cuando los individuos con carencia de hierro ansían carne roja.

Me estaba secando cuando sonó el timbre. Me asomé por la puerta del baño y oí las voces de los periodistas cobrar fuerza de nuevo. «¿Cree en su yerno, Marybeth?» «¿Cómo se siente al saber que va a ser abuelo, Rand?» «¿Cree usted que Nick asesinó a su hija, Marybeth?»

Se mantuvieron firmes el uno al lado del otro sobre el escalón de la entrada, las caras torvas, las espaldas rígidas. Acosados por una docena de periodistas, paparazzi, aunque a juzgar por el ruido podrían haber sido el doble. «¿Cree en su yerno, Marybeth?» «¿Cómo se siente al saber que va a ser abuelo, Rand?» Los Elliott entraron entre miradas gachas y saludos farfullados y yo cerré de un portazo frente a las cámaras. Rand me puso una mano en el brazo y la retiró de inmediato bajo la atenta mirada de Marybeth.

—Lo siento, estaba en la ducha.

Mi pelo seguía goteando, mojando los hombros de mi camiseta. Marybeth tenía el pelo grasiento, la ropa arrugada. Me miró como si estuviera loco.

—¿Tanner Bolt? ¿En serio? —preguntó.

—¿Qué quieres decir?

—Quiero decir, Nick: Tanner Bolt, en serio. Solo representa a culpables. —Se acercó más, me agarró del mentón—. ¿Qué tienes en la mejilla?

—Urticaria. Estrés. —Me aparté de ella—. Eso que dices de Tanner no es cierto, Marybeth. No lo es. Es el mejor en lo suyo. Y ahora mismo le necesito. La policía… lo único que hacen es investigarme.

—Ciertamente parece ser el caso —dijo—. Y eso parece un mordisco.

—Es urticaria.

Marybeth dejó escapar un suspiro de irritación y se dirigió hacia el salón.

—¿Es aquí donde sucedió? —preguntó.

Su rostro se había colapsado en una sucesión de surcos carnosos, ojeras y mejillas hundidas, los labios caídos.

—Eso creemos. Una especie de… altercado, enfrentamiento, tuvo lugar también en la cocina.

—Por la sangre. —Marybeth tocó la otomana, poniéndola a prueba. La alzó un par de centímetros y la dejó caer—. Preferiría que no lo hubieras ordenado todo. Has hecho que parezca como si nunca hubiera sucedido nada.

—Marybeth, tiene que vivir aquí —dijo Rand.

—Sigo sin entender cómo… Quiero decir, ¿y si la policía no lo ha descubierto todo? ¿Y si…? No sé. Parece como si hubieran renunciado. Como si hubieran descartado la casa. Dejándola abierta para que entre cualquiera.

—Estoy seguro de que tienen todo lo necesario —dijo Rand, y le apretó una mano—. ¿Por qué no preguntamos si podemos mirar las cosas de Amy para que puedas escoger algo especial? ¿De acuerdo? —Se dirigió a mí—. ¿Te parecería bien, Nick? Sería un consuelo tener algo suyo. —Se volvió nuevamente hacia su esposa—. Aquel suéter azul que tejió la abuela para ella.

—¡No quiero el condenado suéter azul, Rand!

Marybeth hizo un aspaviento con las manos y empezó a recorrer la habitación, levantando y volviendo a dejar objetos. Empujó la otomana con la punta del pie.

—¿Es esta la otomana, Nick? —preguntó—. ¿La que dicen que estaba volcada cuando no debería haberlo estado?

—Esa es la otomana.

Marybeth se detuvo en seco, le dio una patada y observó cómo se mantenía erguida.

—Marybeth, estoy seguro de que Nick estará agotado —Rand me miró de reojo con una sonrisa comprensiva—, igual que todos. Creo que deberíamos hacer aquello para lo que hemos venido y…

—Esto es para lo que he venido yo, Rand. No a por un estúpido suéter de Amy con el que poder acurrucarme como si tuviera tres años. Quiero a mi hija. No quiero sus cosas. Sus cosas no significan nada para mí. Quiero que Nick nos cuente qué demonios está pasando, porque todo este asunto está empezando a oler mal. Nunca, nunca, nunca en mi vida me había sentido tan embaucada. —Empezó a llorar y a secarse bruscamente las lágrimas, claramente furiosa consigo misma por estar llorando—. Te confiamos a nuestra hija. Confiábamos en ti, Nick. ¡Cuéntanos la verdad! —Puso un tembloroso índice bajo mi nariz—. ¿Es cierto? ¿Es cierto que no deseabas al bebé? ¿Que ya no querías a Amy? ¿Le has hecho daño?

Quise abofetearla. Marybeth y Rand habían educado a Amy. Era, literalmente, su producto. La habían creado. Quise pronunciar las palabras «Si hay algún monstruo aquí es vuestra hija», pero no pude —no mientras no hubiéramos hablado con la policía—, de modo que permanecí atónito, intentando que se me ocurriera algo que decir. Pero pareció como si estuviera dándole largas.

—Marybeth, yo nunca habría…

—«Nunca habría», «nunca podría», eso es lo único que sale de tu condenada boca. ¿Sabes? He llegado a un punto en el que in-

372

cluso odio *mirarte*. Te lo digo en serio. Algo pasa contigo. Tienes que tener algún tipo de carencia para comportarte como lo has estado haciendo. Incluso si resulta que eres completamente inocente, nunca te perdonaré la indiferencia con la que te has tomado todo esto. ¡Cualquiera diría que hubieras perdido el maldito paraguas! Después de todo a lo que renunció Amy por ti, después de todo lo que hizo por ti y esto es lo que recibe a cambio. No… no te creo, Nick. Para eso he venido. Para que sepas que no te creo. Ya no.

Marybeth se echó a llorar, me dio la espalda y salió corriendo por la puerta mientras los cámaras la filmaban encantados. Entró en el coche y dos periodistas se pegaron contra la ventanilla, llamando, intentando conseguir que dijera algo. Desde el salón pudimos oírles repetir su nombre una y otra vez: «Marybeth… Marybeth…».

Rand aguardó, con las manos en los bolsillos, intentando dilucidar qué papel interpretar. La voz de Tanner —«Tenemos que mantener a los Elliott de nuestra parte»— resonaba como un coro griego en mis oídos.

Rand abrió la boca y me adelanté a él:

—Rand, dime qué puedo hacer.

—Simplemente dilo, Nick.

—Que diga *¿qué?*

—No quiero tener que preguntarlo y tú no quieres tener que responder. Lo entiendo. Pero necesito oírtelo decir. Que no has matado a nuestra hija.

Se rió y lloró al mismo tiempo.

—Por el amor de Dios, no consigo pensar con claridad —dijo Rand. Se estaba poniendo rosa, colorado, una mancha solar, nuclear—. No consigo entender por qué está pasando esto. ¡No consigo entenderlo! —Seguía sonriendo. Una lágrima goteó desde su barbilla y cayó sobre el cuello de la camisa—. Simplemente dilo, Nick.

—Rand, no he matado a Amy ni la he herido en modo alguno. —Mantuvo sus ojos fijos en mí—. ¿Me crees? ¿Crees que no le he causado ningún *daño* físico?

Rand se echó a reír nuevamente.

—¿Sabes qué he estado a punto de decir? He estado a punto de decir que ya no sé qué creer. Y después he pensado: «Esa frase no es mía». Es una frase de película, no algo que fuera a decir yo, y por un segundo me pregunto: ¿estoy en una película? Y si es así, ¿puedo salirme de ella? Después sé que no puedo. Pero por un segundo, piensas: «Diré algo distinto y todo esto cambiará». Pero no va a ser así, ¿verdad?

Con un rápido movimiento de cabeza como el de un Jack Russell, Rand se dio la vuelta y siguió a su esposa hasta el coche.

En vez de sentir tristeza, me sentí alarmado. Antes de que los Elliott hubieran salido siquiera de mi camino de entrada, pensé: «Tenemos que acudir a la policía rápidamente, pronto». Antes de que los Elliott comenzaran a expresar en público su pérdida de fe. Necesitaba demostrar que mi esposa no era quien pretendía ser. No la Asombrosa Amy, sino la Amy Vengadora. Me acordé de Tommy O'Hara, el tipo que había llamado a la línea de ayuda en tres ocasiones, el tipo al que Amy había acusado de violación. Tanner lo había estado investigando: no era el típico machote irlandés que había imaginado al oír su nombre, ni bombero ni policía. Escribía para una página web de humor con sede en Brooklyn, una bastante decente, y su foto de colaborador lo retrataba como un tipo delgaducho con gafas de montura oscura y un incómodo volumen de espesos cabellos negros, que mostraba una sonrisa irónica y una camiseta de un grupo llamado The Bingos.

Descolgó al primer timbrazo.

—¿Sí?

—Soy Nick Dunne. Recibí una llamada suya a propósito de mi esposa. Amy Dunne. Amy Elliott. Tengo que hablar con usted.

Oí una pausa, esperé a que colgara igual que había hecho Hilary Handy.

—Vuelva a llamarme en diez minutos.

Así lo hice. Oí el ruido de fondo de un bar. Soy perfectamente capaz de reconocerlo: el murmullo de los bebedores, el tintineo de los cubitos, las extrañas explosiones de bullicio cuando la gente pide bebidas o llama a sus amigos. Sentí una oleada de nostalgia por mi propio local.

—Vale, gracias —dijo O'Hara—. Necesitaba bajar al bar. Tiene pinta de ir a ser la típica conversación que entra mejor con un escocés.

Su voz fue ganando cercanía y presencia, me lo imaginé encorvándose protectoramente sobre un vaso, pegando la boca al teléfono.

—Bueno —empecé—, recibí sus mensajes.

—Ya. Sigue desaparecida, ¿verdad? ¿Amy?

—Sí.

—¿Puedo preguntarle qué es lo que piensa que ha sucedido? —dijo O'Hara—. ¿Con Amy?

A la mierda, me apetecía una copa. Fui a la cocina —lo mejor que tenía a mano aparte de mi bar— y me serví una. Había intentado ser más cuidadoso con el alcohol, pero me sentaba tan bien... La seca punzada del escocés, una sala oscura cuando el sol resplandece cegadoramente en el exterior.

—¿Puedo preguntarle por qué llamó?

—He estado siguiendo las noticias —dijo—. Está usted jodido.

—Así es. Quería hablar con usted porque me resultó... curioso que intentara ponerse en contacto. Teniendo en cuenta sus circunstancias. La denuncia por violación.

—Ah, está al tanto de eso —dijo él.

—Sé que hubo una denuncia por violación, pero eso no implica que crea necesariamente que sea usted un violador. Quería oír su versión.

—Sí. —Le oí dar un trago, vaciar el vaso, agitar los cubitos—. Me topé una noche con la historia en el telediario. Su historia. La de Amy. Estaba en la cama, cenando tailandés. Preocupado por mis cosas. Me jodió la cabeza por completo. *Ella*, después de todos estos años. —Llamó al camarero para pedir otra—. Mi abogado dice que de ninguna manera debería hablar con usted, pero... ¿qué quiere que le diga? Soy demasiado bueno, joder. No quiero dejarle con el culo al aire. Dios, cómo me gustaría que todavía se pudiera fumar en los bares. Esta es una conversación de escocés y cigarrillos.

—Hábleme de la denuncia —dije—. La violación.

—Como ya le he dicho, he seguido el caso, los medios se están cagando en usted. Quiero decir, para ellos *es* el responsable. De modo que no debería meterme en camisa de once varas. No necesito a esa mujer de nuevo en mi vida. Ni siquiera tangencialmente. Pero... joder. Ojalá alguien me hubiera hecho el favor.

—Pues hágame el favor —dije.

—En primer lugar, ella retiró los cargos. Lo sabe, ¿verdad?

—Lo sé. ¿Lo hizo usted?

—Váyase a la mierda. Por supuesto que no lo hice. ¿Lo ha hecho *usted*?

—No.

—Bueno.

Tommy pidió nuevamente su escocés.

—Permita que le pregunte: ¿su matrimonio iba bien? ¿Amy era feliz?

Guardé silencio.

—No tiene que responder, pero voy a suponer que no. Amy no era feliz. Por el motivo que fuese. Ni siquiera le voy a preguntar. Puedo adivinar, pero no voy a preguntar. Pero quiero que sepa una cosa: a Amy le gusta jugar a Dios cuando no está satisfecha. Al Dios del Viejo Testamento.

—¿Y eso qué quiere decir?

—Imparte castigos —dijo Tommy—. Severos. —Se rió al teléfono—. O sea, debería usted verme. No tengo pinta de bruto violador. Parezco poca cosa. *Soy* poca cosa. Mi canción favorita en el karaoke es «Sister Christian», por el amor de Dios. Lloro cada vez que veo *El Padrino II*. Todas y cada una de las veces.

Tosió tras un trago. Parecía el momento indicado para ayudarle a soltarse un poco.

—¿Fredo? —pregunté.

—Fredo, tío, sí. Pobre Fredo.

—Todo el mundo me da de lado.

La mayor parte de los hombres usan el deporte como la lengua franca de la masculinidad. Aquel era el equivalente de dos cinéfilos a discutir una gran jugada en un famoso partido de fútbol americano. Ambos conocíamos la frase y el hecho de que ambos la conociéramos nos permitía saltarnos todo un día de charla insustancial.

Tommy dio otro trago.

—Fue tan jodidamente absurdo…

—Cuénteme.

—No estará grabando esto, ¿verdad? ¿No hay nadie más escuchando? Porque no me gustaría.

—Solo nosotros. Estoy de su parte.

—Conocí a Amy en una fiesta, de eso hará unos siete años, y era simplemente la bomba. Divertidísima y rara y… la bomba. Conectamos enseguida, ¿sabe? Y no conecto con muchas chicas, al menos no con chicas como Amy. Así que pensé… bueno, al principio pensé que me estaban gastando una broma. Dónde está la trampa, ¿sabe? Pero empezamos a salir, salimos un par de meses, dos, tres meses. Y entonces descubrí dónde estaba la trampa: no era la chica con la que yo creía estar saliendo. Es capaz de *citar* cosas graciosas, pero en realidad no le gustan las cosas graciosas. Preferiría no reírse. De hecho, preferiría que yo tampoco me riera, ni que fuera gracioso, lo cual es complicado, ya que en eso consiste mi trabajo, pero para ella todo era una pérdida de tiempo. La verdad, ni siquiera comprendo por qué empezó a salir conmigo, pues resulta evidente que ni siquiera le gusto. ¿Tiene sentido eso?

Asentí y le di un trago al escocés.

—Sí. Sí que lo tiene.

—El caso es que empecé a inventar excusas para no quedar tan a menudo. No corto por lo sano, porque soy un idiota y ella es preciosa. Tengo la esperanza de que las cosas puedan cambiar. Pero, ya sabe, le voy dando largas: tengo mucho trabajo, fechas de entrega, un amigo ha venido de visita, se me ha puesto enfermo el mono, lo que sea. Y empiezo a verme con otra chica. Más o menos, una cosa informal, sin demasiada importancia. O eso *creo yo*. Pero

Amy se entera. ¿Cómo? A día de hoy sigo sin saberlo, puede que estuviera vigilando mi apartamento. Pero… *mierda*…

—Eche un trago.

Los dos echamos un trago.

—Amy aparece una noche en mi casa. Llevaba viendo a aquella otra chica más o menos un mes y va Amy y aparece, y vuelve a ser como solía ser. Se trae una grabación pirata de un cómico que me gusta, una actuación en Durham, y una bolsa de hamburguesas. Y vemos el DVD y ella se tumba echando las piernas sobre las mías y luego se va acurrucando poco a poco y… lo siento. Es su esposa. Lo que quería decir es: la chica sabe cómo pulsarme las teclas. Y acabamos…

—Se acostaron juntos.

—De manera *consensuada*, sí. Y se marcha y todo bien. Un beso de despedida en la puerta, toda la pesca.

—Y entonces, ¿qué?

—Lo siguiente que sé es que dos policías llaman a mi puerta, me dicen que le han hecho una prueba a Amy y que tiene «hematomas propios de una violación con agresión». Y tiene marcas de ataduras en las muñecas y, cuando registran mi apartamento, encuentran dos corbatas atadas a la cabecera de mi cama, ocultas bajo el colchón, y las corbatas son, cito textualmente: «consistentes con las marcas de ataduras».

—¿La había atado usted?

—No, el sexo ni siquiera fue tan… *tan*, ¿sabe? Me cogió completamente por sorpresa. Debió de dejarlas allí atadas cuando me levanté para ir al baño o algo así. Me dejó hundido en la mierda. El asunto pintaba muy mal. Luego, repentinamente, retiró la denuncia. Un par de semanas más tarde, recibí una nota, anónima, escrita a máquina, que decía: «A lo mejor la próxima vez te lo pensarás dos veces».

—¿Y nunca volvió a saber nada de ella?

—Nunca he vuelto a saber nada de ella.

—¿Y no se le ocurrió denunciarla ni nada por el estilo?

—Ah, no. Joder, no. Simplemente me alegró perderla de vista. Después, la semana pasada, estoy cenando tailandés sentado en la

cama, viendo las noticias. Y ahí está Amy. Y usted. La esposa perfecta, aniversario de boda, ningún cuerpo, una tormenta de mierda. Le juro que me eché a sudar. Pensé: «Joder con Amy, ha subido
de categoría, ahora es asesinato». Joder. Hablo en serio, tío. Apuesto a que sea lo que sea que tenga preparado para usted, será hermético como un puto barril. Yo en su lugar estaría bien acojonado.

AMY ELLIOTT DUNNE
Ocho días ausente

He vuelto empapada de los botes de choque; hemos estado más tiempo del que nos correspondía a cambio de nuestros cinco dólares porque las dos adolescentes atontadas por el sol preferían hojear revistas de cotilleos y fumar cigarrillos que obligarnos a salir del agua. Así que nos pasamos unos buenos treinta minutos en nuestros botes impulsados con motores de cortacésped, embistiéndonos mutuamente y dando locos giros hasta que nos aburrimos y nos marchamos por voluntad propia.

Greta, Jeff y yo, una extraña pandilla en un extraño lugar. Greta y Jeff se han hecho buenos amigos en solo un día, que es como se hace aquí, donde no hay otra cosa que hacer. Creo que Greta está decidiendo si convertir a Jeff en otro de sus desastrosos ligues. A Jeff le gustaría. La prefiere a ella. Ahora mismo, en este lugar, es mucho más guapa que yo. De un guapo vulgar. Viste un top de bikini y vaqueros cortados en cuyo bolsillo trasero lleva metida una camiseta para cuando quiere entrar en alguna tienda (camisetas, tallas de madera, piedras decorativas) o establecimiento (hamburguesa, barbacoa, caramelos masticables). Quiere que nos saquemos fotos en plan Viejo Oeste, pero eso no va a suceder por motivos al margen del hecho de que no quiero que los pueblerinos del lago me peguen sus piojos.

Terminamos conformándonos con un par de partidas en un decrépito minigolf. La falsa hierba está arrancada a pedazos, los cocodrilos y molinos que en otro tiempo se movían mecánicamente permanecen inmóviles. Pero Jeff hace los honores, girando las aspas, abriendo y cerrando las mandíbulas de los *cocos*. Algunos

agujeros son simplemente intransitables: el césped enrollado como una alfombra, la granja con su atrayente ratonera socavada. Así que pasamos de hoyo en hoyo sin orden ni concierto. Ni siquiera llevamos la puntuación.

Esto habría irritado enormemente a la Vieja Amy: el desorden, la falta de objetivo. Pero estoy aprendiendo a dejarme llevar y se me da bastante bien. Me entrego con exceso de celo a mi falta de propósito, soy la perezosa alfa, una vaga «tipo A», la líder de una panda de afligidos con mal de amores que vaga sin rumbo por este solitario parque de atracciones, aprendiendo a vivir con las respectivas traiciones de nuestros seres amados. Sorprendo a Jeff (cornudo, divorciado, atrapado en un complicado acuerdo de custodia) arrugando el entrecejo al pasar frente a un Test del Amor consistente en apretar una manilla metálica para ver cómo la temperatura se va alzando desde «meramente una aventura» a «compañeros del alma». Aquella extraña ecuación —una manilla estrujada significa amor verdadero— hace que piense en la pobre y golpeada Greta, que a menudo se coloca un pulgar sobre el cardenal de su pecho como si fuese un botón que puede pulsar.

—Te toca —me dice Greta.

Está frotando su pelota contra los pantalones para secarla. Dos veces la ha enviado al foso de aguas estancadas.

Me coloco en posición, meneo el trasero una o dos veces y lanzo mi brillante pelota roja hacia la entrada de la pajarera. Desaparece un segundo y después reaparece cayendo por un tobogán hasta llegar al hoyo. Desaparecer, reaparecer. Siento una oleada de ansiedad. Todo reaparece en algún momento, incluso yo. Estoy ansiosa porque creo que mis planes han cambiado.

Hasta ahora solo he cambiado de plan en dos ocasiones. Una fue cuando la pistola. Tenía pensado obtenerla y luego, en la mañana de mi desaparición, pegarme un tiro con ella. En ningún punto vital: a través de una pantorrilla o una muñeca. Habría dejado atrás una bala manchada con mi sangre y mi carne. ¡Hubo una pelea! ¡Amy recibió un disparo! Pero entonces me di cuenta de que era demasiado exagerado incluso para mí. Dolería durante

semanas y no me gusta el dolor (el corte del brazo ya está mejor, muchas gracias). Pero aun así me gustaba la idea de que hubiera un arma. Serviría como buen MacGuffin. No «Amy recibió un disparo» sino «Amy estaba asustada». De modo que me acicalé y fui al centro comercial el día de San Valentín, para asegurarme de ser recordada. No conseguí comprar ninguna, pero en lo que a cambiar de plan se refiere tampoco tuvo demasiada importancia.

La segunda es considerablemente más extrema. He decidido que no voy a morir.

Tengo la disciplina necesaria para suicidarme, pero me estomaga la injusticia. No es justo que tenga que morir. No *de verdad*. No quiero. No soy yo la que ha hecho algo malo.

Pero ahora el problema es el dinero. Qué absurdo que, de entre todas las cosas, mi problema tenga que ser el dinero. Pero solo dispongo de una cantidad finita: 9.132 dólares a día de hoy. Necesitaré más. Esta mañana he ido a charlar con Dorothy, como siempre sosteniendo un pañuelo para no dejar huellas dactilares (le he dicho que fue de mi abuela; intento transmitirle una vaga impresión de fortuna sureña dilapidada, muy Blanche DuBois). Me he apoyado contra su mesa mientras ella parloteaba con gran detalle burocrático sobre un anticoagulante que no se puede permitir —esta mujer es una enciclopedia de medicamentos denegados— y a continuación he dicho, solo para probar las aguas:

—Sé a lo que se refiere. En una o dos semanas me habré quedado sin dinero para el alquiler de la cabaña y aún no sé de dónde lo voy a sacar.

Dorothy parpadeó dos veces hacia el televisor; tenía puesto un programa concurso en el que la gente gritaba y lloraba un montón. Se había encariñado de mí como una abuela, sin duda permitiría que me quedase allí, indefinidamente. Después de todo, la mitad de las cabañas están vacías, ¿qué daño iba a hacer?

—Será mejor que encuentres trabajo, entonces —dijo Dorothy, sin apartar la mirada de la tele.

Una concursante eligió mal y perdió el premio, un efecto de sonido de wah-wah dio voz a su dolor.

–Un trabajo, ¿cómo? ¿Qué clase de empleos puede encontrar una por aquí?

–Señora de la limpieza, canguro.

Básicamente, se suponía que debía hacer de ama de casa a cambio de dinero. Ironía de sobra como para un millón de pósters de «Aguanta ahí».

Es cierto que ni siquiera en nuestro humilde estado de Missouri había tenido que controlar los gastos. No podía salir a comprar un coche nuevo solo porque me apeteciera, pero nunca tuve que preocuparme del día a día, ni me vi obligada a cortar cupones, comprar genéricos o aprenderme de memoria el precio de la leche. Era algo que mis padres nunca se molestaron en enseñarme, me habían dejado mal preparada para el mundo real. Por ejemplo, cuando Greta se quejó de que la tienda de comestibles del muelle cobraba cinco dólares por un galón de leche, hice una mueca, porque a mí siempre me pedían diez. Me había parecido elevado, pero en ningún momento se me ocurrió que aquel adolescente granujiento estuviera limitándose a decir una cifra para ver si la pagaba.

Así que intento ajustarme a un presupuesto, pero mi presupuesto –garantizado, según internet, para durarme entre seis y nueve meses– está claramente equivocado. Y por lo tanto también yo lo estoy.

Cuando terminamos de jugar al golf –gano yo, por supuesto; lo sé porque sí estoy llevando la puntuación mentalmente– vamos al puesto de perritos calientes de al lado para comer y doblo la esquina para sacar dinero de la riñonera que oculto bajo la camisa, cuando miro de reojo hacia atrás y veo que Greta me ha seguido, sorprendiéndome justo antes de que pueda volver a guardar los billetes.

–¿Alguna vez has oído hablar de un bolso, Millonetis? –se burla.

Esto va a suponer un problema recurrente. Un individuo a la fuga necesita mucho efectivo, pero un individuo a la fuga no tiene, por definición, dónde guardar el efectivo. Afortunadamente, Greta no insiste. Sabe que aquí las dos somos víctimas. Nos sentamos al sol en el banco metálico de picnic y comemos perritos calientes: panecillos blancos envueltos alrededor de cilindros de fosfatos mojados en una salsa tan verde que parece tóxica, y puede que sea lo mejor que he comido en la vida porque soy Amy Muerta y no me importa.

—¿A ver si adivinas qué ha encontrado Jeff para mí en su cabaña? —dice Greta—. Otro libro del tipo de *Crónica marciana*.

—Ray Bradburrow —dice Jeff.

«Bradbury», pienso yo.

—Sí, eso. *La feria de las tinieblas* —dice Greta—. Es bueno.

Gorjea esta última información como si fuera todo lo que puede decirse sobre un libro: es bueno o es malo. Me ha gustado o no. Nada que discutir sobre el estilo, los temas, los matices, la estructura. Solo bueno o malo. Como un perrito caliente.

—Lo leí al poco de mudarme aquí —dice Jeff—. Es bueno. Siniestro.

Me sorprende observándole y pone cara de duende, ojos desorbitados y lengua obscena. No es mi tipo —su vello facial es demasiado abundante y erizado y además hace cosas sospechosas con los peces—, pero es agradable. Atractivo. Sus ojos son muy cálidos, no como las gélidas canicas azules de Nick. Me pregunto si «Lydia» podría acostarse con él, un polvo agradable y lento, notando el peso de su cuerpo contra el mío y su aliento en mis oídos, los pelos de la barba sobre mis mejillas, no a la manera solitaria en la que folla Nick, sin conectar apenas nuestros cuerpos: en ángulo recto desde atrás o en forma de L por delante, para después saltar de la cama casi de inmediato rumbo a la ducha, dejándome palpitando en la mancha de su sudor.

—¿Se te ha comido la lengua el gato? —dice Jeff.

Nunca me llama por mi nombre, como reconociendo tácitamente que ambos sabemos que he mentido. Dice «mujer» o «guapa» o «eh, tú». Me pregunto cómo me llamaría en la cama. «Nena», quizá.

—Solo estaba pensando.

—Uh-oh —dice él, y sonríe de nuevo.

—Estabas pensando en un chico, se te notaba —dice Greta.

—Quizá.

—Pensaba que habíamos acordado mantenernos alejadas de esos cretinos una temporada —dice ella—. Cuidar de las gallinas.

Anoche, tras *Ellen Abbott*, me hallaba demasiado excitada para volver a mi cabaña, así que compartimos media docena de cervezas e imaginamos cómo sería nuestra vida de reclusas si fuéramos las únicas heterosexuales en el campamento para lesbianas de la madre de Greta, criando gallinas y colgando la colada al sol. Objeto de un amable y platónico cortejo por parte de mujeres mayores de nudillos retorcidos y risas indulgentes. Pana, vaqueros y zuecos, sin tener que preocuparse nunca del maquillaje, el pelo o las uñas, del tamaño de los pechos o las caderas, ni tener que fingir ser la esposa comprensiva, la novia entusiasta que adora todo aquello que hace su hombre.

—No todos los tíos son unos cretinos —dice Jeff.

Greta profiere un gruñido de no mojarse.

Regresamos a nuestras cabañas sobre piernas líquidas. Me siento como un globo lleno de agua abandonado al sol. Lo único que me apetece es sentarme bajo el traqueteante aparato de aire acondicionado que tengo en la ventana y empapar mi piel en frescor mientras veo la tele. He descubierto un canal de reposiciones que no emite nada más que series de los setenta y los ochenta: *Quincy, Vacaciones en el mar, Con ocho basta*. Pero antes toca *Ellen Abbott*. ¡Mi nuevo programa favorito!

Ninguna novedad, ninguna novedad. En cualquier caso, a Ellen no le importa especular, puedes creerme. Ha reunido a toda una colección de desconocidos salidos de mi pasado que juran ser mis amigos y todos tienen cosas adorables que decir sobre mí, incluso aquellos a los que nunca agradé demasiado. Afecto post mórtem.

Llaman a la puerta y sé que han de ser Greta y Jeff. Apago la tele y allí están los dos, frente a mi puerta, perdidos sin rumbo.

—¿Qué haces? —pregunta Jeff.

—Estaba leyendo —miento.

Jeff deja un pack de seis cervezas sobre la encimera de mi cocina, seguido de cerca por Greta.

—Ah, nos había parecido oír la tele.

Tres son literalmente multitud en estas diminutas cabañas. Jeff y Greta bloquean la entrada de mi puerta durante un segundo, provocándome un espasmo nervioso —¿por qué están bloqueando la puerta?—, y después siguen moviéndose y lo que bloquean es la mesita de noche. En el interior de la mesita de noche está mi riñonera, repleta con ocho mil dólares en efectivo. Billetes de cien, de cincuenta y de veinte. La riñonera es horrenda, abultada y de color carne. No puedo llevar continuamente encima todo mi dinero —dejo unos cuantos billetes repartidos por la cabaña—, pero sí intento llevar el máximo posible, y cuando lo hago soy tan consciente de su presencia como una muchacha en la playa con una compresa extragrande. Una parte perversa de mí disfruta gastando, porque cada vez que saco un fajo de billetes de veinte es menos dinero que ocultar, menos dinero del que preocuparse por si lo pierdo o me lo roban.

Jeff enciende el televisor y Ellen Abbott y Amy llenan la pantalla. Jeff asiente, sonríe para sí.

—¿Quieres ver… Amy? —pregunta Greta.

No soy capaz de distinguir si ha usado una coma: «¿Quieres ver, Amy?» o «¿Quieres ver a Amy?».

—Nah. Jeff, ¿por qué no te traes la guitarra y nos sentamos un rato en el porche?

Jeff y Greta intercambian una mirada.

—Ooohhh… pero es lo que estabas viendo, ¿verdad? —dice Greta, señalando la pantalla, en la que aparecemos Nick y yo en una fiesta benéfica; yo llevo un vestido y el pelo recogido en un moño, de modo que me parezco más a como luzco ahora, con el pelo corto.

—Es aburrido —digo.

—Oh, a mí no me parece aburrido en lo más mínimo —dice Greta, y se deja caer de un salto sobre mi cama.

Pienso en lo estúpida que soy por haber dejado entrar a estos dos individuos. Por haber asumido que podría controlarles, cuando son criaturas feroces, acostumbradas a encontrar un punto de apoyo sobre el que hacer palanca para explotar las debilidades ajenas, siempre necesitados de más, mientras que yo soy nueva en esto. En lo de necesitar. Así es como debe de sentirse esa gente que tiene pumas en el jardín y chimpancés en la sala de estar cuando sus adorables mascotas les hacen pedazos.

—¿Sabéis qué? Si no os importa… estoy un poco de bajón. Creo que me ha dado demasiado el sol.

Parecen sorprendidos y un poco ofendidos, y me pregunto si me habré equivocado, si no serán inofensivos y yo simplemente una paranoica. Me gustaría poder creerlo.

—Claro, claro. Por supuesto —dice Jeff.

Salen de la cabaña arrastrando los pies, Jeff agarra sus cervezas. Un minuto más tarde, oigo los ladridos de Ellen Abbott desde la cabaña de Greta. Las preguntas acusadoras. «¿Por qué hizo…?» «¿Por qué no hizo…?» «¿Cómo puede explicar…?»

¿Por qué me he permitido hacer migas con nadie en ese sitio? *¿Por qué no* me he mantenido apartada de todos? *¿Cómo podré explicar* mis acciones si alguien me descubre?

No puedo permitir que me descubran. Si algún día me desenmascarasen, sería la mujer más odiada del planeta. Pasaría de ser la bella, amable, malograda y embarazada víctima de un cabrón egoísta y traicionero a ser la zorra amargada que explotó los corazones de todos los ciudadanos de Norteamérica. Ellen Abbott me dedicaría programa tras programa, dando pábulo a las llamadas de televidentes airados que se dedicarían a ventilar su odio: «No es sino otro ejemplo de niña rica y consentida haciendo lo que se le antoja, cuando se le antoja, sin tener en cuenta los sentimientos de nadie más, Ellen. Creo que realmente *debería* desaparecer de por vida… ¡en la cárcel!». Así sin más, sería como sucederían las cosas. He leído informaciones contradictorias en internet acerca de las penas por simular la muerte o por haber incriminado a tu cónyuge por dicha muerte, pero sé que la opinión pública sería unánimemente brutal. Sin importar lo que hiciera a continuación –dar de comer a huérfanos, abrazar a leprosos–, cuando muriera sería conocida como «aquella mujer que simuló su muerte e incriminó a su marido, ¿te acuerdas?».

No puedo permitirlo.

Horas más tarde, sigo despierta, pensando en la oscuridad, cuando mi puerta tiembla ligeramente, una llamada discreta. Así es como llama Jeff. Debato conmigo misma, finalmente abro, dispuesta a disculparme por mi grosería de antes. Jeff está tirándose de la barba, mirando la alfombrilla, después alza los ojos ambarinos.

–Dorothy me ha dicho que estabas buscando trabajo –dice.

–Sí. Supongo que sí. Sí.

–Tengo algo para esta noche, podría pagarte cincuenta dólares.

Amy Elliott Dunne jamás habría salido de su cabaña por cincuenta dólares, pero Lydia y/o Nancy necesita trabajar. Tengo que decir que sí.

–Un par de horas, cincuenta dólares –dice Jeff, encogiéndose de hombros–. A mí me da igual, solo se me ha ocurrido ofrecértelo.

–¿Qué hay que hacer?

–Pescar.

Estaba segura de que Jeff conduciría una camioneta, pero me guía hasta un inmaculado Ford utilitario, un coche descorazonador, el coche de un universitario recién graduado con grandes planes pero poco presupuesto, no el coche que debería conducir un adulto. Llevo el traje de baño por debajo del vestido, siguiendo sus instrucciones. («El bikini no. El de cuerpo entero, con el que puedes nadar de verdad», entonó Jeff. Yo nunca le había visto cerca de la piscina, pero conoce la existencia de mi bikini, lo cual es halagador y al mismo tiempo alarmante.)

Jeff deja las ventanillas bajadas mientras conducimos a través de las boscosas colinas y el pelo se me llena de polvo de gravilla. Parece como algo salido de un vídeo de música country: la chica con el vestido de verano asomándose para disfrutar la brisa de una noche de verano en el corazón de Norteamérica. Puedo ver las estrellas. Jeff tararea intermitentemente.

Aparca en la carretera, a escasa distancia de un restaurante que sobresale por encima del lago apoyado en pilares, un local de barbacoa célebre por sus gigantescos combinados de nombre espantoso servidos en vaso de plástico: zumo de caimán, beso de barbo. Lo sé gracias a los vasos tirados que flotan junto a todas las orillas del lago, agrietados y coloridos como un neón con el logo del restaurante: Catfish Carl's. La terraza de Catfish Carl's descuella sobre el agua, los comensales pueden sacar puñados de pienso para gatos de unas máquinas con manivela y arrojarlos sobre las bocas abiertas de cientos de barbos gigantes que aguardan abajo.

—¿Qué vamos a hacer exactamente, Jeff?

—Tú los atrapas en la red, yo los mato. —Sale del coche y lo sigo hasta el maletero, que está lleno de neveras portátiles—. Los metemos aquí, con hielo, y los revendemos.

—Revenderlos. ¿Quién compra pescado robado?

Jeff muestra su sonrisa de gato perezoso.

—Tengo mi propia clientela.

Y entonces me doy cuenta: no es un hippie con guitarra amante de la paz como Grizzly Adams. Es un cuatrero paleto que quiere creer que es más complicado que eso.

Me pasa una red, una caja de Whiskas y un cubo de plástico manchado.

Amy no tiene la más mínima intención de tomar parte en esta ilícita transacción piscícola, pero «yo» estoy interesada. ¿Cuántas mujeres pueden decir que han formado parte de una banda de contrabandistas de pescado? «Yo» estoy dispuesta. Vuelvo a estarlo desde que morí. Me he desprendido de todas las cosas que me desagradaban o temía, de todos mis límites. «Yo» puedo hacer prácticamente cualquier cosa. Un fantasma tiene esa libertad.

Bajamos caminando el talud, por debajo de la terraza de Catfish Carl's, hasta llegar al muelle, que flota ruidosamente sobre las olas provocadas por el paso de una motora desde la que atruena Jimmy Buffett.

Jeff me tiende una red.

—Tendremos que hacerlo deprisa. Métete en el agua, despliega la red, atrapa los peces y después pásamela. Pero ve con cuidado, porque pesarán y no dejarán de moverse. Y no grites ni nada.

—No gritaré. Pero no quiero meterme en el agua. Puedo hacerlo desde el muelle.

—Por lo menos deberías quitarte el vestido, lo echarás a perder.

—Estoy bien así.

Jeff parece mosqueado por un momento —es el jefe, yo la empleada, y hasta ahora no le he hecho ni caso—, pero luego se vuelve modestamente, se quita la camiseta y me alarga la caja de comida para gatos sin darme la cara, como si fuese tímido. Sostengo la caja con su pequeña abertura sobre el agua y de inmediato un centenar de relucientes lomos arqueados ruedan hacia mí, una avalancha de serpientes que atraviesan furiosamente la superficie con sus colas, y entonces las bocas se abren debajo de mí, los peces brincan unos sobre otros para engullir las galletitas de pienso y después, como mascotas entrenadas, alzan las caras exigiendo más.

Echo la red en mitad del banco y me siento pesadamente sobre el muelle, afianzándome para alzar la captura. Cuando estiro, la red queda repleta con media docena de barbos bigotudos y escurridizos que intentan regresar al agua frenéticamente, abriendo y cerrando las bocas entre los cuadrados de nailon, haciendo oscilar la red con sus tirones colectivos.

—¡Levántala, levántala, muchacha!

Pongo una rodilla bajo el mango de la red y la dejo en equilibrio mientras Jeff agarra un pez con ambas manos, protegidas por sendos guantes de felpa para poder mejorar su agarre. Desplaza las manos hasta llegar a la cola, después blande el pescado como una porra y le aplasta la cabeza contra un lateral del muelle. Salta la sangre. Un pequeño pero enérgico salpicón me mancha las piernas, un duro pedazo de carne me golpea el pelo. Jeff arroja el pescado al cubo y agarra otro con una fluidez propia de cadena de montaje.

Trabajamos entre gruñidos y resoplidos durante media hora, llenando cuatro redes, hasta que mis brazos parecen de goma y las neveras quedan repletas. Jeff coge el cubo vacío y lo llena con agua del lago que arroja sobre la sangre y las tripas para hacer que caigan sobre los rediles. Los barbos engullen las entrañas de sus hermanos caídos. El muelle queda limpio. Jeff arroja un último cubo de agua sobre nuestros pies ensangrentados.

—¿Por qué los golpeas de esa manera? —pregunto.

—No soporto verlos sufrir —dice—. ¿Un chapuzón rápido?

—Estoy bien así —digo.

—No para montar en mi coche. Vamos, un chapuzón rápido, estás más sucia de lo que crees.

Nos alejamos corriendo del muelle en dirección a una cercana playa de guijarros. Mientras yo entro torpemente en el agua hasta los tobillos, Jeff se adelanta a grandes y ruidosas zancadas y se arroja con los brazos extendidos. Tan pronto como se ha alejado lo suficiente, me desengancho la riñonera y pliego el vestido a su alrededor, dejándolo justo junto al agua con las gafas encima. Avanzo hasta notar el agua templada en los muslos, el estómago, el cuello, y entonces contengo la respiración y me sumerjo.

Nado rápido y lejos, permanezco sumergida más tiempo del que debería para recordarme cómo sería ahogarse —sé que podría hacerlo de ser necesario— y cuando salgo y tomo aire mediante una única y disciplinada bocanada, veo que Jeff se dirige rápidamente hacia la orilla, por lo que tengo que nadar rauda como una marsopa para alcanzar mi riñonera y perderme entre las rocas antes de que salga él.

NICK DUNNE
Ocho días ausente

Tan pronto como terminé de hablar con Tommy, telefoneé a Hilary Handy. Si mi «asesinato» de Amy era mentira y la «violación» de Amy a manos de Tommy O'Hara era mentira, ¿por qué no iba a serlo el «acoso» de Hilary Handy? Una sociópata debe dar sus primeros pasos en algún sitio, como por ejemplo los austeros pasillos de mármol de la academia Wickshire.

Cuando descolgó, dije abruptamente:

—Soy Nick Dunne, el marido de Amy Elliott, de verdad que necesito hablar con usted.

—¿Por qué?

—Necesito urgentemente más información. Acerca de su...

—No diga *amistad*. —Capté una sonrisa furiosa en su tono.

—No. No era eso lo que iba a decir. Solo necesito oír su versión de los hechos. No la llamo porque piense que tiene algo, absolutamente *nada* que ver con mi esposa, con su situación actual. Pero agradecería mucho oír lo que sucedió entre ustedes dos. La verdad. Porque creo que podría arrojar cierta luz sobre... cierto patrón de comportamiento de Amy.

—¿Qué tipo de patrón?

—Cuando cosas malas comienzan a sucederles a aquellos que la han molestado.

Hilary respiró pesadamente sobre el auricular.

—Hace dos días no habría hablado con usted —empezó—. Pero después estuve tomando unas copas con unas amigas y había un televisor encendido, salía usted en pantalla y no hacían más que hablar del embarazo de Amy. Todas las personas con las que estaba se mostraron *cabreadísimas* con usted. Lo *odiaban*. Y pensé: «Sé cómo se siente». Porque Amy no ha muerto, ¿verdad? Quiero decir, que sigue únicamente desaparecida. ¿No han encontrado el cuerpo?

—Eso es.

—Entonces permita que le hable. De Amy. Y del instituto. Y de lo que sucedió. Espere.

Oí dibujos animados al otro extremo de la línea, música de calíope y voces aflautadas que se cortaron en seco. Después, voces quejumbrosas. «Id a verlos abajo. Abajo, por favor.»

—Vale, primer año. Soy la chica de Memphis. *Todas* las demás son de la Costa Este, lo juro. Me sentía rara, diferente, ¿sabe? A las chicas de Wickshire… era como si las hubieran criado en la misma comuna: la jerga, las ropas, el pelo. Y tampoco es que me marginaran, simplemente me sentía… insegura, eso desde luego. Amy ya era la reina. Recuerdo que todo el mundo la conocía prácticamente desde el primer día, todo el mundo hablaba de ella. Era la Asombrosa Amy. Todas habíamos leído aquellos libros de pequeñas. Además, era simplemente deslumbrante. Quiero decir, que era…

—Sí, lo sé.

—Eso. Y muy pronto comenzó a mostrar interés por mí, a cobijarme bajo su ala o como quiera llamarlo. Bromeaba diciendo que ella era la Asombrosa Amy y yo su escudera Suzy. Empezó a llamarme Suzy y pronto todas las demás lo hicieron también. Lo cual me parecía bien. En el fondo era una pequeña esbirra: llevarle algo de beber a Amy si tenía sed, llevar su colada a la lavandería si necesitaba ropa interior limpia. Espere.

Una vez más, pude oír el roce de sus cabellos contra el auricular. Marybeth había traído todos y cada uno de los álbumes de fotos de los Elliott, por si acaso necesitábamos más imágenes. Me había enseñado una instantánea de Amy con Hilary, sonriendo mejilla con mejilla. De modo que pude visualizar cómo sería Hilary ahora, el mismo pelo rubio claro que mi esposa, enmarcando un rostro no tan agraciado, con turbios ojos de color avellana.

«Jason, estoy al teléfono. Dales un par de polos y punto, no es tan difícil, porras.»

—Lo siento. Nuestros hijos hoy no tienen clase y mi marido nunca se ocupa de ellos, así que no parece saber qué hacer ni siquiera durante los diez minutos que voy a estar al teléfono con usted. Lo siento. Bueno… ah, sí, jugábamos a que yo era la pequeña Suzy y durante un par de meses, agosto, septiembre, octubre, fue maravilloso. Una amistad muy *intensa*, estábamos juntas a todas horas. Y después sucedieron un par de cosas raras seguidas que sé que la molestaron.

—¿Qué cosas?

—Un tipo de nuestra academia gemela nos conoce a las dos en el baile de otoño y al día siguiente me llama *a mí* en vez de a Amy. Algo que, estoy segura, hizo porque se sentía demasiado intimidado por Amy, pero qué más da… Y luego, un par de días más tarde, salen las notas del primer trimestre y las mías son ligeramente mejores, hablamos de cuatro coma uno contra cuatro coma cero. Y no mucho después, una de nuestras amigas me invita a pasar Acción de Gracias con su familia. A mí, pero no a Amy. Una vez más, estoy segura de que el motivo fue que Amy intimidaba a la gente. No era fácil estar a su alrededor, continuamente tenías la sensación de que debías impresionarla. Pero noté que las cosas cambiaban ligeramente. Noté que Amy estaba muy irritada, a pesar de que ella no quisiera reconocerlo.

»En cambio, empieza a convencerme para que haga cosas. En aquel momento no me di cuenta, pero había comenzado a enredarme. Me pregunta si me puedo teñir el pelo igual que el suyo, porque el mío es de un rubio más oscuro y estaré *mucho más guapa* con un matiz algo más claro. Y empieza a quejarse de sus padres. Es decir, siempre se había quejado de ellos, pero ahora la cosa va a más: que solo la quieren como una idea y no como a la persona que es en realidad, y me dice que quiere devolverles la pelota. Me convence para que les haga algunas bromas telefónicas, llamando a su casa y diciéndoles que soy la nueva Asombrosa Amy. Algunos fines de semana tomábamos el tren a Nueva York y Amy hacía que me quedara esperando delante de su casa. Una vez me hizo acercarme corriendo a su madre para decirle que iba a librarme de Amy y a ser su nueva Amy o alguna gilipollez semejante.

—¿Y lo hizo?

—No eran más que tonterías de adolescentes. Antes de que existieran los móviles y el ciberacoso. Una manera de matar el rato. Hacíamos gamberradas similares todo el tiempo, simplemente estupideces. Intentando superarnos continuamente, demostrar cuál podía llegar a ser más atrevida y extravagante.

—Y entonces, ¿qué?

—Entonces Amy empieza a distanciarse. Se vuelve fría. Y me da la impresión... me da la impresión de que he dejado de caerle bien. Las chicas del instituto empiezan a mirarme raro. Me veo desplazada del círculo de las populares. Vale. Pero entonces un día me llaman al despacho de la directora. Amy ha sufrido un terrible accidente: tiene un tobillo torcido, el brazo fracturado, un par de costillas rotas. Resulta que se ha caído por las escaleras y dice que he sido *yo* quien la ha empujado. Espere.

«Baja ahora mismo. Abajo. Ahora mismo. He dicho que bajes.»

—Lo siento, ya estoy aquí otra vez. Nunca tenga hijos.

—Entonces, ¿Amy dijo que usted la había empujado? —pregunté.

—Sí, porque según ella estaba *loooooca*. Estaba obsesionada con ella y quería ser Suzy. Pero luego Suzy dejó de parecerme suficiente: tenía que ser Amy. Y contaba con todas aquellas pruebas que me había hecho crear durante los anteriores *dos meses*. Evidentemente, sus padres me habían visto *acechar* junto a su casa. En teoría había acosado a su madre. Me había teñido el pelo de rubio y había comprado prendas a juego con las de Amy, prendas que compré yendo de tiendas *con ella*, pero no tenía manera alguna de demostrarlo. Todas sus amigas intervinieron para contar lo asustada que había estado Amy aquellos últimos meses por mi culpa. Toda esa mierda. Me hizo parecer una *loca de remate*. De remate. Sus padres solicitaron una orden de alejamiento. Y yo no hacía más que jurar que no había sido yo, pero para entonces era tan desgraciada que de todas formas quería abandonar la academia. Así que no recurrimos la expulsión. Lo único que quería era alejarme de Amy. O sea, *se rompió las costillas ella sola*. Me daba miedo una chica de quince años capaz de orquestar todo aquello, de engañar a sus amigas, a sus padres, a sus maestras.

—¿Y todo aquello por un chico, un par de notas y una invitación de Acción de Gracias?

—Un mes después de haber regresado a Memphis, recibí una carta. Sin firmar, escrita a máquina, pero evidentemente era de Amy. Era una lista de todas aquellas cosas en las que le había decepcionado. Locuras todas ellas. «Te olvidaste de esperarme a la salida de inglés, dos veces. Te olvidaste de que soy alérgica a las fresas, dos veces.»

—Joder.

—Pero siempre he pensado que el verdadero motivo no estaba en la lista.

—¿Cuál fue el verdadero motivo?

—Mi impresión es que Amy quería que la gente creyera que realmente era perfecta. Y a medida que nos fuimos haciendo amigas, fui conociéndola mejor. Y no era perfecta, ¿sabe? Era brillante, encantadora y todo lo demás, pero también controladora y obsesiva compulsiva y una melodramática, también un poco mentirosa. Y tampoco es que a mí me molestaran aquellas cosas. Pero a ella sí. Se libró de mí porque sabía que no era perfecta. Es lo que me hizo pensar en usted.

—¿En mí? ¿Por qué?

—Los amigos ven la mayoría de sus defectos mutuos. Los matrimonios ven hasta el último espantoso detalle. Si fue capaz de arrojarse por unas escaleras para castigar a una amiga de un par de meses, ¿qué le podría llegar a hacer a un hombre lo suficientemente tonto para casarse con ella?

Colgué en el momento en que uno de los hijos de Hilary descolgó un auxiliar para cantarme una nana. Llamé de inmediato a Tanner y le describí mis conversaciones con Hilary y Tommy.

—Así que tenemos un par de anécdotas, estupendo —dijo Tanner—. ¡Nos vendrán muy bien! —añadió en un tono que me indicó que tampoco iban a servir de mucho—. ¿Ha sabido algo de Andie?

No había sabido nada.

—He apostado a uno de mis chicos delante de su edificio de apartamentos —dijo Tanner—. Discretamente.

—No sabía que tuviera «chicos».

—Lo que de verdad necesitamos es encontrar a *Amy* —dijo Tanner, ignorándome—. Me cuesta imaginar que una chica como esa sea capaz de mantenerse en el anonimato mucho tiempo. ¿Tiene alguna idea?

No hacía más que imaginarla en la balconada de un elegante hotel con vistas al océano, envuelta en una bata blanca gruesa como una alfombra, sorbiendo un Montrachet de primera mientras seguía mi ruina a través de internet, la televisión por cable, la prensa amarilla. Mientras disfrutaba de la exaltación constante de Amy Elliott Dunne. Presenciando su propio funeral. Me pregunté si era lo suficientemente reflexiva como para darse cuenta de que estaba plagiando una página de Mark Twain.

—La imagino cerca del mar —dije. Después me interrumpí en seco, sintiéndome como un adivino de paseo marítimo—. No. No tengo ni idea. Podría estar literalmente en cualquier parte. No creo que vayamos a verla a menos que decida regresar.

—Eso parece poco probable —suspiró Tanner, irritado—. Bueno, intentemos encontrar a Andie entonces y a ver dónde tiene la cabeza. Nos estamos quedando sin margen para maniobrar.

Después llegó la hora de la cena, después se puso el sol y volvía a estar solo en mi casa embrujada. Estaba repasando todas las mentiras de Amy y pensando si el embarazo sería una de ellas. Había hecho los cálculos. Amy y yo nos habíamos acostado juntos de manera lo suficientemente esporádica para que fuese posible. Pero por otra parte ella sabía que yo haría los cálculos.

¿Verdad o mentira? Si era una mentira, estaba pensada para abrirme las entrañas.

Siempre había asumido que Amy y yo tendríamos hijos. Era uno de los motivos por los que supe que me casaría con Amy, porque nos veía teniendo hijos juntos. Recuerdo la primera vez que lo imaginé, cuando aún no llevábamos ni dos meses saliendo: iba paseando desde mi apartamento en Kips Bay a mi parquecito favorito junto al East River, un camino que me hacía pasar por delante del gigantesco bloque de LEGO que es el edificio de las Naciones Unidas, donde las banderas de una miríada de países ondean al viento. «A un crío le gustaría esto», pensé. Todos los diferentes colores, el afanoso juego mental de unir cada bandera con su país. «Ahí está Finlandia y ahí Nueva Zelanda.» La sonrisa con un solo ojo de Mauritania. Y entonces me di cuenta de que no era a *un* crío a quien le gustaría aquello, sino a *nuestro* crío, mío y de Amy. Nuestro crío, tumbado en el suelo con una vieja enciclopedia, tal como había hecho yo de niño, pero nuestro hijo no estaría solo, yo estaría echado junto a él. Ayudándole con sus incipientes estudios de vexilología, palabra que se diría más apropiada para el estudio de la irritación* que para el estudio de las banderas, algo que habría encajado con la actitud de mi padre hacia mí. Pero no con la mía hacia mi hijo. Me imaginé a Amy uniéndose a nosotros en el suelo, echada sobre el estómago, alzando los pies, señalando Palaos, el punto amarillo ligeramente descentrado hacia la izquierda en mitad de un brillante fondo azul, pues estaba seguro de que sería su favorita.

A partir de entonces, el muchacho pasó a ser real para mí (y en ocasiones una chica, pero sobre todo un chico). Era algo inevitable. Padecía anhelos paternales regulares e insistentes. Meses después de la boda, tuve un extraño momento frente al botiquín del cuarto de baño, con el hilo dental entre los dientes, cavilando: «Amy quiere hijos, ¿verdad? Debería preguntárselo. Por supuesto que de-

---

* Juego de palabras con el verbo inglés *to vex*: «molestar, irritar». *(N. del T.)*

398

bería preguntárselo». Cuando le planteé la cuestión –de manera vaga, con rodeos–, ella dijo: «Claro, claro que sí, algún día», pero cada mañana seguía apoyándose en el lavabo para engullir su píldora. Durante tres años siguió haciendo aquello cada mañana, mientras yo aludía con circunloquios sin atreverme a decir literalmente las palabras: «Quiero que tengamos un hijo».

Tras los despidos, pareció que podría suceder. De repente había un vacío incontestable en nuestras vidas, y un día, mientras desayunábamos, Amy alzó la mirada de su tostada y dijo: «He dejado de tomar la pastilla». Así, a bote pronto. Estuvo tres meses sin tomar la píldora, sin resultado, y no mucho después de habernos mudado a Missouri nos pidió hora para comenzar tratamiento médico. Cuando Amy se decidía a acometer un proyecto, no le gustaba perder el tiempo. «Les diremos que llevamos un año intentándolo», dijo. Estúpidamente, me mostré de acuerdo. Para entonces apenas nos tocábamos, pero todavía pensábamos que tener un hijo tenía sentido. Claro.

–Tú también tendrás que hacer tu parte, ¿sabes? –me dijo durante el trayecto a Saint Louis–. Tendrás que donar semen.

–Lo sé. ¿Por qué lo dices así?

–Pensaba que serías demasiado orgulloso. Orgulloso y cohibido.

Yo era un combinado bastante desagradable de ambos rasgos, pero una vez en el centro de fertilidad entré sin rechistar en el extraño cubículo dedicado al solitario placer: un lugar en el que cientos de hombres habían entrado sin otro propósito que el de darle al manubrio, cargar el fusil, limpiar la cañería, sacudir la sardina, tocar la zambomba, pulir el casco, echar un cinco contra el calvo, encalar con Tom y Huck.

(En ocasiones utilizo el humor como autodefensa.)

El cubículo contenía una butaca de vinilo, un televisor y una mesa sobre la que descansaban una pila de pornografía y una caja de pañuelos. El porno era de primeros de los noventa, a juzgar por los peinados de las chicas (sí, tanto los superiores como los inferiores) y las imágenes quedaban a medio camino entre lo duro y lo blando. (Otro buen ensayo: ¿quién selecciona el porno para los centros de fertilidad? ¿Quién juzga qué material es susceptible de resultar estimulante para los hombres sin resultar excesivamente degradante para las mujeres que aguardan fuera de la sala de masturbación, las enfermeras, las doctoras y las esperanzadas y hormonadas esposas?)

Visité la sala en tres ocasiones distintas –les gusta tener abundantes reservas– mientras Amy escurría el bulto. Se suponía que debía comenzar un tratamiento de pastillas, pero no lo hizo y siguió sin hacerlo. Era ella quien iba a quedarse embarazada, la que iba a entregarle su cuerpo al bebé, de modo que dejé pasar un par de meses sin apremiarla, vigilando el frasco de las pastillas para ver si descendía el nivel. Finalmente, una noche de invierno, tras un par de cervezas, subí los crujientes escalones de entrada de nuestra casa, me despojé de mis ropas cubiertas de nieve y me acurruqué junto a ella en la cama, pegando el rostro a su hombro, aspirando su aroma, calentándome la punta de la nariz en su piel. Susurré las palabras («Vamos a hacerlo, Amy, vamos a tener un hijo») y ella dijo que no. Había esperado nervios, precaución, preocupación («Nick, ¿crees que seré una buena madre?»), pero lo que obtuve fue un seco y tajante *no*. Un *no* sin derecho a réplica. Nada dramático, nada excesivamente importante, simplemente era algo en lo que había dejado de estar interesada. «Porque me he dado cuenta de que me dejarías todo el trabajo duro a mí –razonó–. Todos los pañales, las visitas al médico y la disciplina, mientras que tú te limitarías a pasar por ahí y a ser el papá divertido. Yo haría todo el trabajo para convertirlos en buenas personas y luego tú lo desharías, y encima ellos te querrían y a mí me odiarían.»

Le dije a Amy que no era cierto, pero no me quiso creer. Le dije que no solo *deseaba* un hijo, sino que lo *necesitaba*. Debía saber que era capaz de amar a una persona incondicionalmente, que era capaz de conseguir que una criaturita se sintiese continuamente bienvenida y deseada pasase lo que pasase. Que podía ser un padre distinto del que había sido mi padre. Que podía criar a un muchacho que no fuese como yo.

Se lo rogué. Amy se mantuvo inconmovible.

Un año más tarde, recibí un comunicado por correo: la clínica iba a destruir mi semen a menos que tuviera noticias de nosotros. Dejé la carta sobre la mesa del comedor, a modo de reprimenda. Tres días más tarde, la vi en el cubo de la basura. Aquella fue nuestra última comunicación sobre aquel asunto.

Para entonces ya llevaba meses viéndome en secreto con Andie, así que no tenía derecho a sentirme molesto. Pero aquello no me impidió seguir anhelando ni me impidió seguir soñando despierto con nuestro chico, mío y de Amy. Había acabado por cogerle cariño. El hecho es que Amy y yo habríamos tenido un niño maravilloso.

Las marionetas me observaban con ojos negros y alarmados. Miré por la ventana, vi que las furgonetas de los noticiarios se habían marchado y salí a la cálida noche. Una buena hora para dar un paseo. A lo mejor un solitario reportero de la prensa amarilla me estaba siguiendo; si así era, no me importaba. Salí de nuestro complejo y caminé durante cuarenta y cinco minutos siguiendo River Road, después la carretera que atravesaba todo Carthage. Treinta minutos de ruido y tubos de escape, superando concesionarios que exhibían sugestivamente camionetas como si fueran postres, cadenas de comida rápida y licorerías, minimercados y gasolineras, hasta que alcancé el desvío hacia el centro. No me había cruzado con ninguna persona a pie en todo el trayecto, solo borrones sin rostro que pasaban zumbando a mi lado en coches.

Era cerca de medianoche. Pasé frente a El Bar, tentado de entrar pero ahuyentado por la multitud. Como poco habría uno o dos periodistas apostados allí dentro. Es lo que habría hecho yo. Pero me apetecía estar en un bar. Quería verme rodeado de gente, divirtiéndose, ventilando sus neuras. Caminé durante otros quince minutos hacia el otro extremo del centro, hasta llegar a un bar más hortera, jaranero y joven cuyos cuartos de baño acababan alfombrados con vómitos cada sábado por la noche. Era el bar al que solía ir la pandilla de Andie y hasta el que, quizá, la hubieran arrastrado. Verla allí sería un golpe de suerte. Al menos podría calibrar su humor desde el otro extremo del local. Y si no estaba allí, al menos me tomaría una jodida copa.

Me adentré en el bar hasta el fondo, pero no había ni rastro de Andie. Llevaba el rostro parcialmente cubierto por una gorra de béisbol. Aun así, noté un par de movimientos bruscos al pasar entre la multitud de bebedores: cabezas que se volvían abruptamente hacia mí, ensanchando los ojos al identificarme. «¡Es el tío ese! ¿Verdad?»

Mediados de julio. Me pregunté si llegado octubre me habría convertido en un personaje nefando. Puede que fuese el disfraz de Halloween de algún universitario con mal gusto: peluca de pelo rubio, un libro de *La Asombrosa Amy* debajo del brazo. Go decía que ya había recibido media docena de llamadas preguntando si El Bar tenía a la venta algún tipo de camiseta oficial. (Gracias a Dios, no la teníamos.)

Me senté a la barra y le pedí un escocés al camarero, un tipo aproximadamente de mi edad que se me quedó mirando un momento de más, decidiendo si servirme o no. Finalmente, a regañadientes, puso un vaso de chupito delante de mí, ensanchando las fosas nasales. Cuando saqué la cartera, alzó una palma alarmada.

—No quiero tu dinero, tío. Ni hablar.

De todos modos dejé un billete. Gilipollas.

Cuando intenté pedirle otro, me miró de reojo, negó con la cabeza y se pegó más a la mujer con la que estaba charlando. Un par de segundos más tarde, ella miró discretamente hacia mí, fingiendo que se estaba estirando. Frunció la boca y asintió. «Es él. Nick Dunne.» El camarero no volvió a acercarse.

No puedes gritar, no puedes exigir: «Eh, imbécil, ¿quieres ponerme una maldita copa o qué?». No puedes ser el gilipollas que creen que eres. Tienes que limitarte a quedarte sentado y aguantarte. Pero no pensaba marcharme. Seguí sentado con el vaso vacío delante de mí y fingí estar pensando en mis cosas. Comprobé el móvil desechable, por si acaso Andie había llamado. No. Después saqué el teléfono de verdad y jugué al solitario, fingiendo estar absorto. Mi esposa me había hecho aquello, me había convertido en un hombre incapaz de conseguir que le sirvieran una copa en su propio pueblo. Dios, la odiaba.

—¿Era escocés?

Delante de mí tenía a una muchacha aproximadamente de la edad de Andie. Asiática, pelo negro a la altura de los hombros, guapa de oficina.

—¿Disculpa?

—¿Qué estabas bebiendo? ¿Escocés?

—Sí. Pero no consigo que me…

La muchacha había desaparecido. Estaba al otro extremo de la barra, insinuándose en el campo de visión del camarero con una gran sonrisa de «Ayúdame», una chica acostumbrada a hacerse notar. En apenas un instante había regresado con un escocés en un vaso de whisky de verdad.

—Toma —dijo, dándole un empujoncito sobre la barra—. Salud.

Alzó su combinado burbujeante y transparente. Entrechocamos nuestros vasos.

—¿Puedo sentarme?

—La verdad, no voy a quedarme mucho —dije mirando a mi alrededor, asegurándome de que nadie nos estuviera apuntando con la cámara de su móvil.

—Bueno, mira —dijo, con una sonrisa de circunstancias—. Podría fingir que no sé que eres Nick Dunne, pero no te voy a insultar. Estoy de tu parte, por cierto. Me parece que se están ensañando contigo cosa mala.

—Gracias. Está siendo… uh… un momento raro.

—Lo digo en serio. ¿Sabes cuando en los tribunales hablan del efecto *CSI*? ¿Cuando los miembros del jurado han visto tanto *CSI* que creen que la ciencia puede demostrar cualquier cosa?

—Sí.

—Bueno, pues yo creo que también hay un efecto Marido Malvado. Todo el mundo ha visto tantos programas de crímenes reales en los que el marido es siempre, siempre el asesino que la gente asume automáticamente que el marido ha de ser el malo.

—¡Eso es, exactamente! —dije—. Gracias. Es exactamente eso. Y Ellen Abbott...

—A Ellen Abbott que le den por el culo —dijo mi nueva amiga—. Es la perversión andante, parlante y aberrante del sistema judicial en forma de mujer. —Volvió a alzar su vaso.

—¿Cómo te llamas? —pregunté.

—¿Otro escocés?

—Un nombre precioso.

Su nombre resultó ser Rebecca. Tenía tarjeta de crédito y un estómago sin fondo. («¿Otro?» «¿Otro?» «¿Otro?») Era de Muscatine, Iowa (otra ciudad del río Mississippi), y se había mudado a Nueva York nada más terminar la carrera para ser escritora (también como yo). Había sido adjunta del editor en tres revistas distintas —una para novias, una para madres trabajadoras, una para adolescentes—, todas las cuales habían cerrado en el último par de años, de modo que ahora trabajaba para un blog sobre crímenes llamado Quienlohizo, y estaba (risita) en el pueblo para intentar conseguir una entrevista conmigo. Diablos, no me quedaba más remedio que adorar su arrojo de joven con ganas de comerse el mundo. «¡Vosotros enviadme a Carthage, las cadenas principales no han llegado hasta él, pero yo seguro que lo consigo!»

—He estado apostada frente a tu casa junto a todos los demás y después en la comisaría de policía. Después he decidido que necesitaba una copa. Y hete aquí que por la puerta entras tú. Es demasiado perfecto. Demasiado raro, ¿verdad? —dijo.

Llevaba pequeños pendientes de aro dorados con los que jugueteaba continuamente y el pelo recogido por detrás de las orejas.

—Debería marcharme —dije.

Mis palabras sonaban pegajosas por los extremos, como si estuviera a punto de empezar a arrastrarlas.

—Pero no me has dicho qué haces aquí —dijo Rebecca—. Debo reconocer que hace falta valor, me parece a mí, para salir de casa sin un amigo o algún tipo de respaldo. Apuesto a que te dirigen cantidad de miradas malintencionadas.

Me encogí de hombros: «No pasa nada».

—Gente juzgando todo lo que haces sin ni siquiera conocerte. Como lo de la foto con el móvil en el parque. Quiero decir, que probablemente fueses como yo: te educaron para ser educado. Pero nadie quiere la verdadera historia. Solo quieren... *pillarte.* ¿Sabes?

—Simplemente estoy cansado de que la gente me juzgue porque encajo en cierto molde.

Rebecca alzó las cejas; sus pendientes tintinearon.

Pensé en Amy sentada en su misterioso centro de control, donde coño estuviera, juzgándome desde todos los ángulos, encontrándome carencias incluso en la distancia. ¿Había algo que pudiera ver que la hiciera desistir de toda aquella locura?

Continué:

—Quiero decir, la gente piensa que nuestro matrimonio iba mal, pero lo cierto es que, justo antes de desaparecer, Amy me organizó una caza del tesoro.

Amy querría una de dos cosas: que aprendiese la lección y me achicharraran como al chico malo que era o que aprendiese la lección y la amara tal como ella se merecía, como un buen, obediente, escaldado y capado niño pequeño.

—Una caza del tesoro maravillosa. —Sonreí. Rebecca negó con la cabeza y su entrecejo formó una pequeña V—. Mi esposa, todos los años me organizaba una caza del tesoro por nuestro aniversario. La primera pista conduce hasta un lugar especial donde encontrar la siguiente, etcétera. Amy... —Intenté anegar mis ojos con lágrimas, me conformé con enjugármelos. El reloj sobre la puerta anunciaba las 00.37—. Antes de desaparecer, dejó escondidas todas las pistas. Para este año.

—Antes de desaparecer el día de vuestro aniversario.

—Y es lo único que me ha ayudado a mantener la entereza. Me ha hecho sentirme más cercano a ella.

Rebecca sacó una cámara Flip.

—Deja que te entreviste. En cámara.

—Mala idea.

—Servirá para aportar contexto —dijo ella—. Es precisamente lo que necesitas, Nick, te lo juro. Contexto. Lo necesitas como agua de mayo. Vamos, solo un par de palabras.

Negué con la cabeza.

—Demasiado peligroso.

—Cuenta lo que me acabas de contar. Lo digo en serio, Nick. Soy todo lo contrario a Ellen Abbott. La anti-Ellen Abbott. Me necesitas en tu vida.

Alzó la cámara, clavándome su diminuto ojo rojo.

—En serio, apágala.

—Ayúdame a ser la chica que consiguió la entrevista con Nick Dunne. Lanzarías mi carrera. Habrías hecho tu buena acción del año. Porfaaa… No te cuesta nada, Nick, un minuto. Solo un minuto. Te juro que solo te haré quedar bien.

Me hizo gestos para que la siguiera hasta un reservado cercano donde quedaríamos a cubierto de los curiosos. Asentí y cambiamos de asiento, con aquella lucecita roja apuntando en todo momento hacia mí.

—¿Qué quieres saber? —pregunté.

—Háblame de la caza del tesoro. Suena romántico, pintoresco, genial. Romántico.

«Toma el control de la historia, Nick.» Tanto para el público con P mayúscula como para la esposa con mayúsculas. «Ahora mismo —pensé—, soy un hombre que ama a su esposa y que va a encontrarla. Soy un hombre que ama a su esposa y soy el bueno de la película. Soy aquel de cuyo lado ponerse. Soy un hombre que no es perfecto, pero cuya esposa sí lo es, y a partir de ahora voy a ser muy, pero que muy obediente.»

Me resultaba más fácil hacer aquello que fingir tristeza. Como ya he dicho, puedo manejarme a la luz del día. Aun así, sentí que se me cerraba la garganta mientras me disponía a pronunciar las palabras.

—Resulta que mi esposa es la chica más genial que he conocido en la vida. ¿Cuántos hombres pueden decir eso? «Me casé con la chica más genial que he conocido en la vida.»

«Hijadelagrandísimaputahijadelagrandísimaputa. Vuelve a casa para que pueda matarte.»

AMY ELLIOTT DUNNE
Nueve días ausente

Me levanto sintiéndome nerviosa de inmediato. Dislocada. «No puedo permitir que me encuentren aquí», eso es lo que pienso al despertarme, una explosión de palabras, como un destello en mi cerebro. La investigación no avanza lo suficientemente rápido, mi situación monetaria evoluciona justo al contrario y Jeff y Greta han desplegado sus codiciosas antenas. Y huelo a pescado.

Hubo algo en el modo en el que Jeff echó a nadar hacia la orilla intentando llegar antes que yo hasta mi vestido hecho una pelota y la riñonera. Algo en el modo en que Greta hace continuas referencias a *Ellen Abbott*. Me pone nerviosa. ¿O estoy siendo paranoica? Sueno como la Amy Diario: «¡¡¿¡Quiere matarme mi marido o lo estoy imaginando!?!?». Por primera vez, realmente siento lástima por ella.

Hago dos llamadas a la línea de ayuda de Amy Dunne y hablo con dos personas distintas y doy dos soplos distintos. Resulta difícil adivinar cuánto tardarán en llegar a la policía. Los voluntarios parecen completamente faltos de interés. Conduzco hasta la biblioteca de mal humor. Necesito hacer la maleta y marcharme. Limpiar mi cabaña con lejía, borrar mis huellas dactilares de todas las superficies, recoger todos los cabellos con un aspirador. Borrar a Amy (y a Lydia y a Nancy) y marcharme. Si me marcho, estaré a salvo. Incluso si Greta y Jeff sospechan quién soy, todo irá bien siempre y cuando nadie me atrape. Amy Elliott Dunne es como el yeti —una codiciada pieza de folklore— y ellos son dos vividores de las Ozark cuya endeble historia será desmitificada de inmediato.

Me marcharé hoy mismo. Es lo que acabo de decidir cuando entro con la cabeza gacha en la fresca y prácticamente desierta biblioteca con sus tres ordenadores vacíos y me conecto para ponerme al día con Nick.

Desde la vigilia, las noticias sobre Nick han entrado en un bucle: los mismos hechos, repetidos una y otra vez con creciente estridencia, pero sin aportar ninguna información nueva. Hoy algo ha cambiado. Tecleo el nombre de Nick en el buscador y resulta que los blogs se han vuelto locos porque mi marido se ha emborrachado y ha concedido una entrevista demencial, en un bar, a una chica cualquiera armada con una cámara Flip. Dios, el muy idiota nunca aprenderá.

¡¡¡NICK DUNNE GRABA SU CONFESIÓN EN VÍDEO!!!

¡¡¡NICK DUNNE, DECLARACIONES EBRIAS!!!

Mi corazón pega semejante brinco que la campanilla me comienza a palpitar. Mi marido ha vuelto a joderse él solo.

El vídeo termina de cargarse y ahí está Nick. Tiene los ojos adormilados que se le ponen cuando está bebido, los párpados pesados, la sonrisa torcida. Y está hablando sobre mí y parece un ser humano. Parece feliz.

—Resulta que mi esposa es la chica más genial que he conocido en la vida. ¿Cuántos hombres pueden decir eso? «Me casé con la chica más genial que he conocido en la vida.»

Mi estómago aletea delicadamente. No esperaba esto. Casi sonrío.

—¿Qué tiene de genial? —pregunta la chica fuera de pantalla. Tiene la voz aguda, con el tono pizpireto de una chica de hermandad universitaria.

Nick le cuenta lo de la caza del tesoro. Explica que era una tradición nuestra, el modo en que yo la utilizaba para recordar divertidos chistes privados, y cómo tenía que completarla porque ahora mismo era lo único que le quedaba de mí. Era su misión.

—He llegado al final esta misma mañana —dice. Tiene la voz ronca de tanto forzarla para hacerse oír por encima del barullo.

Volverá a casa y hará gárgaras con agua salada caliente, como le recomendaba siempre su madre. Si yo estuviera en casa con él, me pediría que le calentase el agua y se la preparase, porque él nunca echaba la cantidad justa de sal–. Y me ha hecho… ser consciente de muchas cosas. Ella es la única persona en el mundo que tiene el poder de sorprenderme, ¿sabes? Cualquier otra persona… siempre sé lo que va a decir, porque todo el mundo dice las mismas cosas. Todos vemos los mismos programas, leemos lo mismo, lo reciclamos todo. Pero Amy es una persona perfecta en sí misma. Simplemente tiene un *poder* que ejerce sobre mí.

–¿Dónde crees que está ahora, Nick?

Mi marido baja la mirada hacia su alianza y le da dos vueltas.

–¿Estás bien, Nick?

–¿Sinceramente? No. Le he fallado a mi esposa por completo. He estado tan equivocado… Solo espero que no sea demasiado tarde. Para mí. Para nosotros.

–Estás llegando al límite. Emocionalmente.

Nick mira directamente a la cámara.

–Quiero a mi esposa. La quiero aquí conmigo. –Respira hondo–. No se me da muy bien mostrar emociones. Lo sé. Pero la amo. Necesito que esté bien. Tiene que estar bien. Tengo muchas cosas que compensarle.

–¿Como qué?

Nick se ríe, esa risa desilusionada que incluso ahora me resulta atractiva. En días mejores, solía llamarla la risa de tertuliano: la rápida mirada hacia abajo, el rascar de la comisura de la boca con un pulgar, la misma risita inhalada que mostraría una encantadora estrella de cine antes de contar una anécdota tremenda.

–Como que no es asunto tuyo. –Sonríe–. Simplemente tengo muchas cosas que compensarle. No fui el marido que podría haber sido. Pasamos un par de años duros y yo… perdí el norte. Dejé de esforzarme. O sea, he oído esa frase mil veces: «Dejamos de esforzarnos». Todo el mundo sabe que implica el final de un matrimonio, es de manual. Pero fui yo quien dejó de esforzarse. Yo. No fui el hombre que debería haber sido.

A Nick le pesan los párpados y tiene el habla lo suficientemente afectada como para que asome su marcado acento. Está más que
achispado, a una copa de borracho. Tiene las mejillas sonrosadas
por el alcohol. Las puntas de mis dedos brillan incandescentes al
recordar el calor que emanaba de su piel cuando se había tomado
un par de copas.

—Entonces, ¿cómo te gustaría compensarla?

La cámara oscila un momento; la chica está agarrando su
vaso.

—Como *voy* a compensarla. Primero, voy a encontrarla y a
traerla de vuelta a casa. Puedes estar segura de ello. ¿Después? Sea
lo que sea que necesite de mí, se lo daré. A partir de ahora. Porque
he alcanzado el final de la caza del tesoro de rodillas. Me ha dado
una lección de humildad. Nunca había vislumbrado a mi esposa
con tanta claridad como ahora. Nunca he estado tan seguro de lo
que debía hacer.

—Si pudieras hablar con Amy ahora mismo, ¿qué le dirías?

—Te amo. Te encontraré. Te…

Me doy cuenta de que está a punto de recitar la frase de Daniel
Day-Lewis en *El último mohicano*: «Mantente con vida… te *encontraré*». No puede resistirse a quitarle hierro a cualquier muestra de
sinceridad con una rápida cita de alguna película. Puedo sentirle
oscilando al límite. Se interrumpe en seco.

—Te amo para siempre, Amy.

Qué sentido. Qué impropio de mi marido.

Tres obesos mórbidos de las colinas que montan en scooter eléctrico me separan de mi café de la mañana. Sus traseros rebosan por
ambos lados del artilugio, pero aun así necesitan otro Egg McMuf-
fin. Hay literalmente tres personas *aparcadas* delante de mí, haciendo cola, en el *interior* del McDonald's.

En realidad no me importa. Me siento curiosamente animada
a pesar de este giro de los acontecimientos. En la red, el vídeo va
camino de convertirse en viral y la reacción es sorprendentemen-

te positiva. Precavidamente optimista: «A lo mejor el tipo este no mató a su esposa, después de todo». Ese es, palabra por palabra, el comentario más repetido. Porque cuando Nick baja la guardia y muestra sus emociones, aparecen todas de golpe. Nadie podría ver ese vídeo y creer que estaba actuando. No es una muestra de dolor fingido propia de teatro amateur. Mi marido me quiere. O al menos anoche me quería. Mientras yo tramaba su condena en una cabaña miserable que huele a toalla mojada, él me quería.

No basta con eso. Soy consciente, por supuesto. No puedo cambiar el plan. Pero me hace reflexionar. Mi marido ha terminado la caza del tesoro y está enamorado. También está profundamente preocupado: juraría que en una mejilla le he visto una marca de urticaria.

Aparco junto a mi cabaña para encontrarme a Dorothy llamando a la puerta. Tiene el pelo húmedo debido al calor y lo lleva peinado hacia atrás como un ejecutivo de Wall Street. Tiene la costumbre de secarse el labio superior con la mano y después lamerse el sudor de los dedos, de modo que cuando se vuelve hacia mí tiene el índice metido en la boca como si fuese una mazorca de maíz cubierta de mantequilla.

—Ahí está —dice—. Doña ausente.

Voy con retraso en el pago de la cabaña. Dos días. Casi me hace reír: voy atrasada con el alquiler.

—Lo siento mucho, Dorothy. Te lo llevo en diez minutos.

—Mejor espero aquí, si no te importa.

—No estoy segura de que me vaya a quedar. Puede que tenga que marcharme.

—En ese caso me seguirías debiendo dos días. Ochenta dólares, por favor.

Entro en la cabaña, me desabrocho la endeble riñonera. He contado el dinero esta misma mañana sobre la cama, tomándome un buen rato para sacar cada billete en una especie de incitante striptease económico, y la gran revelación ha sido que, por algún motivo, solo me quedan 8.849 dólares. Hay que ver lo que cuesta vivir.

Cuando abro la puerta para darle a Dorothy los billetes (quedan 8.769 dólares), veo a Greta y a Jeff zanganeando en el porche de Greta, observando cómo cambia de manos el dinero. Jeff no está tocando la guitarra, Greta no está fumando. Parecen estar en el porche únicamente para poder verme mejor. Los dos me saludan con la mano, «Hola, guapa», y yo les devuelvo el saludo sin entusiasmo. Cierro la puerta y empiezo a hacer la maleta.

Es extraño lo poco que tengo en este mundo en comparación con todo lo que solía tener. No tengo batidora de huevos ni cuencos para la sopa. Tengo sábanas y toallas, pero no una manta decente. Tengo un par de tijeras para poder seguir haciéndome carnicerías en el pelo. Eso es algo que me hace sonreír, porque Nick no tenía tijeras cuando empezamos a vivir juntos. Ni tijeras ni plancha ni grapadora, y recuerdo haberle preguntado cómo podía considerarse a sí mismo civilizado si no tenía unas tijeras, y él dijo que por supuesto que no lo era y me alzó entre sus brazos y me arrojó sobre la cama y se echó encima de mí y yo me reí porque todavía era la Chica Enrollada. Me reí en vez de pararme a pensar lo que implicaba.

Una nunca debería casarse con un hombre que no posea unas tijeras decentes. Ese sería mi consejo. Conduce a cosas malas.

Doblo y guardo la ropa en mi diminuta mochila, los mismos tres trajes que compré hace un mes y guardé en mi coche para la huida de modo que no tuviera que llevarme nada de casa. Añado mi cepillo de dientes, el calendario, un peine, loción, los somníferos que compré cuando tenía pensado drogarme y ahogarme. Mis bañadores baratos. Apenas tardo nada.

Me pongo unos guantes de látex y lo limpio todo. Desatasco los desagües para eliminar cualquier pelo atrapado. En realidad no creo que Greta y Jeff sepan quién soy, pero por si acaso no quiero dejar ni una sola prueba, y en todo momento me reprocho a mí misma: «Esto es lo que te pasa por relajarte, esto es lo que te pasa por no estar pensando en todo momento, *en todo*

413

momento. Te mereces que te cojan por haberte comportado de manera tan estúpida. Y si has dejado pelos en la oficina de Dorothy, ¿entonces qué? Y si hay huellas tuyas en el coche de Jeff o en la cocina de Greta, ¿entonces qué? ¿Cómo se te ocurrió pensar que podrías ser una persona despreocupada?». Me imagino a la policía registrando las cabañas, sin encontrar nada, y después, como en una película, primer plano de un solitario pelo mío, vagando por el suelo de hormigón de la piscina, esperando para condenarme.

Después mi mente oscila hacia el otro extremo: «Por supuesto que nadie se va a presentar aquí en tu busca». Lo único que tendría la policía sería la palabra de un par de estafadores que afirmarían haber visto a la auténtica Amy Elliott Dunne en un cutre y deteriorado complejo de cabañas en mitad de ninguna parte. Gente pequeña intentando sentirse importante, eso es lo que asumirían los investigadores.

Una llamada enérgica a la puerta. Del tipo del que daría un padre justo antes de abrir la puerta de par en par: «Esta es mi casa». Permanezco en mitad de la habitación y me debato entre responder o no. Pam, pam, pam. Ahora entiendo por qué tantas películas de horror se sirven de ese recurso —la misteriosa llamada a la puerta—, porque tiene el peso de una pesadilla. No sabes lo que hay al otro lado y sin embargo sabes que acabarás abriendo. Pensarás lo mismo que yo: «Nadie malo se molesta en llamar».

—¡Eh, cariño, sabemos que estás ahí, abre!

Me quito los guantes de látex, abro la puerta y me encuentro a Jeff y a Greta en mi porche, con el sol a sus espaldas, los rasgos oscurecidos por las sombras.

—Hola, guapa, ¿podemos entrar? —pregunta Jeff.

—Precisamente... iba a ir a veros —digo, intentando sonar despreocupada, pero con prisas—. Me marcho esta noche. Mañana o esta noche. He recibido una llamada de casa, tengo que volver.

—¿De casa en Louisiana o de casa en Savannah? —dice Greta.

Ella y Jeff han estado hablando de mí.

—Louisi...

—No importa —dice Jeff—, déjanos entrar un segundo, hemos venido a decirte adiós.

Da un paso adelante y me planteo chillar o cerrar de un portazo, pero no creo que ninguna de ambas opciones vaya a servir de nada. Mejor fingir que todo va bien y desear que sea verdad.

Greta cierra la puerta tras ella y apoya la espalda contra la madera mientras Jeff recorre el diminuto dormitorio, después la cocina, hablando sobre el tiempo. Abriendo puertas y armarios.

—Tienes que llevarte todas tus cosas; Dorothy se quedará el depósito si no lo haces —dice—. Es muy rígida. —Abre la nevera, mira en la mantequera, en el congelador—. No puedes dejar ni una botella de ketchup. Eso siempre me ha parecido raro. El ketchup no se pone malo.

Abre el armario y levanta las ropas de cama de la cabaña que he dejado plegadas, sacude las sábanas.

—Yo siempre, siempre sacudo las sábanas —dice—. Solo para asegurarme de que no me he dejado nada dentro, un calcetín, ropa interior, vete a saber.

Abre el cajón de mi mesita de noche, se arrodilla y lo inspecciona hasta el fondo.

—Parece que has hecho un buen trabajo —dice, levantándose y sonriendo, sacudiéndose las manos en los vaqueros—. Lo has recogido todo.

Me escudriña, de la cabeza a los pies y luego nuevamente de abajo arriba.

—¿Dónde está, cariño?

—¿Cómo dices?

—Tu dinero. —Se encoge de hombros—. No nos lo pongas difícil. Ella y yo lo necesitamos de verdad.

Greta permanece en silencio detrás de mí.

—Me quedan unos veinte dólares.

—Mentira —dice Jeff—. Todo lo pagas en efectivo, incluso el alquiler. Greta te vio manejar un buen fajo. Así que dámelo, podrás marcharte y nunca tendremos por qué volver a vernos.

—Llamaré a la policía.

—¡Adelante! No te lo pienso impedir. —Jeff espera cruzado de brazos y se mete los pulgares bajo las axilas.

—Llevas gafas falsas —dice Greta—. No están graduadas.

No digo nada, mirándola en silencio, con la esperanza de que dé marcha atrás. Los dos parecen lo suficientemente nerviosos como para cambiar de opinión, decir que solo pretendían gastarme una broma, y los tres nos reiremos y sabremos la verdad pero fingiremos que no.

—Y tu pelo, ya se te empiezan a ver las raíces y son rubias, mucho más bonitas que ese tinte que usas ahora, *hámster*. Y el corte de pelo es espantoso, por cierto —dice Greta—. Te estás escondiendo… de lo que sea. No sé si de verdad es de un tío o de qué, pero no vas a llamar a la policía. Así que danos el dinero y punto.

—¿Jeff te ha convencido de esto? —pregunto.

—He sido yo la que ha convencido a Jeff.

Me encamino hacia la puerta bloqueada por Greta.

—Déjame salir.

—Danos el dinero.

Intento abrir la puerta y Greta me agarra, me lanza de un empujón contra la pared, poniéndome una mano sobre la cara mientras con la otra me levanta el vestido y me arranca la riñonera de un tirón.

—¡No, Greta, te lo advierto! ¡Para!

Su palma cálida y salada me aplasta la cara, doblándome la nariz; una de sus uñas me araña un ojo. Después vuelve a empujarme contra la pared. Me golpeo en la cabeza y me muerdo la punta de la lengua. Toda la escaramuza transcurre en silencio.

Agarro el extremo de la hebilla de la riñonera con una mano, pero soy incapaz de resistir, el ojo me llora demasiado y Greta pronto me la arrebata, dejando un ardiente arañazo en mis nudillos. Me empuja de nuevo y abre la cremallera, roza el dinero con los dedos.

—Mierda —dice—. Aquí hay… —Cuenta—. Más de mil. Dos o tres. Hostia puta. ¡Joder, tía! ¿Has robado un banco?

—*Puede* que sí —dice Jeff—. Desfalco.

416

En una película, una de las películas de Nick, golpearía la nariz de Greta con la palma de la mano y la enviaría al suelo, sangrando e inconsciente, y después me encargaría de Jeff. Pero la verdad es que no sé pelear y ellos son dos, y no parece merecer la pena. Me abalanzaré sobre ellos y ellos me agarrarán de las muñecas mientras me revuelvo y protesto como una niña o se pondrán furiosos de verdad y me darán una paliza. Nunca me han golpeado. Me da miedo que algún otro pueda hacerme daño.

—Si has de llamar a la policía, adelante, llámalos —dice Jeff de nuevo.

—Que te jodan —susurro.

—Siento todo esto —dice Greta—. Sé más cuidadosa en el próximo sitio, ¿de acuerdo? No puedes tener aspecto de chica que viaja sola, ocultándose del mundo.

—Te las apañarás bien —dice Jeff.

Me da una palmadita en el brazo al marcharse.

Una moneda de cuarto y otra de diez centavos sobre la mesita de noche. Es todo el dinero que me queda en el mundo.

NICK DUNNE
Nueve días ausente

¡Buenos días! Me quedé sentado en la cama con el portátil a un lado, disfrutando con los comentarios suscitados en internet por mi entrevista improvisada. El ojo izquierdo me palpitaba un poco, una ligera resaca causada por el escocés barato, pero el resto de mi persona se sentía bastante satisfecho. «Anoche lancé el primer anzuelo para atraer a mi esposa de regreso. Lo siento, te lo compensaré todo, a partir de ahora haré lo que tú deseas, haré que el mundo sepa lo especial que eres.»

Porque, a no ser que Amy decidiese mostrarse, estaba jodido. El detective de Tanner (un tipo nervudo y aseado, no el investigador alcoholizado de cine negro que había esperado yo) no había obtenido ningún resultado hasta el momento: mi esposa se había hecho desaparecer a la perfección. Tenía que convencer a Amy para que regresase a mí, hacerla salir de su agujero con halagos y capitulaciones.

Si los comentarios servían de indicativo, había tomado la decisión correcta, pues eran buenos. Eran muy buenos:

«¡El hombre de hielo se derrite!».

«SABÍA que era buen tío.»

«*In vino veritas!*»

«A lo mejor después de todo no la mató.»

«A lo mejor después de todo no la mató.»

«A lo mejor después de todo no la mató.»

Y habían dejado de llamarme Lance.

Frente a mi casa, los cámaras y los periodistas estaban inquietos, querían una declaración del tipo de que «A lo mejor después de todo no la mató». Gritaban frente a mis persianas echadas. «Eh, Nick, vamos, sal, háblanos de Amy.» «Eh, Nick, cuéntanos lo de tu caza del tesoro.» Para ellos, solo era un nuevo matiz en una escalada de audiencia, pero era mucho mejor que «Nick, ¿mataste a tu mujer?».

Y entonces, de repente, empezaron a gritar el nombre de Go. Adoraban a Go, no tiene cara de póquer, enseguida se le nota si está triste, enfadada, preocupada; bastaba ponerle un pie de foto y ya tenías toda la historia. «Margo, ¿es inocente tu hermano?» «Margo, háblanos de…» «Tanner, ¿es inocente tu cliente?» «Tanner…»

Sonó el timbre y abrí la puerta a la vez que me ocultaba tras ella, porque todavía estaba hecho unos zorros; el pelo de punta y los calzoncillos arrugados contarían su propia historia. La noche anterior, frente a la cámara, estaba adorablemente afligido, un pelín achispado, *invinoveritástico*. Ahora simplemente parecía un borracho. Cerré la puerta y aguardé otras dos radiantes críticas a mi actuación.

—No vuelva a hacer nunca, *nunca*, algo parecido —empezó Tanner—. ¿Se puede saber qué diablos le pasa, Nick? Empiezo a pensar que debería ponerle una de esas correas para críos. ¿Cuán estúpido puede llegar a ser?

—¿Ha visto todos los comentarios en internet? A la gente le ha encantado. Estoy dándole la vuelta a la opinión pública, tal como usted me dijo.

—Pero nunca en un entorno no controlado —replicó él—. ¿Y si esa chica hubiera trabajado para Ellen Abbott? ¿Y si le hubiera empezado a hacer preguntas más complejas que «Qué te gustaría decirle a tu esposa, guapito de cara»?

Dijo aquello último canturreando como una adolescente. Su rostro estaba rojo por debajo del bronceado de spray naranja, otorgándole una paleta radiactiva.

—Confié en mi instinto. Soy periodista, Tanner, concédame al menos el beneficio de la duda a la hora de ser capaz de detectar patrañas. La chica era muy dulce.

Tanner se sentó en el sofá y puso los pies sobre la otomana que jamás se habría volcado sola.

—Ya, bueno, también su esposa lo fue en otro tiempo —dijo—. Y también lo fue Andie. ¿Qué tal la mejilla?

Aún dolía; el mordisco pareció palpitar en cuanto Tanner me recordó su existencia. Me volví hacia Go en busca de apoyo.

—No fue inteligente por tu parte, Nick —dijo ella, sentándose frente a Tanner—. Has sido *muy, muy* afortunado. Ha salido *muy* bien, pero podría no haber sido así.

—Y vosotros sois *muy* exagerados. ¿Podemos disfrutar un pequeño momento de buenas noticias? ¿Solo treinta segundos de buenas noticias en los últimos nueve días? ¿Por favor?

Tanner hizo ademán de mirar su reloj.

—De acuerdo, adelante.

Cuando empecé a hablar, alzó el dedo índice, profirió ese «ah-ah» que emiten los adultos cuando los niños intentan interrumpir. Lentamente, su índice fue descendiendo y finalmente aterrizó sobre el cristal del reloj.

—De acuerdo, treinta segundos. ¿Los ha disfrutado? —Hizo una pausa para ver si decía algo; el marcado silencio que permite un maestro tras haberle preguntado al estudiante que ha interrumpido la clase si ha terminado ya—. Tenemos que hablar. Estamos en un momento en el que el don de la oportunidad resulta clave.

—Estoy de acuerdo.

—Vaya, gracias. —Alzó una ceja en dirección a mí—. Quiero revelarle a la policía el contenido del cobertizo muy, muy pronto. Mientras el *hoi polloi* está…

«Solo *hoi polloi* —pensé—, no *el hoi polloi*.» Era algo que me había enseñado Amy.

—… nuevamente enamorado de usted. Disculpe, *nuevamente* no. Finalmente. Los periodistas han encontrado la casa de Go y no me siento tranquilo manteniendo ese cobertizo y sus contenidos en secreto durante mucho más tiempo. ¿Los Elliott están…?

—No podemos seguir contando con el apoyo de los Elliott —dije—. En absoluto.

Otra pausa. Tanner decidió no sermonearme, ni siquiera preguntó qué había pasado.

—De modo que necesitamos pasar a la ofensiva —dije, sintiéndome intocable, enfadado, dispuesto.

—Nick, no permitas que un buen resultado te haga creerte indestructible —dijo Go. Sacó unas pastillas de excedrina del bolso y me las puso en la mano—. Líbrate de la resaca. Hoy necesitas estar alerta.

—Todo irá bien —le dije. Engullí las pastillas y me volví hacia Tanner—. ¿Qué hacemos? Tracemos un plan.

—Estupendo, esto es lo que hay —dijo Tanner—. Resulta increíblemente heterodoxo, pero así soy yo. Mañana le vamos a conceder una entrevista a Sharon Schieber.

—Guau, eso... ¿En serio?

Sharon Schieber era lo mejor a lo que podría haber aspirado: la presentadora (para demostrar que era capaz de tener relaciones respetuosas con seres que tienen vagina) más valorada (franja de edad 30-55) de la televisión en abierto (mayor alcance que los canales por cable) del momento. Se había labrado cierta reputación por internarse muy de cuando en cuando en las impuras aguas del periodismo de investigación criminal, pero cuando lo hacía era para imponer la razón. Dos años antes, cobijó bajo su sedosa ala a una joven madre encarcelada por haber zarandeado a su hijo hasta la muerte. Sharon Schieber presentó en el transcurso de varias noches toda una defensa legal (y muy emotiva). Hoy día aquella joven se encuentra de regreso en su hogar en Nebraska, se ha vuelto a casar y está esperando un hijo.

—Está confirmado. Se puso en contacto con nosotros después de que el vídeo pasase a viral.

—O sea que el vídeo ha ayudado. —No pude resistirme.

—Le ha aportado un matiz interesante: antes del vídeo, era evidente que usted lo había hecho. Ahora existe una ligera posibilidad de que no fuese así. No sé cómo pero al fin ha conseguido usted parecer genuinamente...

—Porque anoche tenía un propósito real: recuperar a Amy —dijo Go—. Se trataba de una maniobra ofensiva. En otro momento habría sido simplemente una emoción indulgente, inmerecida y falsa.

Le dediqué una sonrisa de agradecimiento.

—Bueno, pues intente no olvidar que está sirviendo a un propósito —dijo Tanner—. Nick, no voy a andarme con chiquitas: esto va más allá de cualquier ortodoxia. La mayoría de los abogados le estarían conminando a cerrar la boca. Pero es algo que llevo queriendo intentar algún tiempo. Los medios han saturado el entorno legal. Desde que tenemos internet, Facebook, YouTube… los jurados imparciales han pasado a la historia. Ninguno llega al banquillo sin haberse formado una opinión. El ochenta, noventa por ciento de un caso queda decidido antes de haber entrado en el juzgado. De modo que ¿por qué no utilizarlo? ¿Controlar la historia? Pero es un riesgo. Quiero cada palabra, cada gesto y cada brizna de información planeada de antemano. Pero tiene que parecer genuino, agradable, o todo esto acabará volviéndose en nuestra contra.

—Oh, suena fácil —dije—. Cien por cien enlatado, pero completamente natural.

—Tendrá que ser extremadamente cuidadoso con sus palabras y le diremos a Sharon que no responderá usted a ciertas preguntas. Se las hará de todas maneras, pero le enseñaremos a decir: «Debido a ciertas acciones perjudiciales llevadas a cabo por la policía implicada en este caso, no puedo, por desgracia, responder ahora mismo a esa pregunta, a pesar de lo mucho que me gustaría». Y a decirlo con convicción.

—Como un perro parlanchín.

—Eso mismo, como un perro parlanchín que no quiere ir a la cárcel. Si conseguimos que Sharon Schieber lo adopte como causa, Nick, estamos salvados. Ya le digo que todo esto es tremendamente heterodoxo, pero yo soy así —repitió Tanner.

Le gustaba la frase; era su sintonía particular. Hizo una pausa y arrugó el entrecejo, fingiendo que estaba pensando. Iba a añadir algo que no me iba a gustar.

—¿Qué? —pregunté.

—Va a tener que contarle a Sharon Schieber lo de Andie… porque va a acabar aflorando. Su aventura, no hay modo de evitarlo.

—Justo cuando empezaba a caerle bien a la gente. ¿Quiere que deshaga todo el trabajo?

—Se lo *juro*, Nick. ¿Cuántos casos he llevado? Algo así siempre, *siempre*, de algún modo, de alguna manera, acaba saliendo a la luz. Pero si agarramos el toro por los cuernos tendremos el control. Le cuenta lo de Andie y se disculpa. Se disculpa como si su vida dependiese literalmente de ello. Tuvo usted una aventura, es un hombre, un hombre estúpido y débil. *Pero* ama a su esposa y va a compensarla por todo. Graba la entrevista y a la noche siguiente la emiten. Todo el contenido está protegido por contrato, de modo que la cadena no podrá utilizar la aventura con Andie como reclamo en sus anuncios. Solo podrán utilizar la palabra «bombazo».

—Entonces, ¿ya les ha hablado de Andie?

—Por el amor de Dios, no —dijo Tanner—. Les he dicho: «Tenemos un bombazo para ustedes». A partir de que grabe usted la entrevista, dispondremos de unas veinticuatro horas aproximadamente. Justo antes de que la emitan por la tele, les hablamos a Boney y a Gilpin de Andie y de nuestro descubrimiento en el cobertizo. Cielos, lo hemos solucionado por ustedes: «¡Amy está viva y está incriminando a Nick! ¡Está loca, celosa, y está incriminando a Nick! ¡Oh, mundo cruel!».

—Entonces, ¿por qué no contárselo también a Sharon Schieber? ¿Lo de que Amy me está incriminando?

—Primer motivo: si confiesa lo de Andie y pide perdón, el país estará predispuesto a perdonarle, sentirá compasión por usted. A los norteamericanos les chifla ver cómo se disculpan los pecadores. Pero no puede revelar absolutamente nada que haga quedar mal a su esposa; nadie quiere ver al marido infiel culpar a su mujer de nada. Deje que sea otro quien lo haga al día siguiente: *fuentes cercanas a la policía* revelan que la esposa de Nick, aquella a la que él jura amar con todo su corazón, lo está incriminando falsamente. ¡Buena televisión!

—¿Cuál es el segundo motivo?

—Resulta demasiado complicado explicar exactamente el modo en el que Amy le está incriminando. No se puede resumir en una sola frase. Y eso es mala televisión.

—Me dan ganas de vomitar —dije.

—Nick, es… —empezó a decir Go.

—Lo sé, lo sé, es necesario. Pero ¿puedes imaginar lo que es tener que revelar tu mayor secreto delante de todo el mundo? Sé que tengo que hacerlo. Y en última instancia jugará a nuestro favor, creo. Es la única manera de hacer regresar a Amy —dije—. Quiere verme públicamente humillado…

—Escarmentado —interrumpió Tanner—. Humillado hace que parezca que siente usted lástima de sí mismo.

—… y obtener una disculpa pública —continué—. Pero va a ser jodidamente espantoso.

—Antes de que sigamos adelante, quiero serle sincero —dijo Tanner—. Contarle a la policía toda la historia, que Amy está incriminando a Nick, es un riesgo. La mayoría de los polis tiende a decidirse por un sospechoso y no les gusta en lo más mínimo tener que rectificar. No están abiertos a otras opciones. De modo que corremos el riesgo de que se lo contemos, nos echen con cajas destempladas de la comisaría y luego le arresten, en cuyo caso, teóricamente, les habríamos anticipado nuestra defensa. Y podrían planear el modo exacto de destruirla durante el juicio.

—Vale, espere, eso pinta muy, pero que muy mal, Tanner —dijo Go—. Tan mal que no sé ni cómo se le ocurre plantearlo.

—Déjeme acabar —dijo Tanner—. Uno, creo que tiene usted razón, Nick. Creo que Boney no está convencida de que sea usted un asesino. Creo que ella sí estaría abierta a una teoría alternativa. Se ha labrado una buena reputación de ecuánime. De policía con buenos instintos. He hablado con ella. Me ha dado buena onda. Creo que las pruebas la conducen hacia usted, pero sus tripas le están diciendo que algo no encaja. Más importante aún, en caso de que llegáramos a juicio, de todos modos no usaría la incriminación de Amy como defensa.

—¿Qué quiere decir?

—Como ya he dicho, es demasiado complicada, un jurado no sería capaz de seguirla. Si no es buena televisión, no es adecuada para un jurado. Seguiríamos más bien una línea a lo O. J. Un relato sencillo: la policía es incompetente y está emperrada en inculparle, todas las pruebas son circunstanciales, si el zapato no encaja, bla, bla, bla.

—Bla, bla, bla. Eso me da mucha seguridad —dije yo.

Tanner sonrió ampliamente.

—Los jurados me adoran, Nick. Soy uno de ellos.

—Es justo lo contrario a uno de ellos, Tanner.

—Rectifico: a los jurados les gustaría creer que son como yo.

Todo lo que hacíamos ahora, lo hacíamos frente a un bosquecillo de paparazzi, así que Go, Tanner y yo salimos de casa entre destellos de luz y ruidos tintineantes. («No agaches la mirada —recomendó Tanner—. No sonrías, pero no parezcas avergonzado. Tampoco te apresures, simplemente camina, deja que tomen sus instantáneas y cierra la puerta antes de insultarles. Después podrás llamarles lo que te venga en gana.») Nos dirigíamos a Saint Louis, donde tendría lugar la entrevista, para que pudiera ensayar con la esposa de Tanner, Betsy, antigua presentadora de telediario convertida en abogada. Era la otra Bolt en Bolt & Bolt.

Formábamos una siniestra caravana: Tanner y yo, seguidos por Go, seguidos por media docena de unidades móviles, pero para cuando el Arco asomó sobre el horizonte, había dejado de pensar en los paparazzi.

Para cuando llegamos a la suite de Tanner en el ático, estaba dispuesto a hacer todo el trabajo necesario para clavar la entrevista. Una vez más, ansié una sintonía propia: una música apropiada para un montaje en el que se me viera preparándome para el gran combate. ¿Cuál es el equivalente mental de una pera de boxeo?

Una despampanante negra de metro ochenta de alto abrió la puerta.

—Hola, Nick, soy Betsy Bolt.

En mi cabeza, Betsy Bolt era una diminuta belleza sureña, blanca y rubita.

—No te preocupes, todo el mundo se sorprende al conocerme. —Betsy rió al ver mi expresión, estrechándome la mano—. Tanner y

Betsy, suena como si debiéramos salir en la portada de *The Official Preppy Guide*, ¿verdad?

—*Preppy Handbook* —corrigió Tanner mientras la besaba en la mejilla.

—¿Ves? Él incluso se lo sabe —dijo ella.

Nos guió al interior de una impresionante suite: un salón iluminado por ventanales de pared a pared y dormitorios a ambos lados. Tanner había jurado que no podía quedarse en Carthage, en el Days Inn, por respeto a los padres de Amy, pero tanto Go como yo sospechábamos que no podía quedarse en Carthage porque el hotel de cinco estrellas más cercano estaba en Saint Louis.

Nos enfrascamos en los preliminares: charla intrascendente sobre la familia de Betsy, su paso por la universidad, su carrera (todo maravilloso, sobresaliente, genial), y bebidas para todos (refrescos y Clamato, algo que Go y yo habíamos terminado por considerar una afectación de Tanner, un detalle extravagante que él pensaba que le daría carácter, como cuando yo llevaba gafas falsas en la universidad). Después Go y yo nos hundimos en el sofá de piel y Betsy se sentó frente a nosotros, juntando las piernas a un costado, como un signo de barra oblicua. Guapa/profesional. Tanner caminaba detrás de nosotros, escuchando.

—De acuerdo. Bueno, Nick —dijo Betsy—, voy a ser franca contigo, ¿vale?

—Vale.

—Tú y la tele. Si no contamos la cosita esa del blog, la cosita esa con Quienlohizo.com anoche en el bar, eres *penoso*.

—Hay un motivo para que me dedicase al periodismo impreso —dije—. Veo una cámara y se me congela la cara.

—Exacto —dijo Betsy—. Pareces un enterrador, completamente inexpresivo. Pero tengo un truco para solucionar eso.

—¿Alcohol? —pregunté—. Me ayudó con «la cosita esa del blog».

—Aquí no va a funcionar —dijo Betsy. Comenzó a instalar una cámara de vídeo—. He pensado que podríamos hacer un ensayo preliminar. Yo interpretaré a Sharon. Te haré las preguntas que probablemente hará ella y tú responde del modo que lo harías normalmente. Así podremos saber lo lejos que estás del objetivo. –Volvió a reírse–. Espera.

Llevaba un ajustado vestido azul y de un enorme bolso de piel sacó un collar de perlas. El uniforme de Sharon Schieber.

–¿Tanner?

Su esposo le abrochó el collar y, cuando quedó en su sitio, Betsy sonrió.

–Persigo la autenticidad más absoluta. Aparte de mi acento de Georgia. Y de ser negra.

–Solo veo a Sharon Schieber delante de mí –dije yo.

Betsy encendió la cámara, se sentó justo delante de mí, suspiró, miró hacia el suelo y después hacia arriba.

–Nick, hemos visto muchas discrepancias en este caso –dijo Betsy con la engolada voz utilizada por Sharon en sus emisiones–. Para empezar, ¿puedes rememorar para nuestro público el día que desapareció tu esposa?

–Aquí, Nick, limítate a hablar de vuestro desayuno de aniversario –interrumpió Tanner–. Es un detalle conocido. Pero no fijes horarios ni hables de lo sucedido antes ni después del desayuno. Limítate a enfatizar lo maravilloso que fue el último desayuno que compartisteis. De acuerdo, adelante.

–Sí. –Me aclaré la garganta. La cámara parpadeaba en rojo; Betsy mostraba una expresión de periodista inquisitiva–. Uh… como ya sabes, era nuestro quinto aniversario y Amy se levantó temprano y estaba preparando crepes…

Betsy movió bruscamente el brazo y noté un repentino escozor en la mejilla.

–¿Qué diablos? –dije, intentando adivinar lo que había sucedido.

Tenía una gominola de color rojo cereza en el regazo. La cogí y la alcé.

–Cada vez que te vea tensarte, cada vez que conviertas ese atractivo rostro en la máscara de un enterrador, te voy a tirar una gominola –explicó Betsy, como si todo aquello fuera de lo más razonable.

–¿Y se supone que eso me va a *destensar*?

–Funciona –dijo Tanner–. Es como me enseñó a mí. Aunque creo que conmigo utilizó piedras.

Intercambiaron una de esas sonrisas de «¡Cómo eres!» típicas de casados. Ya podía notarlo: era una de esas parejas que siempre parecía protagonizar su programa de entrevistas matutino.

–Ahora vuelve a empezar, pero recréate en los crepes –dijo Betsy–. ¿Eran tus favoritos? ¿O los de ella? ¿Y qué estabas haciendo aquella mañana por tu esposa mientras ella te estaba preparando crepes?

–Estaba durmiendo.

–¿Qué regalo le habías comprado?

–Todavía ninguno.

–Ay, señor. –Betsy puso los ojos en blanco en dirección a su marido–. Entonces sé muy, muy, *muy* elogioso con esos crepes, ¿de acuerdo? Y haz hincapié en lo que fuese que tuvieras *pensado* comprarle aquel día como regalo. Porque sé que no ibas a regresar a casa sin un regalo.

Comenzamos de nuevo y describí nuestra tradición de desayunar crepes, que en realidad no era tal, y describí lo cuidadosa y maravillosa que era Amy a la hora de elegir los regalos (en aquel momento otra gominola me golpeó justo en el centro de la nariz y de inmediato relajé la mandíbula), mientras que yo, tonto como soy («Desde luego, carga las tintas en el personaje de marido bobo», recomendó Betsy), seguía intentando dar con algo realmente deslumbrante.

–Tampoco es que le gustaran los regalos particularmente caros ni fantasiosos –comencé, y me vi golpeado por una pelota de papel arrojada por Tanner.

–¿Qué?

–Pretérito. Deje de utilizar el pretérito para hablar de su esposa.

–Tengo entendido que su esposa y usted han sufrido algunos altibajos –continuó Betsy.

–Han sido un par de años duros. Los dos nos quedamos sin trabajo.

—¡Bien, sí! —exclamó Tanner—. Los *dos*.

—Nos mudamos aquí para ayudar a cuidar de mi padre, que sufre de Alzheimer, y de mi difunta madre, que tenía cáncer, además de lo cual tuve que trabajar muy duro en mi nuevo negocio.

—Bien, Nick, bien —dijo Tanner.

—No olvides mencionar lo estrecha que era tu relación con tu madre —dijo Betsy, a pesar de que yo no había mencionado nada al respecto—. No aparecerá nadie que vaya a negarlo, ¿verdad? No circulará ninguna historia de horror al respecto, ¿verdad?

—No, mi madre y yo manteníamos una relación muy estrecha.

—Bien —dijo Betsy—. Menciónala a menudo entonces. Y que tienes un bar a medias con tu hermana, menciona a tu hermana cada vez que menciones el bar. Si llevas un bar solo, eres un ligón; si lo llevas a medias con tu querida hermana melliza, eres…

—Irlandés.

—Continúa.

—El caso es que el asunto se fue hinchando… —empecé.

—No —dijo Tanner—. Eso implica que se iba acercando a un estallido.

—El caso es que nos habíamos desviado un poco del camino, pero me pareció que nuestro quinto aniversario sería un momento apropiado para revivir nuestra relación…

—*Recomprometerme con nuestra relación* —exclamó Tanner—. «Revivir» significa que algo ha muerto.

—Recomprometerme con nuestra relación…

—¿Y cómo coño encaja una chica de veintitrés años en este cuadro rejuvenecedor? —preguntó Betsy.

Tanner le lanzó una gominola.

—Te estás saliendo un poco del personaje, Bets.

—Lo siento, chicos, pero soy una mujer, y eso huele mal, huele mal a kilómetros. Recomprometerse con la relación, *por favor*. Seguías viéndote con la chica el día que desapareció Amy. Las mujeres te van a odiar, Nick, a menos que hagas de tripas corazón. Sé directo, no demores el momento. Podrías abordarlo de la siguiente manera: «Perdimos nuestros empleos, nos mudamos, mis padres se estaban muriendo. Entonces la cagué. La cagué de la peor manera posible. Perdí de vista quién era yo en realidad y por desgracia tuve que perder a Amy para darme cuenta de ello». Tienes que reconocer que eres un capullo y que todo fue culpa tuya.

—Lo que se supone que debemos hacer los hombres en general —dije.

Betsy dirigió una mirada irritada hacia el techo.

—Y esa es una actitud, Nick, con la que deberías tener mucho cuidado.

AMY ELLIOTT DUNNE
Nueve días ausente

Estoy arruinada y me he dado a la fuga. Como en una puta película de cine negro. Solo que yo estoy sentada en mi Festiva en el extremo más alejado del aparcamiento de un enorme complejo de comida rápida junto a la orilla del río Mississippi. El olor a sal y a carne procesada flota sobre la cálida brisa. Es tarde, he malgastado horas, pero no consigo ponerme en marcha. No sé hacia dónde. El coche se hace más pequeño a cada hora que pasa. Me veo obligada a ponerme en posición fetal o se me duermen las piernas. Ciertamente esta noche no voy a dormir. La puerta tiene echado el seguro, pero sigo esperando que alguien llame a la ventanilla de un momento a otro, y sé que alzaré la mirada y veré a un asesino en serie de dientes torcidos y hablar zalamero (¿a que sería irónico que acabase asesinada de verdad?) o un severo policía que exigirá que le enseñe el permiso de conducir (¿a que aún sería peor que me descubrieran en un aparcamiento con pinta de vagabunda?). Los deslumbrantes rótulos de los restaurantes nunca se apagan; el aparcamiento está iluminado como un campo de fútbol. Vuelvo a pensar en el suicidio, en cómo los presos susceptibles de quitarse la vida pasan veinticuatro horas al día vigilados bajo los focos; un pensamiento espantoso. El depósito de combustible está por debajo de un cuarto de su capacidad, un pensamiento más espantoso aún: solo podré conducir una hora en cualquier dirección, por lo que debo elegir dicha dirección con sumo cuidado. Al sur está Arkansas, al norte Iowa, ir al oeste sería regresar a las Ozark. O podría dirigirme hacia el este, cruzar el río y entrar en Illinois. Vaya donde vaya, ahí está el río. Lo sigo o él me sigue a mí.

De repente, sé lo que debo hacer.

NICK DUNNE
Diez días ausente

Pasamos el día de la entrevista apretujados en el dormitorio libre de la suite de Tanner, preparando mis frases, arreglando mi aspecto. Betsy se quejó de mi ropa, después Go me recortó el pelo por encima de las orejas con unas tijeras de uñas mientras Betsy intentaba convencerme de que usara maquillaje —polvos— para reducir el brillo. Todos hablábamos en voz baja porque el equipo de Sharon estaba preparándose al lado; la entrevista se grabaría en el salón de la suite, con vistas al Arco de Saint Louis. La puerta del Oeste. No estoy seguro de cuál era el sentido del monumento salvo servir como vago símbolo del centro del país. «Usted está aquí.»

—Necesitas al menos unos polvos, Nick —dijo Betsy finalmente, acercándose a mí con el algodón—. Te suda la nariz cuando te pones nervioso. Nixon perdió unas elecciones porque le sudaba la nariz.

Tanner lo supervisaba todo como un director.

—No tanto por ese lado, Go —decía—. Bets, ve con cuidado con los polvos, mejor que falte que no que sobre.

—Deberíamos haberle metido una inyección de Botox —dijo ella.

Al parecer, el Botox combate el sudor además de las arrugas. Algunos de sus clientes se lo inyectaban bajo el brazo antes de los juicios y ya me lo estaban sugiriendo a mí también. Con amabilidad y sutileza, *en caso* de que fuésemos a juicio.

—Sí, justo lo que necesito: que la prensa se entere de que me estaba tratando con Botox mientras mi mujer estaba desaparecida —dije—. Está desaparecida.

Sabía que Amy no estaba muerta, pero también sabía que estaba tan lejos de mi alcance que bien podría estarlo. Era una esposa en tiempo pretérito.

—Bien hecho —dijo Tanner—. La próxima vez, corríjase antes de que salga de su boca.

A las cinco de la tarde, sonó el teléfono de Tanner.

—Boney —dijo mirando la pantalla. Dejó que saltara el contestador—. Ya la llamaré luego.

No quería que ninguna nueva información, interrogación o rumor nos obligase a reformular nuestro mensaje. Estaba de acuerdo: no quería tener a Boney metida en la cabeza en aquel momento.

Todos cambiamos de postura, una muestra de refuerzo en grupo para convencernos de que la llamada no era motivo de preocupación. La habitación permaneció en silencio durante medio minuto.

—Debo decir que me emociona curiosamente la perspectiva de conocer a Sharon Schieber —dijo Go finalmente—. Una mujer con mucha clase. *No como esa Connie Chung.*

Me reí, que era la intención. A nuestra madre le encantaba Sharon Schieber y odiaba a Connie Chung. Nunca le había perdonado que avergonzase públicamente a la madre de Newt Gingrich después de que este hubiera llamado «z-o-r-r-a» a Hillary Clinton. No recuerdo la entrevista en sí, solo lo injuriada que se sintió nuestra madre por ella.

A las seis entramos en el salón, donde habían dispuesto dos sillas una frente a la otra, con el Arco de fondo, a una hora pensada específicamente para que el Arco brillara pero no hubiera reflejos del atardecer en las ventanas. Uno de los momentos más importantes de mi vida, pensé, dictado por el ángulo del sol. Una productora cuyo nombre no iba a recordar se acercó repiqueteando peligrosamente sobre altos tacones y me explicó lo que podía esperar. Las preguntas podían llegar a repetirse varias veces, para conseguir que la entrevista pareciera lo más fluida posible y para poder grabar planos de reacción de Sharon. No podía hablar con mi abogado antes de responder. Podía expresar de distintas maneras la respuesta, pero no cambiar la sustancia de la misma. «Aquí tiene un poco de agua, vamos a colocarle el micro.»

Empezamos a desplazarnos hacia la silla y Betsy me dio un codazo en el brazo. Cuando bajé la mirada, me enseñó un bolsillo lleno de gominolas.

—Recuerda… —dijo, sacudiendo un dedo amonestador.

De repente, la puerta de la suite se abrió de par en par y entró Sharon Schieber, con tanta elegancia como si llegara tirada por una cuadrilla de cisnes. Era una mujer hermosa, una mujer que probablemente nunca había parecido infantil. Una mujer cuya nariz probablemente nunca sudara. Tenía el pelo oscuro y espeso y enormes ojos marrones que podían parecer inocentes como los de un cervatillo o perversos.

—¡Es Sharon! —dijo Go, con un susurro excitado para imitar a nuestra madre.

Sharon se volvió hacia Go y asintió majestuosamente, se acercó para saludarnos.

—Soy Sharon —dijo con voz grave y calurosa, agarrando a Go de ambas manos.

—Nuestra madre la adoraba —dijo Go.

—Me alegro mucho —dijo Sharon, consiguiendo sonar cordial.

Se volvió hacia mí y estaba a punto de decir algo cuando su productora llegó haciendo sonar los tacones y le susurró algo al oído. Después esperó la reacción de Sharon, después volvió a susurrar.

—Oh. Oh, Dios mío —dijo Sharon.

Cuando se volvió nuevamente hacia mí, no sonreía en absoluto.

AMY ELLIOTT DUNNE
Diez días ausente

He tomado la decisión: hago la llamada. El encuentro no podrá tener lugar hasta esta tarde –hay complicaciones predecibles–, por lo que dedico el día a prepararme y acicalarme.

Me aseo en el cuarto de baño de un McDonald's –jabón verde sobre toallas de papel húmedas– y me pongo un vestido barato y vaporoso. Pienso en lo que voy a decir. Estoy sorprendentemente entusiasmada. La vida de desharrapada me estaba empezando a desgastar: la lavadora compartida en cuyo interior siempre ha quedado atascada alguna prenda mojada de ropa interior de otra persona que debe ser retirada con dedos dubitativos formando una pinza; la esquina de la moqueta de mi cabaña, siempre misteriosamente húmeda; el goteo del grifo del lavabo.

A las cinco en punto, conduzco en dirección norte hacia el lugar de encuentro, un casino ribereño llamado Horseshoe Alley. Aparece de la nada como una maraña de parpadeantes neones en medio de un bosque poco poblado. Llego quemando los vapores (un cliché que nunca había puesto en práctica). Aparco y estudio el panorama: una migración de ancianos se arrastra hacia las luces brillantes como insectos sobre muletas y andadores, dando tirones a sus tanques de oxígeno. Entre los grupos de octogenarios, un trajín de muchachos enardecidos y excesivamente engalanados que han visto demasiadas películas sobre Las Vegas e ignoran lo patéticos que resultan, intentando imitar el estilo del Rat Pack con trajes baratos en los bosques de Missouri.

Paso bajo una deslumbrante marquesina que anuncia –dos noches exclusivamente– la reunión de un grupo de doo-wop de los cincuenta. En el interior, el casino es gélido y hermético. Las tragaperras crujen y tintinean con alegres gorjeos electrónicos, incongruentes con las caras mortecinas y hundidas de los individuos que aguardan sentados frente a ellas, fumando cigarrillos sobre sus oscilantes máscaras de oxígeno. Dentro moneda dentro moneda dentro moneda ding-ding-ding. Dentro moneda dentro moneda. El dinero que malgastan irá a parar a las mal financiadas escuelas públicas en las que estudian sus aburridos y atolondrados nietos. Dentro moneda dentro moneda. Un grupo de jóvenes borrachos pasa dando tumbos, una despedida de soltero, los labios húmedos de beber chupitos; ni siquiera se fijan en mí, regordeta y con mi peinado Dorothy Hammill. Están hablando de chicas, *queremos chicas*, pero aparte de mí, las únicas chicas que veo son de oro. Los muchachos subsanarán su decepción bebiendo e intentarán no matar a otros conductores en el trayecto de vuelta a casa.

Espero en un bar situado al extremo izquierdo del vestíbulo, tal como hemos acordado, y observo al antiguo grupo de adolescentes cantar para su canoso público, que aplaude, chasquea los dedos al compás y sumerge sus retorcidos dedos en cuencos de cacahuetes. Los esqueléticos cantantes, consumidos bajo esmóquines brillantes por el desgaste, giran lenta y cuidadosamente sobre caderas operadas, la danza de los moribundos.

El casino me había parecido un lugar apropiado, justo al lado de la carretera y lleno de borrachos y ancianos, los cuales no suelen caracterizarse por su perspicacia. Pero ahora me noto agobiada y nerviosa, consciente de la presencia de cámaras en cada esquina, de puertas que podrían cerrarse herméticamente.

Estoy a punto de marcharme cuando aparece él.

–Amy.

He llamado al devoto Desi para que acuda en mi ayuda (y sea mi cómplice). Desi, con el que nunca he perdido el contacto del todo, y el cual –a pesar de lo que le he contado a Nick, a mis padres– no me inquieta en lo más mínimo. Desi, otro hombre junto al Mississippi. Siempre supe que podría acabar siéndome útil. Es bueno tener al menos un hombre al que poder usar para lo que sea. Desi es del tipo caballero andante. Adora a las damiselas en apuros. Con el paso de los años, después de Wickshire, cada vez que hablábamos le preguntaba acerca de su novia más reciente y, fuese quien fuese, él siempre decía: «Oh, por desgracia no le van muy bien las cosas». Pero sé que para Desi no era ninguna desgracia, sino todo lo contrario: los desórdenes alimenticios, las adicciones a los analgésicos, las depresiones severas. Nunca es más feliz que cuando se encuentra junto a un lecho. No en la cama, sino simplemente sentado al lado, con un tazón de caldo o un vaso de zumo y un tono de voz amablemente almidonado: «Pobrecilla».

Ahora está aquí, deslumbrante con un traje blanco de mediados de verano (Desi cambia de guardarropa mensualmente; la ropa apropiada para junio no tiene por qué valer para julio. Siempre he admirado la disciplina y la precisión sartorial de los Collings). Tiene buen aspecto. Yo no. Soy demasiado consciente de mis gafas húmedas, los kilos extra que se acumulan en mi cintura.

–Amy. –Me roza la mejilla, después me da un abrazo. No un estrujón, Desi nunca aprieta, es más como verse envuelta en algo hecho a medida para ti–. Cielo. No te puedes ni imaginar. Tu llamada. Pensaba que había perdido la cabeza. ¡Pensaba que estaba delirando! Había soñado despierto con ello, que de algún modo estabas viva y entonces… Tu llamada. ¿Estás bien?

–Ahora sí –digo–. Ahora me siento segura. Ha sido espantoso.

Y entonces me echo a llorar, lágrimas de verdad, lo cual no había formado parte del plan, pero me proporcionan tal alivio y encajan de manera tan perfecta en el momento que me permito dejarme llevar por completo. El estrés me abandona gota a gota: el coraje para llevar a cabo el plan, el temor a ser capturada, la pérdida del dinero, la traición, el maltrato, el puro disparate de hallarme completamente sola por primera vez en mi vida.

Estoy bastante guapa tras una llorera de unos dos minutos; si se prolonga más allá, me empieza a gotear la nariz y se me hincha el rostro, pero antes de eso mis labios se vuelven más plenos, los ojos más grandes, las mejillas sonrosadas. Cuento mientras lloro sobre el almidonado hombro de Desi: «Uno Mississippi, dos Mississippi» –otra vez ese río– y contengo las lágrimas en cuanto llego al minuto y cuarenta y ocho segundos.

–Siento no haber podido llegar antes, cielo –dice Desi.

–Sé lo ocupado que te tiene siempre Jacqueline –objeto.

La madre de Desi es un tema sensible en nuestra relación.

Desi me examina.

–Se te ve *muy*… diferente –dice–. La cara tan plena, particularmente. Y tu pobre pelo está… –Se contiene–. Amy. Nunca pensé que pudiera sentirme tan agradecido por algo. Cuéntame qué ha pasado.

Le relato un cuento gótico de celos y furia, de rústica brutalidad del Medio Oeste, de embarazo enclaustrado, de dominación animal. De violación y pastillas, alcohol y puños. Botas vaqueras puntiagudas en el costillar, miedo y traición, apatía paternal y aislamiento. Y las últimas palabras de advertencia de Nick: «Nunca te dejaré marchar. Te mataré. Te encontraré pase lo que pase. Eres mía».

Le digo que tuve que desaparecer para garantizar mi seguridad y la de mi hijo nonato y lo mucho que necesito su ayuda. Mi salvador. Mi relato satisfará el apetito de Desi por mujeres caídas en desgracia; me he convertido en la más perjudicada de todas. Hace mucho tiempo, cuando aún estábamos en el internado, le hablé de las visitas nocturnas de mi padre a mi dormitorio: yo, vestida con un camisón rosa con volantes, clavando la mirada en el techo hasta que él terminaba. Desi me ha amado desde entonces gracias a aquella mentira. Sé que se imagina haciéndome el amor y lo cariñoso y consolador que se mostraría al penetrarme, acariciándome el pelo. Sé que me imagina llorando suavemente mientras me entrego a él.

—Nunca podré volver a mi vida anterior, Desi. Nick me mataría. Nunca me sentiré a salvo. Pero no puedo dejar que vaya a la cárcel. Solo quería desaparecer. No se me ocurrió que la policía fuese a pensar que me había asesinado.

Miro coquetamente de reojo hacia el grupo sobre el escenario, donde un septuagenario esquelético canta canciones de amor. No lejos de nuestra mesa, un tipo con la espalda bien erguida y el bigote bien recortado arroja su vaso de plástico hacia una papelera cercana a nosotros y lo clava (una expresión que aprendí de Nick). Ojalá hubiera escogido un entorno más pintoresco. Ahora el tipo me está mirando, ladeando la cabeza en un exagerado gesto de confusión. Si fuese un dibujo animado, se rascaría la cabeza con un ruido gomoso: *wiik-wiik*. Por algún motivo, pienso: «Parece policía». Le doy la espalda.

—Nick es lo último de lo que debes preocuparte —dice Desi—. Deja que sea yo quien se preocupe y quien se encargue de todo.

Desi tiende una mano hacia mí, un antiguo gesto. Quiere ser el guardián de mis preocupaciones; un juego ritual al que jugábamos de adolescentes. Hago como que dejo algo sobre su palma y él cierra el puño y lo cierto es que me siento mejor.

—No, de todo no. Espero que Nick muera por lo que te ha hecho —dice Desi—. En una sociedad cuerda, lo haría.

—Bueno, pero vivimos en una sociedad desquiciada, así que necesito seguir escondida —digo yo—. ¿Te parece horrible por mi parte? —Ya sé la respuesta.

—Cariño, por supuesto que no. Estás haciendo lo que te han obligado a hacer. Sería una locura pretender cualquier otra cosa.

No pregunta nada sobre el embarazo. Sabía que no lo haría.

—Eres el único que lo sabe —digo.

—Cuidaré de ti. ¿Qué puedo hacer?

Finjo reticencia, me muerdo el labio, aparto la mirada y luego vuelvo a posarla en Desi.

—Necesito dinero para sobrevivir una temporada. Había pensado buscar trabajo, pero…

—Oh, no, no hagas eso. Estás *en todas partes*, Amy. En todos los noticiarios, en todas las revistas. Alguien acabaría por reconocerte. Incluso con este nuevo corte deportivo —dice, tocándome el pelo—. Eres una mujer hermosa, y para una mujer hermosa no es fácil desaparecer.

—Por desgracia, creo que tienes razón —digo—. No quiero que pienses que me estoy aprovechando. Simplemente no sabía a quién más…

La camarera, una morena normal y corriente disfrazada de morena atractiva, se dirige hacia nosotros y deja las bebidas sobre la mesa. Aparto la cara para que no me vea y me doy cuenta de que el curioso del bigote se ha acercado un poco más y me está observando con media sonrisa. Estoy desentrenada. La Vieja Amy nunca habría venido a este lugar. Tengo el cerebro embotado por culpa de la Coca-Cola light y de mi propio olor corporal.

—Te he pedido un gin-tonic —digo.

Desi pone una delicada mueca de disgusto.

—¿Qué? —pregunto, pero ya conozco la respuesta.

—Esa es mi bebida de primavera. Ahora tomo Jack con ginger ale.

—Pues te pedimos uno de esos y ya me tomo yo la ginebra.

—No, está bien, no te preocupes.

El mirón vuelve a aparecer en la periferia de mi campo visual.

—Ese tipo, el tipo del bigote… No mires, pero… ¿me está observando?

Desi mira rápidamente por el rabillo del ojo, niega con la cabeza.

—Está observando a los… *cantantes*. —Pronuncia esta última palabra dubitativamente—. Lo que necesitas no es solo dinero. Acabarás cansándote de todo este subterfugio. De no poder mirar a la gente a la cara. Viviendo entre individuos con los que, asumo, no tienes demasiado en común —dice abriendo los brazos para incluir a todo el casino—. Viviendo por debajo de tus posibilidades.

—Es lo que me espera durante los próximos diez años. Hasta que haya envejecido lo suficiente y la historia se haya olvidado y pueda sentirme cómoda.

—¡Ja! ¿Estás dispuesta a seguir haciendo esto *diez* años? ¿Amy?

—Chsss… no digas ese nombre.

—Cathy o Jenny o Megan o lo que quieras, no seas absurda.

La camarera regresa, Desi le tiende un billete de veinte y mediante un gesto le indica que se quede el cambio. La chica se aleja sonriendo. Sosteniendo el billete como si fuera una novela. Le doy un sorbo a mi combinado. Al bebé no le importará.

—No creo que Nick vaya a presentar cargos si regresas —dice Desi.

—¿Qué?

—Vino a verme. Creo que sabe que la culpa es suya…

—¿Fue a verte? ¿Cuándo?

—La semana pasada. Antes de que yo hubiera hablado contigo, gracias a Dios.

Nick ha mostrado más interés por mí estos últimos días que en los dos últimos años. Siempre he deseado que un hombre se enzarzara en una pelea por mí, una pelea sanguinolenta y brutal. Que Nick haya ido a interrogar a Desi es un buen comienzo.

—¿Qué dijo? —pregunto—. ¿Qué te pareció?

—Me pareció un perfecto gilipollas. Quería cargarme el muerto *a mí*. Me contó una historia loquísima sobre cómo yo…

Siempre me había gustado aquella mentira sobre Desi, lo de su intento de suicidio por mí. Había quedado sinceramente destrozado por nuestra ruptura y se mostró muy insistente y turbulento, vagando como alma en pena por el campus a la espera de que volviera a aceptarle. Así que bien podría haber intentado suicidarse.

—¿Qué dijo Nick sobre mí?

—Creo que es consciente de que nunca podrá volver a hacerte daño ahora que el mundo sabe quién eres y se preocupa por ti. Tendría que dejarte regresar sana y salva. Podrías divorciarte de él y casarte con el hombre adecuado. —Dio un trago—. Al fin.

—No puedo volver, Desi. Incluso si la gente creyese todos los abusos de Nick, seguirían odiándome a mí. Sentirían que he sido yo quien les ha engañado. Sería la mayor paria de la tierra.

—Serías mi paria y te querría sin que nada me importase y te protegería de todo —dice Desi—. Nunca tendrías que enfrentarte a ningún tipo de consecuencia.

—Jamás podríamos volver a socializar con nadie.

—Podríamos marcharnos del país, si quisieras. Vivir en España, Italia, donde tú quieras, pasar los días comiendo mangos al sol. Dormir hasta tarde, jugar al Scrabble, hojear libros al azar, nadar en el mar.

—Y cuando muriese, sería una curiosa nota a pie de página, una anécdota estrafalaria. No. Tengo mi orgullo, Desi.

—No pienso permitir que vuelvas a vivir en un parque de caravanas. Y lo digo completamente en serio. Ven conmigo. Te instalaremos en la casa del lago. Está muy apartada. Te llevaré provisiones y cualquier cosa que necesites, en cualquier momento. Puedes seguir escondida, completamente sola, hasta que decidamos qué hacer.

La «casa del lago» de Desi era una mansión, y «Te llevaré provisiones» equivalía a «Serás mi amante». Noté la necesidad que emanaba de su cuerpo como ondas de calor. Él se estremeció ligeramente bajo el traje, deseando salirse con la suya. Desi era un coleccionista: tenía cuatro coches, tres casas, armarios llenos de trajes y zapatos. Le agradaría saber que me encontraba a buen recaudo bajo una campana de cristal. La fantasía de caballero andante definitiva: alejar a la maltratada princesa de sus desventuradas circunstancias y ampararla en un castillo al que nadie salvo él tenga acceso.

—No puedo hacer eso. ¿Y si por algún motivo la policía se entera y va a buscarme?

—Amy, la policía cree que estás muerta.

—No, por ahora debería seguir mi camino sola. ¿Puedes simplemente prestarme algo de dinero?

—¿Y qué pasa si digo que no?

—Entonces sabré que tu ofrecimiento de ayuda no es sincero. Que eres igual que Nick y que solo quieres poder controlarme, del modo que sea.

Desi guardó silencio y bebió apretando la mandíbula.

—Eso que has dicho es bastante monstruoso.

—Es una manera bastante monstruosa de comportarse.

—No es así como me estoy portando —dice él—. Simplemente estoy preocupado por ti. Ven a mi casa del lago y prueba. Si sientes que mi presencia te agobia, si te sientes incómoda, te marchas. Lo peor que puede pasar es que dispongas de un par de días para descansar y relajarte.

De repente el tipo del bigote está junto a nuestra mesa, con una sonrisa vacilante en el rostro.

—Disculpe, señora, ¿está usted emparentada, por algún casual, con los Enloe? —pregunta.

—No —digo, apartando la cara.

—Lo siento, es que se parece usted a...

—Somos de Canadá. Y ahora, disculpe —replica bruscamente Desi.

El tipo pone los ojos en blanco, musita un «Joder» y se vuelve junto a la barra. Pero sigue lanzándome miradas.

—Deberíamos marcharnos —dice Desi—. Te llevaré allí ahora mismo.

Se levanta.

La casa del lago de Desi tendrá una enorme cocina, tendrá un número interminable de habitaciones, habitaciones tan enormes como para hacer piruetas en plan «el dulce cantar que susurra el monte». Habrá wifi y televisión por cable —todo lo necesario para mi centro de mando— y una gran bañera y cómodos albornoces y una cama que no amenazará con venirse abajo.

También estará Desi, pero Desi es manejable.

Desde la barra, el tipo sigue mirándome, con menos benevolencia.

Me inclino sobre Desi y le beso suavemente en los labios. Tiene que parecer decisión mía.

—Eres un hombre maravilloso. Siento haberte puesto en esta situación.

—Quiero estar en esta situación, Amy.

Nos encaminamos hacia la salida, pasando frente a un bar particularmente deprimente, con televisores en todos los rincones, cuando veo a la putilla.

La putilla está dando una rueda de prensa.

Andie parece diminuta e inofensiva. Parece una canguro, y no una canguro sensual de peli porno, sino la vecinita de al lado, la que de verdad juega con los niños. Sé que esa no es la Andie real, porque la he seguido en la vida real y en la vida real lleva camisetas apretadas que resaltan sus pechos, vaqueros ajustados y el pelo largo y ondulado. En la vida real parece follable.

En la tele lleva un vestido camisero con volantes y el pelo recogido por detrás de las orejas. Tiene aspecto de haber estado llorando, a juzgar por sus pequeñas y rosadas ojeras. Parece agotada y nerviosa, pero muy guapa. Más guapa de lo que me había parecido anteriormente. Nunca la había visto así de cerca. Tiene pecas.

—Ooohhh, mierda —le dice una mujer a su amiga, pelirroja de bote.

—Oh, nooo. Ahora que había empezado a sentir lástima por el tipo —exclama la amiga.

—En mi nevera tengo basura más vieja que esa chica. Menudo cabrón.

Andie está de pie tras el micrófono, consultando a través de oscuras pestañas una declaración que tiembla como una hoja en su mano. Su labio superior brilla bajo las luces de la cámara, húmedo. Andie se lo frota con el dedo índice para secar el sudor.

—Mmm… Mi declaración es la siguiente: he tenido una aventura con Nick Dunne entre abril de 2011 y julio de este año, cuando su esposa, Amy Dunne, desapareció. Nick era mi profesor en la universidad comunitaria de North Carthage. Entablamos amistad y después la relación fue a más.

Andie hace una pausa para aclararse la garganta. Una mujer de pelo oscuro no mucho mayor que yo, que aguarda tras ella, le tiende un vaso de agua. Andie bebe rápidamente del tembloroso vaso.

—Me avergüenzo profundamente de haberme visto involucrada con un hombre casado. Va en contra de todos mis valores. Creía sinceramente estar enamorada de Nick Dunne —empieza a llorar, se le quiebra la voz— y que a su vez él estaba enamorado de mí. Me dijo que su relación con su esposa había terminado y que pensaba divorciarse en breve. Nunca supe que Amy Dunne estuviera embarazada. Estoy cooperando con la policía en la investigación de la desaparición de Amy Dunne y haré cuanto esté en mi mano para ayudar.

Su voz es diminuta, infantil. Alza la mirada hacia el muro de cámaras que tiene enfrente y parece conmocionada, vuelve a agachar los ojos. Dos manzanas rojas aparecen en sus redondos mofletes.

—Yo… yo…

Andie comienza a sollozar y su madre —la mujer tiene que ser su madre, tienen los mismos exagerados ojos de dibujo animado japonés— le pasa un brazo por el hombro. Andie continúa leyendo:

—Me arrepiento y me avergüenzo profundamente de mis actos. Y quiero pedirle disculpas a la familia de Amy por cualquier papel que pueda haber jugado en su dolor. Estoy cooperando con la policía en la investi… Oh, eso ya lo he dicho.

Muestra una sonrisa endeble y avergonzada y los periodistas le dedican pequeñas risas de ánimo.

—Pobrecilla —dice la pelirroja.

«Es una putilla, no merece compasión alguna.» No puedo creer que alguien pueda sentir lástima por Andie. Literalmente me niego a creerlo.

—Soy una estudiante de veintitrés años —continúa ella—. Solo pido un poco de intimidad para poder superar este trance tan doloroso.

—Buena suerte con eso —mascullo mientras Andie se aleja y una agente de policía se niega a contestar preguntas y ambas salen de cámara.

Me sorprendo ladeándome hacia la izquierda como si pudiera seguirlas.

—Pobre chiquilla —dice la mayor de las dos mujeres—. Parece aterrorizada.

—Al final va a resultar que sí lo hizo él.

—Más de un *año* estuvo con ella.

—Qué cerdo.

Desi me da un codazo y abre mucho los ojos a modo de interrogante: ¿estaba yo al tanto de la aventura? ¿Me encuentro bien? Mi rostro es una máscara de furia —«Pobre chiquilla, los cojones»—, pero puedo fingir que el motivo es la traición. Asiento, sonrío débilmente. Estoy bien. Estamos a punto de marcharnos cuando veo a mis padres, agarrados como siempre de la mano, acercándose al micrófono en tándem. Mi madre parece haberse cortado el pelo recientemente. Me pregunto si debería irritarme que haya hecho una pausa en plena desaparición mía para mejorar su aspecto. Cuando alguien muere y la familia sigue adelante con su vida, siempre oyes a la gente decir: «Fulanita lo habría querido así». Yo no lo quiero así.

Mi madre habla:

—Nuestra declaración es breve y no aceptaremos preguntas después. En primer lugar, gracias por las tremendas muestras de cariño recibidas por nuestra familia. Parece que el mundo ama a Amy tanto como nosotros. Amy: echamos de menos tu afectuosa voz y tu buen humor, tu rápido ingenio y tu buen corazón. Eres, ciertamente, asombrosa. Conseguiremos que regreses con tu familia. Sabemos que lo haremos. En segundo lugar, hasta esta mañana ignorábamos que nuestro yerno, Nick Dunne, estaba teniendo una aventura. Desde el comienzo de esta pesadilla, se ha mostrado menos implicado, menos interesado, menos preocupado de lo que habría debido. Otorgándole el beneficio de la duda, atribuimos su comportamiento a la conmoción. Ahora que sabemos lo que sabemos, hemos dejado de pensar lo mismo. En consecuencia, le hemos retirado nuestro apoyo. A medida que seguimos adelante con la investigación, solo podemos desear que Amy vuelva con nosotros. Su historia debe continuar. El mundo está preparado para un nuevo capítulo.

«Amén», dice alguien.

NICK DUNNE
Diez días ausente

El espectáculo había terminado, Andie y los Elliott habían desaparecido de la pantalla. La productora de Sharon le dio una patada al televisor con la punta del tacón. Todos los presentes en la habitación me estaban mirando, esperando una explicación, el invitado a la fiesta que acababa de cagarse en el suelo. Sharon me dedicó una sonrisa demasiado radiante, una sonrisa airada que puso a prueba su Botox. La cara se le plegó en los lugares equivocados.

—¿Y bien? —dijo con su voz tranquila y engolada—. ¿Qué coño ha sido eso?

Tanner intervino.

—Ese era el bombazo. Nick estaba y sigue estando dispuesto a revelar y a debatir sus actos. Siento que se nos hayan adelantado, pero en cierto modo esto te beneficia, Sharon. Tendrás la primera reacción de Nick.

—Más te vale tener algo condenadamente interesante que contar, Nick —dijo Sharon.

Después se alejó diciendo: «Ponedle el micro, manos a la obra», para nadie en particular.

Sharon Schieber, según resultó, estaba jodidamente encantada conmigo. En Nueva York siempre había oído rumores de que también ella había sido infiel para luego regresar con su marido, una historia contada entre susurros y únicamente entre periodistas. Aquello había sucedido hacía diez años, pero supuse que su impulso por

absolver podría seguir presente. Y así fue. Sonrió, consintió, enga-
tusó y tentó. Me dedicó un mohín absolutamente sincero con sus
carnosos y brillantes labios —a la vez que apoyaba la barbilla sobre
los nudillos de una mano— y me hizo preguntas difíciles. Por una
vez, las respondí correctamente. No soy un mentiroso del deslumbrante calibre de Amy, pero no se me da mal cuando es necesario.
Quedé como un hombre que amaba a su esposa, avergonzado de
su infidelidad y dispuesto a enmendar su error. La noche anterior,
nervioso e insomne, había buscado en internet la entrevista que
Hugh Grant concedió a Jay Leno en 1995, disculpándose ante la
nación por haber contratado los servicios de una prostituta. Tarta-
mudeando, interrumpiéndose, revolviéndose en el asiento como si
la piel se le hubiera quedado dos tallas más pequeña. Pero sin excusas: «Creo que uno sabe en la vida lo que está bien y lo que está
mal, y lo que hice yo estuvo mal… ahí lo tienes». Coño, qué bueno era el tío. Parecía avergonzado, nervioso, tan frágil que te entraban ganas de cogerle de la mano y decir: «Colega, no es para
tanto, no te castigues así». Que era el mismo efecto que pretendía
causar yo. Vi el vídeo tantas veces que corría el peligro de copiarle
el acento inglés.

Fui la perfecta definición de hombre hueco. El marido que,
según Amy, era incapaz de disculparse lo hizo al fin, utilizando
palabras y emociones que había tomado prestadas de un actor.

Pero funcionó. «Sharon, hice algo terrible, algo imperdonable.
De nada sirven las excusas. Me siento defraudado conmigo mismo.
Nunca había pensado que acabaría siendo un marido infiel. Es
inexcusable, es imperdonable y solo quiero que Amy vuelva a casa
para poder pasar el resto de mi vida enmendando mi error, tratándola como se merece.»

Oh, y tanto que me gustaría poder tratarla como se merece.

«Pero aquí hay otra cuestión, Sharon, y es que yo no he matado a Amy. Nunca le haría daño. Creo que lo que está sucediendo
aquí es lo que he dado en llamar [risita] el efecto *Ellen Abbott*. Ese
tipo de periodismo irresponsable y bochornoso. Nos han acostumbrado a ver asesinatos de mujeres vendidos como si fueran

entretenimiento, lo cual me parece repugnante, y en esos programas, ¿quién es el culpable? Siempre es el marido. Por eso pienso que al público y, hasta cierto punto, incluso a la policía, se les ha acabado metiendo en la cabeza que ese ha de ser siempre el caso. Desde el primer momento, prácticamente todo el mundo asumió que yo había matado a mi esposa, porque esa es la historia que nos cuentan una y otra vez. Y eso está mal, mal desde un punto de vista moral. No he matado a mi esposa. Quiero que vuelva a casa.»

Sabía que a Sharon le gustaría tener la oportunidad de pintar a Ellen Abbott como una puta sensacionalista vendida a las audiencias. Sabía que la regia Sharon, con sus veinte años de carrera, sus entrevistas a Arafat y Sarkozy y Obama, se sentiría ofendida por la idea misma de Ellen Abbott. Soy (era) periodista, me conozco la cantinela, de modo que en cuanto pronuncié aquellas palabras –«el efecto *Ellen Abbott*»– reconocí la contracción en la boca de Sharon, el delicado alzamiento de cejas, la iluminación de todo su rostro. Era la expresión del periodista que acaba de darse cuenta: «Ahí está mi enfoque».

Al final de la entrevista, Sharon me cogió ambas manos entre las suyas –frías, ligeramente encallecidas; había leído que era una ávida golfista– y me transmitió sus mejores deseos. «Seguiré atenta a su caso, amigo mío», dijo, y después besó a Go en la mejilla y desapareció en un revuelo de telas; la espalda de su vestido era un campo de batalla de imperdibles para impedir que el frontal se hundiese en lo más mínimo.

–Lo has hecho de puta madre –sentenció Go mientras se dirigía hacia la puerta–. Parecías completamente distinto. Tomando las riendas, pero no arrogante. Incluso tu mandíbula es menos… capulla.

–He soltado la barbilla.

–Casi, sí. Te veo luego en casa.

Incluso me dio un puñetazo de ánimo en el hombro.

Grabé otras dos entrevistas rapiditas después de la de Sharon Schieber, una para cable y otra para un canal en abierto. Al día siguiente emitirían la entrevista con Schieber y después las otras dos, un dominó de disculpas y remordimiento. Estaba tomando el control. No iba a seguir conformándome con ser el esposo posiblemente culpable o el esposo emocionalmente distante o el esposo cruelmente infiel. Era el tipo que todo el mundo conocía; el tipo que muchos hombres (y mujeres) habían sido: «Le fui infiel, me siento fatal, haré lo que sea necesario para arreglar la situación porque soy un hombre de verdad».

—Estamos en una buena posición —pronunció Tanner mientras recogíamos—. La revelación de Andie no será tan terrible como podría haberlo sido, gracias a la entrevista con Sharon. Simplemente necesitamos adelantarnos al resto de los acontecimientos a partir de ahora.

Go telefoneó y atendí la llamada. Su voz sonaba aguda y endeble.

—La policía está aquí con una orden de registro para el cobertizo… también han ido a casa de papá. Están… Tengo miedo.

Cuando llegamos Go estaba en la cocina fumando un cigarrillo y a juzgar por cómo rebosaba su cenicero kitsch de los setenta, debía de ir por el segundo paquete. Un muchacho desgarbado y falto de hombros con el pelo a cepillo y uniforme de policía aguardaba sentado junto a ella en uno de los taburetes de bar.

—Este es Tyler —dijo Go—. Creció en Tennessee, tiene un caballo llamado Custard…

—Custer —dijo Tyler.

—Custer, y es alérgico a los cacahuetes. Tyler, no el caballo. Oh, y tiene un desgarro en el labrum, que es la misma lesión que suelen sufrir los lanzadores de béisbol, pero no está seguro de cómo se la hizo. —Go le dio una calada al cigarrillo. Se le humedecieron los ojos—. Lleva aquí mucho tiempo.

Tyler intentó lanzarme una mirada de duro, pero acabó examinándose los bien embetunados zapatos.

Boney apareció a través de las puertas correderas de cristal de la parte trasera de la casa.

—Un gran día, chicos —dijo—. Me gustaría que se hubiera molestado en contarnos que tenía una novia, Nick. Nos habría ahorrado mucho tiempo a todos.

—Estamos perfectamente dispuestos a hablar de eso, así como de los contenidos del cobertizo, dos cosas que precisamente pensábamos revelarles hoy mismo —dijo Tanner—. Francamente, si hubieran tenido la cortesía de decirnos que conocían la existencia de Andie, todos podríamos habernos evitado muchos disgustos. Pero necesitaban la rueda de prensa, necesitaban la publicidad. Qué desagradable, exhibir de esa manera a la pobre muchacha.

—Ya —dijo Boney—. Entonces, el cobertizo. ¿Quieren acompañarme?

Boney nos dio la espalda, abriendo camino hacia el cobertizo sobre el irregular césped de finales de verano. Una telaraña pegada en el pelo colgaba tras ella como un velo nupcial. Cuando vio que no la seguía, me hizo un gesto impaciente.

—Vamos —dijo—. No le voy a morder.

El cobertizo estaba iluminado por varias luces portátiles, lo que lo hacía parecer más ominoso aún.

—¿Cuándo fue la última vez que estuvo aquí, Nick?

—Hace muy poco, cuando la caza del tesoro de mi esposa me condujo hasta aquí. Pero nada de todo eso es mío y no he tocado nada…

Tanner me interrumpió.

—Mi cliente y yo tenemos una nueva teoría explosiva… —comenzó Tanner, después se interrumpió en seco.

El falso tono televisivo era tan increíblemente terrible e inapropiado que todos nos estremecimos.

—Oh, explosiva, qué emocionante —dijo Boney.

—Precisamente íbamos a informarles…

—¿En serio? Qué conveniente —dijo ella—. Quédense ahí, por favor.

La puerta colgaba suelta de las bisagras, un pestillo roto pendía hacia un lado. Gilpin estaba en el interior, catalogando las compras.

—¿Estos son los palos de golf con los que no juega? —dijo Gilpin, empujando los relucientes hierros.

—Nada de todo eso es mío. No fui yo quien lo trajo.

—Tiene gracia, porque todo lo que hay aquí se corresponde con lo comprado con las tarjetas de crédito que resulta que tampoco son suyas —dijo bruscamente Boney—. Esto es eso que llaman… ¿cómo, una cueva? Una cueva de machote, a la espera de que la esposa se quite de en medio definitivamente. Tiene usted unos pasatiempos muy agradables, Nick.

Sacó tres grandes cajas de cartón y las dejó a mis pies.

—¿Qué es eso?

Boney abrió las cajas con las puntas de los dedos, sin disimular su repugnancia a pesar de que llevaba guantes. En el interior había docenas de películas pornográficas en DVD, carne de todos los tamaños y colores expuesta en las carátulas.

Gilpin rió entrecortadamente.

—Tengo que reconocérselo, Nick, un hombre tiene sus necesidades, pero…

—Los hombres son muy visuales, es lo que me decía siempre mi ex cada vez que lo sorprendía con las manos en la masa —dijo Boney.

—Los hombres son muy visuales, Nick, pero esta mierda ha conseguido que me ruborice —dijo Gilpin—. También me ha dado náuseas, por momentos, y no soy de los que se escandalizan por nada.

Extendió algunos de los estuches, como una desagradable baraja de naipes. La mayoría de los títulos implicaba violencia: *Anal brutal*, *Mamadas salvajes*, *Putas humilladas*, *Follada con sadismo*, *Treinta pollas para Eva* y una serie llamada *El castigazorras*, volúmenes 1 al 18, cuyas portadas mostraban fotos de mujeres retorciéndose de dolor mientras hombres de sonrisa rijosa les insertaban objetos.

Aparté la mirada.

—Oh, ahora se avergüenza —sonrió Gilpin.

Pero no respondí porque vi a Go siendo introducida en la parte de atrás de un coche patrulla.

Nos encontramos una hora más tarde en la comisaría de policía. Tanner me aconsejó que no lo hiciese. Yo insistí. Apelé a su ego iconoclasta de vaquero de rodeo millonario. Íbamos a contarle la verdad a la policía. Había llegado el momento.

Podía soportar que me jodieran la vida a mí, pero no a mi hermana.

—Voy a acceder porque me temo que tu arresto es inevitable, Nick, al margen de lo que hagamos —dijo Tanner—. Si les hacemos saber que estás dispuesto a hablar, puede que obtengamos más información sobre el caso que están preparando contra ti. Sin cadáver, van a necesitar una confesión, por lo que intentarán abrumarte con pruebas. Y puede que los datos nos ayuden a darle impulso a la defensa.

—Y se lo entregamos todo en bandeja, ¿verdad? —dije—. Les damos las pistas y las marionetas y a Amy.

Me sentía presa del pánico, deseando empezar cuanto antes. Podía imaginarme a los policías en aquel preciso instante haciendo sudar a mi hermana bajo una bombilla desnuda.

—Siempre y cuando me dejes hablar a mí —dijo Tanner—. Si soy yo quien les habla de la incriminación, no podrán utilizarla contra nosotros en el juicio… en caso de que recurriésemos a otra defensa.

Me preocupaba que mi abogado considerase la verdad tan completamente increíble.

Gilpin nos recibió en las escaleras de entrada de la comisaría, con una Coca-Cola en la mano, una cena tardía. Cuando se dio la vuelta para guiarnos al interior, vi que tenía la espalda manchada de sudor. Hacía un buen rato que el sol se había puesto, pero la humedad persistía. Gilpin estiró los brazos y la camisa aleteó y volvió a pegarse firmemente a su piel.

—Sigue haciendo calor —dijo—. Se supone que esta noche van a subir las temperaturas.

Boney nos estaba esperando en la sala de interrogatorios, la misma de la primera noche. «La noche de.» Se había recogido el pelo lacio en una trenza que llevaba prendida en la nuca con una horquilla, un peinado más bien conmovedor, y se había pintado los labios. Me pregunté si tendría una cita. Uno de esos *encuentros a medianoche*.

—¿Tiene hijos? —le pregunté, agarrando una silla.

Boney pareció sorprendida y alzó un dedo.

—Uno.

No dijo nombre ni edad ni nada más. Estaba en modo puramente profesional. Se quedó esperando a que dijéramos algo.

—Ustedes primero —dijo Tanner—. Dígannos qué tienen.

—Claro —dijo Boney—. De acuerdo. —Encendió la grabadora y prescindió de los preliminares—. Afirma usted, Nick, no haber comprado ni tocado jamás los objetos almacenados en el cobertizo situado en la propiedad de su hermana.

—Es correcto —respondió Tanner por mí.

—Nick, sus huellas dactilares están en prácticamente todos los objetos del cobertizo.

—¡Eso es mentira! ¡Nunca he tocado nada, absolutamente nada de todo eso! Salvo mi regalo de aniversario, que *Amy dejó allí dentro*.

Tanner me tocó el brazo: «Cierra el puto pico».

—Nick, hemos encontrado sus huellas dactilares en las películas porno, en los palos de golf, en las fundas de los relojes, incluso en el televisor.

Y entonces fui perfectamente consciente de lo mucho que habría disfrutado Amy con aquello, volviendo en mi contra mi sueño profundo y satisfecho (que siempre le echaba en cara debido a mi convencimiento de que, si se tomase las cosas con un poco más de tranquilidad, como hacía yo, su insomnio habría desaparecido). Podía verlo: Amy arrodillada a mi lado y mis ronquidos calentándole las mejillas mientras iba presionando las puntas de mis dedos aquí y allá durante meses. Para lo mucho que me enteraba, bien podría haberme hecho un chupón en el cuello. La recuerdo observándome una mañana mientras me despertaba, con los labios aún pegados por el sueño, y diciéndome: «Duermes el sueño de los condenados, ¿sabes? O el de los drogados». Ambas cosas eran ciertas y yo sin saberlo.

—¿Quiere explicarnos las huellas dactilares? —dijo Gilpin.

—Cuéntenos el resto —dijo Tanner.

Boney dejó sobre la mesa un libro con cubiertas de piel bíblicamente gruesas, con los bordes chamuscados.

—¿Reconoce esto?

Me encogí de hombros, negué con la cabeza.

—Es el diario de su esposa.

—Um, no. Amy no tenía diario.

—En realidad, Nick, sí que lo tenía. Estuvo escribiéndolo durante siete años —dijo Boney.

—Vale.

Algo malo estaba a punto de suceder. Mi esposa volvía a ser astuta.

AMY ELLIOTT DUNNE
Diez días ausente

Cruzamos la línea estatal de Illinois con mi coche, lo llevamos hasta un vecindario particularmente espantoso en un arruinado pueblo ribereño, dedicamos una hora a limpiarlo y después lo abandonamos con las llaves puestas en el contacto. Llámalo el círculo de la mala vida: la pareja de Arkansas que lo condujo antes que yo era dudosa; Amy Ozark era claramente sospechosa; con suerte, algún otro pobre desgraciado de Illinois podría disfrutarlo también durante una temporada.

Después regresamos a Missouri sobre colinas ondulantes hasta que entre los árboles vislumbro los reflejos del lago Hannafan. Como Desi tiene familia en Saint Louis, le gusta creer que toda esta zona es antigua, antigua como la Costa Este, pero se equivoca. El lago Hannafan no se llama así en honor de ningún estadista del siglo XIX ni de ningún héroe de la guerra civil. Es un lago privado, excavado con maquinaria en 2012 por un lisonjero promotor inmobiliario llamado Mike Hannafan que resultó tener otro negocio al margen eliminando residuos tóxicos de manera ilegal. Actualmente la incauta comunidad sigue estrujándose las meninges en busca de un nuevo nombre para su lago. Lago Collings, estoy segura, debe de haber sido una de las sugerencias.

Así pues, a pesar del bien planeado lago —sobre cuyas aguas algunos residentes selectos tienen permitido navegar a vela, pero no a motor— y de la exquisita y elegante mansión de Desi —un château suizo a escala norteamericana—, permanezco impertérrita. Ese fue siempre el problema con Desi. No me importa que seas de

458

Missouri, pero no te comportes como si el lago «Collings» fuese el lago Como.

Desi se apoya sobre su Jaguar y alza la mirada hacia la casa, obligándome a detenerme para observarla admirativamente yo también.

—Basamos los planos en los de un maravilloso chalet en el que mi madre y yo nos alojamos en Brienzersee —dice—. Lo único que faltan son los Alpes.

«Una carencia más bien notable», pienso, pero apoyo una mano en su brazo y digo:

—Muéstrame el interior. Tiene que ser fabuloso.

Desi me hace la visita guiada de cinco centavos, riéndose ante lo absurdo de la idea, cinco centavos, ja, ja. Una cocina de techo catedralicio —toda cromo y granito—, un salón con dos chimeneas gemelas que conduce a un espacio descubierto (lo que los habitantes del Medio Oeste llaman balcón) con vistas a los bosques y el lago. Un salón de recreo en el sótano con mesa de billar, dardos, sonido envolvente, bar y su propio espacio descubierto (lo que los habitantes del Medio Oeste llaman *otro* balcón). Junto al salón de recreo, una sauna, y un poco más allá la bodega. En la primera planta, cinco dormitorios, de los cuales Desi me concede el segundo más grande.

—Pedí que lo pintaran de nuevo —dice—. Sé que te encanta el rosa apagado.

Hace tiempo que dejó de gustarme el rosa apagado; aquello fue en el instituto.

—Eres un encanto, Desi, gracias —digo, con toda la sinceridad que soy capaz de reunir.

Mis agradecimientos siempre suenan más bien forzados. A menudo ni siquiera los ofrezco. La gente hace lo que se supone que debe hacer y después espera a que los colmes con tu aprecio; son como los empleados de las tiendas de yogur helado que dejan vasos sobre la barra para que eches la propina.

Pero Desi recibe los agradecimientos igual que un gato las caricias; prácticamente arquea la espalda de placer. Por ahora es un gesto que merece la pena.

Dejo la mochila en mi cuarto, intentando recalcar mi intención de retirarme por hoy —necesito ver cómo está reaccionando el público a la confesión de Andie y si Nick ha sido arrestado—, pero parece que aún no he terminado ni mucho menos de dar las gracias. Desi quiere asegurarse de que me sienta eternamente en deuda con él. Me muestra una sonrisa de sorpresa especial, me agarra de la mano («Tengo otra cosa que enseñarte») y me hace descender de nuevo a la planta baja («De verdad espero que te guste») y me guía por el pasadizo que sale de la cocina («Costó mucho trabajo, pero desde luego mereció la pena»).

—De verdad espero que te guste —repite, y abre la puerta.

Es una habitación de cristal, un invernadero, me doy cuenta. Lleno de tulipanes, cientos, de todos los colores.

Los tulipanes florecen a mediados de julio en la casa del lago de Desi. En su sala especial para una chica muy especial.

—Sé que los tulipanes son tus flores favoritas, pero tienen una temporada tan corta… —dice Desi—. He solucionado el problema para ti. Ahora florecen durante todo el año.

Me pasa un brazo alrededor de la cadera y me conduce hacia las flores para que pueda apreciarlas en lo que valen.

—Tulipanes cualquier día del año —digo, e intento que mis ojos resplandezcan.

Los tulipanes eran mis flores favoritas en el instituto. Eran las flores favoritas de todo el mundo, las margaritas africanas de finales de los ochenta. Ahora me gustan las orquídeas, que son básicamente todo lo opuesto a los tulipanes.

—¿Alguna vez se le habría ocurrido a Nick hacer algo parecido por ti? —me susurra Desi al oído mientras los tulipanes oscilan bajo una lluvia de agua vaporizada.

—Nick ni siquiera se acuerda de que me gustan los tulipanes —digo, la respuesta correcta.

Es un bonito gesto, más que bonito. Mi jardín privado, como en un cuento de hadas. Y sin embargo experimento una punzada de nerviosismo: solo hace veinticuatro horas que llamé a Desi. Los tulipanes no están recién plantados y el dormitorio no huele a pintura fresca. Hace que me pregunte: el incremento en el número de cartas de este último año, su tono lisonjero… ¿cuánto tiempo lleva deseando traerme aquí? ¿Y cuánto tiempo cree que me quedaré? Lo suficiente como para disfrutar de nuevas flores de tulipán cada día durante todo un año.

—Dios mío, Desi —digo—. Es como un cuento de hadas.

—Tu cuento de hadas —dice él—. Quiero que veas lo que podría ser tu vida.

En los cuentos de hadas siempre hay oro. Sigo esperando a que me dé un fajo de billetes, una tarjeta de crédito, algo útil. La visita guiada incluye una segunda inspección de todas las habitaciones para que pueda saludar con ooohs y aaahs todos los detalles que se me pasaron por alto la primera vez. Después regresamos a mi dormitorio, una estancia completamente femenina: satén y seda, suave y rosa, nubes y algodón. Al mirar por la ventana, percibo el alto muro que rodea la casa.

—Desi —espeto nerviosamente—, ¿podrías prestarme algo de dinero?

Desi finge sorprenderse.

—Pero ahora ya no lo necesitas, ¿no? —dice—. No tienes que pagar alquiler ni te va a faltar comida. Puedo traerte ropa nueva. Y no porque no me guste tu nuevo look de pescadora chic.

—Supongo que algo de efectivo me ayudaría a sentirme más tranquila. En caso de que sucediese algo. En caso de que me viese obligada a marcharme con urgencia.

Desi abre su cartera y saca dos billetes de veinte dólares. Me los deja con amabilidad en la mano.

—Aquí tienes —dice con indulgencia.

Me pregunto si no habré cometido un terrible error.

NICK DUNNE
Diez días ausente

Había cometido un error sintiéndome tan seguro de mí mismo. No sabía de dónde diablos había salido aquel diario, pero estaba seguro de que sería mi ruina. Ya podía ver la portada del libro de crímenes reales: la foto de nuestra boda en blanco y negro, el fondo rojo sangre, el texto promocional: «Incluye dieciséis páginas de fotos nunca vistas y fragmentos del diario de Amy Elliott Dunne: su voz desde más allá de la tumba…». Me resultaba curioso y en cierto modo entrañable encontrar de vez en cuando en casa aquellos chabacanos volúmenes sobre crímenes reales, que había considerado un placer culpable de Amy. Incluso pensé que a lo mejor había aprendido a relajarse un poco, a disfrutar de un rato de lectura playera.

No. Solo estaba estudiando.

Gilpin le dio la vuelta a una silla, se sentó del revés y se inclinó hacia mí apoyándose de brazos cruzados sobre el respaldo: su pose de policía de película. Era casi medianoche; parecía más tarde aún.

—Háblenos de la enfermedad padecida por su esposa durante el último par de meses —dije.

—¿Enfermedad? Amy nunca se pone mala. A lo sumo un resfriado una vez al año.

Boney cogió el libro, lo abrió por una página marcada.

—El mes pasado preparó usted un par de combinados para usted y para su mujer. Se sentaron a beberlos en el porche trasero. Amy escribe aquí que las bebidas eran terriblemente empalagosas y describe lo que ella consideró una reacción alérgica: «El corazón me iba a cien, notaba la lengua hinchada, pegada al fondo de la boca. Se me durmieron las piernas mientras Nick me ayudaba a subir las escaleras». –Boney marcó la página con un dedo y alzó la mirada hacia mí como si no estuviera prestando atención–. Cuando se despertó a la mañana siguiente: «Me dolía la cabeza y sentía el estómago grasiento, pero más extraño aún: tenía las uñas de un ligero color azulado y cuando me miré en el espejo resultó que también los labios. Me pasé los dos días siguientes sin poder orinar. Me sentía muy débil».

Meneé la cabeza disgustado. Había acabado sintiéndome unido a Boney; esperaba más de ella.

–¿Es esta la letra de su esposa?

Boney ladeó el libro, vi tinta negra y la cursiva de Amy, dentada como el gráfico médico de una fiebre.

–Sí, eso creo.

–También nuestro experto en caligrafía lo cree.

Boney pronunció las palabras con cierto orgullo y me di cuenta de que aquella era la primera vez que aquellos dos investigaban un caso que había requerido la intervención de expertos de fuera, que había exigido la toma de contacto con profesionales que se dedicaban a exóticas tareas, como analizar caligrafía.

–¿Sabe qué otra cosa averiguamos, Nick, cuando le mostramos esta entrada a nuestro experto médico?

–Envenenamiento –espeté.

Tanner me miró frunciendo el ceño: «Para».

Boney titubeó un segundo; se suponía que aquel era precisamente el tipo de información que no iba a proporcionarles.

–Sí, Nick, gracias: envenenamiento con anticongelante –dijo–. De manual. Sobrevivió de chiripa.

–No *sobrevivió*, porque nunca sucedió –dije–. Como usted misma ha dicho, es de manual. Inventado a partir de una búsqueda en internet.

Boney arrugó el entrecejo pero se negó a morder el anzuelo.

–El retrato que pinta de usted este diario no es nada bonito, Nick –continuó, pasándose un dedo por la trenza–. Maltrato: empujones. Estrés: propensión a los ataques de furia. Relaciones sexuales que bordean la *violación*. Hacia el final Amy se confiesa aterrorizada por usted. Resulta doloroso de leer. ¿La pistola que tanto nos dio que pensar? Aquí dice que quiso comprarla porque le tenía miedo. Esto es de su última entrada: «Este hombre podría matarme. Este hombre podría matarme». Dicho en sus propias palabras.

Noté que se me cerraba la garganta. Me entraron ganas de vomitar. Por el miedo, principalmente. Después una oleada de furia. «Grandísima zorra, grandísima zorra, puta, puta, puta.»

—Qué manera tan astuta y conveniente de terminar —dije.

Tanner puso una mano sobre la mía para silenciarme.

—En este momento tiene aspecto de desear volver a matarla —dijo Boney.

—No ha hecho otra cosa que mentirnos, Nick —dijo Gilpin—. Afirma que aquella mañana estuvo en la playa. Todos aquellos a quienes les hemos preguntado aseguran que odia la playa. Dice que no tiene ni idea de dónde han salido esas compras cargadas a sus tarjetas de crédito. Ahora tenemos un cobertizo lleno con precisamente esas compras, *completamente cubiertas con sus huellas dactilares*. Tenemos a una esposa que padece lo que, según todos los indicios, parece ser un envenenamiento con anticongelante semanas antes de *desaparecer*. O sea, vamos a ver.

Hizo una pausa en busca de efecto.

—¿Alguna otra cosa destacable? —preguntó Tanner.

—Podemos situarle en Hannibal, donde apareció el bolso de su esposa un par de días más tarde —dice Boney—. Tenemos una vecina que les oyó pelear la noche anterior. Un embarazo no deseado. Un bar comprado con dinero de su esposa que habría revertido a ella en caso de divorcio. Y por supuesto, *por supuesto*, una amante durante más de un año.

—Ahora mismo aún podemos ayudarle, Nick —dijo Gilpin—. Después de que le hayamos arrestado ya no podremos.

—¿Dónde encontraron el diario? ¿En casa del padre de Nick? —preguntó Tanner.

—Sí —dijo Boney.

Tanner asintió en dirección a mí: «Eso es lo que no fuimos capaces de encontrar».

—Deje que adivine: chivatazo anónimo.

Ninguno de los inspectores dijo nada.

—¿Puedo preguntarles en qué parte de la casa lo encontraron?

—En la caldera. Sé que estaba usted seguro de haberlo quemado. Lo cierto es que prendió, pero la luz del piloto era demasiado débil y el fuego se ahogó. Solo ardieron los rebordes —dijo Gilpin—. Hemos tenido mucha suerte.

La caldera. ¡Otra broma privada de Amy! Siempre había manifestado asombro ante mi escaso conocimiento de las labores típicamente masculinas. Durante nuestro registro, me había limitado a echarle un vistazo a la vieja caldera de mi padre, con todas sus tuberías y conductos y espitas, para luego retroceder intimidado.

—No ha sido suerte. Estaba ahí para que lo encontrasen —dije.

Boney dejó que el costado izquierdo de su rostro se deslizara hasta formar una sonrisa. Se recostó sobre el respaldo de su silla, relajada como la protagonista de un anuncio de té helado. Dirigí un furioso asentimiento a Tanner: «Adelante».

—Amy Elliott Dunne está viva y está incriminando falsamente a Nick Dunne para hacerle parecer culpable de su asesinato —dijo Tanner.

Yo entrelacé las manos y me senté con la espalda bien recta, intentando hacer cualquier cosa que me aportase cierto aire de raciocinio. Boney me observaba en silencio. Necesitaba una pipa, unas gafas que poder quitarme bruscamente para causar efecto, un juego de enciclopedias junto a mi codo. Sentí vértigo. Ni se te *ocurra* reírte.

Boney frunció el ceño.

—¿Puede repetir eso?

—Amy está viva y en perfecto estado de salud, y está incriminando a Nick —repitió mi apoderado.

Gilpin y Boney intercambiaron una mirada, encorvados sobre la mesa. «¿Puedes creerte lo que estás oyendo?»

—¿Por qué iba a hacer eso? —preguntó Gilpin, restregándose los ojos.

—Porque lo odia. Evidentemente. Era un marido de mierda.

Boney miró al suelo y dejó escapar un suspiro.

—En eso ciertamente tendría que mostrarme de acuerdo.

Al mismo tiempo, Gilpin dijo:

—Oh, por el amor de Dios.

—¿Está *loca*, Nick? —dijo Boney, inclinándose hacia mí—. Porque lo que está sugiriendo es una locura. ¿Me entiende? Habrían sido necesarios… cuánto, seis meses, un *año* para organizar todo esto. Tendría que haberle odiado, haberle deseado mal, un perjuicio grave, horrible, irremediable, durante *todo un año*. ¿Sabe lo difícil que es sostener esa clase de odio durante tanto tiempo?

«Ella sería capaz. Amy podría hacerlo.»

—¿Por qué no divorciarse de usted y punto? —exclamó bruscamente Boney.

—Eso no habría satisfecho su… sentido de la justicia —respondí.

Tanner me lanzó otra mirada.

—Dios Santo, Nick, ¿no está cansado ya de todo esto? —dijo Gilpin—. Lo tenemos aquí en palabras de su mujer: «Creo que sería capaz de matarme».

En algún momento alguien les había dicho: usad el nombre del sospechoso a menudo, hará que se sienta cómodo, conocido. La misma idea que en ventas.

—¿Ha estado recientemente en casa de su padre, Nick? —preguntó Boney—. ¿El nueve de julio, por ejemplo?

Mierda. Por *eso* había cambiado Amy el código de la alarma. Tuve que batallar con una nueva oleada de desprecio por mí mismo: mi esposa me había manipulado por partida doble. No solo me había engañado para hacerme creer que todavía me amaba, sino que además *me había forzado a implicarme yo solo*. Qué retorcida. Casi me eché a reír. Por el amor de Dios, la odiaba, pero no me quedaba más remedio que admirar a la muy zorra.

Tanner empezó:

466

—Amy usó sus pistas para obligar a mi cliente a presentarse en diferentes localizaciones en las que había dejado pruebas: Hannibal, la casa de su padre, de modo que se incriminase solo. Mi cliente y yo hemos traído dichas pistas. Como cortesía.

Sacó las pistas y las notas de amor y las abanicó frente a los policías como si fuese a realizar un truco de cartas. Sudé mientras las leían, deseando que alzaran la mirada y me dijeran que ahora estaba todo claro.

—De acuerdo. ¿Dice usted que Amy le odiaba tanto que pasó meses incriminándolo falsamente por asesinato? —preguntó Boney con el tono de voz sereno y mesurado de un padre decepcionado.

Permanecí inexpresivo.

—Estas no son las cartas de una mujer furiosa, Nick —dijo ella—. Está esforzándose todo lo posible por disculparse con usted, sugiriendo que ambos comiencen de nuevo, transmitiéndole lo mucho que le quiere: «Eres cariñoso, eres mi sol. Eres brillante, eres ingenioso».

—Oh, no me toque los huevos.

—Una vez más, Nick, una reacción increíblemente extraña para un hombre inocente —dijo Boney—. Aquí estamos, leyendo palabras cariñosas, puede que las últimas palabras que le dirigió su esposa, y usted va y se cabrea. Todavía recuerdo aquella primera noche: Amy ha desaparecido, le traemos aquí, le dejamos en esta misma sala durante cuarenta y cinco minutos y usted *se aburre*. Le estuvimos observando a través del monitor. Prácticamente se quedó dormido.

—Eso no tiene nada que ver con nada —empezó a decir Tanner.

—Solo intentaba conservar la calma.

—Parecía muy, pero que muy calmado —dijo Boney—. En todo momento se ha comportado de manera… inapropiada. Distante, frívolo.

—Simplemente es mi carácter, ¿no se da cuenta? Soy un estoico. Hasta el extremo. Amy lo sabe perfectamente… solía quejarse de ello continuamente. Que no era lo suficientemente expresivo, que

467

me lo guardaba todo para mí, que no era capaz de manejar emociones difíciles: tristeza, culpa. *Sabía* que parecería muy sospechoso. ¡Me cago en todo! Hablen con Hilary Handy, ¿quieren? Hablen con Tommy O'Hara. ¡Yo sí he hablado con ellos! Podrán contarles cómo es Amy en realidad.

—Ya hemos hablado con ellos —dijo Gilpin.

—¿Y?

—Hilary Handy ha intentado suicidarse dos veces en los años transcurridos desde que dejó el instituto. Tommy O'Hara ha ingresado dos veces en una clínica de rehabilitación.

—Probablemente por culpa de *Amy*.

—O porque son dos seres humanos profundamente inestables y consumidos por la culpa —dijo Boney—. Volvamos a la caza del tesoro.

Gilpin leyó en voz alta la pista 2 con voz deliberadamente monótona:

Me trajiste aquí para que oírte hablar pudiera
de tus aventuras juveniles: vaqueros viejos, gorra de visera.
Al diablo con todos los demás, son aburridos sin cesar.
Ahora dame un beso furtivo… como si nos acabáramos de casar.

—¿Dice que esto fue escrito para hacerle ir a Hannibal? —dijo Boney.

Asentí.

—La nota no menciona Hannibal por ninguna parte —continuó ella—. Ni siquiera lo implica.

—La gorra de visera, es una vieja broma privada entre nosotros dos sobre…

—Oh, una broma privada —dijo Gilpin.

—¿Qué me dice de la siguiente pista, la casita marrón? —preguntó Boney.

—Que vaya a casa de mi padre —dije yo.

El rostro de Boney volvió a cobrar severidad.

—Nick, la casa de su padre es azul.

468

Se volvió hacia Tanner poniendo los ojos en blanco: «¿Esta es la gran revelación?».

—Suena como si estuviera inventando «bromas privadas» para cada una de estas pistas —dijo Boney—. Para que luego hable usted de conveniente: descubrimos que ha estado en Hannibal y… ¿qué te parece? Resulta que esta pista contiene un mensaje secreto que dice «Ve a Hannibal».

—El regalo al final de la búsqueda —dijo Tanner, colocando la caja sobre la mesa— no es una pista tan sutil. Muñecos de Punch y Judy. Como sabrán a buen seguro, Punch mata a Judy y a su hijo. Esto fue descubierto por mi cliente. Queríamos entregárselos.

Boney echó la caja a un lado, se puso unos guantes de látex y extrajo las marionetas.

—Pesan —dijo—. Madera sólida.

Examinó el encaje del vestido de la mujer, la botarga del hombre. Alzó este último, examinó el grueso mango de madera con los surcos para los dedos.

Boney se quedó completamente inmóvil, frunciendo el ceño, con la marioneta de Punch en las manos. Después puso a Judy boca abajo para levantarle la falda.

—Esta no tiene mango. —Después se volvió hacia mí—. ¿Solía tener mango?

—¿Cómo voy a saberlo?

—¿Un mango en forma de palo, muy grueso y pesado, con surcos para mejorar el agarre? —gritó bruscamente—. ¿Un mango como una maldita cachiporra?

Se me quedó mirando fijamente y adiviné lo que estaba pensando: «Eres un mentiroso. Eres un sociópata. Eres un asesino».

AMY ELLIOTT DUNNE
Once días ausente

Esta noche emiten la muy cacareada entrevista de Nick con Sharon Schieber. Pensaba verla con una botella de buen vino tras un baño caliente y además grabarla, para poder anotar sus embustes. Quiero apuntar hasta la última exageración, media verdad, mentirijilla y mentirijota que diga, para poder afianzar mi odio hacia él. Lo sentí vacilar tras la entrevista para el blog –¡una entrevista dada borracho y al azar!– y eso es algo que no puedo permitir que pase. No pienso ablandarme. No soy una incauta. Aun así, tengo ganas de oír qué tiene que decir sobre Andie ahora que ella ha roto con él. Su versión.

Quería verla sola, pero Desi se pasa todo el día rondándome, entrando y saliendo de cualquier habitación en la que haya intentado refugiarme, como una racha repentina de mal tiempo, inevitable. No puedo decirle que se marche, porque es su casa. Ya lo he intentado, pero no sirve de nada. Dice que quiere echarles un vistazo a las cañerías del sótano o que quiere comprobar la nevera para ver si hay que salir a comprar comida.

«Esto seguirá así eternamente –pienso–. Así será mi vida. Aparecerá cuando se le antoje y se quedará aquí el tiempo que quiera, me seguirá arrastrando los pies, dándome conversación, y después se sentará y me hará un gesto para que me siente a su lado y abrirá una botella de vino y de repente estaremos compartiendo una comida y no hay manera de impedirlo.»

–Estoy verdaderamente agotada –digo.

—Concédele el capricho a tu benefactor durante un ratito más —responde él, y se acaricia el doblez de los pantalones con un dedo.

Sabe que esta noche emiten la entrevista de Nick, así que se marcha y regresa con todas mis comidas favoritas: queso manchego, trufas de chocolate y una botella bien fría de Sancerre. Con un irónico alzamiento de cejas, incluso me tiende una bolsa de Fritos sabor queso y chili. Me enganché a ellos siendo Amy Ozark. Desi sirve el vino. Tenemos un acuerdo tácito para no entrar en detalles sobre el bebé, los dos conocemos el historial de abortos en mi familia, lo terrible que sería para mí hablar del tema.

—Me resultará interesante escuchar lo que ese puerco tiene que decir en su defensa —dice él.

Desi raras veces pronuncia palabras como «hijoputa» o «cabronazo»; dice «puerco», que suena más venenoso en sus labios.

Una hora más tarde, hemos terminado la cena ligera que ha preparado Desi y nos hemos bebido el vino que ha traído Desi. Me da un pedacito de queso y comparte una trufa conmigo. Me saca exactamente diez Fritos de la bolsa y luego la esconde. No le gusta el olor. Le ofende, dice. Pero lo que de verdad no le gusta es mi peso. Ahora estamos el uno junto al otro sobre el sofá, con una suave mantita sobre las piernas, porque Desi ha puesto el aire acondicionado a tope para que parezca octubre en julio. Creo que lo ha hecho para poder encender la chimenea y tener una excusa para juntarnos bajo la mantita; parece tener una visión otoñal de nosotros dos. Incluso me ha traído un regalo —un suéter de cuello vuelto de un violeta jaspeado para que me lo ponga— y me doy cuenta de que conjunta tanto con la manta como con el jersey verde oscuro de Desi.

—¿Sabes? Durante todas las eras, hombres patéticos han abusado de las mujeres fuertes que amenazan su masculinidad —está diciendo Desi—. Sus psiques son tan frágiles que necesitan ejercer ese control…

Yo estoy pensando en otro tipo de control. Estoy pensando en control disfrazado de preocupación: «Aquí tienes un suéter para protegerte del frío, querida, ahora póntelo y acomódate a mi visión».

Nick, al menos, no hacía esto. Nick me dejaba hacer lo que yo quisiera.

Solo quiero que Desi se siente quieto y callado. Está inquieto y nervioso, como si su rival se hallara en la habitación con nosotros.

—Chsss… —digo mientras mi hermoso rostro aparece en la pantalla, seguido de otra foto y otra, como hojas que caen, un collage de Amy.

—Era la chica que *todas* las chicas deseaban ser —dice Sharon en off—. Hermosa, brillante, una inspiración… y muy rica.

»Él era el chico que todos los hombres admiraban…

—Yo no —masculla Desi.

—… atractivo, divertido, perspicaz y encantador.

»Pero el pasado cinco de julio, su mundo aparentemente perfecto se vino abajo cuando Amy Elliott Dunne desapareció el día de su quinto aniversario de boda.

En episodios anteriores… Fotos mías, de Andie, de Nick. Fotos de banco de imágenes de un test de embarazo y de facturas sin pagar. Lo cierto es que hice un buen trabajo. Es como pintar un mural, retroceder unos pasos y pensar: «Perfecto».

—Ahora, en exclusiva, Nick Dunne rompe su silencio, no solo sobre la desaparición de su esposa sino sobre su infidelidad y *todos esos rumores.*

Experimento un pequeño hormigueo de afecto hacia Nick porque lleva puesta mi corbata favorita entre todas las que le compré, una que a él le parece —o parecía— demasiado femenina y colorida. Es de un morado pavo real que hace que sus ojos parezcan casi violeta. En el transcurso del último mes ha perdido su panza de gilipollas satisfecho: la barriga ha desaparecido, la hinchazón de su rostro se ha desvanecido, hasta el hoyuelo del mentón parece menos marcado. Lleva el pelo arreglado, pero no corto. A la cabeza me viene la imagen de Go recortándoselo con unas tijeras justo antes de sentarse frente a las cámaras, adoptando el papel de Mamá Mo, desviviéndose por acicalarlo, limpiándole alguna mancha del mentón con un pulgar mojado en saliva. Nick lleva mi corbata y, cuando levanta la mano para gesticular, veo que lleva mi reloj, el Bulova Spaceview de colección que le regalé por su trigésimo tercer cumpleaños, que nunca se ponía porque «no era su estilo» a pesar de que era completamente su estilo.

—Se le ve muy peripuesto para tratarse de un hombre que cree que su esposa ha desaparecido —arremete Desi—. Me alegra ver que no se ha saltado la manicura.

—Nick nunca se haría la manicura —digo, mirando de reojo las cuidadísimas uñas de Desi.

—Entremos directamente en materia, Nick —dice Sharon—. ¿Ha tenido algo que ver con la desaparición de su esposa?

—No. No. En absoluto, cien veces no —dice Nick, manteniendo un bien entrenado contacto visual—. Pero permite que te diga, Sharon, que eso no me convierte ni mucho menos en inocente ni en un buen marido, ni me absuelve de culpa. Si no estuviera tan asustado por Amy, diría que esto ha sido beneficioso, en cierto modo. Su desaparición...

—Perdóneme, Nick, pero creo que a mucha gente le va a costar creer que acabe de decir eso estando su mujer desaparecida.

—Es la sensación más espantosa y terrible del mundo, y mi mayor deseo ahora mismo es que Amy vuelva. Lo único que pretendo decir es que esta situación ha servido para abrirme los ojos de una manera brutal. Resulta odioso pensar que eres un hombre tan horrible que vas a necesitar algo como esto para sacarte de tu espiral de egoísmo y darte cuenta de que eres el cabrón más afortunado del mundo. O sea, tenía a esta mujer que era mi igual... que era *mejor* que yo en todos los sentidos, y permití que mis inseguridades, por haberme quedado sin trabajo, por no ser capaz de mantener a mi familia, por envejecer, empañaran todo eso.

—Oh, por favor —empieza a decir Desi y le chisto.

Para Nick, admitir frente al mundo que no es un buen tipo es como una pequeña muerte, y no de la variedad *petite mort*.

—Y, Sharon, permíteme que lo diga. Permíteme que lo diga ahora mismo: le fui infiel a mi esposa. Le falté al respeto. No que-

473

ría ser el hombre en el que me había convertido, pero en vez de esforzarme por mejorar, tomé la vía fácil. Engañé a mi esposa con una joven que apenas me conocía. Para poder *fingir* que seguía siendo un hombre. Poder *fingir* que era el hombre que quería ser: listo, seguro de sí mismo, un triunfador. Esa joven no me había visto llorar escondido tras una toalla en el cuarto de baño en mitad de la noche tras haber perdido mi trabajo. No conocía todas mis manías y carencias. Fui un estúpido que pensaba que, si no era perfecto, mi esposa no me amaría. Quería ser el héroe de Amy y cuando perdí mi trabajo perdí el respeto por mí mismo. Ya no podía seguir siendo ese héroe. Sharon, sé distinguir lo que está bien de lo que está mal. Y simplemente… hice mal.

—¿Qué le diría a su esposa, en caso de que estuviese ahí fuera, en caso de que pudiera verle y oírle esta noche?

—Le diría: Amy, te quiero. Eres la mejor mujer que he conocido en mi vida. Eres más de lo que merezco y, si regresas, dedicaré el resto de mi vida a compensarte. Encontraremos un modo de dejar todo este horror atrás y seré el mejor hombre del mundo para ti. Por favor, vuelve a casa conmigo, Amy.

Solo por un instante, se coloca la punta del dedo índice en el hoyuelo del mentón, nuestro viejo código secreto, el que desarrollamos en los buenos tiempos para jurar que no nos estábamos quedando con el otro: ese vestido te queda realmente bien, ese artículo está maravillosamente escrito. «Estoy siendo absolutamente sincero; te protejo las espaldas y no se me ocurriría joderte.»

Desi se cruza por delante de mí alargando la mano hacia el Sancerre para interrumpir mi contacto visual con la pantalla.

—¿Más vino, cielo? —dice.

—Chsss…

Desi pausa el programa.

—Amy, eres una mujer de buen corazón. Sé que eres susceptible a las… súplicas. Pero todo lo que está diciendo son mentiras.

Nick está diciendo exactamente lo que quiero oír. *Por fin.*

Desi se vuelve para mirarme cara a cara, obstruyéndome por completo la vista.

–Nick está montando el número. Quiere parecer un buen tipo arrepentido. Reconozco que está haciendo un trabajo de primera. Pero no es real. Ni siquiera ha mencionado las palizas, las violaciones. No entiendo qué tipo de influencia ejerce este tipo sobre ti. Debe de ser un rollo síndrome de Estocolmo.

–Lo sé –digo. Sé exactamente lo que se supone que debo decirle a Desi–. Tienes razón. Tienes toda la razón. Hacía mucho que no me sentía tan segura y a salvo, Desi, pero aun así… Le veo y… Me estoy resistiendo todo lo posible, pero me hizo daño… durante años.

–A lo mejor no deberíamos seguir viéndolo –dice Desi, jugando con mi pelo, acercándose demasiado.

–No, déjalo –digo–. Es algo que debo afrontar. Contigo. Contigo puedo hacerlo. –Pongo mi mano sobre la suya.

«Ahora cierra la puta boca.»

«Solo deseo que Amy regrese a casa para poder pasar el resto de mi vida compensándola por esto, tratándola como se merece.»

Nick me perdona: «Te puteé, me puteaste, reconciliémonos». ¿Y si su código es cierto? Nick quiere que vuelva. Nick quiere que vuelva para poder tratarme bien. Para poder pasar el resto de su vida tratándome como debería. Suena bastante entrañable. Podríamos regresar a Nueva York. Las ventas de los libros de *La Asombrosa Amy* se han disparado desde mi desaparición; tres generaciones de lectores han recordado lo mucho que me adoran. Mis codiciosos, estúpidos e irresponsables padres podrán devolverme al fin el fondo fiduciario. Con intereses.

Porque quiero recuperar mi antigua vida. O mi antigua vida con mi antiguo dinero y mi nuevo Nick. Nick Amor-Honor-y-Obediencia. Quizás ha aprendido la lección. Quizá será como lo fue al principio. Porque he estado soñando despierta. Atrapada en mi cabaña de las Ozark, atrapada en la mansión de Desi, he tenido mucho tiempo para soñar despierta y he estado soñando con Nick, tal como era en aquellos primeros tiempos. Pensaba que iba a soñar más veces que Nick era violado analmente en la cárcel, pero lo cierto es que últimamente no, no tanto. Pienso en aquellos primeros, primerísimos días, cuando nos quedábamos tumbados en la cama el uno junto al otro, carne desnuda sobre fresco algodón, y él se pasaba horas contemplándome, pasándome un dedo desde la barbilla hasta la oreja, haciendo que me retorciera con aquel ligero cosquilleo en el lóbulo, y después por todas las curvas cual concha marina de mi oreja hasta llegar a mi pelo; entonces me agarraba un mechón, tal como hizo la primera vez que nos besamos, y lo tensaba hasta extenderlo del todo y le daba dos tironcitos, muy suaves, como si estuviera tirando del cordón de una campanilla. Y decía: «Eres mejor que cualquier libro de cuentos, eres mejor que nada que cualquiera pudiera inventar».

Nick me ayudaba a poner los pies en la tierra. Nick no era como Desi, que me trae las cosas que deseo (tulipanes, vino) para obligarme a hacer las cosas que *él* desea que haga (amarle). Nick solo quería que fuese feliz, eso es todo, muy puro. A lo mejor confundí aquello con pereza. «Solo quiero que seas feliz, Amy.» Cuántas veces me dijo eso mismo y lo interpreté como: «Solo quiero que seas feliz, Amy, porque así me darás menos trabajo». Pero a lo mejor fui injusta. Bueno, injusta no, simplemente estaba confundida. Ninguna de las personas a las que he amado habían carecido nunca de propósitos ulteriores. Así que ¿cómo iba a saberlo?

Realmente es cierto. Ha sido necesario llegar a esta terrible situación para que los dos nos demos cuenta. Nick y yo encajamos bien juntos. Yo me paso un poco de largo y él se queda un poco corto. Yo soy un arbusto de erizadas espinas alimentadas por la excesiva atención de mis padres y él es un hombre con un millón de pequeñas punzadas paternales, y mis espinas encajan a la perfección en ellas.

Necesito volver a casa con él.

NICK DUNNE
Catorce días ausente

Me desperté en el sofá de mi hermana con una resaca terrible y el deseo de asesinar a mi esposa. Algo bastante habitual en los días posteriores al interrogatorio del diario con la policía. Me imaginaba encontrando a Amy resguardada en algún spa de la Costa Oeste, sorbiendo zumo de piña en un diván, dejando flotar sus preocupaciones lejos, muy lejos, sobre un cielo de un azul perfecto; y yo sucio, maloliente tras haber cruzado el país a la carrera, plantándome delante de ella, tapándole el sol hasta que alzase la mirada; y después mis manos alrededor de su cuello perfecto, con sus tendones y sus oquedades y el pulso palpitando, urgentemente al principio, después cada vez más pausado al tiempo que nos miramos mutuamente a los ojos y al fin llegamos a un entendimiento.

Iba a ser arrestado. Si no aquel día, al siguiente; si no al siguiente, al otro. Había interpretado el hecho de que la policía me hubiese permitido abandonar la comisaría como una buena señal, pero Tanner me había desengañado:

—Sin un cadáver, resulta increíblemente difícil obtener una condena. Solo están poniendo los puntos sobre las íes, cruzando las tes. Dedique los próximos días a hacer todo lo que necesite hacer, porque una vez que se haya producido el arresto estaremos bien ocupados.

Al otro lado de la ventana podía oír el runrún de los equipos televisivos, las voces de individuos saludándose y dándose los buenos días como si estuvieran fichando en la fábrica. Las cámaras resonaban —clic-clic-clic— como incansables cigarras, retratando la fachada de la casa de Go. Alguien había filtrado el descubrimiento de mi «cueva» en terrenos de mi hermana y la inminencia de mi arresto. Ninguno de los dos se había atrevido a ojear siquiera desde detrás de una cortina.

Go entró en el cuarto con pantalones cortos de franela y una camiseta de los Butthole Surfers que tenía desde el instituto, con el portátil bajo el brazo.

—Todo el mundo vuelve a odiarte —dijo.

—Veleidosos de mierda.

—Anoche alguien filtró la información sobre el cobertizo, sobre el bolso y el diario de Amy. Ahora todo es: «Nick es un mentiroso», «Nick es un asesino», «Nick es un mentiroso asesino». Sharon Schieber acaba de realizar una declaración afirmando sentirse «muy conmocionada y decepcionada» por la dirección que está tomando el caso. Oh, y todo el mundo sabe lo del porno. *El matazorras.*

—*El castigazorras.*

—Ah, perdona. *El castigazorras.* Así pues: «Nick es un mentiroso asesino sádico sexual». Ellen Abbott echará espumarajos por la boca. Es una de esas cruzadas contra la pornografía.

—Por supuesto que sí —dije—. Estoy convencido de que Amy conoce perfectamente ese detalle.

—¿Nick? —dijo Go con su voz de «Despierta»—. Esto es grave.

—Go, no importa lo que piensen otras personas, debemos recordar eso —dije yo—. Lo que importa ahora mismo es qué piensa Amy. Si estoy consiguiendo *ablandarla.*

—Nick, ¿de verdad crees que puede pasar así de rápido de odiarte por completo a volver a enamorarse de ti?

Era el quinto aniversario de nuestra conversación sobre aquella cuestión.

—Go, sí. Sí que lo creo. Amy nunca ha sido muy ducha a la hora de detectar cuándo le están dorando la píldora. Si le dices que está guapa, sabe que no puede ser de otra manera. Si halagas su brillantez, no la estás adulando, sino reconociendo lo evidente. De modo que, sí, creo que una buena parte de ella cree a pies juntillas que solo con ser capaz de ver lo equivocado que he estado, *por supuesto* que volveré a estar enamorado de ella. Porque, en el nombre de Dios, ¿cómo no lo iba a estar?

—¿Y si resulta que ha aprendido a distinguir?

—Ya conoces a Amy: necesita ganar. No le cabrea tanto que le fuese infiel como que eligiera a otra por encima de ella. Querrá recuperarme aunque solo sea para demostrar que ha ganado. ¿No te parece? Verme suplicándole que regrese para que pueda adorarla como se merece... será un dulce difícil de resistir para ella. ¿No crees?

—Creo que no es mala idea —dijo Go en el mismo tono en el que le desearías buena suerte a alguien que juega a la lotería.

—Eh, si se te ocurre algo mejor, coño, no te lo calles.

Ahora nos replicábamos con brusquedad de aquella manera. Algo que nunca habíamos hecho con anterioridad. Tras descubrir la existencia del cobertizo, la policía le había apretado las tuercas a Go, sin concesiones, tal como había predicho Tanner. «¿Lo sabía? ¿Me había ayudado a hacerlo?»

Yo había esperado que regresara aquella noche a casa escupiendo tacos y furia, pero lo único que obtuve fue una sonrisa avergonzada mientras pasaba a mi lado para encerrarse en su dormitorio de la casa cuya hipoteca se había visto obligada a refinanciar para poder cubrir la tarifa mínima de Tanner.

Había puesto a mi hermana en peligro financiero y legal debido a mis pésimas decisiones. Todo el asunto generaba resentimiento en Go y vergüenza en mí, una combinación letal para dos personas atrapadas en un espacio cerrado.

Intenté abordar otro tema:

—He estado pensando en llamar a Andie ahora que...

—Ya, eso sí que sería una idea brillante, genio. Así podrá salir otra vez en *Ellen Abbott*...

—No salió en *Ellen Abbott*. Dio una rueda de prensa que reemitieron en *Ellen Abbott*. No es mala, Go.

—Dio la rueda de prensa porque estaba cabreada contigo, casi desearía que te la hubieras seguido follando.

—Muy bonito.

—¿Y qué le ibas a decir?

—Que lo siento.

—Ya puedes sentirlo, joder —masculló Go.

—Simplemente… odio haber terminado así.

—La última vez que viste a Andie te *mordió* —dijo Go en un tono de voz exageradamente paciente—. No creo que ninguno de los dos tenga nada que decirle al otro. Eres el principal sospechoso en una investigación de asesinato. Has perdido el derecho a una ruptura cordial. Me cago en todo, Nick.

Estábamos empezando a hartarnos el uno del otro, algo que nunca había imaginado que pudiera llegar a suceder. Iba más allá del simple estrés, más allá del peligro que había llevado hasta las puertas de Go. Aquellos diez segundos de hacía una semana, cuando abrí la puerta del cobertizo esperando que Go leyese mi mente como hacía siempre y en cambio ella pensó que había matado a mi mujer… No era capaz de olvidar aquello, ni ella tampoco. Había empezado a sorprenderla mirándome de vez en cuando con la misma gelidez acerada con la que miraba a nuestro padre: simplemente otro hombre de mierda ocupando espacio. Y estoy seguro de que también yo la miraba en ocasiones a través de los miserables ojos de mi padre: simplemente otra mujer atractiva que no me soporta.

Dejé escapar un largo suspiro, me levanté, le di un apretón a Go en la mano y ella me lo devolvió.

—Creo que debería volver a casa —dije. Sentí una oleada de náuseas—. No puedo seguir soportando esto. Esperar a que me arresten, no puedo soportarlo.

Antes de que Go pudiera detenerme, agarré las llaves, abrí la puerta y las cámaras comenzaron a rugir y los gritos a brotar de una multitud aún mayor de lo que había temido. «Eh, Nick, ¿mataste a tu esposa?» «Eh, Margo, ¿ayudaste a tu hermano a esconder pruebas?»

—Puta escoria —escupió Go.

Se plantó junto a mí en solidaridad, con su camiseta de los Butthole Surfers y sus pantalones cortos. Un par de manifestantes acarreaban pancartas. Una mujer con el pelo rubio estropajoso y gafas de sol agitó un cartel: «Nick, ¿dónde está AMY?».

Los gritos aumentaron en intensidad y frenesí, incitando a mi hermana. «Margo, ¿es tu hermano un mataesposas?» «¿Mató Nick a su esposa y a su bebé?» «Margo, ¿eres sospechosa?» «¿Mató Nick a su mujer?» «¿Mató Nick a su hijo?»

Permanecí inmóvil, intentando plantar cara, negándome a refugiarme nuevamente en la casa. De repente, Go se agachó a mi lado y abrió un grifo cercano a los escalones de entrada. Cogió la manguera —un chorro enérgico y continuo— y la volvió contra todos aquellos cámaras y manifestantes y guapos periodistas con sus elegantes trajes para salir en televisión, los roció como si fueran animales.

Me estaba dando fuego de cobertura. Eché a correr hacia el coche y salí pitando de allí, dejándoles goteando en el jardín mientras Go reía estruendosamente.

Tardé diez minutos en llegar desde el inicio de mi camino de entrada hasta el garaje, avanzando lenta, muy lentamente, centímetro a centímetro, apartando el furioso océano de seres humanos. Además de las unidades móviles, había al menos veinte manifestantes frente a mi casa. Mi vecina Jan Teverer era una de ellos. Me vio mirándola a la cara y me apuntó con su pancarta: «¿DÓNDE ESTÁ AMY, NICK?».

Finalmente, conseguí entrar y la puerta del garaje bajó con un zumbido. Me quedé sentado en el recalentado suelo de hormigón, respirando.

Allá donde fuera, me sentía como en una cárcel. Puertas abriéndose y cerrándose, abriéndose y cerrándose, y un continuo sentimiento de inseguridad.

Pasé el resto del día imaginando cómo mataría a Amy. Era lo único en lo que podía pensar. Me veía aplastando sus hacendosos sesos. Una cosa tenía que reconocerle: puede que el último par de años hubiera estado adormilado, pero ahora me sentía jodida y completamente despierto. Volvía a ser eléctrico, igual que durante los primeros días de nuestro matrimonio.

Quería hacer algo, provocar que sucediese algo, pero no había nada que hacer. A última hora de la tarde, los equipos de televisión se habían marchado, pero no podía arriesgarme a salir de casa. Quería pasear. Me conformé con recorrer la habitación de un extremo a otro. Estaba peligrosamente tenso.

Andie me había clavado un puñal en la espalda, Marybeth se había vuelto en mi contra, Go había perdido una medida crucial de fe. Boney me había atrapado. Amy me había destruido. Me serví una copa. Le di un trago, apretando los dedos alrededor de las curvas del vaso, después lo arrojé contra la pared, vi el cristal explotar como fuegos artificiales, oí el tremendo impacto, olí la nube de bourbon. Rabia en los cinco sentidos. «Esas putas zorras.»

Toda la vida había intentado ser un tío decente, un hombre que admiraba y respetaba a las mujeres, un tipo sin complejos. Y allí estaba, pensando cosas desagradables sobre mi melliza, mi suegra, mi amante. Imaginando abrirle la cabeza a mi esposa.

Alguien llamó a la puerta, un pam-pam-pam estridente y furioso que me sacó de mi pesadillesco ensimismamiento.

Abrí la puerta de par en par, recibiendo furia con furia.

Era mi padre, de pie sobre mis escalones de entrada como un espantoso espectro conjurado por mi odio. Sudoroso, la respiración pesada. Se había arrancado una manga de la camisa e iba completamente despeinado, pero los ojos tenían su acostumbrada oscura perspicacia que le hacía parecer malévolamente cuerdo.

—¿Está aquí? —preguntó bruscamente.

—¿Quién, papá? ¿A quién estás buscando?

—Ya sabes a quién.

Entró apartándome de un empujón y se dedicó a recorrer el salón, dejando un reguero de barro, con los puños apretados y el centro de gravedad completamente desplazado hacia el frente, obligándolo a seguir avanzando si no quería caer al suelo, mascullando:

«Zorrazorrazorra». Olía a menta. A menta de verdad, no artificial, y vi un manchurrón verde en sus pantalones, como si hubiera pisoteado el parterre de alguien.

—Esa zorra esa pequeña zorra —siguió mascullando.

Atravesó el comedor hasta llegar a la cocina, encendiendo luces. Un bicho de agua trepó apresuradamente por la pared. Lo seguí, intentando calmarlo: «Papá, papá, por qué no te sientas, papá, ¿quieres un vaso de agua? Papá...». Bajó las escaleras. De sus zapatos caían pegotes de barro. Mis manos se convirtieron en puños. Por supuesto que aquel cabrón tenía que aparecer para empeorar aún más las cosas.

—¡Papá! ¡Maldita sea, papá! No hay nadie aparte de mí. Estoy solo.

Él abrió la puerta del cuarto de invitados, después volvió a subir al salón, ignorándome.

—¡Papá!

No quería tocarlo. Temía darle un puñetazo. Temía echarme a llorar.

Le corté el paso cuando intentó subir al dormitorio de la primera planta. Pegué una mano contra la pared, la otra contra la barandilla. Una barricada humana.

—¡Papá! Mírame.

Sus palabras surgieron en un furioso torrente de saliva:

—Díselo, dile a esa zorra asquerosa que esto no ha acabado. Ella no es mejor que yo, díselo. No es demasiado buena para mí. No tiene derecho a *decidir*. Esa sucia zorra tendrá que aprender...

Juro que por un instante vi un destello blanco y experimenté un momento de claridad absoluta y discordante. Por una vez dejé de intentar bloquear la voz de mi padre y permití que palpitara en mis oídos. No era como él: no odiaba y temía a todas las mujeres. Mi misoginia se limitaba a una sola. Si solo despreciaba a Amy, si centraba toda mi ira y mi furia y mi veneno en la única mujer que se lo merecía, aquello no me convertía en mi padre. Me convertía en una persona cuerda.

«Pequeña zorra pequeña zorra pequeña zorra.»

Nunca había odiado más a mi padre que en aquel momento por hacerme amar sinceramente aquellas palabras.

«Puta zorra puta zorra.»

Lo agarré del brazo, con fuerza, lo metí a empujones en el coche y cerré de un portazo. Él siguió repitiendo su cantinela durante todo el trayecto hasta Comfort Hill. Aparqué junto a la residencia en la entrada reservada para ambulancias, salí del coche, abrí la puerta, saqué a mi padre de un tirón en el brazo y le obligué a caminar hasta haberle dejado al otro lado de las puertas automáticas.

Después me di la vuelta y regresé a casa.

«Puta zorra puta zorra.»

Pero no podía hacer ninguna otra cosa salvo rogar. La zorra de mi mujer me había dejado con el patético culo al aire, rogándole que regresara a casa. En la prensa escrita, en internet, en televisión, donde fuese, lo único que podía hacer era esperar que mi esposa me viera interpretando al buen marido, pronunciando las palabras que deseaba oírme decir: «Capitulación, completa. Tú tienes razón y yo soy quien se equivoca, siempre. Vuelve a casa conmigo (jodida zorra). Vuelve a casa para que pueda matarte».

AMY ELLIOTT DUNNE
Veintiséis días ausente

Desi vuelve a estar aquí. Ahora se presenta casi cada día, arrastrando los pies por toda la casa, plantándose en la cocina mientras el sol poniente ilumina su perfil para que pueda admirarlo, arrastrándome de la mano hasta el invernadero de los tulipanes para que pueda darle nuevamente las gracias, recordándome lo a salvo que estoy y lo querida que soy.

Dice que estoy a salvo y que soy querida a pesar de que se niega a dejarme marchar, lo cual no me hace sentir a salvo ni querida. No me presta las llaves del coche. Ni las llaves de la casa ni el código de seguridad de la verja. Soy literalmente una prisionera, la verja tiene cuatro metros de altura y en la casa no hay escaleras (ya he mirado). Podría, supongo, arrastrar varios muebles hasta el muro, apilarlos y trepar, dejarme caer al otro lado y alejarme cojeando o arrastrándome, pero esa no es la cuestión. La cuestión es que soy su querida y preciada invitada, y que una invitada debería poder ser capaz de marcharse cuando le venga en gana. Saqué el tema hace un par de días.

—¿Y si tuviera que marcharme? ¿De inmediato?

—A lo mejor debería mudarme aquí —replicó él—. Así podría estar a tu lado en todo momento y mantenerte a salvo. Si sucediese algo, podríamos huir juntos.

—¿Y si tu madre sospecha y viene aquí y descubre que me has estado escondiendo? Sería terrible.

Su madre. Me moriría si su madre apareciese aquí, porque me denunciaría de inmediato. Esa mujer me detesta, todo por aquel incidente del instituto. Con la de tiempo que ha transcurrido y aún sigue teniéndomelo en cuenta. Me arañé la cara y le conté a Desi que ella me había atacado (era tan posesiva y se mostraba tan fría conmigo que bien podría haberlo hecho). Estuvieron un mes sin hablarse. Evidentemente, acabaron por reconciliarse.

—Jacqueline no tiene el código de entrada —dice Desi—. Ésta es *mi* casa del lago. —Hace una pausa y finge reflexionar—. En serio, debería mudarme aquí. No es saludable para ti pasar tantas horas sola.

Pero no estoy sola, desde luego no tantas horas. En apenas dos semanas hemos establecido una especie de rutina. Una rutina dirigida por Desi, mi elegante carcelero, mi consentido cortesano. Desi llega justo después del mediodía, siempre oliendo a algún caro almuerzo devorado en compañía de Jacqueline en algún restaurante de manteles blancos, el tipo de restaurante al que me llevaría si nos mudáramos a Grecia. (Esta es otra opción que me presenta repetidamente: podríamos mudarnos a Grecia. Por algún motivo, cree que nunca me identificarán en el pequeño pueblo griego de pescadores en el que ha veraneado muchas veces, y donde sé que nos imagina sorbiendo vino, haciendo perezosamente el amor al atardecer con los estómagos llenos de pulpo.) Huele al almuerzo y nada más entrar lo airea. Debe de untarse hígado de oca detrás de las orejas (igual que su madre siempre desprendía un olor ligeramente vaginal; los Collings hieden a comida y a sexo, no es una mala estrategia).

Entra y provoca que se me haga la boca agua. Ese olor. Me trae algo agradable para comer, pero nunca tan agradable como lo que ha tomado él. Me está haciendo adelgazar. Siempre ha preferido a sus mujeres esbeltas. De modo que me trae preciosas carambolas y erizadas alcachofas y espinosos cangrejos, cualquier cosa que requiera de una elaboración preparada y otorgue poco a cambio. Casi he vuelto a mi peso normal y me está creciendo el pelo. Lo llevo recogido con una diadema que me trajo él y me lo he vuelto a teñir de rubio, gracias a un tinte que también trajo él.

—Creo que te sentirás mejor contigo misma cuando empieces a lucir nuevamente como tú misma, cielo —dice.

Ya, todo es por mi bien, no porque quiera verme con exactamente el mismo aspecto que tenía antes. Amy *circa* 1987.

Como mientras él da vueltas a mi alrededor, esperando halagos. (Ay, no tener que volver a decir nunca esa palabra: «gracias». No recuerdo que Nick hiciese jamás una pausa para permitirme —obligarme a— darle las gracias.) Termino de comer y Desi recoge en la medida de sus posibilidades. Somos dos individuos poco acostumbrados a limpiar lo que ensuciamos; la casa comienza a dar muestras de estar habitada: manchas extrañas en las encimeras, polvo en los antepechos de las ventanas.

Una vez concluida la comida, Desi juguetea conmigo un rato: con mi pelo, con mi piel, con mis ropas, con mi mente.

—Mírate —dice, recogiéndome el pelo por detrás de las orejas, como a él le gusta; soltándome un botón de la camisa y ahuecando el cuello de la misma para poder ver el hueco de mis clavículas.

Posa un dedo en la pequeña hendidura, llenando la oquedad. Es obsceno.

—¿Cómo pudo Nick hacerte daño, negarte su amor, serte infiel? —Desi insiste continuamente en estos puntos, metiendo verbalmente el dedo en la llaga—. ¿No crees que sería maravilloso simplemente olvidar a Nick, olvidar esos terribles cinco años, y seguir con tu vida? Tienes esa oportunidad, ¿sabes? La oportunidad de volver a comenzar completamente de nuevo con el hombre adecuado. ¿Cuántas personas pueden decir eso?

Claro que quiero comenzar de nuevo con el hombre adecuado: el nuevo Nick. Las cosas pintan mal para él, extremadamente mal. Solo yo puedo salvar a Nick de mí misma. Pero estoy atrapada.

—Si alguna vez desaparecieras de aquí y no supiera dónde estabas, tendría que acudir a la policía —dice Desi—. No me quedaría otra elección. Necesitaría estar seguro de que estabas a salvo, de que Nick no estuviese… reteniéndote en algún lugar en contra de tu voluntad. Forzándote.

Una amenaza disfrazada de preocupación.

Ahora contemplo a Desi con verdadero asco. En ocasiones pienso que mi piel debe de arder debido a la repulsión y al esfuerzo de mantener dicha repulsión oculta. Había olvidado esta faceta suya. La manipulación, la ronroneante persuasión, las delicadas amenazas. Un hombre que considera erótica la culpa. Y si no consigue lo que quiere tal como lo quiere, tirará de sus pequeñas palancas y pondrá en marcha el castigo. Al menos Nick fue lo suficientemente hombre para salir en busca de un agujero en el que meter la polla. Desi seguirá empujando y empujando con sus dedos afilados y cerosos hasta que ceda y le dé lo que desea.

Pensé que podría controlar a Desi, pero no puedo. Siento que algo terrible va a suceder.

NICK DUNNE
Treinta y tres días ausente

Los días eran largos e imprecisos hasta que de repente se estamparon contra un muro. Una mañana de agosto salí a comprar suministros y regresé a casa para encontrarme en el salón a Tanner con Boney y Gilpin. Sobre la mesa, dentro de una bolsa de pruebas, descansaba un largo y grueso garrote con delicadas estrías para apoyar los dedos.

—Encontramos esto junto al río cerca de su casa durante el primer registro —dijo Boney—. En realidad en aquel momento no pareció nada relevante. Una rareza arrastrada por la corriente, pero en este tipo de situaciones lo guardamos todo. Después de que nos enseñaran sus muñecos de Punch y Judy todo encajó. De modo que fuimos al laboratorio para hacer la prueba.

—¿Y? —dije yo. Átono.

Boney se levantó, me miró directamente a los ojos. Sonaba triste.

—Hemos encontrado rastros de sangre de Amy. El caso ha quedado oficialmente clasificado como homicidio. Y creemos que esta fue el arma del crimen.

—¡Rhonda, venga ya!

—Llegó el momento, Nick —dijo ella—. Llegó el momento.

La siguiente parte estaba comenzando.

AMY ELLIOTT DUNNE
Cuarenta días ausente

He encontrado un viejo rollo de alambre y una botella vacía de vino y los he estado usando para mi proyecto. También un poco de vermut, claro. Estoy preparada.

Disciplina. Esto requerirá disciplina y concentración. Estoy a la altura del desafío.

Adopto el aspecto predilecto de Desi: flor delicada. El pelo suelto, ondeante, perfumado. Tras un mes sin salir a la calle, tengo la piel más pálida. Casi no tengo maquillaje: una pizca de rímel, un poquito de colorete y lápiz de labios transparente. Me pongo un vestido rosa ajustadito que me ha comprado él. Sin sujetador. Sin bragas. Sin zapatos, a pesar del frío del aire acondicionado. Enciendo un buen fuego y perfumo la habitación, y cuando Desi llega tras el almuerzo sin haber sido invitado, lo recibo con placer. Le rodeo el cuerpo con los brazos y entierro mi rostro en su cuello. Froto mi mejilla contra la suya. He ido aumentando progresivamente mi dulzura hacia él durante las últimas dos semanas, pero esto es nuevo, este aferrarse.

—¿A qué viene esto, cielo? —dice él, sorprendido y tan complacido que casi siento vergüenza.

—Anoche tuve una pesadilla espantosa —susurro—. Sobre Nick. Me desperté y lo único que deseaba era haberte tenido aquí. Y por la mañana… llevo todo el día deseando que estuvieras aquí.

—Podría estarlo siempre, si quisieras.

—Me gustaría —digo, y alzo el rostro hacia él y le permito que me bese.

Su beso me asquea; titubeante y mordisqueante, como un pez. El beso de Desi mostrándose respetuoso con su mujer violada y maltratada. Vuelve a mordisquear, con labios fríos y húmedos, sin apenas ponerme las manos encima, y yo solo deseo que todo aquello acabe de una vez, que acabe cuanto antes, de modo que lo atraigo hacia mí y le obligo a abrir los labios con mi lengua. Quiero morderle.

Él retrocede.

—Amy —dice—. Has sufrido mucho. Esto es ir demasiado deprisa. No quiero que vayamos rápido si no lo deseas. Si no estás segura.

Sé que va a tener que tocarme los senos, sé que va a tener que empujar hasta meterse en mi interior, y quiero terminar cuanto antes, apenas soy capaz de contenerme para no arañarle. ¡Como para soportar la idea de hacer esto lentamente!

—Estoy segura —digo—. Supongo que llevo estando segura desde que teníamos dieciséis años. Simplemente tenía miedo.

Una frase que no significa nada, pero sé que servirá para ponérsela dura.

Le beso de nuevo y después le pregunto si quiere hacerme el favor de conducirme hasta *nuestro* dormitorio.

En el dormitorio, Desi comienza a desvestirme lentamente, besando partes de mi cuerpo que no tienen nada que ver con el sexo —un hombro, una oreja— mientras yo le alejo delicadamente de las muñecas y los tobillos. Fóllame y punto, por el amor de Dios. A los diez minutos, le agarro de la mano y me la meto entre las piernas.

—¿Estás segura? —dice él, retrocediendo, ruborizado.

Un rizo suelto le cae sobre la frente, igual que en el instituto. A juzgar por lo que Desi ha mejorado, bien podríamos seguir en mi cuarto de la residencia estudiantil.

—Sí, cariño —digo, y alargo modosamente la mano hacia su polla.

Pasan otros diez minutos y por fin lo tengo entre las piernas, bombeando con suavidad, lenta, lentamente, *haciendo el amor*. Haciendo pausas para darme besos y acariciarme, hasta que lo agarro de los cachetes del culo y empiezo a tirar de él.

—Fóllame —susurro—, fóllame fuerte.

Desi se interrumpe en seco.

—No tiene por qué ser así, Amy. No soy Nick.

Muy cierto.

—Lo sé, cariño, solo quiero que… me colmes. Me siento tan vacía.

Eso le llega. Hago muecas por encima de su hombro mientras él empuja un par de veces más y se corre. No me percato hasta que casi es demasiado tarde («Ah, o sea que este es el patético ruidito que hace al correrse») y apenas me da tiempo a fingir un par de rápidos ooohs y aaahs, suaves gemidos gatunos. Intento forzar un par de lágrimas porque sé que me imagina llorando tras nuestra primera vez.

—Querida, estás llorando —dice él saliendo de mí.

Besa una lágrima.

—Solo soy feliz —digo. Porque eso es lo que dicen ese tipo de mujeres.

Anuncio que he mezclado unos martinis —a Desi le encantan los cócteles decadentes a media tarde— y cuando hace además de irse a poner la camiseta para ir a buscarlos, insisto en que se quede en la cama.

—Quiero ser yo la que haga algo por ti, para variar —digo.

Así que correteo hasta llegar a la cocina y saco dos enormes vasos de martini y en el mío echo ginebra y una única aceituna. En el suyo echo tres aceitunas, ginebra, zumo de oliva, vermut y mis últimos somníferos, tres cápsulas, pulverizadas.

Llevo los martinis y hay arrumacos y carantoñas y entre medias me bebo la ginebra de un trago. Tengo cierta tensión que necesito mitigar.

—¿No te gusta mi martini? —pregunto cuando veo que solo le ha dado un sorbo—. Siempre me había imaginado casada contigo y preparándote martinis. Sé que es una tontería.

Hago un mohín.

492

—Oh, cariño, no es ninguna tontería. Solo me estaba tomando mi tiempo, disfrutándolo poco a poco. Pero... —engulle el resto de un solo trago— ¡si así te sientes mejor!

Se nota risueño, triunfador. La polla húmeda y escurridiza tras la conquista. Es, básicamente, como todos los hombres. Pronto se nota somnoliento y en breve está roncando.

Y yo puedo empezar.

CHICO RECUPERA CHICA
(O VICEVERSA)

NICK DUNNE
Cuarenta días ausente

En libertad bajo fianza, esperando el juicio. Había sido procesado y puesto en libertad, todo un impersonal entrar y salir de la cárcel: la vista preliminar para establecer la fianza, la toma de huellas y las fotos, los volteos, los desplazamientos y el *manejo*... No es que me sintiese como un animal, es que me sentí como un producto, algo creado en una cadena de montaje. Lo que estaban creando era Nick Dunne, Asesino. Pasarían meses antes de que comenzara el juicio (mi juicio: la palabra aún amenazaba con desmoronarme por completo, convertirme en un loco balbuceante de risa aguda). Se suponía que debía sentirme privilegiado por haber conseguido la fianza: no había causado ningún problema ni siquiera cuando era evidente que iba a ser arrestado, de modo que consideraron que el riesgo de fuga era limitado. Puede que Boney también dijese alguna palabra en mi favor. De modo que podría pasar un par de meses más en casa antes de ser llevado a prisión y asesinado por el Estado.

Sí, era un hombre muy, muy afortunado.

Estábamos a mediados de agosto, algo que me resultaba continuamente extraño: «Aún es verano –pensaba–. ¿Cómo pueden haber pasado tantas cosas cuando ni siquiera ha llegado el otoño?». Hacía un calor brutal. Tiempo de manga corta, lo habría descrito mi madre, siempre más preocupada por la comodidad de sus hijos que de los grados exactos. Tiempo de manga corta, tiempo de chaqueta, tiempo de abrigo, tiempo de anorak. El año en moda de abrigo. Para mí, aquel año sería tiempo de esposas, después posiblemente tiempo de mono naranja. O tiempo de traje fúnebre, porque no tenía previsto ir a la cárcel. Antes me mataría.

Tanner tenía un equipo de cinco detectives intentando encontrar a Amy. Sin resultado hasta el momento. Como intentar coger agua. Cada día, durante semanas, yo me había dedicado a aportar mi patética contribución: grabar mensajes en vídeo para Amy y postearlos en Quienlohizo, el blog de la joven Rebecca (ella, al menos, había permanecido leal). En los vídeos, vestía la ropa que Amy me había comprado y me peinaba el pelo tal como a ella le gustaba e intentaba leerle la mente. Mi rabia hacia ella era como un cable recalentado.

Los equipos de televisión acampaban en mi jardín la mayor parte de las mañanas. Éramos como soldados de ejércitos rivales, atrincherados durante meses a tiro de piedra, oteándonos a través de la tierra de nadie, llegando a alcanzar cierto tipo de perversa hermandad. Había un tipo con voz de forzudo de dibujos animados al que acabé por pillar bastante aprecio, sin haberle visto nunca la cara. Estaba saliendo con una chica que le gustaba mucho, mucho. Cada mañana su voz retumbaba a través de mis ventanas mientras analizaba sus citas; las cosas parecían ir muy bien. Quería oír cómo acababa la historia.

Terminé de grabar mi mensaje vespertino a Amy. Llevaba puesta una camisa verde que le gustaba cómo me quedaba y había estado contando la historia de cómo nos conocimos, la fiesta en Brooklyn, mi terrible frase de apertura, «Solo una aceituna»; seguía dándome vergüenza cada vez que Amy la mencionaba. Le recordé cómo salimos del recalentado apartamento al frío crepitante, cogidos de la mano, el beso en la nube de azúcar. Era una de las pocas historias que contábamos igual. Lo pronuncié todo con la cadencia de un cuento para irse a dormir: relajante, familiar y repetitivo. Terminando, como siempre, con un «Vuelve conmigo a casa, Amy».

Apagué la cámara y me recliné sobre el sofá (siempre grababa sentado en el sofá, bajo su pernicioso e impredecible reloj de cuco, porque sabía que si no mostraba su reloj de cuco, Amy se preguntaría si finalmente me habría librado de él y entonces dejaría de preguntarse si finalmente me habría librado de él para simplemente creer a pies juntillas que era cierto, y a partir de ese momento, sin importar las palabras que salieran de mis labios, ella replicaría en silencio: «Y sin embargo, tiró a la basura mi reloj de cuco»). El cuco estaba, de hecho, a punto de asomar. Oí que los engranajes comenzaban a rodar sobre mi cabeza —un sonido que inevitablemente provocaba que se me tensara la mandíbula— cuando los cámaras y periodistas del exterior emitieron un potente, colectivo y oceánico rumor. Alguien había llegado. Oí los gritos de gaviota de un par de presentadoras.

«Algo va mal», pensé.

El timbre de la puerta sonó tres veces seguidas: ¡Nick-nick! ¡Nick-nick! ¡Nick-nick!

No dudé. Había dejado de dudar en el transcurso del último mes: mejor afrontar los problemas de inmediato.

Abrí la puerta.

Era mi esposa.

De vuelta.

Amy Elliott Dunne, de pie y descalza frente a mi puerta con un fino vestido rosa que se pegaba a ella como si estuviera mojado. Los tobillos marcados por redondeles morados. De una muñeca lasa colgaba un pedazo de alambre. Llevaba el pelo corto y abierto por las puntas, como si hubiera sido cortado descuidadamente con unas tijeras romas. Tenía el rostro contusionado, los labios hinchados. Estaba sollozando.

Cuando tendió los brazos hacia mí, me di cuenta de que tenía la parte central del vestido manchada con sangre seca. Intentó hablar; abrió la boca una vez, dos, en silencio, como una sirena varada.

—¡Nick! —gritó al fin, con un alarido que resonó contra todas las casas vacías, y cayó entre mis brazos.

Quise matarla.

Si hubiéramos estado solos, mis manos habrían encontrado su lugar alrededor del cuello de Amy, hundiendo los dedos en los perfectos agarraderos de su carne. Qué placer, poder sentir aquel enérgico pulso bajo mis dedos... Pero no estábamos solos, estábamos rodeados de cámaras, y ahora que se estaban dando cuenta de quién era en realidad aquella extraña mujer, empezaban a volver a la vida con la misma eficacia que el reloj de cuco del interior, un par de clics, un par de preguntas y a continuación una avalancha de luz y ruido. Las cámaras nos acribillaban, los periodistas se cernían sobre nosotros con sus micrófonos, todo el mundo gritaba el nombre de Amy, chillando, literalmente chillando. Así que hice lo correcto, la abracé con fuerza y aullé su nombre: «¡Amy! ¡Dios mío! ¡Dios mío! ¡Amor mío!», y enterré el rostro en su cuello, aferrándola con los brazos, permitiendo que las cámaras disfrutaran de sus quince segundos mientras le susurraba a lo más profundo del oído: «Puta zorra». Después le acaricié el pelo, sostuve su rostro entre mis devotas manos y la metí en casa.

Al otro lado de la puerta, un concierto de rock exigía los bises. «¡Amy! ¡Amy! ¡Amy!» Alguien arrojó un puñado de guijarros contra una ventana. «¡Amy! ¡Amy! ¡Amy!»

Mi esposa lo aceptó todo como si nada, haciendo un despectivo aspaviento con la mano en dirección a la chusma que se amontonaba en el exterior. Se volvió hacia mí con una sonrisa cansada pero triunfal: la sonrisa de la víctima de violación, de la superviviente de maltratos, de la mujer que prende fuego a la cama en un viejo telefilme; la sonrisa que indica que el muy cabrón ha recibido al fin su justo merecido y sabemos que ahora nuestra heroína podrá seguir con su vida. Fundido en negro.

Señalé el alambre, el pelo cortado, la sangre seca.

—Y bien, ¿cuál es tu historia, esposa?

—He vuelto —gimió ella—. He conseguido volver a ti.

500

Se acercó a mí con intención de abrazarme. Retrocedí.

—¿Cuál es tu *historia*, Amy?

—Desi —susurró ella, con labios temblorosos—. Desi Collings me secuestró. Fue la mañana. De. De nuestro aniversario. Y sonó el timbre de la puerta y pensé… No sé, pensé que a lo mejor eran flores, de tu parte.

Me estremecí. Por supuesto que Amy iba a encontrar el modo de encajar un reproche: que apenas le regalaba flores, cuando su padre llevaba enviándole ramos a su madre una vez por semana desde que se habían casado. Eso suponen 2.444 ramos de flores contra 4.

—Flores o… algo —continuó ella—. Así que no pensé, simplemente abrí la puerta. Y allí estaba Desi, con aquella expresión en el rostro. Decidido. Como si se hubiera estado mentalizando para esto durante mucho tiempo. Y yo tenía en la mano el mango… de la marioneta de Judy. ¿Encontraste las marionetas? —Me sonrió llorosa. Estaba encantadora.

—Oh, encontré todo lo que me dejaste preparado, Amy.

—Acababa de encontrar el mango de la marioneta de Judy. Se había desprendido. Lo tenía en la mano cuando abrí la puerta e intenté golpearle con él. Forcejeamos y al final fue él quien me dio un porrazo. Con fuerza. Lo siguiente que supe…

—Me incriminaste por asesinato y desapareciste.

—Puedo explicarlo todo, Nick.

La miré de hito en hito durante un largo y tenso momento. Vi días bajo el cálido sol tumbados en la arena de la playa, su mano sobre mi pecho, y vi cenas familiares en casa de sus padres, donde Rand siempre me rellenaba la copa y me palmeaba el hombro, y nos vi tirados sobre la alfombra de mi miserable apartamento en Nueva York, charlando mientras mirábamos el perezoso ventilador del techo, y vi a la madre de mi hijo y la maravillosa vida que proyecté para nosotros en otro tiempo. Tuve un momento que se prolongó dos latidos, uno, dos, durante los que deseé con violencia que Amy estuviese diciendo la verdad.

—En realidad no creo que puedas explicarlo todo —dije—, pero de todos modos me encantará verte intentarlo.

—Ponme a prueba.

Intentó cogerme la mano y me la quité de encima. Me alejé de ella, respiré hondo y después me volví para mirarla a la cara. A mi esposa siempre hay que mirarla de frente.

—Adelante, Nick. Ponme a prueba. Ahora.

—De acuerdo, vale. ¿Por qué todas y cada una de las pistas de la caza del tesoro estaban escondidas en un lugar en el que había... tenido relaciones con Andie?

Amy suspiró y miró al suelo. Tenía los tobillos en carne viva.

—Ni siquiera conocía la existencia de Andie hasta que lo vi en la tele... mientras estaba atada a la cama de Desi, secuestrada en su casa del lago.

—O sea que todo fueron... ¿coincidencias?

—Todos eran lugares importantes para nosotros —dijo ella, mientras una lágrima rodaba por su cara—. Tu despacho, donde recuperaste la pasión por el periodismo.

Contuve una risa.

—Hannibal, donde por fin comprendí lo mucho que significa esta zona para ti. La casa de tu padre, un enfrentamiento con el hombre que tanto daño te hizo. La casa de tu madre, que ahora es la casa de Go, las dos personas que te convirtieron en el hombre bueno y amable que eres hoy. Pero... supongo que no me sorprende que quisieras compartir esos mismos lugares con alguien de quien —agachó la cabeza— te habías enamorado. Siempre te gustaron las repeticiones.

—¿Por qué cada uno de esos lugares contenía una pista que me implicaba en tu asesinato? Ropa interior femenina, tu bolso, tu *diario*. Explica tu *diario*, Amy, con todas sus mentiras.

Amy se limitó a sonreír y meneó la cabeza como si sintiera lástima por mí.

—Todo, puedo explicarlo todo —dijo.

Miré la encantadora cara manchada de lágrimas. Después bajé la mirada hacia toda la sangre.

—Amy. ¿Dónde está Desi?

Amy negó nuevamente con la cabeza, una sonrisita triste.

Me dirigí al teléfono para llamar a la policía, pero un golpe en la puerta me indicó que ya estaban allí.

AMY ELLIOTT DUNNE
La noche del regreso

Todavía tengo el semen de Desi en mi interior, de la última vez que me violó, así que el examen médico sale bien. Mis muñecas laceradas, la vagina maltratada, los cardenales: el cuerpo que les he presentado es de manual. Un doctor anciano de aliento húmedo y dedos anchos realiza el examen pélvico –raspando y resollando al compás– mientras la inspectora Rhonda Boney me sostiene una mano. Es como ser sujetada por la fría garra de un pájaro. Nada reconfortante. En una ocasión se le escapa una sonrisa cuando cree que no estoy mirando. Está absolutamente encantada de que Nick haya resultado ser inocente después de todo. Sí, las mujeres de Norteamérica han lanzado un suspiro colectivo.

La policía ha enviado agentes a la casa de Desi, donde lo hallarán desnudo y desangrado, con una expresión de asombro en el rostro, un par de mechones de mi cabello entre las manos, la cama empapada en sangre. El cuchillo que usé con él y con mis ligaduras estará tirado en el suelo, cerca, allí donde lo dejé caer, desorientada, antes de salir descalza sin llevarme absolutamente nada de la casa salvo las llaves de Desi –las del coche, las de la puerta– para montarme, todavía escurridiza con su sangre, en su Jaguar de colección y regresar como una mascota fiel y perdida directamente a casa junto a mi marido. Me había visto reducida a un estado animal; no había podido pensar en nada salvo en regresar junto a Nick.

El anciano médico me da la buena nueva; no he sufrido daños permanentes y no voy a necesitar dilatación y legrado: aborté demasiado pronto. Boney sigue agarrándome la mano y murmurando: «Dios mío, no puedo imaginar por lo que debe de haber pasado, ¿cree que se encuentra preparada para responder a un par de preguntas?». Así de rápido, de las condolencias al puño americano. En mi experiencia las mujeres poco agraciadas son por lo general exageradamente deferentes o increíblemente groseras.

Eres la Asombrosa Amy y has sobrevivido a un brutal rapto acompañado de repetidas agresiones. Has matado a tu captor y has regresado junto a un marido que, según has descubierto, te estaba siendo infiel. ¿Qué haces a continuación?

a) Antepones tus intereses a todo lo demás y exiges algún tiempo a solas para poder recuperarte.

b) Haces de tripas corazón una vez más para ayudar a la policía.

c) Decides qué entrevista conceder primero. Ya que estás, bien podrías sacarle algún beneficio a tu tormento, como un contrato para un libro.

Respuesta: B. La Asombrosa Amy siempre piensa en los demás antes que en sí misma.

Permiten que me asee en una habitación privada del hospital y me pongo un conjunto que Nick ha preparado para mí en casa: vaqueros con marcas de llevar demasiado tiempo doblados, una bonita blusa que huele a polvo. Boney y yo conducimos desde el hospital hasta la comisaría prácticamente en silencio. Le pregunto débilmente por mis padres.

—La están esperando en comisaría —dice Boney—. Han llorado cuando se lo he dicho. De alegría. Alegría y alivio absolutos. Les dejaremos que se den unos buenos abrazos antes de comenzar el interrogatorio, no se preocupe.

Las cámaras ya están en comisaría. El aparcamiento tiene el aspecto esperanzado y sobreiluminado de un pabellón deportivo. No hay aparcamiento subterráneo, de modo que tenemos que parar justo frente a la puerta principal mientras la multitud enfervorizada se cierne sobre nosotras: veo labios húmedos y saliva mientras todo el mundo pregunta a voces, el estallido de los flashes y los focos de las cámaras. La muchedumbre empuja y tira en masa, desplazándose unos pocos centímetros a la derecha, después hacia la izquierda, mientras todo el mundo intenta llegar a mí.

—No puedo hacer esto —le digo a Boney. La carnosa palma de un hombre se estampa contra la ventanilla del coche mientras un fotógrafo intenta conservar el equilibrio. Agarro la fría mano de Boney—. Es demasiado.

Ella me da una palmadita y dice: «Espere». La puerta de la comisaría se abre y hasta el último agente del edificio sale para formar dos líneas paralelas sobre las escaleras, conteniendo a la prensa, creando una guardia de honor para mí. Rhonda y yo subimos corriendo cogidas de la mano, como recién casados pero a la inversa, dirigiéndonos a toda prisa hacia mis padres que aguardan justo al otro lado de la puerta, y todo el mundo consigue las instantáneas de nuestro abrazo mientras mi madre susurra «Dulceniñadulceniñadulceniña» y mi padre solloza tan estruendosamente que casi se ahoga.

Vuelven a llevárseme prácticamente en volandas, como si no me hubieran llevado de aquí para allá más que de sobra. Me dejan en un cuarto que más bien parece un armario con sillas de oficina, cómodas pero baratas, de esas que siempre parecen tener pedazos de comida reseca pegados a la tela. Una cámara parpadea desde un rincón y no hay ventanas. No es lo que había imaginado. No está diseñado para hacerme sentir a salvo.

Me rodean Boney, su compañero, Gilpin, y dos agentes del FBI venidos de Saint Louis que apenas abren la boca. Me dan un poco de agua y después Boney empieza.

B: Bueno, Amy, lo primero, agradecerle sinceramente que haya querido hablar con nosotros después de todo lo que ha sufrido. En un caso como este, resulta sumamente importante dejarlo todo registrado mientras el recuerdo aún permanece fresco. No puede imaginarse lo fundamental que es. Por eso es bueno que hable ahora. Si podemos dejar registrados todos los detalles, podremos cerrar el caso y Nick y usted podrán retomar su vida.

A: Desde luego me gustaría.

B: Se lo merece. Así pues, si está lista para comenzar, podemos empezar por establecer el horario. ¿A qué hora llamó Desi a su puerta? ¿Lo recuerda?

A: A eso de las diez de la mañana. Un poco más tarde, porque recuerdo haber oído a los Teverer hablando mientras se dirigían al coche para ir a la iglesia.

B: ¿Qué sucedió cuando abrió usted la puerta?

A: Noté que algo iba mal de inmediato. Para empezar, Desi lleva toda la vida escribiéndome cartas. Pero su obsesión parecía haber ido menguando en intensidad con el paso de los años. Parecía considerarse únicamente un viejo amigo, y como la policía no podía hacer nada al respecto, me acostumbré a dejarlo estar. Nunca pensé que pretendiera hacerme algún daño, pero lo cierto es que no me gustaba estar tan cerca de él. Geográficamente. Creo que eso debió de ser lo que le desequilibró. Saber que estaba tan cerca de él. Entró en mi casa con… Estaba sudando y parecía un poco nervioso, pero también muy decidido. Yo estaba arriba, a punto de plancharme el vestido, cuando vi el mango de madera de la marioneta de Judy en el suelo. Supongo que debía de haberse desprendido. Un fastidio, porque ya había escondido las marionetas en el cobertizo. Así que cogí el mango y lo llevaba en la mano cuando abrí la puerta.

B: Tiene usted muy buena memoria.

A: Gracias.

B: ¿Qué sucedió a continuación?

A: Desi irrumpió en la casa y se puso a recorrer la sala de estar, frenético y como ido. Y dijo: «¿Cómo vas a celebrar tu aniversario?». Me asustó que supiera qué día era nuestro aniversario. El hecho en sí parecía ponerle furioso. Después extendió bruscamente los brazos, me agarró de la muñeca y me la retorció tras la espalda. Forcejeamos. Me resistí todo lo que pude.

B: ¿Y luego?

A: Le di una patada y conseguí zafarme un segundo. Corrí hasta la cocina y allí volvimos a forcejear hasta que me golpeó con el mango de madera de Judy. Caí redonda al suelo y él me golpeó otras dos o tres veces. Recuerdo haber perdido por un segundo la visión, a causa del mareo. Me palpitaba la cabeza. Intenté quitarle el mango y él me cortó en el brazo con una navaja de bolsillo que llevaba. Todavía tengo la cicatriz. ¿Ve?

B: Sí, quedó notificada en su examen médico. Tuvo suerte de que únicamente fuese una herida superficial.

A: No duele como si fuese superficial, créame.

B: Entonces, ¿la acuchilló? El ángulo es…

A: No estoy segura de si lo hizo a propósito o de si choqué yo con la hoja accidentalmente. Estaba tan atontada… Pero sí recuerdo que el mango cayó al suelo y que bajé la mirada y vi la sangre que manaba de mi herida salpicando la madera. Creo que fue entonces cuando me desmayé.

B: ¿Dónde recuperó el sentido?

A: Desperté maniatada en mi sala de estar.

B: ¿Gritó? ¿Intentó llamar la atención de los vecinos?

A: Por supuesto que grité. O sea, ¿me ha estado escuchando? Acababa de ser golpeada, apuñalada y maniatada por un individuo que llevaba décadas obsesionado conmigo y que una vez intentó suicidarse en mi cuarto de la residencia estudiantil.

B: De acuerdo, de acuerdo, Amy, disculpe, la pregunta no pretendía sonar en lo más mínimo como si estuviéramos culpándola de nada; solo necesitamos hacernos una imagen lo más detallada posible para que podamos cerrar la investigación y usted pueda seguir con su vida. ¿Quiere otra botella de agua o un café o algo?

A: Algo caliente sería agradable. Tengo mucho frío.

B: No hay problema. ¿Pueden traerle un café? Mientras tanto, ¿qué pasó luego?

A: Creo que el plan original era reducirme y raptarme y que pareciese que me había fugado, porque cuando me despierto él ha terminado de limpiar la sangre de la cocina y ha levantado la mesa de adornos antiguos que había derribado yo al intentar huir. Se ha deshecho del mango, pero se le está acabando el tiempo y creo que lo que debió de suceder fue: ve el desbarajuste del salón y piensa:

«Déjalo así. Que se note que aquí ha pasado algo». Así que abre la puerta principal y tira un par de cosas más al suelo. Le da la vuelta a la otomana. Por eso todo tenía ese aspecto tan raro: era mitad genuino, mitad falso.

B: ¿Fue dejando Desi objetos acusadores en cada uno de los destinos de la caza del tesoro? El despacho de Nick, Hannibal, la casa de su padre, el cobertizo de Go.

A: No entiendo a qué se refiere.

B: Encontramos unas bragas de mujer en el despacho de Nick. No eran de su talla.

A: Supongo que serían de la muchacha con la que estaba... saliendo.

B: Tampoco eran de ella.

A: Entonces no sé qué decirle. A lo mejor se estaba viendo con más de una chica.

B: Hallamos el diario en casa de su padre. Parcialmente quemado en la caldera.

A: ¿Han *leído* el diario? Es terrible. Estoy segura de que Nick quiso deshacerse de él. Y no le culpo, teniendo en cuenta lo rápido que se obsesionaron ustedes con él.

B: Me pregunto por qué acudir a casa de su padre para quemarlo.

A: Eso debería preguntárselo a él. (Pausa.) Nick iba allí a menudo, para estar solo. Le gusta la intimidad. Así que estoy segura de que a él no le parecería tan raro. Después de todo tampoco podía hacerlo en nuestra casa, porque era la escena del crimen. ¿Quién sabe? A lo mejor volvían ustedes y encontraban algo entre las cenizas. En casa de su padre dispondría de privacidad. A mí me parece una solución inteligente, teniendo en cuenta que ustedes lo estaban básicamente crucificando.

B: El diario resulta bastante perturbador. Alude a maltratos y refleja su temor de que Nick no deseaba el bebé, de que podría incluso querer matarla.

A: Sinceramente, desearía que el diario hubiera ardido. (Pausa.) Permítanme que sea sincera: el diario incluye algunos de los conflictos que hemos tenido Nick y yo durante el último par de años. No pinta el mejor retrato de nuestro matrimonio ni de Nick, pero debo reconocer una cosa: nunca escribía en mi diario a menos que estuviera supercontenta o me sintiera muy, pero que muy infeliz y necesitara desahogarme, en cuyo caso... puedo pasarme un poco de melodramática. Vamos a ver, gran parte de lo que cuento es la desagradable verdad: me empujó en una ocasión y no deseaba un hijo y tenía problemas monetarios. Pero ¿que me diera miedo? Debo reconocer, por mucho que me *duela*, que ahí es donde sale mi vena melodramática. Creo que el problema es: me han acosado varias veces. Durante toda mi vida ha sido un problema eso de que haya gente obsesionada conmigo, así que a veces me vuelvo un poco paranoica.

B: Intentó comprar una pistola.

A: Me vuelvo *muy* paranoica, ¿de acuerdo? Lo siento. Si tuviera mis antecedentes, lo comprendería.

B: Hay una entrada en la que narra que una noche sufrió lo que parece ser, punto por punto, un envenenamiento con anticongelante.

A: (Largo silencio.) Eso es rarísimo. Sí, es verdad que me puse mala.

B: Vale, volvamos a la caza del tesoro. ¿Ocultó usted los muñecos de Punch y Judy en el cobertizo?

A: Así es.

B: Gran parte de nuestro caso se ha centrado en las deudas de Nick, en gran número de compras realizadas con tarjetas de crédito y en el hallazgo de dichas compras ocultas en el cobertizo. ¿Qué pensó usted cuando abrió la puerta y vio todo aquello?

A: Estaba en casa de Go y ella y yo no somos particularmente íntimas, así que, sobre todo, sentí que estaba metiendo las narices en algo que no me incumbía. Recuerdo haber pensado en aquel momento que debían de ser cosas suyas de Nueva York. Y después vi en las noticias —Desi me obligaba a verlo todo— que en realidad eran compras de Nick, y... Sabía que Nick tenía problemas de dinero, le gusta malgastar. Creo que probablemente se sentía avergonzado. Compraba dejándose llevar por el impulso y luego ocultaba sus compras para que yo no las viera hasta que pudiera volver a venderlas en internet.

B: Las marionetas de Punch y Judy parecen un poco ominosas como regalo de aniversario.

A: ¡Lo sé! Ahora lo sé. En el momento de comprarlas desconocía la historia de Punch y Judy. Solo vi un marido, una esposa y un bebé, hechos los tres de madera, estando yo embarazada. Busqué por internet y encontré la frase recurrente de Punch: «¡Así se hace!».Y me pareció muy linda. No sabía a qué se refería.

B: Así que estaba maniatada. ¿Cómo la llevó Desi hasta el coche?

A: Metió el coche en nuestro garaje y bajó la puerta, me arrastró hasta allí, me metió en el maletero y se marchó.

B: ¿Y gritó usted entonces?

A: Sí, claro que grité, joder. Y si hubiera sabido que Desi se iba a pasar todas las noches del mes siguiente violándome para luego acurrucarse a mi lado con un martini y un somnífero para que no le despertasen mis *sollozos*, y que la policía iba a entrevistarle y que ni *aun así* iban a sospechar de él en lo mas mínimo, aun así iban a seguir sentados con el pulgar metido en el culo, puede que hubiera gritado con más fuerza. Sí, puede que lo hubiera hecho.

B: Nuevamente, mis disculpas. ¿Puede alguien traerle unos pañuelos a la señora Dunne, por favor? ¿Y dónde está su ca…? Gracias. De acuerdo. ¿Adónde fueron entonces, Amy?

A: Condujimos hacia Saint Louis y recuerdo que de camino se detuvo en Hannibal. Oí el silbido del vapor. Supongo que fue entonces cuando arrojó mi bolso. Fue la otra cosa que hizo para asegurarse de que pareciera un ataque.

B: Eso es muy interesante. Al parecer tenemos muchas extrañas coincidencias en este caso. Como que a Desi se le ocurriera arrojar el bolso justo en Hannibal, lugar al que Nick acudió impulsado por su pista, provocando que nosotros creyéramos que había sido él quien había arrojado allí el bolso. O que decidiera usted ocultar un regalo precisamente en el mismo lugar en el que Nick había escondido sus compras realizadas con tarjetas de crédito secretas.

A: ¿En serio? Porque debo decirle que a mí no me parecen coincidencias en absoluto. Me suena más bien a que un grupo de polis se empeñó en culpar a mi marido y que, ahora que estoy viva y resulta evidente que él no era culpable, han quedado como gigantescos idiotas y no saben qué hacer para cubrirse el culo. En vez de aceptar la responsabilidad del hecho de que si este caso hubiera quedado en

511

sus jodidas y extremadamente ineptas manos, Nick estaría ahora en el pasillo de la muerte y yo seguiría encadenada a una cama, siendo violada hasta el día de mi muerte.

B: Lo siento, es…

A: Me salvé sola, lo cual ha salvado a Nick, lo cual ha salvado sus putos y lamentables traseros.

B: Tiene usted toda la razón, Amy. Lo siento si le hemos parecido… Hemos dedicado tanto tiempo a este caso que queremos aclarar hasta el último detalle que se nos pasó por alto para no volver a caer en los mismos errores. Pero tiene usted toda la razón, estamos perdiendo de vista el fondo de la cuestión, que es: es usted una heroína. Una verdadera heroína.

A: Gracias. Le agradezco que diga eso.

NICK DUNNE
La noche del regreso

Fui a la comisaría a recoger a mi esposa y fui recibido por la prensa como una estrella de rock, un presidente por mayoría absoluta y el primer hombre en la luna, todos en uno. Tuve que resistir el impulso de alzar las manos entrelazadas sobre la cabeza en el signo universal de la victoria. «Ya veo —pensé—, ahora todos fingimos ser amigos.»

«Lo único que importa es que Amy está a salvo.» Había estado practicando aquella frase una y otra vez. Mientras no supiera de qué lado iba a caer la tortilla, debía parecer el marido cariñoso y aliviado. Hasta estar seguro de que la policía había desmontado por completo su pegajosa telaraña de mentiras. «Hasta que sea arrestada.» Aguantaría hasta entonces, *hasta que sea arrestada*, y entonces podría sentir cómo mi cerebro se expandía y contraía de manera simultánea (mi propio zoom cerebral a lo Hitchcock) y pensaría: «Mi esposa ha *asesinado* a un hombre».

—De un solo corte —había dicho el joven agente de policía asignado como enlace con la familia. (Esperaba no tener que volver a ser enlazado, con nadie, por ningún motivo.) Era el mismo chaval que le había calentado la oreja a Go hablando de su caballo y su desgarro de labrum y su alergia a los cacahuetes—. Le pegó un tajo en la yugular. Un corte como ese basta para desangrarse en, yo qué sé, sesenta segundos.

Sesenta segundos es un largo rato para saber que estás muriendo. Pude imaginarme a Desi llevándose las manos al cuello, sintiendo la sangre manar entre sus dedos con cada palpitación, cada vez más aterrado mientras su pulso se iba acelerando paulatinamente… hasta que comenzó a disminuir. Sabiendo que aquello era aún peor. Y durante todo ese rato, Amy manteniéndose al límite de su alcance, estudiándolo con la expresión culpable y disgustada de una estudiante de instituto en clase de biología frente a un goteante feto de cerdo. Con su pequeño escalpelo todavía en la mano.

—Lo rajó con un viejo cuchillo de carne —estaba diciendo el chico—. El tipo solía sentarse a su lado en la cama, le cortaba los filetes y le daba de *comer*. —Parecía más asqueado por aquel detalle que por el tajo—. Un día, el cuchillo se escurre del plato, él no se da cuenta…

—¿Cómo usó ella el cuchillo si siempre estaba atada? —pregunté yo.

El chico me miró como si acabara de contar un chiste sobre su madre.

—No lo sé, señor Dunne, estoy seguro de que estarán averiguando los detalles en este preciso momento. El caso es que su esposa está a salvo.

Hurra. El chaval me había robado la frase.

Vi a Rand y a Marybeth a través de la puerta de la sala en la que habíamos ofrecido nuestra primera rueda de prensa hacía seis semanas. Estaban pegados el uno al otro, como siempre, Rand besando la coronilla de Marybeth, Marybeth hocicándole en el cuello, y experimenté una sensación tan aguda de agravio que a punto estuve de arrojarles una grapadora. «Fuisteis vosotros, par de gilipollas idólatras y devotos, quienes creasteis ese engendro y lo dejasteis suelto en el mundo.» ¡Oh, qué felicidad, qué monstruo tan perfecto! ¿Y acaso se han visto castigados por ello? No, ni a una sola persona se le había ocurrido poner en tela de juicio sus caracteres; no habían experimentado otra cosa que no fuese una muestra continua de amor y apoyo. Ahora les devolverían a Amy y todo el mundo la amaría aún más.

Mi esposa había sido una sociópata insaciable antes. ¿En qué se convertiría ahora?

«Ten cuidado por dónde pisas, Nick, ten mucho cuidado por dónde pisas.»

Rand me vio mirando y me hizo un gesto para que me acercara a ellos. Me estrechó la mano delante de un par de reporteros a los que habían concedido audiencia en exclusiva. Marybeth se mantuvo firme: yo seguía siendo el hombre que había engañado a su hija. Me dedicó un brusco asentimiento y me dio la espalda. Rand se pegó tanto a mí que pude oler su chicle de menta.

—Debo decirte, Nick, que estamos muy aliviados de haber recuperado a Amy. También te debemos una disculpa. Una bien grande. Dejaremos que Amy decida cuáles son sus sentimientos acerca de vuestro matrimonio, pero quiero al menos disculparme por cómo se torcieron las cosas. Tienes que comprender...

—Lo hago —dije—. Lo comprendo todo.

Antes de que Rand pudiera disculparse o enrollarse más, Tanner y Betsy llegaron al unísono, luciendo como un desplegable de *Vogue*: pantalones sin una sola arruga, camisas en tonos joya, resplandecientes sortijas y relojes de oro. Tanner se pegó a mi oreja y susurró: «Voy a ver cómo nos deja esto». Después entró Go, aceleradísima, toda preguntas y ojos alarmados: «¿Qué significa esto? ¿Qué le ha pasado a Desi? ¿Amy simplemente ha aparecido en casa? ¿Qué significa esto? ¿Estás bien? ¿Qué va a pasar ahora?».

Fue un encuentro extraño, una sensación ligeramente distinta tanto a la de una reunión como a la de una sala de espera de hospital; una sensación de celebración nerviosa, como un juego de salón para el que nadie conocía todas las reglas. Mientras tanto, los dos periodistas a los que los Elliott habían permitido acceso al círculo íntimo seguían asaeteándome a preguntas. «¿Cómo se siente ahora que ha recuperado a Amy?» «¿Cómo de feliz se siente en este momento?» «¿Cuánto le alivia, Nick, que Amy haya vuelto?»

Me siento extremadamente aliviado y muy feliz, estaba diciendo, elaborando mi sosa declaración de relaciones públicas, cuando las puertas se abrieron y entró Jacqueline Collings, con el colorete atravesado por las lágrimas, los labios una apretada cicatriz roja.

—¿Dónde está? —me dijo—. La putilla mentirosa, ¿dónde está? Ha matado a mi hijo. Mi *hijo*.

Se echó a llorar mientras un periodista le sacaba un par de fotos.

—¿Cómo se siente sabiendo que su hijo ha sido acusado de secuestro y violación? —preguntó uno de los reporteros con voz acartonada.

—¿Que cómo me *siento*? —replicó ella bruscamente—. ¿Lo dice en serio? ¿De verdad la gente responde a ese tipo de preguntas? Esa chica perversa y desalmada manipuló a mi hijo durante toda su vida, *escriba eso*. Lo manipuló y mintió y finalmente lo ha asesinado e incluso ahora, después de muerto, sigue utilizándolo...

—Señora Collings, somos los padres de Amy —empezó a decir Marybeth. Intentó tocar a Jacqueline en el hombro, pero esta se la sacudió de encima—. Siento su dolor.

—Pero no mi pérdida. —Jacqueline le sacaba una buena cabeza a Marybeth; le clavó una mirada de furia desde arriba—. Pero *no* mi *pérdida* —reafirmó.

—Lo lamento... todo —dijo Marybeth al tiempo que Rand aparecía a su lado, sacándole una cabeza a Jacqueline.

—¿Qué van a hacer respecto a su hija? —preguntó Jacqueline. Se volvió hacia el joven agente de enlace, que intentó mantenerse firme—. ¿Qué se está haciendo respecto a Amy? Porque miente cuando dice que mi hijo la secuestró. Está mintiendo. Lo ha matado ella, lo *asesinó* mientras dormía y nadie parece estar tomándoselo en serio.

—Le aseguro que nos estamos tomando todo este asunto muy, muy en serio, señora —dijo el joven agente.

—¿Alguna declaración, señora Collings? —preguntó el periodista.

—Acabo de darle mi declaración: «Amy Elliott Dunne ha asesinado a mi hijo». No ha sido defensa propia. Lo ha *asesinado*.

—¿Tiene pruebas de ello?

Por supuesto, no las tenía.

El artículo del periodista narraría mi agotamiento conyugal («un rostro ojeroso revelador de las muchas noches rendidas al miedo») y el alivio de los Elliott («ambos padres sosteniéndose mutuamente mientras esperan a que su única hija les sea devuelta de manera oficial»). Abordaría la incompetencia policial («un caso marcado por los prejuicios, repleto de callejones sin salida y giros equivocados, con un departamento de policía testarudamente centrado en el hombre equivocado») y despacharía a Jacqueline Collings con una sola frase: «Tras un incómodo encuentro con los señores Elliott, una resentida Jacqueline Collings fue conminada a abandonar la estancia, afirmando la inocencia de su hijo».

Es cierto que Jacqueline fue conminada a salir de la sala, para meterla en otra donde grabarían su declaración y mantenerla lejos de otra historia mucho mejor: el regreso triunfal de la Asombrosa Amy.

Cuando Amy salió de dar su declaración, todo comenzó de nuevo. Las fotos y las lágrimas, los abrazos y las risas, todo para solaz de desconocidos que querrían ver y saber. «¿Cómo fue?» «Amy, ¿cómo te sientes tras haber escapado de tu captor y regresar junto a tu marido?» «Nick, ¿cómo te sientes tras haber recuperado a tu esposa y tu libertad todo a la vez?»

Yo permanecí en gran medida en silencio. Estaba pensando en mis propias preguntas, las mismas preguntas que llevaba años pensando, el ominoso estribillo de nuestro matrimonio: «¿Qué estás pensando, Amy? ¿Qué es lo que sientes? ¿Quién eres? ¿Qué nos hemos hecho el uno al otro? ¿Qué nos haremos?».

Manifestar su deseo de volver a casa, a su cama de matrimonio junto al infiel de su marido, fue un acto generoso, regio, por parte de Amy. Todo el mundo se mostró de acuerdo. La prensa nos siguió como si fuéramos la procesión de una boda real, bajo los neones y entre los restaurantes de comida rápida que pueblan Carthage, hasta llegar a nuestra McMansión junto al río. Qué elegancia la de Amy, qué estilazo. Una princesa de cuento. Y yo, por supuesto, era el jorobado pelotillero que se inclinaría y humillaría durante el resto de mis días. Hasta que la arrestaran. Si es que alguna vez lo hacían.

Que la hubieran dejado en libertad ya me preocupaba. Más que una preocupación, fue una conmoción. Les vi salir a todos en fila india de la sala en la que la habían estado interrogando durante *cuatro* horas para dejarla marchar: dos tipos del FBI con el pelo alarmantemente corto y rostros inexpresivos; Gilpin, con pinta de haber engullido el mayor chuletón de su vida; y Boney, la única con los labios apretados y una pequeña V en el entrecejo. Me miró de reojo al pasar a mi lado, arqueó una ceja y desapareció.

Después, con excesiva rapidez, Amy y yo nos encontramos de nuevo en casa, solos en el salón, observados por los resplandecientes ojos de Bleecker. Al otro lado de nuestras cortinas, los focos de las cámaras de televisión permanecían encendidos, bañando nuestro salón en un extraño resplandor anaranjado. Parecía que estuviéramos a la luz de las velas, qué romántico. Amy estaba bellísima. La odié. Tenía miedo de ella.

—No podemos dormir en la misma casa —empecé.

—Quiero quedarme aquí contigo —dijo ella agarrándome la mano—. Quiero estar con mi marido. Quiero darte la oportunidad de ser el marido que quieres ser. Te perdono.

—¿Me *perdonas*? Amy, ¿por qué has vuelto? ¿Por lo que dije en las entrevistas? ¿Los vídeos?

—¿No era eso lo que querías? —dijo ella—. ¿No era ese el objetivo de los vídeos? Eran perfectos. Me recordaron lo que solíamos compartir, lo especial que era.

—Me limité a decir únicamente lo que querías oír.

—Lo sé. ¡Así de bien me conoces! —dijo Amy. Resplandecía de felicidad. Bleecker comenzó a trazar ochos entre sus piernas. Amy lo cogió y lo acarició. Su ronroneo era ensordecedor—. Piensa en ello, Nick, nos *conocemos*. Y ahora, mejor que ninguna otra pareja en el mundo.

Era cierto que yo también había experimentado aquella sensación, durante el mes anterior, en las raras ocasiones en las que no había estado deseándole todos los males a Amy. Me sobrevenía en extraños momentos: en plena noche, al levantarme a mear o por la mañana mientras llenaba un cuenco con cereales. Detectaba un pinchazo de admiración, y más que eso, de cariño por mi esposa, justo en el centro de mi ser, en las tripas. Saber expresar en sus notas exactamente lo que yo había querido oír, hacer que volviera a enamorarme, incluso predecir todos mis pasos en falso... Amy me tenía calado hasta el tuétano. Me conocía mejor que cualquier otra persona en el mundo. Todo aquel tiempo pensando que en realidad éramos unos desconocidos y resultó que nos conocíamos intuitivamente, en los huesos, en la sangre.

En cierto modo era romántico. Catastróficamente romántico.

—No podemos retomarlo donde lo dejamos, Amy.

—No, no donde lo dejamos —dijo ella—. Donde estamos ahora. Un punto en el que me amas y nunca volverás a cometer ningún error.

—Estás loca, literalmente loca, si piensas que me voy a quedar. Has *matado* a un hombre —dije.

Le di la espalda y luego la imaginé con un cuchillo en la mano, apretando los labios ante mi desobediencia. Volví a girarme. Sí, a mi esposa hay que mirarla siempre de frente.

—Para huir de él.

—Has matado a Desi para crear una nueva historia que te permitiese regresar y ser amada por todos sin tener que asumir las responsabilidades de lo que hiciste. ¿No entiendes la ironía, Amy? Es lo que siempre me echaste en cara, que nunca afrontase las consecuencias de mis actos, ¿verdad? Bien, considérame debidamente aleccionado. Pero ¿qué pasa contigo? Has *asesinado* a un hombre, un hombre que, supongo, te amaba y te estaba ayudando, y ahora quieres que ocupe su lugar y te ame y te ayude y... no puedo. No puedo hacerlo. Y no lo haré.

—Nick, creo que has recibido ciertas informaciones erróneas —dijo Amy—. No me sorprende, teniendo en cuenta la cantidad de rumores que corren por ahí. Pero debemos olvidar todo eso. Si queremos seguir adelante. Y seguiremos adelante. Toda Norteamérica desea que lo hagamos. Es la historia que el mundo necesita en estos momentos. Nosotros. Desi es el malo. Nadie quiere dos malos. Quieren *admirarte*, Nick. Y el único modo de que puedas volver a ser querido es quedándote conmigo. Es la única manera.

—Cuéntame qué sucedió, Amy. ¿Estuvo Desi ayudándote en todo momento?

Amy se inflamó al oír aquello: ella no necesitaba la ayuda de ningún hombre, a pesar de que evidentemente sí la había necesitado.

—¡Por supuesto que no! —ladró.

—Cuéntamelo. ¿En qué podría perjudicarte? Cuéntamelo todo, porque tú y yo no podemos seguir adelante con esa historia fingida. Me resistiría a cada paso. Sé que ya lo has anticipado todo. No pretendo provocar que cometas un error. Estoy agotado de intentar ser más listo que tú, sé que es inútil. Solo quiero saber qué sucedió. Estaba a un paso del corredor de la muerte, Amy. Has vuelto y me has salvado y te doy las gracias por ello. ¿Me has oído? Te estoy dando las *gracias*, así que luego no digas que no lo hice. *Gracias*. Pero necesito saberlo. Sabes que necesito saberlo.

—Desnúdate —dijo Amy.

Quería estar segura de que no llevase ningún micro. Me desvestí delante de ella, hasta la última prenda, y luego Amy me inspeccionó, me pasó una mano por la barbilla y el pecho, por la espalda. Me palmeó el trasero y coló una mano entre mis piernas, me palpó los testículos y me agarró de la inerte polla, la sostuvo en la mano un momento para ver si pasaba algo. No pasó nada.

—Estás limpio —dijo. Pretendía ser una broma, un chascarrillo, una referencia fílmica de la que los dos podríamos reírnos. Cuando vio que yo no decía nada, dio un paso atrás y dijo—: Siempre me gustó verte desnudo. Me hacía feliz.

—Nada te hacía feliz. ¿Puedo volver a vestirme?

—No. No quiero tener que preocuparme de micros ocultos en las mangas o los dobladillos. Además, tenemos que ir al baño y abrir el grifo, por si acaso hubieras instalado micros en la casa.

—Has visto demasiadas películas —dije.

—¡Ja! Nunca pensé que te oiría decir eso.

Nos metimos en la bañera y abrimos el grifo de la ducha. El agua me empapó la espalda y humedeció el frontal de la camisa de Amy, hasta que se despojó de ella. Se quitó toda la ropa en un malicioso striptease, la arrojó por encima de la puerta de la ducha con el mismo ademán sonriente y juguetón que tenía cuando nos conocimos —«¡Estoy dispuesta a todo!»— y se volvió hacia mí. Esperé que sacudiera la melena sobre los hombros como hacía cuando coqueteaba conmigo, pero tenía el pelo demasiado corto.

—Ahora estamos igualados —dijo—. Me parecía de mala educación ser la única vestida.

—Creo que hace mucho tiempo que dejamos atrás la etiqueta, Amy.

«Mírala solo a los ojos, no la toques, no dejes que te toque.»

Se acercó a mí, me puso una mano en el pecho, dejó que el agua goteara entre sus senos. Se lamió una salpicadura del labio superior y sonrió. Amy odiaba las salpicaduras de agua. No le gustaba mojarse la cara, no le gustaba la sensación del agua golpeando contra su carne. Yo sabía todo aquello porque estaba casado con ella, y la había manoseado y me había insinuado muchas veces en la ducha, siempre para verme rechazado. («Sé que parece sensual, Nick, pero en realidad no lo es. Es algo que la gente solo hace en las películas.») Ahora estaba fingiendo justo lo contrario, como si hubiese olvidado que la conocía. Retrocedí.

—Cuéntamelo todo, Amy. Pero primero: ¿hubo alguna vez un bebé?

El embarazo había sido mentira. Para mí aquello fue lo más desolador. La idea de que mi esposa fuese una asesina resultaba aterradora, repulsiva, pero que lo del bebé fuese mentira me resultó casi imposible de soportar. El embarazo había sido mentira, la fobia a la sangre había sido mentira… durante el último año, mi esposa había sido en gran medida una mentira.

—¿Cómo incriminaste a Desi? —pregunté.

—Encontré un poco de alambre en un rincón de su sótano. Utilicé un cuchillo de sierra para cortarlo en cuatro trozos...

—¿Te dejaba tener cuchillos?

—Olvidas que éramos amigos.

Tenía razón. Estaba pensando en la historia que le había contado a la policía: que Desi la había retenido cautiva. Se me había olvidado. Así de buena era contando historias.

—Cada vez que Desi se marchaba, me ataba los alambres todo lo fuerte que podía alrededor de las muñecas y los tobillos para que fueran dejando estos surcos.

Me mostró las escabrosas marcas de sus muñecas, como brazaletes.

—Guardé una botella de vino y me abusaba con ella cada día, para que el interior de mi vagina tuviera el aspecto... apropiado. Apropiado para una víctima de violación. Finalmente hoy le he dejado que se acostara conmigo para tener su semen y le he echado unos somníferos en el martini.

—¿Te dejaba tener somníferos?

Amy suspiró; no le estaba siguiendo el ritmo.

—Ya, erais amigos.

—Después... —Hizo un gesto como de cortarle la garganta.

—Así de fácil, ¿eh?

—Solo hay que decidir hacerlo y luego hacerlo —dijo ella—. Disciplina. Compromiso. Como con cualquier otra cosa. Tú nunca lo entendiste.

Noté que su humor se estaba tornando pétreo. No la estaba admirando lo suficiente.

—Cuéntame más —dije—. Cuéntame cómo lo hiciste.

Al cabo de una hora, el agua se enfrió y Amy quiso poner fin a nuestra conversación.

—Tendrás que reconocer que es bastante brillante —dijo.

La miré de hito en hito.

—O sea, tienes que admirarme aunque solo sea un poco —me exhortó.

—¿Cuánto tardó Desi en desangrarse hasta morir?

—Es hora de irse a la cama —dijo Amy—. Mañana podremos seguir hablando si quieres, pero ahora mismo deberíamos dormir. Juntos. Creo que es importante. Para cerrar el círculo. En realidad, para todo lo contrario.

—Amy, esta noche me voy a quedar porque no quiero tener que responder a todas las preguntas que me harán si no me quedo. Pero dormiré abajo.

Ella ladeó la cabeza, estudiándome.

—Nick, todavía puedo perjudicarte mucho, recuérdalo.

—¡Ja! ¿Más de lo que ya lo has hecho?

Pareció sorprendida.

—Oh, desde luego.

—Lo dudo, Amy.

Me dirigí hacia la puerta.

—Intento de asesinato —dijo ella.

Me detuve en seco.

—Esa fue mi primera idea, al principio. Sería una pobre esposa enferma con indisposiciones recurrentes y repentinas, hasta que se descubriese que todos aquellos cócteles que le había preparado su marido…

—Como en el diario.

—Pero después decidí que *intento* de asesinato no era suficiente para ti. Te merecías algo más. Aun así, no conseguí sacarme de la cabeza el envenenamiento. Me gustaba la idea de que hubieses ido llegando poco a poco al asesinato. Intentándolo primero de la manera más cobarde. Así que lo hice.

—¿Esperas que me lo crea?

—Todos aquellos vómitos, qué susto. Una esposa inocente y asustada podría haber guardado parte del vómito, solo por si acaso. Quién podría culparla por ser un poco paranoica. —Me dedicó una sonrisa de satisfacción—. Siempre hay que tener un plan alternativo para el plan alternativo.

—De verdad te envenenaste a ti misma.

—Nick, por favor, ¿te sorprende? Después de todo, me *maté*.

—Necesito una copa —dije, saliendo antes de que Amy pudiera decir nada más.

Me serví un escocés y me senté en el sofá del salón. Al otro lado de las cortinas, los focos de las cámaras iluminaban el jardín. Pronto dejaría de ser de noche. Había acabado por considerar el amanecer algo deprimente, sabiendo que se iba a seguir repitiendo una y otra vez.

Tanner descolgó al primer timbrazo.

—Lo mató ella —dije—. Mató a Desi porque básicamente… la estaba irritando, sometiéndola a juegos de poder, y se dio cuenta de que podía matarlo y convertirlo en su billete de regreso a su antigua vida y que podría culparle de todo. Lo *asesinó*, Tanner, me lo acaba de decir. Ha *confesado*.

—¿Imagino que no habrá tenido oportunidad de… grabar algo de algún modo? ¿Con el móvil o algo?

—Estábamos desnudos en la ducha y todo ha sido entre susurros.

—No quiero ni preguntar —dijo—. Son ustedes las dos personas más jodidas de la cabeza que he conocido en mi vida, y eso que estoy especializado en ellas.

—¿Sabemos por dónde respira la policía?

Tanner suspiró.

—Amy no ha dejado ni un solo fleco. Su historia es absurda, pero no más absurda que la nuestra. Básicamente Amy está explotando la máxima más eficaz del sociópata.

—¿Cuál es?

—Cuanto mayor la mentira, más fácil de creer.

—Vamos, Tanner, tiene que haber algo.

Me acerqué a la escalera para asegurarme de que Amy no estuviese cerca. Estábamos hablando entre susurros, pero en fin… Ahora debía andarme con ojo.

—Por ahora debemos presentar un frente unido, Nick. El retrato que ha pintado de usted sigue sin ser nada halagador. Dice que todo lo que escribió en el diario es cierto. Que todos los artilugios del cobertizo son suyos. Que los compró usted con las tarjetas de crédito, pero ahora se siente demasiado avergonzado para reconocerlo. Ella no es más que una pobre niña rica que ha vivido protegida toda su vida, ¿cómo iba a saber ella cómo adquirir tarjetas de crédito secretas a nombre de su marido? ¡Y toda esa pornografía, Dios mío!

—Me ha dicho que nunca estuvo embarazada, falseó un análisis con orina de Noelle Hawthorne.

—¡Haber empezado por ahí! ¡Eso sí es tremendo! Le apretaremos las tuercas a Noelle.

—Noelle no lo sabe.

Oí un profundo suspiro al otro lado de la línea. Tanner ni se molestó en preguntar cómo la había conseguido Amy.

—Seguiremos pensando, seguiremos buscando —dijo—. Ya saldrá algo.

—No puedo quedarme en esta casa con ese *engendro*. Me ha amenazado con…

—Intento de asesinato… el anticongelante. Sí, he oído que era una de las posibilidades.

—No pueden arrestarme por eso, ¿o sí? Amy dice que conservó parte de los vómitos. Como prueba. ¿De verdad podrían…?

—No forcemos las cosas por ahora, ¿de acuerdo, Nick? —dijo Tanner—. Por ahora, sígale la corriente. Odio tener que decirlo, de verdad que lo odio, pero ahora mismo es el mejor consejo legal que le puedo dar: sígale la corriente.

—¿Que le siga la corriente? ¿Ese es su consejo? Mi equipo estrella de un solo abogado: *¿que le siga la corriente?* Váyase a la mierda.

Colgué completamente furioso.

«La mataré —pensé—. Coño que sí, me cargaré a esa zorra.»

Me sumí en la oscura ensoñación a la que me había entregado durante el último par de años cada vez que Amy me había hecho sentir el mayor de los desgraciados: soñaba despierto con abrirle la cabeza a martillazos hasta que dejase de hablar, hasta que *por fin* dejase de escupirme las palabras con las que me ninguneaba: vulgar, aburrido, mediocre, predecible, insatisfactorio, inútil, inservible. Básicamente «in». Mentalmente, la machacaba con el martillo hasta convertirla en un muñeco roto que balbucía «in, in, in» hasta quedar en silencio con un espasmo. Pero luego no me bastaba, por lo que la restauraba, dejándola como nueva para poder matarla otra vez: le rodeaba el cuello con las manos —siempre le había gustado la intimidad— y después apretaba y apretaba, sintiendo su pulso…

—¿Nick?

Me di la vuelta y Amy estaba sobre el primer peldaño de la escalera con su camisón de dormir, la cabeza ladeada.

—Sígueme el juego, Nick.

AMY ELLIOTT DUNNE
La noche del regreso

Se vuelve y cuando me ve allí de pie parece asustado. Eso me resultará útil. Porque no pienso dejarle marchar. Puede que Nick piense que estaba mintiendo cuando dijo todas aquellas cosas agradables para atraerme de regreso. Pero yo sé que no es así. Sé que Nick no es capaz de mentir de esa manera. Sé que mientras recitaba las palabras, fue consciente de la verdad. *¡Ping!* Porque no se puede estar tan enamorados como lo estuvimos nosotros sin que ese amor te invada hasta el tuétano. Nuestro amor puede entrar en remisión, pero siempre sigue ahí esperando para regresar. Como el cáncer más dulce del mundo.

¿No te convence? ¿A ver qué te parece esto entonces? Pongamos que Nick mintió. No sentía ni una de todas las putas cosas que dijo. Bien, pues que le jodan, fue demasiado convincente, porque ahora lo quiero exactamente así. Como el hombre que estaba fingiendo ser. Las mujeres adoran a ese tipo. *Yo* adoro a ese tipo. Ese es el hombre que deseo como marido. Ese es el hombre por el que firmé. Ese es el hombre que me merezco.

Así que puede amarme sinceramente y por libre elección, tal como lo hizo en otro tiempo, o le pondré el yugo y le obligaré a ser el hombre con el que me casé. Estoy harta de tener que aguantar sus gilipolleces.

—Sígueme la corriente —digo.

Parece un niño, un niño furioso. Cierra los puños.

—No, Amy.

—Puedo traerte la ruina, Nick.

—Ya lo has hecho, Amy. —Veo que la rabia se apodera de él con un estremecimiento—. ¿Y por qué, por todos los santos, quieres siquiera seguir conmigo? Soy aburrido, vulgar, insatisfactorio, inútil. No estoy a la altura. Has pasado el último par de años repitiéndomelo.

—Solo porque dejaste de *intentarlo* —digo—. Eras perfecto para mí. Fuimos la pareja perfecta hasta que dejaste de esforzarte. ¿Por qué hacer algo así?

—Dejé de quererte.

—¿Por qué?

—Porque dejaste de quererme. Somos una tira de Möbius enferma y jodidamente tóxica, Amy. No éramos nosotros mismos cuando nos enamoramos, y cuando pasamos a serlo… ¡Sorpresa! Fuimos veneno. Nos complementamos mutuamente de la manera más sucia y desagradable posible. En realidad no me amas, Amy. Ni siquiera te gusto. Divórciate de mí. Divórciate e intentemos ser felices.

—No me voy a divorciar de ti, Nick. No lo haré. Y te juro que si intentas dejarme, dedicaré *mi* vida a hacer la *tuya* imposible. Y sabes lo imposible que puedo llegar a hacértela.

Nick comienza a dar vueltas como un oso enjaulado.

—Piensa en ello, Amy, lo perjudiciales que somos el uno para el otro: las dos personas más ensimismadas del mundo encerradas juntas. Si no te divorcias tú, lo haré yo.

—Ah, ¿sí?

—Me divorciaré de ti. Pero deberías ser tú quien lo hiciera. Porque ya sé lo que estás pensando, Amy. Estás pensando que no dará para una buena historia: la Asombrosa Amy mata finalmente al enloquecido violador que la había secuestrado y regresa a casa donde la espera… un vulgar y aburrido divorcio. No te parece lo suficientemente triunfal.

No es *nada* triunfal.

—Pero míralo de esta otra manera: tu historia no es una lacrimógena y circunspecta loa a la supervivencia, en plan telefilme de primeros de los noventa. No lo es. Eres una mujer dura, vibrante e independiente, Amy. Mataste a tu secuestrador y después seguiste haciendo limpieza: te libraste del idiota infiel de tu marido. Las mujeres te *aclamarán*. No eres una niñita asustada. Eres una *mujer de armas tomar*. Piensa en ello. Sabes que tengo razón: la era del perdón ya pasó. Está pasada de moda. Piensa en todas las esposas de políticos, las actrices, todas y cada una de las mujeres famosas que han sufrido infidelidades. Hoy día ya no siguen junto al marido. Los días del «Respalda a tu hombre» han quedado atrás, ahora se lleva el «Divórciate de ese cabrón».

Noto una oleada de odio hacia él. Cómo se le ocurre seguir intentando escabullirse de nuestro matrimonio a pesar de que le he dicho —tres veces ya— que no va a poder. Aún piensa que tiene alguna autoridad.

—Y si no me divorcio, ¿te divorciarás tú? —pregunto.

—No quiero estar casado con una mujer como tú. Quiero estar casado con una persona normal.

Pedazo de mierda.

—Ya veo. ¿Quieres volver a ser un *fracasado* patético y sin futuro? ¿Quieres simplemente *dejarlo todo*? ¡No! No permitiré que seas un vulgar y aburrido americano medio con su aburrida y vulgar chica de la puerta de al lado. Eso ya lo has intentado, ¿recuerdas, cariño? Incluso aunque quisieras, no podrías hacerlo. Serás conocido como el donjuán canalla que abandonó a su violada y secuestrada esposa. ¿Crees que alguna mujer *decente* querría tocarte? Solo encontrarás…

—¿Zumbadas? ¿Putas locas psicópatas? —dice señalándome, pinchando el aire con el índice.

—No me llames así.

—¿Puta loca psicópata?

Sería tan fácil para él desestimarme de semejante modo… Le encantaría poder desdeñarme con tal sencillez.

—Todo lo que hago, lo hago por un motivo, Nick —digo—. Todo lo que hago requiere de preparación, precisión y disciplina.

—Eres una puta loca disciplinada, mezquina, egoísta y manipuladora…

—Y tú eres un hombre —digo yo—. Un hombre vulgar, perezoso, aburrido y cobarde al que le *aterran* las mujeres. Sin mí, eso es lo que habrías seguido siendo, *ad nauseam*. Pero yo te convertí en algo. Estando conmigo fuiste mejor hombre de lo que lo habías sido *nunca*. Y lo sabes. La única temporada de tu vida en la que te sentiste *a gusto* contigo mismo fue *fingiendo ser* alguien que *a mí* me podría gustar. ¿Sin mí? Solo eres tu padre.

—No digas eso —dice Nick cerrando los puños.

—¿Acaso crees que a él no le hizo daño una mujer, igual que a ti? —digo en mi tono de voz más condescendiente, como si estuviera hablando con un cachorro—. ¿Acaso crees que no pensaba que se merecía algo mejor que lo que obtuvo, exactamente igual que tú? ¿De verdad crees que tu madre fue su primera elección? ¿Por qué crees que os odiaba tanto a todos?

—Cállate, Amy —dice, avanzando hacia mí.

—Piensa, Nick, sabes que tengo razón. Incluso si consiguieras encontrar una chica agradable, normal y corriente, estarías pensando en *mí* todos los días. Dime que no lo harías.

—No lo haría.

—¿Cuánto tardaste en olvidar a la pequeña Habilidosa Andie tras convencerte de que yo te volvía a querer? —digo con voz de «Pobrecito». Incluso hago un pequeño mohín con el labio inferior—. ¿Una carta de amor, cielito? ¿Bastó con una sola? ¿Dos? Dos notas jurándote que te *amaba* y que quería *recuperarte* y que me parecías *maravilloso*. ¿Te bastó con eso? Eres INGENIOSO, eres CARIÑOSO, eres BRILLANTE. Mira que eres patético. ¿Crees que alguna vez podrás volver a ser un hombre normal? Encontrarás una chica agradable y seguirás pensando en *mí* y te sentirás completamente insatisfecho, atrapado en tu vida normal y aburrida con tu vulgar esposa y tus hijos mediocres. Pensarás en mí y después mirarás a tu mujer y pensarás: «Zorra estúpida».

—Cállate, Amy, te lo digo en serio.

—Igual que tu padre. Todas somos zorras en última instancia, ¿verdad, Nick? Zorra estúpida, zorra psicótica.

Nick me agarra del brazo y me sacude con fuerza.

—Yo soy la zorra que te hace mejor persona, Nick.

Nick no dice nada. Está usando todas sus energías para inmovilizar sus manos. Tiene los ojos anegados en lágrimas. Está temblando.

—Yo soy la *zorra* que te convierte en un hombre.

Entonces noto sus manos en mi cuello.

NICK DUNNE
La noche del regreso

Su pulso palpitaba al fin bajo la presión de mis dedos, tal como lo había imaginado. Apreté con más fuerza y la tiré al suelo. Amy profirió un cloqueo húmedo y me arañó las muñecas. Permanecimos los dos arrodillados, como rezando cara a cara, durante diez segundos.

«Maldita puta loca.»

Una lágrima cayó al suelo desde mi barbilla.

«Puta loca asesina manipuladora y malvada.»

Los ojos de Amy permanecían clavados en los míos, sin parpadear.

Y entonces el más extraño pensamiento rodó ebria y estrepitosamente desde la parte trasera de mi cerebro hacia la frontal, cegándome: «Si mato a Amy, ¿quién seré yo?».

Vi un destello blanco y resplandeciente. Solté a mi esposa como si fuera un hierro al rojo.

Ella cayó al suelo de culo, con fuerza, jadeó y tosió. Su respiración era entrecortada y rasposa, con un extraño y casi erótico silbido al final.

«¿Quién seré entonces?» La pregunta no era recriminatoria. No buscaba una respuesta beatona en plan: «Serás un asesino, Nick. Serás tan malo como Amy. Serás lo que todo el mundo creía que eras». No. La pregunta era aterradoramente sincera y literal. ¿Quién sería yo sin una Amy frente a la que reaccionar? Porque ella tenía razón: como hombre, había alcanzado mis mejores momentos estando enamorado de ella. Y en segundo lugar quedaban aquellos en los que la había odiado. Solo hacía siete años que conocía a Amy, pero no podía regresar a una vida sin ella. Porque Amy tenía razón: no podía retomar una vida vulgar y corriente. Lo había sabido antes incluso de que ella dijese una sola palabra. Ya me había imaginado con una mujer cualquiera –una chica dulce y normal, la vecinita de al lado– y ya me había imaginado contándole a aquella mujer cualquiera la historia de Amy, los extremos hasta los que había llegado para castigarme y para volver junto a mí. Ya me había imaginado a aquella chica encantadora y mediocre diciendo algo completamente carente de interés como «Oh, nooooo, oh, Dios mío», y ya sabía que una parte de mí la estaría contemplando y pensando: «Nunca has asesinado por mí. Nunca me has incriminado. Ni siquiera sabrías cómo empezar a hacer lo que hizo Amy. Es imposible que jamás pueda llegar a importarte tanto». El consentido hijo de mamá que hay en mí jamás sería capaz de encontrar la paz junto a aquella mujer normal, y muy pronto incluso dejaría de parecerme normal, sería insuficiente, y entonces la voz de mi padre –«zorra estúpida»– se alzaría y tomaría el mando.

Amy había dado en el clavo.

Así que a lo mejor no había finales felices en mi futuro.

Amy era tóxica y sin embargo no conseguía imaginar un mundo completamente carente de ella. ¿Quién sería yo en un mundo sin Amy? Había dejado de tener alternativas satisfactorias. Pero tenía que subyugarla de alguna manera. Amy en la cárcel: ese sería un buen final para ella. Encerrada en una caja desde la que no pudiese ejercer su influencia sobre mí, pero a la que pudiera ir a visitarla de vez en cuando. O al menos imaginarla. Un pulso, mi pulso, abandonado allá fuera en alguna parte.

Tenía que ser yo quien la llevara allí. Era mi responsabilidad. Igual que Amy se otorgaba el crédito de haber sacado lo mejor de mí mismo, yo debía aceptar la responsabilidad por haber hecho florecer su locura. Había un millón de hombres que habrían amado, honrado y obedecido a Amy y se habrían considerado afortunados de poder hacerlo. Hombres confiados y seguros de sí mismos, hombres de verdad que no la habrían obligado a fingir ser ninguna otra cosa salvo su perfecto, rígido, exigente, brillante, creativo, fascinante, rapaz y megalómano yo.

Hombres capaces de entrar por el aro.

Hombres capaces de mantenerla cuerda.

La historia de Amy podría haber seguido un millón de caminos distintos, pero me conoció a mí y sucedieron cosas terribles. De modo que detenerla era mi responsabilidad.

No matarla sino detenerla.

Encerrarla en una de sus cajas.

AMY ELLIOTT DUNNE
Cinco días tras el regreso

Sé, ahora sé, que necesito ser más cuidadosa con Nick. No es tan dócil como solía serlo. Hay algo eléctrico en su interior, como si le hubieran dado a un interruptor. Me gusta. Pero necesito tomar precauciones.

Necesito una última y espectacular precaución.

Tardaré cierto tiempo en organizarla, pero ya estoy acostumbrada a planear con antelación. Mientras tanto, podemos trabajar en nuestra reconstrucción. Empezando por la fachada. Tendremos un matrimonio feliz aunque eso le mate.

—Vas a tener que intentar amarme de nuevo —le dije la mañana después de que casi me matara.

Resultó que era el día de su treinta y cinco cumpleaños, pero Nick ni lo mencionó. Mi marido se ha cansado de recibir regalos míos.

—Te perdono lo de anoche —dije—. Los dos estábamos sometidos a mucho estrés. Pero ahora vas a tener que intentarlo de nuevo.

—Lo sé.

—Las cosas tendrán que ser diferentes —dije.

—Lo sé —dijo él.

En realidad no lo sabe. Pero lo sabrá.

Mis padres han estado visitándome a diario. Rand y Marybeth y Nick me colman de atenciones. Almohadas. Todo el mundo quiere ofrecerme almohadas. Todos nos comportamos como afectados por la histeria colectiva de que mi violación y aborto me han dejado dolorida y delicada para siempre. Soy como un gorrioncillo, y debo ser sostenida con cuidado en la palma, no vaya a ser que me rompa. De modo que apoyo los pies sobre la infame otomana y camino con sumo cuidado sobre el suelo de la cocina en la que sangré. Debemos cuidar bien de mí.

Y sin embargo me resulta extrañamente desasosegante ver a Nick con cualquiera que no sea yo. Parece continuamente a punto de confesar, como si sus pulmones estuviesen rebosantes de palabras, palabras condenatorias contra mí.

Necesito a Nick, me doy cuenta de ello. Ciertamente necesito que respalde mi historia. Que olvide sus acusaciones y negativas y que reconozca que fue él: las tarjetas de crédito, las compras en el cobertizo, el incremento en la póliza del seguro. De otro modo acarrearé conmigo para siempre ese aroma de incertidumbre. Solo tengo un par de cabos sueltos y esos cabos sueltos son personas. La policía y el FBI están cribando mi historia. A Boney, lo sé, le encantaría arrestarme. Pero metieron la pata de tal manera la última vez —han quedado como tales tontos— que no podrán tocarme a menos que tengan pruebas. Y no tienen pruebas. Tienen a Nick, que jura no haber hecho las cosas que yo juro que hizo, y no es gran cosa, pero ya es más de lo que a mí me gustaría.

Incluso me he preparado por si acaso apareciesen mis amigos de las Ozark, Jeff y Greta, husmeando en busca de fama o dinero. Ya le he contado a la policía que Desi no me llevó de inmediato a su casa. Me tuvo con los ojos vendados, amordazada y drogada varios días —*creo* que fueron varios días— en algún tipo de cuarto, ¿quizá la habitación de un motel? ¿Quizás un apartamento? No puedo estar segura, lo recuerdo todo como un borrón. Estaba tan asustada, ¿saben? Y el efecto de los somníferos. Si Jeff y Greta muestran sus rastreras y puntiagudas caras y de algún modo consiguen convencer a la policía para que envíe un equipo forense al Hide-A-Way, y encuentran algún pelo mío o alguna huella dactilar, simplemente estarían resolviendo parte del puzzle. El resto no serían más que mentiras de dos buscavidas.

Así que en realidad el único problema es Nick, y pronto lo habré vuelto a poner de mi parte. Fui lista, no dejé ninguna otra prueba. Lo sé gracias al tono hosco en la voz de Boney. A partir de ahora vivirá permanentemente exasperada, y cuanto más se irrite, menos caso le hará la gente. Ya tiene la cadencia santurrona y crispada de una chiflada de las conspiraciones. Bien podría envolverse la cabeza en papel de plata.

Sí, la investigación está perdiendo fuelle. Pero en lo que a la Asombrosa Amy se refiere, la situación es justo la opuesta. El editor de mis padres les ha hecho un abochornado ruego para que escriban otro libro de *Asombrosa Amy* y ellos han aceptado a cambio de una bonita y escandalosa suma. Una vez más se dedican a «okupar» mi psique para ganar dinero. Esta mañana han dejado Carthage. Dicen que es necesario que Nick y yo dispongamos de algún tiempo a solas para que puedan cicatrizar las heridas. Pero sé la verdad. Están deseando ponerse manos a la obra. Me dicen que están intentando «hallar el tono adecuado». Un tono que diga: «Nuestra hija fue raptada y repetidamente violada por un monstruo al que tuvo que acuchillar en el cuello… pero esto no es en modo alguno un libro oportunista para ganar dinero».

No me preocupa la reconstrucción de su patético imperio, porque cada día recibo llamadas para que cuente *mi* historia. Mi historia: mía, mía, mía. Solo necesito escoger el trato más ventajoso y ponerme a escribir. Solo necesito conseguir que Nick se suba a mi carro para que ambos podamos ponernos de acuerdo en cómo terminará esta historia. Felizmente.

Sé que Nick todavía no está enamorado de mí, pero lo estará. Tengo fe en ello. Fíngelo hasta que lo sientas, ¿no es una expresión hecha? Por ahora se comporta como el viejo Nick y yo me comporto como la vieja Amy. Como cuando éramos felices. Cuando no nos conocíamos el uno al otro tan bien como ahora nos conocemos. Ayer estaba en el porche trasero viendo salir el sol por encima del río, una mañana de agosto extrañamente fresca, y cuando me di la vuelta Nick estaba estudiándome desde la ventana de la cocina, y alzó una taza de café a modo de pregunta: «¿Te apetece una?». Yo asentí y pronto le tuve de pie a mi lado y nos estábamos bebiendo juntos un café mientras veíamos la corriente y olíamos el aroma de la hierba en el ambiente, y la sensación fue normal y agradable.

Todavía no quiere dormir conmigo. Duerme abajo en el cuarto de invitados con el cerrojo echado. Pero un día acabaré por agotarle, lo pillaré con la guardia baja y él perderá la energía para seguir entablando batalla cada noche, y se meterá en la cama conmigo. En plena noche, me volveré para mirarle a la cara y me pegaré a él. Me aferraré a él como una enredadera hasta que haya invadido hasta el último rincón de su ser y lo haya hecho mío.

NICK DUNNE
Treinta días tras el regreso

Amy cree que tiene el control, pero está muy equivocada. O mejor dicho: lo estará.

Boney, Go y yo estamos trabajando juntos. La policía, el FBI... nadie más ha seguido mostrando demasiado interés. Pero ayer Boney me llamó de manera inesperada. No se identificó cuando descolgué, simplemente empezó como una vieja amiga: «¿Le apetece un café?». Recogí a Go y nos reunimos con Boney en el Pancake House. Cuando llegamos ya estaba allí, sentada a una mesa. Se levantó y mostró una débil sonrisa. La prensa la había estado linchando. Representamos el incómodo número del abrazo o apretón de manos hasta que Boney se decidió por un asentimiento de cabeza.

Lo primero que me dijo una vez que nos hubieron servido la comida:

—Tengo una hija. Tiene trece años. Mia. Por Mia Hamm. Nació el día que ganamos la Copa del Mundo. Pues bien, esa es mi hija.

Alcé las cejas: «Qué interesante. Cuénteme más».

—Me lo preguntó aquel día y yo no... Fui grosera. Había estado segura de que era usted inocente y después... todo indicaba que no lo era, así que estaba cabreada. Por haberme dejado engañar hasta tal punto. Así que no quise ni mencionar el nombre de mi hija cerca de usted. —Nos sirvió un café del termo—. Pues bien, es Mia.

—Vaya, gracias —dije.

—No, lo que quiero decir... Mierda. —Exhaló hacia arriba, un fuerte soplo que hizo aletear su flequillo—. Lo que quiero decir es que sé que Amy le incriminó. Sé que asesinó a Desi Collings. Lo *sé*. Simplemente no puedo demostrarlo.

—¿Qué están haciendo los demás mientras usted investiga el caso? —preguntó Go.

—No hay caso. Han pasado página. Gilpin no tiene el más mínimo interés. Desde arriba básicamente me han transmitido el mensaje: *Cierre* esta lata de gusanos. Ciérrela. Hemos quedado como paletos y acémilas en la prensa nacional. No puedo hacer nada a menos que usted me dé algo, Nick. ¿Tiene algo? *¿Lo que sea?*

Me encogí de hombros.

—Tengo lo mismo que usted. Me lo confesó todo, pero...

—¿*Confesó*? —dijo ella—. Porras, Nick, le pondremos un micro.

—No servirá de nada. No servirá de nada. Amy piensa en todo. Se conoce los procedimientos policiales al dedillo. Estudia continuamente, Rhonda.

Boney derramó un sirope azul eléctrico sobre sus gofres. Yo clavé los dientes de mi tenedor en la bulbosa yema del huevo y la agité, nublando el sol.

—Me vuelve loca que me llame Rhonda.

—Amy estudia continuamente, señora inspectora Boney.

Boney suspiró hacia arriba, haciendo aletear nuevamente su flequillo. Le dio un mordisco a un gofre.

—De todos modos, a estas alturas no me autorizarían para usar un micro.

—Vamos, tiene que haber algo que podamos hacer —saltó Go—. Nick, ¿por qué demonios sigues en esa casa si crees que no vas a obtener nada?

—Lleva su tiempo, Go. Tengo que conseguir que vuelva a fiarse de mí. Si empieza a contarme cosas de manera casual, sin necesidad de ponernos los dos en cueros...

Boney se restregó los ojos y se dirigió a Go:

—No sé si quiero preguntar.

—Mantienen sus charlas desnudos en la ducha con el grifo abierto —dijo Go—. ¿No hay manera de instalar algún micro en la ducha?

—Además de abrir el grifo, me susurra al oído —dije yo.

—Pues sí que estudia —dijo Boney—. Ya lo creo que sí. Registramos el coche en el que regresó, el Jaguar de Desi. Pedí que inspeccionaran el maletero en el que Amy había jurado que la había metido Desi cuando la raptó. Supuse que no encontrarían nada, que la sorprenderíamos en una mentira. Amy se había revolcado por el maletero, Nick. Nuestros perros detectaron su olor. Y encontramos tres cabellos rubios. Tres cabellos rubios y *largos*. Suyos, de antes de que se lo cortara. ¿Cómo pudo…?

—Previsión. Estoy seguro de que conservaba unos cuantos en una bolsa por si surgía la necesidad de dejarlos en algún lugar para incriminarme.

—Por el amor de Dios, ¿pueden imaginar lo que sería tenerla por madre? Sería imposible contarle ni una mentirijilla. Iría tres pasos por delante, siempre.

—Boney, ¿puede imaginarse lo que sería tenerla por esposa?

—Cometerá algún error —dijo ella—. En algún momento, acabará por cometer algún error.

—No lo hará —dije yo—. ¿No podría simplemente testificar en su contra?

—No tiene usted credibilidad alguna —dijo Boney—. La única credibilidad que tiene es la que le ha aportado Amy. Ella sola le ha rehabilitado. Y ella sola se bastaría para deshacerlo. Si se le ocurriese contar la historia del anticongelante…

—Tengo que encontrar el vómito —dije—. Si me librase del vómito y desvelásemos sus mentiras…

—Deberíamos repasar el diario —dijo Go—. ¿Siete años de entradas? Tiene que haber algunas discrepancias.

—Les pedimos a Rand y a Marybeth que lo revisaran, a ver si encontraban algo que les resultara llamativo —dijo Boney—. Podrán imaginar cómo acabó la cosa. Creí que Marybeth me iba a sacar los ojos.

—¿Y qué pasa con Jacqueline Collings o Tommy O'Hara o Hilary Handy? —dijo Go—. Los tres conocen a la Amy real. Tiene que haber algo ahí que podamos aprovechar.

Boney negó con la cabeza.

—Créame, no es suficiente. Ninguno resulta tan creíble como Amy. Es un asunto de opinión pública, lisa y llanamente, pero ahora mismo eso es precisamente lo que le preocupa al departamento: la opinión pública.

Tenía razón. Jacqueline Collings había intervenido en un par de programas de televisión por cable, insistiendo en la inocencia de su hijo. Siempre empezaba con cautela, pero su amor de madre jugaba en su contra. Daba la imagen de una mujer afligida, desesperada por pensar lo mejor de su hijo, y cuanto más la compadecían las presentadoras, más se alteraba y despotricaba y más antipática parecía. Rápidamente se olvidaron de ella. Tanto Tommy O'Hara como Hilary Handy me habían llamado, furiosos al ver que Amy se había librado sin castigo alguno, decididos a contar sus respectivas historias, pero nadie quiso saber nada de dos perturbados *ex* algo. Tened paciencia, les dije, estamos en ello. Hilary y Tommy, Jacqueline y Boney, Go y yo, tendríamos nuestro momento. Me dije a mí mismo que así lo creía.

—¿Y si al menos contáramos con Andie? —pregunté—. ¿Y si testificara que todos los lugares en los que Amy escondió pistas eran sitios en los que, ya sabe, nos habíamos acostado juntos? Andie es creíble; la gente la adora.

Tras el regreso de Amy, Andie había recuperado su alegre personalidad de siempre. Lo sé únicamente a partir de las instantáneas que aparecen ocasionalmente en la prensa rosa. Gracias a ellas, supe que estaba saliendo con un chico de su edad, un chaval majo y desastrado, siempre con unos auriculares colgados del cuello. Se les veía bien juntos, jóvenes y saludables. La prensa los adoraba. El mejor titular: «¡El amor encuentra a Andie Hardy!». Una referencia chistosa a una película de Mickey Rooney de 1938 que solo una veintena de personas pillaría. Le envié un mensaje de texto: «Lo siento. Por todo». No obtuve respuesta. Bien por ella. Lo digo con toda sinceridad.

—Coincidencias. —Boney se encogió de hombros—. De acuerdo, coincidencias raras, pero… nada lo suficientemente llamativo para seguir adelante. No en este ambiente. Debe conseguir que su esposa le cuente algo útil, Nick. Es usted nuestra única oportunidad.

Go dejó su café sobre la mesa con un golpetazo.

—No puedo creer que estemos teniendo esta conversación —dijo—. Nick, no quiero que sigas ni un minuto más en esa casa. No eres un agente encubierto, ¿de acuerdo? No es tu trabajo. Estás viviendo con una asesina. Lárgate de una puta vez. Lo siento, pero ¿a quién le importa una mierda que matase a Desi? No quiero que te mate *a ti*. Ya verás, cualquier día de estos se te quemarán sus tostadas y en menos de lo que canta un gallo recibiré una llamada informándome de que has sufrido una caída fatal desde el tejado o algo así. *Márchate*.

—No puedo. Todavía no. En realidad nunca me dejará marchar. Le gusta demasiado este juego.

—Entonces deja de jugar.

No puedo. Estoy mejorando mucho. Seguiré pegado a Amy hasta que pueda hacerla caer con todo el equipo. Soy el único que queda capaz de hacerlo. Algún día se irá de la lengua y me contará algo que pueda usar en su contra. Hace una semana volví a nuestro dormitorio. No hacemos el amor, apenas nos tocamos, pero somos marido y mujer en la cama matrimonial, lo cual apacigua a Amy por ahora. Le acaricio el pelo. Agarro un mechón entre el índice y el pulgar y lo tenso y después le doy tironcitos como si estuviera haciendo sonar una campana, y a los dos nos gusta. Lo cual es un problema.

Fingimos estar enamorados y hacemos las cosas que nos gusta hacer cuando estamos enamorados, y en ocasiones casi parece amor de verdad, debido a lo perfectamente que encarnamos nuestros papeles. Reviviendo la memoria muscular del primer romance. Cuando olvido —y en ocasiones puedo olvidar brevemente quién es mi esposa—, lo cierto es que me gusta estar con ella. O con la «ella» que finge ser ahora. El hecho es que mi esposa es una asesina que en ocasiones es muy divertida. ¿Puedo poner un ejemplo? Una noche encargué por correo una langosta, como en los viejos tiempos, y ella hizo como que me perseguía con ella y yo hice como que me escondía, y después los dos *al mismo tiempo* hicimos un chiste con *Annie Hall*, y fue tan perfecto, tan como se supone que debería ser, que tuve que salir del cuarto un segundo. Notaba el corazón en las orejas. Tuve que obligarme a repetir mi nuevo mantra: «Amy mató a un hombre y te matará a ti si no te andas con mucho, mucho cuidado». Mi esposa, la divertida y bella asesina, me hará daño si la disgusto. Soy un manojo de nervios en mi propia casa: estoy preparando un sándwich en la cocina a mediodía, lamiendo la mantequilla de cacahuete directamente del cuchillo, y cuando me vuelvo descubro que Amy ha entrado en la habitación con sus silenciosos pies de gato y me echo a temblar. Yo, Nick Dunne, el hombre que tantos detalles solía olvidar, soy ahora el tipo que repasa mentalmente las conversaciones para asegurarse de no haber ofendido, para asegurarme de que nunca hiero sus sentimientos. Anoto a diario todo lo que hace y dice Amy, sus gustos y disgustos, por si acaso pregunta. Soy un marido maravilloso porque me da mucho miedo que pueda matarme.

Nunca hemos hablado sobre mi paranoia, porque fingimos estar enamorados y yo finjo no estar aterrado por ella. Pero Amy la ha mencionado de pasada alguna que otra vez: «¿Sabes, Nick? Puedes dormir en la cama conmigo, dormir de verdad. Todo irá bien. Te lo prometo. Lo que pasó con Desi fue un incidente aislado. Cierra los ojos y duerme».

Pero sé que nunca volveré a dormir. No puedo cerrar los ojos cuando estoy a su lado. Es como dormir con una araña.

AMY ELLIOTT DUNNE
Ocho semanas tras el regreso

Nadie me ha arrestado. La policía ha dejado de hacer preguntas. Me siento a salvo. Y muy pronto me sentiré más a salvo aún.

Así es como me siento de bien: ayer bajé a desayunar y encontré sobre la encimera de la cocina el frasco en el que había guardado mis vómitos, vacío. Nick —el muy rastrero— se ha deshecho de ese pequeño ascendiente. Parpadeé un momento y después tiré el tarro a la basura.

Llegado este punto apenas tiene importancia.

Están pasando cosas buenas.

He firmado el contrato para escribir un libro: estoy oficialmente al mando de nuestra historia. A mi parecer, la idea tiene un simbolismo maravilloso. ¿Acaso no son eso todos los matrimonios, al fin y al cabo? ¿Simplemente un prolongado juego de «él dijo/ella dijo»? Bien, pues *ella* va a hablar y el mundo va a escuchar y Nick tendrá que sonreír y mostrarse de acuerdo. Lo describiré tal como quiero que sea: romántico, detallista y muy, muy arrepentido por lo de las tarjetas de crédito y las compras ocultas en el cobertizo. Si no puedo hacer que lo diga en voz alta, lo dirá en mi libro. Después saldrá de gira conmigo y sonreirá y sonreirá.

Voy a titular el libro simplemente *Asombrosa*. Que causa asombro o sorpresa; gran admiración. Eso resume mi historia, creo yo.

NICK DUNNE
Nueve semanas tras el regreso

Encontré el vómito. Amy lo había escondido al fondo del congelador en un bote, dentro de una caja de coles de Bruselas. La caja estaba cubierta de carámbanos; debía de llevar ahí meses. Sé que era otra de sus bromas privadas: «Nick nunca come verdura, Nick nunca limpia la nevera, a Nick nunca se le ocurrirá mirar aquí».

Pero a Nick se le ha ocurrido.

Resulta que Nick sí sabe limpiar la nevera, de hecho hasta sabe descongelar: tiré todo el vómito por el desagüe y dejé el tarro sobre la encimera para que Amy lo supiera.

Ella tiró el tarro a la basura. No dijo ni una palabra al respecto.

Algo va mal. No sé qué es, pero algo va muy mal.

Mi vida ha empezado a parecer un epílogo. Tanner ha aceptado un nuevo caso: un cantante de Nashville descubrió que su esposa le estaba engañando y su cuerpo fue hallado al día siguiente en un contenedor de Hardee's, cerca de su casa, junto a un martillo cubierto con las huellas dactilares del cantante. Tanner me está usando como defensa. «Sé que todo apunta a lo peor, pero también fue así en el caso de Nick Dunne y ya saben ustedes cómo acabó todo.» Casi podía sentirle guiñándome un ojo a través de la cámara. De vez en cuando me enviaba algún que otro mensaje de texto: «¿Estás bien?» o «¿Sabemos algo?».

No, nada.

Boney, Go y yo quedábamos en secreto en el Pancake House para cribar las sucias arenas de la historia de Amy, intentando encontrar algo que pudiéramos esgrimir. Trillamos el diario en una elaborada búsqueda de anacronismos. Llegamos a extremos desesperados de minuciosidad como: «Aquí hace un comentario sobre Darfur, ¿era un conflicto conocido en 2010?». (Sí, encontramos un vídeo de George Clooney hablando de ello en 2006.) O mi peor ejemplo: «En la entrada de julio de 2008 Amy hace un chiste sobre matar a un vagabundo, pero me parece que los chistes de vagabundos muertos no se pusieron de moda hasta 2009». A lo cual Boney respondió: «Páseme el sirope, tarado».

La gente se fue alejando, siguió con sus vidas. Boney aguantó. Go aguantó.

Entonces sucedió algo. Mi padre murió al fin. De noche, mientras dormía. Una mujer le metió su última cena a cucharadas en la boca, una mujer lo acomodó en la cama para su último descanso, una mujer lo limpió después de muerto y una mujer me telefoneó para darme la noticia.

—Era un buen hombre —dijo monótonamente, con una obligada inyección de empatía.

—No, no lo era —dije yo, y ella se rió como evidentemente hacía un mes que no lo hacía.

Pensaba que me haría sentir mejor saber que había desaparecido de la Tierra, pero en realidad sentí que se me abría un enorme y aterrador hueco en el pecho. Me había pasado la vida comparándome con mi padre, y ahora que ya no estaba solo me quedaba Amy como oponente. Tras el breve, polvoriento y solitario funeral, no me marché con Go, volví a casa con Amy y me abracé a ella. Eso es, volví a casa con mi esposa.

«Tengo que salir de esta casa —pensé—. Tengo que terminar con Amy de una vez por todas.» Quemar todos nuestros puentes, de modo que nunca pudiera regresar.

«¿Quién sería yo sin ti?»

Tenía que averiguarlo. Tenía que contar mi versión de la historia. Era evidente.

A la mañana siguiente, mientras Amy estaba en su estudio tecleando, contándole al mundo su *Asombrosa* historia, me llevé abajo el portátil y me quedé mirando la brillante pantalla en blanco.

Ataqué la primera página de mi propio libro.

«Soy un cobarde, un débil y un marido infiel que vive aterrado por las mujeres, pero soy el héroe de esta historia. Porque la mujer a la que le fui infiel —mi esposa, Amy Elliott Dunne— es una psicópata y una asesina.»

Yo desde luego leería algo así.

AMY ELLIOTT DUNNE
Diez semanas tras el regreso

Nick sigue fingiendo conmigo. Fingimos juntos que estamos feliz y despreocupadamente enamorados. Pero le oigo teclear de madrugada en su ordenador. Escribiendo. Escribiendo su versión, lo sé. Lo *sé*, su febril efusión de palabras no puede tener otra explicación, las teclas crujen y chasquean como un millón de insectos. Intento colarme en su portátil cuando duerme (aunque ahora duerme como yo, con un sueño ligero e intranquilo, y yo duermo como él). Pero ha aprendido la lección, sabe que ha dejado de ser el querido Nicky y de estar a salvo de cualquier mal: ya no usa su cumpleaños ni el cumpleaños de su madre ni el cumpleaños de Bleecker como contraseña. No consigo acceder.

Aun así, le oigo escribir, rápidamente y sin pausa, y me lo puedo imaginar encorvado sobre el teclado, los hombros tensos, la lengua apretada entre los dientes, y sé que hice bien en protegerme. En adoptar una precaución.

Porque lo que está escribiendo no es una historia de amor.

NICK DUNNE
Veinte semanas tras el regreso

No me he mudado. Quería que todo aquello fuese una sorpresa para mi esposa, a la cual es imposible sorprender. Quería entregarle el manuscrito al mismo tiempo que salía por la puerta para firmar un contrato de edición. Dejar que experimentase el parsimonioso horror de saber que el mundo está a punto de ladearse para volcar toda su mierda sobre ti y que no hay nada que puedas hacer para impedirlo. No, puede que nunca fuese a la cárcel, y siempre sería mi palabra contra la suya, pero mi caso resultaba convincente. Tenía resonancia emocional, aunque no la tuviera legal.

Dejemos que todo el mundo adopte bandos. Equipo Nick, Equipo Amy. Así será más parecido a un juego de verdad: vendamos unas cuantas camisetas, coño.

Me temblaban las piernas cuando le dije a Amy que había dejado de formar parte de su historia.

Le enseñé el manuscrito, haciendo especial hincapié en el llamativo título: *Zorra psicótica*. Una pequeña broma privada. A los dos nos encantan las bromas privadas. Aguardé a que me arañase las mejillas, me hiciera jirones la ropa, me mordiera.

—¡Oh! Qué don de la oportunidad —dijo Amy alegremente, dedicándome una enorme sonrisa—. ¿Puedo enseñarte una cosa?

La obligué a repetirlo delante de mí. La obligué a mear sobre el artilugio acuclillándome a su lado, observando cómo la orina salía de su interior para mojar el aparato y lo teñía de azul embarazada.

A continuación la arrastré hasta el coche, la llevé a la consulta del médico y presencié la extracción de sangre —porque en realidad no le dan miedo las jeringuillas— y esperamos dos horas para obtener el resultado de la prueba.

Amy estaba embarazada.

—Evidentemente no es mío —dije.

—Oh, sí que lo es —dijo ella, sonriendo una vez más. Intentó acurrucarse entre mis brazos—. Enhorabuena, papá.

—Amy… —empecé, porque por supuesto no era verdad, no había tocado a mi esposa desde su regreso.

Entonces lo vi: la caja de pañuelos, la butaca de vinilo, el televisor y el porno, mi semen en algún congelador hospitalario. Había dejado sobre la mesa el aviso de que iban a destruirlo en un intento por crear complejo de culpa. Después el aviso desapareció, porque mi esposa había pasado a la acción, como siempre, y aquella acción no consistió en librarse de él, sino guardarlo. Solo por si acaso.

Experimenté una gigantesca burbuja de alegría —no pude evitarlo—, y después la alegría quedó enclaustrada en un terror metálico.

—Tendré que hacer un par de cosas para garantizar mi seguridad, Nick —dijo Amy—. Solo porque, debo confesártelo, me resulta casi imposible fiarme de ti. Para empezar, tendrás que borrar tu libro, evidentemente. Y solo para olvidarnos de una vez de esta cuestión, voy a necesitar un affidávit jurando que fuiste tú quien compró todas las cosas que había en el cobertizo y que fuiste tú quien las *ocultó* allí, y que hubo un momento en el que pensaste que yo te estaba incriminando pero *ahora* me quieres y yo te quiero y todo va de maravilla.

—¿Y si me niego?

Amy posó una mano sobre su pequeño vientre hinchado y arrugó el entrecejo.

—Creo que eso sería terrible.

Habíamos pasado años batallando por el control de nuestro matrimonio, de nuestra historia de amor, de la historia de nuestras vidas. Finalmente Amy me había derrotado de una vez por todas. Yo había creado un manuscrito, ella había creado una vida.

Podría pelear por la custodia, pero ya sabía que sería inútil. Amy disfrutaría con la batalla, Dios sabría qué debía de tener ya preparado. Para cuando hubiera terminado, ni siquiera sería uno de esos padres que ven a sus hijos en fines de semana alternos; interactuaría con mi hijo en extrañas habitaciones vigilado por un guarda bebedor de café. O quizá ni siquiera eso. De repente imaginé las acusaciones —de maltratos o abuso— y supe que nunca vería a mi hijo, el cual estaría siendo acostado lejos, lejos de mí mientras su madre le susurraba todo tipo de mentiras al diminuto y rosado oído.

—Es niño, por cierto —dijo Amy.

Después de todo, era un prisionero. Amy me tendría para siempre o hasta que dejase de desearlo, porque necesitaba salvar a mi hijo, intentar deshacer, descerrajar, desmontar y contrarrestar todas las ocurrencias de Amy. Entregaría literalmente mi vida por la de mi hijo y lo haría encantado. Educaría a mi hijo para ser un buen hombre.

Borré mi historia.

Boney descolgó al primer timbrazo.

—¿Pancake House? ¿En veinte minutos? —dijo.

—No.

Informé a Rhonda Boney de que iba a ser padre y que por tanto no podía seguir colaborando en ningún tipo de investigación, que pensaba, de hecho, retractarme de cualquier tipo de declaración que hubiera hecho referente a mi sospecha sin fundamentos de que mi esposa me había incriminado, y que también estaba dispuesto a reconocer mi responsabilidad en el asunto de las tarjetas de crédito.

Se produjo una larga pausa en la línea.

–Mmm… –dijo Boney–. Mmm…

Pude imaginarme a Boney pasándose una mano por el lacio pelo, mordisqueándose la parte interior de la mejilla.

–Cuídese mucho, ¿de acuerdo, Nick? –dijo al fin–. Y cuide bien del pequeño. –Después se rió–. Lo que le pase a Amy no me importa lo más mínimo.

Fui a casa de Go para contárselo en persona. Intenté venderlo como una buena noticia. Un bebé, no puedes mostrarte demasiado molesta con un bebé. Puedes odiar una situación, pero no odiar a un niño.

Creí que Go iba a darme un puñetazo. Se acercó tanto que pude notar su aliento. Me clavó el índice en el pecho.

–Solo quieres una excusa para seguir con ella –susurró–. Sois adictos el uno al otro. Vais a ser una familia literalmente nuclear, lo sabes, ¿no? Acabaréis explotando. Vais a detonar, me cago en la puta. ¿De verdad crees que puedes seguir haciendo esto durante… cuánto, los próximos dieciocho años? ¿Crees que no te matará?

–No mientras siga siendo el hombre con el que se casó. Dejé de serlo una temporada, pero puedo serlo.

–¿No crees que acabarás matándola *tú*? ¿Quieres acabar convertido en papá?

–¿No lo entiendes, Go? Esta es mi garantía de que *no* acabaré convertido en papá. Estaré obligado a ser el mejor esposo y padre del mundo.

En aquel momento Go se echó a llorar. Era la primera vez que la veía llorar desde que era niña. Se sentó en el suelo, con la espalda completamente recta, como si las piernas hubieran cedido bajo su peso. Me senté a su lado y apoyé mi cabeza contra la suya. Finalmente Go se tragó un último sollozo y me miró.

–¿Te acuerdas cuando te dije, Nick, que seguiría queriéndote *si*? ¿Que te seguiría queriendo pasase lo que pasase después del *si*?

–Sí.

—Bien, pues todavía te quiero. Pero esto me parte el corazón.
—Dejó escapar un terrible sollozo, un sollozo infantil–. Se suponía
que las cosas no debían terminar así.

—Ha sido un extraño requiebro —dije, intentando quitarle hierro al asunto.

—Amy no pretenderá mantenernos separados, ¿verdad?

—No —dije yo—. Recuerda: ella también está fingiendo ser alguien mejor.

Sí, finalmente Amy y yo somos tal para cual. La otra mañana me
desperté a su lado y estudié la parte trasera de su cráneo. Intenté
leerle los pensamientos. Por una vez, no me sentí como si estuviera mirando al sol. Estoy alcanzando los niveles de locura de mi
esposa. Porque puedo notarla cambiándome una vez más: fui un
inmaduro y después un hombre, bueno y malo. Ahora al fin soy el
héroe. Soy aquel al que jalear en la interminable historia de guerra
que es nuestro matrimonio. Es una historia con la que puedo vivir.
Demonios, llegado este punto, soy incapaz de imaginar mi historia
sin Amy. Es mi eterna antagonista.

Somos un prolongado y aterrador clímax.

AMY ELLIOTT DUNNE
Diez meses, dos semanas, seis días tras el regreso

Me dijeron que el amor debería ser incondicional. Esa es la regla, todo el mundo lo dice. Pero si el amor no tiene fronteras ni límites ni condiciones, ¿por qué iba nadie a intentar hacer lo correcto? Se supone que debería amar a Nick a pesar de todas sus carencias. Y se supone que Nick debería amarme a pesar de todas mis manías. Pero, evidentemente, ninguno de los dos lo hace. Lo cual me lleva a pensar que todo el mundo está muy equivocado, que el amor debería tener muchas condiciones. El amor debería exigir que ambas partes den lo mejor de sí mismas en todo momento. El amor incondicional es un amor indisciplinado y, como ya hemos visto todos, el amor indisciplinado solo conduce al desastre.

Puedes leer más reflexiones mías sobre el amor en *Asombrosa*. ¡Muy pronto a la venta!

Pero primero: la maternidad. Salgo de cuentas mañana. Resulta que mañana es nuestro aniversario. Seis años. Hierro. Se me ha ocurrido regalarle a Nick un bonito par de esposas, pero puede que todavía no le parezca divertido. Me resulta muy extraño pensar que hace justo un año estaba desarmando a mi esposo. Ahora casi he terminado de volverlo a montar.

Nick ha dedicado todas sus horas libres de estos últimos meses a untarme el vientre con aceite de coco, a salir corriendo en busca de pepinillos y a darme masajes en los pies; todas las cosas que los buenos futuros padres deberían hacer. En resumen, a consentirme. Está aprendiendo a amarme de manera incondicional, siempre bajo mis condiciones. Creo que finalmente vamos camino de la felicidad. Al fin lo veo todo claro.

Estamos en la víspera de convertirnos en la mejor y más deslumbrante familia nuclear del mundo.

Solo debemos ser capaces de sostenerlo. Nick aún no lo tiene del todo perfeccionado. Esta mañana me estaba acariciando el pelo y preguntándome si podía hacer alguna otra cosa por mí y le he dicho:

—Caray, Nick, ¿por qué eres tan maravilloso conmigo?

Se suponía que debía responder: «Te lo mereces. Te quiero».

Pero ha respondido:

—Porque me das lástima.

—¿Por qué?

—Porque cada mañana tienes que despertarte y ser tú.

Cómo desearía que no hubiese dicho eso. No hago más que pensar en ello. No consigo dejar de hacerlo.

No tengo nada más que añadir. Solo quería asegurarme de tener la última palabra. Creo que me lo he ganado.

AGRADECIMIENTOS

Tengo que comenzar por Stephanie Kip Rostan, cuyos buenos consejos, meditadas opiniones y buen humor llevan acompañándome tres libros ya. Además es sumamente divertida. Gracias por haberme guiado de manera excelente todos estos años. Muchas gracias también a Jim Levine, Daniel Greenberg y todo el personal de la agencia literaria Levine Greenberg.

Mi editora, Lindsay Sagnette, es un sueño de mujer: gracias por prestarme tu experimentado oído, por dejarme conservar el grado justo de cabezonería, por espolearme para mejorar y por animarme durante el último trecho; si no hubiera sido por ti, me habría quedado en «llevo un 82,6 por ciento del libro» para siempre.

Muchas gracias a Molly Stern, de Crown Publishing, por las conversaciones, el apoyo, los astutos comentarios y su inagotable energía.

Mi gratitud también para Annsley Rosner, Christine Kopprasch, Linda Kaplan, Rachel Meier, Jay Sones, Karin Schulze, Cindy Berman, Jill Flaxman y E. Beth Thomas. Gracias, como siempre, a Kirsty Dunseath y toda la pandilla de Orion.

Para solventar mis numerosas dudas sobre procedimientos legales y policiales, recurrí a varios y muy generosos expertos. Gracias a mi tío, el honorable Robert M. Schieber, y al teniente Emmet B. Helrich por permitirme consultarles ideas continuamente. Muchas gracias esta vez para la abogada defensora Molly Hastings, de Kansas City, que me explicó su trabajo con gran amabilidad y convicción. Y gratitud eterna para el inspector Craig

Enloe del departamento de policía de Overland Park por haber respondido a mis 42.000 correos electrónicos (una estimación modesta) en el transcurso de los últimos dos años con paciencia, buen humor y siempre la cantidad necesaria de información. Cualquier error es mío.

Gracias, por muchas y variadas razones, a: Trish y Chris Bauer, Katy Caldwell, Jessica y Ryan Cox, Sarah y Alex Eckert, Wade Elliott, Ryan Enright, Mike y Paula Hawthorne, Mike Hillgamyer, Sean Kelly, Sally Kim, Sarah Knight, Yocunda Lopez, Kameren y Sean Miller, Adam Nevens, Josh Noel, Jess y Jack O'Donnell, Lauren «Fiesta Impostada Somos Geniales» Oliver, Brian «Map App» Raftery, Javier Ramirez, Kevin Robinett, Julie Sabo, gg Sakey, Joe Samson, Katie Sigelman, Matt Stearns, Susan y Errol Stone, Deborah Stone, Tessa y Gary Todd, Jenny Williams, Josh Wolk, Bill y Kelly Ye, el Inner Town Pub de Chicago (hogar del Mañana de Navidad) y la insumergible Courtney Maguire.

A mi maravillosa familia de Missouri, todos los Schieber, los Welsh, los Flynn y todas sus ramas derivadas. Gracias por el cariño, el apoyo, las risas, los rollos de pepinillo y el granizado de bourbon... básicamente por hacer de Missouri lo que Nick llamaría «un lugar mágico».

He recibido algunas aportaciones increíblemente útiles de un par de lectores que también son buenos amigos. Marcus Sakey me dio desde el principio buenos consejos para Nick entre cervezas y comida tailandesa. David MacLean y Emily Stone (¡queridízzzima!) fueron tan amables de leer *Perdida* en los meses previos a su boda. No parece haberos perjudicado en lo más mínimo y mejoró muchísimo el libro, así pues, gracias. ¡Nada os impedirá llegar a las Caimán!

Scott Brown: gracias por todos los retiros para escritores durante los años de *Perdida*, especialmente el de las Ozark. Me alegro de que finalmente no acabáramos hundiendo el bote. Gracias por tus perspicaces comentarios y por acudir siempre al rescate para ayudarme a articular lo que demonios sea que esté intentando decir. Eres un buen Monstruo y un amigo maravilloso.

Gracias a mi hermano, Travis Flynn, por estar siempre disponible para aclararme cómo funcionan de verdad los trastos. Con todo mi amor para Ruth Flynn, Brandon Flynn y Holly Bailey.

A mis suegros, Cathy y Jim Nolan, Jennifer Nolan, Megan, Pablo y Xavy Marroquin y todos los Nolan y Samson: soy muy consciente de lo afortunada que soy de haberme unido a vuestra familia. Gracias por todo. Cathy, siempre supimos que tenías un grandísimo corazón, pero este último año lo has demostrado con creces.

A mis padres, Matt y Judith Flynn. Alentadores, detallistas, divertidos, amables, creativos, estimulantes y todavía locamente enamorados tras más de cuarenta años. Sigo, como siempre, completamente admirada. Gracias por haber sido tan generosos conmigo y por encontrar siempre tiempo para acosar a desconocidos para que compren mis libros. Y gracias por ser tan encantadores con Flynn. Soy mejor madre solo con veros.

Por último, mis chicos.

Roy: buen gato.

Flynn: queridísimo muchacho, ¡te adoro! Pero si estás leyendo esto antes del año 2024, eres demasiado pequeño. ¡Suéltalo y coge un libro de Mr. Frumble!

Brett: ¡marido! ¡Padre de mi hijo! Compañero de baile, preparador de sándwiches de queso de emergencia. El tipo de hombre que sabe elegir vino. El tipo de hombre que sabe vestir esmoquin. También el zombie-esmoquin. El tipo de la risa generosa y el silbido glorioso. El tipo que tiene la respuesta. El hombre que hace reír a mi hijo hasta caerse de culo. El hombre que me hace reír a mí hasta caerme de culo. El hombre que me deja hacerle todo tipo de preguntas indiscretas, inapropiadas e imprudentes sobre cómo es eso de ser hombre. El hombre que leyó y releyó y releyó y volvió a releer y no solo me dio consejos sino también una aplicación del bourbon. Eres lo más, cariño. Gracias por casarte conmigo.

Dos palabras, siempre.

LOVE STORY
Por Rodrigo Fresán

UNO ¿Se acuerdan de *Love Story*? ¿Esa novela de Erich Segal? ¿Aquella película con Ryan O'Neal y Ali MacGraw? ¿La que venía con ese eslogan/mantra de –ja, ja, ja– «Amar es no tener que pedir nunca perdón»? ¿La que hizo emocionarse hasta las lágrimas a millones de espectadores del mundo entero?

¿Sí?

Bueno, *Perdida* es *también* una *love story*.

Pero aquí –como en toda pareja de carne y hueso– se pide perdón cada cinco minutos. O, al menos, si las cosas van muy pero muy bien, una vez al día. El problema para alguno de sus miembros –y la malsana y adictiva perdición para el lector– es que, en *Perdida*, además de pedir perdón se pide auxilio. Y –como suele ocurrir en más de una ocasión– la única persona que escucha semejante pedido es exactamente aquella que hace que abras la boca para gritar fuerte, más fuerte todavía.

DOS Buenas noticias: Gillian Flynn es algo así como la hija bastarda de Jerry Seinfeld y Patricia Highsmith.

Es decir: Gillian Flynn –nacida en 1971 en Kansas City, Missouri, y quien empezó y duró diez años como crítica de televisión para el semanario *Entertainment Weekly* hasta que perdió su escritorio por una de esas crisis del periodismo, etc.– es dueña de una prodigiosa capacidad para diseccionar lo cotidiano y familiar y hacernos ver de manera nueva lo que pensamos que teníamos completamente visto o, mejor aún, todo eso que habíamos pasado por alto y resulta ser decisivo.

O sea: Gillian Flynn nos habla (y la leemos) como si se tratase de una *stand-up comédienne* que, mientras nos hace reír, nerviosos, juguetea con un afilado cuchillo de cocina. Lanzando frases ingeniosas y certeras y agudas mientras apunta a todo eso que se esconde bajo la alfombra o dentro de cajones o en habitaciones mal iluminadas en las que se entra poco, solo cuando es indispensable o se impone el recordar algo que estaba tanto mejor en el olvido o la amnesia.

Y es entonces cuando pensamos que lo que nos cuenta Gillian Flynn es que nadie es del todo como suponemos, que nada es completamente lo que parece.

Y que el amor es un arma de doble filo y un boomerang y una ratonera.

Y que, en el fondo, muy en el fondo, en más de una ocasión, a todos y a todas nos gustaría ser —o al menos tener la capacidad de actuar y de acción de— un tal Tom Ripley.

TRES Lo que me lleva a precisar que las tres novelas hasta la fecha de Gillian Flynn —policiales que también pueden ser etiquetados como comedias de (muy malas) costumbres— vienen cargadas de objetos puntiagudos y voces afiladas de mujeres fatales o fatalistas. De mujercitas inmensas y todopoderosas. Cuidado con ellas.

Chick-lit, sí, pero con garras y colmillos y ojos de rayos X.

A saber:

En *Heridas abiertas* (*Sharp Objects*, de 2006) su heroína —la periodista Camille Preaker— volvía al pueblo de su infancia en Missouri a investigar el secuestro y asesinato de dos niñas. En sus ratos libres, Camille gusta de autoflagelarse con navajas, clavos, hojillas de afeitar, etc. Y escribir palabras a lo largo y ancho de todo su cuerpo.

En *La llamada del Kill Club* (*Dark Places*, de 2009) su otra heroína —la perdedora profesional Libby Day— sobrevive gastando los últimos dólares y exprimiendo los últimos segundos a sus quince minutos de fama. Porque Libby es la única sobreviviente de la masacre de su familia, en una granja de, otra vez, Missouri.

En *Perdida* —y nada de lo muy bueno leído y disfrutado y temblado junto a Camille y a Libby nos prepara para ella— su nueva heroína es la preciosa y adorable y perfecta Amy Dunne y está, sí, *perdidamente* enamorada de Nick, la otra mitad de una pareja envidiable, y ¿habrá algo más absurdo que envidiar a una pareja solo por lo que muestra en público?

Pero...

CUATRO ... creo que no tiene sentido avanzar más en una de esas tramas endiabladas y perfectas que te atrapan y no te sueltan. Así, mejor, no acelerar más aquello a lo que ya no se podrá frenar o ponerle freno. Amy y Nick —que arrancan acelerando a fondo en Brooklyn y se estrellan en, de nuevo, Missouri—, como si se tratara de uno de esos accidentes de tránsito al costado del camino que uno no quiere ver pero que no puede dejar de mirar mientras, por reflejo, disminuye la velocidad cuando pasa a su lado. O como una de esas escenas en la oscuridad de un cine que nos hace cubrirnos los ojos con las manos y entreabrir los dedos.

Y *Perdida* —que llegó a lo más alto de la lista de ventas de *The New York Times* y que devuelve el buen nombre a eso que, a falta de un mejor nombre, conocemos como *best-seller*— pronto será película. Como *Love Story*. Pero con esa rubia chillona de cráneo XL llamada Reese Whiterspoon (y es una lástima que no estemos en los años ochenta porque otra rubia, Meg Ryan, por entonces la «Novia de América») estaría mucho mejor en plan *Cuando Nick desconoció a Amy*. O, después, esa boca voraz y llena de dientes de Julia Roberts. O, ahora mismo, tal vez, criaturas supuestamente frágiles como Natalie Portman o Anne Hathaway. Pero una cosa es segura: ninguna película podría hacerle justicia a la endiablada estructura-con-sorpresa de *Perdida* y ese *twist/journal* —que no es precisamente el diario de Bridget Jones— y que le alcanzó y sobró para vender el libro antes de empezar a escribirlo. Y me pregunto cómo hará Gillian Flynn (será su propia guionista: es hija de un profesor de cine, así fue como vio *Psicosis* por primera vez a los siete años) para llevar ese pequeño pero decisivo truco a la gran pantalla. Tampoco es que me preocupe *tanto*. Porque, aquí y ahora, *Perdida* ya es una gran novela. Y un thriller (hay abundante sangre derramada y dinero en juego y codicia y pasión y policías y desapariciones y apariciones y los inevitables *usual suspects*) implacable y divertido.

Y, claro, ¿hay adjetivo más ambiguo que *divertido*?

Tal vez *interesante*.

Y, sí, *Perdida* es *muy* interesante.

CINCO Interesante como esa maldición china que te bendice/condena con un «Que tengas una vida interesante».

O, al menos, un matrimonio interesante. Y, por si no lo sabían, para demasiados novios y novias en los bordes del acantilado de un alto pastel de bodas, un matrimonio es ese largo túnel luego de la breve luz al final de una de Jane Austen.

Y explicó Gillian Flynn en una entrevista: «De lo que estaba más segura, en principio, era de que quería escribir algo sobre el muy extraño toma y daca que es todo matrimonio, y cómo el matrimonio es algo peligroso, porque estás unida a alguien que sabe a la perfección cómo presionar cada uno de tus botones y para qué sirve y qué activa cada uno de ellos y que, por eso, de proponérselo, puede llegar a hacerte mucho daño».

Y —sépanlo— en un texto autobiográfico Gillian Flynn confesó: «Yo no era una niña agradable. Mi hobby favorito durante el verano era atontar hormigas y dárselas de comer a las arañas». Y leo que Gillian Flynn ha firmado contrato para su primera novela modelo *young adult* y, ay, no estoy del todo seguro de atreverme a conocer al hijo o a la hija de Nick y Amy.

De acuerdo: uno de los atractivos más destacables de *Perdida* —como lo fue también de ese ya clásico *Presunto inocente* de Scott

Turow– es el modo en que se la pasa capturando y revelando radiografías perfectas y singularmente universales de la vida matrimonial y sus peligrosos suburbios. Y advertencia para gente impresionable o hipocondríaca: como en aquella *Love Story*, se trata de radiografías con tumores y metástasis y fecha de vencimiento. Pero este de aquí es otro tipo de cáncer. El diagnóstico más terminal –evocando tanto los desastres emparejados color *noir* de Jim Thompson y James M. Cain como las oscurísimas acideces de Joseph Heller, Bruce Jay Friedman, David Gates, A.M. Homes y Lionel Shriver, o una de esas bestiales farsas matrimoniales del mejor Woody Allen por los días de *Hannah y sus hermanas* y *Delitos y faltas* y *Maridos y mujeres*– de lo que mueve o paraliza a una pareja.

Mucho más gracioso que lo de Ingmar Bergman.

Y *gracioso* es otro de esos adjetivos un tanto inasibles, porque a veces (muchas) nos reímos de cada cosa…

En resumen: una suerte de bizarro manual de autoayuda por oposición (*Perdida* es, seguro, el mejor *tractat* sentimental sobre todo aquello que *no* deben hacer dos personas bajo un mismo techo y entre paredes agrietadas), a la vez que el título perfecto para que un esposo le regale a su esposa.

O mejor: comprar dos ejemplares y leerlo juntos, en la cama, (y, ah, la maestría de Gillian Flynn para crear voz femenina y masculina). Y lo que esas voces –¿tiene razón Amy?, ¿Nick aguanta demasiado?, ¿de parte de quién estás tú?, ¿quién es la hormiga y quién la araña aquí?– jamás se atreven a decir en voz alta, pero piensan todo el tiempo, subrayando párrafos y comentarios y compartiendo risitas cada vez más nerviosas sin saber muy bien de qué se están riendo.

Y recién ahora me doy cuenta: ¿Esposo? ¿Esposas? ¿«As Times Goes By»? ¿Hasta que la muerte los separe? ¿*La petite mort*? ¿Vivan los novios?

A ver, con una mano en el corazón: levante la mano quien nunca pensó en matar a la persona que más ama en todo el mundo.

SEIS Memo para todos los que piensan que *Cincuenta sombras de Grey* y sus derivados son libros transgresores y excitantes: hay cosas mucho más fuertes y más duras que el sexo dentro de esa extraña entidad compuesta por un hombre y una mujer que dicen estar, sí, perdidos el uno por la otra, la otra por el uno, y que sospechan que encontrar aquello que se ha perdido puede no ser la mejor solución al enigma de sus días y de sus noches.

«Abandonen toda esperanza quienes entren aquí», se advertía a los viajeros a las puertas del Infierno de Dante. Lo mismo podría colgarse sobre las primeras líneas, en primera persona, de *Perdida*. Allí Nick Dunne nos recibe en su hogar agridulce hogar confiándonos que, cuando piensa en su esposa, en lo primero que piensa es, siempre, en su cabeza.

En la forma de su cabeza.

Y, enseguida, en todo lo deforme que hay dentro de su cabeza.

Pero mejor, siempre, pensar en otra cosa.

En *cualquier* otra cosa.

Porque amar es tener que mentir a cada rato.

Y —de verdad, no miento— de eso trata *Perdida*.

De Nick y de Amy y, tal vez, de muchos otros.

De —tarde o temprano, antes o después— casi todos.

Que coman perdices y que sean muy felices y todo eso, etc.

SIETE Y, ah, sí: perdón.